Stephan Niederwieser
Eine Wohnung mitten in der Stadt

Zu diesem Buch

Seit fünf Jahren sind Bernhard und Edvard ein Paar. Sie haben eine Beziehung aufgebaut, die so harmonisch und solide ist, daß sich ihre Freunde darin aufgehoben fühlen wie in einer Familie. Eine Beziehung, die nichts mehr erschüttern kann. Doch als ein entfernter Verwandter aus Simbabwe auftaucht, der mit ihrer Hilfe sein Schwulsein ausleben will, und auch noch Bernhards Mutter Lydia, mit der er seit Jahren den Kontakt vermeidet, ihren Besuch anmeldet, gerät das harmonische Zusammenleben ernsthaft ins Wanken: Der Besuch dauert viel länger als geplant und verläuft für alle Beteiligten nicht gerade konfliktarm – auch wenn es an komischen Situationen nicht mangelt. Und dann gibt es da noch das heikle Thema Monogamie ... Mit Witz und Tempo beschreibt Stephan Niederwieser die Höhen und Tiefen von zwischenmenschlichen Beziehungen.

Stephan Niederwieser, aufgewachsen in Bayern, Berlin und New York, lebt heute als freier Schriftsteller in München. »Eine Wohnung mitten in der Stadt« ist nach »An einem Mittwoch im September« und »Das einzige, was zählt« sein dritter Roman.

Stephan Niederwieser

Eine Wohnung mitten in der Stadt

Roman

Piper München Zürich

Ungekürzte Taschenbuchausgabe
Piper Verlag GmbH, München
1. Auflage August 2003
2. Auflage Januar 2004

Umschlag / Bildredaktion: Büro Hamburg
Isabel Bünermann, Julia Martinez /
Charlotte Wippermann, Kathrin Hilse
Foto Umschlagvorderseite: ZEFA / EMELY
Foto Umschlagrückseite: Christoph Otto
Druck und Bindung: Clausen & Bosse, Leck
Printed in Germany ISBN 3-492-23790-8

www.piper.de

Für Commander Liberale Streifenhörnchen

Sobald sie ihm die Augenbinde abnahmen, sah Bernhard einen Altar vor sich. „Also doch", dachte er, „Edvard will es wirklich."

Er drehte sich um. Als er hereingeführt worden war, hatte er Rascheln vernommen, unterdrücktes Hüsteln und dieses seltsame Echo, wie man es nur aus Kirchen kennt; er hatte schon seit Wochen geahnt, daß Edvard dieses Ereignis geplant und alle dafür zusammengetrommelt hatte. Und tatsächlich: Dicht an dicht drängten sich ihre Freunde in den Bänken und richteten die Blicke erwartungsvoll auf ihn.

Die Musik begann zu spielen, und Edvards Mutter führte ihren Sohn mit bedächtigem Schritt auf den Altar zu. Sein tief geschnittenes Brautkleid wurde von dünnen Spaghettiträgern gehalten. An den Handschuhen, die ihm bis über die Ellenbogen reichten, war die Schleppe befestigt, ein langes, bauschiges Ding aus weißem, golden schillerndem Satin. Edvards Brust war stolz geschwellt, als er auf seinen Bräutigam zuschritt.

Lipstick hatte Bernhard die braunen Locken gestutzt – vorne überdeckten sie die Geheimratsecken, hinten am Wirbel waren sie länger, um dem Kopf eine musikalische Form zu verleihen – und ihn neu ausstaffiert: tiefblaues Hemd, Smoking mit einer orangefarbenen Rose im Revers; schwarz stand ihm gut.

Edvard mußte an sich halten, um nicht vor Freude loszuheulen. Natürlich war es ein Risiko gewesen, seinen Geliebten mit dieser Zeremonie zu überraschen, und viele hatten ihm davon abgeraten. Der nüchterne Geschichts- und Mathematiklehrer Bernhard hatte nichts übrig für emotionales Geplänkel, für die dramatischen Momente, die sein Liebhaber allzu gerne inszenierte – das wußte Edvard nach viereinhalb Jahren Beziehung zur Genüge. Es wäre Bernhard durchaus zuzutrauen gewesen, daß er sich weigern, sich empören oder gar wortlos aus der Kirche stürmen würde. „Aber wenn er bleibt", hatte Edvard sich gesagt, „dann ist das der größte Beweis seiner Liebe."

Und natürlich hatte er vorgebaut. Dieser Augenblick war zu wichtig, um ihn von der Spontaneität abhängig zu machen, die Bernhard so gänzlich fehlte. Schon seit Monaten hatte Edvard das Thema immer wieder in Gespräche einfließen lassen, um seinem Zukünftigen die Einstellung dazu herauszukitzeln. Erst als er sich ziemlich sicher war, daß Bernhard einwilligen würde, hatte Edvard begonnen, alles in die Wege zu leiten.

Bernhards Gedanken überschlugen sich: Allein schon die Diskussion um die eingetragenen Partnerschaften war ihm zuwider; eine Zeremonie, die einer Trauung ähnelte, widerstrebte ihm gänzlich. Und nun stand er hier vor versammelter Mannschaft. Er war nahe daran, mit den Armen zu fuchteln und zu rufen: „Okay, Leute, die Show ist vorbei. Geht alle nach Hause!" Aber er wußte, wie wichtig Edvard dies alles war: die Musik, die Kirche, der inoffizielle Segen der „Öffentlichkeit", der für ihn so etwas wie eine „Haltbarkeitsgarantie" bedeutete.

Wie er da steht, dachte Bernhard, mit diesem Hütchen, das an eine Marzipantorte erinnert. Doch hinter dem Schleier sah Bernhard Augen voller Liebe, so voll, daß sie überliefen. Da merkte er, wie stolz er eigentlich war: stolz, daß Edvard, der Mann, der jeden hätte haben können, der Mann, den viele haben wollten, der Mann, den viele schon gehabt hatten, sich ausgerechnet ihn ausgesucht hatte.

Edvards Mutter legte die Hand ihres Sohnes in die Bernhards. „Seid lieb zueinander", sagte sie und ließ die beiden vor dem Altar allein. Noch hatte er eine Chance; er könnte einfach weglaufen. Aber das konnte er Edvard nicht antun.

Ein lautes Räuspern zog alle Aufmerksamkeit auf sich. Bernhard und Edvard drehten sich zum Altar. Dort stand Raimondo im vollen Ornat eines Priesters und machte ein bedeutungsschweres Gesicht.

„Verehrte Gemeinde, liebe Gäste, ihr stolzen Freunde", hob Raimondo mit seiner sonoren Stimme an. „Wir sind heute zusammengekommen, um mit diesem jungen Paar zu feiern, das sich entschlossen hat, den ewigen Bund der Ehe einzugehen."

Ehe? Als das Echo dieses Wortes an Bernhards Ohren drang, zuckte er zusammen. Partnerschaft, ja. Namensrecht und Adoption, ja. Erbrecht, Ehegattensplitting, „Witwernrente", ja. Aber Ehe? An der Schwelle zum einundzwanzigsten Jahrhundert? War das nicht längst passé?

„So frage ich dich, Edvard Bornheimer, willst du diesen deinen Verlobten, Bernhard Moll, zum Manne nehmen? Willst du ihn lieben und achten und zu ihm stehen in guten wie in schlechten Zeiten? So antworte mit: ‚Ja, ich will'."

„Ja, ich will."

„Und du, Bernhard Moll …" Raimondo tat, als hätte er sein Leben lang nichts anderes getan als Menschen getraut. Es war eine Ehre, daß Edvard, der ewige Rivale, ausgerechnet ihn darum gebeten hatte, den Priester zu spielen, und doch kostete es ihn Mühe, nicht zu zeigen, wie schwer es ihm fiel, seinen geliebten Bernardo an diesen hübschen Antiquitätenhändler zu verlieren. Diese Trauung war das letzte, was Raimondo sich gewünscht hatte, und doch das einzig Richtige. Schon deshalb flossen die Worte aus ihm heraus, als läge ihr Anfang in ihm.

„Ja, ich will", murmelte Bernhard.

In den Bänken wechselten Geldscheine die Eigentümer; einige hatten gewettet, daß Bernhard davonlaufen würde. Aber nein. Statt dessen sprach er die Worte, die das Leben so gravierend veränderten. Und Edvard, die Braut an seiner Seite, er allein war sich sicher gewesen, daß Bernhard ihm das Ja-Wort geben würde.

Raimondo drehte sich um und zischte den Ministranten an, der verträumt auf einem Bänkchen saß: „Die Ringe. Adrian, wo sind die Ringe?"

Adrian erschrak, stemmte sich hoch und trug ein rotes Kissen zu ihnen hinüber. Mein Gott, dachte Edvard, wie ist er abgemagert.

„Bevor ihr den Bund der Liebe besiegelt, segne ich die Ringe, die ihr euch überreichen werdet: Heilige, o Herr, die Liebe dieser Brautleute und segne", Raimondo bekreuzigte sich, „die Ringe, die sie als Gatten tragen werden, damit sie ihnen allezeit ein Pfand der Treue und ein Zeichen der Liebe bleiben."

Lipstick seufzte laut.

„Es ist wirklich rührend, nicht?" flüsterte sein Banknachbar.

„Nein, überhaupt nicht", antwortete er. „Diese Trauung wirft die Bewegung gegen diesen Ehehumbug um Jahre zurück."

„Ihr müßt jetzt das Vermählungswort sprechen", sagte Raimondo.

Edvard nahm einen Ring und steckte ihn Bernhard an den Finger: „Vor den Augen meiner Freunde nehme ich dich an als meinen Mann. Auf immer und ewig."

Ein Lachen wollte aus den Tiefen von Bernhards Bauch aufsteigen und von der hohen Decke tausendfach zurückschallen, aber er unterdrückte es, seinem angehenden Ehemann zuliebe. Er würde später lachen, er würde Edvard in den Arm nehmen und ihn einen albernen Tropf nennen. Für den Moment nahm er den anderen Ring, schaute Edvard in die Augen und sagte: „Vor den Augen Raimondos nehme ich dich als meinen Mann", dann steckte er ihm den Ring an.

Barbarella tupfte sich eine Träne aus den Augen. Er hatte sich ein Kleid in den Farben des Regenbogens genäht, ein sehr dünnes, bauchfreies Kleid, damit man seine dichte Behaarung sehen konnte.

„Seid ihr bereit, die Kinder anzunehmen, die Gott euch schenken will, und sie im Geist Christi und seiner Kirche zu erziehen?"

Ein Kichern ging durch die Reihen. Edvard räusperte sich, Raimondo schaute betreten von seinem Gebetbuch auf. „Da hat mir jemand den falschen Text untergejubelt", flüsterte er und überspielte den Irrtum mit einem leidenden Lächeln.

„Dann erkläre ich euch hiermit, Kraft meines Amtes …"

„Ist Raimondo wirklich Priester?" fragte Max.

„Quark!" flüsterte Kim.

Hannah, ihre dreijährige Tochter, zappelte auf ihrem Schoß und schaute Max entgeistert an. „Wak", sagte sie, weil ihr das „Qu" noch nicht über die Lippen ging, und deutete mit ihrem rosa lackierten Fingernagel auf sein Gesicht.

Kim zog sie an sich heran. „Halt still, mein Schatz. Es ist gleich vorbei. Guck mal, was die beiden machen. Das wird dir gefallen." Hannah wendete sich wieder dem Geschehen zu und beobachtete wie gebannt Edvard und Bernhard.

„Aber wie habt ihr dann diese Kapelle bekommen?" hakte Max nach.

„Frag lieber nicht." Kim warf einen Blick auf die Uhr. „Wir müssen auch zusehen, daß wir bald fertig werden, sonst kriegen wir handfesten Ärger."

„Du darfst deinen ..." Raimondo schaute von seinem Gebetbuch auf. Dann legte sich ein Lächeln auf seine Lippen. „Ihr dürft euch jetzt küssen."

Bernhard stand wie erstarrt. Es war alles so unwirklich. Er hatte Angst, daß wenn er sich bewegte, er aufwachen und merken würde, daß er das alles nur geträumt hatte.

Edvards Herz wollte aus seiner Brust springen. Warum küßte ihn Bernhard nicht? Warum tat er nicht endlich, was den Bund einer Ehe besiegelte?

„Eduardo", zischte Raimondo. „Dein Schleier."

Edvard zuckte. Auch er hatte den Sinn für die Realität verloren. Er schlug den Schleier zurück und drückte Bernhard einen Kuß auf die Lippen, den Kuß, an den er sich auch in hundert Jahren noch erinnern wollte.

Tosender Beifall. Rosenblätter segelten von der Empore und verströmten den Duft der Liebe. Ein stampfender Beat hob an und erkämpfte sich nur langsam Gehör. Whitney Houston sang *My Love Is Your Love*, und die Gäste klatschten im Rhythmus.

Edvard nahm Bernhard bei der Hand und ging mit ihm den Gang hinunter, durch die Menge der gratulierenden Freunde hindurch, die sich teilte wie das rote Meer.

Edvard bemühte sich, jeden einzelnen anzusehen, aber sie verschwammen bloß vor seinen Augen, deshalb winkte er wie eine Königin auf Staatsbesuch. Sie waren alle gekommen, sogar seine Mutter, und warfen ihnen Luftküsse zu.

Auch Bernhard schaute die Gäste an, Gesicht für Gesicht. Seine Mutter war natürlich nicht hier, auch nicht sein Bruder oder eine seiner drei Schwestern, weil er seit Jahren den Kontakt mit ihnen mied. Sie kannten Edvard nicht. Bernhard hätte es sich nicht einmal gewünscht, jemanden von seiner Familie dabeizuhaben. Und doch kam es ihm eigenartig vor: Während er diesen besonderen Augenblick erlebte, saß seine Familie zu Hause und wußte nicht einmal davon.

Draußen strahlte die Sonne. Sobald sie hinaustraten, prasselte Reis auf sie herab. Edvard raffte sein Kleid und tippelte die Stufen hinab auf die offene Tür der Limousine zu.

„Das Bouquet!" rief jemand. „Ja! Das Bouquet! Das Bouquet!" riefen die Freunde im Chor und drängten hinaus ans Licht.

Edvard blieb stehen, schloß die Augen und wartete einen Augenblick, dann warf er die Blumen im hohen Bogen über seinen Kopf. Als er sich umdrehte, sah er Max, der erschrocken auf die Blumen in seiner Hand schaute. Edvard warf ihm einen Luftkuß zu, schlüpfte in den Fond und zerrte Bernhard hinter sich her. Die Tür klappte zu, und schon rollte der Wagen an. Die Blechdosen sangen scheppernd im Chor.

„Du bist völlig verrückt", sagte Bernhard und legte seinem Mann den Arm um die Schultern.

„Ich weiß", antwortete Edvard. „Und das ist genau der Grund, warum du mich geheiratet hast."

„Sogar deine Mutter hast du für diesen Irrsinn nach Deutschland geholt."

„Sogar?" Edvard schlüpfte aus seinen Stöckelschuhen und raffte die Schleppe unter seine Beine. „Bei den wirklich wichtigen Ereignissen meines Lebens war sie immer anwesend."

„Ja? Was war denn das letzte ‚wirklich wichtige Ereignis'?"

Edvard schaute seinen Mann an, überlegte kurz und antwortete dann: „Meine Geburt." Sie fielen sich in die Arme und lachten. „So, und jetzt: Fahrer, bitte die Trennwand hochfahren", orderte Edvard. „Mein Mann möchte mit mir die Ehe vollziehen."

Der Fahrer tat wie geheißen.

„Und laß dir ruhig Zeit", rief Edvard noch nach vorne. „Die Party kann warten. Je später wir ankommen, desto größer unser Entree."

„Party?" fragte Bernhard.

Edvard schaute ihn an. Auch nach viereinhalb Jahren überraschte es ihn, wie weit weg von dieser Welt sich der Mann seiner Träume manchmal befand. „Na, die Party unseres Lebens, du süßer Dummkopf", sagte er liebevoll und schob seine Zunge zwischen Bernhards engen Lippen hindurch.

I

Bernhard ❃ Ein Bild für die Götter: Edvard saß auf dem Kinderstuhl in der Küche und Hannah auf seinem rechten Knie. Er hatte die Arme um sie gelegt, und gemeinsam schnippelten sie an Karotten herum. Ob das wohl in ein paar hundert Jahren als Genrebild durchgehen würde?

Ich ließ die Wohnungstür zufallen, Hannah schaute auf, kiekste, streckte ihre Ärmchen in die Höhe. „Chau, Berni! Eine Blume." Sie ersetzte „sch" immer noch durch ein etwas verkorkstes „ch". Sie war zum Anbeißen.

Hannah war drei Jahre und noch nicht ganz drei Monate alt, vielleicht ein bißchen klein gewachsen – wie ihre Mutter –, und obwohl ihr noch Babyspeck anhaftete, war abzusehen, daß sie einmal so zart und schlank werden würde wie Kim, ein richtiges Püppchen. Sie konnte ihre Wünsche äußern, war in manchen Dingen schon sehr selbständig, Neugier ihr größtes Hobby. Im Grunde also unterschied sich Hannah nicht sehr von den meisten Mädchen in ihrem Alter, und trotzdem war sie etwas besonders: Sie war nämlich „unsere" Hannah.

Ich konnte gerade noch meinen Mantel ablegen, da hüpfte sie an mir hoch. Ich nahm sie auf den Arm, sie umklammerte meinen Hals und drückte so fest zu, daß mir die Luft wegblieb.

„Hallo, Prinzessin", sagte ich, sobald ich wieder frei atmen konnte. „Das ist ja eine schöne Überraschung. Ich habe dich erst morgen erwartet." Ich ging mit ihr in die Küche, um Edvard zu begrüßen; er zupfte sich Gemüsereste von der Schürze und wusch seine Hände im Spülbecken.

„Guten Abend", sagte ich und streckte ihm meinen Mund hin.

„Guten Abend, Professorchen", erwiderte er und gab mir einen Kuß; wenigstens wollte er das, aber Hannah steckte schnell eine Karottenscheibe zwischen unsere Münder und kicherte, als wir diese küßten anstatt einander.

„O, du kleines Biest", sagte ich, während Edvard ein paar ihrer goldenen Locken zur Seite strich und ihre Wange abschmatzte. Dann küßte er mich und machte sich ans Abendessen.

„Da. Schau!" wiederholte Hannah und steckte sich das verschnittene Karottengebilde in den Mund.

„Das kann man sogar essen?" fragte ich, und sie klatschte mir vor Freude auf die Brust.

„Vorsicht, das Messer!" Ich nahm es ihr aus der Hand und legte es auf die Spüle.

„Hannah ist doch erst morgen dran", sagte ich zu Edvard. „Ich dachte, du wärst im Geschäft."

„Das war ich auch", antwortete er, während er Thunfischsteaks abspülte. „Bis mich Kim am Nachmittag anrief und sagte, daß Hannah gerade per Kindertelefon mit mir ausgemacht hat, daß ich sie holen komme." Er schaute mich hilflos an. „Sie stand schon mit ihrem Köfferchen an der Tür, Bernhard", rechtfertigte er sich. „Sie hat auf mich gewartet."

„Da hast du dich in ein Taxi gesetzt und sie geholt", vervollständigte ich. Es war ja nicht das erste Mal; die Kleine verbrachte mittlerweile mehr Zeit bei uns als bei ihrer Mutter.

Kim war eine verrückte Nudel. Jahrelang hatte sie alles mögliche ausprobiert: Verkäuferin in einer Boutique, Stewardeß, Office Managerin bei einer Softwarefirma, bis sie zufällig in diese „Modell-Geschichte" hineingeschlittert war und sich binnen zwei Jahren eine namhafte Modellagentur aufgebaut hatte – da war viel Glück mit im Spiel gewesen, zur rechten Zeit die richtigen Leute und so weiter. Jedenfalls war sie mittlerweile gut im Geschäft und hatte kaum mehr Zeit für Hannah. Edvard sah kein Problem darin; Ich bezweifelte allerdings, wie gut das für die Kleine war.

„Du bist mir ein Püppchen", flüsterte ich Hannah ins Ohr und küßte sie. Sie kicherte und wand sich in meinen Armen, bis ich sie auf den Boden stellte, dann ging sie an den Küchentisch hinüber, um ihr Werk zu sortieren. Die blütenförmigen Karottenscheiben legte sie vorsichtig in eine Schüssel, die Schnipselreste auf das Zeitungspapier. Es war wirklich schwer, ihr etwas auszuschlagen.

Ich lehnte mich mit verschränkten Armen an die Küchentheke und schaute Edvard beim Kochen zu.

„Und? Was hast du Neues gelernt?" fragte er.

Ich hatte mal wieder den Nachmittag in der Staatsbibliothek zugebracht. Ich liebe es, zu lesen und zu studieren, meinen Geist zu trainieren. So verrückt es klingt, aber wenn mich der Unterricht streßt, dann gehe ich nach der Schule schnurstracks in eine Bibliothek und fühle mich binnen einer halben Stunde entspannt wie nach einem langen Spaziergang.

„Ich habe keinen ruhigen Platz gekriegt. Unglaublich, so kurz vor Weihnachten. Man würde annehmen, die Studenten sitzen schon zu Hause bei ihren Eltern. So bin ich eben zur alten Giese ins Antiquariat und hab gestöbert."

„Was gefunden?"

„Nö. Aber sie könnte mir eine Erstausgabe von Goethes *Achilleis* vermitteln." Hinter der war ich schon seit Jahren her.

Edvard schaute mich mit großen Augen an. „Mmh", sagte er, gab einen Tropfen Spülmittel auf eine Mango und wusch sie gründlich ab. Bücher interessierten ihn nicht, und er hatte kein Verständnis dafür, daß ich so viel Geld für sie ausgab.

„Aber sie ist mir zu teuer", sagte ich.

Jetzt schälte er die Mango und schnitt sie auf. Edvard arbeitete mit einer ungeheuren Konzentration. Es fasziniert mich, ihm beim Kochen zuzusehen, jedesmal. Seine Lippen waren angespannt, und in seinen Augen sah ich, daß er in Gedanken seinem Handeln mehrere Schritte voraus war.

„Was wird das eigentlich?" fragte ich mit einem Blick auf den Berg von Gemüse, der auf der Spüle lag.

Edvard ging selbstsicher zu Werke: wenn er im Laden stand, wenn er sich die Zähne putzte, sich anzog, kochte, ja sogar, wenn er schlief. Alles, was er tat, wirkte professionell, tausendmal geübt und einstudiert, bis zur Perfektion vollendet.

„Thunfisch an Mangosoße. Dazu gibt es Paprika St. Croix." Er lächelte mich an, mit einem Lächeln, das mich schwach werden läßt.

Paprika St. Croix? Ich zuckte. Oh, oh! Mir schwante nichts Gutes. Da war doch was im Busch!

Edvard sah meine Reaktion, und das Lächeln verschwand: „Sag bloß, du hast vergessen, daß wir Max und Jean-Paul eingeladen haben?"

„Max und Jean-Paul?"

„Du hast es also vergessen", sagte er. „O Bernhard, mein Unverbesserlicher."

Ein paar Worte zu meiner Verteidigung: Das mit dem Vergessen ist so eine Sache. Was soziale Ereignisse angeht, habe ich nicht gerade das beste Gedächtnis, das gebe ich zu; sie sind mir einfach nicht so wichtig wie Edvard. Aber ich glaube, daß er mir so manche Verabredung verschweigt, weil er befürchtet, daß ich nicht zustimmen würde, besonders wenn sie etwas mit Max zu tun hat. Das Weingetue und Feinschmeckergehabe dieses Schreiberlings geht mir nämlich auf die Nerven. Ich kann ihn einfach nicht leiden.

„Nein. Natürlich habe ich das nicht vergessen", sagte ich und hörte an meiner Stimme, daß ich den Groll nicht ausreichend unterdrückt hatte. „Ich dachte nur ..." Es lohnte nicht, deswegen eine Auseinandersetzung anzufangen. „Egal."

Ich wendete mich ab und schaute Hannah zu, die gerade die Gemüsereste mitsamt der Zeitung in den Komposteimer stopfte, so wie wir es ihr beigebracht hatten, dann überreichte sie mir die Schüssel, mit ihren kleinen verschnittenen Karottenscheiben, die sie Blumen nannte.

„Ui! Und die hast alle du gemacht?"

Sie wischte sich an ihrem Kleidchen ab und faltete die Hände schüchtern hinter dem Rücken. Ihr Gesicht leuchtete vor Stolz: „Derokation."

„Sind ja richtige Meisterwerke geworden. Dann sollten wir jetzt mal Hände waschen." Ich stellte die Schnipsel neben den Herd. „Derokation für Max", sagte ich – der Groll schwang noch immer in meiner Stimme –, nahm Hannah bei der Hand und ging mit ihr ins Bad.

„Komm her, Mäuslein!" Ich schob den Trethocker vors Waschbecken; sie stieg hinauf und stellte sich auf die Zehenspitzen, um an den Hahn heranzureichen. Bis vor zwei Monaten hatte man ihr noch helfen müssen; inzwischen bestand sie darauf, es allein zu tun. Ich setzte mich auf den Rand der Wanne und beobachtete sie, bereit, sie zu fangen, sollte sie wanken.

Hannah hielt die Hände unter den Strahl: „Fertig!"

„Nee, nee, nee. Da liegt Seife. Schön zwischen die Finger damit", sagte ich.

Sie griff murrend nach dem klobigen Waschstück und bewegte es zwischen ihren Händchen. Es erforderte ihre volle Konzentration; ihr ganzer Körper war daran beteiligt. Im Spiegel sah ich ihr Gesicht, die kleine rosafarbene Zunge, die zwischen den feuchten Lippen hin- und herglitt, und das Stupsnäschen, bei dem ich immer an eine Rutschbahn für Engel denken mußte.

Da stand doch schon wieder ein neues Produkt auf der Konsole: „Eye Rescue", las ich, „Undereye Therapy." Wie dramatisch sich das anhörte, wahrscheinlich hatte Edvard es nur deswegen gekauft. Seine Waschcreme, die Lotion für den Tag, die Antifaltencreme für die Nacht, seine Deos, After Shaves und Eau de Toilettes, von denen er die komplette Serie aus drei verschiedenen Duftreihen besaß, nahmen vier Fünftel der Konsole ein. Ganz rechts standen meine Zahnbürste, mein Rasierapparat und mein Deoroller.

„Puh!" Hannah stieß einen lauten Seufzer aus, als hätte sie Schwerstarbeit geleistet.

„Und was stellen wir jetzt an, kleine Prinzessin?" Ich nahm ihr das Handtuch ab und hängte es über den Halter. Sie zuckte mit den Schultern; in manchen Momenten konnte sie so erwachsen wirken.

„Sollen wir malen?" Damals vertrieb sie sich am liebsten mit Hannah-Bildern die Zeit. Sie entstanden, indem sie sich auf einen großen Bogen Packpapier legte und ich ihren Körper mit einem dicken Filzstift nachzeichnete, manchmal mit ausgestreckten Armen, mit dem Gesicht im Profil oder mit angewinkelten Beinen. Diesen Umriß malte sie dann aus, schmückte ihn mit phantasievollen Kleidern – gerne in Pink –, dekorierte ihn mit Kettchen oder Blumenschmuck und setzte ihn in unterschiedliche Umgebungen, bevorzugt Wiesen mit Schmetterlingen, die man allerdings erst erkannte, nachdem sie es einem erklärt hatte.

Hannah schüttelte so vehement den Kopf, daß ihre blonden Löckchen flogen. Malen wollte sie also nicht. Sie kletterte vom Hocker herunter und lehnte sich an mich an. Ich drückte ihren Kopf gegen meinen Bauch. Es war schon nach sieben; ich vermutete, daß sie langsam müde wurde.

„Bernhard!" Edvard erwartete vermutlich Hilfe in der Küche.

„Edat hat gerufen", stellte Hannah fest. „Edat" hatte sie gesagt, bevor sie „Mama" sagen konnte. Kim erklärte es damit, daß Hannah nach der Geburt zuerst Edvard gesehen hatte und nicht sie – dabei können Neugeborene kaum mehr als Schatten von Licht unterscheiden. Ich glaube, Kim behauptete das, weil es sie traurig machte, daß sie nicht fähig war, eine so enge Bindung zu ihrer Tochter aufzubauen wie Edvard. Es hätte viel mehr Hingabe erfordert, viel mehr, sich selbst zurückzustellen und das Kind zum Zentrum ihres Lebens zu machen, was Kim einfach nicht fertigbrachte.

Inzwischen hätte Hannah Edvards Namen richtig aussprechen können, aber er blieb Edat. Daran hat sich bis heute nichts geändert.

„Professorchen!" zirpte Edvard.

„Was?" raunte ich zurück.

„Kannst du mir mal helfen?"

„Wir sind bald fertig", rief ich ebenso zirpend in die Küche.

„Warum gehst du nicht hin?" fragte Hannah.

„Weil ich ihm nicht helfen will."

„Und warum nicht?"

„Weil er Max zum Essen eingeladen hat, und den mag ich nicht."

„Warum magst du den Max nicht?"

„Weil Max ein komischer Vogel ist", sagte ich, weil ich ihr den wahren Grund nicht erklären wollte: Ich mochte nicht, was Max repräsentierte, nämlich den Schwulen, wie die Gesellschaft ihn gerne sieht: promisk und beziehungslos; einer, der sich nachts in Parks rumtreibt, auf Autobahnraststätten oder in Saunen dem anonymen Sex nachjagt.

Bei Max drehte sich alles nur um Sex; er redete ständig darüber, ja selbst sein erster Roman, in dem er über den Aids-Tod eines Freundes schrieb, war eine einzige lange Sexszene. Und seither schrieb er Pornogeschichten.

„Max ist ein Vogel?" fragte sie müde.

Ich mußte lachen und küßte sie auf die schon halb geschlossenen Lider. „Nein, Schatz. Kein echter Vogel. Aber ein eigenartiger Mensch, den keiner mag."

Das war nun – leider – eine ausgesprochene Lüge. Seine Freunde, inklusive Edvard, flogen geradezu auf ihn. Er war charmant und intelligent und den Gerüchten zufolge – natürlich! – der beste Liebhaber der Stadt. Es schien, als wäre ich der einzige, der ihn nicht mochte. Es wollte mir nicht in den Kopf, warum sich andere mit ihm abgaben.

„Und warum lädt Edat ihn dann ein?"

Weil mein Mann sich in den Kopf gesetzt hatte, Max unter die Haube zu bringen, und trotz diverser Fehlschläge nicht aufgeben wollte. Das war die Wahrheit, aber auch das würde sie nicht verstehen, daher sagte ich: „Weil er ein Dickschädel ist, wie du weißt."

In Erwartung einer Bestätigung schaute ich sie an, aber ihre Augen waren bereits zugefallen, und daher blieb sie aus. „Du nimmst Edat also in Schutz, was?" Ich drückte ihr einen Kuß auf den Kopf. „Na ja, würd ich an deiner Stelle auch. So wie er dich verzieht." Dann hob ich sie hoch und ging mit ihr in die Küche.

„Wann holt Kim eigentlich Hannah ab?" fragte ich, bevor Edvard mich mit Befehlen überschütten konnte. Hannah hatte ihren Kopf auf meine Schulter gelegt; ihre Atemzüge wurden länger.

„Keine Ahnung. Sie sagte, wir sollen anrufen."

„Und? Hast du?"

„Wann denn? Siehst du nicht, was hier noch zu tun ist? Der Tisch ist nicht gedeckt, und ich habe gerade erst die Zwiebeln gehackt."

Die versteckte Aufforderung überhörte ich, ging zum Telefon und wählte. Bei Kim war besetzt – wie so oft. Ich rief sie auf dem Handy an. Sie antwortete, wimmelte mich aber schnell ab: „Ich sprech grad auf der anderen Leitung. Ich ruf dich in fünf Minuten zurück. Okay?"

Toll! Ich setzte mich neben das Telefon und wartete. Hannah hatte sich drei Finger in den Mund gesteckt – der Daumen hatte ihr noch nie gereicht –, das war das Vorzeichen: In spätestens fünf Minuten würde sie eingeschlafen sein.

„Bist du müde, mein Mäuschen?" fragte ich überflüssigerweise; sie antwortete mit trägem Kopfschütteln.

Edvard kam aus der Küche, warf mir einen fragenden Blick zu, wohl auf Unterstützung hoffend. Ich deutete auf Hannah und zuckte hilflos mit den Schultern. Er verschwand.

Kim rief natürlich nicht an, nicht nach fünf Minuten und auch nach einer Viertelstunde nicht. Sie hatte mich entweder vergessen oder telefonierte immer noch. Dafür war Hannah inzwischen fest eingeschlafen. Ich stand vorsichtig auf, ging ins Schlafzimmer und legte sie auf unser Bett, wo ich sie vorsichtig auszog und zudeckte. Ich ließ die Nachttischlampe an, weil die Kleine in Panik geriet, wenn sie in der Dunkelheit aufwachte und niemand da war. Auch ließ ich die Tür einen Spalt breit offen, damit sie uns gegebenenfalls hören konnte.

Edvard war voll in Fahrt. Das Gemüse – Entschuldigung, die Paprika St. Croix brutzelte vor sich hin, die Teller standen auf der Wärmeplatte, und der Grill lief auf Hochtouren; Chefkoch Bornheimer goß gerade den Mangobrei in einen kupfernen Tiegel.

„Du betreibst ja einen ganz schönen Aufwand. Man könnte annehmen, du möchtest jemanden erobern", sagte ich.

„Wir haben Gäste, mein Schatz. Wäre es dir lieber, ich würde Pizza bestellen?" Edvard hielt inne und ließ den Kochlöffel sinken. „He, Professor. Du hast überhaupt keinen Grund zur Eifersucht."

„Interessant, daß du das Thema Eifersucht erwähnst. Ich habe nichts dergleichen geäußert."

Er stützte sich auf den hölzernen Kochlöffel und nahm eine drohende Gebärde an. Sehr verdächtig.

Ich legte den Finger auf meine Lippen: „Nicht vor Hannah!"

„Wo ist sie eigentlich?"

„Im Bett."

„Hast du mit ihr Zähne geputzt und sie gewindelt?"

„Nein. Sie ist an meiner Schulter eingeschlafen."

„Kein Wunder. Wir sind heute nachmittag einmal quer durch den Englischen Garten und haben einen riesigen Schneemann gebaut."

„Mit dem bißchen Schnee?"

„Na gut, es war ein kleiner Schneemann. Jedenfalls ist das Mittagsschläfchen heute ausgefallen. Aber ohne Zähneputzen kommt sie mir nicht ins Bett."

„Edvard. Sie schläft."

„Das ist mir egal. Ich lasse mir später keine Vorwürfe machen, wenn sie beim Zahnarzt sitzt und heult. Gehst du mit ihr, oder deckst du lieber den Tisch?"

Ich schaute ihm in die Augen, er starrte zurück. Ein unerbittlicher Blick. Meine Vorstellung von Ordnung genügt Edvard nie; ich decke den Tisch, und kaum drehe ich mich um, rückt er Besteck, Servietten und Gläser in die „perfekte" Position. Das macht mich wahnsinnig, also entschied ich mich für die Alternative.

„Zähneputzen."

„Aber los. Die werden jeden Moment hier sein." Edvard schob mich aus der Tür. Kurz bevor er sich auf das Geschirr stürzte, lächelte er mich an und gab mir einen Kuß.

Im Schlafzimmer drang zartes Schnarchen an mein Ohr. Ich setzte mich zu Hannah ans Bett und deckte sie langsam ab. Sie lag völlig entspannt da, ihr Körper war schwer. „Komm her, Süße! Wir müssen noch Zähne putzen."

Hannah blinzelte, weinte vor Schreck und umklammerte meinen Hals. Aber schon im nächsten Moment war sie wieder eingeschlafen, und die Umklammerung löste sich wie von selbst.

„Schätzchen. Der große Häuptling hat ein Machtwort gesprochen, und du hilfst mir besser, sonst krieg ich Stunk."

Sie murmelte etwas Quengeliges, ließ sich aber brav das Nachthemdchen überziehen. Dann nahm ich sie auf den Arm, trug sie ins Badezimmer und setzte sie auf die Toilette.

„Mach noch mal Pipi", sagte ich und hielt sie an der Schulter fest. Aber natürlich kam da nichts. Dann stellte ich sie auf den Hocker und drückte ihr die Zahnbürste in die Hand. Sie stand schlaftrunken vor dem Waschbecken. Ich wollte etwas Zahnpasta auf die Bürste drücken, da zog sie sie weg und heulte auf. „Nein!"

„Okay, okay. Hier, du kannst es selber machen." Ich gab ihr die Tube und legte meine Hand auf ihren Rücken, weil ich Angst hatte, daß sie umkippen würde. Sie bewegte sich in Zeitlupe.

Eklats vor dem Einschlafen sind mir lästig. Außerdem stand mir noch das Windelproblem bevor. „Du wirst schon noch lernen, dich mit mir gegen Edat zu verbünden", flüsterte ich ihr ins Ohr. Sie zog die Schulter nach oben, um mir zu bedeuten, daß sie in Ruhe gelassen werden wollte. Ich ließ sie los.

Ihre Bewegungen wurden immer langsamer, bald konnte Hannah den Kopf nicht mehr halten, also bürstete ich einmal über die obere und einmal über die untere Zahnreihe und flößte ihr etwas Wasser ein, dann setzte ich das Wickelbrett auf die Wanne und Hannah darauf.

„Leg dich zurück, mein Schatz", sagte ich, zuversichtlich, daß sie vor Müdigkeit nichts merken würde. Aber Hoffnung ist eine Illusion. Hannah riß die Augen auf und hatte schon den Schrei auf den Lippen.

„Schsch! Schätzchen, warte!" sagte ich und hob sie hoch. „Du willst doch nicht ins Bett machen. Deshalb machen wir etwas, damit du besser schlafen kannst." Es war wichtig, das Wort „Windel" zu vermeiden. Kindererziehung ist wie Politik: Die richtige Wortwahl verlagert die Aufmerksamkeit.

„Und morgen früh, wenn du aufwachst, geht Edat mit dir zur Belohnung ein neues Kleidchen kaufen." Ich zog alle Register. Ich hasse *deals*, und jedesmal wenn ich darauf verfiel, wehrte sich etwas in mir, aber es gab keine Alternative.

Hannah heulte ein wenig vor sich hin und zog einen Schmollmund. „Gretl!"

Ich versprach ihr, daß ich die Stoffpuppe suchen würde, sobald wir fertig waren, und legte ihr dabei vorsichtig die Windel an.

Kim hatte Gretl unter Edvards Aufsicht nach anthroposophischer Vorlage selbst genäht – was niemand so recht glauben wollte, der Kim kannte, denn Kim war alles andere als häuslich. Gretl bestand aus natürlichen, lehm- und erdfarbenen Materialien; Augen und Mund waren gestickt, die Haare aus Wolle geflochten, sogar die Kleider selbst gehäkelt. Das ganze Ding sah ein bißchen so aus wie eine Bastelarbeit aus der zweiten Klasse, aber laut Edvard war es für etwas gut, wenn Hannah mit ihr spielte. Er glaubte an allen möglichen übersinnlichen Humbug, verstank regelmäßig unsere Wohnung mit Räucherstäbchen, hatte einen Altar im Schlafzimmer angelegt, den er hütete wie seinen Augapfel, und beschenkte unsere

Freunde mit diesen komischen Perlenarmbändern aus Halbedelsteinen, die „positive Vibrationen" ausstrahlen sollten.

Es läutete an der Tür. Als ich mit Hannah aus dem Bad kam, öffnete Edvard gerade für Jean-Paul, der in unsere Wohnung schritt, als wäre sie ein Laufsteg. Sein zierlicher Hals wuchs aus einem leuchtend blauen Anorak heraus, die Kälte hatte rote Flecken auf seine schneeweiße Haut getrieben. Obwohl er seine kurzen, blondierten Haare mit Gel zu kleinen Stacheln stylte, gefiel er mir; wegen seiner großen Augen und weil mich seine frechen Lippen penetrant aufforderten, sie zu küssen.

„Bin ich zu früh?"

„Nein. Wir sind nur ein bißchen spät dran", sagte Edvard und warf mir einen vorwurfsvollen Blick zu. „Aber vielleicht kannst du mir ja noch ein bißchen helfen."

Ein eisiger Zug fegte durch die Wohnung.

„Mach bitte die Tür zu, Edvard! Es zieht", sagte ich. „Hannah, sag: ‚Gute Nacht, Jean-Paul'."

Hannah stopfte sich drei Finger in den Mund, drückte sich an mein Bein und klammerte sich fest. Ich zuckte entschuldigend mit den Schultern und trug sie ins Schlafzimmer.

„Okay, Häschen. Jetzt aber husch, husch ins Körbchen."

Hannah zog mich zu ihrem Köfferchen – einem Stewardessenkoffer, den sie von ihrer Mutter „geerbt" hatte, damit sie ihre sieben Sachen von einem Haushalt zum nächsten schleppen konnte –, nahm Gretl heraus und krabbelte unter die Decke. „Liest du mir was vor?" Jetzt war sie natürlich hellwach. Und wer mußte sich nun mit ihr plagen?

Ich schaute, welche Bücher sie mitgebracht hatte. Zur Auswahl standen *Streifenhörnchens Abenteuer*, *Leutnant Gelbohr auf großer Fahrt* und *Marshmallowbärchens Rettung*. Hannah wollte die Geschichte vom Marshmallowbärchen hören.

„Berni. Wer ist der Mann da draußen?"

„Das ist Jean-Paul. Weißt du nicht mehr?" antwortete ich. „Wir haben ihn vor zwei Wochen in der Fußgängerzone aufgegabelt. Er stand mit einem Stadtplan vor der großen, gelben Kirche, und Edat hat ihn gefragt, ob er Hilfe braucht."

Es war eine von Edvards Eigenschaften, die ich ihm partout nicht austreiben konnte. Er sprach oft junge Männer an, und ehe ich Einspruch einlegen konnte, war er auch schon mit ihnen befreundet.

„Und wieso ist er jetzt hier?" fragte sie weiter.

Tja, warum ist die Erde rund? Edvard brauchte eben ständig Menschen um sich herum. Außerdem:

„Edat bildet sich ein, daß Jean-Paul Max gerne kennenlernen würde." Natürlich hoffte ich, daß das Gegenteil der Fall war, weil ich Max Jean-Paul nicht vergönnte. Dieser Junge war zu hübsch. Seine Lippen warfen sich in der Mitte ein wenig auf, und sie glänzten immer, als ob er ständig mit der Zunge darüber fahren würde. Ihr lässiges Erscheinen reizte mich: Sie schlossen sich selten ganz; selbst beim Sprechen schien es, als würden sie ein wenig offenbleiben, immer in Erwartung, ständig bereit für …

„Du liest ja gar nicht", maulte Hannah entkräftet.

Ich schaute sie an. Sie hielt Gretl fest an sich gedrückt, und ihre Augen waren halb geschlossen.

„Eines Tages fragte das Marshmallowbärchen das Smörehäschen, ob es mit ihm eine Reise unternehmen wollte …" Ich erzählte, auswendig – schließlich hatte ich ihr die Geschichte schon oft vorgelesen – und schaltete leise das Licht aus. Trotzdem mußte ich aufpassen, denn beim ersten falschen Wort wäre sie sofort aufgewacht.

Ich sprach immer leiser, verstummte schließlich ganz, blieb aber noch sitzen, bis ich sicher sein konnte, daß sie eingeschlafen war. Als ihr Atem tief und regelmäßig ging, stand ich langsam auf und tastete mich zur Tür vor.

Draußen rieb ich mir die Augen; sie brauchten einen Moment, bis sie sich ans Licht gewöhnten. Dann ging ich um den Tisch herum und begrüßte Jean-Paul. Er stand auf und schüttelte mir die Hand; ich klopfte ihm auf die Schulter. „Schön, daß du kommen konntest", sagte ich.

„Danke für die Einladung", antwortete er.

„Guten Abend, Bernhard", begrüßte mich Max.

„He." Ich schüttelte seine Hand. Max war ein großer, hagerer Typ, der immer dunkle Kleidung trug und Sommer wie Winter einen langen schwarzen Mantel. Begegnete man ihm nachts auf der Straße, hätte man vermutlich kaum mehr als einen Schatten wahrgenommen, kreuzte er jedoch den Weg, trieb er einem einen Schauer über den Rücken.

Mir war zu Ohren gekommen, daß Max beim Sex regelrecht aufblühte, was meine Vermutung nur unterstützte, nämlich daß er in Wahrheit ein Vampir war. Natürlich meinte ich das nicht wörtlich – das wäre ja ziemlich albern –, aber bildlich. Ich stellte mir vor, daß jeder, der mal was mit ihm gehabt hatte, blaß und blutleer durchs Leben lief.

„Und? Schläft sie?" fragte Edvard; ich streichelte ihm über die Brust.

„Tief und fest."

Er packte mich, zog mich zu sich hinunter und gab mir einen Kuß. „Dann hast du dir jetzt eine kleine Stärkung verdient", sagte er und schob mich auf den Stuhl. „Setz dich und unterhalte die Gäste! Dann kann ich fertigköcheln." Er schenkte mir ein, dann den anderen nach. „Übrigens, Kim hat gerade angerufen."

Ich schaute auf die Uhr: kaum anderthalb Stunden, nachdem sie es versprochen hatte.

„Ich habe ihr gesagt, daß Goldlöckchen schon schläft und sie sie erst morgen holen soll."

„Gut."

„Auf das Wohl der Gastgeber!" sagte Max und hob sein Glas. Er schaute Edvard an.

Ich blickte in Jean-Pauls große, weite Augen; sie funkelten. Plötzlich wußte ich, was meinen Mann an ihm faszinierte. Er schien einer Modezeitschrift entsprungen: gestylt, gezupft, geschminkt, alles einen Tick zu schön, um echt zu sein. Bestimmt trug auch er schneeweiße Feinripp-Unterwäsche, duschte zweimal am Tag, wie Edvard, und räumte die Spülmaschine ein, als würde sie danach für *Architectural Digest* fotografiert. „Prost!"

Max nahm einen Schluck, sog ihn lautstark durch die offenen Lippen und ließ ihn dann die Kehle hinunterrinnen.

Die beiden waren das absolute Kontrastprogramm. Wie konnte Edvard auch nur im entferntesten annehmen, daß Jean-Paul sich für Max interessieren könnte?

„Und? Hat das mit der Wohnung geklappt?" fragte ich Jean-Paul, der, als wir ihn kennenlernten, gerade einen Besichtigungstermin hatte, aber die Straße nicht finden konnte.

„Nein. Aber ich hab inzwischen eine andere. Ich bin froh, daß ich das hinter mir habe."

„So schlimm?"

„Nicht die Wohnungssuche an sich. Obwohl, das ist auch nicht gerade angenehm."

„Sondern?"

„Ich habe Max und Edvard gerade erzählt, daß ich wegen einem Kerl nach München gezogen bin. Aber als ich dann vor seiner Tür stand, war schon ein anderer eingezogen."

„Ja, so schnell kann's gehen", sagte Max.

„Ich verstehe nicht ganz", sagte ich.

„Ist auch kein Thema für ein Abendessen." Jean-Paul hob sein Glas. „Prost!" Offensichtlich wollte er das Thema nicht vertiefen. Er nahm einen Schluck und setzte dann an, seinen Pullover auszuziehen, packte ihn dazu am Kragen.

„Oh, nein!" rief Max, griff sich erschrocken ans Herz und machte ein entsetztes Gesicht.

„Was?"

„Max meint, es wäre unsere Pflicht, einen Pullover nicht wie Damen genant über den Kopf zu ziehen", erklärte Edvard und stellte Olivenöl und Weißbrot auf den Tisch, „sondern ihn sich wie ein Cowboy vom Leib zu reißen, der sich nach tagelangem Ritt an einem kühlen Bach den wunden Körper wäscht."

„Ach so." Jean-Paul packte seinen Pullover nun am Bund und stülpte ihn sich mit gespannten Muskeln über den Kopf.

„Bravo!" klatschte Edvard.

Max musterte Jean-Paul; ich wartete darauf, daß er sich die Lippen leckte, aber er tat es nicht.

Zuerst gab es einen „Cappuccino aus Winterkräutern", dann „Grapefruitscheiben ‚an' Brunnenkresse im Avocadoschaum". Ich konnte aus der Haut fahren, wenn Edvard so künstlich tat; diese aufgesetzte Speisekartensprache paßte zu Alfred Biolek, aber nicht zu uns.

„Hervorragend!" rühmte Max, als ob sein Lob auch nur einen Pfifferling wert wäre. Er war eine Schnapsdrossel und kein Gourmet. Na gut, einen Connaisseur für Wein und Zigarren wollte ich ihm zugestehen, aber von Essen hatte er keine Ahnung.

Wir aßen, tranken, schäkerten. Zwischendurch kam mal einer auf Politik zu sprechen oder auf die Aktienkurse; allmählich stieg uns der Wein zu Kopf. Während die Themen anfangs noch sinnvoll und für jeden nachvollziehbar ineinander überflossen, sprangen wir nun ohne ersichtlichen Grund von einem zum anderen, nahmen verschiedene mehrmals auf, bis wir – wie so oft – bei „Beziehungen" landeten.

„Das ist genau, was ich meine", sagte Edvard. „Nimm deinen Ex, zum Beispiel. Ihr kanntet euch 'ne Weile, seid gemeinsam in Urlaub gefahren, dann hast du deinen Job in Hannover gekündigt, deine Wohnung aufgegeben, und kaum bist du hier angekommen, fällt ihm plötzlich ein, daß er einen anderen Kerl geiler findet."

„Aber eine eingetragene Partnerschaft hätte das auch nicht verhindert", entgegnete Jean-Paul. „Meinst du denn, bei Hetenpaaren ist das anders? Wie oft liest man, daß Ehen nach ein paar Wochen annulliert werden? Die Scheidungsrate spricht Bände."

„Aber schwule Beziehungen gehen doch viel schneller auseinander", verteidigte Edvard seinen Standpunkt. „Schau doch nur mal, wie einfach das ist: Man packt seinen Cockring, nimmt das Gucci vom Regal, und schwupps ist man aus dem Leben des anderen verschwunden."

„Aber ich bitte dich", sagte Max. „In der Konsequenz hieße das doch, daß sich alle Haus und Kinder anschaffen sollten, damit die Trennung schwerer fällt."

„So unrecht hat er nicht", warf ich ein und streckte meine Hand nach Edvard aus. „Es ist ja wirklich einfach abzuhauen. Wenn du dagegen eine gemeinsame Existenz aufbaust und eine gemeinsame Zukunft geplant hast, dann wirfst du das nicht so leicht weg. Du wirst es dir nicht zweimal, sondern hundertmal überlegen, bevor du die Beziehung hinschmeißt."

„Das ist grober Unfug", sagte Jean-Paul. „Du kannst so viel schwören, wie du willst. Bei der ersten ernsthaften Krise sind die meisten weg."

„Ich kann nur sagen, daß das Ja-Wort für uns was verändert hat", sagte Edvard.

„Ach. Und ich habe gedacht, dir wäre es bei der ‚Hochzeit' nur um die Gaudi gegangen", erwiderte Max.

„Moi?" Edvard legte sich die Fingerspitzen auf die Brust.

Ich strich ihm über die Wange. „Meine *drama queen.*"

Er warf mir einen verächtlichen Blick zu, erklärte sich weiter: „Jedenfalls gehen wir seither anders miteinander um."

Jean-Paul setzte sich zurück und verschränkte die Arme vor der Brust. Er konnte dieser persönlichen Erfahrung wenig entgegensetzen, aber ich sah ihm an, daß er sich nicht so schnell geschlagen geben wollte.

„Siehst du das genauso, Bernhard?" fragte mich Max.

„Also mal abgesehen davon, daß ich mit dem Firlefanz drum herum nichts anfangen kann ..."

Edvard zog einen Schmollmund.

„Das weißt du, mein Schatz", entschuldigte ich mich und streichelte seinen Schenkel. „Aber ich muß auch zugeben, seit ich erlebe, was dieses Ja-Wort für einen Unterschied macht, stehe ich eher auf der Seite der Befürworter von eingetragenen Partnerschaften."

Jetzt lächelte Edvard wieder, und wenn ich mich nicht ganz täuschte, sah ich, daß ihn meine Aussage rührte.

„Vielleicht ohne Rosenblätter und Reis", setzte ich leise hinzu und grinste.

Edvard sprang auf und tat so, als würde er mit Fäusten auf mich einschlagen, dann umarmte er mich, drückte und schüttelte mich. „Du bist unverbesserlich. Eines Tages wirst du erkennen, wie viel Geduld ich für dich aufbringe, und mir ewig dankbar sein." Dann wendete er sich unseren Gästen zu: „Feigen im Weißwein-Honigsud, aufgefrischt mit einem zarten Sorbet aus Nanaminze und Limetten?"

Jetzt hätte ich ihn am liebsten erschlagen.

Max und Jean-Paul schauten ihn fragend an.

„Keine Antwort ist auch eine Antwort", sagte Edvard und ging zielstrebig in die Küche.

„Seid ihr euch denn treu?" fragte Jean-Paul. Es scheint die Frage zu sein, die Singles am meisten bewegt, wenn sie auf ein Paar treffen. Als ob das nicht selbstverständlich wäre.

„Aber natürlich", antwortete ich. „Treue ist die Basis einer jeden Beziehung, sonst ist es keine." Dann rief ich in die Küche: „Edvard, brauchst du Hilfe?"

„Nein, nein. Ich mach das schon", rief er zurück. „Unterhalte du die Gäste."

„Ich meine nicht seelische Treue, sondern sexuelle", bohrte Jean-Paul weiter.

„Fremdgehen? Das würde keiner von uns dem anderen antun."

„Ach, wirklich?" fragte Max, das Biest, höhnisch. In seinen Augen war diese Einstellung bestimmt mittelalterlich. Es war klar, daß er dazu einen boshaften Kommentar abgeben mußte.

„Hast du Zweifel daran?"

Max lag etwas auf den Lippen, und er verkniff sich ein wissendes Grinsen. Was für ein Ekelpaket.

„Das ist unsere Vereinbarung für den Moment", sagte Edvard und stellte eine große Schale mit Feigen in goldener Soße auf den Tisch. „Ich messe Sex nicht so einen hohen Stellenwert bei. Bernhard ist dieses ‚Treueding' sehr wichtig, also bitte." Dann ging er wieder in die Küche.

„Kommt ihr damit nicht in Schwierigkeiten?" fragte Jean-Paul. „Die Grenzen sind doch sehr eng gesteckt."

Wollte er mit dieser Frage etwa in Erfahrung bringen, wie weit er mit mir gehen konnte? Mein Herz pochte plötzlich bis zum Hals. „Was wir von anderen so mitkriegen, führt es unweigerlich zu Problemen, wenn man die Beziehung auf irgendeine Weise öffnet. Absolute Treue ist eine klare und eindeutige Grenze. Und damit basta."

„Wie lang seid ihr jetzt zusammen?"

„Viereinhalb Jahre."

„Hast du nie das Bedürfnis gehabt, Sex mit einem anderen zu haben oder auch nur einen anderen zu küssen?" Jean-Paul schaute mir mit einem durchdringenden Blick in die Augen. Es wurde eng in meiner Hose, mir kribbelte es auf der Haut.

Am liebsten wäre ich aufgesprungen und hätte ihn einfach geküßt, aber ich hielt mich an unsere Treuevereinbarung. „Nein!"

„Erstaunlich."

Max hatte sich bisher zurückgehalten, aber es war zu erwarten, daß er seinen Senf dazugeben würde: „Egal, mit wem ich darüber spreche, jeder hat eine Regel über Sex außerhalb der Beziehung. Aber egal, wo die Grenzen gesteckt sind, früher oder später überschreitet sie einer von beiden, und dann gibt es ein Riesendrama."

„Drama?" fragte Edvard und stellte jedem einen großen Teller mit je drei Kugeln hellgrünem Sorbet vor die Nase. „Wo gibt's ein Drama?" Und schon war er wieder weg. Mein Edvard.

„Regeln", unterstrich Max. „sind überhaupt nur dazu da, gebrochen zu werden."

„Nicht immer", sagte ich und hob den Zeigefinger.

„Aber immer öfter", sagte Jean-Paul und seufzte wissend.

„Die Feigen nehmt ihr euch bitte selbst", sagte Edvard und stellte einen Teller auch auf seinem Platz ab. „Ich bin zu betrunken, um jetzt noch zu derokieren."

Wir beide lachten, die anderen verstanden das natürlich nicht, dann zog Edvard den Stuhl mit dem Fuß zu sich heran und ließ sich hineinfallen. Es sah ziemlich schlampig aus, im nüchternen Zustand wäre es ihm peinlich gewesen. Mir aber gefiel es, wenn er sich denn mal ein wenig gehenließ.

„Mit dieser Regelei geht es doch nur darum, den anderen irgendwie zu kontrollieren", fuhr Jean-Paul fort und imitierte eine Fernbedienung: „Streicheln, Küssen, Nähe und – ganz wichtig – der Ton-Aus-Knopf, damit man den anderen mundtot machen kann, wenn er was sagt, was einem nicht paßt."

Edvard steckte sich etwas Eis in den Mund und klopfte dann mit dem Löffel gedankenverloren gegen seine Lippen. Jetzt wußte ich auch, woher Hannah das hatte. „Max ist Schriftsteller, weißt du", sagte er aus heiterem Himmel – wie gesagt, das ging schon den ganzen Abend so: Ein Themenwechsel jagte den nächsten.

Jean-Paul nickte, erst dann schien es ihm zu dämmern. „Etwa *der* Max?"

„Ich weiß nicht, wie viele du kennst", antwortete Max, und ein süffisantes Lächeln machte sich auf seinem Gesicht breit.

„Na der, der sich im Buch ‚Mäxx' nennt. Freut mich, dich kennenzulernen, Mäxx." Jean-Paul streckte ihm die Hand entgegen.

Auf zur fröhlichen Autogrammstunde, dachte ich. Gleich würde es nur noch um den Roman gehen, um Max' zügelloses, ungebundenes Leben und seine hoffnungslose Liebe zu dem an Aids erkrankten Nachbarn Christian, dessen Tod ihn angeblich zu einem beziehungsfähigen Menschen gemacht haben soll.

Max drückte Jean-Pauls Hand halbherzig. „Sag Max zu mir", sagte er und grinste ein bißchen zu freundlich, vermutlich um den Schmerz zu überdecken, den der Klang dieses Namens in ihm auslöste – nur Christian hatte ihn „Mäxx" nennen dürfen; selbst Edvard, der Max schon lange kannte, sprach ihn nie mit diesem Namen an.

„Oh! Ich verstehe", sagte Jean-Paul und zog seine Hand zurück. „Ich hab das Buch gelesen. Hat mir sehr gefallen. Vor allem der Schluß. So 'ne richtige Tränendrüsenpresse."

„Danke. Das war meine Absicht." Am Ende des Romans beschreibt Max, wie er nach Christians Tod einen Mann kennenlernt, sich in ihn verliebt und mit ihm eine Beziehung eingeht.

„O Mann, was hab ich geheult. Aber, wenn ich dazu was sagen darf ..."

„Du bist ja bereits dabei", sagte Max und lachte.

„Es hatte ja schon so einen *touch* von Courths-Mahler. Richtig glaubwürdig war das nicht."

Max rutschte auf seinem Stuhl zurück und warf einen Blick zu Edvard hinüber. Da hatte Jean-Paul mitten in die Wunde gestochen.

„Hast du denn so was erlebt?" fragte er weiter.

„Na ja. Es ist doch immer etwas Wahres an den Romanen. Aber Liebe ist nun mal ein Märchen, und deshalb hab ich auch ein Märchen daraus gemacht."

Damit hatte er die Wahrheit geschickt umschifft. Edvard, mein geliebter leichtgläubiger Edvard, hatte Max geraten, den Schluß des Buches so zu schreiben, weil er behauptete, daß er dadurch den Liebhaber in seinem Leben „manifestieren" würde. So nach dem Motto: Man muß nur fest dran glauben, dann wird es schon werden. Dieses „Naturgesetz" – wie Edvard es nannte – glaubte er im ersten Kapitel des Johannesevangeliums begründet zu sehen, in dem so etwas steht wie: „Im Anfang war das Wort, und alles ist durch das Wort geworden."

Geklappt hatte das natürlich nicht. „Ich konnte ja nicht wissen, daß Max sich ausgerechnet seinen heterosexuellen Chef als Traumpartner aussucht", hatte Edvard als Begründung vorgebracht.

„Was? Du nennst die Liebe ein Märchen. So enttäuscht?" fragte Jean-Paul.

„Ist es nicht so? Wenn du dich verliebst, dann malst du dir doch alles mögliche aus: Endlich der Richtige! Endlich der Mann, der mich versteht, der mir alle Wünsche erfüllt, mit dem ich auf ewig zusammenbleibe! Liebe ist nur ein Märchen, nichts weiter."

„Aber ein schönes Märchen", sagte Jean-Paul. „Im übrigen ... liebe ich Märchen."

Ich schaute zu ihm hinüber und mußte zu meinem Schrecken feststellen, daß er Max ... ja was, anhimmelte! Max erwiderte seinen Blick; sie schauten sich viel zu lange in die Augen.

„Der Schluß deines Romans läßt jedenfalls vermuten, daß das Märchen deiner Liebe ziemlich leidenschaftlich ist", setzte Jean-Paul nach.

Ich schaute zu Edvard hinüber, der hatte seinen Kopf auf die Hand gestützt und schaute die beiden an, als wären sie Romeo und Julia.

„Wenn du meinst", sagte Max und senkte den Blick auf seine Finger, mit denen er an der Tischkante herumfummelte; ein leidendes Lächeln lag auf seinen Lippen.

„Einen Cognac oder einen Fernet?" fragte ich, um das Theater zu beenden.

„Fernet?" schreckte Edvard auf. „Wir haben keinen Fernet!"

Ich warf ihm einen giftigen Blick zu, den er nicht verstand; Max und Jean-Paul schienen es überhört zu haben.

Max schaute Jean-Paul wieder in die Augen, und das leidende Lächeln wurde zu einem breiten Grinsen. „Vielleicht hast du recht", antwortete Max ihm.

„Oder möchtest du vielleicht eine Zigarre, Max?" fragte ich.

„Nach dem, was ich gelesen habe, bin ich sogar davon überzeugt", setzte Jean-Paul nach. Max würde nun bestimmt gleich sagen: „Dann find's doch raus!" Und das wäre das Ende von Jean-Pauls wunderschönen, prallen Lippen. Ich sah ihn schon nach dieser Nacht mit Max wie ein Zombie durch die Stadt laufen, blutleer, mit starrem Blick.

„Du darfst nicht alles glauben, was du liest, Jean-Paul!" sagte Max, stand auf, entschuldigte sich und ging ins Bad.

„Und?" flüsterte Edvard, sobald Max die Tür hinter sich geschlossen hatte. „Wie findest du ihn?"

„Puh", sagte Jean-Paul und tat so, als würde er sich Schweißperlen von der Stirn wischen. „Wenn auch nur die Hälfte von dem stimmt, was er geschrieben hat, dann ist er genau mein Fall."

„Dann ran!" sagte Edvard.

„Bist du sicher, daß er Single ist?"

„Ganz sicher", sagte ich und bemühte mich, gelangweilt zu klingen. „Das wird er auch immer bleiben."

Jean-Paul schaute mich erschrocken an.

Edvard machte eine wegwerfende Geste. „Hör nicht auf ihn! Wenn du willst, machen wir einen auf müde, gähnen rum und schmeißen euch dann bald raus."

Es nervte mich, wenn Edvard Pläne machte und ganz selbstverständlich erwartete, daß ich ihnen zustimmte. Es kam mir gar nicht in den Sinn, Jean-Paul in Max' Arme zu treiben.

Max kam aus dem Bad, bevor Jean-Paul antworten konnte.

„Hat jemand noch Lust auf 'ne kleine Kneipentour?" fragte ich, und Edvard warf mir einen Blick zu, der von Mordlust sprach.

„Nein, danke, ohne mich", sagte Max. „Ich hab mir überlegt, daß ich jetzt noch ins Kino gehe. Wenn ich mich beeile", er schaute auf seine Uhr, „schaff ich noch die Nachtvorstellung."

Edvard blickte Jean-Paul auffordernd an.

„Kino?" fragte der daraufhin. „Was schaust du denn an?"

Max schaute Jean-Paul in die Augen; man sah ihm an, daß er nach einer passenden Antwort fieberte. Dann setzte er ein freundliches, charmantes Lächeln auf und sagte: „Einen Film, den ich mir lieber allein anschaue."

Das saß. Jean-Paul schlug die Augen nieder und murmelte: „Na dann, viel Vergnügen."

Max warf sich seinen Mantel über und umarmte Edvard. „Danke für die Einladung."

„Immer willkommen."

Dann schüttelte Max mir die Hand und zuletzt Jean-Paul. „Glaub mir. Die Märchen, die ich zu erzählen habe, würden dir nicht gefallen."

Jean-Pauls Gesicht hellte sich auf, ein Funken Hoffnung hatte sich in ihm entfacht. „Das solltest du erst mal ausprobieren", sagte er.

Und Max: „Das hab ich schon. Gute Nacht, Jean-Paul. Es hat mich gefreut, dich kennenzulernen."

„Gute Nacht."

„Bis dann."

„Tschüs!"

Sobald die Wohnungstür ins Schloß gefallen war, fragte Edvard: „Cognac oder lieber einen Espresso?"

„Danke, nichts für mich", antwortete Jean-Paul. „Ich geh auch gleich."

Jean-Paul war verletzt; er tat mir leid.

„Nimm dir das nicht so zu Herzen", sagte ich. „Max ist ein schwieriger Mensch."

Er lachte. „Was? Hattest du den Eindruck, daß mich das gestört hat?"

„Komm, setz dich noch mal!" sagte Edvard, holte Gläser aus dem Schrank und die Karaffe mit dem Whiskey.

„Der ist doch sowieso viel zu alt", murrte Jean-Paul, als er sich auf seinen Stuhl fallen ließ. „Was soll ich denn mit so einem Greis?"

„Max ist Anfang vierzig ...", begann Edvard sein Verteidigungsplädoyer, schluckte aber den Rest, nämlich daß Max eher nach Mitte Dreißig aussah. Statt dessen schenkte er ein und schob Jean-Paul ein Glas hin. „Das Problem ist, daß Max sich seit Christians Tod schwer tut, jemanden in sein Leben zu lassen."

„Sein Pech", sagte Jean-Paul und prostete uns zu. „Trotz allem: Auf die Liebe!"

„Auf die Liebe!" sagte Edvard.

„Auf die Liebe!" sagte auch ich.

Es entstand eine lange Pause, in der spürbar wurde, wie gedrückt die Stimmung wirklich war.

„Also, ich bin ziemlich geschafft", sagte ich. „Ich werde mich dann auch zurückziehen."

Jean-Paul machte Anstalten aufzustehen.

„Nein, nein. Bleib ruhig sitzen. Ich bin mir sicher, daß Edvard gerne noch ein bißchen mit dir plaudert."

„Nee, nee. Ich wollte sowieso gehen; es ist schon gleich eins. War 'ne anstrengende Woche."

Edvard widersprach ihm nicht. Er stand auf und ging zur Tür. Jean-Paul schlüpfte in seinen Anorak, dann umarmte er Edvard und küßte ihn.

„Danke für das tolle Essen und die gute Unterhaltung."

„Keine Ursache. Ich hoffe, du kommst uns bald mal wieder besuchen."

„Gerne."

Als er sich mir zudrehte, schaute ich kurz auf seine Lippen; das wäre meine Chance gewesen, ihn zu küssen. Die Versuchung war groß, aber ich wich ihr aus. „Komm gut nach Hause", sagte ich und entließ ihn aus meiner Umarmung.

„Danke. Euch noch einen schönen Abend."

„Ja, mach's gut. Und melde dich mal", sagte Edvard.

„Wir telefonieren."

„Bis dann."

Die Tür fiel ins Schloß, und Edvard atmete auf. Erst jetzt merkte ich, daß ihn diese kleine Szene sehr angestrengt hatte.

„Wann lernst du es endlich?" fragte ich meinen Angetrauten. „Diesen Max zu verkuppeln ist das Verrückteste aller deiner Hirngespinste." Ich sagte das mit Nachdruck, denn Edvard fühlte sich Max verpflichtet, weil das mit dem „Liebhaber manifestieren" gänzlich in die Hose gegangen war.

„He! Er war kurz davor, das mußt du doch selber zugeben. Jean-Paul hat sich nur ein bißchen doof angestellt."

„Jean-Paul soll sich doof angestellt haben? Ich würd eher sagen, daß sich Max wie ein Arsch benommen hat." Ich schüttelte den Kopf. „Warum mußt du ihn nur immer verteidigen?" Ich ahnte, daß Edvard in Max ein Stück seiner eigenen Vergangenheit sah, in der auch er immer nur an Sex gedacht hatte.

„Und warum mußt du Max immer schlechtmachen?" fragte er.

Anstatt zu antworten, ging ich ins Bad und putzte mir die Zähne. Warum ich Max schlechtmachen mußte? Wenn das nicht offensichtlich war.

Edvard räumte noch den Tisch ab.

„Komm, das machen wir morgen. Laß uns ins Bett gehen", sagte ich auf dem Weg ins Schlafzimmer.

„Laß mich mal. Ich steh nicht gern auf, um erst mal eine halbe Stunde aufzuräumen. Du kannst das Bett ja schon vorwärmen."

„Na gut. Aber mach nicht zu lange. Okay?"

„Okay!"

Es war schwierig, im Dunklen meinen Schlafanzug zu finden. Seit Hannah immer öfter bei uns übernachtete, hatte ich mir wieder einen zugelegt. Es kam mir einfach seltsam vor, nackt neben dem kleinen Mädchen zu liegen. Dann schlüpfte ich zu ihr unter die Decke. Hannah war warm und strahlte eine angenehme Entspannung aus. Ihr Atem war sanft und ruhig, und so schlief ich schnell ein.

Leises, aber permanentes Flüstern weckte mich. Ich öffnete die Augen und sah, daß Hannah zwischen Edvard und mir auf dem Bett saß und angestrengt versuchte, ihrer Gretl etwas zu erklären. Um sie herum lagen eine Reihe von Schmink- und Haarpflegeutensilien: Die Bio-Puppe wurde mit Plastikkram bearbeitet. Na, das machte Sinn.

„Guten Morgen", flüsterte ich, um Edvard nicht zu wecken.

„Guten Morgen, Berni. Gretl will sich nicht waschen. Ich hab ihr gerade erklärt, daß man, wenn man erwachsen werden will, daß man sich dann, na ja, also ... waschen muß."

Ich nahm Hannah in den Arm, aber sie wand sich heraus.

„Komm! Wir müssen aufstehen. Ich habe Gretl versprochen, wenn sie badet, gehen wir dahin, wo die großen Tiere wohnen." Sie meinte damit den Zoo.

„Mäuslein. Ich weiß nicht, ob das klappt. Wir rufen gleich mal deine Mama an und fragen, was sie heute mit dir vorhat. Okay?"

„Aber ich habe es der Gretl versprochen. Und ein Versprechen muß man doch halten! Nicht wahr, Berni?"

Ich hatte befürchtet, daß Hannah früher oder später lernen würde, selber schräge *deals* auszuhecken, um damit ihre Wünsche durchzusetzen.

Es war kurz vor neun, als mein Telefon läutete. Ich stolperte ins Arbeitszimmer und hob ab. Es war meine Mutter. „Ich wollte nur mal hören, wie es dir geht."

Seit dem Tod meines Vaters hatte sich unsere Beziehung dramatisch abgekühlt. Ich vermied den Kontakt. Ein- oder zweimal im Monat telefonierten wir, kurz, nur das Nötigste. Meine Besuche hatten sich auf Pflichtbesuche reduziert. Ich konnte mich nicht erinnern, wann ich das letzte Mal ein richtiges Gespräch mit ihr geführt hatte. „Gut. Und selbst?"

„Abgesehen davon, daß ich mich kaum erinnern kann, wie du aussiehst ..."

Meine Mutter war so klein und zierlich, daß man in ihrer Anwesenheit nicht wagte, laut zu sprechen, weil man Angst hatte, sie würde zerbrechen wie dünnes Glas. Ich kannte sie nur als zurückhaltend, nachgiebig und ängstlich. So eine massive Anspielung war ungewöhnlich für sie.

„Ich habe viel Streß im Moment", log ich. „In den Ferien bin ich total ausgebucht. Und über die Jahrtausendwende soll man auf keinen Fall reisen. Du weißt ja, wegen der Computer ..." Ich haspelte weitere Gründe herunter. Weihnachten bei ihr, dann womöglich noch mit meinen Geschwistern – einen größeren Alptraum hätte ich mir nicht ausmalen können.

Hannah trat in das Arbeitszimmer und zerrte Edvard hinter sich her. Er war nackt und rieb sich die Augen.

„Berni!" rief Hannah, und ich hielt die Hand über den Hörer.

„Ich weiß, daß du viel um die Ohren hast, mein Junge. Ich würde niemals erwarten, daß du mich besuchen kommst. Deshalb habe ich mir gedacht, ich komme für ein paar Tage nach München."

Verdattert schaute ich mich um. In der Ecke stand der afrikanische Fruchtbarkeitsgott mit dem übergroßen Penis, draußen über dem Eßtisch hing der Matrose von Pierre & Gilles mit Sperma an der Backe, auf den Bücherregalen drängte sich schwule Literatur und im Wohnzimmer standen jede Menge Bildbände mit Männerakten, von Edvards Videokollektion mal ganz abgesehen.

„Bist du sicher?" fragte ich meine Mutter.

„Ich bin mir sehr sicher, Bernhard."

„Dann komm", sagte ich und legte auf.

„Wer war das?" fragte Edvard und gähnte.

„Mutter."

„Kommt die Mama bald?" fragte Hannah.

„Meine Mutter, Hannah. Meine, nicht deine."

„Kommt meine Mama bald?"

„Was wollte sie denn?" fragte Edvard, der den Schrecken in meinem Gesicht gesehen haben mußte. „Ist was passiert?"

„Sie will mich besuchen kommen." Ich lehnte mich gegen den Schreibtisch. Mir wurde plötzlich flau im Magen.

Edvard dagegen war mit einem Schlag hellwach: „Wow, super! Ich hab dir doch gesagt, daß es nur eine Frage der Zeit ist."

Er ließ Hannahs Hand los und setzte sich auf den Stuhl. Hannah versuchte seinen Schoß zu erklimmen, was vor allem deswegen schwierig war, weil sie Gretl im Arm hielt, bis Edvard ihr unter die Arme griff.

„Malen wir jetzt ein Bild für die Mama?" fragte Hannah.

„Warte, Goldköpfchen. Gleich", sagte Edvard und strich ihr übers Haar. „Ich muß mit Berni mal eben was Wichtiges besprechen. Hier", er deutete auf ihre Mal-Ecke, in der Blöcke lagen, Papierrollen und eine Schachtel Malstifte. „Nimm dir was raus und geh damit ins Wohnzimmer. Ich komm gleich nach."

Sie schaute ihn mißtrauisch an.

„Versprochen", fügte er hinzu und hob die Hand zum Schwur.

Hannah flüsterte Gretl etwas ins Ohr und rutschte beleidigt von seinem Schoß herunter. Edvard schaute ihr mit einem Schmerz in den Augen hinterher.

„Bleibt deine Mutter denn über Nacht?" fragte er.

„Ich hab sie nicht gefragt."

„Kommt sie mit dem Zug, oder holst du sie ab?"

„Ich hab keine Ahnung."

„Weißt du, in welchem Planetensystem wir uns befinden?" Er streckte den Kopf vor, um mir in die Augen schauen zu können.

„Sehr witzig, Edvard. Danke."

„He, was ist denn los?" Er stand auf und nahm mich in den Arm.

„Es beunruhigt mich einfach, das ist alles", antwortete ich und schob ihn weg. „Seit Vater den Herzinfarkt hatte, hat sie mich nicht mehr nach meinem Leben gefragt. Und jetzt will sie mich plötzlich besuchen."

„Du glaubst immer noch, daß sie dir den Tod deines Vaters anlastet. Diese Geschichte erzählst du mir seit Jahren. Das bildest du dir doch nur ein."

„Und wenn nicht?"

„Professor. Wenn sie das wirklich annähme ... Also sagen wir mal, daß sie tatsächlich glaubt, dein Vater hätte den Herzinfarkt nur bekommen, weil er damals erfahren hat, daß du schwul bist. Und nehmen wir mal an, daß sie wirklich so dumm ist, *dir* das anzulasten: Warum will sie dich dann besuchen?"

„Das ist genau die Frage, die mich beunruhigt", antwortete ich.

Edvard ließ die Arme sinken, ging zwei Schritte von mir weg, drehte sich um die eigene Achse und kam dann wieder auf mich zu. „Kannst du es nicht einfach mal drauf ankommen lassen?"

Ich schaute ihn an, wie er da nackt vor mir stand. Es lag etwas Bittendes in seinem Blick. Ich hätte ja zu gerne geglaubt, daß meine Mutter mich einfach nur mal wieder sehen wollte, aber was Familie betraf, sprach ich ihm jegliche Kompetenz ab.

Seit sich Edvards Eltern vor Jahren getrennt hatten, weil sein Vater mit einer anderen Frau zusammenleben wollte, reiste seine Mutter in der Welt herum. Sie lebte in Ashrams in Indien, rauchte Joints am Strand von Goa mit Jungs, die halb so alt waren wie ihr Sohn, und sprach mit den Toten. Edvard behauptete, daß sie ihren Weg suchte und dem „Inneren Guru" folgte.

Ich hatte bis jetzt nur einmal die Gelegenheit bekommen, sie kennenzulernen. Das war zu unserer Hochzeit. Sie blieb keine zwei Tage, dann „mußte sie wieder los", wie sie es ausdrückte, als ob es da draußen in der Welt irgend etwas Wichtigeres gegeben hätte, als ein paar Tage mit ihrem Sohn zu verbringen. „Ich weiß, daß *der eine* für dich sorgt", sagte sie zu Edvard. „Du brauchst mich nicht." Er lächelte zwar, aber ich sah, daß er sie am liebsten festgehalten hätte. Deswegen all die Freunde, deswegen Hannah, deswegen ich. Daher bezweifelte ich, daß Edvard meine Mutter meinetwegen bei uns haben wollte. Ich befürchtete, daß er so blind vor Sehnsucht nach Familie war, daß er das Offensichtliche übersah.

„Edat. Komm jetzt!" schrie Hannah aus dem Wohnzimmer.

„Gleich, mein Schatz", erwiderte er. Und zu mir sagte er: „Vergiß nicht, wenn sie uns nervt, hast du immer noch Hannah und mich und Raimondo und Kim und all die anderen. Wir sind jetzt deine Familie." Er gab mir einen Kuß auf die Stirn und ging. An der Tür drehte er sich um. „Hast du Lust, Brötchen zu holen?"

Ich zuckte mit den Schultern.

Edvard ging auf alle Viere, um zu Hannah hinüberzukrabbeln. „Immerhin besteht eine geringe Chance, daß Kim heute morgen auftaucht, um uns unser kleines Töchterchen zu entführen." Dann krabbelte er los. „Grrr", fauchte er dabei, „der Tiger ist hungrig und will ein kleines, blondes Mädchen zum Frühstück."

Hannah kiekste schrill.

Lydia

✻ Ich war sehr aufgeregt, als ich an diesem grauen Januartag in den Zug stieg. Die letzte Bahnreise hatte ich mit meinem Mann Theo unternommen. Damals hatte ich mich darauf gefreut, mit unseren Kindern Weihnachten zu feiern, ja, sie überhaupt noch einmal zu sehen, denn ich hatte geglaubt, daß ich bald nicht mehr sein würde; ich, die Krebs hatte und dem Tod so nah war, und nicht Theo, mein Mann, der trotz seiner Herzkrankheit so unverwüstlich schien.

Ich hatte viel an die Kinder gedacht, mich um sie und meinen Mann gesorgt – wenn ich mir vorstellte, daß ich bald nicht mehr für sie da sein könnte, zerriß es mir das Herz –, und Theo schlief neben mir, merkte nichts von meinen Tränen, von meiner Verzweiflung, von meiner Angst. In diesen Stunden war in unserer Familie noch alles beim Alten. Damals waren die Molls noch eine Familie.

Während der Fahrt – und es ist eine lange Fahrt von Heidelberg nach München – mußte ich immer wieder daran denken. Nichts hatte auf die drohende Katastrophe hingewiesen, aber vielleicht war ich auch nur zu sehr mit mir selbst beschäftigt gewesen, mit meinem zerfallenden Körper, mit meiner quälenden Schlaflosigkeit, mit meinen Sorgen.

Alles war zusammengekommen: Der Mann meiner ältesten Tochter Sieglinde, Eberhard, hatte das Tauziehen in ihrer Ehe für sich entschieden. Weihnachten feierte er mit seiner Sekretärin, jener jungen Dame, wegen der er sich wenig später von meiner Tochter scheiden ließ, die aber bald darauf einen anderen heiratete, um mit ihm zwei Kinder zu bekommen.

Am selben Abend erfuhren wir, daß mein geliebter Sohn Bernhard niemals heiraten würde – ein Umstand, den ich schmerzlich geahnt, von dem ich aber immer gehofft hatte, daß er sich ändern würde.

Tja, und dann hatte Theo den Herzinfarkt, im Flugzeug, auf dem Weg in die zweiten Flitterwochen, wie er unseren Urlaub genannt hatte; sie waren ihm so wichtig gewesen. Kilometer von der Erde entfernt starb er, weit weg von seiner Familie. Das war bezeichnend für ihn, ebenso, daß ich danebensitzen mußte und es mit ansehen, ohne ihm helfen zu können.

An all das erinnerte ich mich, während die Landschaft an mir vorbeirauschte, an das und daran, daß ich mir damals so sicher gewesen war, die letzte Zugfahrt zu unternehmen. Nie hätte ich geglaubt, vier Jahre später wieder in eine Eisenbahn zu steigen.

Das Sitzen strengte mich an. Seit meinen Operationen und den Chemotherapien hatte ich nicht mehr so viel Kraft. Immer wieder nickte ich ein und träumte, daß Theo neben mir saß. Er sah gesund aus: seine rosige Haut, sein dicker Bauch, das krause, graue Haar auf seinen Unterarmen und diese Stille, die mir Sicherheit gab. Es war schön zu träumen, daß er da war, und so wirklich, daß ich mich nach jedem Aufwachen zur Seite drehte, um ihn anzulächeln. Aber er war nicht da, nur die Erinnerung daran, wie er nach Luft schnappend auf dem Boden des Flugzeugs gelegen hatte, unzählige Augenpaare auf ihn gerichtet. Mein Theo. Soviel Zeit hatten wir allein verbracht, aber seinen letzten Atemzug tat er mitten unter Fremden. Ich wußte nicht, warum ich immer wieder daran denken mußte. Und jedesmal liefen mir die Tränen.

Meinen Theo zu verlieren war schlimm. Viel schlimmer war allerdings, daß unsere Familie danach auseinanderbröckelte. Die Nachricht von Papas Tod versetzte meinem kleinen Bernhard einen solchen Schock, daß seine Schwester Gudrun einen Notarzt holen mußte. Der arme Junge.

Danach war er wie ausgewechselt. Bleich, abgemagert und mit wirrem Blick tauchte er auf der Beerdigung auf. Dann begann er, seltsame Fragen zu stellen: über Theos Stationierung im Krieg, über seine Großeltern, ja und ob Papa „Männerfreundschaften gepflegt" habe. Dabei hatte sich sein Vater nie für Sex interessiert, nicht einmal mit mir.

Bernhard zog sich immer mehr von mir und seinen Geschwistern zurück, verschloß sich vor uns. Er besuchte mich nur noch selten, das letzte Mal vor über einem Jahr. Und wenn er kam, sprachen wir bloß über Belangloses, und selbst das nicht lange. An Papas Grab ging er jedesmal, jedenfalls sagte er das; es war seine Ausrede, um wieder von mir wegzukommen. Ich wußte nicht, was ich ihm angetan hatte.

Der Münchner Bahnhof, er ist so groß. Als wir einfuhren, stand ich an der Tür und schaute auf die Menschen hinaus, die auf dem Bahnsteig warteten. Es waren so viele, wie würde mich Bernhard finden?

Dann hielt der Zug an, aber ich fand den Türgriff nicht. Ein junger Mann – er war vielleicht gerade mal vierzig – schob mich ungeduldig zur Seite und drückte auf einen Knopf; er sagte kein Wort dabei, machte nur ein mürrisches Gesicht. Woher sollte ich denn wissen, daß in diesen modernen Zügen die Türen per Knopfdruck aufgehen?

Auch als ich auf dem Bahnsteig stand, konnte ich mein Söhnchen weit und breit nicht sehen. So viele Menschen. Es erschreckte mich. Ich wartete, bis sich die Menge lichtete. Kein Bernhard. Wie sollte ich nur meinen Koffer tragen? Angekettet an einen Pfeiler standen Transportwagen. Ich suchte nach der richtigen Münze, was mir ohne Brille schwerfiel, kettete einen Wagen ab und zerrte meinen Koffer darauf, um ihn dann den Bahnsteig hinunterzuschieben, bis in den Bahnhof hinein. Irgendwo mußte er ja sein, mein Sohn.

Erst als ich am Kopf des Zuges angelangt war, sah ich ihn. Bernhard stand an eine Anschlagtafel gelehnt, die Arme vor der Brust verschränkt. Ich hatte ihn nicht wirklich gesehen – meine Augen sind sehr schlecht geworden –, ich hatte ihn vielmehr an dem erkannt, was nur eine Mutter sieht: Wie von einem Vakuum umgeben schien er zu sein. So war er immer gewesen, mein Jungchen, als wäre ein Teil von ihm woanders, ganz wie sein Vater.

Mich sah er erst, als ich direkt vor ihm stand. Wahrscheinlich hatte er nicht mal mitgekriegt, daß mein Zug angekommen war. Ich nahm ihn in den Arm, Bernhard drückte mich und schob mich dann schnell wieder von sich. Da war etwas Steifes in seiner Haltung, das kannte ich schon als Baby von ihm: Während meine anderen Kinder lachten und sich an mich klammerten, wenn ich sie auf den Schoß nahm, wurde Bernhard steif wie ein Scheit Holz. Er verzog das Gesicht, wenn ich ihn streichelte, und stemmte sich gegen mich, wenn ich ihn halten wollte.

Er hatte sich verändert: Sein Haar trug er jetzt kürzer, was ihn irgendwie jünger aussehen ließ. Aber vielleicht lag es auch an seiner Kleidung. Sie war so anders, heller, bunter, sie kam mir so ... modisch vor. Bernhard schien aufgeblüht, als hätte sich der Schatten verzogen, der ihn früher verfolgt hatte. Der finstere Zug um seine Augen, er war weg.

„Du rasierst dich nicht, mein Junge", sagte ich zu ihm. „Wie läufst du nur rum?" Er hatte ein Bärtchen um seinen Mund herum bis unter das Kinn. Viele junge Männer aus dem Freundeskreis meines Sohnes trugen so ein Bärtchen, sie nannten es Goatie, aber das lernte ich erst später.

„Mama!" sagte er gequält, nahm den Koffer vom Wagen und marschierte los.

„Meine Mark. Bernhard, da ist noch meine Mark drin!"

„Laß sie stecken, Mama. Ich geb dir nachher eine." Er ließ den Wagen stehen und ging auf die Rolltreppe zu. Ich mußte laufen, um hinterherzukommen.

Die U-Bahn war sehr voll; der unbändige Betrieb in dieser Stadt überwältigte mich, aber ich ließ mir nichts anmerken. Wie fand er sich in diesem Getümmel nur zurecht? Bernhard redete kaum, so ein wortkarger Junge, ganz wie sein Vater. Er beantwortete meine Fragen über die Schule und den Stoff, den er gerade durchnahm, mehr nicht. So sehr er sich äußerlich verändert zu haben schien, das Undurchdringliche war ihm geblieben.

Wir fuhren nicht sehr lange, wenigstens kam es mir so vor. Dann jagte er den Ausgang hinauf, hinaus in die Kälte und steuerte auf ein großes, edles Haus zu. Ich war mir sicher, daß ich in dieser Gegend noch nie gewesen war. „Bist du umgezogen?" fragte ich.

„Ja", antwortete er. „Ja", nichts weiter, als bedürfe das keiner Erklärung.

Wir stiegen in den kleinen Aufzug, der offensichtlich erst vor zwanzig Jahren eingebaut worden war. „Seit wann wohnst du hier?" fragte ich vorsichtig. Er hatte mir keine neue Adresse mitgeteilt.

„Schon eine Weile."

„Bornheimer & Moll" stand in schwarzen, schwungvollen Lettern auf dem Klingelschild aus poliertem Messing – er lebte also nicht mehr alleine.

Bernhard schloß die Tür auf und schritt in eine Welt, die für ihn selbstverständlich und mir bisher verschlossen geblieben war. Wie gelähmt blieb ich im kalten Treppenhaus stehen und schaute in ein großes, helles Zimmer, auf einen langen Tisch aus dunklem Holz, auf dem Kerzen in silbernen Ständern brannten. Wärme schlug mir entgegen und der Duft von Apfelkuchen, dem man zuviel Vanille zugesetzt hatte; es machte mir angst.

„Komm rein, Mama! Es zieht." Er stellte den Koffer ab und hängte seinen Mantel an die Garderobe.

Ich holte tief Luft und trat ein, Bernhard ließ die schwere hölzerne Tür hinter mir ins Schloß fallen, die Kerzen flackerten auf, und ich fühlte mich gefangen. Mehrere Türen gingen von diesem großen Raum ab, zwischen einigen Türrahmen waren Regale eingebaut, in denen ordentlich sortiert Bücher und allerlei Kleinzeug standen. In zwei Zimmer konnte ich hineinsehen. In einem stand ein großes, braunes Sofa, das andere sah aus wie eine Bibliothek oder ein Arbeitszimmer mit vollgestopften Bücherregalen, die sich bis zur Decke türmten. Geradeaus befand sich wohl die Küche, jedenfalls machte ich eine Waschmaschine aus und eine weiße Schrankwand. Ein surrendes Geräusch drang daraus hervor, wie das Gebläse eines Heizlüfters.

„Edvard!" rief mein Junge.

„Ja, mein Süßer", zirpte eine helle Stimme. Ich fuhr zusammen. „Ich komme sofort."

Ich schaute Bernhard an; sein Blick war starr auf die Küchentür gerichtet, bis ein junger Mann herauseilte. Wie ein Wirbelwind schoß er auf mich zu, schlüpfte dabei aus einer Schürze, und im Nu war die Leere, die Bernhard verbreitete, erfüllt von ihm.

„Willkommen in unserem Heim, Frau Moll", sagte er und legte seine Hände auf meinen Arm. Er trug Parfüm, zu viel für meinen Geschmack.

„Mutter, das ist Edvard, mein Freund. Wir leben zusammen."

So, das war es dann, ja? „Mein Freund. Wir leben zusammen." Mehr nicht? Ich kam mir vor, als hätte mich jemand ausgesetzt und gesagt: „Das ist China." Ich wußte, wo ich es auf der Landkarte zu suchen hatte, ich wußte, daß man dort eine andere Sprache spricht, aber das hieß noch lange nicht, daß ich mich dort zurechtfand, daß ich die Menschen verstehen und überleben konnte.

„Wollen Sie nicht ablegen?" fragte dieser Edvard und nahm mir schon den Mantel ab. „Ich weiß nicht, ob Sie sich zuerst ein wenig frisch machen wollen oder lieber gleich Kaffee trinken? Ich habe auch ein Süppchen gekocht."

Dieser Edvard, er war viel zu braungebrannt für diese Jahreszeit, er sah aus, als käme er geradewegs vom Strand. Nur der Ansatz seines Ringfingers war weiß. Als er merkte, daß mein Blick daran hängenblieb, vergrub er die Hände in seinen Hosentaschen.

„Aber was red ich? Wahrscheinlich wollen Sie sich erst mal umsehen", sagte er, griff nach meiner Hand und zog mich in ihre Welt hinein.

Ich taumelte, so überrumpelt fühlte ich mich. Nur das Retourticket in meiner Handtasche gab mir Halt. „Wenn es dir zuviel wird, kannst du jederzeit abfahren", hatte Divja gesagt. Und sie hatte recht. Irgendwie würde ich den Bahnhof schon wiederfinden.

„Das ist unser großes Zimmer", erklärte Edvard und zog mich um den langen Tisch herum; mindestens zehn Personen konnten hier bequem dran sitzen. „Wir nennen es das Große, weil sich hier eigentlich alles abspielt." Er schaute mich an, zwinkerte. „Ähem, also fast alles. Es ist gleichzeitig der Flur, die Garderobe, die Verbindung zwischen allen Zimmern und nicht zuletzt", er deutete mit einer ausladenden Geste auf den Tisch, „unser Eßzimmer. Hier sitzen wir meist mit unseren Gästen, und glauben Sie mir, wir haben ständig welche."

Seine Finger waren schlank und sehr beweglich; sie flirrten durch die Luft wie Kolibris. Er gestikulierte offensichtlich gern. Immer wieder legte er die Hand auf die Brust, nein, nur die Fingerspitzen, das Handgelenk spreizte er ab. Wenn ich von den widrigen Umständen unseres Zusammentreffens einmal absah, fand ich ihn eigentlich sehr charmant. Und so gepflegt.

„Stellen Sie sich nur mal vor", erklärte er, „dieser Tisch wurde von Mönchen geschnitzt. Schon vor fünfhundert Jahren haben sie daran gesessen und ihre Saufgelage abgehalten." Ein Schrecken legte sich plötzlich in sein Gesicht.

Ich schaute zu meinem Sohn hinüber und sah, wie Bernhards Ausdruck von ernst zu aufgesetzt lächelnd wechselte.

„Pardon", sagte Edvard, hielt sich die Hand vor den Mund und hüstelte. „Sie haben hier gesessen und diniert. Vor fünfhundert Jahren! Ist das nicht herrlich? Mönche! Da schmeckt einem das Essen doch gleich viel besser. Nicht wahr?"

An der Wand zwischen Küche und Erker hing ein Ölgemälde in einem schweren, goldenen Holzrahmen. Es war in dunklen Farben gehalten, wirkte fast ein wenig gespenstisch. Ich nahm meine Brille aus der Handtasche und setzte sie auf. „Ich sehe nicht mehr so gut", erklärte ich, und Edvard lächelte mir verständnisvoll zu.

Das Bild stellte ein großes Segelschiff dar, das kurz davor war, von hohen Wogen verschlungen zu werden. Passend zu meinem Zustand, aber so gar nicht zum Rest der Einrichtung, die, vom Tisch einmal abgesehen, sehr leicht wirkte: viel Glas und Chrom mit bunten Accessoires in hellen Farben. Es hing auch noch nicht lange dort, die hellen Streifen links und rechts vom Bild wiesen darauf hin, daß bis vor kurzem ein größeres dort gehangen hatte.

Edvard führte mich ins Wohnzimmer, das eher karg eingerichtet war. Mir wäre es zu kühl gewesen, aber die wenigen Möbel ließen viel Raum zum Atmen. Ich konnte gar nicht so schnell schauen, wie er sprach, geschweige denn die ganzen Geschichten behalten, die er zu den einzelnen Möbelstücken zu erzählen wußte. Aber wahrscheinlich war das gar nicht so wichtig. Edvard wollte, daß ich sein Haus bewunderte, daß ich es so liebte, wie er es tat, aber das fiel mir nicht leicht. Denn ich konnte all diese Gegenstände nicht mit meinem Jungen in Einklang bringen. Seine letzte Wohnung hatte ganz anders ausgesehen. Dazu kam, daß ich nicht wirklich wagte, genau hinzugucken. Ich kann das schwer erklären. Alles war ordentlich und sauber, alles schien am rechten Platz zu sein, trotzdem hatte ich Angst, etwas zu entdecken, was – na ja, ich weiß nicht ..., etwas zu entdecken, was ich nicht sehen sollte. Jetzt weiß ich es: Ich fühlte mich wie jemand, der unangemeldet in das Leben eines Fremden platzt und sich in dessen Wohnung umschaut, im sicheren Wissen, nicht willkommen zu sein. Ja, so war's.

Ich suchte meinen Jungen, um in seinen Augen Halt zu finden, aber er raschelte im Nebenzimmer mit Papieren.

„Ich zeige Ihnen jetzt das Schlafzimmer", kündigte Edvard an. Wessen Schlafzimmer? fragte ich mich. Er zog mich an der Hand zur Tür und trat ein. Ich blieb stehen. Das große Doppelbett aus Messing hatte fast etwas Prunkvolles. Die Bettwäsche war blütenweiß und glatt, wie ein Museumsstück sah es aus. Über dem Bett hing ein Gemälde, das mich sehr an eine Tarotkarte erinnerte, die ich bei meiner Freundin Divja gesehen hatte: Ein Paar hielt sich bei den Händen und deutete auf Kelche, die im Himmel schwebten. Neben den beiden tanzten zwei Kinder Ringelreihen.

Edvard erklärte mir etwas über die Entstehung des Schrankes und der kleinen Sitzgruppe, die mich an Puppenstubenmöbel erinnerte, wobei ich sagen muß, daß sie sehr edel aussahen. Aber meine Augen blieben an ganz anderen Dingen haften, zum Beispiel an dem Foto auf dem Nachttisch, das ein kleines, blondes Mädchen abbildete, und dem daneben: ein Hochzeitsfoto mit einem Brautpaar – es stand zu weit weg, als daß ich Genaueres hätte erkennen können. Und im Fenster hing eine Bastelarbeit. Aus braunem Tonpapier war eine Art Laterne ausgeschnitten und mit buntem, durchsichtigem Papier hinterklebt. Es war hübsch, erinnerte mich an die frühen Jahre meiner Enkelkinder.

Die helle Kommode mit den Beschlägen stammte aus der Wiener Sezession, erklärte Edvard gerade. Darauf standen zwei heruntergebrannte Kerzen, eine Schale mit Reis, in der Räucherstäbchen steckten, und ein Glas Wasser. Daneben lag eine Banane, eine Orange und ein Apfel. Divja hatte einen Altar in ihrem Zimmer, den pflegte sie ebenso zu dekorieren. Über der Kommode hing ein eigenartiges Gebilde: Kräuterzweige waren ineinander verflochten, in ihrer Mitte glänzte ein Stück Metall: ein goldener Ring mit zwei Steinen besetzt.

Da trat mein Junge an mich heran und sagte: „So, und jetzt zeige ich dir das Arbeitszimmer." Er legte mir seinen Arm um meine Schulter und schob mich sanft, aber bestimmt aus der Tür.

Das Arbeitszimmer lag zwischen dem Wohn- und dem Schlafzimmer. Ich sah gleich, daß Bernhard hier zu Hause war. Abgesehen von den deckenhohen Regalen, die mit Büchern vollgestopft waren, herrschte, wenn ich das mal so sagen darf, eine eigene

Ordnung; ich wüßte nicht, wie ich das anders beschreiben sollte. Ich trat an den Schreibtisch heran, den er sich in Studententagen zugelegt hatte. Überall lagen Zettel, Papiere stapelten sich, offene Kisten standen daneben, voll mit allerlei Unterlagen.

Ja, das war mein Junge. Es sah aus wie das Chaos, das schon in seinem Kinderzimmer geherrscht hatte. In der Ecke hinter der Tür war ein aufgeschnittener Umzugskarton auf dem Boden ausgebreitet. Spuren von Malstiften konnte ich darauf erkennen. Daneben standen zwei Kisten mit Klebstoff, Glanzpapier, Buntstiften, Malbüchern und dergleichen.

„Schön hast du es hier", sagte ich zu meinem Jungen, und ein Hauch von Stolz huschte über sein Gesicht.

„Komm, ich zeig dir, wo du schlafen wirst", sagte Bernhard und seine Stimme klang etwas versöhnlicher. Zögerlich streckte er die Hand nach mir aus, und ich legte meine gerne hinein.

Er führte mich an der Küche vorbei, um den Eßtisch herum, zu einer der beiden Türen auf der anderen Seite des großen Zimmers und öffnete sie; hinter der anderen verbarg sich das Bad – es mußte sich zumindest dort befinden, denn es gab keine weitere Tür. Das Zimmer, in dem ich schlafen sollte, war wie ein edles Hotelzimmer eingerichtet und eindeutig kein zweites Schlafzimmer, dafür sah es zuwenig bewohnt aus. Mein Sohn teilte sich also das eine mit diesem jungen Mann, eine Erkenntnis, die damals noch Unbehagen in mir auslöste. Natürlich war Edvards Name schon vor Jahren gefallen, und natürlich hatte ich eine Ahnung davon, was Homosexualität bedeutete. Aber ein Ehebett zu sehen, damit konfrontiert zu sein, das machte mir klar, daß dies nicht nur ein Spleen von meinem Sohn war, ein Ausrutscher.

Ich versuchte, mich von diesem Gedanken abzulenken, und betrachtete das Bett, das mit Einlegearbeiten verziert war. Die Türen der Einbauschränke waren verspiegelt. Bernhard öffnete eine und zeigte mir, wo ich mein bißchen Wäsche unterbringen konnte. Dabei fiel mein Blick auf den antiken Kinderkaufladen in der Ecke, dessen Regale mit neuen Produkten aufgefüllt waren: Kartoffelbrei, Reis, Nudeln, Waschmittel.

„Jetzt sind Sie sicher hungrig", sagte Edvard, der eingetreten war. „Möchten Sie Apfelkuchen oder lieber einen Teller Suppe?"

„Mein Appetit ist nicht besonders", sagte ich. „Könnte ich einfach ein Glas Wasser haben?"

„Wasser? Mit Kohlensäure oder lieber ohne?"

„Am besten pur aus der Leitung", bat ich und setzte mich an den Eßtisch. Endlich. Ich war schon viel zu lange auf den Beinen gewesen.

Ich saß noch nicht, da war Edvard schon wieder zurück. Woher nahm er nur diese Energie? Er brachte eine ganze Karaffe mit Wasser, schwedischer Kristall, erklärte er und setzte sich zu uns an den Tisch. „Jetzt lernen wir uns endlich kennen."

„Ja", antwortete ich, „das stimmt." Jetzt, da er mir gegenübersaß, sah ich, was er für hübsche Augen hatte. Sie waren wach und neugierig und trotzdem sehr sanft – ganz bezaubernd. „Bernhard hat Ihren Namen ja schon mal erwähnt, vier Jahre ist das jetzt wohl her. Oder?" Bernhards Gesicht blieb ausdruckslos. „Es waren ... unglückliche Umstände, damals. Nicht wahr, mein Junge?"

Auch Edvard schien von Bernhards Verhalten irritiert zu sein. Er kniff ihm in die Wange und sagte: „Er ist schon ein Schatz, unser Kleiner." Aber dann wandte er sich wieder mir zu. „Na ja, es gibt auch nicht viel über mich zu erzählen. Ich verkaufe Antiquitäten. Mein Laden läuft nicht mehr so gut wie früher, und es interessiert mich auch nicht mehr." Bernhard verzog das Gesicht. So etwas wie Überraschung oder Staunen schien darin zu stehen. „Ich mach das jetzt schon sehr lange, wissen Sie? Ich habe das Gefühl, daß ich da nichts mehr lernen kann. Es reizt mich nicht mehr. Was Neues muß her ... Darf ich Ihnen nachgießen?"

„Gerne. Seit einiger Zeit scheint es mir, ich würde innerlich brennen. Können Sie sich das vorstellen? Dann habe ich plötzlich furchtbaren Durst."

„Trinken Sie ruhig. Wasser ist genug da. Und wenn Sie etwas anderes wollen ..."

„Ich glaube, ich setze einen Tee auf", sagte Bernhard, stand auf und ging in die Küche.

Edvard schaute mich an. Es schien, als wollte er einen Kommentar zu Bernhards Verhalten abgeben, aber dann fragte er mich nur nach meinen Lebensumständen.

„Meine Freundin Divja ist bei mir eingezogen. Sie geht mir zur Hand."

„Divja? Ist sie Inderin?" Edvard unterhielt sich mit mir, als wüßte er nichts über mich. Hatte Bernhard ihm denn gar nichts erzählt?

„Nein, sie hat den Namen von einem spirituellen Lehrer bekommen. Ich hab sie während meiner dritten Chemotherapie im Krankenhaus kennengelernt. Eine ganz erstaunliche Frau. Ich sagte ihr, daß ich mir Sorgen um meinen Mann und meine Kinder machte, daß ich nicht wisse, was aus ihnen werden soll, wenn ich nicht mehr bin. Und sie sagte, daß ich mir keine Sorgen zu machen bräuchte, denn ich würde wieder gesund werden, das sehe sie in meiner Aura." Ich stockte. Einen Moment lang war ich bestürzt, wie frei ich diesem Fremden aus meinem Leben erzählte. Edvard lehnte sich über den Tisch mir entgegen, wie um mich besser zu hören, also blieb mir nichts anderes übrig, als weiterzusprechen.

„Danach haben wir losen Kontakt gehalten: eine Karte zu Weihnachten oder anderen Anlässen. Aber nach dem Tod meines Mannes war sie die erste, die ich anrief. Ich kann gar nicht genau sagen, warum. Sie kam sofort und half mir während der ganzen Vorbereitungen für die Beerdigung. Tja, und später zog sie dann ein; Platz hab ich ja genug in dem großen Haus. Divja ist Altenpflegerin von Beruf, müssen Sie wissen. Jetzt wohnt sie bei mir, geht tagsüber ihrer Arbeit nach und nebenbei hilft sie mir. Alleine würde ich es ja nicht mehr schaffen." Ich spürte, wie mir Tränen in die Augen stiegen, zog daher mein Taschentuch aus dem Ärmel und putzte mir die Nase.

„Interessant, diese Divja", sagte Edvard. „Da haben Sie ja richtig Glück im Unglück gehabt."

Ich nickte und schneuzte mich noch mal, gerade als Bernhard sich setzte. „Jetzt würde ich doch gerne eine Tasse Tee nehmen", sagte ich.

„Selbstverständlich." Edvard sprang auf und deckte Geschirr für uns drei auf, brachte Zuckerdose und Milchkännchen. Ich guckte meinen Jungen an. Mit verschränkten Armen saß er mir gegenüber und starrte an mir vorbei. Kein einziges Mal hatte er sich am Gespräch beteiligt. Ein Außenstehender müßte annehmen, Edvard sei mein Sohn und nicht Bernhard.

Ich lehnte mich vor; zu gern hätte ich ihm meine Hand auf die Wange gelegt, aber dafür war er zu weit weg. „Die Mädchen lassen dich grüßen", sagte ich; ich meinte damit meine Töchter, mit denen Bernhard kaum mehr Kontakt hatte.

Er nickte.

„Wieso meldest du dich nicht mal bei ihnen?"

„Sie rufen mich ja auch nicht an." Der Unterton in seiner Stimme ließ mich erschauern.

„Deine Nichten fragen immerzu nach dir", sagte ich. „Sie sind schon bald ausgewachsene junge Damen. Willst du denn gar nicht sehen, was aus ihnen geworden ist? Der kleine Florian ist schon in der Schule und kann sich wahrscheinlich nicht mal daran erinnern, wie du aussiehst."

„Ich brauche ein Glas Wasser", sagte er und stand auf. „Du auch noch?"

„Nein danke."

Er ging und ließ mich allein. Dann kam Edvard mit der Teekanne und goß mir ein. „Nehmen Sie Milch und Zucker?"

Ich war sehr müde und zog mich danach zurück. Es war eine Erleichterung, mich auszustrecken und meine müden Knochen ein wenig ruhenzulassen. Ich zog mir die Schuhe aus, schob das Plumeau zur Seite, spannte die Kamelhaardecke über das Bett und legte mich hin.

Als mich Bernhard zum Abendessen weckte, rief ich ihn zu mir ans Bett: „Was ist mit dir los? Du sprichst kaum mit mir, du weichst mir aus. Wenn ich dich berühre, wirst du steif wie ein Stock."

„Nichts ist mit mir. Ich lebe mein Leben, Mama. Nichts weiter." Es war ein geschäftlicher Ton, als wenn Freundlichkeit etwas von dem verraten würde, was er mir eigentlich sagen wollte.

„Dein Leben?"

„Ja, mein Leben. Es ist viel passiert, und es hat keinen von euch interessiert."

„Ich wußte nicht, daß sich dein Leben verändert hat."

„Das sag ich doch gerade."

„Aber warum hast du mir denn nichts davon erzählt, mein Junge?"

Zum ersten Mal an diesem Tag schaute er mir direkt in die Augen, und was ich sah, war mir fremd. In seinem Kopf arbeitete es, und das einzige, was davon nach außen drang, war Groll.

„Es hat euch doch überhaupt nicht interessiert", sagte er mit stoischer Miene.

„Wie kannst du das nur annehmen? Wir sind doch deine Familie."

„Familie? Wie habt ihr euch denn verhalten, als meine gestörte Nichte hinausplärrte, daß ich Männer liebe? Wie habt ihr euch verhalten, als Vater sich daraufhin von mir abkehrte? Vorwürfe habt ihr mir gemacht. Und seinen Tod wolltet ihr mir auch noch anhängen. Das nennst du Familie? Nein. Das seid ihr eben nicht." Er stand auf und ging hinaus, und ich fühlte, wie Tränen in meine Augen stiegen.

Edvard hatte den Tisch wunderschön gedeckt: Silberbesteck, schwere Gläser und edles Geschirr. Es gab Zucchini-Suppe mit Schafskäse, einen Korb voller verschiedener Brötchen und allerlei Pasteten: Paprika-Nuß, Leber mit Trüffeln, Linsen und eine wunderbare Lachspastete – von Edvard selbstgemacht.

Edvard erzählte, was er die nächsten paar Tage alles mit mir vorhatte, aber mir ging das Gespräch mit Bernhard einfach nicht aus dem Kopf; meine Antworten waren entsprechend einsilbig. Es ermüdete mich, deshalb zog ich mich früh zurück, setzte mich aufs Bett und schaute mich noch eine Weile um. Das große Zimmer, die hohe Decke, die feinen Möbelstücke. Es war alles sehr fremd, und trotzdem fühlte ich mich wohl hier.

Geräusche drangen durch die Tür. Zuerst Geschirrgeklapper und Besteckgeklimper, dann das Rumoren der Spülmaschine. Zuletzt plätscherte Wasser, Edvard putzte wohl noch die Küche. Zwei Gläser klirrten, eine Flasche wurde entkorkt. Aha, sie tranken Wein. Dann unterhielten sie sich, zu leise, als daß ich etwas hätte verstehen können. Aber es dauerte nicht lange, da zogen auch sie sich zurück: Zähneputzen, die Spülung der Toilette, das Rauschen der Dusche, das Quietschen der Türen in ihren Angeln. Da das Schlafzimmer auf der anderen Seite des Großen lag, war danach nichts mehr zu hören.

Wie sich das Leben geändert hatte. Ich weiß noch: Als Bernhard klein war, durfte es nie dunkel sein. Immer mußte er Licht haben, sonst war er nicht zu beruhigen. Und er schlief nur ein, wenn wir in der Nähe waren und er unsere Stimmen hören konnte. Jetzt, ein halbes Leben später, saß ich auf dem Bett hinter einer verschlossenen Tür und wünschte, ich könnte seine Stimme hören, daß das Licht des Lebens ewig brennen würde.

Ich legte mich zurück und schaute zum Fenster hinüber. Es war schwarz und wirkte wie ein Spiegel. Ich sah die obere Hälfte des Zimmers darin. Dann schaltete ich das Licht aus, und der klare Nachthimmel sprang dahinter hervor.

Ob Theo auf uns herunterschaute? Er hätte bestimmt nie gewollt, daß Bernhard Schuldgefühle hatte. Im Gegenteil. Er hatte den Kleinen so geliebt; es hatte immer eine besondere Verbindung zwischen den beiden gegeben.

Das Bett war warm und weich, viel weicher als meines. Der Schlaf, der zu Hause lange auf sich warten ließ, kam schnell. Meine Glieder wurden schwer, und langsam glitt ich in das Tal der Träume hinüber. Ich würde von Theo träumen, daß wußte ich. Er würde gesund aussehen und mich anstrahlen, denn das tat er immer, wenn ich an ihn dachte. Und er würde mit mir sprechen und mit mir tanzen, so, wie er es in all den Jahren nie getan hatte. Theo, mein Theo, wie sehr hatte ich ihn lieb. Und am nächsten Morgen würde ich erwachen und meine Hand nach ihm ausstrecken, so wie jeden Morgen, aber der Platz neben mir würde leer sein und kalt.

Als ich aufwachte, war es noch dunkel, und es dauerte einen Moment, bis ich wußte, wo ich war. Ich setzte mich auf und suchte nach dem Schalter für die Nachttischlampe. Es war halb fünf, meine übliche Zeit. Kein Geräusch zu hören, selbst auf der Straße war es still. Ich öffnete das Fenster und ließ die eisige Morgenluft herein, um das Brennen meines Körpers zu kühlen – sie duftete nach Schnee und kroch unter mein Nachthemd –, dann schloß ich es, legte mich zurück ins warme Bett und wartete auf den Tag.

„Guten Morgen. Haben Sie gut geschlafen?" Edvard empfing mich mit einem strahlenden Gesicht. Bernhard hielt das Tablett, von dem Edvard Marmelade, Butterdose und einen Korb mit Obst herunternahm und auf dem Tisch arrangierte.

„Danke. Sehr gut. Es ist so still hier."

„Nicht wahr! Wir haben mit dieser Wohnung sehr viel Glück gehabt."

Ich ging ins Badezimmer und machte mich frisch. „Tee oder Kaffee, Frau Moll?" rief Edvard durch die Tür.

„Tee, bitte."

Als ich aus dem Bad kam, war der Tisch bereits gedeckt.

„In der schwarzen Kuh ist Sahne", erklärte Edvard, „in der weißen Magermilch. In der roten Dose ist die Margarine, und das hier ist Butter." Er schob mir eine Porzellanschale hin.

„Sie haben das doch hoffentlich nicht alles extra meinetwegen eingekauft."

„Nein", antwortete Bernhard. „Wir haben immer alles im Haus. Edvard ißt fettreduziert. Er hat panische Angst, dick zu werden." Er kniff seinen Freund in den Bauch, der meines Erachtens durchaus etwas mehr Speck hätte vertragen können, aber diese jungen Leute waren sehr mit ihrem Aussehen beschäftigt, mußte ich feststellen. Ich guckte Edvard an, und er verdrehte die Augen. Es amüsierte mich.

„Bei uns gab es das nicht", sagte ich. „Papa und ich haben immer dasselbe gegessen."

Nach dem Frühstück wollte Edvard in die Stadt. Das schien mir eigentlich zu anstrengend. Die Erfahrung vom Vortag hatte mir genügt. Aber ich wollte mich nicht ausschließen.

Edvard rief ein Taxi. Der Fahrer brachte uns direkt zum Viktualienmarkt. Die große Auswahl an Gemüsen beeindruckte mich. In Heidelberg kannten wir das nicht – jedenfalls nicht in den Geschäften, in denen ich üblicherweise einkaufte. Edvard zeigte mir lilafarbenen Blumenkohl und korallenförmigen. Algen gab es da, sonderbare Wurzeln und exotisches Obst mit Stacheln, mehrere verschiedene Bananensorten, ja sogar frische Kokosnüsse mit extra viel Milch.

Edvard nestelte immer wieder an Bernhard herum, zupfte ihm eine Wimper von der Wange oder legte seinen Schal zurecht. Er nahm ihn sogar an der Hand und hielt sie fest. Andere Menschen guckten, aber ihn schien das nicht zu stören.

Nachdem wir eingekauft hatten, zeigten sie mir den Marienplatz und das edle Feinkostgeschäft, dessen Kaffee ich immer trank.

„Komm, laß uns bei Rudolph vorbeischauen", sagte Edvard.

„Bitte nicht!" maulte Bernhard; er trottete hinter uns her wie als Kind hinter der Familie, wenn er keine Lust auf Spazierengehen hatte.

Edvard bog zielstrebig nach rechts ab. „Das ist die Maximilianstraße, Münchens Flaniermeile. Hier finden Sie die teuersten Geschäfte und die entsprechenden Käufer dazu: Fußballer, Schauspieler. Neulich ging ich zu Wempe, Sie wissen schon, der Goldschmied, da läuft mir doch unser ehemaliger Bundespräsident über den Weg. Aufregend, nicht?"

Wir waren nicht weit gegangen – meine Hüften taten mir aber schon weh –, da blieb Edvard vor der Auslage eines Modegeschäfts stehen. Es war nicht gerade die Art von Bekleidung, wie Edvard sie trug, eher etwas für alte Männer. Unförmig schienen mir die Sakkos geschnitten, und die Farben der Stoffe empfand ich als ausgesprochen aufdringlich. „Rudolph Moshammer hat seinen Laden hier. Sehen Sie? Sein Foto in dem Silberrahmen dort. Und sein Hündchen, die berühmte Daisy, gibt es jetzt auch als Stofftier zu kaufen."

Ich warf einen Blick auf das Preisschild und wäre fast in Ohnmacht gefallen, aber in diesem Laden schien nichts günstig zu sein. Edvard klemmte meine Hand unter seinen Arm und zog mich hinein; mein Sohn blieb draußen stehen. Im Laden roch es süßlich.

Die Verkäuferin kam gleich auf uns zu. „Herr Bornheimer, grüß Sie Gott. Das ist aber nett, daß Sie mal wieder reinschauen. Und das ist wohl Ihre Frau Mama?" Sie streckte die Hand nach mir aus, und ich drückte sie. Soweit war es also schon gekommen.

„Nein. Das ist Bernhards Mutter. Ich wollte nur mal schauen, ob Rudolph zufällig gerade im Laden ist."

„Mei, des tut mir jetzt leid, aber da haben Sie gerade einen schlechten Zeitpunkt erwischt."

„Das macht nichts. Sagen Sie ihm einen schönen Gruß, und richten Sie ihm aus, daß ich eine interessante Kommode für ihn habe. Er kann ja mal wieder vorbeikommen."

„Selbstverständlich", sagte die Verkäuferin, „das tue ich gern. Wollen'S nicht auf ein Glaserl Champagner bleiben?"

Edvard schaute mich an.

„Aber nein", winkte ich ab. „Machen Sie sich keine Umstände." Ich fühlte mich hier gar nicht wohl. „Mein Sohn wartet draußen; wir müssen eigentlich weiter."

„Rufen'S halt vorher an", sagte sie, „Herr Moshammer würd sich bestimmt freun."

„Danke", sagte ich und zog Edvard aus der Tür.

Sobald wir draußen waren, warf er mir einen fragenden Blick zu, aber ich sagte nichts. Edvard hatte mir bestimmt eine Freude machen wollen, und die wollte ich ihm nicht verderben.

„Wir können jetzt noch zu mir in den Laden gehen", sagte Edvard, „oder ..."

„Nein, das tun wir nicht!" bestimmte Bernhard. „Ich kenn das schon. Nur mal auf einen Sprung, sagst du, und dann steht prompt eine deiner reichen Witwen im Laden, die sich stundenlang von dir beraten lassen, nur weil sie dich eigentlich heiraten wollen."

Edvard schob die Unterlippe vor. „Ihr Sohn ist gern ein bißchen eifersüchtig", sagte er zu mir. „Auch wenn es dafür überhaupt keinen Grund gibt."

Bernhard gab ihm einem Klaps auf den Po, dann lachten sie. Ich lächelte auch, ich wußte ja nicht, wie ernst das Ganze gemeint war.

Ich hakte mich bei ihnen unter und ließ mich an der Oper vorbei, an der Residenz entlang zum Hofgarten führen. Diese Stütze entlastete meine Hüften und gab mir Kraft. Die Energie zwischen den beiden hatte eine belebende Wirkung auf mich.

„Ach je." Edvard legte sich die Hand an die Stirn. „Jetzt haben wir vergessen, Kuchen zu kaufen. Können Sie noch ein paar Schritte gehen, Frau Moll?"

„Ehrlich gesagt, ich wäre froh, wenn ich mich mal setzen könnte."

„Taxi zum Marienplatz geht nicht. Alles Fußgängerzone." Edvard schaute meinen Sohn an. „Soll ich allein, und ihr fahrt schon mal nach Hause?"

„Nein. Nein." Ich wollte keine Umstände machen und schon gar nicht die beiden auseinanderreißen. „Ein bißchen geht es schon noch."

„Wirklich?" fragte Bernhard. „Wir könnten eine Station mit der U-Bahn fahren."

„Gut." Ich wollte wirklich keine Umstände machen, aber ich konnte halt nicht mehr so wie früher.

Edvard hielt mir wieder seinen Arm hin. Ich schaute zu meinem Jungen auf, eigentlich nur um zu sehen, ob er wollte, daß ich mich auch bei ihm unterhakte. Er verstand es wohl als Aufforderung, denn er hielt mir daraufhin seinen Arm hin. Ich hakte mich auch bei ihm unter, das war mir recht, so gab ich keinem das Gefühl, ihn zu bevorzugen.

Auf der Rolltreppe zur U-Bahn-Station ließ mir Bernhard den Vortritt. Im Zwischengeschoß durfte ich mich wieder einhaken. Auf der zweiten Rolltreppe das gleiche Spiel. Unten angekommen ließ ich auch Edvards Arm los, ging ein Stück voraus, um Platz zu machen, und drehte mich nach meinem Jungen um. Dabei strauchelte ich, mein Bein knickte ein und ich stolperte. Noch bevor ich den Boden berührte, fing mich Edvard auf. Gott sei Dank, denn ich stand nah an der Bahnsteigkante.

„Uuups", sagte er, „das war aber knapp."

Ich schaute ihn verdattert an. Edvard führte mich zur Bank; eine junge Frau stand auf und überließ mir den Platz. Als ich saß, schaute ich mich nach meinem Jungen um. Der stand reglos am Fuß der Rolltreppe und war kreidebleich.

Edvard muß den Schrecken in meinen Augen gesehen haben, denn auch er drehte sich um und lief dann auch gleich zu Bernhard. „He, was ist denn mit dir los?"

Bernhard hielt sich an Edvard fest, tastete seinen Körper ab.

„Was hast du?"

„Ich hab dich fallen sehen, Edvard. Du bist auf die Gleise gefallen. Ich dachte, du würdest sterben."

Mein Junge machte sich mehr Sorgen um seinen Freund als um mich. Es mag eigenartig erscheinen, daß mich das nicht verletzte, aber ich war daran gewöhnt. Wenn ich oder eins unserer Mädchen hingefallen waren, hatte Theo uns auf die Beine geholfen, an der Hand genommen und war einfach weitergegangen. Wenn dagegen Bernhard oder mein ältester, Ludwig, sich verletzt hatten, war er immer in Aufregung geraten.

„Keine Angst, ich bin da", sagte Edvard. Die Art und Weise, wie er mit Bernhards Angst umging, zeigte mir, daß dies nicht das erste Erlebnis dieser Art war. Edvard mußte Erfahrung darin haben.

Zu Hause angekommen, mußte ich mich erst mal hinlegen. Ich war ganz geschafft. Als ich dann am späten Nachmittag ins Große ging, war der Tisch schon wieder gedeckt – ich kam mir bald vor wie in einem Märchen.

Bernhard saß im Arbeitszimmer vor seinem Computer, Edvard schälte in der Küche Orangen.

„Marmelade", sagte er, als er meines fragenden Blickes gewahr wurde. „Und? Gut geruht?" Edvard strahlte mich an.

„Ja, danke." Ich beneidete meinen Sohn darum, so einen gutgelaunten Menschen um sich zu haben. Wie hatte ich es nur sechsundvierzig Jahre an der Seite eines Mannes ausgehalten, der mich nie auch nur ein einziges Mal so angelächelt hatte?

„Wir wär's mit einer Tasse Tee?"

Im Alter ißt man nicht mehr so viel. Das liegt wohl auch daran, daß man nicht mehr so viel Appetit hat. Diese üppigen Mahlzeiten war ich jedenfalls nicht gewohnt. Aber der Tisch war schon gedeckt, und ich befürchtete, wenn ich ablehnte, würde ich ihre Pläne durcheinanderbringen. Also sagte ich: „Gerne. Kann ich was helfen?"

„Aber nein. Setzen Sie sich, entspannen Sie sich. Ich bin gleich bei Ihnen." Dann trat er an die Tür und rief: „Berni, kommst du? Deine Mutter ist wach."

Wir tranken Tee, und Edvard erzählte mir ein wenig aus seinem Leben; Anekdoten von seiner Mutter, die seit Jahrzehnten in der Welt herumreiste und einem Guru folgte, den sie sich wohl nur einbildete. Geschichten, aus denen ich den Eindruck gewann, daß er sie vermißte – wie sehr hoffte ich, daß Bernhard so liebevoll über mich sprach. Das erklärte mir auch, warum Edvard, der sich ansonsten eher in der Welt des Hochglanzes, der Parfüms und Modezeitschriften bewegte, sich mit esoterischen Dingen beschäftigte: Sie verbanden ihn mit ihr.

Edvard entstammte der zweiten Ehe seines Vaters, der Botschafter war und inzwischen mit seiner dritten Frau im Fernen

Osten lebte. Er sagte, daß er einen guten Kontakt zu ihm pflegte, sie telefonierten regelmäßig und versuchten, sich so oft wie möglich zu besuchen, was selten öfter als ein Mal im Jahr klappte.

Edvards Vater hatte mit seiner ersten Frau drei Kinder: Der älteste Halbbruder, Georg, ein Rechtsanwalt, lebte mit Frau und Nachwuchs in einem Vorort von Chicago. Ihn hatte Edvard praktisch noch nie gesehen, nur als er ganz klein war, und daran konnte er sich kaum erinnern. Ein weiterer Halbbruder, Hans, wohnte mit seiner zweiten Frau in London, war ebenfalls Jurist, verdiente sein Geld aber an der Börse. Ihn hatten Edvard und Bernhard schon mehrmals besucht, und sie schrieben sich auch, „per E-Mail", wie Edvard sagte, was immer das war. Und dann war da noch Angelika, die in Simbabwe mit einem Journalisten zusammenlebte. Sie sah Edvard nur alle paar Jahre, wenn der Vater mal wieder versuchte, die ganze Familie zusammenzutrommeln, was aufgrund der Spannungen nie gelang. Von ihren Kindern hatte er nur den ältesten Sohn kennengelernt, Malvyn hieß der und war damals fünf gewesen. Die vier Töchter, die nach ihm geboren worden waren, hatte er bisher nur auf Bildern gesehen.

Die dritte Frau seines Vaters hatte eine Tochter mit in die Ehe gebracht; gemeinsame Kinder hatten sie nicht.

Edvard zeigte mir Fotos von allen, und es schien, als wäre er sehr stolz auf seine Familie. Die Art, wie er über sie sprach, zeigte mir, wie wichtig es ihm war, so viel wie möglich über sie zu wissen, selbst wenn er sie selten zu sehen bekam.

Wir waren so in Edvards Leben vertieft, ich merkte erst spät, daß sich Bernhard wieder in sein Arbeitszimmer zurückgezogen hatte. Er kam heraus, als es an der Tür schellte, und öffnete einem stattlichen Mann meines Alters, der eine golden eingefaßte Brille auf seiner hochroten Nase trug. Auf seinem ausladenden Bauch wippte ein kleines blondes Mädchen.

„*Bernardo, mio caro. Come stai?*" Er küßte meinen Sohn auf die Lippen. „Guck, kleines Äffchen, da sind deine Onkels", sagte er und trat ein.

Edvard schoß auf. „Raimondo", sagte er mit rügendem Tonfall. „Wie oft haben wir dir das schon erklärt? Wir wollen nicht als

Onkels bezeichnet werden. Hannah soll ihre Beziehung zu uns aufbauen, die nicht von irgendwelchen konservativen Definitionen geprägt ist. Das bringt sie später nur in Konflikte."

Der Mann ließ sich von Bernhard das Kind abnehmen, dann zog er seinen Mantel aus und gab Edvard Küsse auf die Wange. „Ich kann nicht über mich hinaus", erklärte er dabei. „Zu meiner Zeit gab es Eltern und Geschwister, alles andere waren Onkels und Tanten. Es rutscht mir halt immer noch heraus." Dann fiel sein Blick auf mich, und er hielt inne.

„Raimondo, das ist meine Mutter, Lydia. Sie besucht uns übers Wochenende. Mama, das ist Raimondo Bortalozzi."

„*Signora Lydia*, welche Ehre." Herr Bortalozzi sprach meinen Namen italienisch aus, als würde man ihn „Liedia" schreiben, vollzog dabei einen tollpatschigen Diener und nahm meine Hand. Ich dachte, er wollte sie schütteln, aber er führte sie an seine Lippen und küßte sie. Ich konnte mich nicht erinnern, daß mir jemand schon mal die Hand geküßt hatte. Das kannte ich nur aus Filmen, von Hans Moser zum Beispiel, meinem Lieblingsschauspieler. Er küßte allen Frauen die Hand, und ich hatte mir immer gewünscht, meine wäre dabei.

Den kratzigen, feuchten Schnauzer auf meiner Haut zu spüren elektrisierte mich derart, daß ich meine Hand zurückzog. Herr Bortalozzi war davon sichtlich getroffen, was mir leid tat. Ich lächelte verlegen, legte meine Hand vor den Mund und hüstelte. „Es freut mich sehr", sagte ich, vielleicht ein wenig zu leise. Ich scheute mich, ihm in die Augen zu sehen.

„Oh, die Freude ist ganz auf meiner Seite", erwiderte er. „Ich wußte nicht ... Störe ich denn?"

„Aber nein", sagte ich schnell, um ihn nicht noch einmal zu brüskieren. „Setzen Sie sich doch ein wenig zu uns."

Herr Bortalozzi schaute zu Bernhard und Edvard. Mein Junge stand nur dumm da und sagte nichts, und Edvard zuckte mit den Schultern. Diese jungen Leute haben einfach keine Manieren mehr.

„Wer ist denn die Oma?" quäkte das Mädchen in die Pause hinein und strampelte sich aus Bernhards Armen frei.

„Tja, also ..." Edvard kniete sich hin und zog es an sich heran. „Frau Moll ist die Mama von Bernhard."

Daraufhin kam die kleine Person zielstrebig auf mich zu, zupfte an meinem Kleid und sagte mit piepsiger Stimme: „Kennst du die Geschichte vom Hasensmöre?"

„Nein, die kenne ich nicht."

„Dann lese ich sie dir vor."

„Du kannst schon lesen?" fragte ich erstaunt.

Edvard schüttelte den Kopf und legte dabei den Finger auf die Lippen. Ich verstand.

„Na klar!" antwortete sie.

„Gut", sagte ich und beugte mich vor. „Aber sag, kleines Mädchen, wer bist du?" Ich schaute ihr jetzt direkt in die leuchtend blauen Augen. Ihr Gesicht war sehr rund, es war noch der Babyspeck, der auch an ihren Fingern zu sehen war. Das lockige Haar, von der Mütze plattgedrückt, schimmerte weißlich gelb, darunter sah ich den Ansatz von dunklerem Haar. In zwei oder drei Jahren würde sie braunes Haar haben, so war das bei meiner Sieglinde auch gewesen.

„Ich bin kein kleines Mädchen! Ich bin die Hannah-Yafia, aber alle sagen nur Hannah zu mir. Und ich bin schon fast drei Jahre und vier Monate alt." Ihr zuckersüßes Mündchen tat sich noch schwer, harte Konsonanten zu formulieren; das „k" wollte ihr nicht so recht über die Lippen.

„Soso."

„Sie ist die Tochter von Kim", erklärte Bernhard. „Du weißt schon. Die Stewardeß aus dem Flugzeug damals."

„Ach, ich erinnere mich dunkel. Und Sie sind dann wohl der ...?" Ich stockte.

„Nein, gnädige Frau", antwortete Herr Bortalozzi. „Ich bin nicht der Vater. Kim ist meine Ziehtochter. Früher habe ich mich um sie gekümmert; heute kümmere ich mich um Hannah, weil Kim viel Arbeit hat – Gott sei Dank, muß ich sagen." Herrn Bortalozzi, dessen fleischige Ohren von der Kälte rot leuchteten, war Blut in die Wangen gestiegen. Wie dumm von mir, so etwas zu fragen.

Hannah stampfte davon, zerrte eine Kiste aus dem Arbeitszimmer, die mit Spielsachen bepackt war. Sie schien sich hier zu Hause zu fühlen. Sie kippte die Kiste neben meinem Stuhl aus und kramte ein kleines Büchlein hervor, das sie mir auffordernd in den Schoß legte. Dann kletterte sie hinterher, was nicht gerade angenehm war – die Polster auf meinen Knochen waren dünn geworden.

„Komm mal her, Goldlöckchen", sagte Edvard und nahm sie mir ab. „Ich werde dir was vorlesen."

Die Kleine hob an, ein Theater zu machen, da flüsterte ihr Edvard etwas ins Ohr. Sie grinste, kletterte von seinem Schoß herunter und verschwand im Schlafzimmer. Edvard folgte ihr: „Ihr entschuldigt, bitte."

„Es tut mir leid, *signora*. Ich wußte nicht, daß die *ragazzi* Besuch haben, sonst hätte ich ..."

Herr Bortalozzi hatte eine angenehme Stimme, und binnen kürzester Zeit hatte er mich in ein Gespräch verwickelt. Er war so intelligent und weit gereist, daß ich mir richtig ungebildet vorkam.

„Bernardo ist so ein wunderbarer, mitfühlender Mensch", sagte er und schielte zu meinem Sohn hinüber. Und zum ersten Mal seit meiner Ankunft lächelte Bernhard ein wenig. „Jetzt weiß ich endlich, von wem er das hat."

„Ich bitte Sie, ich bin doch nur eine alte Schachtel."

„Aber, *signora*. Ihre Augen sind wie die von einem jungen Mädchen." Er beschämte mich; ich merkte, wie ich rot anlief. Ein eigenartiges Gefühl: Ich hatte so viele Jahre keine Komplimente mehr bekommen, daß es mich erschreckte.

„Jung? An mir ist nichts mehr jung. Bis vor drei Jahren habe ich noch getanzt. Heute bin ich froh, wenn ich überhaupt noch gehen kann."

Seine Augen hatten etwas sehr Liebes, Warmes; er ließ sie lange auf mir ruhen, so lange, daß mir mein Kleid plötzlich zu kurz erschien.

„Ich muß leider schon wieder gehen", sagte Herr Bortalozzi mit einem Blick auf seine Taschenuhr. „Ich hätte mich gerne weiter mit Ihnen unterhalten."

„Vielleicht kommen Sie ja noch mal vorbei", sagte ich und war erstaunt, diese Worte aus meinem Mund zu vernehmen.

„Wie lange bleiben Sie denn?"

Mit Bernhard hatte ich ausgemacht, daß ich Sonntag wieder fahren würde. „Ich weiß noch nicht genau", sagte ich leise. „Vielleicht bis Montag oder Dienstag?"

„Ich habe leider nicht viel Zeit im Moment, aber ich werde mich melden. Ganz bestimmt." Er küßte noch einmal meine Hand, diesmal zog ich sie nicht zurück. Es war angenehm, von ihm berührt zu werden. Er hatte einen festen Griff und fühlte sich dabei doch sehr weich an. Dann stand er auf und mit ihm auch Bernhard, der Edvard und die Kleine aus dem Schlafzimmer holte.

„Du hast dann wohl heute keine Zeit", sagte Herr Bortalozzi zu Bernhard.

Edvard und Bernhard wechselten Blicke, dann zuckte Edvard mit den Schultern.

„Mama, ich muß Raimondo helfen. Ich bin bald wieder da."

Und ich? Was sollte ich inzwischen tun? „Geh nur", sagte ich. „Ich weiß schon was mit mir anzufangen."

Edvard zog der Kleinen das Mäntelchen über, Bernhard schlüpfte in einen schwarzgrau-changierenden Anorak, nahm Hannah auf den Arm und ging. Er verabschiedete sich nicht einmal von Edvard, der ganz betreten zu mir herüberschaute.

„*Ciao, Eduardo. Ciao, signora. Arrivederci.*"

„*Ciao*, Herr Bortalozzi. Auf bald!" rief ich ihm hinterher und winkte.

Sobald die Tür ins Schloß gefallen war, machte sich Edvard daran, den Eßtisch abzuräumen; ich wollte ihm dabei helfen. „Nein, nein, bitte. Bleiben Sie sitzen. Das geht ganz schnell."

Aber ich ließ mich nicht abhalten. Ich nahm das Kinderbuch vom Tisch und legte es in die Kiste, dann bückte ich mich hinunter, um den Rest einzusammeln.

„Um Gottes willen, Frau Moll, das ist doch viel zu anstrengend." Edvard kam aus der Küche und sortierte die Spielsachen fein säuberlich in die Kiste.

„Das Mädchen ist wohl öfter bei Ihnen zu Gast?"

„Ja, das kann man so sagen. Hat Ihnen Bernhard nicht von Hannah erzählt?"

Ich schüttelte den Kopf, sagte aber nicht, daß Bernhard mir schon seit Jahren nichts mehr erzählte.

Er schaute auf, und wieder hatte ich den Eindruck, daß ihm etwas auf den Lippen lag. Statt dessen hob er die Kiste auf und trug sie weg. „Wissen Sie, Kim ist ein liebes Mädchen", sagte er, als er zurückkam, „aber mit Hannah völlig überfordert."

Ein paar bunte Steine waren unter dem Tisch liegengeblieben. Er ging auf alle Viere, um sie zu holen. „Und wir haben die Kleine gerne hier. Wir können ja keine eigenen Kinder haben." Er sagte dies, als hätte ihm die Natur da einen bösen Streich gespielt. Aber beides kann man eben nicht haben; da müssen sich diese Männer eben entscheiden.

„Haben Sie denn auch mal an das Kind gedacht?" fragte ich.

Edvard kroch wieder unter dem Tisch hervor, drehte sich um und lehnte sich an das Tischbein. „Wir denken nur an das Kind", antwortete er und schaute mir geradewegs in die Augen.

„Glauben Sie nicht, daß ein Kind einen Vater *und* eine Mutter braucht?"

„Ich glaube, ein Kind braucht vor allem Liebe, und das so viel, wie es nur irgendwie geht. Es braucht Menschen, die sich Mühe geben, es zu verstehen, und am meisten braucht es, daß es so akzeptiert wird, wie es ist. Und all das geben wir Hannah nach besten Kräften."

Dieser junge Schnösel saß vor mir auf dem Boden und hielt mir einen Vortrag über die Liebe zu Kindern. „Ich habe selbst fünf Kinder großgezogen. Und es waren meine eigenen. Ich weiß, was Kinder brauchen."

„Das habe ich auch mit keiner Silbe bezweifelt", antwortete er und stand auf.

Ich hatte ihm eigentlich böse sein wollen, wenngleich ich nicht mehr genau weiß, warum. Aber da stand er dann schon in seiner vollen Größe vor mir, lächelte mich an und streckte seine Hand nach mir aus. „Kommen Sie. Setzen wir uns ins Wohnzimmer. Ich zeige Ihnen die Fotos von unserem letzten Urlaub in Schweden."

Raimondo ✻ Hannah tanzte von einem Bein auf das andere, versuchte, mit der Zunge einige der wenigen Schneeflocken zu erhaschen, die vom Himmel fielen wie feine, weiße Schokoraspel, und zwitscherte ein paar schiefe Töne. Mein kleines Äffchen, sie ist die Freude meines Alters.

Plötzlich blieb sie stehen, drehte sich um und streckte die Arme aus, um Schranken zu imitieren. Ich hielt an und machte ein erschrockenes Gesicht: „Oje, müssen wir jetzt Zollgebühren bezahlen?"

Hannah nickte und strahlte. Also zog ich einen *bacio*, einen italienischen Schokokuß, aus meiner Manteltasche und gab ihn ihr. Sie wickelte ihn unbeholfen aus dem Silberpapier, wobei sie ihre Lippen bewegte, als benötigte sie deren Hilfe dazu, und schob sich die Kugel in ihren Schnabel. Hannah ist ein wahrer Segen.

Bernhard schlurfte mit krummem Rücken neben mir her. Er war in Gedanken versunken, kein Wort kam über seine Lippen.

„Was machst du nur für ein Gesicht?" fragte ich.

Er blickte auf, sagte aber nichts. Selten bot er freiwillig eine Erklärung für seine Stimmungstiefen an; immer mußte man nachbohren, bevor man herausbekam, was ihn quälte.

„Meine Mutter."

„Aha! Und du meinst mit diesen beiden Worten ist alles erklärt?" Als er nicht reagierte, setzte ich nach: „Lieber Bernhard. Wenn du möchtest, daß ich dich verstehe, dann mach um Himmels willen den Mund auf." *Madonna mia!* Das war ja nicht auszuhalten.

„Ich weiß nicht, was sie hier will!"

„Ihren Sohn besuchen. Was soll sie sonst wollen?" Ich nutzte die Gelegenheit, um meinen Arm um seine Schulter zu legen.

„Mir das Leben zur Hölle machen?"

Ich blieb abrupt stehen. „Wieso? Was hat sie dir denn getan?"

„Nichts. Das ist es ja, was mich zum Wahnsinn treibt. Sie versteht sich blendend mit Edvard, er tuckt vor ihr rum, als wäre sie die Valentin, vermutlich zeigt er ihr gerade Urlaubsfotos, und bevor sie abfährt, hat sie ein Heft voller Kochrezepte von ihm."

Wie er da vor mir stand und dieses „gewaltige" Problem vortrug – manchmal war er einfach zum Schreien. Ich hatte alle Mühe, ernst zu bleiben, ich biß mir sogar auf den Finger, aber schließlich platzte es doch aus mir heraus.

„Du nimmst mich nicht ernst, Raimondo. Ich meine, da stimmt doch was nicht. Vor ein paar Jahren wollten sie mir noch den Tod meines Vaters anhängen, und jetzt ..."

„Den Tod deines Vaters! Den Tod deines Vaters! Papperlapapp! Seit Jahren erzählst du mir von dem Drama um den Tod deines Vaters. Wann vergißt du das endlich? Es ist völliger Unsinn. Selbst wenn es jemals jemand gedacht hat, dann mußt du dir den Schuh doch nicht anziehen. Sieh dich nur mal an: ein Jammerlappen." Ich boxte ihm in die Brust, strich seinen Rücken gerade und hob seinen Kopf am Kinn. „Das ist der Bernhard, den ich kenne."

„Du verstehst mich nicht, Raimondo." Er schaute mich hilflos an; seine Augen waren rot.

„Komm mir nicht damit", sagte ich leise und schloß ihn in die Arme. Sein heißer Atem drang durch meinen Pullover bis auf meine Haut. Ich hielt ihn fest – das tat mir gut. „Ich habe dich in der Zeit kennengelernt, als dein Vater gerade gestorben war. Ich verstehe dich sehr wohl. Es sind die falschen Worte zur falschen Zeit gefallen, ein dummer Zufall, mehr nicht. Wie lange willst du das noch mit dir herumschleppen? Merkst du nicht, daß du am meisten darunter leidest?"

Er hob seinen Kopf von meiner Brust und schaute mich an. „Das sagst du so einfach."

„Ich sage das, weil du das mit allem so machst, Bernhard. Du bist nachtragend wie ein Elefant; die erinnern sich auch fünfzig Jahre später noch an denjenigen, der sie einmal schief angeguckt hat." Ich hätte Bernhard gerne geküßt, aber so weit wagte ich mich nicht vor. „Du mußt lernen zu verzeihen. Menschen tun einander weh, andauernd, aber man muß ihnen auch erlauben, es wieder gutzumachen. Gib deiner Mutter eine Chance. Gib anderen eine Chance."

„Weißt du", fragte er, „daß sich bis heute niemand dafür entschuldigt hat? Meine Geschwister, meine Mutter, selbst Edvard und du: Von jedem kriege ich nur zu hören, daß es ein Mißverständnis war, aus der Situation entstanden, aus den Umständen heraus geboren. Und ich soll Verständnis dafür aufbringen, daß meine Familie mit meinem Schwulsein nicht umgehen kann. Aber verdammt, wer hat denn mal Verständnis für mich?"

Hannah drehte sich erschrocken um und lief zu uns. Ich legte einen Finger auf meine Lippen und bedeutete ihr, einen Moment Geduld zu haben. Sie gehorchte; Hannah wußte immer, wann es notwendig war.

„Ich glaube, ich verstehe zum ersten Mal, was du meinst", sagte ich, und ich tat es wirklich. Es gibt nichts Schlimmeres, als eine Verletzung zu verursachen und nicht dafür zu sorgen, daß sie heilt.

„Mondo, mir ist kalt", quäkte Hannah. „Wie lange müssen wir hier noch stehen?" Wir schauten zu ihr hinunter. Die Mütze war ihr weit in die Stirn gerutscht, sie mußte den Kopf nach hinten heben, um uns zu sehen. Ihre Stupsnase leuchtete rot. Wir mußten lachen.

Kaum hatte ich meine Wohnungstür aufgeschlossen, kam uns der Pfleger entgegen, nahm seinen Parka von der Garderobe und wickelte sich den Schal um den Hals; er hatte offensichtlich schon auf uns gewartet. „Adrian schläft noch", sagte er.

Ich bedankte mich für seine Geduld, drückte ihm Trinkgeld in die Hand und ließ ihn zu seinem *date* eilen, wie die jungen Leute heute zu sagen pflegen.

Ich wollte gerade die Tür schließen, da hechelte Kim die Treppe herauf. Sie steckte in einem bodenlangen schwarzen Mantel mit einem Kragen aus Pelz-Imitat. Seit sie die Modellagentur leitete, kleidete sie sich seriöser, „um sich von den Modells zu unterscheiden", wie sie mir mal erklärt hatte. Sie färbte sich auch das Haar nicht mehr in dieser künstlichen Puddingfarbe, sondern trug es jetzt schulterlang und in ihrem natürlichen Dunkelblond – wenigstens glaubte ich, daß das ihre natürliche Haarfarbe war. Daß man sich bei diesen Temperaturen einen Schal umband, war ihr allerdings fremd; unter dem Revers lag ihre schneeweiße Brust bloß. Früher hätte ich sie dafür gescholten, aber nun wurde sie bald neunundzwanzig; es stand mir nicht mehr zu.

Ich küßte sie, sie küßte Bernhard.

„Na, ihr Lieben. Ich muß leider gleich weiter. Es wartet jemand im Auto auf mich." Sie strahlte. Eine neue Errungenschaft?

„Wir sehen uns morgen, ja?" sagte sie.

„Morgen?"

„Na, zu meiner ‚Lesung'." Sie betonte das „meiner" und zwinkerte uns dabei geheimnisvoll zu. Und da erinnerte ich mich: Ein Verlag hatte sie engagiert, um aus einem Buch zu lesen, das dieser Schriftsteller unter einem Pseudonym geschrieben hatte. Max Roth hieß er, ein Freund von Edvard. „Kimmi, ich werde mich bemühen. Aber du weißt ja ..." Ich deutete auf die Schlafzimmertür.

„Schau halt mal! Vielleicht klappt's ja doch." Und zu Bernhard: „Aber wir sehen uns, nicht wahr?"

„Du wolltest doch, daß wir Hannah nehmen. Oder?"

„Na klar. Also dann." Sie nahm ihre kleine Tochter auf den Arm, wir verabschiedeten uns, und dann hatte ich meinen Bernhard endlich für mich.

„Die Lesung", sagte Bernhard und verdrehte die Augen. „Ich würde Kim den Erfolg ja gönnen, aber Max nicht. Hoffentlich kommt kein Mensch."

„Bernhard!" Ich rügte ihn und kniff ihm ins Kinn; er konnte so unbarmherzig sein. „Ich würde ja hingehen", sagte ich, „aber dieses Geschreibsel interessiert mich einfach nicht."

Bernhard grinste mich an. Erst da bemerkte ich, wie abfällig ich selbst gesprochen hatte. Wir mußten lachen. O Herr, wie gut mir das tat. Ich streckte den Arm nach ihm aus und küßte ihn; ich mußte einfach seine Lippen schmecken. Dann räusperte ich mich: „Sollen wir einen *Campari* zischen, bis Adrian aufwacht?"

Er nickte.

Ich gab ein paar Eiswürfel in zwei hohe Gläser und übergoß sie mit dem roten Gift. Bernhard ging inzwischen zum Flügel hinüber. „Spielst du mir was vor?" fragte er, als ich mich zu ihm gesellte.

Ich schaute auf die Uhr. „Wieviel Zeit hast du?"

„Genug." Er starrte aus dem Fenster.

So hatte ich ihn kennengelernt. Still, undurchdringlich, voller Sehnsucht nach Nähe und mit einer unglaublichen Angst davor.

Ich stellte mein Glas auf die Fensterbank, klappte den Flügel auf und setzte mich. Dann spielte ich drei der fünf Miniaturen aus Ravels Suite *Ma Mere, L'Oye*. Meine Finger waren steif von der Kälte, zudem waren sie in den letzten Monaten aus der Übung gekommen. Einige Male verhedderte ich mich, aber Bernhard schien es nicht zu bemerken. Dabei wünschte ich mir so sehr, daß er mich bemerkte, sich umdrehte und seine Hände auf meine Schultern legte, so wie ich es damals getan hatte, an jenem ersten Abend, den er bei mir, den er mit mir verbracht hatte. Aber er tat es nicht.

Obwohl er für mich unerreichbar war, genoß ich die Stunden mit Bernhard. Wir hatten uns nur ein einziges Mal geliebt, damals, kurz nachdem wir uns kennengelernt hatten, am Sylvester vor vier Jahren. Jetzt waren wir Freunde. Besondere Freunde. Bernhard lebte mit Edvard, er war mit ihm „verheiratet"; aber in den Stunden, in denen er mir half, Adrian zu baden, gehörte er mir, und nur mir. Er wußte es, und ich wußte es. Ja, sogar Edvard wußtc cs.

Ich drehte mich zu ihm um. Das Glas in der Hand, starrte er immer noch hinaus; die Eiswürfel waren schon fast geschmolzen.

Er neigte den Kopf zu mir herunter und küßte mich geistesabwesend. „Danke", flüsterte er und strich mir über das bare Haupt, legte die Hand an meine Wange und schaute mich mit seinen wunderschönen Augen an. Es war überwältigend zu spüren, wieviel Liebe in ihm steckte. Schade nur, daß er sie so selten aus ihrem Gefängnis ließ.

„Wie geht's ihm?" fragte er, nahm einen Schluck *Campari* und setzte sich aufs Fensterbrett. Ich hatte Bernhard von Anfang an in die Details über den Gesundheitszustand von meinem Adrian eingeweiht.

„Prächtig", antwortete ich. „Er schläft viel. Wenn er wach ist, sitzt er herum und starrt vor sich hin. Seit er so schwach ist, ist er richtig pflegeleicht geworden." Es hörte sich zynisch an, aber es stimmte. Als Adrian noch kräftiger, die geistige Verwirrung aber schon fortgeschritten gewesen war, hatte ich mit ihm alle Hände voll zu tun gehabt. Er war schreckhaft gewesen und hatte Gegenstände oder Wesen gesehen, die nicht existierten, und oft hatte er völlig irrational gehandelt: Die Putzfrau hatte Dinge an seltsamen Orten gefunden, wie den Lauch in der Waschmaschine.

Bernhard schüttelte den Kopf. Ich wußte, was er dachte. Alle waren der Meinung, Adrian habe mich ausgenutzt, aber das stimmte nicht. Während mich alle immer nur verlassen hatten, war Adrian der einzige, der geblieben war. Deshalb pflegte ich ihn jetzt, wo er niemand anderen mehr hatte.

„Und wie kommst du zurecht?" fragte er.

„Unkraut verdirbt nicht. Wir haben ein wunderbares Leben und genießen die Zeit, die wir zusammen haben."

Wieder dieser Blick. Merkte denn keiner, wie sie mich damit verletzten?

Ich hörte einen Schlag. Das Geräusch kam aus dem Schlafzimmer. Ich sprang auf und eilte hinüber. Adrian war aus dem Bett gefallen. Er saß auf dem Boden und schüttelte den Kopf. „*Madonna!* Was machst du für Sachen? Adriano!"

Bevor ich mich bücken konnte, war Bernhard schon zur Stelle, nahm Adrian in die Arme und setzte ihn aufs Bett. „Na, gut geschlafen?" fragte er.

Mein Geliebter plapperte etwas Unverständliches, schüttelte noch einmal den Kopf und schlug sich dann mit dem Handballen gegen die linke Schläfe. „Verhaltensoriginell" nennen sie das. Verhaltensoriginell. Was für ein böses, menschenverachtendes Wort.

„*Caro.* Schau, wer da ist", sagte ich. „Bernardo ist gekommen, damit wir dich baden können. Steh auf, Adriano! Komm mit ins Bad!"

Bernhard ging und ließ Wasser in die Wanne laufen. Ich nahm Adrians dürren Arm und legte ihn mir um die Schultern, hob ihn so auf die Beine. Er war so leicht geworden, jede Woche verlor er drei Pfund. Bernhard kam wieder und nahm ihn von der anderen Seite; Adrian gab ihm einen Kuß auf die Wange und schaute ihn verliebt an. Bernhard legte ihm seine Stirn an die Schläfe und hielt einen Moment inne. Meine Augen brannten.

Wir setzten Adrian auf die Toilette, und ich stellte mich neben ihn, damit er sich an mich anlehnen konnte.

„Was denkst du?" fragte ich Bernhard, der sich auf den Rand der Badewanne gesetzt hatte und meinen Geliebten anstarrte.

Er zögerte einen Moment. „Es ist viel schlimmer geworden. Letzte Woche konnte er noch antworten."

Ich schaute auf meinen Adrian hinunter und streichelte ihm über das kurze, hellgraue Haar. Sein Nacken wurde immer dicker, sein Bauch wuchs und seine Arme und Beine magerten ab; der Fettumbau, hervorgerufen durch die Medikamente, war voll im Gange. „Aber nein, Bernhard. Das bildest du dir bloß ein. Es geht ihm famos, meinem kleinen Mandelplätzchen."

Ich wartete auf das Plätschern, aber es kam nicht. Ohne daß Adrian Wasser gelassen hatte, setzte ich ihn nicht in die Wanne, denn spätestens dann würde es passieren.

„Was wirst du die nächsten Tage mit deiner Mutter anstellen?" fragte ich, um Bernhard abzulenken.

Er überlegte kurz: „Zuerst werde ich mich ertränken. Dann steige ich auf den Alten Peter und springe runter, und zu guter Letzt laß ich mich von einer U-Bahn überfahren."

Ich schmunzelte. „Klingt nach vollem Programm", sagte ich und war froh, daß er es nun mit etwas Humor nahm. „Ich werde zusehen, daß ich Montag noch mal vorbeikomme. Für morgen habe ich keinen Helfer bekommen."

„Warum willst du dir das antun, Raimondo?"

„Bernardino. Deine Mutter ist eine sehr sympathische Frau. Ich freue mich darauf, sie wiederzusehen."

„Ich wußte, daß du verrückt bist, Raimondo. Jetzt muß ich befürchten, daß du zudem noch pervers bist."

Adrian pinkelte endlich. „Ja, *amore*. So ist es gut", sagte ich und strich ihm noch einmal über den Kopf. „Mach Pipi, *caro*. Mach Pipi."

Bernhard griff ihm unter die Arme, ich nahm seine Beine, dann hoben wir ihn über den Rand in die Wanne. Sobald seine Hände das Wasser berührten, prustete er, als würde er gleich ertrinken, dabei war sie nur zur Hälfte gefüllt. Dann begann er herumzuplantschen.

„Wasser, Wasser", gurgelte er. „Schön." Er zappelte mit seinen dürren Beinen herum, sie knickten ein, und er rutschte auf den Boden der Wanne.

Es bestand zwar keine Gefahr, dennoch erschraken wir, packten jeder eine Gliedmaße und zogen ihn hoch. Als er wieder saß, zog sich Bernhard aus und setzte sich zu ihm in die Wanne, um ihn zu stützen. Ich beobachtete die beiden, als hätte ich selbst keinen Anteil an dem Geschehen.

„Willst du nicht mal anfangen, ihn zu waschen?" fragte Bernhard. „Das Wasser wird kalt."

Ich schaute ihm in die Augen und spürte eine unendliche Trauer in mir aufsteigen. Ich war wie gelähmt. Da griff Bernhard zum Shampoo und begann, Adrian zu waschen.

Später, als wir meinen Geliebten abgetrocknet und in Decken eingewickelt auf dem Sofa untergebracht hatten, saßen wir bei klassischer Musik zusammen.

„Wie soll das weitergehen, Raimondo?" fragte Bernhard und warf einen Blick auf Adrian.

„Wir machen jetzt eine kleine Kur."

„Eine Kur?"

„Ja, er kriegt eine Serie von Spritzen, die machen meinen Tortenmeister wieder hübsch." Adrian war kräftig und schön gewesen, als ich ihn kennenlernte; diese Medikamente haben ihn unförmig gemacht. Es durfte kein häßliches Skelett aus ihm werden, das würde ich nicht zulassen.

„Wieder hübsch?"

„Und sobald er auf der Höhe ist, fahren wir nach Italien. Es ist an der Zeit, daß meine Familie ihn kennenlernt.

„Raimondo. Raimondo!" rief Bernhard mit eindringlicher Stimme, aber ich überhörte ihn.

Ich legte meine Hand auf das Gesicht meines Liebsten. „Mein süßer, süßer Adriano. Wir werden noch viel Spaß miteinander haben. Nicht wahr?"

Seine Augen waren weit. Er starrte auf den Heizkörper. Zu gern hätte ich gewußt, was er dort sah.

Zum Abschied umarmte mich Bernhard. Er drückte mich fest an sich, aber ich blieb stark. Wenn ich ihn an mich heranließe, würde ich in seine Arme sinken. Ich würde mich an ihm festklammern und ihn anbetteln, daß er bei mir bliebe. Aber darüber sind wir hinweg. Wir sind Freunde, besondere Freunde. Mehr nicht. Aber das ist schon eine ganze Menge. Oder?

Er drückte mir einen Kuß auf die Lippen und verharrte, bis ich ihn wegschob.

„Grüß deine Mutter von mir. Und sag ihr bitte, daß ich versuchen werde, sie noch mal zu besuchen, bevor sie fährt."

„Vergiß es, Raimondo", antwortete er. „Länger als bis morgen halte ich es nicht mit ihr aus." Dann wollte er mich noch einmal küssen, aber ich wehrte ab.

„Schau, daß du nach Hause kommst. Raus mit dir, aber flott", sagte ich und schob ihn aus der Tür.

Lydia ✻ „Hi, *sweetie.* Sorry, daß es so spät geworden ist", hörte ich eine Frauenstimme sagen. Durch die offene Wohnungstür zog es eisig herein. „Die Stadt ist voll wie zum Oktoberfest."

„Es sind Weihnachtsferien. Was erwartest du?" sagte Edvard zu der Frau im Treppenhaus. Hannah zwängte sich zwischen seinen Beinen hindurch und ging schmollend auf Bernhard zu.

„Ich muß los. Max will mit mir noch ein paar Sachen durchsprechen. Hannah ist sehr quengelig. Wir hatten schon beim Frühstück den ersten Krach."

Bernhard nahm Hannah auf den Schoß, flüsterte ihr etwas ins Ohr und schmunzelte, aber sie schmollte weiter. Er zog ihr das nasse Mäntelchen aus; sie warf sich bockig an seine Brust.

„Willst du nicht doch einen Moment reinkommen?" fragte Edvard. „Bernhards Mutter ist zu Besuch."

Kim steckte den Kopf zur Tür herein. Als sie mich sah, stürmte sie auf mich zu.

„Hallo, Frau Moll. Das ist ja eine Ewigkeit her. Sie haben sich kaum verändert. Schön, daß Sie uns endlich mal besuchen kommen. Sehe ich Sie nachher auf der Lesung?"

Ich kam gar nicht zum Antworten, so schnell redete sie auf mich ein.

„Ich muß jetzt leider wirklich sofort los. Tschüs, tschüs." Sie warf Bernhard und mir einen Luftkuß zu, küßte Edvard auf die Wange: „Ciao, Süßer, bis gleich!" Dann war sie auch schon weg.

„Sie ist immer so", erklärte Edvard, nachdem er die Tür geschlossen hatte. „Kim ist eigentlich eine ganz Liebe, nur immer unter Strom. Ich habe den Verdacht, daß sie an Schilddrüsenüberfunktion leidet." Und das aus Edvards Mund, der selbst so ein Zappelphilipp war.

„Sie hat sich sehr verändert", war das einzige, was mir einfiel. „Hatte sie damals nicht kurzes, vanillepuddingfarbenes Haar?"

„Ja. Durch die Schwangerschaft ist sie erwachsener geworden", sagte Bernhard. „Als ich sie kennenlernte, war sie runder, als hätte sie noch Babyspeck dran."

„Sie hat sich auch durch den Job verändert, Berni. Seit sie erkannt hat, daß sie sich von den Mädchen, die sie verkauft, unterscheiden muß ..."

„Sie verkauft Mädchen?"

„Fotomodelle, Mama. Hauptsächlich für Modekataloge."

Ach, so war das gemeint. Diese jungen Leute hatten eine Ausdrucksweise ... Es beruhigte mich, das zu hören. Die Umstände, unter denen die kleine Hannah aufwuchs, waren schon seltsam genug.

„Ich will ja nicht drängeln", sagte Edvard, „aber du wolltest noch unter die Dusche, Berni, und es ist schon halb elf durch. Ich wäre gerne etwas früher da, weil ich mit Freunden verabredet bin." Bernhard äffte ihn nach, und Hannah entfleuchte der erste belustigte Kiekser, deshalb scherzte mein Sohn weiter, während Edvard sich daran machte, den Tisch abzuräumen. Ich stand auf, um ihm zu helfen.

„Bleiben Sie ruhig sitzen", sagte er. „Ich hab da Routine. Bernhard gibt mir ausreichend Gelegenheit dazu." Er warf meinem Jungen einen giftigen Blick zu, woraufhin der Hannah wieder etwas ins Ohr flüsterte und beide kicherten.

„Na, wartet, ihr zwei! Sich auch noch gegen mich verschwören. So weit kommt's noch." Edvard ließ das Besteck fallen, lief um den Tisch herum und begann beide zu kitzeln. Hannah zappelte und quiekte, Bernhard spielte mit. Es dauerte nicht lange, da brachen die drei mit hochrotem Kopf ab und blieben schnaubend auf dem Boden liegen.

„Also, ich geh jetzt unter die Dusche", sagte Bernhard, während er nach Luft japste. Und zu Hannah: „Hast du dich heute schon gewaschen?"

„Jaaaa!"

„Laß mich mal schnuppern." Bernhard steckte die Nase in ihr Haar. „Puuh, du kleine Muffelmaus. Dich nehm ich gleich mit."

Hannah entwand sich ihm. „Nein. Ich will nicht!" Sie rannte quer durch den Raum ins Wohnzimmer; Bernhard jagte, wie eine Wildkatze fauchend, hinter ihr her.

Edvard schaute die beiden an und schüttelte den Kopf, dann sammelte er erneut das Besteck ein und ging in die Küche: „Es ist immer dasselbe mit den beiden. Ich kann mit dem Drängeln gar nicht früh genug anfangen."

Unter diesen Umständen wollte ich mich beeilen; sie sollten am Ende nicht auf mich warten müssen. „Edvard. Was muß man denn zu so einer Veranstaltung anziehen?" fragte ich und trug Zuckerdose und Milchkännchen in die Küche.

„Ach, was Sie wollen. Es ist kein besonderer Event. Eine Lesung halt, mehr nicht."

„Gut, dann mache ich mich jetzt fertig."

Um kurz vor zwölf verließen wir das Haus. Edvard hatte schon eine halbe Stunde vorher fix und fertig an der Tür gestanden, aber zuerst dauerte es, bis Hannah alle Sachen beieinander hatte. Kaum war sie in Schal und Mütze eingepackt, mußte sie ganz dringend Pipi, und dann hatte Bernhard seine Schlüssel verlegt.

Edvard setzte Hannah in den Buggy, „damit wir schneller vorankommen", erklärte er, und schob sie die Straße hinunter zum Taxistand. Bernhard ging neben ihm, ich trottete hinter den dreien her. Es war mir unmöglich, mit den beiden Schritt zu halten, langsam fiel ich immer weiter zurück. Es war ein eigenartiges Bild: zwei Männer mit einem Kinderwagen. Was dachten wohl die Menschen, die uns begegneten? Sie konnten doch unmöglich annehmen, daß das Kind von mir war.

„Mama, kommst du?"

„Ich laufe, so schnell ich kann, mein Junge. Geht nur voran, ich komme nach."

Das Literaturhaus brummte nur so vor Menschen. Im Café schien es, als würden die Gäste an den atemfeuchten Scheiben zerdrückt. Edvard stürzte ungeduldig die Treppen hinauf, ich nahm den Aufzug und bot mich an, Hannahs Buggy mitzunehmen.

Oben angekommen sah ich erst, wie herrlich sich der Tag entwickelt hatte, denn von hier aus hatte man einen wunderschönen Blick über die Stadt bis hinein in die Berge. Während es heute morgen noch genieselt hatte, waren die Wolken inzwischen aufgebrochen. Die Sonne überzog die Gebäude mit einem goldenen Schimmer.

Die Räume empfand ich als kühl. Nirgendwo hingen Bilder, es gab keine Möbel außer dem kleinen Tisch auf dem Podest mit einem Strauß Blumen darauf und natürlich den Stühlen für das Publikum.

In der Menge fand ich meinen Jungen nur deshalb, weil ich Hannah weinen hörte. Das arme Ding. Kein Wunder. Es drängten sich viel zu viele Menschen hier oben. Vermutlich wollte sie zu ihrer Mutter, aber die bereitete sich ja auf die Lesung vor.

„Ich geh mit Hannah nach Hause, Mama. Wir sehen uns später", erklärte mein Junge, sobald er mich sah.

„Aber … wir sind doch gerade erst angekommen. Gib sie mir! Ich gehe mit ihr vor die Tür, dann beruhigt sie sich schon wieder."

„Nein, Mama. Kim hat Angst, Hannah fängt während der Lesung an zu quengeln."

„Soll ich denn dann nicht lieber …?"

„Ist schon okay, Mama. Bleib du hier! Hannah würde mit dir nicht gehen. Es macht mir wirklich nichts aus." Dann kam er nah an mein Ohr und flüsterte: „Ist ohnehin nicht mein Geschmack, das Buch, meine ich. Ein Unterhaltungsroman, sonst nichts." Er sagte das so abfällig.

Wozu sollten Romane denn sonst dienen, wenn nicht der Unterhaltung? fragte ich mich, aber ich war nicht so gescheit wie mein Sohn.

„Edvard hält vorne am Fenster einen Platz für dich frei." Dann, bevor er sich mit dem Buggy durch die Menge zwängte, gab er mir einen Kuß auf die Wange. Mein Junge, einen Kuß, freiwillig!

Und dann stand ich allein zwischen all diesen Menschen, die ich nicht kannte. Gott sei Dank hatte Edvard mich entdeckt, denn er winkte mir; langsam arbeitete ich mich zu ihm vor. Dafür, daß es sich um einen Frauenroman handelte, waren erstaunlich viele junge Männer anwesend.

„Huhu!" rief Edvard und winkte mir. „Hierher." Er stand am Fenster mit sehr gepflegten Männern zusammen. Sie lachten viel und stellten ihre schneeweißen Zähne zur Schau. Die Menschen waren hübscher geworden, fand ich. In meiner Jugend hatte niemand so viel Wert auf sein Aussehen gelegt wie heute. Es kam noch ein Mann hinzu, küßte sie auf die Wangen, dann ging das Scherzen weiter.

Edvard war hier noch aufgedrehter als zu Hause, fuchtelte mit seinen Armen in der Luft herum und schnatterte mit den anderen um die Wette. Hätte ich es nicht besser gewußt, ich hätte angenommen, er wäre der Künstler, um den sich hier alles drehte.

Ich stützte mich auf eine Stuhllehne. Zum einen strengte mich diese Drängelei sehr an – der Lärm, die vielen unbekannten Gesichter, die schlechte Luft –, zum anderen wollte ich sie nicht in ihrer Unterhaltung stören.

„Hierher", rief Edvard mir zu, und die anderen drehten sich nach mir um. Ich tat zwei Schritte nach vorn und blieb an der nächsten Reihe stehen, da kam mir Edvard entgegen, nahm meine Hand und führte mich zu seinen Freunden hinüber.

„Frau Moll, darf ich vorstellen? Das sind Jean-Paul, Barbarella und Lipstick. Jungs, das ist Bernhards Mutter."

„Guten Tag", sagte der Herr, den mir Edvard als Barbarella vorgestellt hatte; er war groß und ungelenk und blinzelte schüchtern. Seine Hand fühlte sich rauh an; sie sah ziemlich verschrammt aus.

„Freut mich sehr", sagte ich.

Jean-Paul war ein hübscher junger Mann mit dem Lächeln eines Hollywoodstars. Er war sich durchaus bewußt, wie attraktiv er auf andere wirkte. Wie eine griechische Statue durfte man ihn bewundern, ja, das würde ihm bestimmt gefallen, aber die marmorhafte Kühle blieb. Nichtsdestotrotz ein sehr sympathischer junger Mann. Bestimmt homosexuell, dachte ich mir.

„Lipstick? Ein wirklich seltener Name", sagte ich, während ich seine Hand hielt. „Ist das polnisch?"

Edvard und Jean-Paul grienten, Barbarella legte sich die Hand vor den Mund und wurde rot.

„Nein, Frau Moll", erklärte Edvard. „Das ist englisch für Lippenstift." Woher sollte ich das denn wissen?

„Entschuldigen Sie bitte. Eddi ist wirklich unmöglich. Er nennt mich so, weil ich in der Parfümerieabteilung vom *Kaufhof* arbeite."

„Lipstick ist die beste in der Stadt", fügte Edvard hinzu und klopfte ihm auf die Schulter.

Die? fragte ich mich.

Der junge Mann neigte sich zu mir herunter. „Mein richtiger Name ist Ottfried Maier", flüsterte er mir zu. „Kein wirklich berauschender Name, nicht wahr? Lipstick ist mir tatsächlich lieber als Otti. Inzwischen nennt mich jeder so."

„Freut mich, Herr Lipstick."

„Einfach nur Lipstick, Frau Moll. Lipstick. Mehr nicht."

„Und gefällt Ihnen München?" fragte Jean-Paul.

„Ich bin sehr angetan. So eine herrschaftliche und prunkvolle Stadt", antwortete ich. „Und mein Sohn kennt so viele nette Menschen. Es ist wirklich sehr schön hier."

„Wie lange bleiben Sie denn?" fragte Lipstick.

Ich schaute Edvard an. „Nun, ich glaube, daß ich morgen wieder zurückfahren werde."

Er widersprach mir nicht; damit war es wohl beschlossene Sache.

„Aber Sie kommen bestimmt bald wieder", sagte der Freund meines Sohnes, legte seine Hand auf meinen Arm und drückte mich. „Nicht wahr, Frau Moll? Bei uns kann man es doch aushalten."

Dann trat ein anderer Herr hinzu; er war ganz in schwarz gekleidet, in einem langen Mantel, als ob er Trauer trüge. Er war deutlich älter als die anderen, kam mir aber trotzdem sehr jugendlich vor. Sein Blick war durchdringend, fast bohrend. Es war die Sorte Mensch, vor der ich mich lieber in acht nahm.

„Hi, Max", sagte Edvard, umarmte und küßte ihn.

Auch Lipstick und Barbarella grüßten, nur Jean-Paul wendete sich ab. „Ich schau dann mal nach den anderen", sagte er, winkte und ging schnell davon.

Edvard schaute ihm hinterher, warf dann Max einen Blick zu, der die Augenbrauen hochzog und den Kopf schüttelte. „Nachtragend, die Kleine. Was?" sagte er.

„Max, das ist Frau Moll, Bernhards Mutter", stellte Edvard mich vor. „Sie ist ein paar Tage zu Besuch."

Der Neue nahm meine Hand zwischen seine Hände und schüttelte sie kräftig. „Hallo, Frau Moll. Maximilian Roth, sehr erfreut."

Da tippte Kim ihm auf die Schulter. „Es geht los."

„Okay." Und dann zu uns: „Wir sollten uns setzen."

Die Luft war schon sehr stickig, als ein Herr von Anfang Fünfzig sich Gehör verschaffte und sich als Verleger vorstellte. Er steckte in einem mausgrauen Anzug, der ihm zu eng war – die Haut über seinem Hemdkragen warf Falten –, sein Haar war zerzaust, aber er hatte eine schöne, ruhige Stimme.

Er begrüßte die Zuhörer freundlich und sagte, daß er Kim Davideit dafür danke, daß sie sich bereit erklärt hatte, aus dem Romanerstling von Rothild Schön zu lesen, einer jungen Deutschen, die seit fünfzehn Jahren in Amerika lebte. Er verwies noch darauf, daß man am Ende der Lesung Fragen stellen könne und übergab dann sogleich an Kim.

„Es freut mich", sagte Kim, „daß sich so viele von Ihnen die Zeit genommen haben, an diesem wunderschönen sonnigen Sonntagmittag ..." Bewundernswert, wenn so ein junges Ding sich vor so viele Menschen hinstellen und frei sprechen kann; in meiner Jugend war das für Frauen undenkbar.

Sie trug einen dunkelgrauen Hosenanzug und eine weiße Bluse, die einen Blick auf ihr Dekolleté zuließ. Während sie der Anzug unnahbar und fast ein wenig zu seriös erscheinen ließ, verhieß die Bluse das komplette Gegenteil. Kim wirkte ein bißchen wie diese erfolgreichen Geschäftsfrauen, die das Fernsehen gerne vorführt, deren selbstbewußtes Auftreten aber eher abschreckte.

Nachdem sie die Zuhörer begrüßt hatte, setzte sie sich, bog das Mikrofon zurecht, nippte am Wasserglas und schlug die Beine übereinander.

„,Hab ich dir eigentlich schon mal gesagt, wie hübsch du bist?'", las Kim, „,so früh am morgen, wenn deine Haare verlegt sind?' fragte Richard." Sie schaute auf, richtete ihre Augen ins Publikum und las weiter: „,Ja, gestern', antwortete ich, ,und vorgestern, und vorvorgestern und an jedem Morgen der letzten Woche.' ,Dann wird es wohl stimmen', sagte er, nahm meinen Kopf zwischen seine warmen Hände und küßte mich auf die

Stirn." Kim schaute wieder auf: „Ich wollte ihn boxen, ich wollte es jedesmal, wenn er das sagte. Richard und ich sind nun seit bald einundzwanzig Jahren verheiratet, wir haben eine neunzehnjährige Tochter Daniella und einen vierzehnjährigen Rabauken, Robbie, und unseren Jack Russell-Terrier Shadow. Richard war der beste Mann, den ich mir wünschen konnte: aufmerksam, liebevoll, fürsorglich; und trotzdem, ich glaubte ihm einfach nicht."

Es war angenehm, Kim zuzuhören. Sie schaffte es, daß die Geschichte wie ein Film vor meinen Augen ablief. Die Handlung war aus der Perspektive der jungen Emily Webber geschrieben, einer Frau Anfang Vierzig, die glaubte, eine sehr glückliche Ehe zu führen. Ihr Mann, Richard, der in den siebziger Jahren Kunst studiert hatte, entwarf außergewöhnliche Turnschuhe sowie die entsprechenden Marketingstrategien, um sie „an den Fuß" zu bringen. Seine Ideen hatten sich ausgezahlt. Sie lebten in einem Haus am Meer, ihre Tochter studierte in New York, und Emily führte einen kleinen Laden in der Stadt, in dem sie Kosmetikbehandlungen anbot und besondere Kräuter verkaufte, Badesalze, Pflegeprodukte.

Die Webbers leben eigentlich ein perfektes Leben – aber nur eigentlich, denn Emily, die heimlich von Selbstzweifeln geplagt ist, wird von einem wesentlich jüngeren Mann der Hof gemacht. Anfänglich wehrt sie sich vehement gegen seine Annäherungsversuche, aber seine junge unschuldige Art erinnert sie bald an Wünsche, die sie lange aufgegeben hatte. Die Ehekrise ist vorprogrammiert.

Ich versuchte mir Rothild Schön vorzustellen: eine zierliche, scheue Frau von Mitte vierzig, der man ihr ungeheures Talent vermutlich nicht mal ansah. Binnen einer halben Stunde hatte sie es geschafft, diese Taubheit zu beschreiben, ja, zu erwecken, in die Beziehungen verfielen. Sie zeigte, wie ein komfortables Leben und Geborgenheit dazu verführen können, seine Seele zu verkaufen, ja sogar, wie die Liebe den Menschen blind machen kann für seine eigenen Bedürfnisse.

Emily war zufrieden gewesen, bis ihr der junge Mann zeigte, daß ihr Leben einem Drahtseilakt glich: Ein falscher Schritt, und sie würde stürzen.

Als Kim die Lesung abschloß, lag eine Spannung in der Luft, eine Mischung aus Neugier auf dieses neue fremde Leben, das die Heldin der Geschichte erwartete, und auch all der Angst davor, den Schritt zu wagen, das Vertraute zu verlassen.

Der Applaus schien Kim zu verunsichern, ihr Lächeln wirkte angestrengt. Zögerlich stand sie auf, verbeugte sich und stieg dann vom Podest. Der Verleger nahm das Mikrofon und sprach mir aus dem Herzen: „Meine Damen und Herren. Es ist wohl für jeden spürbar geworden, welch erzählerische Kraft in dieser Geschichte steckt." Er ballte die Hand zur Faust, als er das sagte. „Diese Spannung der zentralen Figur hat sich auf Sie, meine Herrschaften, übertragen. Es sollte Ihnen eine Idee davon geben, mit welcher emotionalen Gewalt Sie in die Handlung hineingezogen werden. Und es ist nicht zuletzt diese ... entschuldigen Sie bitte den Ausdruck: diese Power", er ballte die Faust noch einmal, „diese Power, die mich als Verleger, ja ich möchte fast sagen, gezwungen hat, dem Talent Gehör zu verschaffen."

Noch einmal toste der Applaus los, und auch ich klatschte fest in die Hände. Dann sagte er noch: „Ich schlage vor, daß wir eine Verschnaufpause einlegen. Kleine Erfrischungen stehen für Sie im Vorraum bereit. In etwa zwanzig Minuten können Sie mir dann alle Fragen stellen, die Sie bewegen; ich hoffe, es entsteht eine rege Diskussion. Bis gleich." Er drehte das Mikrofon nach vorn, die Lautsprecheranlage heulte auf, dann ging ein Rumoren durch die Reihen.

Edvard und Herr Roth sprangen auf und gingen nach vorn zu Kim, was ich als Zeichen des Aufbruchs interpretierte und deshalb folgte.

„Und? Was sagst du? Ist es gut gelaufen?" fragte Herr Roth Edvard hinter vorgehaltener Hand.

„Super!"

„Hab ich es so gelesen, wie du es dir vorgestellt hast?" fragte Kim flüsternd.

„Es war wunderbar. Laß uns sehen, wie viele Bücher verkauft werden", antwortete er.

„Hast du diesen Fuzzi von der *Süddeutschen* gesehen? Der hat sich die Finger wund notiert", sagte Edvard.

Dann sah Kim mich und bedeutete den anderen, daß ich hinter ihnen stand. Edvard und Herr Roth drehten sich um und strahlten mich an. „Oh, hallo. Und? Wie hat es Ihnen gefallen?"

„Ich bin sehr bewegt", sagte ich. „Diese Rothild Schön muß eine erstaunliche Person sein."

Da blickte Kim von Edvard zu Max und von Max zu Edvard. „Ja, das ist sie", sagte Herr Roth und tätschelte meine Hand. Er kannte sie also.

Ich wollte ihn gerade nach ihr fragen, da bat mich eine Zuhörerin zur Seite zu treten. Sie reichte Kim den Roman und fragte: „Würden Sie es mir bitte signieren?"

„Signieren?" entgegnete Kim. „Aber das Buch habe nicht ich geschrieben. Ich lese nur daraus."

„Ich weiß. Trotzdem."

Kim schaute Herrn Roth verdattert an, er zwinkerte ihr zu, dann nahm Kim das Buch. „Was soll ich denn schreiben?"

„Was Sie möchten."

Kim lächelte ein wenig angestrengt, schrieb dann ein paar Zeilen in das Buch.

Schnell bildete sich eine Schlange. Edvard strahlte Herrn Roth an, und auch er richtete sich zu seiner vollen Größe auf. Nur Kim hatte keine Zeit, sich zu freuen. Sie war zu sehr damit beschäftigt, nette Worte in die Bücher zu schreiben.

Ein signiertes Buch, das wäre ein gutes Geschenk für Divja. Schließlich begab auch ich mich an den Büchertisch, um ein Exemplar zu ergattern.

Kaum hatte Edvard die Wohnungstür aufgeschlossen, stürmte uns Hannah schon entgegen. „Wo ist die Mama?" rief sie.

Edvard hob sie hoch und wirbelte sie durch die Luft. „Sie kommt gleich nach, mein Schatz."

„Und? Wie war's?" fragte mein Junge.

„Voller Erfolg", antwortete Edvard, während er sich die Jacke auszog. „Zweihundertfünfzig Gäste und jede Menge verkaufter Bücher. Viele wollten es von Kim signiert haben. Ich glaube, ihre Finger sind wund."

„Au weia! Muß sie jetzt zum Arzt?" fragte Hannah.

„Aber nein", antwortete Edvard. Er ging in die Hocke und erklärte. „Das sagt man nur so. Sie hat viel schreiben müssen, verstehst du?" Dann nahm er sie auf den Arm und setzte sich mit ihr an den Tisch.

„Ich habe Divja ein Buch gekauft", sagte ich und hängte meinen Mantel an die Garderobe. „Es wird ihr gefallen. So eine schöne Geschichte."

Bernhard schaute mich fragend an.

„Ich fand sie so einfühlsam beschrieben", sagte ich, zupfte meinen Pullover zurecht und setzte mich Edvard gegenüber. „Ich mußte sofort an Theo denken und daran, wie es mir in unserer Beziehung gegangen ist."

„Wer ist Theo?" fragte die Kleine.

„Das war Bernis Papa, Hannah." Edvard streichelte ihr über den Kopf. „Ein paar Hausfrauen haben sogar geweint", sagte er zu meinem Sohn, um unsere Aussage bezüglich der Lesung zu bekräftigen. Bernhard schüttelte den Kopf.

„Wer hat geweint?" fragte Hannah.

„Schatz, laß uns bitte einen Moment mit Berni reden", sagte Edvard. „Ich verspreche, daß ich gleich mit dir spiele. Einverstanden?"

Hannah zog eine Schnute und rutschte von seinem Schoß herunter. Ich sah Edvard an, daß er sich zwingen mußte, sie gehen zu lassen. Die Kleine trottete beleidigt ins Arbeitszimmer; er schaute ihr den ganzen Weg hinterher.

„Ich frage mich schon die ganze Zeit, was für eine Person diese Rothild Schön wohl sein mag", sagte ich. „Sie muß sehr einfühlsam und verschlossen sein, bestimmt ein Mensch, an den man nicht so leicht herankommt."

„Aber Mama. Dieses alberne Geschichtchen hat doch keine Frau geschrieben", erklärte mein Sohn. „Es stammt von Max."

„Ach. Das erstaunt mich jetzt aber. Wie kann sich ein Mann so gut in eine Frau hineinfühlen?"

„Es wird die Öffentlichkeit noch mehr erstaunen, wenn sie erfährt, daß Max ... na ja, du weißt schon, noch nie mit einer Frau ...", sagte Bernhard.

„Max ist schwul", sagte Edvard.

Ich zuckte zusammen. Was für ein unappetitliches Wort.

„Zudem ein Sexmonster, das noch nie eine Beziehung gehabt hat", fügte Bernhard an, und ich wunderte mich, solche Worte aus seinem Munde zu hören. Aber das war ein Thema, das mich nichts anging, daher fragte ich, was mich nun brennend interessierte: „Warum hat er dann nicht selbst gelesen?"

„Der Verlag wollte das Buch lieber unter einem Pseudonym veröffentlichen, weil man den Namen von Max mit ... anderen Büchern in Verbindung bringt", sagte Bernhard.

„Ja? Kann ich denn noch mehr von ihm lesen?"

„Ich glaube nicht, daß du das möchtest", sagte er.

„Warum nicht?"

„Es sind Pornos, Frau Moll. Knallharte Männerpornos", antwortete Edvard und griente. Dann stand er auf und folgte Hannah.

Bernhard ✻ „Du hast mir noch gar nicht erzählt, wie es Adrian geht", sagte Edvard, während er sich eine Krawatte umband. Es war schon nach halb zehn, und er spät dran. Ich glaubte, er wollte gar nicht mehr in sein Geschäft.

„Schlecht. Er kann nicht mal mehr die einfachsten Fragen beantworten." Ich lehnte neben dem Wandspiegel, vor dem Edvard stand, und fuhr mir durchs Haar.

„Und wie packt Raimondo das?"

„Mit Hirngespinsten. Er finanziert jetzt eine Kur, um dem Fettumbau entgegenzuwirken, den die Medikamente verursachen."

„Das ist doch gut."

„Edvard. Das sind wieder zehntausend Mark, die er aus seiner eigenen Tasche bezahlt."

Edvard zupfte den Schlips zurecht und strich sich mit feuchtem Finger über die Augenbrauen. „Das würde ich für dich auch tun."

Ich legte Edvard die Hand um den Nacken und zog ihn an mich heran, umarmte ihn und gab ihm einen Kuß. Er lächelte, schaute wieder in den Spiegel und bürstete sich imaginäre Flusen vom Anzug. Er mochte es nicht, wenn ich ihn in den Arm nahm, nachdem er sich schon für das Geschäft fertiggemacht hatte.

„Er will mit ihm nach Italien fahren und Adrian seiner Familie vorstellen", erklärte ich weiter, weil ich glaubte, Edvard hatte das Ausmaß von Raimondos Illusionen noch nicht verstanden. „Er hat jeglichen Sinn für die Realität verloren: Er will einfach nicht wahrhaben, daß Adrian nicht mehr lange leben wird."

Edvard legte mir die Hand auf die Brust, weil er wußte, wie sehr mich das beschäftigte. „Meinst du, es wäre besser, er würde jetzt schon heulen?"

„Nein, natürlich nicht. Ich habe einfach nur Angst, daß Raimondo durchdreht, wenn Adrian ... was passiert."

„Das können wir nicht verhindern, Professorchen. Und wenn Raimondo wirklich durchdreht, werden wir alles tun, damit er sich wieder einkriegt. Okay?" Ich nickte. „Jetzt muß ich aber los. Heute bin ich auch noch mit Aufsperren dran."

„Tschüs." Demonstrativ lehnte ich mich weit vor, hielt ihm meine Lippen hin, um ihn ja nicht mehr zu berühren.

Er gab mir einen Klaps auf den Kopf, dann einen Kuß: „Du Affe."

„Danke. Ich hab dich auch sehr lieb."

Wir grinsten uns an.

„Und: Benimm dich!" flüsterte Edvard mit einem Blick auf die verschlossene Tür des Gästezimmers. „Deine Mutter ist echt okay. Sie is 'ne alte Lady und keine Hexe."

„Vielen Dank für das Gespräch", antwortete ich und schob ihn aus der Tür.

Kurze Zeit später kam meine Mutter aus ihrem Zimmer. Sie trug ein Nachthemd und ihren Morgenmantel darüber, ihr Haar war verlegt. „Guten Morgen, mein Junge", sagte sie und ging ins Bad.

Meine Mutter und ich allein. Es war kurz vor zehn, der Zug ging um eins. Es gab kein Entkommen.

Ich steckte Weißbrot in den Toaster und wartete, bis er mir entgegensprang, schob noch zwei Scheiben hinterher und wartete wieder. Dann setzte ich mich an den Tisch.

Mutter kam aus dem Bad und ging in ihr Zimmer, um sich anzuziehen. Ich spürte, daß ich mich auf eine Auseinandersetzung vorbereitete. Irgendwann mußte sie ja kommen, jetzt war ihre letzte Chance.

„Oh, schon alles gedeckt?"

„Fehlt nur noch der Tee."

Ich zog die Beutel aus der Kanne und schenkte ihr ein, dann rückte ich Zucker und Milch in ihre Nähe.

„Du hast es dir richtig schön gemacht, Bernhard." Sie nahm einen Toast aus dem Ständer und bestrich ihn mit Margarine.

„Wir, Mama. Wir. Es ist unsere Wohnung." Ich nahm meine Kaffeetasse, lehnte mich in meinem Stuhl zurück und trank.

Sie spitzte ihren Mund. „Das sage ich doch."

Es war soweit. Schon in früher Kindheit hatte ich gelernt, auf ihren Mund zu achten. Wenn sie die Lippen spitzte, war Ärger im Anzug.

„Was erwartest du eigentlich, Bernhard?" Sie legte das Messer ab, faltete die Hände in ihrem Schoß und starrte mich an: „Du hast mir deine Neigungen jahrelang verheimlicht. Dann, als es uns, und ich möchte fast sagen Gott sei Dank zugetragen wurde – denn sonst hätten wir es vielleicht nie erfahren –, hast du dich geweigert, darüber zu sprechen. Kannst du dir überhaupt vorstellen, was das für ein Schock für mich war zu hören, daß du etwas mit dir herumträgst, was du glaubst, vor mir verheimlichen zu müssen?" Sie nahm den Toast wieder auf und schmierte weiter. „Ja, bin ich denn ein Monster?"

Sie schmiß den Toast auf den Teller; ich nippte an meinem Kaffee.

„Und nun weiß ich seit Jahren, daß es diesen ominösen Edvard in deinem Leben gibt. Aber hast du ihn mir vorgestellt? Nein. Statt dessen bist du mit ihm zusammengezogen, ohne mir etwas davon zu sagen. Und dann, wenn ich hierherkomme, betreibst du Wortklauberei. Was erwartest du eigentlich?" wiederholte sie.

Ich lehnte mich vor und stützte meine Ellenbogen auf dem Tisch ab. „Das war ja wohl alles ein bißchen anders."

„Ach ja?" Sie löffelte Edvards Kirschmarmelade auf den Toast. Ich wartete, bis sie abbiß, aber sie tat es nicht.

„Als meine verkorkste Nichte damals beim Abendessen hinausgeplärrt hat, daß ich schwul bin, und Vater deswegen vom Tisch aufstand, habt ihr mir Vorwürfe gemacht. Und nach seinem Herzinfarkt habt ihr es nicht versäumt, ihn mir in die Schuhe zu schieben."

„So ein Unsinn! Kein Mensch weiß, warum Papa damals vom Tisch aufgestanden ist. Was meinst du, wie oft er das schon getan hatte? Natürlich war das eine Überraschung für uns, und die Umstände denkbar ungünstig. Aber das hättest du vermeiden können, wenn du es selbst gesagt hättest, in einem Moment, der nicht so geladen war wie damals kurz vor Weihnachten." Sie rührte in ihrer Teetasse herum. „Zu dieser Katastrophe hast du sehr wohl deinen Beitrag geleistet. Aber darin sind dein Vater und du schon immer Meister gewesen. Und dann hinterher die anderen beschuldigen. Immer waren es die anderen."

Das war ja nun die Höhe, mich auch noch mit meinem Vater zu vergleichen. Ich wollte gerade etwas erwidern, da sagte sie: „Und diese Kühle. Wie du mich behandelst. Edvard hier, Hannah da, aber kein einziges freundliches Wort für mich. Ich komme mir vor wie … wie ein Mensch zweiter Klasse."

„Edvard war schließlich auch für mich da. Was man von meiner Familie nicht gerade behaupten kann."

Sie schlug mit der Faust auf den Tisch. „Das schlägt dem doch die Krone aus dem Gesicht." Sie war richtig wütend. Ich war so erstaunt, daß es mir die Sprache verschlug. Das mußte sie in den Jahren nach Vaters Tod gelernt haben. „Ich habe dir jahrelang den Hintern geputzt, und das war weiß Gott kein Vergnügen. Aber das zählt alles nicht mehr. Du kennst nur noch dein Leben und deine Probleme, als ob du der einzige Mensch in dieser Welt wärst."

„Siehst du, das ist genau der Grund, warum ich nie mit dir darüber gesprochen habe. Ich muß mich auch noch verteidigen. Als ob es nicht schwer genug wäre, so zu leben."

„Das hast du dir ausgesucht, mein lieber Bernhard", sie spuckte das Du aus, „du, nicht ich. Wahrlich nicht ich. Gott behüte."

Jetzt schlug ich mit der Faust auf den Tisch, daß das Geschirr klirrte. „Hör endlich auf, ständig den lieben Gott zu zitieren und ihn für deine reaktionären Ansichten zu mißbrauchen." Meine Mutter zuckte zusammen und setzte sich in ihrem Stuhl zurück. „Dein Gott hat auch mich geschaffen und zwar genau so, wie ich bin."

Daraufhin gab es eine lange Pause. Jeder starrte auf den Tisch. In meinem Kopf überschlugen sich die Argumente, aber ich erkannte auch, daß es wenig Sinn hatte, sich darüber zu streiten. Sie würde mich nie verstehen.

„Bernhard. Mein Junge. Ich mache dir doch keine Vorwürfe, wie du lebst." Sie streckte die Hand nach mir aus, aber ich zog den Arm zurück, bevor sie mich berühren konnte. „Wenn das dein Weg ist, dann geh ihn, aber schließe mich nicht davon aus. Ich bin deine Mutter, ich will doch nur …"

„Was? Was willst du von mir?"

Sie schaute mich regungslos an, dann sah ich, wie Tränen an ihren Wangen herunterliefen.

„Und hör auf, mich mit deinen Tränen zu erpressen", sagte ich, stand auf und ging ins Arbeitszimmer.

Am liebsten hätte ich sie alleine zum Bahnhof fahren lassen. Aber ich war ja ein braver Junge, und so brachte ich sie dorthin. „Welchen Platz hast du reserviert?"

„Ich weiß es nicht", antwortete sie, öffnete ihre Handtasche und zog den Umschlag mit der Fahrkarte heraus. Ich schaute darauf. Dann gingen wir das Gleis entlang bis zu ihrem Waggon. Ich stieg ein, reichte ihr die Hand, um ihr zu helfen, dann suchte ich den Sitzplatz und legte den Koffer auf die Gepäckablage.

„Danke, mein Junge. Danke für alles." Wir schauten uns einen Moment lang in die Augen; ihr Blick war weich und mütterlich. Dann legte sie ihre Hände an meine Wangen und zog mein Gesicht zu sich herunter. „Paßt gut aufeinander auf", flüsterte sie mir ins Ohr. „Dein Edvard ist ein guter Junge. Verlier ihn nicht und behandle ihn gut!"

„Verlier ihn nicht?" Warum sollte ich Edvard verlieren? Und was hieß „behandle ihn gut!" Hatte er sich über mich beschwert?

Ich wollte mich zurückziehen, aber sie ließ mich nicht los. „Tschüs, Mama", sagte ich, doch sie hielt weiter fest. Und dann spürte ich, wie traurig es mich machte, sie so nahe zu haben und ihr doch nicht nahe zu sein. Warum ging das nicht zwischen uns? Ich hatte mich doch früher gut mit ihr verstanden.

Nachtragend hatte Raimondo mich bezeichnet, nachtragend und unversöhnlich. War das etwa nachtragend, wenn ich, nach allem, was passiert war, Abstand hielt? Nur weil sie sagte, daß es anders gemeint war, als ich mich erinnerte, mußte sie doch noch lange nicht recht haben. Oder?

Ich legte meine Arme um sie und drückte sie kurz, dann ließ sie mich los. „Ruf an, sobald du angekommen bist", sagte ich und ging.

„Grüße bitte Herrn Bortalozzi von mir", rief sie mir hinterher. Ich schaute mich um; sie kam ein paar Schritte auf mich zu. „Ist er eigentlich auch ...?"

Ich nickte.

„So ein feiner Mann. Wirklich reizend."

Sie folgte mir an die Tür. Es war kalt, und der Wind zerzauste ihr Haar. „Geh rein, Mama! Du holst dir den Tod." Dann lief ich den Bahnsteig hinunter. Zwei Waggons weiter drehte ich mich um. Sie war ausgestiegen und schaute mir nach. Sie winkte mit einem Taschentuch. Meine Mama und ich. Wieso war es bloß so schwer?

Während ich auf die U-Bahn wartete, merkte ich, wie die Spannung langsam von mir abglitt. Der Kopfschmerz verkroch sich, und auch der Krampf in meinen Schultern ließ nach.

Die Bahn kam, ich stieg ein und setzte mich; die Türen gingen zu, und dann tauchten wir ein in das Dunkel unter dieser Stadt. Der Geräuschpegel stieg mit der Beschleunigung, dann sank er wieder, es wurde heller, ein Bahnsteig voller Menschen, Stillstand. Ein Bauarbeiter stieg vorne in den Waggon, wohl ein Perser, denn er hatte dunkle Haut, schwarzes Haar und einen sehr buschigen Schnauzbart. Er ging langsam durch die leeren Reihen und stellte sich zuerst an die Tür direkt vor mir, drehte sich dann aber um und setzte sich mir gegenüber auf die Bank. Er rückte ganz ans Fenster, stützte sein Kinn auf die Hand und schaute hinaus auf den Bahnsteig. Dann warf er mir einen verstohlenen Blick zu und schaute wieder hinaus.

Die Türen wurden geschlossen, die Bahn fuhr los. Ich starrte ihn an, ich konnte gar nicht anders, er war einfach zu hübsch. In der Jeans zeichneten sich muskulöse Beine ab, das Hemd spannte sich über seinem breiten Brustkorb, er trug nur eine Jeansjacke darüber; so dünn angezogen wäre ich erfroren. Ihm schien es nichts auszumachen.

Wieder ein kurzer Blick; ich lächelte ihn an. Er schaute weg, dann wieder her, lächelte vorsichtig, schaute aber schnell wieder weg. Als ich aus dem Fenster schaute, bemerkte ich, daß er mich im Spiegel der Scheiben beobachtete. Da senkte er den Blick, ich sah ihn mir wieder an. Augenkontakt, ein scheues Lächeln. Ich studierte seine Lippen, die sehr markant gezeichnet waren, fast als wären sie geschminkt. Sie standen ein wenig offen, so konnte ich die Kanten seiner Zähne sehen. Und als ich mir vorstellte, wie es wohl wäre, meine Zunge dort hineinzustecken, lief mir ein Schauer über den Rücken.

Ich schaute mich um; wir saßen fast allein in der Bahn. Ob ich ihn berühren sollte? Es wäre einfach gewesen, mein Knie gegen seines zu lehnen; und wenn er sich nicht wehrte, hätte ich ihm meine Hand auf den Schenkel legen können. Küssen wollte ich ihn, das wäre letztendlich mein Ziel gewesen, ihn küssen und erfahren, wie er seine Zunge in meinem Mund bewegen würde.

Er schaute auf, lächelte mich an. Jetzt wich ich seinem Blick aus. Seine Hände lagen in seinem Schoß; sie waren kräftig, auf den Knöcheln sprießten dicke Haarbüschel. Ich starrte darauf und dann war es wieder wie damals, als ich noch allein durch die schwule Welt zog: in meinem Bauch spürte ich eine ungeheure Aufregung, meine Hände wurden feucht.

Er nahm seine Hände aus dem Schoß, und gänzlich ungewollt starrte ich auf seinen Schritt, in dem sich ein gewaltiges Stück Fleisch abzeichnete. Mit einem Schlag war meine Kehle strohtrocken.

Als ich wieder aufschaute, blickte ich direkt in seine schwarzen Augen. Er lächelte scheu, und sein Blick wurde weich. Wir hielten dem beide einen Moment lang stand, dann fuhr der Zug in den nächsten Bahnsteig ein.

Er schaute hinaus, sprang auf und stellte sich an die Tür. Ich sah ihm hinterher. Er drehte sich um, lächelte mich durch die Glasscheibe an, zog die Türen auseinander und lief hinaus. Ich verfolgte seinen Gang. Er blieb stehen, drehte sich um, suchte, fand mich, lächelte. Ich erwiderte es. Er schaute wie geistesabwesend auf die Uhr, drehte sich aber gleich wieder nach mir um. Da winkte ich ihm zu. Ich weiß nicht, was in mich fuhr, aber ich mußte es tun. Verschreckt schaute er sich um. Niemand sonst hatte es gesehen. Erleichtert hellte sich sein Gesicht auf und dann öffnete er seinen wunderschönen Mund, zu einem vielversprechenden, breiten Lächeln. Er winkte zurück, scheu, unmerklich fast, aber er tat es.

Die Türen schlossen sich, die Bahn fuhr an, wir tauchten in das Dunkel ein, und er war weg.

Ich hätte aussteigen können, ihm auf die nächste Toilette folgen, mich an ihn herandrücken, meine Hand in seinen Schritt legen und ihn küssen. Ich hätte seinen Speichel schlucken können und ihn schmecken und ... Aber ich war jetzt mit Edvard „verheiratet". Und wenn man so eine Beziehung hatte, sollte man sie nicht für ein Abenteuer riskieren. Sex mit einem anderen, das hatte keinen Platz in einer festen Beziehung. Ich hätte es nicht tun können, weil ich dabei nur an Edvard gedacht und mich schlecht gefühlt hätte. Was hätte es mir also gebracht? Außer einem schlechten Gewissen wohl nichts.

Sobald ich zu Hause angekommen war, rief ich Edvard an: „Sie ist weg", sagte ich und wollte erleichtert klingen, aber ich war es nicht wirklich.

„Und? Noch was vorgefallen?" fragte er.

Edvard meinte damit natürlich Mutter, aber ganz automatisch dachte ich an den Bauarbeiter, der mich, es war noch keine halbe Stunde her, so nah an die Grenzen meiner Prinzipien gebracht hatte, daß ich sie fast über Bord geworfen hätte. Ich sah seine Lippen vor mir, seinen buschigen Bart, die schwarzen Augen und kräftigen Hände, und noch einmal machte sich das Zittern der Erregung in mir breit, als stünde ich unter Strom.

Sollte ich Edvard das erzählen?

„Nichts erwähnenswertes", sagte ich.

Lydia ✻ Divja holte mich ab. Die Eisenbahn hielt, und sie stand genau vor der Tür, aus der ich ausstieg. Wie sie das nur erraten hatte?

„Hallo, meine Liebe", sagte sie und zog meinen Koffer aus dem Waggon. „Wie war die Fahrt?" Sie trug ihre weiße Daunenjacke, Ohrenklappen und einen rosafarbenen Schal. Ihre Nase war rot, die Augen tränten vor Kälte.

„Lange, Divja, lange."

Wir umarmten uns und drückten uns.

„Ich bin froh, wieder festen Boden unter den Füßen zu haben", sagte ich.

„Wir müssen aber gleich noch ein Stück Auto fahren."

„Das werde ich auch noch überleben."

Wir gingen durch den Bahnhof hindurch zu den Parkplätzen. Es war geschäftig, zu laut, um sich zu unterhalten, deshalb schwiegen wir. Ich schwieg oft mit Divja; es war angenehm. Wir verstanden uns darin gut.

„Und? Wie war's?" fragte sie dann, sobald wir im Wagen saßen.

„Aufregend", antwortete ich. „Diese große Stadt, sie haben mir so viel gezeigt. Und wie ist es dir ergangen?"

„Du warst doch kaum weg, Lydia", sagte sie.

„Es kommt mir vor wie eine Ewigkeit", antwortete ich. „Ich freu mich richtig auf zu Hause."

Divja fuhr langsam, aber sehr sicher durch die Stadt Richtung Heimat. Zu Hause angekommen, stieg ich aus und ging hinein; ich hatte tatsächlich das Gefühl, als wäre ich Monate verreist gewesen. Divja brachte meinen Koffer herein und stellte ihn ab. Ich legte Schal und Mütze auf die Kommode unter der Garderobe, zog meine Jacke aus und freute mich, daß gut geheizt war.

„Soll ich dir einen Tee kochen?" fragte sie.

„Och, das wäre eine schöne Idee. Kaminfeuer wäre mir lieb."

„Gut, setz dich und erzähl mir von deinem Sohn."

Ich setzte mich auf das Sofa, steckte meine Füße in das Heizkissen und schaltete es an, dann legte ich mir die Decke über die Knie. So saß ich hier gern. „Er lebt mit einem Mann zusammen."

„Also doch", rief sie aus der Küche, wo gerade das Wasser zu kochen begann.

„Ja. Und sie scheinen sehr zufrieden. Sie haben eine schöne Wohnung, und es scheint, als würden sie sich gut verstehen."

Divja brachte zwei Tassen und Honig und stellte alles auf dem Couchtisch ab. „Plätzchen?"

„Du kannst sie ja mal hinstellen. Aber im Moment reicht mir Tee."

Divja verschwand wieder in der Küche. „Erzähl weiter!" forderte sie mich auf. „Sie scheinen zufrieden zu sein. Und?"

„Die beiden kümmern sich um ein kleines Mädchen. Hannah heißt sie und sie ist so goldig. Sie ist die Tochter von einem jungen Ding, das eine Modellagentur leitet, Fotomodelle für Kataloge. Weißt du?"

Divja brachte das Stövchen, stellte es ab und zündete das Teelicht darin an. „Ja. Sie sind wohl auf dem richtigen Weg", sagte Divja. „Gott sei Dank werden Homosexuelle nicht mehr so diskriminiert. So können sie sich mehr auf ihre Beziehungen konzentrieren und neue Formen des Zusammenlebens finden."

Divja war eine so weise Frau. Wo sie dieses Wissen nur hernahm?

„Ich muß dich mal was fragen", sagte ich.

„Ja?"

„Du erinnerst dich doch sicher an die Tarotkarte, auf der ein Paar in der Landschaft steht und auf Kelche deutet, die über ihnen am Himmel schweben."

„Und daneben tanzen zwei Kinder Ringelreihen?"

„Ja, genau die."

„Die zehn Kelche. Was ist damit?"

„Kannst du mir sagen, was diese Karte bedeutet?"

„Es ist davon abhängig, in welchem Zusammenhang sie steht oder auf welchem Platz in einem Spiel. Allgemein gesprochen kann man sagen, daß sie harmonischen Einklang verkündet und tiefe, aufrichtige Liebe. Sie spricht von Geborgenheit und wahren Gefühlen, von tiefem Glück und Dankbarkeit in einer Beziehung oder Familie. Wie kommst du da jetzt drauf?" fragte sie.

„Die beiden haben das Bild über ihrem Bett hängen."

„In diesem Zusammenhang würde ich eher darauf tippen, daß es das ist, was sie suchen, sonst würden sie es nicht aufhängen. Oder? Und wenn sie es suchen, fehlt es ihnen. Kam dir das so vor?"

Ich stützte meinen Kopf in die Hand und dachte nach. „Mein Junge ist seinem Vater so ähnlich. Und ich befürchte fast, daß Edvard so weich ist, wie ich es war. Ich hoffe, daß die beiden nicht genau so ein Leben führen, wie ich es mit Theo geführt habe – eine Beziehung über Jahrzehnte, und in der Tiefe stimmt was nicht."

Da fiel mir ein, daß ich Divja ein Buch mitgebracht hatte. „Warte", sagte ich. „Jetzt setzt du dich hin, ich muß nur eben was holen, und auf dem Rückweg bringe ich den Tee mit." Ich ging in den Flur, öffnete den Koffer und holte das Geschenk heraus.

„Ich hatte nichts zum Einpacken", sagte ich und gab es ihr. „Ich wollte den beiden keine Umstände machen."

Divja freute sich; es macht mich glücklich sie zu beschenken. „Ich mag Geschenkpapier ohnehin nicht, das weißt du doch." Sie schlug es auf und blätterte darin.

„Ein Freund von Bernhard hat es unter diesem Pseudonym geschrieben, und Kim, die Mutter von Hannah, hat Sonntag daraus gelesen ..." Ich schenkte uns Tee ein, dann setzte ich die Kanne auf dem Stövchen ab und ging wieder an meinen Platz.

„Eng verzahnte Verhältnisse, was?"

„Ja, das kann man wohl sagen. Jedenfalls ist es eine sehr schöne Geschichte. Ich glaube, sie wird dir gefallen."

„Worum geht es denn?"

„Ach, um eine Ehe, eine scheinbar glückliche Ehe. Lies es selbst. An der Oberfläche scheint alles in Ordnung zu sein, aber da taucht ein unerwartetes Ereignis auf – ich will es nicht vorwegnehmen –, und dann ist die Krise perfekt."

„Machst du dir deswegen Sorgen um die Beziehung deines Sohnes?"

Es elektrisierte mich fast. Vielleicht war es das.

Divja schaute mich mit diesem Blick an, der so ganz ohne Erwartungen war.

„Ich weiß nicht, wie stabil ihre Beziehung ist, weißt du? Aber ich wünsche mir, daß Bernhard glücklich ist." Aber was konnte ich schon tun?

Als hätte sie meine Gedanken gelesen, sagte sie: „Du kannst einen Brief an Sai Baba schreiben. Er ist ein Avatar, ein Wesen, daß sich hier auf der Erde inkarniert hat, um uns Menschen zu helfen. Wenn du ihm einen aufrichtigen Wunsch mitteilst, geht er in Erfüllung."

Ich seufzte. „Und du meinst, das klappt?"

„Versuch es einfach." Sie schlug das Buch zu und legte es neben sich. „Eine Geschichte über eine Ehekrise. Immer dreht sich alles um Beziehungen", sagte Divja.

„Stimmt. Und immer geht es um die Probleme und Schwierigkeiten, die Menschen miteinander haben."

„So ist es doch auch. Wenn ich an meine Ehe denke", sagte Divja. „Zehn Jahre verheiratet, fünf Jahre Scheidung. Danach hatte ich die Nase derart voll, daß ich mich nie wieder einließ."

„Ja, aber das ist nur eine Seite davon", sagte ich und lehnte mich zurück. „Ich kannte meinen Theo sechsundvierzig Jahre, vierundvierzig davon waren wir verheiratet. Er war weiß Gott kein einfacher Mann, und wie oft habe ich mir überlegt, ob es nicht besser wäre, ihn zu verlassen. Aber weißt du, wenn es irgend etwas gäbe, was ihn mir zurückbrächte, ich würde es ohne zögern tun."

II

Edvard ❋ Ich übergoß den Blumenkohl und die Karotten, die ich zuvor blanchiert und in Gläser gefüllt hatte, mit einer siedenden Essig-Kräuter-Mischung. Dreiundzwanzig Uhr! Es war schon wieder dreiundzwanzig Uhr! Die Küche war eine einzige Katastrophe, ich hätte gerne noch den Rest des Gemüses eingemacht, aber wenn ich jetzt nicht zu Bett ging, würde Bernhard ohne mich einschlafen. Ich schraubte die Gläser zu, stellte sie auf den Kopf, schaltete das Licht aus und ging ins Bad.

Nachdem Bernhard bei mir eingezogen war, führten unsere unterschiedlichen Lebensrhythmen dazu, daß wir zwar in derselben Wohnung lebten, aber in parallelen Welten: Er mußte beizeiten aufstehen, damit er Punkt halb acht im Lehrerzimmer stand und zog sich daher abends entsprechend früh zurück. Außerdem brauchte er Ruhe vor dem Einschlafen, weshalb er zeitig ins Bett ging und las. Ich dagegen lebte am Abend erst richtig auf.

Inzwischen hatten wir einen Kompromiß gefunden: In den Ferien klinkte er sich in meinen Rhythmus ein, während der Schulzeit ich mich in seinen. Manche Freunde finden das nicht fair, weil die Ferien doch viel kürzer sind, aber wir lebten gut damit.

„Na", sagte ich, während ich mich auszog, Hemd und Hose auf Bügel hängte und meine Unterwäsche in die schon wieder überquellende Schmutzwäschetonne stopfte. Dann klaubte ich Bernis Sachen auf, die er einfach nur hingeschmissen hatte. Ich hatte lange versucht, ihm das abzugewöhnen – erfolglos.

„Na?" Er las. Bestimmt wieder etwas aus dem Internet oder einen Brief von einem seiner Studienfreunde.

Ich zog ihm die Decke weg, kletterte über ihn hinüber und bettete meinen Kopf in seinen Schoß. „Max' Buch verkauft sich gut."

„Hmm." Bernhard las weiter und schlug die Decke über meinen Rücken.

„Kim hat mir erzählt, daß sie jede Woche zwei Lesungen halten könnte, so viele Anfragen liegen vor."

„Hmm."

Ich versuchte ihm unter den Unterlagen hindurch in die Augen zu schauen, um seine Aufmerksamkeit zu wecken, aber es gelang mir nicht. Sein Schwanz behinderte die Sicht meines linken Auges, mit dem rechten sah ich zwar seine Brust und ein wenig von seinem Kinn, aber sein Gesicht war von den Unterlagen verdeckt. Ich legte meine Hand auf seinen Bauch und kraulte ihn. Er hob den Text und schaute mich an, schmunzelte, senkte das Blatt wieder und las weiter, dabei legte er seine Hand auf meine und hielt sie fest.

Ich liebte es, wenn wir am Abend, so kurz vor dem Schlafengehen, noch ein wenig Zeit miteinander verbrachten und uns über all das unterhielten, wozu wir tagsüber nicht kamen. „Hab ich dir schon erzählt, daß eine Frauenzeitschrift nächste Woche ein Interview mit Kim macht?"

„Hmm." Bernhard hob den Text und schaute mich kurz an. „Darf ich mich wieder zudecken? Mir wird kalt."

Ich legte mich neben ihn, meinen Kopf auf seine Schulter und deckte uns zu. „Ich freue mich für Max, daß das Buch so gut ankommt."

Er legte seine warme Hand auf meinen Rücken und zog mich näher an sich heran. Dann ließ er den Text sinken. „Na toll. Max schreibt einen Herzschmerz-Roman, den Hausfrauen verschlingen, er klettert in die Bestsellerlisten, und sobald die Verkaufszahlen zurückgehen, outet er sich als Autor, kriegt dadurch Publicity und die Verkäufe gehen noch mal nach oben. Für Max ist das toll, du und vielleicht ein paar andere finden das lustig. Aber was kriegen die Leute draußen mit? Wieder mal einen Schwulen, der voll ins Klischee paßt."

Ich stützte mich auf meinen Ellenbogen und schaute ihn an. „Ach du und deine Vorbehalte. Fändest du es denn richtiger, wenn wir uns anpassen und auf hetero machen würden, nur um akzeptiert zu werden? Schwule sind nun mal anders drauf, Gott sei Dank. Und ein Teil unseres Andersseins besteht darin, daß wir mit Sex anders umgehen. Ich finde das sogar gut, wenn die Heten das immer wieder vorgesetzt kriegen. Vielleicht lernen sie ja was von uns."

„Pfff." Er drückte mich wieder. „Hoffentlich nicht. Jedenfalls nicht von Max."

Ich ließ mich unter lautem Seufzen auf den Rücken fallen. „Gib ihm doch zur Abwechslung mal eine Chance. Du weißt, daß er sich verändert hat."

„Ja, ja, und wie! Er sucht die große Liebe, das erzählt er jedem. Und Jean-Paul hat er abfahren lassen."

„Du bist echt ein Scherzkeks. Ich wette, wenn er Jean-Paul mitgenommen hätte, hättest du das als Beispiel für seine Promiskuität aufgeführt."

Bernhard schob das Kissen unter seinem Kopf zurecht und zog die Decke bis unters Kinn. „Darf ich das Licht ausmachen?" fragte er.

„Mach doch." Ich hatte ohnehin keine Lust mehr, mit ihm zu reden. Es war hoffnungslos.

Er schaltete das Licht aus und drehte sich dann zu mir, umfaßte mich mit beiden Armen. „Weiß Kim eigentlich schon, daß sie als Autorin dieses Meisterwerks entthront werden soll?" „Meisterwerk" betonte er höhnisch.

„Natürlich. Das war von vornherein abgesprochen. Du weißt doch: Sie hat immer noch den Spleen, nach Florida auszuwandern." Mir schauderte, als ich das aussprach; Bernhard zog meinen Kopf an seine Brust, dann streichelte er mich. Ich knabberte mit spitzen Lippen an seiner Brustwarze – vielleicht hatte er ja mal wieder Lust auf Sex –, aber bald wurden seine Atemzüge länger, wenig später war er eingeschlafen.

Ich wand mich aus der Umklammerung, drehte mich auf den Rücken und starrte ins Dunkel. Wenn Kim nach Florida ginge, würde sie Hannah mitnehmen. Für Bernhard war das eine klare Sache, Hannah war Kims Tochter, wir nur Ersatzväter. Ich aber dachte an Hannah. Wenn Kim arbeiten ging, käme Hannah zu Fremden. Und wenn sie mich dann mit ihrem Kindertelefon anriefe, würde ich nicht einfach mal so vorbeikommen können, sie abholen und mit ihr in den Zoo gehen. Wer würde ihr erklären, daß ich plötzlich Tausende von Kilometern weit weg lebte, wie sollte sie das verstehen, wenn sie nicht mal „morgen" von „übermorgen" unterscheiden konnte?

Berni packte mich im Schlaf und zog mich fest an sich heran – wie ein Kind, das seinen Teddy zum Einschlafen braucht. Dann sprach ich meine abendlichen Affirmationen: „Ich bin zufrieden und glücklich. Ich bin zufrieden und glücklich. Ich bin zufrieden und glücklich." Darüber schlief ich ein.

Inzwischen war es März, und das Wetter spielte verrückt: Die Sonne schien grell, die Temperatur kletterte auf dreißig Grad, es fühlte sich an wie Sommer. Aber die Natur, so sehr sie sich auch mühte, konnte nicht mithalten. Auch wenn sie grüne Triebe aus den kargen Zweigen hervorpreßte, sie konnte niemanden darüber hinwegtäuschen, daß gerade mal das Frühjahr begann, mehr nicht. Diese eigenartige Spannung zwischen Sein und Erscheinen war für jeden deutlich zu spüren.

Mit Bernhard war das nicht anders: Nach dem Besuch seiner Mutter ging er scheinbar ungerührt seinem Leben nach, aber ich spürte, daß etwas in ihm arbeitete, etwas von dem Ausmaß eines mittleren Meerbebens: Während an der Oberfläche nur ein wenig Blubbern zu sehen war – er hatte sie seither mehrmals angerufen – und vielleicht ein paar ungewöhnliche Wellenformationen – ab und zu sprach er sogar über sie –, brodelte es tief unten – er las nicht, sondern saß einfach nur herum und dachte nach –, und es dauerte Wochen, bis der aufgewühlte Schlamm sich wieder setzte.

Andere würden ihren Partner darauf ansprechen, aber Bernhard, ganz im Gegensatz zu mir, war nicht der Typ, der sich offenbarte, und ich hatte gelernt, nicht zu bohren, denn so verschloß er sich meist nur noch mehr.

Abgesehen von diesen kleinen Turbulenzen vergingen die Wochen wie im Flug. Das lag aber nicht daran, daß wir von einem Ereignis zum nächsten hetzten, sondern eher daran, daß unser Leben zur Routine geworden war, sehr viel ausgeglichener und konstanter als in den Jahren, bevor Professorchen in mein Leben platzte. Die Tage begannen einander dermaßen zu ähneln, daß Wochen in der Erinnerung zu Tagen verschmolzen; die seltenen Blicke auf den Kalender schafften es immer wieder, mich zu erschrecken.

Während Bernhard seinem Job als Lehrer nachging und seine Nachmittage meistens mit lesen zubrachte, hockte ich – außer wenn Hannah vormittags bei uns war – in meinem Laden und verscherbelte altes, aufpoliertes Gerümpel für teures Geld. Im Gegenzug mußte ich mir die „Probleme" von Menschen anhören, mit denen ich nichts zu tun haben wollte: „Wissen Sie, ich habe gerade für fünfundzwanzigtausend Mark mein Wohnzimmer mit dunkelgrüner Seide tapezieren lassen. Ich weiß einfach nicht, ob dieser Kirschton dazu paßt. Was denken Sie?" Oder: „Wir haben ein kleines Häuschen in Marbella gekauft, gleich neben dem Golfplatz, wissen Sie. Was wohl unsere Gäste sagen würden, wenn sie plötzlich auf einem Louis-quatorze-Eßtisch dinieren würden? Meinen Sie, er wäre für das südliche Klima zu schwer?" Oder aber: „Am liebsten würde ich ja alles rausschmeißen, aber Sie wissen ja, mein Mann ist vierzig Jahre älter als ich. Finden Sie, ich sollte ihn vor die Wahl stellen: mich oder diesen ollen Plunder?"

Unsere Freizeit sah folgendermaßen aus: An ein oder zwei Abenden während der Woche kamen Freunde zu uns, oder wir waren eingeladen. Die restliche Zeit gehörte uns. Dann wurstelte ich in der Wohnung herum, während Bernhard sich meist mit einem Buch zurückzog.

Ich kenne ihn nun seit fünf Jahren. Sah man von der großen Krise im ersten Jahr ab, waren wir ebenso lange zusammen. Eine ganze Weile also. Früher, wenn ich mit Freunden, die in langjährigen Partnerschaften lebten, über ihre Beziehungen sprach, da hörte ich immer nur Langeweile. Sie erzählten von Spaziergängen, sie schwärmten von lauschigen Fernsehabenden oder Festen im Kreis der Familie. Ich aber hörte Langeweile. Die Zahl der Videos wuchs und die Telefonrechnungen stiegen aufgrund der zunehmenden Nutzung des Internets.

Jetzt lebte ich selbst so. Okay, die Videos in unserem Haushalt stammen von vor unserer Beziehung, und wir kommen immer noch ohne Chatrooms und Pornoseiten aus, aber sonst ist unser Leben sehr zur Routine geworden. Manchmal kam ich mir vor wie auf Schienen: Ich hatte zwar selten eine Ahnung, wohin wir fuhren, aber ich wußte, daß ich mich unweigerlich auf etwas zubewegte, was ich nicht kannte.

Am nächsten Morgen um Viertel vor sechs läutete der Wecker – wie immer während der Woche. Ich sprang aus dem Bett – Bernhard brauchte immer ein bißchen länger, bis er aus den Federn kam –, holte die Zeitung aus dem Briefkasten und deckte den Tisch. Berni nahm sich zwar nie Zeit zum Frühstücken, aber er trank immer eine Tasse Kaffee mit mir, bevor er sein Zeug packte und in die Schule rannte, was er übrigens mit Leidenschaft tat – bis heute kann ich das nicht nachvollziehen.

Ohne mich käme er dort ziemlich zerzaust an. Ich mußte ihm immer entweder das Hemd zuknöpfen oder den Schal richtig um den Hals legen. Manchmal mußte ich ihm auch durchs Haar fahren, wenn er mal wieder lange nicht beim Friseur gewesen war – er ging ungern dorthin. Es war jeden Morgen etwas anderes. Berni machte dabei immer ein Gesicht wie ein kleines Kind, das von der Mutter für die Kirche zurechtgemacht wird, trotzdem schrie er geradezu danach. Wenn ich es nicht täte, wäre er bestimmt enttäuscht. Es war ein Ritual. Es gehörte zu Bernhard und mir. Es war Ausdruck unserer Beziehung.

Sobald er aus der Tür war, räumte ich den Tisch ab – wie jeden Morgen –, organisierte etwas im Haushalt (an diesem Tag legte ich den Rest des Gemüses ein) und ging dann unter die Dusche. Um Viertel nach neun war dann auch ich bereit fürs Geschäft. Im Spiegel rückte ich meine Krawatte zurecht, strich mit dem feuchten Finger über meine Brauen, dann tastete ich meine Taschen nach meiner Brieftasche, den Schlüsseln und dem Handy ab.

Bald würden die Osterferien beginnen, und ich würde wieder mehr im Laden stehen, weil Berni sich dann Montag, Mittwoch und Freitag vormittags um Hannah kümmerte. Ostern wollten wir mit der Familie feiern: mit Kim und Hannah, mit Max und Raimondo und Adrian – so fern er das noch erleben würde. Dann würde Pfingsten kommen und gehen und der Sommer und der Herbst und der Winter. Vielleicht würde ich mir ein Paar Schuhe kaufen – das zweiundsiebzigste Paar. Vielleicht würden wir dieses Jahr mit Kim und Hannah in Urlaub fahren, vielleicht, aber nur vielleicht ging mein Mann mal wieder mit mir in die schwule Sauna – nur um die Männer anzugucken, versteht sich, mehr war bei uns nicht drin. Aber mit Sicherheit würden wir jeden Tag ein bißchen älter werden, unsere Haut faltiger, unser Haar ein wenig grauer.

Bernhard ❊ Unser Leben floß dahin, wie ein ruhiger, stiller Fluß. Meiner Ansicht nach liegt Schönheit in der Gleichmäßigkeit verborgen, in der Wiederholung, in der Nuancierung des Alltäglichen, nicht in andauernder Veränderung.

Als ich Edvard kennenlernte, lebte er ein Leben, das sich in jedem Moment aus sich selbst heraus neu erschuf. Die einzige Konstante waren sein Geschäft und sein Lebensmotto: *fun, fun, fun*.

Damals bestanden unsere Verabredungen aus einem Bündel von Aktivitäten: Freunde kennenlernen, Kino, Partys, ausgehen, Einladungen hier und dort, Sex. Es dauerte lange, bis ich ihm klarmachen konnte, daß es auch schön sein kann, wenn man einfach mal zusammensitzt und sich unterhält.

Bald fünf Jahre später sah das alles anders aus. Zwar hatte ich mich sehr darum bemüht, Edvard neue Werte beizubringen, aber ich würde lügen, wenn ich das meinem Einfluß zuschriebe. Die Veränderung kam durch Hannah. Man möchte es kaum glauben, aber es waren tatsächlich ihre Geburt und ihr Heranwachsen. Durch sie, durch das Leben mit ihr hatte er eine ganz neue Facette im Leben entdeckt: Häuslichkeit. Anstatt Essen zu gehen oder den Pizzaservice anzurufen, entwickelte er plötzlich Lust zu kochen. Er lernte, wie man Gemüse und Obst einweckt, wie man Marmelade einkocht und daß es einem die Freunde nicht gerade danken, wenn man sie immerzu damit beschenkt.

Diese neue Häuslichkeit hatte natürlich auch Auswirkungen auf unsere Beziehung. Sich um ein Kind zu kümmern ist anstrengend. Ich als Lehrer wußte das, Edvard mußte es erst noch lernen. Aber plötzlich konnte auch er mal abschalten, die Pausen genießen, in denen Hannah mit sich selbst beschäftigt war oder schlief, er freute sich auf die Tage, die sie mit ihrer Mutter oder mit Raimondo verbrachte.

Auf diesem Wege kehrte in unser Leben mehr Ruhe ein. Tagesabläufe begannen sich zu ähneln, bald zu gleichen, Verhaltensweisen wiederholten sich, ebenso unsere Auseinandersetzungen; sie wurden ritualisiert auf dieselbe Weise, wie wir Sex ritualisierten. Es ist erstaunlich, wie man nach ein paar Jahren genau weiß, was im anderen abläuft, was er fühlt und was er braucht. Mir fällt da dieser Abend wieder ein, an dem Edvard völlig geknickt nach Hause kam. Es war ein Mittwoch, einer jener Abende, an denen er in die Selbsthilfegruppe der schwulen Väter ging.

Als er sie damals, kurz nach Hannahs Geburt, gründete, hatte ich versucht, ihm zu erklären, daß er, nur weil er sich um ein Kind kümmerte, noch lange kein Vater war. Er hatte sich daraufhin diskriminiert gefühlt, von mir. Ich sei nicht besser als die reaktionären Heteros, hatte er mir vorgeworfen, die den Schwulen das Adoptionsrecht absprechen wollten. Dabei fand ich es einfach nur ein bißchen übertrieben. Aber bitte, wenn es ihm guttat, dann sollte er hingehen. Meinetwegen.

Er kam also von der Gruppe nach Hause, und ich hörte „Krise!" schon an der Art, wie er sein Schlüsselbund auf die Spiegelkommode der Garderobe knallte. Dann ließ er sich – ohne jede Begrüßung – wie einen Sack Kartoffeln aufs Bett plumpsen. Die Hände baumelten zwischen seinen Beinen wie nasse Lappen, sein Kinn hing herunter, ja selbst sein Haar, das er zu der Zeit zu glänzenden spitzen Stacheln aufgestylt trug, schien matt und müde auf seinem Kopf zu liegen – ein jämmerlicher, wenn auch ein wenig alberner Anblick.

„Hallo, Schatz. Erfolgreichen Tag gehabt?" fragte ich ihn und las weiter.

„Katastrophe!" stöhnte er auf.

Ich warf ihm über mein Buch hinweg einen verstohlenen Blick zu und stellte fest, daß es sich um eine Edvard-Katastrophe handelte. Es bestand kein Grund zur Sorge. Also las ich weiter.

„Du kannst dir gar nicht vorstellen, was passiert ist."

„Hmm."

„Bernhard. Kannst du mir einen Gefallen tun?"

„Hat es Zeit bis morgen? Es ist schon nach elf."

Er nahm mir das Buch aus der Hand. „Schau mich an."

Ich schaute ihn an.

„Was siehst du?"

Ich setzte mich auf und lehnte mich nach vorn, drehte die Nachttischlampe heller, um ihn besser sehen zu können. Schließlich nahm ich ihn sogar an Kinn und Stirn und drehte seinen Kopf von links nach rechts. „Au weia", sagte ich und tat ganz entsetzt. „Edvard!"

„Was? Was? Sag schon!"

„Ich glaube ...", ich zögerte und drehte seinen Kopf noch einmal, „du hast ein graues Haar."

Edvard boxte mir in den Oberarm, dann heulte er auf wie eine Sirene und ließ sich dramatisch nach hinten fallen. „Ich hab mich mit so einem Knackkistchen unterhalten", erzählte er im Jammerton. „Es war keine Zwanzig und stand kurz vor seinem Coming-out. Er wollte es seinen Eltern sagen und seinen Arbeitskollegen, hatte aber Angst wegen Lehrstelle und so. Dann wollte ich an die Bar gehen und mir was zu trinken holen, und fragte ihn daher, ob ich ihm was mitbringen sollte. Da sagte er: ‚Würden Sie mir bitte eine Apfelschorle mitbringen?'"

Edvard machte eine Pause. Die Katastrophe versteckte sich also im zuletzt Gesagten. „Was ist so schlimm an ‚Apfelschorle'?"

Edvard sprang auf, das pure Entsetzen stand ihm im Gesicht: „Er hat mich gesiezt, Bernhard! Gesiezt, verstehst du? Sehe ich aus wie ein alter Mann?" Er starrte mich an und sank dann wieder aufs Bett. Die Szene war bühnenreif, aber ich muß zugeben: Sie war gut geprobt.

„Edvard?"

„Ja."

„Wie alt bist du gerade?"

Er dachte einen Moment nach. „Fünf?" Dann drehte er mir das Gesicht zu und schmunzelte.

„Wärst du auch nur einen Tag älter oder jünger", sagte ich, „ich würde dich nicht wollen."

Edvard sprang auf und fiel über mich her, übersäte mich mit Küssen. Ich versuchte mich zu wehren, so wie man sich gegen den

Angriff eines aufgeregten Hundes wehrt, der einem das Gesicht ableckte, aber ich hatte keine Chance. Bald war ich überwältigt, Edvard drückte mich aufs Bett und steckte mir seine Zunge in den Mund. Dann stemmte er sich hoch und schaute mir lange in die Augen: „Ich liebe dich", sagte er, und wieder einmal wußte ich nicht, wie ernst er es wirklich meinte.

So war er, mein Edvard: dramatisch, wenn es um vermeintliche Katastrophen ging – wie in diesem Fall um seine Angst, alt zu sein, alt zu wirken, alt zu werden –, und dramatisch, wenn es um den Ausdruck seiner Gefühle mir gegenüber ging. Wie konnte ich ihn da ernst nehmen? Was durfte ich ihm glauben?

Er stieg von mir herunter. „Ich geh Zähne putzen", sagte er und ging ins Bad. Auch das war Edvard: Er kommentierte alles, was er tat, und das in einer Tour. „Ich wasche eine Ladung Weißwäsche." „Ich geh mal eben aufs Klo." „Ich mach mich dann mal ans Abendessen." So ging das den ganzen Tag.

Ich nahm mein Buch wieder auf und las weiter, bis Edvard aus dem Bad kam.

„Hast du was von Raimondo gehört?" fragte er und hob meine Klamotten auf, faltete meine Hose, warf Unterwäsche und Hemd in den Wäschekorb – ein weiteres Ritual in unserer Beziehung: Als ich bei ihm einzog, versuchte ich mich an seine Art der Dinge zu gewöhnen, aber egal wie ich es machte, es war nie richtig. Inzwischen ließ ich ihn alles tun.

„Ich hab ihn heute angerufen", sagte ich mit einem mißbilligenden Blick auf das, was Edvard gerade tat. „Er meldet sich ja überhaupt nicht mehr."

„Und?" Edvard hängte die frischgebügelten Hemden in den Schrank, die die Putzfrau immer an der Anzugstange hängen ließ. Edvard konnte sich einfach nicht stillhalten.

„Er ist … ich weiß nicht, er hört sich an, wie einer, der nicht ganz hier ist. Verstehst du, was ich meine?"

„Hast du eigentlich die Anzüge aus der Reinigung geholt?" Und das war er auch: Edvard konnte das Thema wechseln, egal, wie wichtig es gerade war. Wenn ihm etwas in den Kopf schoß, mußte es raus.

„Mist!" Und auch das gehörte zu ihm: Edvard regierte den Haushalt mit fester Hand. Die Pläne kommen von ihm, ich nehme die Aufträge entgegen und führe sie aus – na ja, meistens.

„Professor?" Seine Stimme schlug eine Schleife der Drohung.

„Schatz?" Es war Zeit für ein Ablenkungsmanöver. „Sollen wir im Sommer mal wieder wegfahren?"

Er schaute mich entgeistert an. „Da müssen wir erst mal Kim fragen."

„Edvard. Das kann doch nicht sein, daß wir unser Leben um Kim herum planen müssen."

„Das tun wir auch nicht. Wir planen es um Hannah herum."

„Komm her", sagte ich und lockte ihn mit dem Finger.

„Okay, laß uns wegfahren." Er setzte sich aufs Bett. „Wie wär's mit ... Tegernsee?"

„Alberner Tropf." Ich gab ihm einen Klaps.

„Wo willst du denn hin?"

„Kanada vielleicht, oder Vietnam."

„Waren wir da nicht erst letztes Jahr?" Er grinste mich an.

„Edvard, verarsch mich nicht. Wenn du nicht wegfahren willst, dann sag es."

„Okay, okay. Wir fahren. Sag mir nur wann, damit ich das im Geschäft organisieren kann."

„Wenn wir nach Kanada fliegen, sollten wir gleich am Anfang der Schulferien losdüsen, also Ende Juli."

„Kriegen wir überhaupt noch Flüge? Es ist schon Anfang April."

Ich zuckte mit den Schultern.

„Kannst du das morgen abchecken?"

„Wird gemacht, Sir." Ich raufte ihm die Haare. „Aber jetzt geh ich schlafen", sagte ich und schaltete die Nachttischlampe aus.

„Was?" Edvard hüpfte aufs Bett und setzte sich auf mich. „Kein Sex mehr?"

„Auf Kommando? Nein, danke."

Er riß mir die Bettdecke weg und stürzte sich auf mich.

„Edvard! Bitte laß mich schlafen! Ich bin echt fertig."

Mit einem Schlag verebbte seine hündchenhafte Erregung. Er gab mir einen Kuß. „Schlaf gut", sagte er, „dann mach ich noch die Küche", und ging. Und ich ließ ihn gehen, ja, ich war sogar froh, daß er ging.

Ich hatte gelernt, die Katastrophen und Dramen in Edvards Leben zu relativieren. Da ihnen etwas Übertriebenes anhaftete, sie zum Teil irreale Züge annahmen, und sie zudem einer extremen Wechselhaftigkeit unterlagen, zweifelte ich an ihnen und wartete ab, wie sich die Dinge tatsächlich entwickelten, anstatt Edvard einfach nur alles zu glauben.

Ähnliches passierte mit seinen Liebesbezeugungen. Keineswegs zweifelte ich an seinen Gefühlen für mich, aber eigenartigerweise sprach er sie meist in Momenten aus, in denen ich eher das Gefühl hatte, daß er das Gegenteil meinte.

Ich war glücklich mit Edvard. Wir waren zwar sehr unterschiedlich, aber allen Prophezeiungen von Freunden und Horoskopen zum Trotz, selbst trotz meiner eigenen Erwartungen war unser Zusammenleben relativ harmonisch. Nachdem ich die ersten Jahre nach meinem Coming-out Sex nur in den Videosälen von Sexshops und Pornokinos ausgelebt hatte, war es berauschend, neben jemandem einzuschlafen und am nächsten Morgen neben ihm wach zu werden. Es war schön, Sex mit einem Menschen zu haben, den man kannte und der einen auch dann noch anfassen wollte, nachdem der Sex vorbei war. Und nicht nur das: Edvard hatte die Beziehung mit mir gewollt, er hatte sich darum bemüht, er war die treibende Kraft gewesen, daß wir zusammenzogen, ja daß wir sogar eine Trauung vollzogen.

Mir war es genug, Edvard zu haben, es war mir genug, seine Nähe zu spüren, es war mir genug, zu wissen, daß wir zusammengehörten. Aber ihm war nie etwas genug. Stets suchte er Veränderungen, das Neue, das ihn mehr reizte, ihn mehr erregte. So auch im Sex. Er versuchte, mir meine geheimsten Wünsche zu entlocken, lieh Videos mit Sexpraktiken aus, die wir nicht ausprobiert hatten, nur um sicher zu gehen, daß wir nichts versäumten.

Er bemühte sich um unser beider Befriedigung, unsere Zufriedenheit, so sehr, daß ich bald das Gefühl bekam, daß er etwas vermißte. Und seit diesem Gefühl hatte Sex plötzlich einen Beigeschmack.

Es fiel mir damals schon auf; es war mir bewußt, aber ich sagte nichts. Ich ließ es geschehen, schlimmer noch, ich machte mit, ohne rechtzeitig die Notbremse zu ziehen. Ich könnte mich herausreden und sagen, Sex hätte mir nicht so viel bedeutet, oder daß ich Wichtigeres zu tun hatte, aber auch das wäre eine Lüge. Die Wahrheit ist: Ich wollte es nicht sehen, ich verdrängte es.

„Das Leben geht weiter", dachte ich, „es ist nur eine Phase, und bald wird wieder eine andere Phase kommen." Aber es sind die kleinen, scheinbar unwichtigen Ereignisse, die unsere Beziehungen dauerhaft verändern. Wer weiß, vielleicht wäre alles anders gekommen, hätte ich ihn nicht gehen lassen, hätte ich ihn festgehalten und geküßt. Aber nein, ich ließ zu, daß er ging und die Tür hinter sich zuzog. Ich schlief ein, ohne sicherzugehen, daß er wußte, wie sehr ich ihn liebte.

Bernhard ❋ „Liebeshospital Bornheimer und Moll", antwortete Edvard genervt. Es war schon der dritte „Problem-Anruf" an diesem Abend. Ich weiß auch nicht, aber seit unserer Trauung im September hatten wir uns langsam aber sicher zur Sozialstation entwickelt: Wer Sorgen hatte, kam damit zu uns.

„Jean-Paul, *darling* ... Ja ... Ich ruf dich morgen in der Firma zurück ... Wieso nicht? ... Dann geh eben in eine Telefonzelle. ... Nein, ich habe wirklich keine Lust mehr. Gute Nacht." Edvard legte auf, schaltete den Klingelton seines schnurlosen Telefons ab und den Anrufbeantworter an. Es war der siebenundzwanzigste April, das Ende der Osterferien nahte, und Edvard hatte mal wieder so viele „Termine" ausgemacht, daß für uns wenig Zeit geblieben war.

„Vergiß das Handy nicht", sagte ich zu ihm, dann schaltete ich auch mein Telefon aus, denn wenn unter seiner Nummer keiner abnahm, wählten sie meine.

Mein Mann schmunzelte mich an. Er setzte diesen Blick auf, mit dem er mich auch heute noch rumkriegt. Er stand auf und kam langsam zu mir herüber. Dann stützte er sich auf die Armlehnen meines Stuhl und senkte seinen Kopf zu mir herab. Sobald sich unsere Lippen berührten, durchzuckte es mich, und mir wurde heiß. Er schob seine Zunge langsam zwischen meine Lippen hindurch in meinen Mund; Sex auf dem Eßtisch, das hatten wir schon lange nicht mehr gehabt. Ich legte Edvard gerade meine Arme um die Hüften, da klingelte es an der Wohnungstür.

„Mach nicht auf", flüsterte er, küßte mich weiter und hielt meinen Kopf fest.

Es läutete wieder. Ich nahm Edvards Zögern wahr; es fiel ihm schwer, dem Ruf seiner Freunde nicht zu folgen. Jetzt hielt ich ihn fest. Die Momente, in denen es zwischen uns prickelte, waren rar geworden, ich wollte diesen hier nicht unterbrechen. Wieder das Läuten.

„Wer immer da draußen steht, Berni, er sieht das Licht durch den Spion. Außerdem hat er uns reden gehört."

Wenn es einer unserer Freunde war, würde Edvard ihn hereinlassen, und dann wäre der Abend ruiniert. Ich mußte selbst hingehen, nur dann hatten wir eine Chance. Ich packte Edvard an den Armen, zog mich hoch, wirbelte ihn herum und setzte ihn auf meinen Stuhl. Dann ging ich an die Tür, entschlossen, der Störung ein rasches Ende zu bereiten.

Im Treppenhaus stand ein junger Mann. Seine Haut war dunkel wie Gartenerde. Ich schätzte ihn auf achtzehn oder zwanzig. Unter einem silberfarbenen Anorak – Ende April hatte das Wetter längst wieder umgeschlagen und sich auf die üblich kalten Temperaturen abgekühlt – trug er ein graues T-Shirt, das eng an seiner Haut anlag, orange Neonstreifen liefen quer über die muskulöse Brust. Er steckte in einer schwarzen Hose, auf der viele große Taschen mit weißen Nähten aufgebracht waren; sie war weit geschnittenen und vermittelte die Botschaft: „Mein Arsch ist so knackig, ich hab es nicht nötig, ihn zu betonen".

Die Augen des nächtlichen Besuchers leuchteten aus dem dunklen Gesicht heraus, und als er seine fleischigen Lippen bewegte, um zu sprechen, blitzten mir Reihen von großen, perfekten Zähnen entgegen.

„Hi. Kann ich mit Edvard sprechen?" Sein englischer Akzent war selbst in den wenigen Worten nicht zu überhören, aber es klang weder britisch noch amerikanisch, das hätte ich unterscheiden können.

Es irritierte mich, daß sein Haar nicht schwarz war, sondern von einem fahlen braun, braun wie … die Schale einer Walnuß. Er hatte es zu vielen regelmäßigen, dünnen Zöpfen geflochten und nach links und rechts gekämmt, so daß sie einen schnurgeraden dunklen Scheitel entblößten.

„Wer ist da?" fragte Edvard.

Es wäre eine Lüge zu behaupten, daß es die Farbe seiner Haare war, die mich irritierte. Der ganze Kerl war eine Irritation, wie sehr, das sollte ich bald erfahren.

„Bernhard!" rief Edvard, und ich trat zur Seite, um den Blick freizugeben – vermutlich hing meine Kinnlade auf der Brust. Warum ich das annehme? Ich sah Edvards Reaktion; ihm ging es nämlich nicht anders.

„Onkel Edvard?" fragte der Fremde mit einem Blick auf meinen Mann, und sein ohnehin strahlendes Gesicht begann zu leuchten.

Edvard stand auf. Der junge Mann ging an mir vorbei in die Wohnung und steuerte auf ihn zu. Edvard streckte die Hand aus wie ein Polizist, der den Verkehr regelte: „Okay, Momentchen. Halt. Stop! Was ist das für ein *joke*?" fragte er. „Wer hat dich geschickt? Max, Jean-Paul, Lipstick? Wer immer es war, sag ihm einen schönen Gruß. Nette Idee, aber der total falsche Zeitpunkt. Und jetzt verschwinde wieder. Ich bin müde."

Ich fuhr zusammen. Gab es denn einen *richtigen* Zeitpunkt für so ein Bübchen?

Der junge Mann blieb erschrocken stehen. „No. Malvyn Gray. Es ist ich, dein Neffe."

„Malvyn? Der Sohn von Angelika aus Simbabwe?"

„Angela, ja! My, das war vielleicht schwierig zu finden dich. Wir hatten eine ganz andere Adresse aufnotiert von dir." Nun umarmte er Edvard. „Hallo Bruder", sagte er und gab ihm einen Kuß auf die Lippen.

„Malvyn?" Ein Unterton des Zweifels schwang in Edvards Stimme, aber er war trotzdem völlig von ihm eingenommen, so sehr, daß ich den Eindruck hatte, nicht mehr zu existieren.

Ich ließ die Tür ins Schloß fallen, etwas lauter als notwendig, und stellte mich neben Edvard.

„Ähm, Malvyn, das ist … Bernhard", sagte er und unterschlug die Beziehung, in der wir zueinanderstanden. Ich wollte ihm demonstrativ den Arm um die Taille legen, aber Edvard tat einen Schritt zur Seite und warf mir einen drohenden Blick zu.

„Bernhard. Malvyn ist der älteste Sohn meiner Halbschwester Angelika, der jüngsten Tochter aus der ersten Ehe meines Vaters." Er betonte die „erste Ehe" und dann dämmerte mir, warum er auf Abstand von mir ging: das Verhältnis dieses Teils der Familie zu Edvards Vater war sehr angespannt. Verständlich, hatte sein Vater Malvyns Großmutter doch für Edvards Mutter verlassen.

„Hallo, willkommen", sagte ich. „Das ist ja, tja, ... wirklich eine richtige Überraschung. Nicht wahr, Edvard?"

Er nickte und bot Malvyn einen Stuhl an.

„Hast du Hunger? Möchtest du was trinken?" fragte ich.

„Ein Coke wäre groß", sagte er. Malvyn sprach ein sehr lustiges Deutsch. Seine Mutter hatte die Kinder konsequent auf deutsch erzogen, aber da er wenig Übung hatte, übersetzte er wörtlich aus dem Englischen und übernahm auch den Satzbau.

„Cola haben wir nicht. Geht auch was anderes?"

„Dann ein Glas Wasser, bitte."

„Was machst du hier?" hörte ich Edvard fragen, als ich in die Küche ging.

„Reisen. Ich bin gerade mit der Schule fertig geworden, und bevor ich mit dem Studium beginne, wollte ich Europa sehen. Schließlich ist ein Teil meiner Wurzeln hier begründet."

„Verstehe." Edvards Stimme klang seltsam, überhaupt nicht freudig – wie sonst, wenn Gäste bei uns einfielen. Mißtrauen traf seine Stimmung am besten. „Wieso hast du nicht vorher angerufen oder geschrieben?"

„Das ging alles sehr schnell, Bruder. Ich habe mich kurzfristig entschlossen."

Ich kam aus der Küche zurück und schaute direkt in das offene, unschuldig wirkende Gesicht seines Neffen.

„Wo übernachtest du?" fragte ich ihn und stellte ihm ein großes Glas Wasser hin. Malvyn trank es mit einem Zug halb leer.

„Ich dachte, ich kann hier bleiben, Bruder. Wir sind Familie", sagte er mit einem lachenden Gesicht und klopfte Edvard auf die Schulter, als hätten sie im Krieg zusammen an der Front gekämpft.

Bei uns? Ich starrte erst Malvyn an, dann Edvard, der ziemlich hilflos dreinschaute.

„Wo sind deine Sachen?" fragte ich, weil Edvard offensichtlich keines klaren Gedankens fähig war.

„An der Bahnhof, in ein Schloßfach. Heißt das so?"

„Schließfach." Langsam wurde mir klar, daß wir ab sofort Gastgeber sein würden. Meine Hand war schon auf dem Weg zu Edvards Schulter, um ihm zu bedeuten, daß wir das schon hinkriegen würden, aber ich zog sie noch rechtzeitig zurück.

„Ich bezieh dann mal das Gästebett", sagte ich und machte mich davon. Edvard sandte mir einen hilflosen Blick hinterher.

„He, Bruder, das ist wirklich groß, hier zu sein. Die Familie spricht ..." Ich schloß die Tür hinter mir.

Puuh! Ich setzte mich auf das Bett und atmete erst mal tief durch. Draußen lag eine immense Spannung in der Luft. Edvard hätte an dieser Stelle bestimmt eine geniale Erklärung dafür gefunden: Planetenkram oder fremde Vibrationen, Karma, keine Ahnung. Ich dagegen konnte mich nur darüber wundern. Wieso verunsicherte Malvyns Anwesenheit Edvard?

Ich zog die Tagesdecke vom Bett, faltete sie mehr schlecht als recht – Edvard würde mich dafür anmeckern –, stopfte sie in ein leeres Fach im Schrank, nahm ein Handtuch und eine Zahnbürste heraus und ging wieder ins Große.

Sie saßen sich genauso gegenüber, wie ich sie verlassen hatte. Edvard starr, Malvyn aufgedreht und lebendig, mit dieser gesetzten höflichen Art, die die Engländer am Ende des neunzehnten Jahrhunderts über diesen Teil der Welt gebracht hatten. Nur eins konnten die Briten ihnen nicht austreiben: eine starke Körperlichkeit; Malvyn hatte andauernd eine Hand auf Edvards Schulter, auf seinem Schenkel oder seinem Arm. Edvard sagte mir später, daß er das in Ordnung fand, denn er wußte, daß das zumindest in diesem Teil von Afrika üblich war. Ich mußte mich erst mal daran gewöhnen.

Dieses Schauspiel amüsierte mich fast ein wenig, denn wenn jemand von aufgedrehten Menschen sprach, sagte ich immer: Warte, du kennst Edvard noch nicht. Und jetzt saß mein Mann da, regungslos und schweigsam. Es gab also auch Situationen, die sogar ihn überforderten. Es war Zeit, ihn zu retten: „Das Bett ist fertig, Malvyn. Hier hast du ein Handtuch und eine Zahnbürste. Alles andere findest du im Bad."

„Danke, Bruder. Danke."

„*Praise the Lord!*" vervollständigte ich seine Worte in Gedanken – gemein, ich weiß. Das Klischee hatte mich schon am Wickel. „Brauchst du noch was?"

„Nein, Bruder. Alles super. Schön hier bei euch. Danke." Malvyn sah nicht nur aus wie ein fleischgewordener Traum, er hatte zudem ein sonniges Gemüt und eine angenehme Ausstrahlung.

„Kein Problem, Mann", sagte ich und ertappte mich dabei, wie ich im Klischee versumpfte. „Ich möchte nicht unfreundlich wirken, Malvyn, aber Edvard und ich sind beide sehr müde. Wir wollten gerade ins Bett gehen, als du geläutet hast."

„O, aber es ist nur zehn Uhr."

Ich war um den Tisch herumgegangen und stupste Edvard mit dem Knie in den Rücken. Wie auf Knopfdruck sprang er auf. „Ja, ja", stotterte er, „stimmt. Wir hatten einen sehr anstrengenden Tag, und ich habe Kopfschmerzen, außerdem haben wir morgen viel vor ..."

Ich stupste Edvard noch einmal an, um ihn wieder auszuschalten; seine Unbeholfenheit war zu dick aufgetragen.

„Sicher. Alles okay."

Ich schob Edvard vor mir her ins Schlafzimmer; den ganzen Weg dorthin winkten wir Malvyn zu; die Situation hatte etwas Groteskes, wie eine Szene aus den *Golden Girls*. Wir fielen aufs Bett, Edvard befand sich in einer Vorstufe zum Koma.

„Wie sicher bist du dir, daß er tatsächlich dein Neffe ist?" flüsterte ich. „Oder müssen wir Angst haben, daß er uns über Nacht die Bude ausräumt?"

„Nein, nein, das geht schon klar. Ich hab ihn zwar vor Jahren das letzte Mal gesehen, aber er ist es, ganz bestimmt."

„Okay. Dann erkläre mir bitte, was dich so lähmt?"

„Das kommt einfach ein bißchen überraschend, Mann."

„Vorsicht. Ich bin nicht Malvyn."

„Sorry. Jedenfalls habe ich weder eine Ahnung, was er über mich weiß, noch was er wissen darf."

„Wer hätte gedacht, daß du, Edvard der Große, dich jemals für dein Schwulsein schämen würdest."

„Das hat nichts mit Schämen zu tun, du alter Zyniker. Das ist eine diffizile Angelegenheit. Mein Vater arbeitet schließlich für die Botschaft. Wenn rauskommt, daß er einen schwulen Sohn hat, könnte er Probleme kriegen."

„Ach, und das kümmert dich?"

„Das kümmert mich wohl. Schließlich hat mich mein Vater nie verleugnet. Er ist immer zu mir gestanden, und deshalb stehe ich auch zu ihm."

Ich drehte mich um und schaute ihm lange in die Augen, knöpfte ihm das Hemd auf, legte seine rasierte, braungebrannte Brust frei, dann öffnete ich seinen Gürtel.

Edvard stand auf und zog sich aus, kroch dann, ohne Zähne zu putzen, ins Bett. „Bist du mir böse, wenn wir einfach schlafen?" fragte er.

Ich war enttäuscht. „Nein, natürlich nicht." Ich zog mich aus und legte mich zu ihm unter die Decke, Edvard drängte sich in meine Achselhöhle und klammerte sich an mir fest. „Nix geworden aus unserem Abend, was?" sagte ich.

„Kann man so sagen."

Ich streichelte ihm den Kopf. „Meinst du, Malvyn weiß, daß du schwul bist?"

„Keine Ahnung."

„Wir schlafen im Doppelbett. Was soll er schon anderes denken?"

„In Afrika schlafen sie zu fünft in einem Bett."

„Vorsicht mit Vorurteilen", sagte ich.

„O Mann. Was kommt da noch alles auf uns zu."

„Und hör mit dem ‚O Mann' auf."

„Okay, Mann!"

Es dauerte Tage, bis Edvard seinen Vater erreichen und mit ihm über Malvyns plötzliches Aufkreuzen sprechen konnte. Bis dahin wimmelte er alle Verabredungen ab. Viele unserer Freunde waren ihm plötzlich zu tuntig – wer Lipstick kennengelernt hat, versteht das. Edvards Paranoia nahm geradezu herzzerreißende Züge an; ich hätte ihn knutschen können. Aber da keiner unserer Freunde gewohnt war, daß Edvard zurückhaltend sein konnte – ich gebe zu, es überraschte sogar mich –, bewirkte es genau das Gegenteil: Es weckte die Neugier, und das Telefon stand nicht mehr still.

Ein paar Tage hielt Edvard das durch, aber dann erledigte sich das Thema von selbst. Schließlich gab es auch Freunde, die unangekündigt auftauchten, Lipstick zum Beispiel: „Wollte nur mal sehen, ob ihr noch hier wohnt. Man hört ja gar nichts mehr. Den Gerüchten zufolge seid ihr ins Kloster gegangen."

Tja, was sollten wir tun? Edvard, der ihm die Tür geöffnet hatte, ließ ihn herein. Lipstick sah Malvyn und ihm fiel – wie uns davor

– die Kinnlade herunter. Von da an liefen die Leitungen heiß: „Sag mal, wann kriege ich euren Lustsklaven mal zu sehen?" „Soll ja 'ne echte Bombe sein." „Verleiht ihr den auch?" „Wo kann man so einen kaufen?"

So sehr wir es herunterspielten, Malvyn wurde *die* Attraktion in unserem Bekanntenkreis. Anfangs bekam ich nicht viel davon mit, aber Edvard erzählte mir, daß unsere Freunde in seinem Laden Schlange standen, um Details zu erfahren. Keiner wollte sich mit den Informationen begnügen, die er von anderen gehört hatte, jeder wollte es selbst wissen, selbst hören, Malvyn selbst kennenlernen. Okay, das war Edvards Aussage, man mußte davon ungefähr achtzig Prozent abziehen, aber selbst der Rest war schlimm genug.

Aber ich greife zu weit vor. Natürlich war Hannah die erste, die Malvyn kennenlernte. Ich hatte sie bei Kim in der Agentur abgeholt und dummerweise versäumt, sie auf ihn vorzubereiten. Als wir in die Wohnung kamen, trat Malvyn gerade aus dem Gästezimmer. Hannah stieß einen Schrei aus, drehte sich um und klammerte sich an mir fest. „Was ist mit dem Mann passiert? Der ist ja ganz schwarz!"

Ich wäre am liebsten im Boden versunken. Schnell kniete ich mich hin und nahm sie in den Arm, um ihr ein Gefühl von Sicherheit zu vermitteln. Dann sagte ich: „Das ist Malvyn, unser Freund."

Hannah starrte ihn eine Weile an, und als er ihr dann sein großes weißes Lächeln entgegenbrachte, deutete sie mit dem Finger auf ihn. Gemeinsam gingen wir zu ihm hinüber – ich auf allen Vieren –, der sich inzwischen hingekniet hatte, da versuchte sie seinen Namen auszusprechen. Dabei kam „Mafin" heraus.

Als Malvyn das hörte, fiel er rücklings auf den Boden und strampelte mit Armen und Beinen, so sehr packte ihn der Lachkrampf. „Muffin?" gackerte er, „Muffin?"

Erstaunt verfolgte Hannah seine Reaktion. Sobald sie verstand, daß sie die Ursache für den Lachanfall war, kicherte sie und wiederholte seinen Namen, als wollte sie sehen, ob die Wirkung wiederholbar war. Albernheit hatte sie immer schon begeistert.

Dann, als sich Malvyn berappelt hatte, umfaßte er ihren kleinen Körper und drückte ihn an sich – was sie nur widerwillig mit sich geschehen ließ. „Nicht ich bin der Muffin. Der Muffin, das bist du", sagte er.

„Was ist ein Muffin?" fragte Hannah mich.

„Ein Muffin ist ein kleiner Kuchen", antwortete ich.

„Berni? Warum redet der so komisch?" fragte sie dann und meinte damit seinen Akzent.

„Weil er von ganz weit herkommt. Malvyn kommt aus einem Land, in dem es Löwen, Elefanten und Nashörner gibt."

„Uui!" sagte sie und starrte Malvyn mit großen Augen an, denn Tiere waren ihre Leidenschaft. Sofort wollte sie alles wissen, was er dort erlebt hatte, und er erzählte bereitwillig.

Das Eis war gebrochen, Hannah erklomm seinen Schoß, und während er sprach, studierte sie seinen Mund, die schönen Zähne, seine großen Augen und die dunkle Haut. Und dann, mitten im Satz, hob sie die Hand und berührte Malvyns Gesicht. Ich weiß nicht, ob sie damit überprüfen wollte, ob er echt war? Jedenfalls war das der Anfang für eine sehr intensive Liebe zwischen den beiden.

Die zweite Person, der Malvyn begegnete, war Kim. In den ersten Tagen holten wir Hannah immer von der Agentur ab und brachten sie dorthin zurück, aber irgendwann fanden wir keine Ausrede mehr, warum Kim ihre Tochter nicht vorbeibringen sollte, dann stand sie in unserer Wohnung. Als sie Malvyn sah, ließ sie Hannah quasi aus den Armen gleiten. Während sie das Kind normalerweise nur ablieferte, um schnell ins Büro zu eilen, hatte sie plötzlich Zeit, sich zu setzen und mit uns zu plaudern. Viel Zeit.

„Du solltest als Modell arbeiten, Malvyn!" Das war so ziemlich der zweite Satz nach: „Hi. Ich bin Kim und gerade solo."

„Kim. Malvyn ist nur zu Besuch", sagte ich – langsam, in der Hoffnung, so besser zu ihr durchzudringen. „Er kommt von weit her und ist bald wieder ganz, ganz weit weg."

Sie überhörte mich einfach. „Du würdest viel Geld verdienen", sagte sie zu ihm. „Die Auftraggeber zahlen dir die Flüge."

„No, no", wehrte Malvyn ab und vollzog langsame Scheibenwischerbewegungen mit seinem langen Zeigefinger. „Das ist nicht meine Welt."

„Warum nicht?" fragte Kim, und ich hätte sie am liebsten an den Haaren aus der Wohnung gezerrt.

„Der Gedanke daran macht mich nicht glücklich", antwortete er.

„Nicht glücklich? Wie meinst du das?"

Er schaute sie entgeistert an. „Spürst du nicht, ob dich etwas glücklich macht oder nicht?"

Jetzt schaute Kim verdattert drein. Dann nickte sie, zaghaft zwar, aber sie nickte.

„Da mußt du reinspüren." Malvyn legte seine rosafarbenen Fingerkuppen auf Kims Herz. „Wenn es sich öffnet, dann tu es. Wenn es sich schließt, laß es sein."

„Möchtest du mich heiraten?" fragte sie, was selbst für Kim sehr direkt war.

Malvyn grinste dieses zähnefletschende Grinsen, gab ihr einen Kuß auf die Wange und sagte: „Du bist süß. Du solltest meine Schwester sein." Kim fiel fast vom Stuhl.

All unseren Freunden begegnete Malvyn mit derselben selbstverständlichen Offenheit, aber er reagierte sehr unterschiedlich auf sie: Raimondo faszinierte ihn. Er schaute diesen alten Herrn, dessen lebenslustiges Gemüt in den letzten Wochen immer mehr von Leid überschattet wurde, mit großen Augen an, als wäre er ein Wesen von einem anderen Stern. Sie unterhielten sich „prächtig", wie Raimondo das bezeichnete. Und Malvyn pikte ihn immer wieder in den dicken Bauch und sagte: „Du bist so süß, Raimondo. Du bist so süß", was Raimondo – sehr zu meinem Erstaunen – schmeichelte.

Im Gegenzug nahm ihn Raimondo unter seine Fittiche, ging mit ihm ins Theater, was Edvard und mir willkommene Pausen verschaffte und Raimondo Ablenkung bot. Er lachte wieder, Raimondo lachte wieder, und das erleichterte mich.

Jean-Paul dagegen, oder „Jay Pee", wie Malvyn ihn nannte, begegnete er eher nüchtern. Natürlich konnte Jean-Paul, trotz Edvards inständiger Bitten, sich nicht zurückhalten, machte Malvyn die abenteuerlichsten Komplimente, aber sie prallten der Reihe nach an ihm ab. Damals gingen wir davon aus, daß es vor allem daran lag, daß Malvyn, zumindest was Sex anbetraf, naiv war und ein zutiefst unschuldiges Gemüt besaß, ja, wir nahmen an, wir hätten mit ihm in eine schwule Sauna gehen können und er hätte sich höchstens gefragt, ob es deswegen so dunkel war, weil die Glühbirnen kaputt gegangen seien.

Und Max? Es war mir nicht recht, daß Edvard seinen Busenfreund einlud. Wir hatten deswegen sogar eine heftige Auseinandersetzung. Edvard hatte Recht, Max war ein ausnehmlich intelligenter Mensch und daher ein passendes Gegenüber für diesen „Schwamm von Neugier" Malvyn. Aber die Vorstellung, daß dieser Zyniker unseren unschuldigen Malvyn verderben könnte, machte mich ganz krank.

Was passierte? Max kam, und der sprudelnde Quell Malvyn versiegte – dabei konnte man Max ja nun nicht gerade als Stimmungskanone bezeichnen. Sie unterhielten sich, aber es herrschte eine merkwürdige Spannung im Raum. Malvyn konnte seine Augen nicht von dem Schriftsteller lösen; er beobachtete ihn, ja musterte ihn sogar.

„Max ist unmöglich", sagte ich später zu Edvard.

„Was hat er denn jetzt schon wieder angestellt?"

„Hast du das nicht gesehen? Der ist hinter Malvyn her wie Steven Spielberg hinter einem Oscar."

„Berni. Deiner Meinung nach ist Max ein Lustmolch und sein ganzes Streben nur auf Sex ausgerichtet. Kannst du es nicht den beiden überlassen, ob sie sich mögen?"

„Eins sag ich dir gleich: Ich laß Malvyn nicht mit ihm allein."

Auf Fremde ging Malvyn ebenso offen zu wie auf unsere Freunde. Zum Beispiel grüßte er jeden, dem er auf der Straße begegnete. Er strahlte sie einfach an und brachte ihnen sein englisch-afrikanisches „Gruß Gott" entgegen – es dauerte, bis er die Umlaute meisterte. Jeder weiß, wie die meisten Deutschen darauf reagieren: Nur wenige ließen sich von seiner Offenherzigkeit anstecken, grüßten zurück und gingen mit einem Lächeln weiter, die meisten liefen an ihm vorbei, als hätten sie seinen Gruß nicht gehört. Manche blieben sogar stehen und schauten uns mit finsteren Mienen hinterher – das war für uns sehr schmerzlich zu erleben.

Manchmal erschreckten Menschen auch vor Malvyn, besonders Frauen, zum Beispiel, wenn er beim Einkaufen hinter ihnen in der Schlange stand und sie sich zufällig umdrehten. Manchmal gingen sie unsensibel mit ihm um: Einmal zeigte eine Mutter mit dem Finger auf ihn und sagte zu ihrem kleinen Sohn: „Schau Bertl, do is a Neger."

In solchen Momenten zuckte Malvyn und lächelte dann sein ansteckendes Lächeln. Aber danach war er eine Weile lang sehr still. Simbabweaner sind gutmütige Menschen, das lernten wir bald. Wie sonst könnte sich ein Präsident wie Robert Mugabe, der sein Volk ausbeutete und belog, so lange an der Macht halten?

Es war einfach, Malvyn in unser Leben zu integrieren, so einfach, daß Edvards Vorsicht und Zurückhaltung bald schwanden – nicht, daß er damit sonst sehr zögerlich umginge.

Schon ein paar Tage nach Malvyns Ankunft nannte mich Edvard wieder „Professorchen", strich mir im Vorbeigehen über die Wange oder pickte mir beim Abendessen Krümel aus dem Bart. Das Telefongespräch mit seinem Vater half ihm dabei, denn er hatte Edvard geradezu verboten, sich seinetwegen zu verstellen. Sicher, es mußte auch dem Vater klar sein, daß Edvard auf Dauer nicht so tun könnte, als wäre er ein anderer, und Malvyn das „kleine Geheimnis" bald offenbar werden würde. Nur um eins hatte sein Vater gebeten: dezent zu sein. „Du mußt ihn ja nicht ausgerechnet auf eine Sexparty schleppen", waren, laut Edvard, seine Worte. Na ja, davor mußte er bei uns keine Angst haben.

Malvyn war auch deshalb einfach zu integrieren, weil er den unglaublichen Charakterzug besaß, niemals im Weg zu sein. Ganz gleich, was wir zu erledigen hatten, er schloß sich einfach an, neugierig saugte er unsere Art zu leben in sich auf. Auch wußte er viel über die Kultur seines Landes zu erzählen, über dessen Geschichte und die Shona, von denen er abstammte. Es war geradezu spannend, sich mit ihm zu unterhalten. Ich hatte mich mit Kulturgeschichte beschäftigt, aber es war immer das Europäische gewesen, was mich interessiert hatte, vielleicht noch das Slawische, aber nie Afrika. Im Gegenzug wollte er alles über unser Leben wissen. Abends, nachdem er die Stadt auf seine Weise erkundet hatte – ich gab ihm gleich zu Beginn eine Liste von Sehenswürdigkeiten und einen Stadtplan, aber beides blieb wochenlang unbeachtet auf der Kommode im Gästezimmer liegen

–, überschüttete er mich mit Fragen: „Wieso werden Menschen ärgerlich, wenn die S-Bahn Verspätung hat?"

Zuerst verstand ich die Frage nicht. Das war doch eigentlich eine klare Sache. „Weil man pünktlich ankommen will. Ich meine, wozu haben wir denn Fahrpläne?"

„Gute Frage. In Harare gehen wir zur Bushaltestelle. Wenn der Bus kommt, steigen wir ein. Kommt er nicht, warten wir. Ihr solltet keine Fahrpläne haben, *sie* machen euch Streß."

Sein Blick auf unsere Welt war erfrischend. Obwohl er aus einer Großstadt kam, die einer europäischen durchaus vergleichbar war, sah er vieles ganz anders. „Warum beschäftigt ihr euch so viel mit dem Wetter? Überall wo ich bin, werde ich von Prognosen verfolgt: Auf den Monitoren im U-Bahnhof, in der Zeitung, in den Nachrichten. Und dann kommt der nächste Tag, und es ist doch ganz anders."

Er machte uns auf Kleinigkeiten aufmerksam, die wir bis dahin für selbstverständlich hingenommen hatten. So auch auf die Inschrift auf dem Siegestor, das dem bayrischen Heer gewidmet ist. Auf der Südseite steht geschrieben: „Dem Sieg geweiht, vom Krieg zerstört, zum Frieden mahnend."

„Wie kann man etwas dem Sieg weihen und damit gleichzeitig zum Frieden mahnen?" fragte Malvyn. „Das ist doch paradox. Wenn einer siegt, dann gibt es immer einen, der verliert. Und Sieger und Verlierer können nie Frieden haben."

Ich dachte eine Weile darüber nach und kam dann zu dem Schluß, daß man mit dieser Inschrift vermutlich zeitlich aufeinanderfolgende Phasen beschreiben wollte und nicht gleichzeitig existierende: Ursprünglich war es dem Sieg geweiht, heute soll es zum Frieden mahnen.

Ja, so einfach lassen sich manchmal Rätseln lösen, die auf den ersten Blick unlösbar erscheinen. Und trotzdem gingen mir Malvyns Worte lange nicht aus dem Kopf: „Wenn einer siegt, dann gibt es immer einen, der verliert. Und Sieger und Verlierer können nie Frieden haben."

Edvard ❋ Malvyn und Bernhard verstanden sich auf Anhieb. Das hatte einerseits etwas mit dem Lehrer in Berni zu tun, der es genoß, einen aufmerksamen Schüler zu haben; ich habe ihn selten so lebendig erlebt wie während dieser stundenlangen Gespräche mit meinem Neffen. Malvyn lockte ihn aus seiner Höhle, und Bernhard, Meister aller Mauern, öffnete sich, wie eine *Morning Glory* bei Sonnenaufgang.

Andererseits hing das sicherlich auch mit Malvyns erotischer Ausstrahlung zusammen. Lange habe ich es mir nicht eingestehen wollen, aber Berni stand auf ihn und zwar heftig. Er beobachtete den Jungen mit ganz anderen Augen als wir, und wenn er seine nackte Haut zu sehen bekam, gingen sie ihm regelrecht über. Ich hätte eine Kiste Champagner verwettet, daß mein Mann Malvyn lieber jetzt als gleich geküßt hätte.

Während sich mein Neffe mit Bernhard über langweilige Themen wie Felsbilder, die Torwa-Dynastie und das Rozwi-Reich unterhielt – das sind nur ein paar Stichworte, die ich im Vorbeigehen aufschnappte –, fragte er mich nach unseren Freunden und unserem Leben aus. Er stellte Fragen wie: „Verhält sich Lipstick immer so … übertrieben?" Dazu muß man wissen, daß Lipstick eine *queen* ist, wie sie im Buche steht. Oder: „Dieser Jay Pee. Er starrt mich so an. Leidet er an einer Augenkrankheit oder so was?"

Was hätte ich darauf antworten sollen? Das Einfachste wäre natürlich die Wahrheit gewesen, aber trotz Erlaubnis meines Vaters umschiffte ich das Thema Homosexualität mit aller Gewalt. Und da Malvyn es nie direkt ansprach, da er nie fragte, warum

Bernhard und ich in einem Bett schliefen, beließ ich es auch dabei.

Malvyn hatte nicht nur Fragen, manchmal sagte er mir auch seine Meinung zu unseren Freunden, zum Beispiel nach dem Essen mit Max – wofür ich mir natürlich eine Abreibung einhandelte; inzwischen warnte ich Berni nicht mal mehr vor, wenn ich Max einlud, und wenn er dann fragte, tat ich so, als hätte er den Termin schon lange gewußt, was ihn zum Wahnsinn trieb, aber er mich auch.

An diesem Abend war Max so wie immer gewesen: intelligent, unterhaltsam, aber zurückhaltend und er sprach natürlich ununterbrochen über Wein und Zigarren. Malvyn dagegen war stiller als sonst. Er antwortete, ja, er stellte auch die eine oder andere Frage, aber etwas beschäftigte ihn, das konnte ich sehen. Immer wieder ertappte ich ihn dabei, wie er zu Max hinüberschielte.

„Ich glaube Max ist ein ziemlich trauriger Mensch", sagte Malvyn am nächsten Nachmittag, den Bernhard mal wieder in der Bibliothek verbachte.

„Traurig?"

„Ja. Er hat sich im Netz der Zeit verheddert."

„Bitte?"

„Wie eine Spinne knüpfen wir ein großes Netz", erklärte er mir seine Philosophie vom Leben. „Unsere Erlebnisse und Erfahrungen sind die kleinen Knoten. Max hat von einer dieser Verbindungen einen Faden zuviel geknüpft und ist daran hängengeblieben. Er muß diesen Faden durchtrennen, damit er wieder frei ist."

Zu gern hätte ich Malvyn von Christian erzählt, beziehungsweise ihm Max' Buch zum Lesen gegeben. Vielleicht hätte dieser junge Mann, der aus einer ganz anderen Welt kam, ihm helfen können, endlich eine Beziehung einzugehen. Aber das konnte ich nicht, denn spätestens dann hätte ich Malvyn erklären müssen, daß wir schwul waren.

Es gab einige Gründe, warum ich unseren Besuch lieber heute als morgen nach Hause geschickt hätte. Aber er war auch eine unglaubliche Bereicherung. Malvyn hatte eine Art, im Leben zu sein, wie ich es mir immer schon gewünscht hatte: gelassen, wachsam, immer im Moment. Verdammt, dachte ich, andere meditieren dafür ein Leben lang!

Die abendliche Räucherung unseres Schlafzimmers kam mir plötzlich so lächerlich vor. Statt am Morgen die Fünf-Tibeter-Übungen zu machen, unterhielt ich mich lieber mit Malvyn. Ich fragte mich, wofür ich mich jeden Abend vor dem Schlafengehen mit Affirmationen abquälte, wenn dieser Bengel ohne solche Rituale eine Leichtigkeit und Ruhe an den Tag legte, die mich mit Neid erfüllte. Und bald zog ich auch meine Buddha-Bänder nicht mehr an. Das passierte natürlich nicht so überlegt, in dem ich mich vor den Spiegel stellte und sagte: „Edvard, diese Perlenketten an deinem Handgelenk sind Schrott. Laß sie liegen." Ich zog sie einfach nicht mehr an. Ich wachte auf, ging unter die Dusche, und als ich mich an die Kommode stellte und mir überlegte, welche Steine mich heute unterstützen würden, da waren keine dabei.

Die schönen Tage, die uns dieses Jahr sehr früh beschert hatte, waren bald auf Nimmerwiedersehen verschwunden. Und wenn Bernhard keine Sonne sah, Mann, dann sah er keine Sonne. Er würde das leugnen, aber bei schlechtem Wetter kam er so mies drauf, daß man es mit ihm kaum aushielt.

Nach einer Woche grauen Himmels war es mal wieder soweit. An einem Dienstag nachmittag, wir waren gerade in der Innenstadt angekommen, um mit Hannah ein Eis essen zu gehen, da machten die Wolken auf und ließen ihre ganze Trauer auf unsere bloßen Häupter herabprasseln. Bernhard ließ eine Haßtirade über das Wetter los – wäre ich Petrus, ich hätte den Hahn schnell wieder abgedreht. Und Malvyn? Er legte den Kopf in den Nacken, riß Augen und Mund weit auf, breitete die Arme aus, als wäre er eine ausgedörrte Pflanze, die sich öffnete, um möglichst viel des kostbaren Elements aufzufangen. Dann begann er aus der Tiefe seiner Seele ein Lied zu singen: „*Mvura naya tidge mopunga.*" Er wiederholte diese Silben immer wieder und drehte sich dabei um die eigene Achse.

Wir starrten ihn an wie einen, der gerade dabei war, den Verstand zu verlieren. Aber Hannah war schnell infiziert und tat es ihm nach. Malvyn streckte ihr seine großen, hellen Handflächen entgegen, sie legte ihre Patschhändchen hinein, dann tanzten sie einen Reigen. „*Mvura naya tidge mopunga*" – natürlich konnte sie das nicht nachsprechen, stammelte statt dessen irgendwelchen Kauderwelsch, dazwischen kicherte sie, als würde jemand sie kitzeln. Sie war einfach zum Fressen.

Ich merkte, wie sich meine Stimmung im Nu wandelte, wie ich leicht und freudig wurde und der Regen mir nichts mehr ausmachte. Im Gegenteil, er amüsierte mich. Malvyn ließ eine von Hannahs Händen los und streckte seine nach mir aus. Kurz durchzuckte mich ein Schrecken; wie ein Irrer kam ich mir vor, hier, mitten in der Fußgängerzone, zwischen all den Menschen, die ihre sauren Gesichter unter Regenschirmen verbargen. Aber ich konnte mich nicht wehren; ich schlug ein und tanzte mit. „*Mvura naya tidge mopunga.*" In der nächsten Runde packte ich Bernhard und zerrte ihn mit. „*Mvura naya tidge mopunga.*"

Als wir unseren Reigen abbrachen, waren ein paar Menschen stehengeblieben. Eine Touristengruppe von Japanern, die uns filmte, aber auch einige Münchnerinnen, die, mit schweren Einkaufstaschen behängt, ihr Rennen gegen den Alltag unterbrochen hatten. Es war nicht das bißchen Applaus, weswegen ich diesen Moment immer in Erinnerung behalten werde, es war das bißchen Lächeln, das unser Tanz in ihre Gesichter getrieben hatte, und all die Sonne in unser Herz.

„Was haben wir da eigentlich gesungen?" frage ich Malvyn, nachdem wir weitergegangen waren. Da dieser Spruch unsere Stimmung so nachhaltig veränderte hatte, war ich mir sicher, daß es sich um einen magischen Zauberspruch handelte, den Malvyn von seiner Großmutter gelernt hatte, die als Schamanin auf einem kleinen Dorf Mumps und Liebeskummer austrieb.

„Wir singen das zu Hause, wenn es lange nicht regnet, um die Götter günstig zu stimmen. Es bedeutet so was wie: ‚Komm, o Regen, damit wir Reis essen können'."

Ja, Malvyn war ein ganz besonderes Geschenk für uns. Bernhard und ich verneigten uns vor ihm, jeder aus anderen Gründen. Und doch wurde ich den Verdacht nicht los, daß unser afrikanischer Gast es faustdick hinter den Ohren hatte.

Es kam mir langsam merkwürdig vor, daß Malvyn immer ausgerechnet dann dringend etwas aus dem Bad brauchte, wenn einer von uns gerade aus der Dusche kam. Auch lief er zu gern nackt in der Wohnung herum. Und die Fragen, die er mir über unsere Freunde stellte, waren auch nicht bloßer Zeitvertreib. Hatte er doch etwas gewittert?

„Hast du mitgekriegt, wie gern Malvyn mit Lipstick zusammen ist?" fragte ich Berni eines Abends vor dem Schlafengehen – obwohl sich Malvyn offensichtlich sehr viel mehr für Max interessierte, aber ich hätte nie gewagt, das anzusprechen.

„Nein. Wie kommst du darauf?" fragte er, steckte sich die Bürste in den Mund und begann sich die Zähne zu putzen.

„Lipstick hat mir gesagt, daß Malvyn schon das dritte Mal in der Parfümerie aufgetaucht ist und ihn drängt, mal mit ihm auszugehen." Dann schob auch ich mir die Zahnbürste in den Mund und begann zu schrubben.

Eine Weile standen wir so nebeneinander und betrachteten das Bild von uns beiden im Spiegel – das sind die Momente, wegen derer es sich lohnt, eine Beziehung zu haben, dachte ich.

Berni spuckte aus und fragte: „Und? Wie ist Lipstick damit umgegangen?"

„Er hat zugesagt. Weil er weiß, daß Malvyn nichts von dem schwulen Kram erfahren soll, wird er ihn nach Schwabing in den ‚Hetendistrikt' ausführen."

„Na, dann ist doch alles in bester Ordnung."

Malvyn ❋ Jeder, der mich kennenlernte, wollte wissen, wie es mir in Deutschland gefiel. „Gut", antwortete ich, obwohl es nicht der Wahrheit entsprach. In diesem Land war vieles ganz anders als zu Hause: Die Autos fuhren auf der falschen Straßenseite, im Supermarkt packte man die Lebensmittel selbst ein und in Kaufhäusern mußte man lange suchen, bevor man eine Verkäuferin fand, die einem Auskunft geben wollte. Hatte man dann endlich eine gefunden, standen meist schon fünf Kunden vor ihr, oder sie unterhielt sich mit einer anderen Verkäuferin über Privates und ließ alles andere warten. Überall mußte man warten. Aber an all das hätte ich mich gewöhnen können.

An anderes würde ich mich nie gewöhnen: Es gab zu viele Häuser in diesem Land, und sie standen so eng aneinander, daß dazwischen zu wenig Platz war für Grün. Ich lief lange durch den Englischen Garten auf der Suche nach Natur. Die Isar, der Fluß, der München durchschneidet, liegt in einem *betonierten* Flußbett. Ein paarmal sind Ed und B – B, wie das englische *to be*, weil es ihm gut getan hätte, ein bißchen mehr zu *sein*, anstatt so viel zu denken, aber auch B, wie *bee*, das englische Wort für Biene, die immer ein bißchen aggressiv herumsurrt, oft laut brummt und sticht, sobald sie sich bedroht fühlt – mit Hannah und mir in die Berge gefahren. Aber nie kamen wir an eine Stelle, von wo aus ich keine Strommasten sehen, keine Autos oder Flugzeuge hören konnte. Es gab immer etwas, was mich daran erinnerte, daß die Landschaft von Menschenhand verändert wurde.

Als ich Ende April in Deutschland ankam, ging die Sonne morgens um 6 Uhr auf und um halb neun unter. Jetzt, Ende Mai ging sie fast eine Stunde früher auf und blieb bis fast halb zehn Uhr sichtbar; in Simbabwe geht sie fast immer zur selben Zeit auf und unter. Außerdem dauert der Wechsel vom Tag zur Nacht oder von der Nacht zum Tag jeweils nur ein paar Minuten; im einen Moment ist es noch hell, im nächsten schon tief dunkel. Ja, nein; schwarz, weiß. Es ist entweder das eine oder das andere und nichts dazwischen, eben so wie unser Leben, ganz anders als in Deutschland.

In Deutschland dauert der Sonnenuntergang ewig. Du schaust auf den Horizont, glaubst, daß die Sonne gleich untergehen wird, und eine Viertelstunde später ist sie immer noch da. Es schien mir symptomatisch für die deutsche Mentalität: ein ewiges „Vielleicht".

Aber es gab noch anderes, was ich sehr eigenartig fand. Wenn sich bei uns jemand ein Auto leisten konnte, machte es ihn glücklich. Hier machten Autos die Menschen unglücklich. Sobald jemand in eine dieser Blechkisten stieg, verdunkelte sich sein Gesichtsausdruck, riß er vor Aggression seine Augen weit auf.

Und dann die „Termine". Es gab mehrere Regeln darüber: Man durfte sich nicht treffen, ohne sich vorher verabredet zu haben. Jeder trug einen dicken Kalender mit sich herum und blätterte darin, bevor er sich verabreden konnte. Meistens mußte verhandelt werden, der Donnerstag gegen den Freitag oder eine Kalenderwoche gegen eine andere. Ich fragte mich immer, wie konnten sie wissen, ob sie zu dem vereinbarten Zeitpunkt dann überhaupt Lust hatten, sich zu sehen?

Eine weitere Regel gab es über die Einhaltung dieser Termine. Man mußte pünktlich kommen, was hieß: exakt fünf Minuten *nach* der vereinbarten Uhrzeit, sonst galt man als unhöflich.

Auch wurde vorher festgelegt, womit man die Zeit während der Verabredung füllte: meistens essen, manchmal Kino oder durch Kneipen ziehen. Wie hielten die Menschen das nur aus? wunderte ich mich. Nie blieb Zeit, mit Freunden das zu tun, worauf sie in dem Moment gerade Lust hatten.

Selbst die Gespräche verliefen manchmal etwas eigenartig. Auch hier gab es allerlei zu beachten. Der eine durfte eine Sache nicht wissen, der andere was anderes nicht. Keiner sprach jemals über sein Einkommen, obwohl jeder wissen wollte, wieviel der andere verdiente. Und sobald das Thema Sex auf den Tisch kam, wurden sie zu ganz anderen Menschen. Die einen brachten plötzlich den Mund nicht mehr auf, andere wurden erst richtig redselig. Aber egal, wie sie sich veränderten, bei den meisten hatte ich den Eindruck, daß sie etwas anderes sagten, als sie dachten.

Auf einem Spaziergang entlang der Isar kam mir neulich ein Pärchen entgegen. Sie hielten sich liebevoll umschlungen und gingen im Gleichschritt, aber jeder hatte ein Handy am Ohr und telefonierte. Das kam mir sehr typisch dafür vor, wie in Deutschland Gespräche geführt wurden.

Deutschland unterschied sich sehr von meiner Heimat, trotzdem gab es zwei Gründe, warum ich blieb – wenn man dazu zählte, daß ich das erste Mal in Europa war und alles sehr aufregend fand, sogar drei.

Zum einen fühlte ich mich bei Ed und B ausgesprochen wohl. Obwohl auch sie manchmal sehr verbissen dreinschauten, und beide von einer mir unbekannten Unruhe geplagt zu sein schienen, verband sie etwas, worum ich sie beneidete: eine Beziehung. Und die war wirklich etwas Besonderes, das lernte ich in jenen Wochen meines Besuchs. Ed und B reagierten sehr unterschiedlich, gingen unterschiedlich mit Situationen um, sie hatten sogar extrem unterschiedliche Interessen, und doch gehörten sie eindeutig zusammen. Auch sie waren zwar in vieler Hinsicht sehr deutsch, jeder auf seine Weise, aber da war eine Basis, ein Vertrauen, ein Halt, der mich zu Hause fühlen ließ.

Ich war nicht der einzige, der das spürte, denn wir hatten oft Besuch – meist von Menschen, denen eben genau das fehlte. Ed und Bs Wohnung bot vielen ein Gefühl von Geborgenheit. Im Laufe der Wochen konnte ich immer wieder beobachten, wie völlig gestreßte Menschen an unserem Tisch Platz nahmen und sich innerhalb von Minuten entspannten. Ihre Freunde kamen mir vor wie durstige Elefanten, die in dieser Oase tranken, badeten und sich mit kühlendem Wasser bespritzten.

Und es gab noch einen Grund, warum ich trotz allem, was mir in Deutschland nicht gefiel, blieb – der eigentlich Grund, warum ich überhaupt gekommen war. Aber zu dem Zeitpunkt war ich noch nicht bereit, darüber zu sprechen.

Bernhard ❊ Es war schon hell. Ich zog meinen Arm unter einem Kopf heraus und stemmte mich hoch. Irgendwas war falsch hier. Irgend etwas war in unserem Schlafzimmer, was nicht hierhingehörte. Es war nicht einfach, bei heruntergelassenen Rolläden Genaues zu erkennen, schon gleich nicht wenn man so verschlafen war.

Offensichtlich träumte ich noch, denn was ich sah, konnte nicht sein: Malvyn lag zwischen Edvard und mir im Bett. Ich lehnte mich zu meinem Mann hinüber und stupste ihn an. „Psst."

„Was?" murrte er schlaftrunken, während ich die Nachttischlampe anschaltete.

„Edvard. Mach die Augen auf!" flüsterte ich eindringlich.

Er blinzelte und erschrak, als sein Blick auf Malvyn fiel. Dann stemmte er sich hoch, rieb sich die Augen und glotzte unseren splitternackten Gast erst einmal von oben bis unten an – verdächtig lange, fand ich. Anfänglich mußte ihn der Anblick erfreut haben, denn ein genüßliches Grinsen legte sich über sein Gesicht, dann ist ihm wohl klar geworden, daß das der Anfang einer Katastrophe sein würde, denn schnell verwandelte sich das Grinsen in Entsetzen. Mit einem Ruck zog er die Decke über Malvyns Hintern hinauf bis zu den Schultern.

Ich rollte aus dem Bett und ging in die Küche, ich brauchte dringend Kaffee. Vielleicht bestand doch noch eine Chance, aus diesem Alptraum zu erwachen.

„Was ist das denn für eine Nummer?" fragte ich Edvard, der mir gefolgt war.

„Ich habe keine Ahnung." In seinem Gesicht stand das blanke Entsetzen – was mich beruhigte.

Ich legte meinen Kopf schief und schaute ihn fragend an.

„Berni, du bildest dir doch nicht ein, daß ich ihm das erlaubt habe?" Edvard war einiges zuzutrauen, sogar das. Aber eines konnte ich mir sicher sein: Wenn ich ihn was fragte, dann sagte er die Wahrheit – wenigstens ging ich damals noch davon aus.

„Wieso hast du dann so gelächelt, als du seinen nackten Hintern gesehen hast?"

„Bevor du jetzt ein Eifersuchtsdrama abziehst, sag mir lieber, wie wir damit umgehen", sagte Edvard.

„Das fragst du mich? Ich schaue nicht auf ein so umfangreiches Erfahrungsspektrum von fremden Männern in meinem Bett zurück."

„O Mann. Immer diese versteckten Vorwürfe. Hört denn das nie auf?" Edvard verdrängte mich vom Kaffeeautomaten, stellte seine Tasse darunter und drückte auf den Knopf.

Die Dielen knarzten, und wir steckten beide den Kopf ins Große hinaus. Die Schlafzimmertür öffnete sich zuerst nur einen Spalt, dann mit einem Ruck. „Guten Morgen", sagte Malvyn, gähnte und rieb sich die Augen. Sein Gesicht war verknittert, über die Wange zogen sich dicke Falten vom Kissen; er sah süß aus, so blutjung und neu in dieser Welt. Abgesehen davon stand er wie Gott ihn geschaffen hatte an unserem Eßtisch. Zum sofortigen Verzehr geeignet, schoß mir in den Sinn und ich genierte mich dafür.

„Guten Morgen", murrten wir unisono und versuchten, das ernste Gesicht zu behalten, das wir aufgesetzt hatten. Es war schwer, dieses Ereignis nicht einfach zu übergehen.

Malvyn kam geradewegs auf uns zu und küßte uns – wie jeden Morgen.

„Zieh dir was an", raunte Edvard.

Malvyn tat, als hätte er es nicht gehört, aber ich sah deutlich, daß ihn der Ton erschreckt hatte. Ich stupste Edvard an und bedeutete ihm, etwas freundlicher mit unserem Gast umzugehen.

„Malvyn, zieh dir bitte was an", wiederholte er dann mit einer freundlicheren Stimme, woraufhin Malvyn in sein Zimmer ging und mit einem Tanga bekleidet zurückkam. Er war anders als sonst. Ich hätte mich schon sehr irren müssen, wenn dieser niedergeschlagene Blick nicht einem Schuldbekenntnis gleichkam.

„Soll ich Brötchen holen gehen?" fragte er und setzte sich verschüchtert an den ungedeckten Tisch.

Edvard warf mir einen fragenden Blick zu. Ich bedeutete ihm, sich zu setzen und in aller Ruhe mit Malvyn darüber zu reden: „He, Malv. War ja 'ne lustige Überraschung heute morgen", sagte Edvard. Malvyn schaute nicht auf. „Hmm, wie soll ich das sagen. Ähm, du bist uns hier sehr ... willkommen. Wir haben dich gern ..." Mein Mann schaute mich hilfesuchend an; ich zuckte mit den Schultern, bedeutete ihm aber weiterzusprechen. „Malv, du hast in unserem Bett nichts zu suchen." Das wiederum fand ich ein bißchen heftig.

Die Worte trafen Malvyn wie eine Ladung Schrot. „Tut mir leid", sagte er leise und blieb weiter in dieser eingerollten Haltung sitzen, die Arme über seinem muskulösen Bauch verschränkt. Das war nicht Malvyn, der da sprach. Malvyn kannte keine Schuldgefühle. Ich bin kein großer Menschenkenner, aber mir war klar, daß hier etwas nicht stimmte, überhaupt nicht.

Ich kniete mich neben ihn und versuchte, ihm in die Augen zu schauen, aber er erwiderte meinen Blick nicht. „Malvyn. He, Malvyn." Ich berührte ihn am Kinn und drehte seinen Kopf zu mir hin. Er schaute mich an, lange und durchdringend, und ich sah Angst. „Wie kommst du nur auf so eine Idee?" Es war ein bettelnder Blick.

Angst, betteln, etwas nicht aussprechen können? Ich merkte, daß er zitterte. Es war Ende Mai, also kein Grund zum Frieren. Ich stand auf, holte ihm meinen Bademantel und legte ihn ihm um die Schultern, dann ließ ich meine Hand dort liegen.

Sein Gebaren erinnerte mich an etwas, seine Fragen, sein Beobachten. Warum hatte er uns ohne Vorankündigung besucht? Warum war er immer noch hier?

Und dann war es mir mit einem Schlag klar. Ich schaute Edvard an und fragte mich, wie ich es ihm beibringen sollte. Der hatte sich in seinem Stuhl zurückgelehnt, preßte die Fingerspitzen aneinander, so daß die Knöchel ganz weiß waren, und schürzte die Lippen. Er dachte nach, er fieberte – auch er wußte es schon.

„He, das ist doch alles kein Problem", sagte ich und lachte, doch es war ein verzweifeltes Lachen.

Edvard schaute mich an, als hätte ich ihm gerade gestanden, daß ich das Baby unserer Nachbarin zum Abendessen gekocht hatte. Dann sprang er von seinem Stuhl auf und schrie: „Sag, daß das nicht wahr ist, Malv. Sag einfach, es war ein Versehen, und dann vergessen wir das Ganze, okay? Malvyn, sprich mit mir!"

Aber Malvyn zögerte, schaute zu Edvard, zu mir und zurück, dann senkte er den Blick.

„Du kannst schwul werden, wo du willst, Malvyn. Fahr nach Berlin oder nach Amsterdam. Aber nicht hier. Bitte nicht in München, nicht solange du bei mir wohnst."

„Sag mal, was ist denn los mit dir?" fragte ich. „So kenne ich dich gar nicht." Ich ging zu Edvard hinüber, doch er war so außer sich, daß er mir auswich.

„Ja, verstehst du denn nicht, Bernhard? Er geht nach Simbabwe zurück und trompetet hinaus, daß er schwul ist, und alle werden denken, daß ich schuld daran bin."

Wie lächerlich das klang. „Von dir hätte ich aber eine gelassenere Reaktion erwartet", sagte ich ruhig.

„Keine Angst", sagte Malvyn. „Ich habe nicht vor, zurückzugehen. Ich bleibe hier."

Edvard wurde noch bleicher, ging auf den Tisch zu und ließ sich in seinen Stuhl fallen. Auch ich mußte mich setzen. Malvyn wollte nicht mehr zurück?

„Ich gehe nicht mehr in dieses Land, wo ich nicht sein darf, was ich bin. Ich will so leben wir ihr."

„Das wird mir grad ein bißchen zuviel", sagte Edvard sehr leise; verzweifelt klang es fast und entkräftet. „Ich rufe jetzt deine Mutter an, und dann fliegst du mit der nächsten Maschine nach Hause."

„Nein, das tust du nicht!" sagte Malvyn, und in seiner Stimme lag eine gefährliche Entschlossenheit.

Edvard stand auf, holte das Telefon und setzte sich wieder. „Sag mir die Nummer."

Malvyn schüttelte verbissen den Kopf.

„Okay, wie du willst. Dann rufe ich jetzt meinen Vater an, der wird mir die Nummer schon geben." Edvard begann zu wählen, langsam und bedächtig. Er legte sich wohl schon Worte zurecht.

Malvyn sprang auf, lief in die Küche und kam mit dem Tranchiermesser zurück.

„*Malvyn!*" Ich sprang auf und wollte nach ihm greifen, aber er tat einen Schritt zurück und bohrte sich die Spitze in die Brust direkt über seinem Herzen. Er stach so hart zu, daß Blut herauslief. „Wenn ihr mich zurückschickt, bringe ich mich um."

„Bist du verrückt?" sagte ich. „Leg sofort das Messer weg!"

„In Simbabwe werden sie mich töten. Dann mach ich lieber gleich Schluß."

Edvard ließ den Hörer sinken.

„Keine Panik, Malvyn", sagte ich bestimmt und ging mit weichen Knien auf ihn zu. „Ganz ruhig. Du siehst, Edvard hat schon aufgelegt. Gib mir das Messer."

Malvyn trat zurück und stach härter zu. Das Blut fing sich in seinem weißen Tanga und färbte ihn rot. „Erst wenn ihr versprecht, daß ihr mich nicht wegschickt."

Dieser Moment war so geladen, daß er mir unwirklich erschien. Ich wußte nicht, ob ich lachen oder weinen oder mich übergeben sollte. Ich machte noch einen Schritt auf Malvyn zu.

„Bleib stehen", forderte er und ging weiter zurück.

Ich drehte mich nach Edvard um, der kreidebleich am Tisch saß. „Sag was, du Idiot! Worauf wartest du?" Aber Edvard blieb stumm. „Du mußt nicht gehen", sagte ich – schließlich hatte ich durch Hannah gelernt, zu verhandeln. „Ich verspreche dir, daß du bleiben kannst."

Malvyn schaute mich an. „Ist das dein Wort, Bruder?"

„Ja, Bruder. Du hast mein Wort."

Malvyn ließ das Messer sinken. Ich sprang vor und gab ihm eine schallende Ohrfeige. Dann zerrte ich ihn an der Hand ins Bad.

„Danke für deine Unterstützung", sagte ich zu Edvard im Vorbeigehen. „Super Hilfe."

Ich setzte Malvyn auf den Rand der Badewanne, befeuchtete einen Waschlappen mit heißem Wasser und wischte seine Wunde, seine Brust und seinen Bauch ab. Es perlte zwar noch etwas Blut hervor, aber es war nur eine oberflächliche Stichwunde. Der Idiot. Am liebsten hätte ich ihm gleich noch mal eine geknallt.

Ich tupfte die Wunde mit einem von Edvards After Shaves ab, bevor ich ein Pflaster darüberklebte. Dann wusch ich den Waschlappen aus, tränkte ihn noch einmal mit heißem Wasser und warf ihn ihm in den Schoß. „Du ziehst jetzt dieses Ding da aus, wäschst dich und gehst in dein Zimmer. Dort bleibst du solange, bis ich dich rufe."

Malvyn saß da wie ein geschlagener Hund.

„Hast du mich verstanden, Malvyn?"

Er nickte.

„Laß mich allein mit Edvard reden." Dann ging ich. An der Tür drehte ich mich um: „Und wehe, du kommst noch mal mit so einem Harakiri-Scheiß daher." Dann ging ich hinaus.

Edvard starrte auf die Tischplatte. Na, bravo. Ich strich ihm über den Kopf, zog ihn von hinten an den Schultern hoch und massierte seine Brust. „Hör mal, Edvard. Vergiß einen Moment lang deinen Vater und die ganzen Verwicklungen mit der Familie. Denk an dein Coming-out. Denk daran, wie glücklich du warst, als du endlich schwul sein durftest. Und dann vergiß nicht, daß du unseren Malvyn in ein Land zurückschicken willst, in dem Homosexualität als Verbrechen geahndet wird."

„Jetzt sag ich dir mal was: Hast du überhaupt einen Gedanken daran verschwendet, was uns mit Malvyn noch alles bevorsteht?"

Edvard ❋ „Unser Präsident bezeichnet Homosexuelle als Hunde und Schweine", erzählte Malvyn. „Er hat die Journalisten dazu aufgerufen, noch negativer über uns zu schreiben, und den Weltkirchenrat angegriffen, weil er Homosexuellen erlaubte, an einer Versammlung teilzunehmen. Ihr könnt euch gar nicht vorstellen, was für ein Horror das ist, dort schwul zu sein. Für euch ist das einfach. Ihr geht händchenhaltend durch die Straßen, ihr könnt euch hier sogar in aller Öffentlichkeit küssen. Mach das mal bei uns, dann wirst du eingesperrt und gefoltert."

Auf den Internetseiten von Amnesty International fand Berni den Fall Keith Goddard, Leiter der „Gays and Lesbians of Zimbabwe." Nachdem er Drohbriefe erhalten hatte, wandte er sich an die Polizei. Der Schreiber wollte zweitausend Dollar von ihm erpressen, ansonsten würde er Goddard anzeigen, weil er angeblich Sex mit ihm hatte. Während der Befragung gestand der Erpresser sogar die Tat, trotzdem stellte der Magistrat das Verfahren wegen Unschuld ein und legte dem Erpresser sogar nahe, er soll das Erpressungsgeld als „Entschädigung" von Goddard einfordern.

Als wir die Artikel lasen, lief es uns kalt den Rücken herunter. Wenn in Simbabwe ein Homosexueller verprügelt oder sogar lebensgefährlich bedroht wurde, konnte er auf staatlichen Schutz nicht zählen; im Gegenteil. Lesben wurden vergewaltigt oder mit Medikamenten behandelt, um sie zu „heilen". Am letzten Tag der Buchmesse 1996 wurde der Stand der GALZ von Studenten überfallen. Eine Lesbe floh in ihre Heimatstadt und wurde dort schon von der Frauenliga erwartet, die „Nieder mit der Homosexualität!" riefen. Daraufhin bat sie zwei Polizisten, sie nach Hause zu bringen, aus Angst vor dem Mob. Aber die sagten nur, daß das nicht in Frage käme, schließlich hätten sie sie nicht lesbisch gemacht. „Und dabei stand die Buchmesse unter dem Motto ‚Menschenrechte'", sagte Malvyn.

Es waren nicht die Details, die hängenblieben, was sich mir einprägte, war der Horror in Malvyns Augen, seine Angst. Und wenn Malvyn, der ansonsten mit dem Leben so locker umging, Angst hatte, dann mußte es wirklich schlimm sein.

Für Bernhard war es längst beschlossene Sache: Malvyn mußte bleiben, Bernhard hätte mit allen Mitteln darum gekämpft. Und es stand außer Frage, daß wir eine Möglichkeit finden mußten, wie wir Malvyn ein Coming-out ermöglichen konnten, ein schwules Leben, das menschenwürdig war, aber es mußte auch für uns funktionieren, für mich, für meinen Vater. Egal wozu wir uns entschieden, es wollte reiflich überlegt werden.

„Laß uns spazieren gehen", bat ich Berni. „Ich und du, wir allein."

Malvyn schaute uns flehend an. „Du kannst an die Stereoanlage", sagte ich, weil Berni es ihm verboten hatte; Malvyn ließ gerne die Musik donnern, bis die Scheiben klirrten.

Ich duschte und zog mich an, dann gingen Berni und ich hinaus in den Regen. Sobald uns die ersten Tropfen auf den Kopf trommelten, breitete Bernhard die Arme aus: *„Mvura naya tidge mopunga."* Das hatte er vorher nie getan, jedenfalls nicht ohne Hannahs Aufforderung.

„Scheiß auf den Reis!" sagte ich.

Er legte den Arm um meine Schulter, zog mich zu sich heran und drückte mich fest. Ich hätte mich am liebsten von ihm tragen lassen.

„Es ist alles nicht so schlimm, wie du es dir ausmalst, Edvard." Er schaute mich an und lächelte dabei.

„Ach, auf einmal! Deine Mutter wolltest du nicht zu Besuch hier haben, aber es ist ganz selbstverständlich, daß ich für Malvyn den ganzen Trubel mit meiner Familie auf mich nehmen soll."

„He. So würde ich an deiner Stelle argumentieren, Edvard. Aber du bist doch viel weiser als ich. Sieh das Ganze doch mal esoterisch."

„Ach ja, und wie?"

„Na ja, da sind doch bestimmt irgendwelche Planeten da draußen, die um Räucherstäbchen kreisen und dabei ein universelles ‚Om' anstimmen."

„Arsch!"

„Edvard, es geht um ein Menschenleben", setzte er hinzu.

„Nicht nur Malvyn ist davon betroffen, mein Herzchen. Das gilt für alle Schwulen und Lesben. Warum gründen wir nicht gleich ein Asylbewerberheim für Homosexuelle aus Harare, nein, was sag ich, aus ganz Afrika! Und wenn wir schon dabei sind, könnten wir auch noch die Schwuchteln aus dem Iran ..."

„Edvard. Edvard!" Berni schüttelte mich. „Jetzt hör schon auf. Merkst du denn gar nicht, was du da sagst? Mit diesem Argument bräuchte niemand mehr etwas für irgend jemanden tun. Malvyn ist eben in der glücklichen Lage, einen schwulen Onkel zu haben."

„Halbonkel, bitte!"

Er schaute mich an: „Nu bleib mal auf dem Punkt, ja?"

„Da hängt doch alles mögliche mit dran. Hat er denn eine Aufenthaltserlaubnis? Wie ist er denn aus dem Land rausgekommen? Da braucht man bestimmt ein Visum."

„Natürlich brauchte er eins."

„Er ist unter einundzwanzig. Er hat doch bestimmt die Unterschrift seiner Eltern gebraucht. Dann frage ich mich allerdings, warum Angelika nicht angerufen hat, bevor sie ihn hat abreisen lassen?"

„Sie wußte nicht, daß er zu dir fährt. Er hat gesagt, daß er Europa kennenlernen will", antwortete Berni.

„Ach so?"

„Während du geduscht hast, hat Malvyn mir erzählt, daß sie ihm das Geld für die Reise gegeben und auch das Visum besorgt hat."

„Kommt dir das nicht ein bißchen komisch vor? Ich meine, würdest du Hannah mit zwanzig wegfliegen lassen, ohne zu wissen, wohin sie geht und was sie dort macht?"

„Ich vermute, daß deine Schwester wie alle Mütter weiß, was mit Malvyn los ist", antwortete Berni. „Und wenn das stimmt, hat sie vermutlich gehofft, daß er zu dir fährt. Einen Grund, der

Simbabwe für jeden Heranwachsenden zur Hölle macht, hat er vorher noch gar nicht erwähnt."

„Was?"

„Jeder vierte seiner Altersgruppe hat Aids. Tendenz steigend."

Mir wurde ganz schwindelig, als ich mir klarmachte, was das bedeutete. „Hat er denn schon mal Sex gehabt?" fragte ich, blieb stehen und hielt mich an Bernhard fest.

„Nein, glücklicherweise nicht. Er hat mir gesagt, daß er bisher zu viel Angst davor gehabt hat."

„Gott sei Dank."

Wir gingen eine Weile still nebeneinander her; inzwischen waren unsere Regenjacken tropfnaß, das Haargel lief mir herunter und sammelte sich in meinem Kragen.

„Bist du jetzt überzeugt, daß er bleiben muß, Edvard?"

„Ja." Ich blieb stehen, lehnte meinen Kopf an seine Brust. „Sorry, das kommt alles ein bißchen heftig, weißt du. Natürlich darf Malvyn schwul sein, und natürlich stehe ich ihm gerne als ‚Doktorvater' Pate. Es ist nur ..."

Ja, was war es eigentlich? Malvyn wollte es so. Und wenn es tatsächlich so war – und das wollte ich erst mal herausfinden –, daß Angelika hinter Malvyns Besuch steckte, dann waren meine Befürchtungen unnötig, im Gegenteil: Wenn ich Malvyn hülfe, würde es dazu beitragen, daß die Familie ein bißchen mehr zusammenwächst. Auch mein Vater würde damit leben können. Warum fühlte ich mich also komisch damit? Egal, wie sehr ich darüber nachdachte, ich konnte mir diese Frage nicht beantworten. Manchmal sieht man eben den Wald vor lauter Bäumen nicht.

Als wir in unsere Straße einbogen, hörten wir „*Dancing Queen*" von *Abba*; Malvyn hatte das Wohnzimmerfenster geöffnet, er würde uns noch die Polizei ins Haus holen. Wir schauten uns an und schüttelten den Kopf.

Unser Neffe lag im Wohnzimmer auf dem Boden und sang lauthals mit, sprang aber auf und drehte die Musik herunter, sobald wir eintraten.

„Grundsätzlich kannst du bleiben", sagte ich. „Aber ich will das Okay von deinen Eltern. Verstehst du?" Ich kam mir dabei wie ein

Arschloch vor, so wie einer, der jemand mit einem Fingerschnippen vernichten könnte, aber ihn gnädigerweise leben ließ.

„Reicht dir das Okay von meiner Mutter?" fragte er mich. „Ich habe es Paps noch nicht gesagt, weißt du. Ich wollte es erst, wenn ..."

Ich warf Berni einen fragenden Blick zu.

„Telefoniere doch einfach mal mit deiner Schwester", sagte er. „Dann wirst du schon mitkriegen, wie der Hase läuft."

Bernhard hatte recht. Ich schaute Malvyn an, der ganz aufgeregt war. „Wir können Ma gleich anrufen", sagte er.

„Gibt es denn keinen Zeitunterschied?"

Bernhard schaute mich entgeistert an. „Simbabwe liegt im Süden, mein Schatz. Gleiche Zeitzone, wenn ich nicht irre."

Ich drückte Malvyn das Telefon in die Hand. „Hier, ruf du sie an, dann gib mir den Hörer. Geh in dein Zimmer und erklär ihr erst mal deine ganze Geschichte. Klaro?"

Malvyn fiel Bernhard um den Hals.

„Bedanke dich lieber bei deinem Halbonkel", sagte er, und der Tonfall seiner Stimme ließ mich aufhorchen.

Malvyn umarmte dann auch mich und gab mir einen Kuß, bevor er mit dem Telefon in seinem Zimmer verschwand.

„Vielleicht war es richtig, daß er sich bei dir zuerst bedankte", sagte ich und schaute meinem Mann tief in die Augen. Er hielt meinem Blick nicht stand, ging statt dessen ins Bad und hängte seine nassen Hosen über die Wanne.

Ich folgte ihm, holte den Wäscheständer aus dem Abstellraum, spannte ihn auf und packte die Hosen darüber. „Und du bist sicher, daß wir das Richtige tun?" fragte ich, während ich auch meine Sachen darüberhängte.

„Ganz sicher", antwortete er und flüchtete vor mir.

Ich rubbelte meine Haare trocken und schaute in den Spiegel; ein ziemlich erledigter Edvard starrte mir entgegen. Ließ ich gerade einen Ochsen aus mir machen?

„Aber er braucht doch eine Aufenthaltserlaubnis", rief ich Bernhard hinterher. „Außerdem muß er ordentlich Deutsch lernen, wenn er studieren will, und er kann nicht ewig bei uns wohnen." Ich wollte es ausreizen. Plötzlich wollte ich wissen, wie weit Bernhard gehen würde. Rechnete er sich etwa Chancen bei diesem jungen Kerl aus? Wo würde ich abbleiben? „Wer soll das überhaupt alles finanzieren?"

„Schon wieder ein Text aus meinem Part in dieser Beziehung, Edvard?" Bernhard saß im Wohnzimmer und hatte die Zeitung aufgeschlagen.

Ich hätte ihn natürlich auch direkt fragen können, ob er mit seiner Unterstützung für Malvyn erotische Ziele verfolgte, aber was hätte das gebracht? In Null Komma nichts hätte das in einer Szene geendet. Außerdem hätte ich keinen Fuß auf den Boden gekriegt, denn sachlich gesehen gab es genügend Argumente, um meinen Verdacht vom Tisch zu fegen.

„Was soll das?" fragte Bernhard und schaute von seiner Zeitung auf. „Willst du unsere eingefahrenen Rollen vollends durcheinanderbringen?"

Rollen durcheinanderbringen? Ich schaute ihn an. Er lächelte. Nein, Bernhard würde mich niemals für ein Bübchen verlassen, dessen war ich mir sicher. Wir gehörten zusammen, das stand außer Frage. Und wenn Berni tatsächlich mal mit Malvyn Sex hätte, wäre das für uns alle nur zum besten.

„Was würdest du denn darauf antworten", fragte Berni, „wenn ich dir diese Frage gestellt hätte?" Er lächelte mich verschmitzt an.

„Eins nach dem anderen, und alles zu seiner Zeit", leierte ich meinen Standardspruch für Problemsituationen herunter. „Leben im Hier und Jetzt und nicht im Morgen und Dort."

Wir schauten uns lange in die Augen. Ich ging auf ihn zu, schob die Zeitung zur Seite, nahm ihn zwischen meine Beine, indem ich mich aufs Sofa kniete und küßte ihn. Nein, Bernhard würde unsere Beziehung niemals aufs Spiel setzen.

Malvyn schoß ins Wohnzimmer: „Ed? Ed!"

„Was?"

„Hier! Meine Ma."

Ich nahm ihm den Hörer aus der Hand: „He, Angelika. Lange nichts mehr von dir gehört."

„Hallo, Edvard. Wie geht's dir?"

Ich stand auf und wanderte ins Arbeitszimmer hinüber, damit ich ungestört sprechen konnte. „Abgesehen von der kleinen Überraschung, mit der uns dein Söhnchen heute morgen aufgewartet hat ..."

„Es tut mir leid, daß ich dich nicht vorgewarnt habe. Ich habe geahnt, daß Malvyn … zu dir fahren wollte. Daß er anders ist, das haben wir geahnt, aber … ich wußte auch nicht … die Familie … du weißt."

„Ja, ich weiß. Ich kann mir schon denken, daß du in einer schwierigen Situation warst."

„Ich hab wirklich lang mit mir gerungen. Dann hat mir meine Freundin erzählt, daß sich Pasnghi Nyathi, der Vorsitzende der GALZ, umgebracht hat, weil er es als Homosexueller hier nicht mehr ertragen hat. Ich hatte Angst. Malvyn ist so sensibel, ich dachte, wenn ich ihn nicht fahren lasse, dann tut er sich womöglich was an."

Ich erinnerte mich an die Szene mit dem Tranchiermesser, aber davon wollte ich ihr jetzt nichts erzählen. „Vergiß es, Angelika. Es ist passiert, jetzt ist es raus, und ich und mein Freund, wir werden uns um dein Söhnchen kümmern."

„Er hat mir schon erzählt, wie gut es ihm bei euch gefällt. Ich habe ein schlechtes Gewissen, dir das alles so zu überlassen. Sag mir, wenn ich was tun kann …"

„Hat er genug Geld? Es wäre gut, wenn er nicht von uns abhängig ist."

„Er hat eine Kreditkarte. Damit kann er alles bezahlen oder auch Bargeld abheben. Sein Rückflugticket ist ein Jahr gültig. Wenn es dir mit ihm zu viel wird, schick ihn zurück."

„Wie ist das mit der Aufenthaltserlaubnis?"

„Mit seinem Visum kann er drei Monate bleiben. Wenn er länger bleiben will, wird sich unser Vater drum kümmern. Aber ich hoffe ja doch, daß er bald wiederkommt."

Ich mußte sofort an Hannah denken und die Perspektive, daß Kim sie uns entreißt. „Vermißt du ihn?" fragte ich; eine ziemlich dämliche Frage.

„Natürlich, Edvard. Was meinst du, wie schwer es mir gefallen ist, ihn gehenzulassen. Nicht nur nach Deutschland, aber in ein Leben, von dem ich so wenig weiß. Nur wenn du siehst, wie die jungen Leute hier sterben wie die Fliegen …"

Aids. Ich dachte zurück an all die Freunde, die ich verloren hatte. In den Achtzigern legte ich jedes Jahr ein neues Adreßbuch an, weil ich den Anblick von all den durchgestrichenen Namen nicht ertrug. Und Adrian schoß mir in den Kopf, wie mager er bei unserer Hochzeit schon war. Inzwischen mußte es schlimmer sein; ich ging nicht mehr hin, ich konnte es einfach nicht mehr mit ansehen.

„Kommst du denn mit ihm zurecht?"

Bis auf den Saustall, den er immer fabrizierte und die laute Musik. Aber das wollte ich ihr nicht auf die Nase binden; das wußte sie ohnehin. „Wir kommen gut mit ihm aus. Er ist ja wirklich ein Schatz."

„Paß auf ihn auf", sagte Angelika, und ihre Stimme brach. „Versprichst du mir das?"

„Mach dir keine Sorgen", sagte ich. „Wir werden ihn schon verderben." Ich meinte es als Scherz, aber sie lachte nicht.

„Ich melde mich nächste Woche wieder", sagte sie. „Aber wenn was passiert oder ich was für euch tun kann, ruf mich an. Meine Nummer hast du ja jetzt."

„Alles klar. Mach dir keine Sorgen, Angelika. Auf bald."

„Auf bald."

Das war geklärt. Als nächstes mußte Malvyn die schwule Welt kennenlernen, verstehen wie sie funktionierte und wo er hingehen konnte. Und natürlich mußte er das erste Mal Sex haben. Das würde bestimmt noch lustig werden.

Malvyn

✻ „Wenn wir ihm nicht zeigen, wo Schwule hingehen, wird er es selbst rauskriegen. Und wer weiß, in welchem Darkroom er dann landet!"

„O Gott, ich sehe es schon kommen."

„Stell dir nur vor, wenn er jemand kennenlernt! Ach, was sag ich? Alle werden ihm hinterherlaufen. Ich will mir gar nicht ausmalen, was passieren könnte, wenn er mit dem Falschen mitgeht; der kann doch einen Skin nicht von einer Glatzenschwuchtel unterscheiden."

„Selbst wenn er an Otto-Normal-Schwul gerät, das erste Mal sollte einfach was Besonderes sein."

„Ja, Papi."

Kichern.

„Haha, sehr lustig. Du wirst dir doch auch den ersten Kerl vorknöpfen, den Hannah mit nach Hause bringt."

Ich hockte vor der Schlafzimmertür und lauschte; das hatte ich in den letzten Wochen schön öfter getan. Abends lagen sie immer eine halbe Stunde wach und sprachen über Dinge, die sie beschäftigten. Ich stellte mir vor, wie sie sich dabei an den Händen hielten, oder der eine im Arm des anderen lag. Es mußte wunderbar sein, wenn man einen Menschen hatte, den man so lieben konnte.

Ed und B waren großartig. Innerhalb einer Woche lehrten sie mich alles, was ich über die schwule Welt wissen mußte – streng nach Lehrplan, den B aufstellte, versteht sich.

Lektion eins: Sex, Eds Part.

B legte ein großes Buch auf den Tisch.

„Ja, Herr Rektor", sagte Ed, nahm das Buch und, sobald B sich in sein Arbeitszimmer zurückgezogen hatte, schob es zur Seite. Anstatt es mit mir durchzugehen, erzählte er mir von seinem Coming-out – was mir besser gefiel, als ein Buch zu lesen. Dabei ging er nach und nach auf alles ein, was einem begegnen konnte: Ich war sehr erstaunt zu hören, daß Schwule mehr taten, als „Schwänzchen in den Mund nehmen" und „Salami verstecken spielen". Es war ja auch wichtig, daß ich alle Ausdrücke auf deutsch lernte, damit ich wußte, worauf ich mich einließ. Dachte ich wenigstens, bis ich die Ausdrücke hörte: „fisten", „rimming", „dirty". Englisch war anscheinend die Hochsprache des Sex. Bei den meisten konnte ich erahnen, was damit gemeint war.

Nachdem Ed mir alles in den schönsten Farben geschildert hatte – ich meine damit nicht die letzten drei Techniken, die kannte er zwar auch, pflegte sie aber nicht zu praktizieren –, klopfte er an die Tür und fragte B, was als nächstes auf dem Programm stünde.

Lektion zwei der Vorbereitung: Gefahren. Ich hatte echt keine Lust, was über Gefahren zu hören. Ich wollte Sex! Ich wollte endlich mal einen Mann fühlen und Dinge mit ihm tun, von denen ich bisher nur geträumt hatte. Dummerweise sagte ich das laut, was zur Konsequenz hatte, daß B sich mit an den Tisch setzte. Das klingt jetzt so, als hätte ich was gegen B. Ganz und gar nicht. Es gab nur Themen, über die sprach ich lieber mit Ed allein; Sex gehörte dazu.

In diesem Fall allerdings bestätigte Ed, daß es dazugehörte, alles über die Gefahren zu wissen, bevor man mit jemandem mitging. Also ließ ich es über mich ergehen.

Ich hatte davon gehört, daß Kondome vor Aids schützten, aber ich hatte keine Ahnung, was man bei ihrem Gebrauch alles zu beachten hatte – bei uns sprach man nicht über sie.

„Was dir hier selten jemand erzählt", sagte Bernhard, „ist, daß laut einer Umfrage in San Francisco sich sieben Prozent der Männer, die ausschließlich Oralsex praktizierten, mit dem HI-Virus infizierten, obwohl sie mit dem Sperma des Partners nicht in Kontakt kamen."

„Ach, das sind doch Ammenmärchen der Heten, um uns die Freude am Sex zu verderben. Glaub das nicht, Malv. Blasen ist safe, solange der andere nicht …"

„Also hör mal. Red dem Jungen doch nicht solchen Unsinn ein." Bernhard lief ins Arbeitszimmer und kam nach einigem Suchen – wir sahen allerlei Papier auffliegen, was Edvard mit Kopfschütteln kommentierte – mit einer aktuellen Studie von der Universität San Francisco wieder.

„Tatsächlich", gestand Edvard, als er sie durchgelesen hatte. „Aber bei Studien weiß man nie, unter welchen Umständen sie durchgeführt wurden und wie ehrlich die Befragten geantwortet haben."

Das zeigte mir jedenfalls, daß auch Schwänzchenlecken nicht ganz ungefährlich war. Abgesehen von dem Risiko, sich mit HIV zu infizieren, gab es schließlich noch andere Geschlechtskrankheiten sowie Hepatitis, die auch nicht ganz ohne sein sollte. Am Ende sah es so aus, daß so ziemlich alles, außer Telefonsex, mit Gefahren verbunden war.

Gegen Lektion zwei entpuppte sich die nächste als sehr unterhaltsam. B erklärte mir, daß Schwule einen Hang dazu hatten, sich zu „uniformieren": Lederkerle, Jeanstypen, Holzfäller, Skins, Gummitucken, Goldelsen, Textiltrinen, Trümmertunten.

Edvard zuckte, als B die Textiltrinen erwähnte.

„Am Anfang ist es vielleicht besser, du hältst dich von allen fern, die Leder oder Gummi tragen", sagte B.

„Moment mal! Was soll denn das heißen?" brauste Edvard auf. „Sind das etwa schlechte Menschen, oder was?"

„Wenn sich jemand uniformiert, dann hat er doch schon einen Knacks weg. Außerdem hat Malvyn bei denen eh keine Chance, wenn er sich nicht entsprechend einfummelt."

„Wieso haben die einen Knacks weg? Nur weil sie was geil macht, sind sie doch nicht gleich krank."

„Entschuldige, ich habe vergessen, daß du auch eine Ledermontur im Schrank hängen hast", sagte B und kniff die Augen boshaft zusammen.

„Die ich nie anziehen darf."

„Danke."

„Aber darum geht es doch gar nicht, Berni. Ach ..." er winkte ab und wendete sich mir zu: „Der Professor beliebt mit heterosexuellen Vorurteilen um sich zu werfen. Am besten, du streichst das zuletzt Gesprochene aus dem Protokoll und gehst ganz offen auf alle Menschen zu."

Ich schaute zwischen den beiden hin und her, als wäre ich Zuschauer bei einem Tennismatch.

„Super. Und wenn Malvyn dann von einer Gummischwester angepißt wird, erklärst du ihm das hinterher. Warum hängst du ihn nicht gleich im *Ochsengarten* mit Handschellen an die Heizung?"

„Komm nicht wieder mit deinen Vergewaltigungsängsten daher!" Und dann wieder zu mir: „Normalerweise macht keiner was mit dir, was du nicht willst. Und wenn es doch einer versucht, trittst du ihm ordentlich in die Klöten! Basta."

„Klöten?" fragte ich.

„Eier, Bommel, Nüsse, Manschetten, Zwetschgen, nenn sie wie du willst."

Am Ende dieser Lektion war ich so schlau wie zuvor, unterhaltsam fand ich sie trotzdem.

Wenigstens waren sie sich über den *hanky code* einigermaßen einig. Tatsache ist wohl, daß es verschiedene Listen gab, die manchen Farben unterschiedliche Vorlieben zuwiesen. Aber im Wesentlichen glichen sie sich.

„Trotzdem, laß dich von solchen Tüchern nicht irritieren. Ich meine, wenn einer links ein rotes Halstuch trägt, solltest du ihm vielleicht sagen, daß du darauf keine Lust hast."

„Links? Rechts ist aktiv", behauptete B.

„Quatsch! Jetzt bringst du ihn ganz durcheinander." Er seufzte. „Also das gucken wir gleich noch mal im Internet nach. Was ich sagen wollte: Nimm das nicht gleich wörtlich, das heißt, pinkle nicht einfach jedem auf die Schuhe, der ein gelbes Taschentuch trägt. Red erst mit ihm, das ist alles."

Sie teilten diese Informationen natürlich in Häppchen; ich mußte das also nicht alles an einem Abend kapieren. Trotzdem schwirrte mir jedesmal der Kopf. Das konnte doch kein Mensch behalten. Wenn sogar Ed und B, die ja nun schon seit vielen Jahren offen schwul lebten, sich nicht einigen konnten, was was zu bedeuten hatte oder welche Seite die aktive ist, wie sollte ich das dann in drei Abenden auf die Reihe kriegen?

Mehr als die Sexpraktiken interessierten mich Beziehungen. „Warum liebst du eigentlich B?" fragte ich Ed. B war noch in der Schule, und Hannah hielt Mittagsschläfchen – nachdem wir uns drei Stunden lang im Dantebad ausgetobt hatten.

„Ich weiß nicht", sagte er, während er das Rezept für einen Engadiner Nußkuchen suchte. „Es ist so vieles, was ich an ihm schätze. Wie er ißt, wie er trinkt, seine Füße. Manchmal unterhalten wir uns, und mitten im Gespräch nimmt er meine Hand. Er tut es einfach, macht nicht mal eine Pause beim Reden, sondern nimmt meine Hand und spricht weiter."

„Und was noch?"

„Mensch, du bist aber neugierig." Ed stützte die Ellenbogen auf, legte das Gesicht in die offenen Handflächen und schaute dann zur Decke, als würde er die Antwort dort suchen. „Okay. Ich liebe, daß er immer so unemotional tut, sich aber nachts dermaßen an mich rankuschelt, daß ich Angst habe, erdrückt zu werden." Edvards Stimme klang verträumt. Ich hörte gerne, wenn er für seinen Freund schwärmte; es machte mich glücklich, sozusagen als Vorfreude auf das, was mir noch bevorstehen würde.

„Und was noch?"

„Berni ist eine ganz treue Seele." Plötzlich schaute Ed mir in die Augen. „Jedenfalls bisher." Sein Blick war bohrend, so hatte er mich noch nie angeschaut.

„Hast du denn Zweifel?"

Er beantwortete meine Frage mit einer Gegenfrage: „Was hältst du eigentlich von Berni? Ich meine, gefällt er dir?"

Diese Frage überraschte mich einigermaßen. „Ich mag ihn schon. Manchmal ist er mir zu angespannt, zu ... steif. Aber er ist okay."

„Und so als ..."

„Als was?"

„Nein, ich ... Egal", sagte Ed und blätterte weiter in seinem Karteikasten.

„Du hast gesagt, daß B eine treue Seele ist. Wieso beeindruckt dich das?"

Ed schaute mich fragend an.

„Na ja", sagte ich, „wenn du ihn dafür bewunderst, hört sich das so an, als ginge es dir in dem Punkt anders."

Es sah so aus, als hätte ich Ed damit gerade einen Schrecken eingejagt. „Nein, nein. Mir geht es genauso." Er sagte das schnell, ohne zu überlegen, und steckte danach seine Nase gleich wieder in den Karteikasten und blätterte.

Dann kam die Nacht der Nächte. Ich schlüpfte in ein ärmelloses, weißes T-Shirt und in die giftgrüne Röhrenjeans, die hauteng anlag und farblich gut zu meinem Haar paßte; schließlich wollte ich attraktiv aussehen. Ed und B fielen die Kinnladen herunter, als sie mich sahen. Sie meinten, es wäre keine gute Idee, das zu tragen – na, sie mußten es ja wissen – und halfen mir, die richtigen Klamotten auszuwählen.

Wir probierten einiges aus, und ich fand, daß mir alles gut stand, aber zum Schluß steckten sie mich in eine von Bernhards Jeans, die mir viel zu weit waren, und in ein graues T-Shirt, das ziemlich ausgewaschen aussah.

„Du mußt dich ein bißchen an die Gepflogenheiten hier anpassen", erklärte B.

Ich schaute in den Spiegel und kam mir vor, als ginge ich zu einem Vorstellungsgespräch bei der Müllabfuhr. Aber wenn das hier in Mode war ...

Wir trafen Lipstick in einem kleinen schwulen Restaurant. B sagte, sie wollten den Abend langsam angehen lassen, was immer das bedeutete. Sicher wieder eine seiner Regeln.

„Lipstick ist die beste Begleitung zum Kneipenhoppen", erklärte Edvard. „Seit ich mit dem Professor zusammen bin, kenne ich die Szene nur noch vom Hörensagen, Lipstick dagegen ist in ihr zu Hause."

Lipstick wartete schon an der Kneipe. „Was habt ihr denn mit Malvyn angestellt?" fragte er erstaunt, Ed und B warfen ihm einen grimmigen Blick zu.

„Was ist mit mir?" fragte ich.

„Ich hab nur gedacht, ach, nicht so wichtig."

Sandwich hieß die Kneipe, wahrscheinlich, weil man sich darin ebenso fühlte. Es hatte Platz für vier Tische, aber sie servierten gutes Essen. Lothar hieß die Bedienung, er war auch einer der

Eigentümer. Edvard kannte ihn aus seiner „wilden Zeit", wie Bernhard das nannte. Bei dem Wort „kannte" zog er die Augenbrauen hoch.

Ed grüßte Lothar, küßte ihn links und rechts auf die Wange. Ich tat es ihm ganz selbstverständlich nach. Lothar muß das gefallen haben, denn er umfaßte meine Hüften und zog mich zu sich heran.

„Was hast du denn da für ein süßes Schokofrüchtchen geerntet?" fragte er Ed. „Darf man da mal dran knabbern?"

„Malvyn ist mein Neffe", sagte Ed scharf und drängte sich freundlich lächelnd zwischen uns. „Er ist nur zu Besuch. Wenn du dich mit ihm unterhalten möchtest, mußt du schon Englisch sprechen." Das war gelogen, und ich wollte gerade Widerspruch einlegen, da hielt mir Ed den Mund zu und schob mich nach hinten an einen der Tische.

Lothar rümpfte die Nase: „Pfff. Spielverderberin." Dann warf er zickig eine Schulter in die Höhe und wendete sich ab. „Setzt euch. Ich komm dann schon."

Als Lothar wiederkam, sprach er zuerst mich an, und zwar in einem gebrochenen, schauderhaften Englisch: „Lieber Gast. Herzlichen Willkommen in meinem Geschäft. Was darf ich dir zu trinken bringen?" Er hatte ein schönes Lächeln.

Lipstick klopfte ihm anerkennend auf die Schulter. Ich applaudierte, und weil mir das Herz schon im Hals pochte, streckte ich meine Hand nach ihm aus. „He, du gefällst mir", sagte ich. „Du bist richtig nett."

„Herr Gott! Der spricht ja doch deutsch. Und du läßt mich so einen Affen aus mir machen." Von da an hatte Lothar nur noch Augen für mich: „Gell, wir zwei sprechen uns noch."

„Gerne", antwortete ich. Ed trat mir gegen das Schienbein, dann tauschte er mit Bernhard Blicke aus.

Nachdem wir bestellt hatten, flüsterte mir Edvard ins Ohr: „Paß auf, was du sagst. Wenn du in schwulen Lokalen jemanden anlächelst, anfaßt oder nette Sachen sagst, dann denkt der andere, du willst was von ihm."

Bei diesen Worten pochte es mir nicht nur im Hals.

„Hast du das verstanden?"

War das jetzt als Aufforderung gemeint? „Ja", antwortete ich und wartete ab.

„Tu es nur, wenn du Sex mit dem anderen willst, okay?"

Dann boxte ihn Bernhard in die Rippen: „Nein, Malvyn, falsch", korrigierte er meinen Onkel. „Tu es nicht. Sei einfach überhaupt nicht freundlich, zu niemandem. Okay?" Er hatte sein ernstes, autoritäres Lehrergesicht aufgesetzt.

„Okay, Bruder. Wenn du meinst."

Wir aßen und unterhielten uns. Lipstick war schon in Afrika herumgereist und hatte einige Länder kennengelernt. Es fehlte also nicht an Gesprächsstoff. Dabei wurde das *Sandwich* immer voller, und mir fiel auf, daß jeder ein freundliches Lächeln für mich übrighatte.

Nach dem Essen gingen wir endlich in eine Bar. Ich war so aufgeregt, daß ich einen Schluckauf bekam. Die Männer standen dicht gedrängt, und als wir uns in die Menge hineinquetschten, spürte ich Hände auf meinem Hintern. Ich drehte mich um und schaute in ein freundlich lächelndes Gesicht.

Hier trafen wir Jay Pee und Barbarella, den Blumenhändler, von dem Edvard seine Ladendeko binden ließ. „Huschig", bezeichnete ihn B, was immer das bedeutete. Ich fand Barbarella einen lustigen Namen für so ein Ungetüm von Mann. Er war bestimmt so groß wie B, ein bißchen klotziger, eckiger, vielleicht, aber er sprach mit einer sehr hohen Stimme, und wenn er sich bewegte, wäre er glatt als Frau durchgegangen.

„Jean-Paul, *darling*. Schön, dich zu sehen", sagte Edvard und küßte ihn. Dann drängte sich B an mir vorbei und küßte Jay Pee. Hm, der Kuß kam mir sehr innig vor. Ob B wohl wirklich nie von anderen Männern träumte?

„Wenn du hier aufs Klo gehst, Malv, dann geh in eine Kabine", sagte B. „Da über den Pißbecken ein Spiegel angebracht ist, kann jeder deinen Schniedel sehen."

Wenn der andere meinen sah, dann konnte ich doch auch seinen sehen. Wo war das Problem? wollte ich fragen. Aber da hatte er sich mit Jay Pee schon einen Platz an der Bar ergattert.

Ed bestellte Prosecco mit Eiswürfeln für alle. „Chic", nannte das Jay Pee und toastete uns zu. Jemand drängte sich durch unser Grüppchen und sagte mit einem Blick auf mich: „Wenn ihr den ausgebrütet habt, dann schickt ihn zu mir, versprochen?"

Ich fand das sehr lustig, Ed und B nicht so.

Später gingen wir in einen anderen Club. Er war klein und eng und sehr voll. Die Musik war klasse; es liefen Videos mit abgefahrenen Computeranimationen, und in der Ecke standen Flipper. Wir drängelten uns durch bis zur Treppe und gingen dann in die untere Etage. Dort stand Max an eine Säule gelehnt und unterhielt sich mit einem etwa gleichaltrigen Mann. Es war aber zu laut, um seinen Namen zu verstehen. Max schien wie ausgewechselt, lebendiger als sonst; seine Augen leuchteten auf, als er mich sah, aber vielleicht war es auch nur das Licht.

„Hier gehst du besser gar nicht aufs Klo", sagte B. „Da kommst du nicht mehr lebend raus."

Uuh, das hörte sich gefährlich an. Gott sei Dank hatte ich noch im *Sandwich* gepinkelt.

Wir tranken Bier aus der Flasche, bitteres Zeug. Max pflichtete mir bei, daß man das nicht trinken konnte. Er hielt eine Flasche mit einer Art Limonade ohne Kohlensäure in der Hand. Er ließ seinen Bekannten stehen und unterhielt sich mit mir. Er redete noch mehr als bei unserer ersten Begegnung, aber ich verstand ihn schlecht, eben weil es so laut war. Aber während er redete, überkam mich plötzlich das dringende Bedürfnis, ihn zu küssen. Ich tat es aber nicht.

„Komm, wir gehen", sagte B; er hatte Ed schon an der Hand.

„Kommst du mit?" fragte ich Max. Er nickte, dann zogen mich die Jungs hinaus.

Als wir uns an die frische Luft gedrängelt hatten, fragte B: „Sollen wir noch einen?" Es hörte sich an, als würde es ihn große Überwindung kosten.

„Klar", antwortete ich. Ich wollte alles sehen. „Das sind wirklich tolle Schuppen. Aber laß uns auf Max warten, er kommt gleich."

B warf Ed einen mißbilligenden Blick zu, aber der unterhielt sich mit Jay Pee und Barbarella über das Haargel, das er gerade ausprobierte.

Max kam, und wir marschierten die Müllerstraße hinunter, die mir für diese Uhrzeit noch ziemlich belebt vorkam. Sie sagten mir zu jeder Kneipe was, an der wir vorbeiliefen. Auf einem schwarzen Schaufenster war eine Art Wappen abgebildet, zwei weiße Hörner, darunter stand *Ochsengarten*. „*Have a successful night*" leuchtete in blauen Lettern über der Tür.

„Das ist das *Lady O*", sagte Max und kicherte.

„Du boshaftes Stück", sagte Jay Pee mit einem hämischen Grinsen und boxte Max auf den Oberarm.

„Das ist die Lederkneipe, von der wir dir erzählt haben", erklärte Ed. „Wenn die Männer drin hören, daß Max den Laden *Lady O* nennt, würden sie uns jetzt verprügeln."

Nicht weit davon entfernt steuerten wir auf einen Hauseingang zu. B, der vorausgegangen war, blieb stehen und drehte sich zu mir um. „Wir gehen da nur rein, um es dir zu zeigen, Malv", erklärte B, und Max, der jetzt hinter ihm stand, rollte die Augen. Ich mußte lachen. „Hörst du? Wir bleiben nicht lange. Aber wir gehen rein, weil es für dich noch einiges zu entdecken gibt."

Er machte alles sehr spannend, aber ich versuchte, nicht ganz so aufgeregt zu gucken. Es schien Ed und B nicht sehr zu gefallen. „Okay", sagte ich.

Wir zahlten Eintritt und gingen dann über eine lange Treppe in einen Keller hinunter. Geile Musik, ich spürte sie in meinem Körper und wollte sofort lostanzen, aber ich hatte versprochen, nicht von ihrer Seite zu weichen.

Da waren Fernseher an den Wänden installiert. Sie zeigten Männer, die miteinander Sex hatten. Knallhart. Es war spitze! Solche Filme kannte ich nicht; daß es so etwas überhaupt gab, war mir neu. Noch nie zuvor hatte ich gesehen, wie Männer es miteinander treiben. Und dann in einer Disco, einfach so, in aller Öffentlichkeit. Mein Herz pochte mir im Hals. Ich hätte am liebsten laut gejauchzt, so frei fühlte ich mich in diesem Moment. Und Mann, am liebsten wäre ich mitten hinein gesprungen. Was mich wunderte, war, daß die Typen, die vor den Fernsehern standen, völlig gelangweilt wirkten. Es schien, als würde es sie überhaupt nicht interessieren. Filmkritiker mußten so gucken, dachte ich noch.

Max mußte meine Aufregung bemerkt haben, denn er legte seine Hände auf meinen Hintern, und es fuhr durch mich hindurch wie ein Stromschlag; ich hätte nicht erwartet, daß sie so sanft wären. Sie fühlten sich nicht nach Max, dem Zyniker, an, nicht nach Max, der immer schwarze Kleidung trug und so etwas ausstrahlte wie „Faß mich ja nicht an!". Aber vielleicht war es ja auch nur die Situation. Ich hatte es ja auch vorher schon genossen, wenn mich jemand in den anderen Bars angefaßt hatte. Berührt zu werden fand ich einfach klasse. O Mann, wie würde Sex sich dann erst anfühlen?

Ich drehte mich nach Max um und sah Schrecken in seinen Augen, als hätte ich ihn bei etwas erwischt. Schnell wendete er sich ab und sprach mit jemandem, der neben uns stand. Ed zupfte an meinem häßlichen T-Shirt und bedeutete mir, ihm zu folgen. Ich schaute noch einmal Max an, hätte gerne seine Augen gesehen, aber er kehrte mir den Rücken zu. Ja, das war Max; jetzt erkannte ich ihn wieder.

Die Disco war eine finstere, kleine und sehr niedrige Bude. Ich hatte ständig Angst, mir den Kopf anzustoßen. Es hockten hauptsächlich Typen herum, die aussahen, als verbrächten sie den ganzen Tag im Fitneßstudio. Sie trugen entweder gar kein T-Shirt oder ärmellose Unterhemden, damit man ihre Tätowierungen, Muskeln und Piercings sehen konnte. Sie lehnten mit dem Rücken an der Bar und schauten mir in die Augen, zwinkerten mir zu oder lächelten mich an. Ich wäre mit keinem mitgegangen, weil es mich ein bißchen an eine Straße in Harare erinnerte, durch die ich mal mit Schulfreunden gefahren war. Dort verkauften Frauen Sex für Geld, und bezahlen wollte ich nicht.

Die Tanzfläche war proppenvoll, eine Lampe schickte grelle, weiße Blitze durch den Raum und ließ die Gesichter der Tanzenden im schnellen Rhythmus aufleuchten. Es roch nach diesem scharfen Zeug, das Ed und B mir zu Hause unter die Nase gehalten hatten und das angeblich eine erotisierende Wirkung haben soll – als ob das bei mir nötig gewesen wäre. Ich fand, daß es furchtbar stank, obwohl hier, in diesem Ambiente, roch es nach Aufregung, nach Verbot, nach der Erfüllung von Träumen.

Ed zog mich an der Hand durch den Laden. Andauernd stellte er mich jemandem vor, er kannte viele hier. Aber es war zu laut, um sich zu unterhalten. Sie guckten alle so komisch, als sie sahen, daß Ed mich an der Hand hielt, was Ed zu gefallen schien. Ich verstand wenig von dem, was gesprochen wurde, aber ein paar Stichworte schnappte ich auf: „Na", sagte einer zu ihm. „Hast du heute mal Ausgang?"

Und während sich Ed unterhielt, flüsterte mir B immer wieder Sachen zu: daß die Typen hier sehr arrogant seien; sie würden sich nicht unterhalten und immer cool an einem vorbeischauen. Das stimmte auch: Keiner würdigte B eines Blickes, entweder redeten sie mit Ed oder Max, oder sie starrten mich an.

Nachdem wir einmal durch den ganzen Laden gelaufen waren, blieb Ed vor einem Durchgang stehen. Er zog mein Ohr an seinen Mund heran und schrie, um die Musik zu übertönen: „Siehst du diese Öffnung dort? Das nennt man Darkroom." Seine Augen leuchteten.

„Das macht Sinn", schrie ich als Antwort, denn dahinter war es noch dunkler als in dem Gang, in dem wir standen.

„Dort geht man rein, wenn man anonymen Sex haben will." Eds Augen hatten einen weichen Blick, als betrachteten sie etwas sehr Schönes. Wieder pochte mir das Herz im Hals, und es wurde plötzlich eng in meiner Hose.

„Wirklich?" fragte ich. Ich fühlte mich Ed so nah, er schien meine Aufregung zu verstehen, ja, sie sogar zu teilen. Vom Blick in seine Augen wußte ich, daß er mich jetzt am liebsten hineinziehen würde und mir alles zeigen, aber dann steckte B seinen Kopf dazwischen.

„Denk an Lektion zwei: Krankheiten!" schrie er uns entgegen. Okay, es war laut, aber es klang sehr bedrohlich. Er hob den Zeigefinger und wedelte ihn vor unseren Nasen.

Das Klopfen in meinem Hals begann zu schmerzen, es war, als würde ich daran ersticken. Ich nickte, aber dieses schwarze Loch zog mich an wie ein Magnet. Was fand darin statt? Wieso mußte man hier mehr an Krankheiten denken als anderswo? Und wenn es so war, warum gingen so viele Männer hinein?

B zog mich an der Hand Richtung Treppe. „Das reicht für heute", schrie er.

„Und wen darf ich mit nach Hause nehmen?" fragte ich und schaute mich um.

B machte ein finsteres Gesicht, Ed schaute weder mich noch B an. Er ging einfach die Treppe nach oben; er schien irgendwie beleidigt. Dann ging auch B, ich blieb stehen und verstand gar nichts mehr. Ich wollte doch nur Sex haben, ich wollte mich doch nur verlieben und auch jemanden kennenlernen. Wieso war nur alles so schwierig? „Wo sind Jay Pee und Barbarella, wo Max?" rief ich ihnen hinterher, aber sie hörten mich nicht. Ich drehte mich um und schaute auf die Masse tanzender Leiber. Alle waren so gut drauf. Es hätte hier bestimmt jemanden gegeben, der Sex mit mir haben wollte. Warum wollten Ed und B das nicht? Machte ich etwas falsch? Dann lief ich ihnen hinterher.

Trotz der Autos, die an uns vorbeizischten, war es erstaunlich still draußen. Um zum Taxistand auf der anderen Straßenseite zu gelangen, wollten wir die Unterführung am Sendlinger Tor benutzen, da stolperte uns ein angetrunkener Punk entgegen und fragte, ob wir ein paar Mark für ihn und seine Freunde übrighätten, die vor einem Ladeneingang saßen und Bier tranken. Das fand ich sehr interessant. Wenn in Harare jemand bettelte, bat er um etwas zu essen; hier wollten sie Geld.

„Ein *paar* Mark?" fragte Bernhard empört. „Warum fragst du nicht gleich nach meiner Kreditkarte?"

Der Punk ließ sich aber nicht so leicht abwimmeln. „Komm schon, Alter. Rück was raus. Meine Kumpels und ich brauchen 'n Bier."

Da B weiterging, wendete sich der Typ uns zu. „Was ist mir dir, Bruder?"

Er hatte mich Bruder genannt, also blieb ich stehen. „Wo ist das Problem, Bruder?" fragte ich.

Aber er war nicht daran interessiert, mir das zu erklären. Er grapschte an mir herum, suchte wahrscheinlich nach Geld. „Schau nicht so dämlich!" sagte er. „Ich will Kohle, Mann. Rück raus!" Seine Stimme klang kalt.

Bernhard kam zurück und gab dem Punk einen Schubser. „Finger weg."

„He, du blöde Schwuchtel. Ich hatte gerade ein nettes Gespräch mit dem Nigger. Misch dich nicht ein. Oder ist das etwa dein Hausdiener?" Er lachte seinen Freunden zu; sie johlten vergnügt und feuerten ihn an.

„Geh nach Hause, Kleiner! Du bist ja noch grün hinter den Ohren", sagte B und schob Ed und mich in Richtung U-Bahn, schützte uns mit seinem Rücken. Da schlug ihm der Punk mit der Handkante hart in den Nacken. „He, ich hab dich was gefragt, Schwanzlutscher. Fickst du den Neger?" Wieder Johlen.

Bernhard drehte sich um, holte aus und setzte dem Punk mit voller Wucht seine Faust aufs Auge. Der taumelte und fing an zu schreien: „Dieser Arschficker hat mich angegriffen. Dieser Scheißer hat mich geschlagen. Schaut her, ich blute." Und tatsächlich, die Haut über seiner Augenbraue mußte geplatzt sein, denn sein ganzes Gesicht war von Blut überströmt. Seine Freunde sprangen auf und umringten uns im Nu, fielen über uns her.

Ed befreite sich, zog das Handy aus der Tasche und schrie hinein. „Schnell! Schlägerei am Sendlinger Tor. Einer ist schon bewußtlos."

Ich bekam ein paar Hiebe versetzt, teilte aber auch aus. Wer als Schwarzer aufwächst, lernt sich zu verteidigen – selbst im eigenen Land.

Binnen Minuten war die Polizei zur Stelle, und die Punks machten lange Beine, jagten die Straße hinunter. Die beiden Polizisten kümmerten sich zuerst um uns, bevor einer die Jagd aufnahm. Bs Hemd war zerrissen, Ed lag auf dem Boden, mir hatten sie in den Magen getreten, meine rechte Hand blutete.

Der Polizist rief über Funk einen Rettungswagen, da kam der andere Polizist schon zurück; er hatte sie aus den Augen verloren.

Die Sanitäter verarzteten Ed und B vor Ort und rieten mir, mich wegen innerer Verletzungen untersuchen zu lassen. Obwohl sie das nicht tun durften, nahmen sie uns alle drei mit in die Klinik – B hatte länger mit ihnen verhandelt. Bis es soweit war, hatten sich schon eine paar Schaulustige eingefunden. Wo waren sie nur, als die Schlägerei anfing?

„Doch alles nicht so schön, wie du gedacht hast, was?" fragte mich B auf dem Weg in die Klinik; er legte mir die Hand auf den Bauch, ich hielt sie fest.

„Das ist ganz harmlos im Vergleich zu dem, was bei uns abgeht", antwortete ich.

Dann schaute ich ihm in die Augen; sie glühten vor Wut. „He, Tigerpapi", sagte ich. „Ich hätte dir nicht zugetraut, daß du so hinlangen kannst."

Er lächelte mich an und streichelte mir über die Wange, der Sanitäter schaute schnell weg, und es war mir fast ein wenig peinlich.

Im Krankenhaus nahmen sie meine Daten auf – natürlich hatte ich meinen Paß nicht dabei. Und schwupps!, hatten wir das erste Problem: Krankenversicherung. So mußte Ed herhalten.

Während sie seine Daten aufnahmen, setzte ich mich auf. „Wir können auch einfach gehen", sagte ich. „Es ist nicht so schlimm." Zum Beweis sprang ich von der Trage und hüpfte ein wenig herum. Es tat zwar weh, aber das würde bestimmt wieder vergehen.

„Nein, Malvyn. Du bleibst hier und wirst untersucht. Deine Gesundheit ist mir wichtiger als die paar Mark", sagte Ed.

Also legte ich mich wieder hin und wartete auf den Arzt.

Bernhard ❋ „So ein Mist!" sagte Edvard, als er wenige Stunden nach der Prügelei zu mir unter die Decke kroch. „Ein betrunkener Punk. Th! Der hatte nicht mal ein antischwules Motiv."

Typisch Edvard. Anstatt froh zu sein, daß keinem von uns etwas Ernstes zugestoßen war, ärgerte er sich, daß er die Sache nicht als Gewalt gegen Schwule anprangern konnte.

„Vielleicht war es trotzdem nicht schlecht", sagte ich und schaltete das Licht aus. „Es wird Malvyn eine Lektion sein, daß hier nicht alles Gold ist, was glänzt."

„Was soll das denn heißen?"

Ich legte meinen Arm unter Edvards Kopf. „Hast du denn nicht gesehen, wie sie ihn in den Kneipen angeguckt haben? Man muß ja befürchten, daß sie ihn auffressen."

Edvard drückte sich näher an mich heran. „O Gott, ja. Aber was ich noch viel schlimmer fand, war, daß Malvyn so bereitwillig auf jede Anmache eingestiegen ist. Er glaubt, daß sie ihn alle lieben, und schnallt nicht, daß sie ihn nur als großen schwarzen Schwanz sehen."

Wir schluckten diese Erkenntnis stillschweigend, was hätten wir auch dagegen tun können? Wir konnten ihn warnen, ja. Wir konnten ihn auf die Enttäuschungen vorbereiten, die ihn erwarteten, aber am Ende würde er den Weg gehen müssen, den die meisten von uns nach dem Coming-out gehen: Er wird Sex haben, die Hoffnung auf Liebe hegen, Gefühle entwickeln, von denen er glaubt, daß sie Liebe sind, bis er einsieht, daß es nur Geilheit war. Dann wird er enttäuscht sein, sich verschließen, für den nächsten wieder öffnen, hoffen, lieben, erkennen, trennen und so weiter und so fort. „Ich wünschte, wir könnten wenigstens dafür sorgen, daß er das erste Mal mit jemandem zusammen ist, der ihn nicht bloß ausnutzt", sagte ich in die Stille der Dunkelheit hinein.

„Ich auch, Professorchen. Aber wir können ihn doch nicht einfach zu jemandem ins Bett stecken."

„Und wir können unmöglich selber Sex mit ihm haben!" schloß ich an.

„Was hast du eben gesagt?" fragte Edvard und stützte sich auf seinen Ellenbogen.

„Ja, findest du das denn nicht?" fragte ich ihn. „Schließlich ist er mit dir verwandt. Wenn rauskäme ..."

„Nein, nein, das meine ich nicht. Ich frage mich vielmehr, wie du überhaupt darauf kommst, daß wir Sex mit ihm haben könnten?"

„Moment mal. Ich sagte, wir können UNmöglich Sex mit ihm haben."

„Ja, aber das setzt doch voraus, daß die Möglichkeit überhaupt besteht." Edvard rückte von mir ab und schaltete das Licht an; er hatte ein breites Grinsen im Gesicht, und dann verstand ich gar nichts mehr. „Ich hab schon mitgekriegt, wie du ihn beobachtest. Seine Lippen hast du angestarrt, wie Raimondo Sahnetorten."

Worauf wollte er nur hinaus? „Ich geb ja zu, daß ich ihn ... nett finde", sagte ich kleinlaut. „Aber ich denke nicht mal im Traum daran, Sex mit ihm zu haben."

„Schade." Edvard ließ sich auf das Kopfkissen zurückfallen.

„Wie bitte?" Jetzt stützte ich mich auf und schaute ihn an, aber er wich meinem Blick aus.

Er zögerte mit seiner Antwort.

„Hallo!" Ich kniff ihn in die Seite. „Was willst du damit sagen?"

Er wendete sich mir zu und schaute mir in die Augen. Dann, nach einer weiteren langen Pause, sagte er: „Unser Sexleben ist ganz schön abgeflaut."

Seine Aussage saß. Auch ich ließ mich zurückfallen, nun starrten wir beide den Stuck an der Zimmerdecke an. Edvard hatte recht. Aber in einer Beziehung gehörten immer zwei dazu; ich würde das auf keinen Fall auf mir allein sitzen lassen. „Gut, daß du das ansprichst", sagte ich. „Was war denn das für eine Schwärmerei vor dem Darkroom vorhin? Hast du mir was zu beichten?"

„Quatsch! Ich war da nicht mehr drin, seit ich mit dir zusammen bin, das weißt du. Ich habe ihn Malvyn nur gezeigt, von außen wohlgemerkt. Er muß doch wissen, was Sache ist. Oder etwa nicht?"

„Ist das alles?"

„Verhörst du mich gerade, dann hätte ich gern einen Anwalt. Auf deine Unterstützung kann ich ja wohl nicht mehr zählen."

„He, komm her", sagte ich, schob meinen Arm unter seinen Kopf und zog ihn an mich heran. „Die letzten Monate waren für uns beide sehr streßig. Zuerst meine Mutter, dann Hannah, die immer hier ist, jetzt Malvyn, Adrian geht es immer schlechter, Raimondo verfällt, mir geht die Schule auf den Keks, dir dein Laden."

Ich schüttelte ihn, hoffte, er würde mir in die Augen schauen und sagen: du hast recht. „Hm? Es ist bestimmt nur eine Phase", sagte ich. „Sie wird vergehen. Bestimmt."

Edvard entspannte sich widerwillig in meinen Armen. „Vielleicht hast du recht", sagte er.

Dieses „Vielleicht" stieß mir auf. Das hätte ich ihm gleich sagen sollen, aber im nachhinein ist man immer schlauer. Oder besser noch, ich hätte ihn gleich packen sollen und vernaschen, so wie ich es früher ständig gemacht hatte. Statt dessen bat ich ihn, das Licht auszumachen. Dann drückte er sich wieder an mich heran, wenn auch nicht ganz so fest wie zuvor.

„Ich kriege Bauchkrebs bei dem Gedanken, daß Malvyn irgendeinem Monster in die Hände fällt", sagte er nach einer Weile – wir konnten nicht einschlafen.

„Dann können wir Max schon mal von der Liste streichen."

„Bernhard!" Edvard schlug mir mit der Hand auf die Brust; ich zuckte. „Ich will das nicht mehr hören." Dann entspannte er sich wieder. „Wie wär's mit Raimondo? Der hätte sich so ein Sahnestückchen verdient."

„Raimondo? Kommt nicht in Frage. In seiner Verfassung? Selbst wenn, wie stellst du dir das eigentlich vor? Willst du anrufen und sagen: ‚Ach, entschuldige, würdest du bitte meinen Neffen vögeln?'"

„Nein, natürlich nicht so plump", antwortete Edvard. „Das muß man geschickter einfädeln", sagte er und bohrte sein Knie zwischen meine Schenkel, damit ich meine Beine spreizte und er seines dazwischen schieben konnte. „Laß mich mal machen."

Stimmt, ich hatte vergessen, was Edvard für ein durchtriebenes Bürschchen war. Er würde das so galant hinkriegen, daß es der andere nicht mal merkte.

Am Sonntag rief meine Schwester Sieglinde an. Ich ahnte, daß etwas im Busch war, denn sie hatte sich schon lange nicht mehr gemeldet.

„Warum rufst du an?" fragte ich nach dem üblichen Hallo- und Wie-geht-es-dir-Geplänkel und klopfte an die Zwischentür zum Wohnzimmer, wo Malvyn mal wieder die Musik donnern ließ. Er drehte sie herunter. „Sorry", hörte ich ihn rufen.

„Hat Mutter schon mit dir gesprochen?" fragte sie.

„Worüber?"

Edvard steckte den Kopf in das Arbeitszimmer herein, ich hielt die Hand über den Hörer und flüsterte: „Sieglinde."

Er nickte. „Grüß sie schön von mir." Er sagte das mit einem ironischen Grinsen auf den Lippen; schließlich kannte sie ihn ja nicht mal.

„Nun, ich hab letzten Sonntag eher zufällig erfahren, daß Divja im Sommer einen Monat nach Indien gehen will. Mutter meint, sie würde in der Zeit alleine bleiben, aber das ist völlig ausgeschlossen. Du weißt ja selbst, wie wackelig sie auf den Beinen ist. Ich befürchte, sie wird uns verhungern, wenn ihr niemand das Essen vor die Nase stellt."

Mir war nicht klar, was Sieglinde mit dem Anruf bezweckte. „Aha", sagte ich und wartete, ob da noch ein Nachsatz käme.

„Ich habe schon mit Gudrun telefoniert, aber sie kann Mutter nicht aufnehmen."

„Aha."

Edvard hatte sich auf das Klappsofa gesetzt und kräuselte nun die Stirn. Er wußte, wenn ich wortkarg wurde, bahnte sich etwas an, deshalb malte er ein Fragezeichen in die Luft. Ich winkte ab und schaute zum Fenster hinaus.

„Ich würde sie ja sofort nehmen, du kennst mich ja. Aber Mutter hier zu haben würde in einer Katastrophe enden. Ich kann mir nicht freinehmen, und mein Töchterchen würde sie nur piesacken."

Das konnte ich mir lebhaft vorstellen. Manu war ein Biest; sie hatte vor der ganzen Familie hinausgeplärrt, daß ich schwul bin und damit das ganze Drama heraufbeschworen. Das war vor viereinhalb Jahren, inzwischen war sie wahrscheinlich dazu übergegangen, ihre Lehrer zu foltern.

„Barbara und Mausi stehen außer Diskussion", sagte meine Schwester. „Die Anderthalbzimmerwohnung war ja immer schon zu klein, und jetzt wo sie schwanger ist ..."

„Hmm. Und Ludwig?" fragte ich, eine eher rhetorische Frage, denn unser Bruder hatte sich noch weiter von der Familie zurückgezogen als ich.

„Was ist denn los?" fragte Edvard diesmal laut.

„Nichts", antwortete ich.

„Bitte?" fragte meine Schwester.

„Edvard hat gerade gefragt, worüber wir uns unterhalten."

„Ach so. Also Ludwig kannst du völlig vergessen. Wie soll der sich um Mama kümmern? Tja, und bei euch kann sie ja unmöglich bleiben", setzte sie hinzu.

Warum nicht? fragte ich mich. Hatte Mama meinen Schwestern nicht erzählt, daß sie schon mal bei uns war? Oder war es so schlimm für sie gewesen, daß sie nicht mehr kommen wollte? „Edvard läßt dich übrigens ganz herzlich grüßen", sagte ich.

„Oh, danke. Also, jetzt weißt du Bescheid. Du kannst mich ja anrufen, nachdem du mit Gudrun gesprochen hast."

Ach, das war also der Grund: Ich sollte Gudrun anrufen und sie überzeugen.

„Ich höre dann von dir, ja? Ich muß jetzt los. Mach's gut. Bis bald. Tschüs." Dann legte sie auf.

Ich erklärte Edvard die Situation. Er empörte sich über die Behauptung, daß Mutter nicht zu uns kommen könnte. Aber ich versuchte ihn zu beruhigen, schließlich waren wir mit Malvyn und Hannah genug belagert, und je schlechter es Adrian ging, desto mehr würde Raimondo mich brauchen.

Edvard knurrte, aber er war einsichtig. „Ja, wir haben ein volles Haus. Aber Malvyn kann sowieso nicht ewig hier bleiben. Und wenn deine Mutter versorgt werden muß ..."

Ich gab ihm einen Kuß. Abgesehen von allen bereits erwähnten Gründen fühlte ich mich nicht wohl bei dem Gedanken, meine

Mutter länger um mich zu haben. Der Besuch im Januar war zwar prima verlaufen, aber man sollte nichts überstürzen. „Laß mich mit Gudrun telefonieren", sagte ich, „wir werden schon eine Lösung finden." Dann schob ich ihn aus meinem Arbeitszimmer hinaus.

Gudrun hatte sehr wohl gute Gründe, einige davon kannte ich bereits – von Mutter: Mein Schwager Karl hatte sich vor zwei Jahren selbständig gemacht, aber Architekten hatten es nicht leicht. Obwohl er rund um die Uhr arbeitete, war Gudrun seit einigen Monaten auf Vollzeit, damit sie sich das Haus und die drei Kinder finanzieren konnten. Dazu kam, daß sie für den Sommer eine Reise gebucht hatten; den ersten Urlaub seit Jahren. Es hätte eine Menge Geld gekostet, sie zu stornieren. „Karl muß auch unbedingt mal raus", sagte Gudrun. „Der dreht mir sonst durch."

„Verstehe", sagte ich. „Ich telefoniere mal mit Mutter. Vielleicht kann ja eine Kollegin von Divja einspringen?"

„Eine oder zwei Wochen kann ich Mama schon hier haben, je nachdem, wann das genau ist. Und vielleicht mögt ihr sie ja auch noch mal nehmen."

Aha, also Gudrun traute uns das zu. „Hat Mutter dir erzählt, daß sie im Januar hier war?"

„Ja, sie war ganz begeistert. Deinen Edvard hat sie gleich ins Herz geschlossen."

Meine Schläfen pochten. Mutter hatte Edvard ins Herz geschlossen?

„Sieglinde hat gesagt, daß Mutter bei uns nicht bleiben könne", antwortete ich. „Ihr sind wir wohl nicht gut genug." Als es raus war, biß ich mir auf die Lippen. Ich hatte Gudrun nicht zeigen wollen, wie sehr mich das verletzt hatte.

„Ach was! Damit hat Sieglinde sicher nur gemeint, daß du ja auch große Ferien hast. Fahrt ihr denn nicht weg?"

„Du meinst, das ist alles, was sie damit gemeint hat. Ich dachte eher …"

„Ach, Bernhard. Du und dein Mißtrauen. Du hast dich so verschanzt, daß wir gar nicht mehr an dich herankommen. Keiner von uns hat ein Problem mit dir und Edvard. Aber mehr als dich einladen können wir auch nicht."

Ich sagte nichts darauf. „Okay, dann red ich noch mal mit Mama."

„Gut. Sag Bescheid. Und grüß Edvard von mir. Vielleicht lerne ich ihn ja nun endlich mal kennen."

„Vielleicht", sagte ich. „Grüße an Karl und deine Gören."

„Okay. Bis bald."

Edvard saß im Wohnzimmer vor der Anlage und kramte seine CD-Sammlung durch; Malvyn, umringt von den obligatorischen Colaflaschen – Edvard hatte ihm wenigstens die Dosen abgewöhnen können, obwohl: diese riesigen Plastikflaschen waren nicht gerade eine Augenweide –, spähte ihm über die Schulter und wurde von meinem Mann über diese und jene Band oder diesen und jenen Interpreten aufgeklärt. Vor der Balkontür schaufelte Hannah in ihrem großen rechteckigen Blumenkasten herum. Wir hatten ihr die Verantwortung für die kleinen Pflänzchen übertragen. Der Grund: Seit etwa zwei Monaten wollte sie unbedingt eine Katze. Der Blumenkasten war ein *deal.* Wenn sie das Grünzeug bis zu ihrem vierten Geburtstag gut pflegen würde, dann könnten wir über ein Haustier nachdenken. Wir hofften natürlich, daß sie ihren Wunsch bis dahin vergessen würde.

„Mutter kann tatsächlich nicht zu Gudrun", sagte ich zu Edvard. „Sie verreisen im Sommer, schon alles gebucht."

Edvard drehte sich zu mir um. „Tja, dann kommt sie eben zu uns." Er strahlte; ihm gefiel der Gedanke. Wir, das Ehepaar, der Neffe, die Ziehtochter; mit Mutter hätte er endlich die Großfamilie, die er sich immer wünschte. „Allein kann sie ja nicht bleiben. Und was meinst du, wie ..." Er deutete auf Hannah, die mit dem Rücken zu uns Erde um sich herum verstreute, „sich freuen würde. Eine O-M-A wäre das tollste Geschenk, was wir ihr machen könnten."

Malvyn setzte sich auf und verfolgte unsere Diskussion.

„Und was ist mit uns?" warf ich ein und setzte mich auf den Boden. „Unser Urlaub?"

„Da wird doch sowieso nichts draus. Kim muß den Sommer durcharbeiten. Da hat sie Hauptsaison, weil alle zu der Zeit ihre Frühjahrsmode produzieren. Außerdem will Kim nicht nach Kanada, sie will ...", er deutete wieder auf Hannah, „so einen weiten Flug nicht zumuten."

„Kim will nicht nach Kanada? Wer hat davon geredet, daß sie mitfliegt? Ich wollte endlich mal wieder mit dir allein ..."

Hannah drehte sich um. „Anada?" fragte sie.

Ich brach ab, Edvard machte mich rasend. Das war jetzt schon das dritte Jahr, daß wir wegen Kim im Sommer nicht verreisten. Ohne Hannah ging wohl überhaupt nichts mehr bei uns.

„Kanada, Schatz, K, K, K", machte ihr Edvard vor; bei manchen Worten klappte es immer noch nicht. Aber diese Lektion interessierte sie nicht. Sie hob ihre erdverschmierte Hand und sagte: „Ich will auch fliegen."

„Malvyn, kannst du mal mit Hannah im Bad die Gießkanne füllen", bat Edvard und bedeutete ihm, daß wir mal eben allein reden mußten.

Malvyn nahm die kleine grüne Gießkanne mit der orangefarbenen Prilblume darauf und ging mit Hannah an der Hand ins Bad.

„Denk doch mal nach, wie toll es für Hannah wäre, mit einer normalen Oma aufzuwachsen", argumentierte Edvard leise. „Sie kennt nur Kims Mutter."

„Du redest, als wolltest du, daß Mutter hier für immer einzieht."

„Unsinn! Natürlich nur für begrenzte Zeit. Erinnere dich daran, was für eine Angst du im Januar vor ihrem Besuch hattest und wie gut es dann doch gelaufen ist."

Hannah schleppte die halbvolle Gießkanne daher. „Das ging aber schnell", sagte ich. Ihre Augen glänzten vor Stolz, ihr Mündchen stand offen, und sie drehte ihre Zunge zwischen den Zähnen, als wäre das nötig, um das Gleichgewicht zu halten.

„Ja, ja. Ist schon gut. Vier Wochen werden wir schon schaffen. Aber das mit dem Urlaub verzeih ich dir nie."

„Fein", sagte Malvyn, der meine Zustimmung gehört hatte. „Wenn deine Mutter kommt, schlafe ich bei euch im Bett, ja?"

„Au ja, ich auch!" jauchzte Hannah, und ließ die Gießkanne plumpsen, so daß es herausspritzte.

„Im Arbeitszimmer steht ein Klappsofa, Malvyn", sagte ich bestimmt. „Und wir haben jede Menge Luftmatratzen im Keller. Selbst wenn eine ganze Kompanie Soldaten über uns hereinbrechen sollte, unser Bett bleibt für dich Tabuzone. Hast du das verstanden?"

Edvard schaute zu Boden, und Malvyn rollte seine großen Augen.

„Akzeptiert?"

„He, Mann, ich meinte doch nur ..."

„Keine Widerrede!"

„Yes, Sir", murrte Malvyn und salutierte.

„Noch was: Die Putzfrau haben wir nicht engagiert, damit sie dir alles hinterherräumt, wie zum Beispiel dieses Arsenal von Colaflaschen. Und dein Zimmer sieht auch aus wie Schweinestall. Los, Abmarsch."

Er schaute mich an, ob ich wohl noch alle Tassen im Schrank hätte. Dann warf er einen Blick zu Edvard, vermutlich um abzuchecken, ob er das ernst nehmen sollte, was ich sagte. Edvard schaute mich kurz an, senkte dann seinen Blick; ich sah, daß er schmunzelte.

Malvyn bückte sich, nahm ein paar von den Flaschen unter den Arm und verzog sich schmollend.

„Ich kam mir grad vor wie in *Ein Käfig voller Narren*", sagte Edvard und lachte, sobald Malvyn aus dem Zimmer war.

„Dann weißt du ja, was als nächstes kommt", erwiderte ich.

„Was?"

„Wohnung umräumen. Den ganzen Schweinkram wieder im Keller verstauen."

Er gab einen genervten Laut von sich.

„Keine Widerrede!" sagte ich.

Edvard schaute mich erschrocken an, ich lächelte, dann krabbelte er zu mir herüber, warf mich rücklings zu Boden und steckte mir seine Zunge in den Mund. Da stellte sich Hannah neben uns: „Wieso darf denn der Mafin nicht bei euch im Betti slafen?"

Max ❃ Das Klingeln riß mich aus dem Tiefschlaf. Ich schlüpfte in meinen Bademantel und ging an die Tür. Es war Malvyn.

„Wir waren aber erst um eins verabredet."

„Wie spät ist es denn?" fragte er.

Ich schaute auf die Uhr über der Küchentür. „Elf."

„Dann bin ich doch gut in der Zeit." Er ging an mir vorbei in die Wohnung.

„Äh, Malvyn. Ich habe noch nicht mal geduscht ..."

„Brauchst du etwa Hilfe, Bruder?" Er schaute mich mit seinen großen unschuldigen Augen an. Am liebsten hätte ich „Ja" gesagt, aber Malvyn war viel zu jung, er kam aus einem fernen Land und war der Neffe meines besten Freundes. Das kam überhaupt nicht in Frage.

„Ich will damit nur sagen ... Ach, vergiß es." Ich schloß die Tür und führte ihn ins Wohnzimmer. „Dann geh ich mal eben ins Bad. Willst du Musik hören? Kann ich dir was zu trinken bringen?"

„Ich komme, um dich zu besuchen, nicht, um bedient zu werden, Mäxx."

Der Name setzte mich unter Strom. „Wie hast du mich genannt?"

„Mäxx, Mann. Heißt du nicht so?"

Er sprach meinen Namen englisch aus. Keiner außer Christian hatte mich zuvor Mäxx genannt. „Doch, doch." Irritiert ging ich ins Bad. Im Spiegel schaute mir ein zerknittertes Gesicht entgegen. Ich starrte es lange an. Mäxx, Mäxx ...

Ich rasierte mich, dann drehte ich die Dusche an und ließ meinen Bademantel fallen. Unter dem heißen Strom seifte ich mich ein und spülte mir den Geruch von Einsamkeit vom Leib.

Sobald ich die Dusche abgedreht hatte, vernahm ich ein lautes Geräusch. Malvyn drehte die Musik auf ein ohrenbetäubendes Niveau auf: Montserrat Caballé.

Tropfend naß schlüpfte ich in den Bademantel und stürmte hinaus. Malvyn saß in einem Sessel, zündete sich gerade eine Zigarre an, der Katalog französischer Impressionisten lag aufgeschlagen auf dem Tisch, meinem Heiligtum.

„Völlig abgefahren, Mann. Die Frau kann echt singen", sagte er und grinste dieses freudige, sonnige Weiße-Zähne-Grinsen, das meinen plötzlichen Ärger im Nu auslöschte: So etwas Ähnliches hatte Christian damals auch gesagt, als ich ihm Kiri TeKanawa vorspielte: „Die Braut kann wirklich singen", sagte er; ich höre es noch heute.

Ich drehte die Musik herunter: „Meine Nachbarn sollen sich nicht gestört fühlen", sagte ich und ging wieder ins Bad, um mich abzutrocknen und einzucremen.

Als ich eine Viertelstunde später angezogen war, fragte ich Malvyn, ob er Hunger hatte.

„Hunger hab ich immer", antwortete er.

„Dann komm mit." Ich führte ihn in meine Eßküche und setzte ihn an den Tisch.

„Kannst du die irgendwo ausmachen?" Er reichte mir den Stumpen, ausgerechnet eine von den Cohibas mußte er verpaffen. Ich nahm sie ihm ab und hielt sie unters fließende Wasser, dann steckte ich sie in den Müll.

„Ich bin kein guter Koch", erklärte ich und wickelte ein paar Häppchen aus, die ich am Tag zuvor geholt hatte: Spargel in Schinkenröllchen, glasierter Lachs, halbierte, eingelegte King Prawns und noch einiges andere. „Ich hoffe, es ist okay."

„Mann, ist fast wie zu Hause", sagte er und lachte; das war wohl eher ironisch gemeint.

„Es wundert mich ja, daß Bernhard dich überhaupt zu mir gelassen hat", sagte ich, und Malvyn senkte den Blick. „Oh, ich verstehe. Er weiß nichts davon. Na, mach dir keine Sorgen. Ich bin der letzte, der es ihm sagen wird." Bernhard, der ewige Lehrer, der sich ständig dazu berufen fühlte, anderen zu sagen, was sie zu tun hatten. „Hat er dir auch erzählt, daß ich ein Sexmonster bin?"

„Nein, Mann. Er redet nie über dich. Ehrlich. Ich würd's dir sagen." Er fischte ein Prawn aus dem Plastikschälchen und steckte es sich in seinen großen, hellen Mund. „Und?" fragte er.

„Was?"

„Bist du denn eins?"

„Nein. Ganz im Gegenteil."

„Warum denkt er das dann?" wollte er wissen.

„Ich habe einen Roman geschrieben, in dem die Hauptfigur sehr viel anonymen Sex hat, wenigstens am Anfang der Geschichte. Bernhard glaubt, sie wäre autobiographisch."

„Ist sie das?"

„Nur zum Teil, Malvyn. Ja, ich hatte früher viel Sex, aber deswegen bin ich noch lange kein Monster."

„Ach ja", sagte er und angelte sich eine Spargelspitze; es sah lustig aus, dieses kleine, weiße Ding zwischen seinen dunklen Fingern. „Von dem Roman hat mir Ed schon erzählt." Er leckte das Öl von seinen Fingern; Malvyn hatte eine lange, sehr helle Zunge.

„Was denn?" Ich legte Besteck auf den Tisch sowie Papierservietten und stellte ihm den Brotkorb vor die Nase.

„Von diesem Christian, deinem Nachbarn."

Ganz automatisch schaute ich über den Hof auf die Fenster, hinter denen er gelebt hatte.

Malvyn folgte meinem Blick. „Wow, das ist echt verdammt nah. Du konntest ihm ja voll in die Wohnung schauen."

„Nicht nur das."

„Erzähl mir von ihm", sagte er. Seine Augen waren auf mich gerichtet; sie waren so groß und weit, daß es mir vorkam, als stünde ich auf einem Felsvorsprung zu einer Schlucht. Ich mußte sehr auf meine Balance achten, damit ich nicht fiel.

Ich setzte mich zu ihm an den Tisch und erzählte ihm die Geschichte, alles, so wie ich sie noch nie erzählt hatte: Von meinem Fernglas, mit dem ich Christian beobachtet hatte, von der Nacht, in der er von den Sanitätern abgeholt wurde, von meinem ersten Besuch im Krankenhaus und den darauffolgenden Wochen, in denen wir uns nach und nach ineinander verliebt hatten, von den letzten Stunden bis zu seinem Tod und der ganzen Ewigkeit danach, den Monaten, die so lang und menschenleer waren, wie eine Wanderung über den Nordpol.

„Wow", sagte er, als ich am Ende angelangt war. „Das ist eine schöne Geschichte." Seine Kinnlade hing ein wenig herunter, und ich konnte mir nicht helfen, aber er erinnerte mich an einen kleinen Jungen, der im Kasperletheater saß.

„Und jetzt? Hast du einen Freund?" fragte er dann.

Ich lachte. Nur ein Kind konnte so eine Frage stellen. Als könnte man in einen Laden gehen, eine Bestellung abgeben und würde dann den perfekten Partner serviert bekommen. „Es ist nicht so einfach. Ab und zu, wenn ich glaube, daß er es sein könnte, nehme ich jemanden mit nach Hause, aber bisher war der Richtige noch nicht dabei."

„Macht dich das traurig?"

Noch eine Frage, die ein Erwachsener nie stellen würde. Nicht weil sie kindlich war, sondern weil sie so real war, daß niemand wagen würde, so etwas zu fragen. Zugleich war sie so entwaffnend, daß ich ehrlich antworten mußte: „Ja, schon."

„Wie hältst du das aus?"

„Es hat mir sicher geholfen, daß ich ..." Ich schaute ihn skeptisch an. Machte ich gerade einen kompletten Idioten aus mir?

„Was?"

„Daß ich ..." Konnte ich ihm sagen, daß Christian immer bei mir ist?

„Daß du ihn nicht vergessen kannst?" fragte Malvyn.

„Ja. Manchmal ... manchmal rede ich sogar mit ihm."

„Worüber?"

Er fragte das so selbstverständlich, daß ich nicht wußte, ob er mich ernst nahm. „So alltägliche Sachen?" fragte er, „oder über ganz bestimmte Dinge."

„Über ... Liebe." Ich sagte es, ich mußte es sagen. Malvyn konnte ich nicht belügen.

„Und?"

„Bisher hat er mir immer abgeraten. Bei jedem, den ich mit nach Hause gebracht habe, hat er ‚Nein' gesagt."

„Ich glaube, du verwechselst etwas", sagte Malvyn und schaute mich mit einem durchdringenden Blick an. „Wenn dich Christian wirklich geliebt hat, dann will er, daß du glücklich bist. Er würde dir niemals von der Liebe abraten. Was du hörst ist nicht Christian, du hörst deine Angst."

Ich war verwirrt. Dieses Bübchen könnte theoretisch mein Sohn sein.

„Unsinn", sagte ich zu Malvyn. „Komm, greif zu! Du hast noch gar nichts gegessen." Ich schob alles ein wenig näher zu ihm hin, aber anstatt zu essen, behielt er mich fest im Blick.

„Mäxx."

„Brauchst du noch Butter? Ach, ich hab die Butter nicht rausgestellt." Ich wollte aufstehen und sie holen.

„Mäxx!" rief er laut, als säße ich vorn im Wohnzimmer.

„Ja?"

Er packte mich am Kinn und schaute mir in die Augen, tief, bis in meine Seele.

„Darf ich dich küssen?" fragte er.

„Warum?" war alles, was mir dazu einfiel. Dumm, nicht wahr? „Nein", sagte ich dann, „nein, bitte. Wirklich nicht." Ich weiß nicht, was das für eine Angst in mir war. Küssen? Meine Lippen gehörten doch Christian.

Malvyn beugte sich zu mir herüber, und ich schloß die Augen, dann spürte ich seinen Atem, seine warmen Lippen, die groß und fleischig und feucht waren. Und schließlich schob er seine Zunge sanft und langsam in meinen Mund. Sie schmeckte nach Knoblauch und Spargel, süß wie die Jugend, frisch wie das Leben. Ich fühlte mich wie ein Verräter.

Malvyn

✻ Diese Kneipentour, so unspektakulär sie erscheinen mochte, sie hatte mir die Augen geöffnet. Ich fühlte mich wie Brad Pitt in *Interview mit einem Vampir.* Ich hatte Blut geleckt und sah die Welt nun durch ganz andere Augen. Schwule Männer unterschieden sich plötzlich nicht mehr nur durch die Art, wie sie sich bewegten oder kleideten, sie unterschieden sich auch in der Art, wie sie mich betrachteten, ja, sogar in ihrer Ausstrahlung. Und mit jedem Tag, den ich durch die Straßen ging, wurde es mir ein bißchen deutlicher, als verfügte ich über einen Muskel, den ich trainierte, oder, nein, es kam mir vor wie ein neuer Sinn, der sich immer mehr schärfte.

Natürlich löcherte ich Ed nun erst recht mit Fragen über Poppers, Pornovideos, Sexveranstaltungen und vieles andere, was es in dieser Welt zu entdecken gab, unter anderem auch über Darkrooms. Nachdem Ed mir von seinen Erfahrung erzählte hatte, wollte ich wissen, ob er denn ab und zu noch reinging.

„Bist du verrückt?" fragte er und lachte laut auf. Er schälte Spargel, um „Parfait" zu machen. „Berni würde mich umbringen."

„Warum?"

Er hielt einen Moment inne. „Diese Frage solltest du ihm mal stellen." Dann schälte er weiter.

„Okay", sagte ich. „Wenn du willst."

Er ließ das Messer sinken. „He, das war ein Scherz. Mach das ja nicht. Es sei denn, du willst eine ‚Ehekrise' heraufbeschwören." Dann nahm er den nächsten Spargel. „Berni besteht auf sexuelle Treue in unserer Beziehung. Und falls du nicht weißt, was das heißt, dann sag ich's dir: keinen Sex mit anderen Männern, kein Kuß, nicht mal ein Flirt."

„Oh. Und das macht dir nichts aus?"

Ed legte den Spargel weg, verschränkte die Arme und lehnte sich an die Spüle. „Sag mal, was stellst du mir eigentlich für Fragen?"

Ich zuckte mit den Schultern. Eine Antwort hatte er mir aber nicht gegeben. Dabei interessierte es mich wirklich, denn ich hatte schon mit Lipstick und Jean-Paul über Sex innerhalb und außerhalb von Beziehungen gesprochen, und jeder hatte mir was anderes gesagt. Ich wollte gerade nachhaken, da fiel Ed mir ins Wort.

„Malv, komm mal her!" Er legte Spargel und Messer aus der Hand, wischte sich die Finger ab und zog mich an den Tisch. „Ich muß dir noch was ganz Wichtiges sagen. Ich hatte den Eindruck, du würdest glauben, daß den Männern was an dir liegt, wenn sie dich anlächeln." Er schaute mich fragend an.

„Tun sie das nicht?"

„Die meisten wollen nur Sex mit dir. Sie lächeln andere genauso an wie dich."

„Und?" fragte ich.

„Dieses Lächeln nennen wir cruisen. Es ist ein Zeichen oder eine Art Balzritual, und heißt nichts weiter als ‚Hast du Lust auf Sex mit mir?'. Ich wollte nur sicher gehen, daß du das verstehst."

„Habt ihr mich deswegen von jedem Typen weggezogen, mit dem ich mich unterhalten wollte?"

Er nickte, und ich ärgerte mich. „Na super! Toll. Danke." Ich war echt sauer. Wer weiß, was für eine Chance ich deswegen verpaßt hatte.

Ed legte mir seinen Arm auf die Schulter: „Nicht böse sein. Geh es langsam an; du hast alle Zeit der Welt."

Ich schaute ihn an; sie hatten es offensichtlich gutgemeint. Es war nur so schwierig zu warten. „Aber ... ich will auch endlich einen Freund. Wenn ich nicht ..."

„Malv, bei der Sache kommt in deinem Fall noch etwas erschwerend hinzu."

„Was?"

„Es kursiert das Gerücht, daß Jungs wie du, also ... dunkelhäutige Männer ... daß sie besonders große ... Schwänze haben." Er schaute mich so betreten an, daß ich grinsen mußte. „Jeder, den ich kenne, träumt davon, Sex mit einem Schwarzen zu haben", setzte er hinzu.

„Hört sich an, als hätte ich das große Los gezogen!"

„Nein, Malv, eben nicht. Das macht es nur noch schwerer zu unterscheiden, ob jemand an dir interessiert ist oder nur an ..."

Sie machten so einen Wirbel, dabei war Sex doch die natürlichste Sache der Welt. Es konnte nicht so schwierig sein, jemandem zu vertrauen. Oder?

„Da warten große Enttäuschungen auf dich. Wir versuchen, dir wenigstens ein paar davon zu ersparen. Nimm dir Zeit, Malvyn. Du kannst jeden haben, aber überleg dir gut, mit wem du mitgehst."

O, Mann.

„Ich weiß, wie ungeduldig du bist. Ich kann mich gut daran erinnern, wie das bei mir war. Ich wäre fast zersprungen vor Aufregung. So und jetzt Ende der Lektion", sagte Ed, stand auf und ging in die Küche zurück. „Übrigens, Max hat vorher angerufen. Er wollte dich sprechen."

„Mäxx? Mäxx hat für mich angerufen? Was wollte er? Wann?" Ich lief hinter Ed her.

Er legte den Spargel wieder zur Seite und stützte sich ab. „Moment mal."

„Ähm, wo ist das Telefon?"

„Malvyn?"

Ich drehte mich um und lief ins Arbeitszimmer.

„Malvyn!" zirpte er. „Komm mal her!"

Mein Herz pochte wie wild. Am liebsten wäre ich rausgelaufen, quer durch die Stadt zu Mäxx.

„Was sollte ich über Max und dich wissen?"

„Nichts. Er hat mich an dem Abend, als wir alle aus waren gefragt, ob wir uns mal sehen wollen."

„Und?"

„Dann hab ich ihn besucht. Nichts weiter." Ich stand vor ihm und starrte auf seine Schuhe, schwarze, blitzeblank polierte Halbschuhe.

„Du warst bei ihm zu Hause? Max läßt normalerweise niemanden in seine Wohnung, es sei denn ... Malvyn? Malvyn!"

Ich schaute auf, in sein lächelndes Gesicht. Dann murmelte ich: „Okay, ich habe ihn geküßt."

„Bitte?"

„Ich habe ihn geküßt, ja."

Ed packte mit beiden Hände meine Schultern. „Und dann? Erzähl schon." Es sah aus, als würde er sich darüber freuen.

Aber leider gab es nicht mehr zu erzählen. Nach dem Kuß hatte Mäxx ziemlich schnell einen Grund gefunden, mich loszuwerden. Dabei war es gerade mal halb eins; unser *date* hatte also offiziell noch nicht mal angefangen.

„Jetzt paß mal auf", sagte er, ließ seine Hände sinken, drehte sich weg und legte seine Stirn in Falten. „Versprich mir, daß du Berni kein Wort davon sagst! Okay?"

„Okay", sagte ich, „versprochen."

Es war Montag. Am darauffolgenden Wochenende wollten Ed und B seine Mom aus Heidelberg holen. Dienstag fragten sie mich, ob ich nicht Lust hätte, meinen Onkel Hans, den Bruder meiner Mutter, in London zu besuchen.

London, London. Ich konnte mir nichts darunter vorstellen.

„Du mußt dir keine Sorgen machen", versuchte Ed mich für die Idee zu begeistern. „Dein Onkel ist große Klasse. Wir waren schon ein paarmal bei ihm."

„Außerdem ist es ganz gut, wenn du ein bißchen was von Europa kennenlernst", sagte B. „Wer weiß, vielleicht gefällt es dir dort noch besser als hier."

Was waren denn das für Aussichten? Ich wollte gar nicht, daß es mir dort besser gefiel. Ich war nach Deutschland gekommen, um schwul sein zu dürfen, und wegen Ed und B blieb ich in München. Jetzt sollte ich in eine fremde Stadt zu einem fremden Menschen. In London kannte ich keine Lokale, dort würde ich keine Freunde haben.

„Ihr habt doch gesagt, daß ich im Arbeitszimmer schlafen werde."

„Die Wohnung ist für vier Personen zu eng", erklärte B.

„Und wenn ich bei Mäxx oder Lipstick schlafen würde? Nein?"

Bernhard starrte mich an, es war dieser unerbittliche Blick. Und Edvard schaute zu Boden.

„Auch nicht bei Raimondo?"

B schüttelte den Kopf. „Malvyn. Es ist uns einfach zuviel", sagte er. „Wir kümmern uns um Hannah, dann noch meine Mutter.

Onkel Hans freut sich auf dich. Er hat uns versprochen, daß er dir die Stadt zeigen wird. Du mußt wirklich keine Angst haben."

Sie hatten also schon mit ihm telefoniert. Ich musterte die beiden, um abzuschätzen, wie weit ich gehen konnte. Ich wollte auch nicht zu viel *trouble* machen, sonst würden sie mich womöglich ganz nach Hause schicken.

„Es ist doch nur für ein paar Wochen", sagte Ed.

„Ein paar Wochen?"

„Vier", sagte Ed. Und als er mein enttäuschtes Gesicht sah, setzte er hinzu: „Zum CSD bist du wieder da. Das ist ein Versprechen."

„Aber ..."

„Du wirst sehen", sagte B, „die Zeit vergeht wie im Flug."

Na gut, dachte ich. Die Sache hatte auch einen Vorteil. Onkel Hans würde vielleicht nicht andauernd mit Adleraugen hinter mir sein. Vielleicht war es in London sogar leichter für mich, Sex zu haben.

Wir buchten den Flug, dann blieben mir noch vier Tage in München. Die Zeit wollte ich nutzen, um unsere Freunde über London auszufragen. Ich sammelte reihenweise Tips, Namen von Bars, Discotheken, Restaurants. Am Ende der Woche war ich gut gerüstet. Den Rest der Zeit verbrachte ich im Freibad und besuchte Raimondo.

Es schien, als würde er immer kleiner werden, je größer die Krankheit seines Geliebten wuchs. Viele meiner Freunde waren an Aids gestorben, ich hatte deswegen bereits die halbe Verwandtschaft meines Vaters verloren. In Simbabwe starben viele Menschen daran, aber es gab einen großen Unterschied zu hier: Kaum einer wurde so gut versorgt wie Adrian.

Raimondo erzählte mir viele Geschichten von seinem „Zuckerbäcker", wie er ihn auch gerne nannte, von all den Reisen, die sie gemeinsam unternommen hatten und die er mit ihm noch unternehmen wollte. Raimondo hatte so eine schwärmerische Art. Ich hätte ihm sagen können, daß Adrian nie mehr verreisen würde, keiner meiner Freunde hatte noch einmal eine Reise unternommen, nachdem sie in dieses Stadium der Krankheit eingetreten waren, aber ich hielt den Mund. Er würde traurig genug sein, wenn der „große Geist" kam, um seinen Gefährten zu holen.

Tja, und Mäxx hätte ich natürlich gerne gesehen, aber der hatte nur angerufen, um mir zu sagen, daß er für ein paar Tage geschäftlich nach Berlin reisen mußte.

Ich hatte mich also schon darauf eingestellt, meine Unschuld in London zu verlieren, da kam es ganz anders:

Dort, wo ich herkomme, mußten die Jungs früher eine Initiation durchmachen, erst dann wurden sie als Mann anerkannt. Dieses Ritual hatte etwas mit Kampf, mit der Überwindung einer großen Angst und mit Tod zu tun. Mein Großvater erzählte mir davon, daß sie ihn zusammen mit anderen Jungs seines Stammes in den Wald schickten. Dort mußte er Tage in einem Lager ausharren, sich von den Früchten der Natur ernähren, während ihnen ein Medizinmann die Mythen und Tabus seines Volkes lehrte.

Am letzten Tag nahmen alle einen Schluck vom Trank der Wahrheit. Mein Großvater fiel in einen Schlaf, und dann hatte er einen Traum: Er lief nackt durch den Wald, etwas jagte hinter ihm her. Er konnte es nicht sehen, aber er spürte es. Dann, als er schon ganz außer Atem war und sich dem Tod nahe wähnte, erschien *unkulunkulu*. Mein Großvater fiel vor ihm auf die Knie. „Bitte hilf. Hilf mir, Größter aller Größten!"

„Was ist deine Angst?" fragte der.

„Ich werde gejagt, und ich kann nicht entkommen", wimmerte Großvater.

„Dann begegne dem, was dich jagt", sagte *unkulunkulu* und verschwand.

Aber mein Großvater konnte das nicht, er fühlte sich zu schwach weiterzulaufen. Da er sicher war, bald zu sterben, wollte er wenigstens sehen, durch wessen Maul er den Tod finden würde. So raffte er allen Mut zusammen und drehte sich um. Damit erwachte er aus seinem Traum.

Er erzählte mir diese Geschichte, als ich sechs Jahre alt war. Sie beeindruckte mich so sehr, daß ich es kaum erwarten konnte, selbst die Initiation zu durchlaufen. Aber wie so viele in meiner Heimat hatte sich auch mein Vater von der Tradition abgekehrt. Das höchste, was ich ihm entlocken konnte, war ein Pfadfinder-Camp. Als ich heulend vor meinen Großvater trat, sagte er: „Jeder Mann wird initiiert, mein Junge, ein jeder. Und die Initiation kommt manchmal in ganz überraschender Form."

Ich hatte so viele Jahre darauf gewartet, daß ich diesen Wunsch inzwischen vergessen hatte. Weitab vom Dschungel passierte es dann. Ich hatte noch kaum etwas über Tabus gelernt und wenig über Mythen. Es war kein Medizinmann in der Nähe und auch eine Droge brauchte ich nicht dazu.

In einer warmen Nacht Mitte Juni, es war die Nacht vor meiner Abreise nach London, ließen sich zwei Buschgeister aus den hohen Lüften der Träume zu mir herab. Sie bewegten sich leise und vorsichtig, als schwebten sie auf Wolken hernieder. Sanft legten sie die Hände auf meinen Körper, streichelten und massierten mich, leckten mir mit ihren Zungen über die Haut und lehrten mich die Erregung. Sie führten mich in ein verwirrendes Labyrinth, in dem alle Wege nach oben führten; in jedem Moment fühlte ich mich verloren, und doch spürte ich mich meinem Ziel näher und näher kommen.

Es war wie ein Tanz, ein Ballett der Körper, ganz ohne Anstrengung, aber mit viel Schweiß. Ich verspürte Angst, aber von ganz anderer Art, eine Aufregung, wie vor einer Mutprobe, von der ich wußte, daß ich sie bestehen mußte. Die Initiation.

Während meine Sehnsucht sich einen Weg durch den Dschungel der Gefühle bahnte, suchte ich nach dem wilden Tier. Ich suchte nach der Furcht, die mir mein Großvater beschrieben hatte. Wo war sie nur? Sie mußte doch irgendwo sein? Da hörte ich eine Stimme, von weit her, wie aus einer anderen Welt.

„Du bist voller Liebe, Malvyn", sagte sie. „Wo Liebe ist, ist kein Platz für Angst." Und dann durchzuckte es mich, wie von tausend Giftpfeilen auf einmal getroffen, ein Schwall von Hitze jagte durch meinen Körper und überzog mich mit einem Schauer, so kühl wie Regen im März. Das Gift brachte meinen Körper zum Kochen, bis er wie Feuer brannte, und ich fühlte die süße Erlösung des Todes.

Am Morgen dann, das Licht der Sonne trieb ihre langen Finger durch die Ritzen der Jalousien, da huschten die beiden Buschgeister davon und ließen mich verschwitzt, verklebt und glücklich zurück.

So oder so ähnlich werde ich es meiner Mutter erzählen, wenn sie mich nach meinem ersten Mal fragt. Die Wahrheit würde niemand jemals erfahren, das hatte ich Ed und B versprochen.

Edvard ❃ Wir rauschten an Bäumen und Büschen vorüber. Es kam mir so vor, als wäre der Kühler ein großes Maul und fräße die Straße in sich hinein. Wir fuhren selten mit einem Wagen irgendwo hin, einfach weil wir keinen besaßen, aber wenn, dann genoß ich es richtig. Bernhard behauptete immer, daß er nicht gerne fuhr. Am Ende war es immer er, der am Steuer saß und uns in Lichtgeschwindigkeit ans Ziel brachte. Meist versank er dabei tief in Gedanken.

„Meinst du, es war richtig, mit Malvyn zu schlafen?" fragte ich.

„Es war nicht nur richtig, es war sogar wichtig! Ich gehe soweit zu sagen, daß wir dazu verpflichtet waren, damit er weiß, wie Safer-Sex funktioniert." Bernhard drückte das Pedal durch, die Automatik schaltete herunter und ich fühlte mich in den Sitz gepreßt.

Ich schaute ihn an. Mein Mann und ich, wir hatten zum ersten Mal Sex mit einem anderen Mann gehabt. Und Berni hatte immer behauptet, daß das für ihn nie in Frage kommen würde. Ich wußte, daß er früher oder später erkennen würde, daß diese Vereinbarung blanker Unsinn war. Jetzt saß er neben mir und glühte still vor sich hin; das Feuer des Abenteuers war in ihm entfacht, die Glut des Neuen, Aufregenden schwelte.

Es lag mir auf der Zunge das anzusprechen, aber ich zögerte. Die Erfahrung war sehr frisch, sehr neu; Worte konnten zerstören. Zudem befürchtete ich, darüber zu reden würde aus dieser Mücke – und für mich war Sex nie mehr als das – einen Elefanten machen.

„Meinst du, Malvyn wird sich in London zurechtfinden?" fragte Bernhard und unterbrach meine Gedanken.

„Ich denke schon. Aber ich komme mir ein bißchen vor wie die Bundesregierung. Wir haben ihn einfach abgeschoben."

„Ach, Ed. Das stimmt doch gar nicht. So sieht er ein bißchen was von der Welt, und zum CSD ist er wieder da. Ich mach mir mehr Sorgen darum, was wir mit meiner Mutter solange anstellen sollen."

„Na ja, ich würde sagen, daß wir sobald wie möglich Birgit einladen. Die beiden sind eine Altersgruppe, dann hat sie schon mal eine Bezugsperson."

Ein zweifelnder Blick von meinem Mann. Meinem Orakel Birgit trat er immer noch mit Skepsis gegenüber, nur weil sie sich mit Wissenschaften beschäftigte, mit denen er sich partout nicht auseinandersetzen wollte: Astrologie, Kartenlegen, Reiki. Aber ohne Birgit gäbe es unsere Beziehung nicht; diese Tatsache läßt er allzu gern außer acht. Wie oft hatte ich schon bei ihr gesessen und mich beraten lassen. Sie war es, die mir immer wieder erklärte, warum die Dinge in unserer Beziehung so verliefen, und mir dadurch geholfen hat, damit klarzukommen.

„Ich könnte Ruth zum Essen einladen", sagte er, sie war seine Arbeitskollegin, mit ihr hatte er studiert. „Sie kennt meine Mutter noch von früher."

„Und wie wär's mit Raimondo?"

„Den sowieso. Ich glaube, die beiden verstehen sich ausgezeichnet. Und ihm würde es gut tun. Allerdings ..."

„Was?"

„Adrian!"

„Was ist mit ihm?" fragte ich.

„Meine Mutter war noch nie mit Aids konfrontiert."

„Als deine Mutter Krebs gekriegt hat, habt ihr euch auch damit auseinandersetzen müssen. Sie wird wohl Verständnis für einen aidskranken Konditormeister aufbringen."

Er warf mir einen vorwurfsvollen Blick zu, keine Ahnung, was er damit sagen wollte, so setzte ich vorsichtshalber nach: „Und wenn nicht, dann würde sie es eben lernen." Dann lenkte ich ab: „Steht sie eigentlich auf Schlager?"

„Du willst sie doch nicht zu Patrick und Michael schleppen?"

„Wieso? Grünwald ist schön. Und einen schwulen Schlagersänger mit einem süßen Adoptivsöhnchen, das würde ihr bestimmt gefallen."

„Manchmal kommt es mir vor, als wolltest du mit deinen Freunden angeben, mein Schatz."

„So ein Unsinn!"

Heidelberg. Als Bernhard das Schild sah, wechselte er in die Abbiegespur, bremste den Wagen herunter und setzte dann den Blinker. Wir schlängelten uns durch die Stadt, am Neckar entlang, die Bergstraße hinauf.

Er stellte den Wagen ab und sagte: „Keinen schwulen Kram, bitte, ja? Und ich will auch nicht, daß sie von unserer Hochzeitsfeier erfährt." Dann zog er den Ring vom Finger und wartete, bis ich auch meinen verschwinden ließ.

„O Mann, wie oft sagst du das noch?"

„Ich wollte dich nur daran erinnern."

„Meinst du, ich leide an Alzheimer?"

Berni drückte auf den Klingelknopf. Kurz darauf öffnete eine große Frau die Tür. Sie trug ein rosafarbenes Leinenkleid und Ledersandalen, um den Hals hing eine dicke Holzkette. Ihr schneeweißes Haar war auf Streichholzlänge geschnitten und stand senkrecht in die Höhe.

„Hallo, Divja, das ist mein ... Freund Edvard."

„Kommt herein!" Sie nahm meine Hand in die ihre, sie war zart und zerbrechlich, dann führte sie uns ins Wohnzimmer.

Bernhards Mutter saß auf dem Sofa. Sie mußte geschlafen haben, denn ein Kopfkissen lag neben ihr, und sie faltete gerade eine Decke zusammen. Sie hatte sich ein wenig Rouge auf die Wangen gelegt und trug einen Lippenstift; es waren nicht ganz ihre Farben, aber ich fand es rührend, daß sie sich für uns zurecht gemacht hatte wie für einen Gang in die Oper.

„Hallo, Frau Moll", sagte ich und wollte sie umarmen, da hielt mich Berni am T-Shirt zurück.

„Hallo, Mama", sagte er.

„Hallo, mein Junge. Hallo Edvard. Ihr seid früh dran. Kein Verkehr?" Sie stand auf.

„Es ging."

Frau Moll umarmte mich, hielt mich fest und gab mir einen Kuß auf die Wangen. Dann schob sie uns ins Eßzimmer.

Divja bat uns, am Tisch Platz zu nehmen, der bereits mit Kaffeegeschirr gedeckt war; in der Mitte stand ein mit Schokolade überzogener Marmorkuchen. „Ich setz Tee auf. Oder wollt ihr lieber Kaffee?"

„Tee ist wunderbar", sagte ich, Berni nickte.

Wir saßen kaum, da fragte uns Frau Moll nach Hannah, und ich gab ihre neuesten Entwicklungen zum besten: „Inzwischen kann sie schon ‚sch' sagen, aber mit dem ‚K' hapert es noch, außer bei ‚Katze', da funktioniert es schon ganz gut, vielleicht weil sie ständig davon spricht. Überall in der Wohnung hängen jetzt Katzenfotos, darauf können Sie sich schon mal einstellen. Wir lesen auch nur noch Katzenbücher."

Außerdem zählte Hannah jetzt schon bis drei. „Manchmal hat sie noch einen Zahlendreher drin. Trotzdem, eine gehörige Leistung für die kleine Maus." Ich nahm einen Schluck Tee und erzählte dann weiter. „Und den letzten Witz, den sie gerissen hat: Neulich hatten wir die ganze Mannschaft versammelt, Max und Lipstick und all die anderen. Da hat Jean-Paul Hannah gefragt, was sie denn später mal werden will. Und wissen Sie, was sie geantwortet hat?"

„Nein. Was denn?" fragte Frau Moll.

„‚Wenn ich groß bin, will ich Edat heiraten.' Ist das nicht süß?"

„Wie reizend. Die Kleine ist so goldig, Divja. Wie ein Engel."

Divja nickte.

„Natürlich haben alle gebrüllt vor Lachen."

Ich erzählte auch, daß wir die Kleine im Moment weniger bei uns hatten, weil Kim sie auf die Lesereisen mitnahm. „Noch bis Ende Juni. Danach wird sie allerdings sehr viel Zeit bei uns verbringen, weil es in Kims Agentur dann rundgehen wird."

Bernis Mutter erkundigte sich ausführlich über das Wohlbefinden von Freunden, die sie kennengelernt hatte, und ich wunderte mich schon. Am Ende fragte sie nach Raimondo und bemühte sich sehr, es beiläufig klingen zu lassen. Dann wurde mir klar, daß sie mit der Frage nach den anderen nur ihre Neugier auf Raimondo hatte tarnen wollen.

Bernhard gab mir mit einem Blick zu verstehen, daß ich nicht tiefer in das Thema einsteigen sollte, aber ich beachtete ihn nicht, sondern erzählte die Wahrheit.

„Nicht gut. Wissen Sie, sein Freund ist sehr krank, und jetzt geht es rapide bergab. Erst kürzlich mußte Raimondo ihn wieder ein paar Tage ins Krankenhaus bringen. Das nimmt ihn natürlich sehr mit."

„O Gott!" Die beiden Damen waren sichtlich betroffen. Frau Moll schaute zu Divja hinüber, die daraufhin Lydias Hand nahm und drückte.

„Wie kommt der arme Herr Raimondo nur damit zurecht?" fragte sie wohl eher rhetorisch, zog ein Taschentuch aus dem Ärmel und hielt es sich an den Mund.

Ich schaute Berni fragend an, ob er denn was dazu sagen wollte, schließlich wußte er das besser als ich; aber er tat es nicht.

„Wir haben den Eindruck, daß er das alles nicht wahrhaben will", sagte ich. „Ich befürchte, daß das in einer Psychose enden wird."

„Einer was?" fragte sie.

„Einem völligen Realitätsverlust."

„Nu übertreib mal nicht", sagte Berni.

Das war typisch. Er war Raimondos einzige Stütze; wie das emotional aussah, das konnte man sich vorstellen. Ich hätte längst versucht, Raimondo klar zu machen, was Sache war, und bestimmt hätte ich es geschafft, daß er mal richtig heulte und anfing, um seinen Freund zu trauern. Aber Bernhard hielt von diesen Dingen nichts.

„Könnte ich noch eine Tasse Tee haben?" fragte ich, die Atmosphäre war schwer geworden.

„Aber ja", antwortete Divja und sprang auf, um die Kanne zu holen.

„Berni, schneidest du mir noch ein Stück Kuchen ab?" bat ich. Er schaute mich finster an, schnitt ein Stück ab und jonglierte es auf meinen Teller. Seine Mutter hielt sich immer noch am Taschentuch fest.

Um abzulenken, fragte ich Divja nach der Kette, die sie um den Hals trug.

„Nein. Die ist nicht von Sai Baba", antwortete sie. „Er hält nichts von Uniformen und dergleichen. Die Kette und meinen Namen habe ich von einem Lehrer, dem ich viel verdanke. Aber es ist interessant, daß Sie Sai Baba ansprechen. Hat Lydia Ihnen schon erzählt?"

„Nein, was?" fragte ich, und Berni verdrehte die Augen. Wenn es um esoterische Dinge ging, konnte er sich wie ein Arsch gebärden.

„Na, daß ich nach Anantapur fahre, um in seinem Ashram das *Guru Purnima*-Festival zu feiern."

„Ach, toll!" sagte ich. „Ich wollte da schon längst mal hinfahren und erleben, wie er aus dem Nichts Asche manifestiert. Erst kürzlich hab ich mir auf seiner Internetseite angeschaut, wie er eine Art Kugel aus seiner Kehle herauswürgt, die da vorher nicht war; sehr elementar, wirklich sehr elementar." Divja nickte. „Aber Berni ist nicht dazu zu überreden. Und jetzt, wo Hannah so oft bei uns ist … Ich komme keine vier Wochen weg. Nicht jetzt. Bald vielleicht, aber nicht jetzt." Ich wußte, daß Berni neben mir Grimassen schnitt, deshalb vermied ich es, ihn anzusehen.

„Was machen Sie eigentlich beruflich", fragte Divja.

„Ich? Ich verkaufe Antiquitäten."

„Welche Art?"

„Biedermeier hauptsächlich, ein bißchen Louis-quatorze und Empire, aber hauptsächlich Biedermeier. Lange Zeit wollte ich lieber tibetische Kunst verkaufen, aber inzwischen weiß ich, daß das meiste, was auf dem Markt angeboten wird, entweder nachgemacht ist oder aus den Klöstern gestohlen wurde. Und auf diese Karma kann ich verzichten."

Sie nickte. „Die armen Menschen, die das kaufen. Sie glauben, sich etwas Gutes zu tun, und belasten damit ihre Seele."

„Inzwischen habe ich gar keine Lust mehr auf Verkaufen. Es gibt wirklich sinnvollere Dinge zu tun, als sich mit altem, verstaubtem Krempel herumzuschlagen. Verstehen Sie, was ich meine?"

Sie nickte wieder dieses bescheidene, sanfte Nicken. Eine bemerkenswerte Frau. Bernhard warf mir einen skeptischen Blick zu.

„So", warf Mutter Lydia ein. „Wir sollten an den Aufbruch denken. Bernhard, mein Junge, willst du deinem Freund nicht das Haus zeigen?"

Berni schaute mich an. Sein Blick war nicht besonders einladend, aber ich zögerte keine Sekunde. „Gute Idee. Zeig mir doch mal dein Jugendzimmer."

Dann schaute er seine Mutter an, diesmal war sein Blick sehr fragend.

„Geh! Ich bleibe hier und mache mich derweil fertig, damit ihr nachher nicht auf mich warten müßt. Mir sind die Treppen sowieso zu anstrengend."

Ich stand auf und stellte das Geschirr zusammen.

„Aber, ich bitte Sie. Das mach ich schon", sagte Divja.

So nahm ich nur Bernis und meinen Teller und trug sie hinaus in die Küche. „Komm!" sagte ich, sobald ich zurück war, dann stemmte sich auch mein Mann aus seinem Stuhl und zeigte mir, wo er aufgewachsen war.

Lydia

✻ Bernhard nahm meine Koffer und Edvard den Rollstuhl. Mein Junge erschrak, als er erfuhr, daß ich inzwischen keine längeren Strecken mehr gehen konnte. Bei meinem Besuch im Januar hatte ich mich bemüht, es zu verbergen, aber meine Beine schafften es schon lange nicht mehr, lange Strecken zu gehen; Divja schob mich seit fast einem Jahr täglich eine Stunde mit dem Rollstuhl durch den Park.

„Hast du alles, Mama?"

„Ja, mein Junge. Was soll ich schon brauchen?"

Sie gingen hinaus, um das Gepäck zu verstauen.

„Tschüs, Divja, meine Liebe."

Sie umarmte mich und küßte meine Stirn. „Gute Reise. Und paß gut auf dich auf", sagte sie, dann verneigte sie sich mit geschlossenen Augen vor mir und hob die gefalteten Hände über ihren Kopf.

Ich schaute zur Tür, ob die Buben außer Hörweite waren, dann flüsterte ich: „Denkst du an meinen Brief?"

„Ich habe ihn schon eingepackt", antwortete sie ebenso leise, „und ich verspreche dir, daß ich ihn dem Bhagavam Sri Sathya Sai Baba persönlich in die Hand drücken werde, wenn er mich zu sich läßt. Ansonsten, glaub mir, es reicht, daß du ihm geschrieben hast. Dein Wunsch erreicht ihn auch so."

„Ich hoffe es. Ich möchte so sehr, daß die beiden eine andere Beziehung leben können als ich. Findest du denn, daß Edvard zu meinem Jungen paßt?"

Sie nickte dieses gütige Nicken, das sie mit einem liebevollen Lächeln verzierte. „Mach dir keine Gedanken, Lydia. Genieß die Zeit mit deinem Sohn."

Bernhard steckte den Kopf zur Haustür herein. „Kommst du?"

„Divja, du hast die Adresse", sagte ich schnell und hoffte, daß er unsere kleine Unterhaltung nicht gehört hatte, „damit du mir mal schreiben kannst?"

„Ich habe die Adresse, und ich hab auch die Telefonnummer. Ich rufe an, bevor ich wegfliege."

„Brille, Stock, Schirm, Gebiß?" sagte Bernhard, und es versetzte mir einen kleinen Schlag. Etwas Ähnliches hatte Theo immer gesagt, bevor wir aus dem Haus gingen.

„Alles dabei." Ich hob meine Arme zum Beweis: Handtasche, Strickjacke und, ja, tatsächlich ein Schirm.

Divja schob mich zur Tür hinaus. Es fiel mir schwer zu gehen. Kaum berührte mich der erste Sonnenstrahl, drehte ich mich um und schaute zurück. Vier Wochen. Seit wir neunzehnhundertsechzig hier einzogen, war ich noch nie solange von diesem Haus weg.

„Hui, das ist ja ein richtiger Schlitten", hörte ich Divja sagen. Erst dann schaute ich auf den Wagen. Er war silbern und glänzte im Sonnenlicht. Ein schwerer Wagen, er kam mir vor wie ein Panzer. In so was Edlem war ich noch nie gefahren.

„Gute Reise", wünschte Bernhard Divja. „Und viel Erfolg."

Edvard hielt mir die Vordertür auf. Er stand aufrecht mit geschlossenen Beinen wie ein Chauffeur.

„Aber nein, um Himmels willen. Ich kann mich doch nicht ..."

„Keine Widerrede, Frau Moll. Ich habe strikte Order, Sie vorne einsteigen zu lassen."

Ich drehte mich zu meinem Jungen um. „Ich bin unschuldig", sagte er und zuckte mit den Schultern.

Also stieg ich ein; Edvard half mir mit dem Gurt, dann schloß er vorsichtig die schwere Tür. Drinnen war es so still, ich konnte mich atmen hören. Draußen verabschiedete sich Edvard von Divja, aber durch das geschlossene Fenster konnte ich nicht hören, was sie sagten. Dann stieg Bernhard ein und schaltete den Wagen an. Der Motor rumorte kurz, dann hörte ich nichts, spürte nur noch den Wagen vibrieren, so leise war er.

„Kannst du mal das Fenster aufmachen, Bernhard? Ich möchte winken."

Er drückte auf einen Knopf, und die Scheibe fuhr herunter. Was für ein Luxus.

Dann stieg auch Edvard ein.

„Tschüs, meine Liebe. Alles Gute!" rief ich hinaus und spürte, wie mir Tränen in die Augen stiegen.

Divja winkte mit ihrer sanften, weichen Hand, während Bernhard das Auto anrollen ließ. Es machte mich traurig, sie da stehen zu sehen, dieses in rosa Farben gekleidete Wesen. Und dann liefen mir auch schon die Tränen an den Wangen herunter. Ich zog das Taschentuch aus dem Ärmel meines Kleides.

„Mama, heul nicht!" sagte Bernhard, aber ich konnte doch nichts dafür. Dann winkte ich mit meinem Tuch; bald bogen wir ab, und Divja war außer Sichtweite.

„Sitzen Sie gut?" fragte Edvard. „Sie können den Sitz verstellen."

„O, ich sitze sehr bequem. Danke."

„Die Nackenstütze ist sicher viel zu hoch." Er langte seitlich an meinen Sitz, und dann senkte sich das Polster mit einem Knopfdruck ab. So war es wirklich bequemer.

„Wenn Sie noch was ändern wollen, hier sind Knöpfe. Das geht ganz einfach."

„Danke. Danke."

Bernhard manövrierte dieses schwere Ungetüm durch die Stadt. Es fühlte sich an, wie auf Wolken zu gleiten. Es wäre mir peinlich gewesen, wenn mich jemand gesehen hätte; dann hätten die Nachbarn sonntags nach der Kirche wieder was zu tratschen gehabt.

„Kennen Sie eigentlich die Schlösser, die König Ludwig gebaut hat?"

„Nur vom Sehen, Edvard. Nur vom Sehen."

„Und waren Sie schon mal in der Oper?"

„O nein, nein. Das hätte Theo niemals gewollt."

Edvard stellte mir so viele Fragen, während sich Bernhard ganz auf die Straße konzentrierte.

„Wir könnten auch mal einen Ausflug an den Bodensee machen. Bernhard hat mir erzählt, daß Sie dort aufgewachsen sind."

„Edvard. Mach mal 'ne Pause", sagte mein Junge. Ich schaute ihn an, er verzog keine Miene. Er konnte genauso barsch sein wie mein Theo, dabei hatten sie beide ein so weiches Herz.

Sobald wir auf die Autobahn bogen, „drückte er auf die Tube", wie Theo zu sagen pflegte. Die Beschleunigung preßte mich förmlich in meinen Sitz hinein. Doch dann, als wir eine bestimmte Geschwindigkeit erreicht hatten, war es ein angenehmes Gefühl, so dahinzugleiten. Ich kam mir vor wie eine Königin beim jährlichen Ausritt über ihre Ländereien, nur hatte ich es bestimmt bequemer.

Später schielte ich auf das Tachometer. Einhundertsechzig. Mir wurde ganz schwindelig. „Mußt du so schnell fahren?" fragte ich ihn.

„Das Leben ist kurz, Mama."

Da hatte er recht.

Bernhard ❉ Der Tagesablauf meiner Mutter sah in etwa folgendermaßen aus: Sie stand immer erst gegen neun auf. So war sie am Morgen, wenn ich in die Schule ging, nicht im Weg. Unter der Woche trank sie oft eine Tasse Tee mit Edvard, bevor er in den Laden ging.

Nach dem Frühstück erledigte sie „Tüttelkram" im Haushalt: sie wischte Schränke aus, nähte Knöpfe an und Ähnliches. Das war eigentlich der Job unserer Putzfrau, aber Mama sagte, sie sei es gewöhnt, etwas Nützliches zu tun, und so ließen wir sie. Dann setzte sie sich vor den Fernseher und sah sich das Mittagsprogramm an. Danach legte sie sich zwei Stunden hin, weil sie nachts nicht gut schlief, wie sie uns erklärte.

Den späten Nachmittag verbrachte sie dann mit ihren Kreuzworträtseln, bis einer von uns nach Hause kam. Den fragte sie dann über das Tagesgeschehen in der Politik aus oder über die anderen Geschichten, die sie im Fernsehen gesehen hatte, zum Beispiel Bungee-jumping.

„Stell dir vor, Bernhard. Ich habe gesehen, wie sich Menschen an einem Gummiseil festbinden lassen und dann von einem sechzig Meter hohen Kran springen. Warum machen die das?"

„Vielleicht, weil sie schon alles erlebt haben, Mama", antwortete ich. „Das Leben ist so sicher geworden, daß man die Gefahr suchen muß."

„Mein Gott, Junge. Ich hoffe, du machst so was nicht."

„Keine Angst, Mama."

Abends, während ich las und Edvard meist in der Küche herumwuselte, legte sie Patiencen, ging aber früh zu Bett; selten konnte sie das Neun-Uhr-Läuten der Kirchturmuhr erwarten. Mir war das ganz recht, so hatten wir Zeit für uns.

Die Tage vergingen also ganz unspektakulär. Unkompliziert und mehr oder weniger anspruchslos fand Mutter sich in unser Leben ein. Trotzdem machte mich ihre Anwesenheit oft rasend, schon ihr bloßes da sein. Es kam mir vor, als hätte jemand Juckpulver in meinen Hemdkragen gestreut; ich mußte mich ständig zusammenreißen, um nicht aus der Haut zu fahren. Irgendwie wartete ich auf den großen Knall.

In der ersten Woche wagte ich nicht, Sex mit Edvard zu haben. Mit meiner Mutter in der Nähe hatte ich das Gefühl, etwas Schmutziges zu tun. Wenn sie etwas davon mitbekommen hätte, wäre ich vor Peinlichkeit im Erdboden versunken. Aber Edvard ließ nicht locker. Immer wieder versuchte er, mich mit der Fußball-Weltmeisterschaft, die gerade lief, heiß zu machen. Natürlich nicht mit dem Sport an sich, sondern mit den knackigen Ärschen der Spieler und ihren feisten Waden. Mein Mann war ganz verrückt nach dem französischen Torhüter.

„Er hat eine Glatze, Edvard. Seit wann stehst du auf Glatzen?"

Er zuckte mit den Schultern.

„Er sieht brutal aus", sagte ich. „Du erschreckst mich, Schatz."

„Ach, Berni. Er sieht nicht brutal aus. Nur männlich."

Ich dagegen fand den portugiesischen Mittelfeldspieler klasse. Aber das war ja kein Wunder: Er war das Ebenbild von meinem Edvard.

Der italienische Torwart traf unser beider Geschmack. Und wir waren bitter enttäuscht, als wir hörten, daß er bald heiraten würde. Aus purem Kummer verweigerten wir zwei Tage lang Süßigkeiten.

Eins irritierte mich noch mehr als das Juckpulver in meinem Hemdkragen: Edvard. Er war von meiner Mutter so angetan, daß er keinen anderen Gefühlszustand als Begeisterung zu kennen schien. Er erzählte allen Freunden von ihr, lobte sie in den höchsten Tönen, vernachlässigte sogar Hannah deswegen. Und als wäre das nicht schon schlimm genug, lud er andauernd Leute ein, damit sie meine Mutter kennenlernen konnten – als wollte er mit ihr prahlen.

Mutter freute sich natürlich riesig über die Aufmerksamkeit, die ihr plötzlich zuteil wurde; mit jedem neuen Gast taute sie ein bißchen mehr auf und ließ sich auf allerlei Geplänkel ein.

Ein Mal die Woche behandelte Lipstick ihre Nägel; Karli von Hohenschloßburg, unsere hochnäsige „Prinzessin", brachte Mutter feine Pralinen vorbei – was uns völlig überraschte, weil er sonst so knausrig war. Barbarella, die stämmige, aber ziemlich huschige „Blumenhändlerin", von der Edvard seine Ladendeko binden ließ, brachte Sträuße vorbei, „übriggebliebene aus dem Laden", wie er behauptete, aber sie waren zu schön und zu frisch, als daß man es ihm hätte glauben können. Max kam zu Besuch – das war ja unvermeidlich; Jean-Paul und auch viele, die sonst nur selten bei uns zu Gast waren.

Anfangs besuchten sie uns nur aufgrund von Edvards Schwärmerei, bald, weil sie sich bei meiner Mutter das Herz ausschütten konnten. Einmal, es war abends um sechs, da kam ich nach Hause, und fünf Gäste saßen um den Eßtisch herum, mit meiner Mutter am Kopfende, da dachte ich schon, ich wäre in die *Lindenstraße* geraten, „Mutter Beimers Sprechstunde". Ich wunderte mich sehr über sie.

Weil unsere Freunde fast ausnahmslos Männer waren, bemühten wir uns darum, die Frauen in unser Haus zu locken, mit denen wir engeren Kontakt pflegten, denn wir glaubten, daß es Mutter guttat, wenn sie ab und zu auch mal „weibliche Energien" um sich hatte, wie Edvard das ausdrückte.

Ruth schaffte es erst in der zweiten Woche, vorbeizukommen. Mutter freute sich über ihren Besuch, weil es jemand aus ihrer Vergangenheit war, jemand, mit dem sie sich über „die guten alten Zeiten" in Heidelberg unterhalten konnte, bevor der Tourismus einen Basar aus der Stadt gemacht hatte. Es gab einige Verbindungen zwischen den beiden, denn auch Ruths Eltern waren nie aus ihrer Heimatstadt weggezogen. So stellten sie fest, daß Mutter mit Ruths Cousine Erika, ohne es zu wissen, im selben Tanzkurs gewesen war. Auch ging Ruths Mutter zum selben Friseur wie meine, weil er nicht so „neumodische Möbel" herumstehen hatte und immer noch bezahlbar war, während die anderen dreimal so viel verlangten.

Leider war Ruth auch immerzu im Streß, und so kam sie in der ganzen Zeit nur zweimal vorbei; ich wäre froh gewesen, sie öfters zu Besuch zu haben.

Ich hatte meine Zweifel, was Birgit anbelangte. Ich ging davon aus, daß Mutter mit ihrem streng katholischen Hintergrund mit Birgits unerträglicher Spiritualität Probleme haben würde. Das Gegenteil war der Fall. Birgit walzte in unsere Wohnung, ein paar Strähnen ihres dreifarbenen Haars wippten im Rhythmus, ihr Cape flatterte wie die Flügel einer Fledermaus, und im Nu bohrte sie sich mit ihrem stechenden Blick und der Magie einer guten Fee in das Herz meiner Mutter. Sie zogen sich in das Gästezimmer zurück – weiß Gott, worüber sie alles sprachen – und als sie Stunden später daraus hervortraten, lag in beiden Gesichtern ein verschwörerischer Glanz.

Mutter verstand sich mehr oder weniger mit allen, aber die Stunden mit Raimondo waren die Highlights ihres Besuches bei uns. Am Anfang ging ich davon aus, daß es mit dem Alter zu tun hatte, daß sie der gleichen Generation angehörten und die damit verbundene Sicht auf die Welt teilten. Dann, und das obwohl Edvard schon lange stock und steif behauptet hatte, Mutter würde Raimondo „Augen machen", sah ich in ihrem Interesse für ihn die Mutter, die sich um den hilflosen Mann kümmerte.

Raimondo wurde tatsächlich immer hilfloser, ja, fast kindlicher. Es mochte mir einfach nicht in den Kopf gehen, daß Mutter nach meinem Vater jemals wieder einen anderen lieben könnte, daß sie überhaupt daran denken würde – letzteres war das einzige, womit ich recht behielt. Zudem wäre Raimondo, zumindest in sexueller Hinsicht, für sie ein enttäuschender Partner gewesen.

Der beleibte Italiener kam vielleicht zweimal die Woche, und immer brachte er ihr irgendwelche Aufmerksamkeiten mit: Pralinen, Blumen, ein Kräuterkissen für den guten Schlaf – er war eben ein Kavalier der alten Schule. Den Einstieg in die langen Gespräche, die sie führten, fanden sie über die Liebe zu Italien. Mutter, die kaum etwas von der Welt gesehen hatte, liebte dieses Land und hatte sich immer wieder damit beschäftigt. Sie verschlang die Romane von Donna Leon, hatte *Im Namen der Rose* vierzehnmal gesehen, *Cinema Paradiso*, ich glaube schlappe dreißigmal – alles auf dem Videorecorder meiner Schwester Gudrun, denn in das Haus in Heidelberg fanden solche neumodischen Geräte niemals Einzug; sie machten ihr Angst.

Am liebsten ließ sie sich das Meer beschreiben, das Meer um Ischia herum, das Meer vor den Höhlen von Capri und den Ausblick von Positano darauf – Raimondos Bruder Giancarlo lebte dort, er besuchte ihn oft, selbst Edvard und ich waren schon mal da. Von Raimondos Geschichten über Italien war es nur ein kleiner Sprung, ihr von seinen Reisen um die weite Welt zu erzählen, von den Gewürzen im Fernen Osten, den Farben marokkanischer Basare, der Pracht japanischer Kirschblüten, dem Duft von Lavendel in Grasse und der Magie des Nordlichts. Er beschrieb ihr die Stille in jenen Gegenden, in denen es keine Vögel gab, er malte ein Bild von der Dunkelheit Finnlands, wo die Sonne im Winter monatelang nicht aufging, und schilderte ihr die Weite der Wüste, die ihm unendlicher vorkam als das All.

Das Thema Adrian sparten sie lange aus, wenigstens bekam ich davon nichts mit. Mutter wußte um den kranken Freund, Edvard – in seiner unschätzbaren Feinfühligkeit – hatte ihr von der Krankheit erzählt, die den Konditormeister dahinraffte, aber niemals verlor sie auch nur eine Silbe darüber. Und auch Raimondo schwieg, ließ sich kaum anmerken, wie sehr ihn das alles belastete.

Ich war froh, wenn er mit meiner Mutter stundenlang um die Welt reiste, denn dann war er unbekümmert und lebendig, wie damals, als ich ihn kennenlernte.

Durch die Besuche all unserer Freunde war Mutter also gut unterhalten. Fast jeden Tag kam – dank Edvards Organisationstalent – mindestens einer vorbei. Trotzdem plagte mich immer wieder dieses untrügliche Gefühl, daß ich mich mehr um sie kümmern sollte, mehr Zeit mit ihr verbringen. Und genau dieser Druck war es, der mich oft hinaustrieb und zu Raimondo flüchten ließ. Adrian war immer für eine Ausrede gut.

Wenn ich mit Raimondo allein war, verhielt er sich ganz anders. Mutter imponierte er, er blähte seine Brust, so wie er es damals auch vor mir getan hatte, damals, als wir uns kennenlernten und er sich bemühte, mich zu erringen, zaghaft zwar und vorsichtig, aber mit Erfolg. Wenn er mit mir allein war, fiel seine aufgeplusterte Fassade, und all seine Hoffnungslosigkeit trat hervor, sein Zweifel am Leben, sein Undank für das, was es ihm beschert hatte.

Edvard fiel es schwer, daß er, wenn es um den Italiener ging, immer wieder mal zurücktreten mußte. Und oft habe ich mich gefragt, ob ich mit der vielen Zeit, die ich mit Raimondo verbrachte, Hoffnungen weckte, die ich nie erfüllen können würde. Aber wäre es besser gewesen, den Kontakt abzubrechen? Sollte ich lügen und sagen: „Ich will dich nicht mehr sehen." Um was zu erreichen? Wie verletzt wäre er denn gewesen, wenn ich ihn gänzlich zurückgestoßen hätte?

Dazu kam: Wenn ich tief in mich hineinschaute, spürte ich, daß Edvard zwar mein Mann war, aber Raimondo mein Freund – auch wenn ich dies niemals öffentlich gestanden hätte.

In der ersten Woche rief Malvyn täglich an, und jedesmal schlug mein Herz höher. Ich mußte oft an ihn denken, an die Nacht, die Edvard und ich mit ihm verbracht hatten, und es zeigte mir, wie groß die Versuchung war. Genau, wie ich es befürchtet hatte. Nein, Sex außerhalb der Beziehung, das konnte nicht gut gehen. Ich war froh, daß Malvyn nun so weit weg war.

Ein paar Mal hatte ich versucht, das Thema anzuschneiden, aber nie brachte ich es übers Herz. Ich hätte vor Edvard zugeben müssen, daß mir an Malvyn mehr lag, daß ich mich auf diese Aktion nicht nur eingelassen hatte, um dem Jungen zu zeigen, wie Safer-Sex funktioniert, sondern weil ich einen Narren an ihm gefressen hatte.

Vier Wochen; genug Zeit, um mich wieder auf Edvard und mich zu besinnen. In vier Wochen würde ich es schaffen. Bis dahin war alles vergessen.

Obwohl sich sein Onkel sehr um ihn kümmerte, war in den ersten Gesprächen nicht zu überhören, daß sich Malvyn unwohl fühlte, aber schon bald wurden die Abstände zwischen seinen Anrufen länger, und die vertraute Gelassenheit kehrte in seine Stimme zurück.

Am ersten Wochenende machte er sich auf, Londons Szene zu entdecken. Ich weiß noch genau – er hatte es uns am Nachmittag erzählt, bevor er ausging –, daß Edvard und ich abends lange wach im Bett lagen, weil wir uns Sorgen machten, wie es ihm wohl ergehen möge. Edvard hatte die Szene vor Jahren kennengelernt und natürlich auch ein paar Clubs, von denen wir uns sehr wünschten, daß Malvyn sie nicht finden würde. Deshalb erwarteten wir seinen Anruf am nächsten Tag mit Spannung.

Bei jedem Klingeln sprangen wir auf und Edvard schnappte den Hörer, noch bevor der erste Ton verklungen war. Als Edvard ihn dann endlich an der Strippe hatte – ich vermied es, mit ihm zu sprechen, weil ich Angst hatte, meine Gefühle zu verraten –, wiederholte er alles laut für mich, was Malvyn am anderen Ende sagte: Es sei aufregend gewesen, er habe viele Menschen kennengelernt, sie seien ganz freundlich gewesen und das Wichtigste überhaupt: Er war mit niemandem mitgegangen. Gott sei Dank.

Und dann sagte er etwas, weswegen sich mein Mann mit dem Telefon ins Schlafzimmer zurückzog; er wollte es vor meiner Mutter nicht wiederholen: „Ich hab da jemanden kennengelernt. David heißt er, ein süßer Typ. Als er mich geküßt hat, hab ich einen Schlag gekriegt, es war ganz schön aufregend. Morgen abend will er mit mir ins Kino. Ich glaube, ich möchte Sex mit ihm haben, aber er hat mich gefragt, ob ich Lust hätte, daß er mir die Eier rasiert. Soll ich das tun?"

„Mit dem Messer oder mit einem Rasierapparat?" fragte Edvard.

„Weiß ich doch nicht. Ich wußte ja nicht, daß ich danach fragen soll. Aber sag mir, macht man denn so was überhaupt?"

„Klar, viele tun das. Das ist einerseits modisch, andererseits auch ein nettes Vorspiel für Sex. Vertraust du ihm denn?"

„Ich glaube schon."

„Also gut. Wenn du meinst, dann laß dich darauf ein. Aber wenn er es mit einem offenen Messer tun will, auf gar keinen Fall. Das ist viel zu gefährlich, das macht man nur mit jemand, den man gut kennt. Klar?"

„Okay. Danke für den Tip", sagte er. „Jetzt muß ich aber los."

„Melde dich wieder!" rief Edvard noch in den Hörer, aber da hatte Malvyn schon aufgelegt. Unser Neffe hätte euphorisch geklungen, sagte Edvard. Nach dem Gespräch ging es uns besser, aber mir schwante nichts Gutes.

Ich gewöhnte mich daran, daß Mutter bei uns lebte; selbst das Jucken auf meiner Haut ließ nach. Alles wäre gut gegangen, hätte es da nicht immer wieder diese peinlichen Momente gegeben, diese Situationen, die mir vor Augen führten, daß in unserer Wohnung zwei Welten aufeinanderprallten, die einfach nicht zusammenpaßten.

An einem Sonntag saßen wir mit Kim auf der Terrasse und spielten „Ich sehe was, was du nicht siehst" mit Hannah; es war ausnahmsweise ein schöner Tag in diesem bisher eher verregneten Juni. Da sprach Mutter unsere regenbogenfarbenen Windräder an: „Was für eine wunderbare Idee, sie so schön bunt zu machen. Solche hätte ich auch gerne im Garten stehen."

„Die Regenbogenfarben stehen für die Vielfalt der Homosexuellen", erklärte Edvard. „Sie dienen uns schon seit Jahren als Erkennungszeichen." Er sagte dies, als wäre es das Selbstverständlichste von der Welt.

Ich versuchte, Edvard einen Tritt zu verpassen, traf aber nicht sein Schienbein, sondern donnerte statt dessen gegen den Tisch. Das Geschirr klirrte, Kaffee schwappte über. Das machte mich noch zorniger, am liebsten hätte ich mit dem Tortenmesser nach ihm geworfen.

„Oh", sagte Mama. „Ich wußte gar nicht, daß es homosexuelle Windräder gibt."

Kim, die gerade von ihrem Kaffee nippte, prustete ihn in die Tasse zurück und verschluckte sich, Edvard klopfte sich auf die Schenkel vor Lachen, sogar Hannah kicherte, obwohl sie nicht verstand, worüber wir lachten.

Meine Mutter guckte beschämt; ihre Unschuld war manchmal schwer zu übertreffen. Da mußte sogar ich grinsen, und sie strahlte mich erleichtert an.

Später, Edvard räumte gerade die Spülmaschine ein – ordentlich genug, um als Schaufensterdekoration zu dienen –, da fragte ich ihn leise: „War das wirklich notwendig?", obwohl ich mir fest vorgenommen hatte, die Situation mit keiner Silbe zu erwähnen.

„Ach, Bernhard. Wieso war ich mir sicher, daß du deswegen meckern würdest? Deine Mutter möchte an unserem Leben teilhaben. Sie will verstehen, was unsere Welt ausmacht. Nur durch Fragen und Erklären kann sie ihre Scheu abbauen. Und das will sie, glaub mir. Du bist ihr Sohn. Sie liebt dich, Bernhard, ganz gleich, ob du schwul bist oder hetero."

Ich schaute ihm tief in die Augen, weil ich in seiner Stimme einen ironischen Unterton vernommen hatte.

„Und da jeder weiß", sprach er weiter, während er den Rest des Kuchens in Alufolie wickelte, „daß ich eine bessere Hausfrau bin als die meisten Bio-Frauen, macht es die Sache nur leichter."

„Quatschkopf!" schimpfte ich und gab ihm einen Klaps auf den Hinterkopf. Dann drückte ich ihm einen Kuß auf die Stirn und zog ihn fest an mich heran.

Als ich ins Wohnzimmer trat, war Mutter auf dem Sofa eingenickt. Sie saß aufrecht und „ziemlich", wie sie es ausdrücken würde: die Beine geschlossen, die Handtasche auf ihrem Schoß und die Hände darüber gefaltet. Ihr Kopf hing vornüber und ein schnarchendes Atemgeräusch war zu hören.

Ich lehnte mich mit verschränkten Armen an den Türrahmen und schaute sie an. Meine Mutter war so zerbrechlich und hilflos geworden. Plötzlich hatte ich das Bedürfnis, sie zu beschützen.

Lydia ❋

Meine liebe Divja!

Ich hoffe, es geht Dir gut, und meine Zeilen erreichen Dich an einem Ort der Ruhe und des Friedens. Hast Du Sai Baba meinen Brief schon geben können?

Du fragst Dich sicher, wie es mir geht. Nun, die Buben sorgen gut für mich. Edvard ist tatsächlich ein ganz feiner Mensch, Du hattest Recht. Obwohl er viel zu tun hat (ich weiß gar nicht, wie er das alles schafft!), nimmt er sich immer Zeit für mich. Wir waren schon oft in dieser prachtvollen Stadt unterwegs; sie zeigen mir die Sehenswürdigkeiten, scheuen dabei nicht mal das schlechte Wetter, das einfach nicht besser werden will. Wie schade nur, daß Theo nicht dabei sein kann; die Zeit hier hätte ihm bestimmt gefallen. Ich bin sehr erstaunt, woher ich all die Energie nehme: Ich gehe viel besser und halte auch länger ohne sitzen aus. Ob das Klima das ausmacht?

Bernhards Freund ist sehr aufmerksam. Er hat entdeckt, daß ich gerne in Cafés gehe, und so führt er mich ständig aus. Manchmal, wenn wir zu dritt unterwegs sind, laden wir Bernhard in einem Buchladen ab oder in einem Antiquariat, und Edvard zeigt mir ein neues Kaffeehaus. Er behandelt mich wie eine Prinzessin.

Beim ersten Mal habe ich vorgeschlagen, auf Bernhard zu warten, aber Edvard sagte: „Glauben Sie mir, das dauert länger, als Sie denken." Als ich ihn gefragt habe, warum er nicht warten wollte, sagte er: „Ich weiß, wenn ich neben ihm stehe, dann beeilt er sich. Aber ich will, daß er sich Zeit nimmt; Bücher sind sein Leben." Ist das nicht lieb? Edvard ist wirklich ein ganz feiner Mann.

Aber ich glaube, er genießt es auch, Zeit mit mir allein zu verbringen. Bernhard ist wirklich kein einfacher Mensch – oh, wie sehr mich die beiden an Theo und mich erinnern. Mein Junge ist zwar offener geworden, und ich habe den Eindruck, er würde mir gerne näher kommen, aber er schafft es nicht.

Stell Dir vor, Edvard wußte nicht mal etwas von der Verzichtserklärung, die Bernhard mich unterschreiben ließ, damit, wenn ihm etwas zustößt, Edvard alles erben kann. Er hat sich sogar für Bernhards Verhalten entschuldigt und angeboten, das rückgängig zu machen. Aber ich habe abgelehnt. Ich hoffe ja ohnehin, daß meinem Jungen nichts zustößt, aber selbst wenn, dann will ich nichts von ihm; ich brauche ja ohnehin nichts mehr.

Edvard hat mir auch erklärt, warum sich mein Junge so von uns zurückgezogen hat. Bernhard glaubt tatsächlich, wir würden ihm Vaters Tod anlasten. Was für ein Unsinn! Aber es ist ihm nicht beizubringen. Er ist eben genau so störrisch und nachtragend wie Theo. Er hat großes Glück, daß er an Edvard geraten ist. Ein anderer hätte nicht so viel Verständnis für ihn; Edvard erinnert mich sehr an mich selbst, als mein Mann noch lebte. Es sind schon besondere Männer, die andere Männer lieben. Stell Dir vor, Herr Raimondo kümmert sich seit Jahren um seinen Freund, der an dieser schrecklichen Krankheit leidet und vermutlich bald sterben wird – und das, obwohl sie nicht verheiratet sind. Das sollten die Politiker mal erfahren.

Ob ich Edvard das Du anbieten soll? Es ist so eigenartig, wenn er Frau Moll zu mir sagt. Was denkst Du?

Ich lerne hier interessante Menschen kennen. Mit Frau Birgit habe ich mich auf Anhieb verstanden. Du würdest sie sehr schätzen. Ich glaube, Du würdest sie eine „alte Seele" nennen, sie ist so weise und voller Verständnis. Wir haben geredet, bis mir die Augen zufielen. Und weißt Du, was sie gesagt hat? Sie sagte, seit dem diese jungen Männer sich nicht mehr darum bemühen müssen, von der Öffentlichkeit akzeptiert zu werden, konzentrieren sie ihre Aufmerksamkeit auf ihre Beziehungen. Deshalb seien sie jetzt zu einer ganz neuen Qualität der Partnerschaft fähig. Morgen nachmittag will Frau Birgit wiederkommen und mir die Karten legen. Ich freue mich schon darauf.

Die Buben laden viele Freunde ein, fast jeden Tag haben wir Besuch. Am meisten freue ich mich, wenn Herr Raimondo kommt. Er erzählt mir so schöne Geschichten, was für ein sympathischer Herr. Ich kann sehen, wie sehr er unter der Krankheit seines Freundes leidet. Er redet nicht mal darüber.

Ich habe auch viel Spaß mit der kleinen Hannah. Sie ist eine wahre Freude. So wohl erzogen und so gescheit für ihr Alter. Jeden Tag erzählt sie mir, was sie alles erlebt hat. Was die Kinder in diesem Alter alles beeindruckt? Sie plappert in einer Tour. Und wenn sie alles erzählt hat, dann zieht sie ihre Spielkiste hervor und beschäftigt sich ganz mit sich allein.

Seit neuestem kocht Edvard mit ihr, das macht ihr große Freude. Er läßt sie an den Gewürzen schnuppern und erklärt ihr alle. Inzwischen läßt er sie schon öfter mal die Gerichte würzen. Da das mit dem Dosieren noch nicht so klappt, darf sie aber nur auswählen, er streut es dann in den Topf. Auf diese Art bekomme ich zwar gewagte Kombinationen zu schmecken, aber so lernt sie es am besten.

Neulich hat sie mir ein Bild gemalt. Ein Haus, umgeben von einer Wiese, ein Baum und ein langer Strich, der die Wiese mit dem Himmel verbindet. Mit gelben und orangefarbenen Buntstiften hat sie ein schmetterlingsartiges Gebilde gezeichnet. Ich habe sie gelobt – da guckt sie immer ganz stolz – und gefragt, was das denn sein soll. „Ein Engel", antwortete sie. Ein Engel. „Hast du denn schon mal einen Engel gesehen?" hab ich sie gefragt. „Die gibt's doch gar nicht" war ihre Antwort. Sie machte ein Gesicht dazu, als würde ich sie mit dieser Frage beleidigen. Die gibt's doch gar nicht. Ist das nicht rührend?

Und neulich abends hat sie mir eine Gute-Nacht-Geschichte „vorgelesen". Kannst Du Dir das vorstellen? Das kleine Ding. Sie setzte sich an mein Bett und tat so, als könnte sie lesen; ich habe meine Augen geschlossen und mich schlafend gestellt. Dann gab sie mir einen kräftigen Schmatzer auf die Stirn, rutschte vom Bett herunter und schaltete das Licht aus. Ich war so ergriffen, daß ich nicht wagte, es wieder anzuschalten, nachdem sie gegangen war. Sie ist schon so erwachsen. Keines meiner Kinder war in dem Alter schon soweit.

Hast Du eigentlich gewußt, daß Trockenblumen negative Energie verstrahlen? Edvard behauptet das. Dieser Florist, Barbarella heißt er (eigenartiger Name, findest Du nicht?), bringt mir häufig frische

Schnittblumen – es ist ein Vorwand, um mir von seinem Freund zu erzählen, mit dem er viele Probleme hat. Jedenfalls wollte ich einen Strauß Rosen trocknen, da hat mir Edvard von Feng Shui erzählt. Hast Du davon schon gehört? Nach dieser chinesischen – ja, was ist das eigentlich, eine Philosophie? Jedenfalls soll man keine trockenen Blumen im Haus haben, weil sie tote Energie verstrahlen.

Ansonsten bleibt mir viel Zeit für mich. Wie Du weißt, wache ich morgens früh auf und liege dann stundenlang im Bett, bevor ich aufstehen kann. Ich glaube fast, der liebe Gott hat das so eingerichtet, damit ich Zeit habe, über mein Leben nachzudenken. Theo ist immer bei mir; ich kann ihn einfach nicht vergessen.

Manchmal nähe ich ein paar Knöpfe an oder wasche eine Maschine Wäsche. Ich will mich ja auch nützlich machen; die beiden haben so viel um die Ohren. Am Nachmittag werde ich mich mal an das Silber machen, das hat es bitter nötig.

Heute vormittag habe ich den Kühlschrank aussortiert; es bleibt immer so viel liegen. Eine Flüssigkeit in einer kleinen braunen Flasche muß das Verfallsdatum schon Monate überschritten haben. Es roch schon ganz scharf wie Nagellack.

Sie haben zwar eine Putzfrau ... Ach, das muß ich Dir noch schreiben. Vanja (ich weiß nicht genau, wie man ihren Namen buchstabiert) ist Russin. Eine feste, rotbäckige Frau mit einer robusten Statur. Wir haben uns prächtig unterhalten. Weißt Du, Edvard benutzt nur ökologische Putzmittel, die er mit Bachblüten und ätherischen Ölen versetzt, um die Umwelt zu schonen. Aber Vanja bringt heimlich ihr eigenes Scheuerpulver mit, weil sie das Bad sonst nicht zum Glänzen bringt, sagt sie. Sie ist ein Original. Jedenfalls hat sie mir erzählt, daß die beiden Buben letztes Jahr eine Hochzeitsfeier veranstaltet haben. Wie gern wär ich dabei gewesen, warum hat mir mein Junge nichts davon gesagt? Vanja hat mir ein Foto gezeigt, es steht auf Edvards Nachttisch; ich gehe ja nicht in ihr Schlafzimmer, deshalb hab ich es vorher nicht gesehen. Mein Junge in festen Händen, das macht mich richtig glücklich.

Liebe Divja. Ich weiß nicht, wann ich Dir das nächste Mal schreibe. Es ist sehr anstrengend für mich; das siehst Du sicher an meiner Schrift. Manchmal verschwimmen mir die Buchstaben vor den Augen – aber an der Brille kann es nicht liegen, die ist neu –, und meine Finger machen manchmal nicht das, was ich möchte. Ich bin schon ein paarmal gegen die Tischkante gestoßen, obwohl ich genau weiß, wo sie ist. Ist das nicht eigenartig? Es ist eben nicht leicht, alt zu werden.

Ich wünsche Dir, daß all Deine Wünsche, mit denen Du auf die Reise gegangen bist, in Erfüllung gehen. Und ich freue mich schon sehr auf unser Wiedersehen.

Mit all meiner Liebe

Lydia

P.S. Bitte vergiß meinen Brief nicht.

Edvard ❉ „Bernhard! Hast du das Poppers aus dem Kühlschrank genommen?"

„Nein. Mir ist auch schon aufgefallen, daß es fehlt. Malvyn wird doch nicht …"

„Nein. Wir haben es nach seiner Abreise noch benutzt."

„Meinst du, Mutter …?"

Bernhards Mutter hierzuhaben war schon eine Umstellung. Am Anfang war mein Mann peinlichst darauf bedacht, alle schwulen Themen auszuklammern und auch ja niemanden einzuladen, der nur im entferntesten für schwul gehalten werden konnte. Er verweigerte sogar den Einkaufskorb, den ihm seine Mutter mitgeben wollte, weil der ihm zu schwul vorkam. Aber natürlich war das Thema nicht zu vermeiden, nicht in unserem Haushalt und nicht über die Dauer von Wochen.

Lydia war keine fünf Tage bei uns, da rauschte Hannah in meinem Brautkleid aus dem Schlafzimmer heraus; wie sie da in den Pumps daherschlurfte, es war einfach zum Schreien. Bernhard fing an zu stottern, so sehr suchte er nach einer Ausrede, seine Mutter dagegen lachte mit mir. Dann wurde sie einen Moment lang still, vermutlich weil ihr dämmerte, daß ein Brautkleid in unserem Haus eine Bedeutung haben mußte, die nicht in ihr Weltbild paßte, aber schon bald blendete sie das aus, nahm Hannah auf den Schoß und half ihr, die viel zu großen Handschuhe am Kleid zu befestigen, damit sie nicht mehr herunterrutschten.

Ein anderes Mal entdeckte sie beim Wäsche-Einräumen meine Chaps und meinen Harneß – kein Mensch hatte sie gebeten, an den

Schrank zu gehen –, die ich zwar seit Jahren nicht mehr trug, tragen durfte, aber nie weggegeben hatte, einfach weil sie so teuer gewesen waren. Die Jacke bedurfte ja kaum der Erklärung, aber es war mir einfach zu albern, ihr vorzulügen, daß die Ledermaske mit den Reißverschlüssen meine Faschingsverkleidung war.

Außerdem konnte ich manchmal nicht aus mir heraus. Als die Stadt ein kostenloses Konzert veranstaltete, um die Anwohner des Messegeländes für die Belästigung zu entschädigen, die ihnen durch den Abbruch entstanden war, ging ich mit Frau Moll an die Pforte der Messe, um vier Karten abzuholen: für sie und Raimondo, für Bernhard und mich.

Als der kleine dicke Pförtner von seiner Zeitung aufschaute, merkte ich den kleinen Brillanten in seinem Ohrläppchen. „Mit wem gehen Sie denn hin?" fragte er und blitzte mich an.

Ich legte ihm meinen Finger unters Kinn und sagte: „Wieso, Schätzchen? Suchst du noch eine Begleitung?" Es rutschte mir einfach so aus heraus. Ich schwöre, da war keine böse Absicht dahinter. Dabei wollte er nur wissen, wie viele Programme er mir mitgeben sollte.

In solchen Momenten brach Lydia zwar nicht gerade in Jubelschreie aus, das gebe ich zu, manchmal schien sie sogar etwas betreten – fiel es ihr doch immer noch schwer, das Wort „Homosexualität" auszusprechen, „schwul" kam ihr nie über die Lippen –, aber sie bemühte sich, damit umgehen zu lernen.

Zum Beispiel fragte sie mich, was wir in meiner schwulen Vätergruppe besprachen. Ich erklärte ihr, daß es vor allem darum ging, wie wir Väter mit unseren Kindern in der Öffentlichkeit auftreten, welche Probleme uns begegneten und wie wir unsere Kinder darauf vorbereiten konnten. „Sie machen sich ja keine Vorstellung, in welche Zwickmühle Kinder geraten, wenn in der Schule über Homosexuelle gelästert wird. Die Kleinen fühlen sich einerseits verpflichtet, ihre Eltern zu verteidigen, andererseits würden die meisten am liebsten anonym bleiben."

Wir redeten auch sehr offen über Beziehung und Liebe. Sie erzählte mir von ihrem Mann, den sie, obwohl er ein ziemlicher Tyrann gewesen sein muß, noch immer sehr vermißte, und ich sprach über Bernhard und mich. Ich erwähne das, weil es in einem Atemzug geschah.

Bevor sie Bernhards Vater Theo kennenlernte, war Mutter Lydia ein „einfaches Ladenmädel" gewesen, wie sie das nannte, und wurde so erzogen, daß der Beruf nicht wichtig war, das einzige Ziel einer Frau die Ehe sein mußte. Daher stand natürlich vieles in ihrer Partnerschaft unter einem anderen Vorzeichen als zwischen Bernhard und mir. Aber wenn wir über Vertrauen, über Verständnis für den anderen, über Freiräume sprachen, ja, sogar über Rollenverteilung, dann wurden wir immer wieder von den Übereinstimmungen überrascht.

Es war sehr interessant, in ihre Gedankenwelt einzutauchen. Manchmal kam es mir vor, als würden alte Menschen wieder zu kleinen Kindern. Man mußte sie beschäftigen, man mußte ihnen sagen, was sie tun sollten, wann sie essen und vor allem, was sie essen sollten.

Zum Beispiel bekam ich erst nach einer Woche mit, daß sie Medikamente nehmen mußte. Ihre Leber war angeschlagen, ihr Augendruck war zu hoch und ihr Kreislauf machte ihr auch zu schaffen – vermutlich durch die Chemotherapien. Sie hätte eine ganze Palette von Tabletten nehmen sollen, vergaß es aber meist. So übernahm ich das und legte sie ihr zu den Mahlzeiten zurecht. Von da an nahm sie sie auch brav ein. Darüber hinaus jubelte ich ihr Vitamin E unter, Gelée Royal und das Algenextrakt, auf das Kim seit einiger Zeit schwörte.

Mit manchem war sie auch tatsächlich überfordert: Elektronik zum Beispiel, selbstverständlich mit dem Computer. Sie hatte anfänglich sogar Schwierigkeiten, sich an unser schnurloses Telefon zu gewöhnen. Wenigstens lernte sie, den Fernseher und das Radio einzuschalten; wenn sie aber bestimmte Musik hören wollte, mußten wir die CD einlegen, damit sie nur noch auf die Starttaste drücken mußte.

Das wäre mir ja noch verständlich gewesen, aber einmal rüttelte sie im Supermarkt ganz verzweifelt an einem Einkaufswagen und rief: „Edvard, die Mark geht nicht raus. Ich habe doch eine reingesteckt. Warum geht die nicht raus?" Dabei stand sie nur am falschen Wagen, unseren hatte sie aus den Augen verloren.

Sie war nicht nur Gast; Bernhards Mutter bemühte sich sehr, sich an unserem Haushalt zu beteiligen. Jeden Morgen nahm sie sich etwas anderes vor: Silber putzen, Socken stopfen, Anzüge aufdampfen. Das meiste davon war unsinnig, denn kaputte Socken gab ich in den Müll. Um meine Anzüge kümmerte sich die Reinigung und um das Silber und alles andere unsere Vanja. Aber hätte ich es ihr verbieten sollen?

Schwieriger gestaltete sich die Tatsache, daß sie manchmal, wenn ich nach Hause kam, bereits gekocht hatte – einfache Gerichte, versteht sich, so etwas wie Fleisch mit brauner Soße und Salzkartoffeln. Das Problem dabei: Sie kochte ohne Salz, Gewürze waren ihr fremd, und – vielleicht weil sie nicht mehr so gut sehen konnte – es stimmten die Maßangaben oft nicht, was zum Beispiel dazu führte, daß Mehlklümpchen in der Soße schwammen. Ich hätte darüber weggesehen, denn Bernhards Mutter hatte es verständlicherweise viel Mühe gekostet. Bernhard hätte es wahrscheinlich nicht mal bemerkt, denn Essen betrachtete er sowieso nur als notwendiges Übel, aber Hannah hatte eine sehr direkte Art, auf diese kleinen Ausrutscher aufmerksam zu machen: „Iiiii, da schwimmen kleine Poppel in meiner Soße!"

Mutter Lydia fügte sich in unseren Alltag. Es war tatsächlich so simpel, wie ich es Berni versprochen hatte: Sie unterhielt und beschäftigte uns, gab uns aber auch genügend Zeit, die Dinge zu tun, die wir sonst auch taten, zudem entpuppte sie sich als bessere Oma, als ich es mir hätte wünschen können. Nicht zuletzt war es ihr zu verdanken, daß Hannah endlich das Zählen lernte. Bernhards Mutter kam auf die Idee, die Zahlen auf Wäscheklammern zu schreiben und diese an eine Leine zu knüpfen, um sie dann mit Hannah so lange zu sortieren, bis das kleine Ding kapierte, daß die zwei vor der drei kam und nicht umgekehrt.

Und noch etwas führte sie ein, woran weder Herr Oberlehrer Bernhard gedacht hatte noch ich: Wenn sie Hannah Geschichten vorlas, in denen Tiere vorkamen – und es kamen in allen von Hannahs Lieblingsbüchern Tiere vor, vornehmlich Katzen –, dann fragte Bernhards Mutter immer, welche Laute sie von sich gaben, und Hannah lernte sie nachzuahmen. Und nicht nur das, denn bald lernte Hannah, den Spieß umzudrehen: Beim Essen, beim Spazierengehen, im Supermarkt, beim Friseur, überall gab sie die unterschiedlichsten Laute von sich, und jeder mußte erraten, um welches Tier es sich handelte. Hannah wurde zu einem wandelnden Zoo. Da ihr die Laute ähnlich gut gelangen wie einer Tröte das Klavierspielen, kann man sich vorstellen, wie sehr sie ihre Umwelt damit amüsierte.

Ja, all das führte dazu, daß aus Frau Moll bald „die Oma" wurde, was mir auch wesentlich leichter über die Lippen kam. Lydia klang so respektlos und vertraut; ich hätte es nie gewagt, sie so anzusprechen. Und meine „Mutter" war sie nicht, auch das hätte ich nicht getan, schon weil ich das Gefühl gehabt hätte, damit meine eigene zu betrügen. „Oma." Ja, das klang gut.

Wie ich schon sagte, ihr Aufenthalt bei uns gestaltete sich als sehr, sehr simpel. Sie schlief und aß wie wir, sie ging ihrem Lebensinhalt nach wie zu Hause, sie beteiligte sich am Haushalt, sprach mit unseren Freunden und wurde so mehr und mehr Teil unserer Welt. Oma wurde damit so sehr Teil von unserem Leben, daß wir es kaum bemerkten. Aber als wir es dann merkten, schien es bereits unwiderruflich.

Zu diesem Zeitpunkt hatte Berni sein Mißtrauen weitgehend abgelegt, genau als ich anfing, mich zu fragen, warum das Zusammenleben mit seiner Mutter so leicht ging, warum sie sich so an unserer Beziehung beteiligte? War es ihre Einsamkeit? Adoptierte sie uns als Familienersatz? Glaubte sie, nachholen zu müssen, was meine Mutter mit mir versäumt hatte? Jede dieser Fragen beantwortete ich damals mit Ja, und trotzdem behielt ich das sichere Gefühl, daß es ihr um mehr ging. Und ich hatte recht.

Lydia

✻ Kurz vor drei. Wo mochte er nur bleiben? Ich trat wieder vor den Spiegel. Mein Haar sah unmöglich aus, aber ich wagte nicht, in dieser großen Stadt zu einem Friseur zu gehen. Allein schon die Preise. Und weiß der Himmel, was sie mir für einen „neumodischen Look" verpaßt hätten.

Meine Nase glänzte, ob ich sie noch einmal pudern sollte? Aber ich war so ungeschickt geworden, dann hätte ich wieder Rouge nachlegen müssen.

Meine Halskette hatte sich an einem Knopf verfangen. Ich befreite das Kreuz und legte es auf die Brust zurück, strich den Kragen glatt und knöpfte das Kleid weiter zu. Dann rieb ich die Lippen aufeinander, um den Lippenstift besser zu verteilen.

Noch einen Rundgang. Die Tischdecke lag nicht mittig. Ich zog sie mehr zur linken Ecke hin. Die Buben legten selten eine auf: „Der Tisch sei nicht dazu gedacht", sagte Edvard, als wäre das eine Entschuldigung dafür, daß sie nicht eine einzige Decke besaßen, die groß genug war. Aber ein Tisch ohne Decke, das sah doch nicht aus. Ich rückte ein paar Bücher in den Regalen zurecht und schloß die Tür des Geschirrschranks. In der Spüle waren Wassertropfen; ich trocknete sie aus und drehte den Hahn fester zu.

Inzwischen war es nach drei. Er hatte halb drei gesagt. Er wollte direkt nach seinem „Termin" hierherkommen. Ob er im Verkehr stecken geblieben war?

Hannah hatte auf dem Kindertisch in der Küche ein Büchlein liegen lassen: *Von Katz und Maus*. Ich setzte mich auf den kleinen Stuhl. Meine Hüften taten heute besonders weh; ich spürte, daß das Wetter umschlagen würde.

Wie die Zeit verging! Ich konnte mich gut daran erinnern, als Bernhard noch in meinen Armen lag und wie ein kleiner Frosch quakte. Damals sorgte ich für ihn, heute führte er sein eigenes Leben, und ich war zur Zuschauerin darin geworden. Heute kümmerte er sich um ein Kind, so wie ich mich damals um ihn. Und in ein paar Jahren würde eine erwachsene Hannah sich auf einen Kinderstuhl setzen und über ihre Kinder das gleiche denken wie ich jetzt.

Die Türglocke riß mich aus meinen Erinnerungen. Endlich. Ich stemmte mich hoch und ging am Spiegel vorbei, legte eine Haarsträhne an ihren Platz und öffnete dann die Tür.

Blumen! Als der Strauß sich senkte, kam Herr Bortalozzi zum Vorschein. Er lächelte, aber ich sah gleich, daß er an diesem Tag bedrückter war als an den Tagen davor.

„Für die schönste Signorina der Welt", sagte er und machte seinen tolpatschigen Diener. Er war so charmant.

„Oooch, Herr Bortalozzi. Sie machen mich ganz verlegen. Kommen Sie herein."

„Die sind für Sie", sagte er und überreichte sie mir.

„Aber das war doch nicht nötig. Ich bitte Sie." Ich legte die Blumen auf dem Tisch ab, half ihm aus dem nassen Regenmantel und nahm ihm den Strohhut ab. Der weiße Leinenanzug stand ihm prächtig.

„Bitte setzen Sie sich. Ich stell nur eben die Blumen in eine Vase. Mein Gott, sind die schön! Und wie sie duften. Also wirklich!"

Inzwischen kannte ich mich ja in der Wohnung schon ein wenig aus, aber die Vasen fand ich nicht – oder konnte ich mich nicht mehr erinnern? Das passierte mir in letzter Zeit häufig: Plötzlich wußte ich etwas nicht mehr, was mir Minuten zuvor noch völlig selbstverständlich war.

Auf den Oberschränken stand ein Sektkübel, aber ich war zu klein, um heranzukommen. Deshalb ließ ich die Spüle vollaufen und legte die Blumen darin ab. „Ich finde im Moment keine Vase. Sie müssen entschuldigen, ich bin hier nicht zu Hause."

„Aber ich bitte Sie, Signora. Das ist doch kein Problem." Herr Bortalozzi hatte sich in einen Stuhl gezwängt und saß nun aufrecht am Tisch wie ein Schuljunge.

„Tee?"

„Gerne."

„Edvard hat ganz frischen gekauft", sagte ich und wedelte den Karton mit den Beuteln.

„Wie fürchterlich!" sagte Herr Bortalozzi und verzog das Gesicht. „Diese Jugend. Barbaren! Wie sie mit Nahrung umgehen, das grenzt an Blasphemie."

Er hatte eine wunderbare Art, seinen Worten Nachdruck zu verleihen. Ich fühlte mich mit ihm sehr verbunden. Es mag daran liegen, daß wir ähnlichen Alters waren, die gleiche Generation eben, die gleichen Erlebnisse, das gleiche Verständnis für die Welt.

„Wenn Sie erlauben, dann sehe ich mal nach", sagte er.

Ich trat aus der Küchentür, um ihm Platz zu machen. Auch Herr Bortalozzi tat sich schwer, sich aus dem Stuhl zu erheben; bei ihm lag es aber wohl eher am Gewicht.

„Ich hab hier schon einige Male gekocht, damit die *ragazzi* mal was Ordentliches zwischen die Rippen bekommen – meiner Ansicht nach sind sie ja beide viel zu dünn. Obwohl dieser Edvard es mit der Ordnung nicht so genau nimmt, weiß ich, wo die meisten Sachen sind." Den letzten Satz sagte er unter vorgehaltener Hand. Er äußerte sich oft geringschätzig über den Freund meines Sohnes.

„Zuerst einmal setzen wir Wasser auf, damit wir die Teekanne vorwärmen können." Er griff fachmännisch zum Wasserkocher. Ich fürchtete mich vor diesen Geräten: Strom und Wasser, das konnte nicht gut gehen. „Und dann ..." Schon im zweiten Schrank wurde er fündig, „nehmen wir den Tee ..."

„Die Filter liegen bei den Gewürzen, die habe ich da schon mal gesehen", sagte ich.

„Papperlapapp Filter! Entschuldigen Sie, Signora, aber so einen Tee, den läßt man sich nicht durch einen Filter verhunzen."

Ich spürte die Hitze in mein Gesicht steigen; Gott sei Dank konzentrierte er sich aber auf die Teedose. Als er den Deckel aufgestemmt hatte, hielt er mir die Dose unter die Nase, bis dahin war die Röte wohl schon wieder verschwunden, jedenfalls tat er so, als bemerkte er es nicht. Ein wahrer Gentleman eben.

„Mmh. Der riecht aber gut", sagte ich.

„Es ist ein *Castleton Darjeeling, SFTGFOP 1*. Blumig, süßlich, man möchte meinen, er sei parfümiert, ist er aber nicht. Er bildet sozusagen das Parfüm aus, wie es nur die Natur selbst hervorzubringen vermag. Der Tee stammt aus Frankreichs feinstem Teehaus Mariage Frères. Ein Unternehmen mit Tradition, bereits 1857 gegründet. Ein absolutes Unikat."

Herr Bortalozzi war so weltgewandt. Er sprach über Dinge, von denen ich nicht einmal wußte, daß sie existierten. Und seine Wortwahl!

„Hätte ich gewußt, daß so guter Tee im Haus ist ...", sagte ich, „den hätte ich schon öfter getrunken." Ich bemerkte, daß ich ihm gefallen wollte.

„Gnädige Frau, ich befürchte, daß es die Buben selbst nicht wissen. Den hab ich ihnen nämlich zu Weihnachten geschenkt, und wie Sie sehen konnten, die Dose war noch versiegelt." Er schüttelte den Kopf, während er die Kanne zu einem Drittel mit kochendem Wasser füllte und sie dann schwenkte, bevor er es ausgoß. Dann gab er drei gehäufte Löffel Tee in die Kanne und überbrühte sie mit etwa einer Tasse Wasser: „Schnuppern Sie jetzt!"

Ich hielt meine Nase darüber und sog den zarten Duft ein. Es roch weich nach Aprikosen und mild nach Sahne.

„Nein, nein, schließen Sie die Augen, Signora. Sie müssen nicht nur riechen. Sie müssen fühlen ... Ja, so ist es richtig. Ich sehe es an Ihrem Teint, daß Sie den Geist dieser Pflanze erkennen."

Ich war errötet, das war es, was er mit meinem Teint meinte. Der heiße Dampf streichelte meine Wangen, und ich fühlte mich eingehüllt, davongetragen, aufgehoben. Als ich die Augen öffnete, schaute ich direkt in seine. Ich wendete mich ab und strich mein Kleid glatt. „Das war sehr schön", versuchte ich zu sagen, aber es klang brüchig. Ich mußte mich räuspern.

Er wartete exakt drei Minuten, bevor er den kräftigen Sud mit Wasser aufgoß. Mit Sieb und Kandiskörnern bewaffnet schritt er zurück an den Tisch. Seine Bewegungen war so fachmännisch, so gezielt. Er weckte Vertrauen, ein wirklich imposanter Mann.

Ich nahm die Torte aus dem Kühlschrank. Edvard hatte sie gebacken. Ich hätte es ja gerne selbst getan, aber als er mich in den Rezepten blättern sah, nahm er mir den Kasten einfach aus der Hand. Ehrlich gesagt, das Backen habe ich mit zunehmendem Alter verlernt.

„Oh, diese Torte", sagte er. „Wunderschön. Blaubeeren, stimmt's?"

Ich nickte und stellte sie ab.

„Darf ich?" fragte er. „Ich würde sie so gerne anschneiden. Erlauben Sie mir das?" Schon nahm er mir das Messer aus der Hand, und flugs waren zwei dicke Stücke herausgeschnitten. Eins davon stellte er vorsichtig auf meinen Teller – es war mir viel zu groß –, das andere auf seinen. Dann leckte er sich die Sahne von den Fingern und stach hinein. Herrlich anzuschauen, daß auch ein patenter Herr wie er seine Schwächen hatte. Ich hätte ihm stundenlang zuschauen können.

Das erste Stück verschlang er mit wenigen Bissen. Nur ein Anstandsbröckchen ließ er auf seinem Teller zurück.

„Nehmen Sie", sagte ich und schob die Torte näher an ihn heran. „Sie muß weg. So frisch wie jetzt schmeckt sie morgen nicht mehr."

Er schaute mich mit leuchtenden Augen an.

„Wer weiß, wann Sie mal wieder eine gebacken kriegen", setzte ich nach, um meine Aufforderung zu bekräftigen.

Er schnitt noch ein Stück ab und schaufelte es auf seinen Teller. Dabei erzählte er mir, wie er als Kind immer Blaubeeren hatte pflücken müssen und welche Mühe damit verbunden war: „Diese kleinen Dinger. Man mußte so hart dafür arbeiten, um nur einen Mundvoll zu bekommen." Ich konnte mir gut vorstellen, warum ihn das gar nicht begeistert hatte.

„Auch wir haben früher oft Blaubeeren gepflückt", erzählte ich ihm. „Und wenn ich heute welche esse, muß ich an die Sonntage denken, als die Kinder noch klein waren und zu Hause um den Kaffeetisch saßen ... Einen Cognac nach dem Tee?"

„Gerne, Signora."

Zwischendurch vergaß ich, daß ich mich nicht in meinen eigenen vier Wänden befand. Dort stünde ein *Dujardin* unter der Spüle, den Divja inzwischen nur noch zum Kochen verwendete. Hier, bei meinem Sohn, gab es nur Kristallkaraffen mit verschiedenfarbigen Flüssigkeiten darin. Ich stand vor der Bar und wußte nicht, wohin ich greifen sollte. „Herr Bortalozzi, ich fürchte ..."

Er sprang auf. „Setzen Sie sich. Ich kenne mich hier aus. Darf es auch ein Schlückchen für Sie sein?"

Ich nickte und trat zurück. „Aber nur ein ganz kleines."

Er nahm eine Karaffe nach der anderen, zog die gläsernen Stöpsel heraus und schnupperte daran. Sein Gesicht veränderte sich mit jedem Geruch. Wie konnte er das nur unterscheiden?

Was immer er mir eingoß, es floß sehr sanft meine Kehle hinunter. Ich trank selten Alkohol, aber dieser hier schmeckte mir.

„Es dürfte ein *Hennessy XO* sein", sagte er, leckte sich galant über die Lippen und strich danach seinen Schnauzbart glatt.

„Sie kennen sich wohl aus mit alkoholischen Getränken", sagte ich.

„Ach, man tut, was man kann. Im Alter beschäftigt man sich mit dem ein oder anderen. Es bleibt nicht aus, daß man dazulernt. Aber dafür leben wir doch, nicht wahr, gnädige Frau?" Ich mochte sein Lächeln. Es lag so viel Wärme darin. Und doch sah ich seinen Schmerz, den er an diesem Tag schlecht übertünchen konnte.

„Es freut mich, daß Sie mich besuchen kommen, Herr Bortalozzi. Ich bin froh, daß Sie mir ein wenig Ihrer sicher sehr kostbaren Zeit opfern."

„Aber Signora Lydia. Sie sind so gut zu mir. Ich muß mich bei Ihnen bedanken. Möchten Sie nicht endlich Raimondo zu mir sagen? Bitte." Wieder schoß mir das Blut in die Wangen, und mein Herz klopfte vor Aufregung.

„Wenn Sie das wünschen", sagte ich. „Also gut, dann ... Herr Raimondo." Es war mir furchtbar unangenehm. Oder war es nur so aufregend? Ich wollte schnell ablenken und fragte: „War Ihr Termin denn erfolgreich?" und war mitten ins Fettnäpfchen getreten – dabei hätte ich es ahnen müssen.

„Mein Freund, es geht ihm nicht gut."

Ich schaute ihn an. Mit seinem runden Gesicht, dem Schnurrbart und den großen Augen sah er an guten Tagen aus wie ein junger Seehund. In diesem Moment wirkte er verwelkt und ausgedörrt. Es tat mir leid, daß ein so guter Mensch so viel Leid erfahren mußte. Wäre er mein Kind gewesen, ich hätte ihm zum Trost meine Hand ans Gesicht gelegt. Aber er war ein erwachsener Mann und ich eine Frau. Es wäre unschicklich gewesen.

Herrn Raimondos Augen füllten sich mit Tränen. Es war ihm unangenehm, denn er wendete sich ab, zog das Tuch aus der Brusttasche seines Jacketts und hielt es sich vors Gesicht.

Ich konnte nicht anders, ich mußte aufstehen, mich hinter ihn stellen und ihm meine Hände auf die Schultern legen, mehr wagte ich nicht – abends dann bat ich Theo, mir dafür zu vergeben.

Herr Raimondo weinte. Er weinte ganz fürchterlich. Es durchschnitt mir das Herz, ihn so zu sehen. Aber ich war auch froh, etwas für ihn tun zu können. Ich drängte ihn nicht, auch als er sich beruhigt hatte, fragte ich nicht nach. Wenn er sprechen wollte, dann sollte er es von sich aus tun. Es schickte sich nicht, im Leid anderer zu baden und es durch Neugier zu vergrößern.

„Adrians Eltern sind aufgetaucht", sagte er mit dünner, brüchiger Stimme. „Die ganzen Jahre haben sie sich nicht um ihren Sohn gekümmert. Er wird bald sterben, deshalb haben die Ärzte sie informiert." Wieder quollen Tränen aus seinen Augen. „Die Eltern haben mich beschimpft. Dort an seinem Bett. Ich sei schuld an seiner Krankheit, sagten sie, es sei alles meine Schuld. Und jetzt", preßte er durch das Taschentuch hervor, „jetzt haben Sie mir auch noch verboten, ihn zu besuchen. Sie haben die Ärzte angewiesen, mich nicht mehr zu ihm zu lassen." Und wieder bäumte sich unter meinen Händen der schwere Körper auf. Ich beugte mich vor und drückte ihn fest an meinen Schoß, so wie ich früher meine Kinder gehalten hatte.

„Das ist eine Gemeinheit", sagte ich, als er sich beruhigt hatte. „Das dürfen sie nicht tun."

Er nahm meine Linke und drückte seine Wange an sie, dann gab er ihr einen Kuß und ließ sie los. „Doch, das dürfen sie", erklärte er mir. „Sie haben das Recht durchaus auf ihrer Seite."

Ich setzte mich wieder.

„Ich bin nur der Mensch, der ihn seit fünf Jahren liebt", sagte er, und sein Blick schweifte ab. „Ich habe nichts weiter getan, als ihn gepflegt. Ich bin bei ihm gesessen, wenn er Fieber hatte, habe das Bett abgezogen, wenn er seinen Darm nicht mehr kontrollieren konnte. Ich hab ihn ins Krankenhaus gefahren und bin nächtelang bei ihm gesessen, wenn er eine dieser Infektionen hatte, die ihn fast umgebracht hätten. Aber ich bin nicht verwandt, und ich bin nicht mit ihm verheiratet, daher hab ich keine Rechte."

Das konnte doch nicht sein, sagte ich mir. Das widersprach jedem Sinn für Menschlichkeit. Dagegen mußte man sich doch wehren können.

Herr Bortalozzi schaute mich fragend an. „Was mach ich bloß, wenn mein Adrian jetzt stirbt? Er wird mich bei sich haben wollen. Ich kann ihn doch nicht alleinlassen!"

Mir fiel keine Lösung ein. Es empörte mich, aber hätte ich das gesagt, es hätte ihm nicht geholfen. „Sie sind ein guter Mensch, Herr Raimondo. Sie haben alles getan, was Sie tun konnten."

Wie leer diese Worte klangen, merkte ich erst, als ich sie ausgesprochen hatte. Ich hatte mein Leben lang versucht, Theo alles zu geben, und als er dann starb, fühlte ich mich schuldig. Was man tut, ist nie genug.

Er hatte die Hände auf den Tisch gelegt und saß nun wieder wie ein Schuljunge auf seinem Stuhl, ein Schuljunge, der gerade für etwas bestraft wurde, was er nicht angestellt hatte. Ich schob meine Hand näher an ihn heran, wagte es aber nicht, ihn zu berühren. Dann schaute er mich an und ergriff meine Hand, zog sie nah an sich heran, legte sie sich aufs Herz. Die Tränen flossen wieder, still und dick.

Als er den Griff lockerte, stand ich auf und zog ihn ins Wohnzimmer, beugte mich zu dem CD-Spieler hinunter und schaltete ihn an. Es lag noch Josef Strauß darin; Edvard hatte sie mir erst am Morgen eingelegt, damit ich sie hören konnte, während ich Staub wischte.

Im Nu drang ein Wiener Walzer aus den Lautsprechern. Jetzt war Raimondo der verdatterte Schuljunge, der beim Tanzschulabschluß seiner Partnerin gegenüberstand und nicht wußte, was er tun sollte. Ich legte seine Linke an meine Hüfte, nahm seine Rechte und begann mich mit ihm zu drehen. Ein paar Takte später hatte er mich fest im Griff und führte. Er zog und schob mich, wurde immer leichter, immer weicher. Ich versank in der Gewalt dieses tapsigen Bären, der im Rhythmus der Musik alle Schwerfälligkeit verlor und sich zu einem wirbelnden Derwisch entpuppte. Obwohl nicht jünger, war Raimondo besser und gewandter als die Partner in meiner Tanzschule. Er war nicht so hölzern, nicht so steif, nicht so sehr auf das Richtigmachen bedacht, sondern es schien, als ginge es ihm einzig darum, sich und mich mit dem Klang zu vermengen und gemeinsam mit mir eine neue Harmonie zu gründen. Genau so hatte ich mir das Tanzen immer vorgestellt – nur Theo hatte es nie mit mir getan.

Raimondo und ich tanzten und tanzten und tanzten, bis sich unsere Gesichter röteten und unsere Herzen so schnell schlugen, daß wir den Puls des anderen in den Händen spüren konnten. Die Musik trug uns davon.

Als Edvard und Hannah nach Hause kamen, schreckten wir aus dem Taumel.

„Guten Abend", sagte Edvard. „Ich sehe, Sie unterhalten sich ausgezeichnet."

Wir verlangsamten unseren Schritt und blieben stehen, japsten nach Luft und lachten, da fragte die Kleine: „Oma, Oma. Ist Mondo jetzt mein Opa?"

Edvard ❋ Es läutete, und ich ging an die Tür: „Kennen Sie Gott?" fragten mich zwei Herren im dunklen Anzug. Ihr Haar war schlecht geschnitten, und die Scheitel glänzten vom Schweiß. Es mußten Zeugen Jehovas sein oder so was Ähnliches.

„Nein", antwortete ich. „Ich nicht. Aber vielleicht mein Mann. Bernhard, Schatz, kommst du mal?" rief ich in die Wohnung. Daraufhin ergriffen die beiden die Flucht.

Ich schloß die Tür und setzte mich wieder zu Oma an den Tisch. „Noch Tee?" Da erst sah ich den Schrecken in ihrem Gesicht. „Sie müssen schon entschuldigen, aber dieses An-der-Tür-stehen-und-fremde-Menschen-belästigen empfinde ich als massive Belästigung."

Als Antwort schob sie den Teller von sich und pickte ein paar Krümel von der Tischdecke. In so mancher ihrer Gesten erkannte ich ihren Sohn wieder.

„Also, wie war das jetzt noch mal mit den Zwangsarbeitern?" versuchte ich an das Gespräch von vorhin anzuknüpfen. Aber da läutete das Telefon.

Ich entschuldigte mich bei Oma und ging ran. „Bornheimer", sagte ich, und als ich Malvyns Stimme erkannte: „He, Bruder, wie geht's dir?"

„Okay", antwortete er.

„Nur okay oder okay okay?" fragte ich nach, während ich mich ins Wohnzimmer zurückzog und aufs Sofa legte.

„Nur okay."

„He, was ist passiert?"

„Ich weiß nicht. Ich glaube, ich habe einfach nur ein bißchen Sehnsucht nach euch. Ich zähle schon die Tage."

Oma klapperte draußen mit dem Geschirr.

„Aber was ist aus deinen neuen Freunden geworden, aus David und Griffin und Buela?"

„Ich weiß nicht."

„Ich weiß nicht. Ich weiß nicht. Was soll das heißen, Mann?" Im Großen fiel etwas zu Boden und zerbrach. „Malv, hör zu. Kann ich dich heute abend zurückrufen?"

„Ja, okay. Sag Hi zu B. Ich warte auf deinen Anruf."

„Okay. Halt die Ohren steif."

Als ich ins Große kam, krabbelte Oma gerade unter dem Tisch hervor. Ein Teller war ihr aus der Hand gefallen und lag nun in Scherben auf dem Boden.

„Es tut mir leid", sagte sie. „Ich weiß auch nicht. Manchmal ist mir schwindelig, und dann passiert so was."

„Ist doch kein Problem. Auf keinen Fall sollten Sie unter dem Tisch herumkriechen. Dafür bin ich doch da."

Ich hatte die Scherben auf den Tisch gelegt und half nun Oma auf die Beine. Dann steckte ich den kaputten Teller in den Müll und setzte mich wieder zu ihr.

„Das ist mir aber unangenehm, Edvard", sagte sie.

„Jetzt aber ..." Ich wollte nicht, daß sie sich dafür entschuldigte. „Wir wurden unterbrochen. Wir waren gerade bei der Entschädigung der Zwangsarbeiter und wie schändlich die deutsche Wirtschaft damit umgeht."

Sie kontrollierte ihre Frisur. Ich sah, wie sehr sie sich genierte, deshalb bot ich ihr eine weitere Tasse Tee an.

„Nein danke. Wirklich nicht." Sie schaute mir kurz in die Augen. Sie kämpfte noch, entschied sich dann wohl doch dafür, die Scherben nicht mehr zu erwähnen. „Darf ich Sie was fragen, Edvard?" sagte sie dann, und es klang gewichtig. „Heute habe ich im Mittagsprogramm einen Bericht über den Christophstag gesehen. Sagt Ihnen das etwas?"

„Christopher Street Day? Ja, natürlich."

„Die sprechen heute so schnell! Als alter Mensch kommt man da gar nicht mehr mit. Und was ist das?"

„Der CSD geht auf eine Polizeirazzia zurück, die im Juni 1969 in New York stattgefunden hat. Die Polizei stürmte damals das *Stonewall Inn*, angeblich weil die Lizenz zum Alkoholausschank gefehlt hat. Der wahre Grund ist aber, daß unter Nixon viele Übergriffe auf Homosexuelle und Transvestiten von staatlicher Seite stattgefunden haben. Nur diesmal setzten sich die Leute zur Wehr und heizten den Polizisten ordentlich ein. Trotz angerückter Verstärkung hat es Stunden gedauert, bis sie die kleine Rebellion wieder unter Kontrolle bringen konnten. Danach gab es Kundgebungen vor der Kneipe, nächtliche Straßenpartys, Demonstrationen am Tag. Obwohl keine Zeitung darüber berichtet hat, ist der Funke des Aufstands auf andere Städte in Amerika übergesprungen. Seither feiern wir dieses Ereignis jedes Jahr, um auf Diskriminierung aufmerksam zu machen, um zu demonstrieren, daß es uns gibt und daß auch wir Rechte haben."

Oma lauschte meinem kleinen Vortrag sehr aufmerksam.

„Nehmen Sie nur mal Raimondos Situation. Das würde Ihnen nie passieren, oder sagen wir mal, Sie könnten sich wenigstens davor schützen, weil Sie einen etwaigen Geliebten heiraten können. Das können wir nicht. Was Adrian angeht, hat Raimondo keine Rechte. Aber die Eltern, die ihren Sohn schon Jahre nicht mehr gesehen haben und nichts über ihn wissen, dürfen alles entscheiden: Medikamente, Beerdigung, Trauerfeier, alles. Und wenn sie Raimondo böse wollen, jagen sie ihm hinterher sogar noch den Nachlaßverwalter an den Hals. Schon seit Jahren warne ich ihn davor, aber er hat diesbezüglich taube Ohren."

Ich sah, daß ihr etwas auf der Zunge lag. Aber sie sagte nichts. Ich glaube, es war das beste, was sie, als fast siebzigjährige Frau mit streng katholischem Hintergrund leisten konnte: zuhören, ihre Bedenken für sich behalten, im Hause ihres schwulen Sohnes sich mit seinem Lebenspartner über den CSD unterhalten.

Kurz vor vier kam Bernhard nach Hause. Er setzte sich zu uns und trank einen Cappuccino und aß das letzte Stück Blaubeertorte. Seine Mutter beobachtete ihn genau; ich hätte zu gern gewußt, was in ihr vorging.

Als Bernhards Telefon läutete, ging ich ran; er nahm nur selten selbst ab.

„Bornheimer."

„Hallo, Edvard. Ich bin's, Divja."

„Schon wieder zurück?" Ich nahm das Telefon mit an den Tisch.

„Nein, nein. Ich bin noch in Indien. Deswegen rufe ich auch an." Es hörte sich an, als stünde sie in einer Telefonzelle an der Ecke. „Ich bin eingeladen worden, das Onam-Fest zu feiern, deshalb würde ich gerne noch ein bißchen länger bleiben. Ich dachte mir, wenn es Ihnen nichts ausmacht ..."

„Aber nein. Das ist gar kein Problem", sagte ich und schaute in die Runde, Bernhard und seine Mutter sendeten fragende Blicke zurück. „Wir verstehen uns blendend, und Bernhards Mutter geht es hier gut. Wollen Sie mit ihr sprechen? Moment mal." Ich reichte den Hörer weiter.

„Warum ruft sie an?" fragte Bernhard, während sich seine Mutter mit ihrer Freundin unterhielt.

„Sie würde gerne noch etwas länger in Indien bleiben und fragt, ob wir deine Mutter noch bei uns behalten können."

„Wie lange denn? Du weißt, daß Malvyn nächsten Samstag zurückkommt."

„Ich hab nicht gefragt. Es handelt sich sicher nur um ein paar Tage. Apropos Malvyn, er hat vorhin angerufen. Wir müssen ihn heute abend zurückrufen. Hörte sich an, als müßte er mal mit jemandem reden."

„Warum? Was ist passiert?"

„Keine Ahnung. Wahrscheinlich was wegen diesem David, den er kennengelernt hat."

„Du meinst den Typen, der Malvyn ...", er flüsterte, „rasieren wollte?"

Ich nickte. „Wie gesagt, ich habe mich gerade mit deiner Mutter unterhalten, als er anrief. Er war schon die fünfte Unterbrechung innerhalb einer Stunde. Deshalb habe ich ihn auf heute abend vertröstet."

„Sie läßt schön grüßen", sagte Bernhards Mutter. „Seid ihr denn sicher, daß ihr mich noch ertragen könnt?"

„Aber natürlich", sagte ich.

„Wie lange will Divja denn noch bleiben?" fragte Bernhard, der Pragmatiker.

„Sie sagte etwas von September", antwortete Oma.

„September!" sagte er, es klang wie: „O, mein Gott, ich sterbe!"

Lydia zog den Kopf zwischen die Schultern, Berni sprang vom Tisch auf, ging ins Arbeitszimmer und knallte die Tür zu. Ich war es ja gewohnt, daß mein Professorchen manchmal solche Anfälle hatte, aber Oma sah sehr betreten aus.

„Bestimmt Ärger in der Schule", sagte ich und streichelte ihre Hand. „Bis heut abend lacht er wieder." Dann stand ich auf und folgte ihm.

„Sag mal, hast du sie noch alle?" zischte ich Bernhard an, damit Oma es nicht hörte. „Was soll dieser Abgang? Deine Mutter fühlt sich sowieso wie eine Belastung."

Er hatte sich auf dem Klappsofa ausgestreckt und ein Bein auf die Rückenlehne geschlagen, ein Arm lag über den Augen, als hätte er Migräne. „Das ist sie ja auch."

„Ach ja? Wie denn? Womit denn?" schrie ich. „Du machst doch genau das, was du immer machst. Du kümmerst dich sowieso kaum um sie!"

Er setzte sich auf und streckte die Hand nach mir aus. „He, he. Was drehst du gleich so auf? Ich war auf vier Wochen eingestellt. September, das sind mindestens noch sechs Wochen. Ich hatte mich so darauf gefreut, mal wieder nach Hause zu kommen und einen Abend mit dir alleine zu verbringen. Kannst du das nicht verstehen?"

Ich ging einen Schritt auf ihn zu, nahm seine Hand und drückte sie. Er zog mich auf seinen Schoß, und dann fiel ich in seine Arme. Er küßte mich, daß mir Hören und Sehen verging.

„Hilfe! Vergewaltigung!" schrie ich leise, erwiderte aber seinen Kuß. Ich drückte ihn nach hinten und saß im Nu auf seinem Becken, dann fiel ich über ihn her. „Du mußt es auch mal so sehen", sagte ich. „Das mit dem Alleinsein würde eh nicht laufen. Unser Ziehsöhnchen packt schon die Koffer, und in ein paar Tagen belagert er wieder unser Haus und richtet hier einen Riesensaustall an. Du und ich allein, das kannst du sowieso erst wieder haben, wenn Hannah erwachsen ist."

„Stimmt", sagte Berni und zog mich zu sich hinunter. „Außerdem: Was bleibt mir schon anderes übrig? Ich kann Mama ja wohl kaum rausschmeißen?"

Edvard ❋ Ich holte Malvyn vom Flughafen ab; es war Mitte Juli – der Samstag vor dem Münchner CSD –, und das Wetter eine Katastrophe. Im Jahr zuvor hatten wir geschwitzt und uns einen Sonnenbrand geholt. In diesem Jahr würden wir bestimmt im Regen stehen, und kein afrikanisches Regenlied würde helfen, die Stimmung von Zehntausenden aufzuhellen.

Bei unserem letzten Telefongespräch kam heraus, daß der Typ, David, mit dem er zwei Wochen davor „ins Gespräch gekommen war", ihn ziemlich verarscht hatte. Und weil wir davon ausgingen, daß Malvyn geknickt sein würde, fuhr ich zum Flughafen: um das Schlimmste abzufangen, bevor er Bernhards Mutter gegenübertrat – ich wußte ja nicht, ob er in ihrer Gegenwart über das reden würde, was ihn verletzt hatte.

Malvyn war eigentlich nichts Dramatisches zugestoßen – unsereins hätte darüber vielleicht sogar herzlich gelacht –, aber für seine junge Seele, die sich zum ersten Mal einem Fremden anvertraut hatte, kam es einem Brückeneinsturz gleich.

Malvyn hatte David in einer Bar kennengelernt und war nicht gleich mitgegangen, sondern hatte sich brav an unsere Ratschläge gehalten: „Wenn dich einer mag, dann kann er auch warten", hatten wir ihm am Telefon gesagt.

Zuerst ließ er sich von David zum Essen einladen. „Laß ihn beweisen, daß ihm was an dir liegt. Wenn er nicht bereit ist, dir ein Essen zu spendieren, ist sein Interesse nur auf eins beschränkt." Dann wurde im Kino Händchen gehalten und erst auf dem dritten *date* begleitete Malvyn ihn nach Hause.

Dort ließ er sich zeigen, mit welchem Gerät seine Ersterrungenschaft gedachte, ihn zu rasieren. Da es ein ganz normaler Ladyshaver mit Doppelklinge war, willigte er ein.

Sie hatten Sex, Safer-Sex wohlgemerkt, kuschelten, unterhielten sich lange und tranken Bier, dann erst ließ Malvyn sich rasieren – was bei seiner Art von Schambehaarung nicht ganz einfach gewesen sein muß. Und weil es ihm so viel Spaß gemacht hatte, hatten sie gleich noch einmal Sex.

Es muß alles gut verlaufen sein, und dieser David hörte sich – laut Malvyns Beschreibung – an wie ein netter Kerl. So weit, so gut. Nur David hatte einen Freund, mit dem er bis vier Wochen davor zusammengewohnt hatte. Nein, es war nicht das übliche „Ich geh wieder zu meinem Freund zurück, danke für das Intermezzo", das wäre nicht so schlimm gewesen. Malvyn hatte sich in diesen David nicht verliebt, höchstens verknallt – niemals wäre er seinetwegen in England geblieben, „dafür hatten die Engländer zu schiefe Zähne", sagte Malvyn in seiner direkten Art –, es war alles ein wenig komplizierter.

An dem Abend, als Malvyn David kennenlernte, war der mit seinem Ex, Terry, in der Bar gewesen – wie Malvyn aber erst viel später erfuhr. Die beiden frisch Getrennten mußten eine dieser Auseinandersetzungen gehabt haben, die Paare nach Trennungen gerne führen: Sie versuchten sich gegenseitig kleinzumachen, bis der eine dem anderen vorwarf, sowieso keinen mehr abzukriegen. Na ja, und zu genau diesem Zeitpunkt trat Malvyn in die Bar, Malvyn, der Knackarsch, Malvyn Ichkannhierjedenhaben, Malvyn Ahnungslosundunschuldig, der in Muskelshirt und Schlabberhosen natürlich so gut ankam wie Freibier auf dem Oktoberfest. Als sie ihn sahen, wettete David mit Terry, daß er diesen gut aussehenden Jungen kriegen würde. Als Beweis würde er ihn rasieren.

Nach der gemeinsamen Nacht lud David Malvyn zu einer Party ein, die am darauffolgenden Wochenende stattfinden sollte, und Malvyn sagte zu. Am Samstag ging Malvyn dann zur besagten Adresse; es waren wohl jede Menge Rechtsanwälte und Uniprofessoren da, nur David nicht. Der Gastgeber, Terry, ja, der Ex-Freund Terry, entschuldigte David und legte Malvyn nahe, sich trotzdem zu amüsieren.

Es gab viel Alkohol und leckere Sachen, vor allem eiskalte Cola, was Malvyn sehr beeindruckte. Wie schon in der Bar, war er auch hier wieder der Hahn im Korb und genoß die Aufmerksamkeit der vielen Männer, die sich um ihn scharten und die eine oder andere Anekdote zum Besten gaben.

Der Abend verging, die Reihen lichteten sich und Malvyn blieb mit dem Gastgeber allein. Da Terry ihm gefiel, David ihn versetzt hatte und Malvyn für neue Abenteuer offen war, ließ er sich ins Bett locken. Kaum hatte Terry die rasierten Eier unseres Ziehsohns gesehen, schrie er auf vor Wut über die verlorene Wette. Sie hatten Malvyn zum Putzlappen reduziert und mit ihm die Reste ihrer Beziehung aufgewischt.

„Wie konnte David das nur tun?" fragte mich Malvyn auf dem Weg in die Stadt und starrte auf mein Versace-Hemd. Die Ohren des Taxifahrers waren groß wie Rhabarberblätter; er hatte sogar das Radio leiser gestellt, um ja nichts zu verpassen. Ich bemerkte es, aber es störte mich nicht; vielleicht lernte er ja was fürs Leben.

„Ich meine", sprach Malvyn weiter, „wie konnte David Tage lang mit mir Händchen haltend spazieren gehen, wie konnte er mich nachts in den Armen halten und dann so etwas tun?"

Was hätte ich darauf antworten sollen? David war vermutlich aufgrund der Verletzung durch Terry blind gewesen, oder vielleicht bloß ein Arschloch? Wie sollte ich das wissen? Mein armer Malvyn, dachte ich.

„Und wie ist es ausgegangen? Hast du Terry wenigstens eine Ohrfeige gegeben?" fragte ich.

„Nein."

„Sondern?" Ich befürchtete schon, daß er die Verletzung, gutmütig wie er war, in sich hineingefressen hatte.

Malvyn machte ein finsteres Gesicht. „Nachdem Terry mir die Geschichte erklärt hatte, hab ich in seinen Augen gesehen, daß er nach einer Möglichkeit fieberte, es David heimzuzahlen. Also fragte ich, ob ich trotzdem bleiben könnte."

„Was? Bist du nicht mehr ganz dicht?" Ich war geknickt, wie wenig er von uns gelernt hatte.

„Natürlich hat er mir das erlaubt und gedacht, er würde jetzt eine heiße Nacht mit mir kriegen. Aber ich habe ihn einfach nur gefickt, und sobald ich abgespritzt hatte, bin ich gegangen."

Dem Taxifahrer gingen die Augen über – ich sah es im Rückspiegel –, und selbst ich mußte mich aus Verlegenheit räuspern. Dann schaute ich Malvyn an: Er saß zusammengesackt da und starrte in die verregnete Landschaft hinaus, während auf der Gegenfahrbahn die Autos mit Hochgeschwindigkeit an uns vorüberzischten.

Malvyn hatte Rache geübt; es erschreckte mich zu sehen, wie schnell er das Einmaleins unserer Welt gelernt hatte. Wir waren ihm wohl doch bessere Lehrer gewesen als angenommen.

„Sind sie alle solche Schweine?" fragte Malvyn. Da war kein bißchen Glanz in seinen Augen, nicht einmal ein Hauch von Hoffnung.

„Nein, Malvyn. Nicht alle. Wahrscheinlich ist nicht mal David eins. Er wollte seinen Ex-Freund verletzen und hat nicht dran gedacht, was er dir damit antut. Ich habe mit Männern immer die besten Absichten verfolgt, aber auch ich habe feststellen müssen, daß ich den ein oder anderen dabei verletzt habe. Das tun wir alle. Auch du. Das Beste, was wir machen können, ist, uns zu bemühen."

Wir waren am Ende der Autobahn angelangt, der Taxifahrer bog auf den vierspurigen Mittleren Ring und landete im tiefsten Samstagmittag-Einkaufsverkehr. Autos wechselten die Spuren, es wurde jäh gebremst, scharf angefahren, jemand hupte, die Kreuzung war verstopft – wenn man Sex als „Geschlechtsverkehr" bezeichnete, dann sollte man Beziehungen „Alltagsverkehr" nennen.

Es dauerte fast noch eine halbe Stunde, bis das Taxi vor unserem Haus hielt, eine Strecke, für die man normalerweise nur gute zehn Minuten benötigte.

„He, Malv, noch was", sagte ich, bevor wir nach oben gingen. „Bernis Mutter wird noch ein paar Wochen länger bei uns bleiben."

„Oh. Und ich war schon traurig, daß ich sie nicht kennenlernen würde."

„Die Gelegenheit wirst du nun zur Genüge bekommen, allerdings wirst du dich mit dem Arbeitszimmer begnügen müssen, weil wir sie im Gästezimmer einquartiert haben."

„Kein Problem, Bruder." Er strahlte übers ganze Gesicht. Sicher war er darüber sogar erleichtert. Bei dem Saustall, der in Bernis Arbeitszimmer herrschte, würde seiner gar nicht auffallen.

„Und wie soll ich sie nennen?" fragte Malvyn noch. „‚Bernhards Mutter' klingt komisch."

„Sie heißt natürlich Frau Moll", antwortete ich. „Wir sagen inzwischen ‚Oma' zu ihr, wegen Hannah."

„Okay, Mann. Kein Problem."

Berni saß mit seiner Mutter am Tisch. Sie stand auf und schüttelte Malvyn die Hand. „Guten Tag, Malvyn", sagte sie. Wir hatten sie auf ihn vorbereitet. Wir hatten ihr gesagt, daß er aus Simbabwe kam, schließlich wollten wir vermeiden, daß seine Hautfarbe sie überraschte.

„Hi, Frau Moll", sagte er und umarmte sie.

Ihre Wangen färbten sich rosig. „Es tut mir leid, daß ich Sie aus dem Gästezimmer verdrängt habe", sagte sie hastig. Ihre Augen waren weit aufgerissen.

„Das ist überhaupt kein Problem, Frau Moll", sagte Malvyn. „Wir sind doch eine Familie."

„Frau Moll, wie das klingt", sagte Oma. „Sag doch auch einfach Oma zu mir, wie alle anderen."

Malvyn überlegte einen Moment und fragte dann: „Darf ich auch Nani zu dir sagen? Ich habe meine Oma immer Nani genannt."

Oma schaute Berni an, der senkte den Blick, dann schaute sie mich an; ich lächelte. „Wenn du meinst."

Malvyn hatte sie einfach geduzt. Er hatte sie sicher mißverstanden. Ob ihr das recht war? Dann ging Malvyn ins Arbeitszimmer und packte seinen Koffer aus.

„Er muß jetzt erst mal seinen Kram um sich herumstreuen, wie ein Bauer das Korn auf dem Feld, sonst fühlt er sich nicht wohl. Wie wär's, wenn wir solang einen Spaziergang machen?"

Um sechs aßen wir zu abend. Nur Kleinigkeiten, was immer im Kühlschrank herumlag: ein bißchen Salat, gebratene Steinpilze, ein paar Garnelen, Baguette, das ich im Ofen aufbuk, Kräuterbutter, Wurst und Käse.

„Übrigens, Kim hat angerufen", sagte Berni. Typisch. Kaum vergeht ein halber Tag, schon erinnert er sich daran, mir etwas auszurichten. „Sie sagt, sie kommt morgen früh gegen elf ..."

„Also wird es zwölf", sagte ich und fuhr ihm durchs Haar. „Dann müssen wir aber sofort los, damit wir den Straßenzug nicht verpassen. Ich hab keine Lust, anzukommen, wenn die Parade schon voll im Gange ist."

Ich hatte mir vorgenommen, rechtzeitig zur Auftaktkundgebung dort zu sein, damit Oma ein bißchen was von den Reden und damit von unseren Problemen mitbekam. Aber wegen Trödelliese Kim würde daraus nun nichts werden.

„Wer kommt denn alles mit auf den CSD?" fragte Malvyn.

Ich sah ihm an, daß er eigentlich nur wissen wollte, ob Max dabei sein würde.

„Lipstick und Gerhard und Jean-Paul werden dabei sein. Max kommt sicher nicht, der ist noch nie auf dem CSD gewesen." Er war nicht der Typ dafür.

Ich sah, wie Malvyn in sich zusammenfiel.

„Und du?" fragte Oma ihren Sohn. Diese Frage hätte sie sich sparen können: Auch er war nicht der Typ dafür, auf die Straße zu gehen und für seine Rechte zu demonstrieren.

Er schüttelte den Kopf: „Keine Handvoll von denen, die da nackig rumlaufen, wissen doch überhaupt, was der Anlaß für diese Demo ist. Das Ganze ist zu einem Faschingsumzug verkommen, mehr nicht. Nein, da gehe ich nicht hin."

„Und wer schiebt dann meinen Rollstuhl?" fragte Oma.

Je näher wir an die Feldherrenhalle kamen, desto mehr überkam uns der *beat*. Malvyn und Kim wiegten ihre Hüften im Rhythmus der Musik, Hannah tat es ihnen auf ihre, sehr lustige Weise nach. Ich hatte mit Lipstick und dem Rest der Clique ausgemacht, daß wir uns am großen Lichtmasten treffen würden, und dort warteten sie auch schon, als wir dann endlich – mit etwa einer Stunde Verspätung – ankamen.

Lipstick hatte sich in ein Dirndl geworfen, Flori, einer von meinen Verkäufern, war als himmelblaue Fee verkleidet und trug einen Hut, so groß wie ein Wagenrad. Jeff, der General – bis vor zwei Jahren war er tatsächlich General der US Armee –, stand in voller Ledermontur da und machte das passende Gesicht dazu; Gerhard, sein Freund, wegen dem Jeff nach Deutschland gekommen war, hatte sich erkältet und konnte deshalb nicht dabeisein.

Auch Barbarella hatte sich eingefummelt; er trug ein Tütü, eigentlich eine großartige Verkleidung, nur an ihm – sah man von den feisten, behaarten Waden ab – wirkte es ziemlich natürlich. Und dann waren noch ein paar Geschäftsfreunde da, unter anderen Heiner und Fritz, die wir die „Kaufwütigen" getauft hatten, weil sie regelmäßig zu *Walmart* fuhren und alles kauften, was im Angebot war – die Regalböden ihrer Schränke bogen sich unter Zahnpasta, Toilettenpapier und Eiernudeln.

Sie stürzten sich auf Bernhards Mutter, und Oma stand ohne Zögern von ihrem Rollstuhl auf, um sich von jedem einzelnen umarmen zu lassen.

„Und was ist mit uns, Schätzchens?" sagte ich und spielte empört. „Beachtet uns vielleicht auch jemand?"

Malvyn, Kim und ich wurden geküßt, einmal links, einmal rechts, während Hannah die ersten Schultern erklomm – nämlich die von Barbarella, weil sie dort am höchsten saß –, und von da aus herumgereicht wurde. „Piep, piep. Wie heißt das Tier, das Piep macht?" fragte sie in die Runde. Aber kaum einer hörte ihr zu.

„Ein Vogel", antwortete Mutter Lydia.

„Ja, Oma. Aber was für einer?" In etwas mehr als zwei Monaten war sie bereits vier; die Gespräche wurden anspruchsvoller.

„Okay, Leute. Was liegt an?" fragte ich und deutete auf die Bühne.

„Das Übliche: Man versteht kein Wort. Aber es ist bestimmt sowieso nichts Neues dabei", antwortete Fritz.

Die ersten Regentropfen platschten auf unsere Köpfe. Hannah zappelte und wollte sofort auf den Boden gelassen werden. Dort tanzte sie den Reistanz – er war zu einem unserer Standardspiele geworden – und sang dabei ihr herzzerreißendes Kauderwelsch, das von Mal zu Mal andere Buchstabenfolgen enthielt, was zwar nicht richtig war, aber ansteckend. Malvyn, der sie das noch nicht hatte singen hören, lachte sich schief, dann tanzte er mit ihr und versuchte, ihr nachzusprechen, was wiederum sie amüsierte. „Nein, Malvyn!" rief sie. „Fare neua tine mapungo."

„So viele Menschen", bemerkte Oma.

„Bei Sonnenschein wären noch mehr gekommen", sagte ich.

„Denk nur, wieviel mehr es sein könnten", sagte Jeff mit einem starken amerikanischen Akzent.

„Was meinen Sie damit?" fragte Bernhards Mutter.

Der General schaute mich an. Vor sechs Jahren hatte er seinen Freund zu Grabe getragen. „Aids, Frau Moll. Diese Krankheit hat eine ganze Generation ausgemerzt."

„Echte Lederkerle gibt es kaum mehr", brummte Jeff, „die meisten sind gestorben. Diese Hänflinge ...", er deutete auf ein paar Jungs, die in schwarzen Lederhosen herumstanden, „verstehen die Uniform doch nur als Modegag."

Dazu sage ich nichts. Ich hätte gerne meine Lederklamotten angezogen, ich fand Leder einfach nur chic.

Malvyn zupfte mich am Ärmel und deutete in die Menge. „Siehst du den da mit dem Trachtenhemd?"

Ich sah viele, die in Trachtenoutfits unterwegs waren.

„Wen?"

„Na, den mit dem Halstuch."

Viele trugen Halstücher, die meisten ein rotes; so viele, daß man sich fragen mußte, ob sie überhaupt wußten, was diese Farbe bedeutete?

Jetzt sah ich den Jungen, den er wohl meinte; er hatte einen Pagenschnitt.

„Das mit dem *hanky code* hab ich vergessen. Was bedeutet es, wenn einer ein rosafarbenes Tuch trägt?"

„Reden, *darling*", sagte Jean-Paul. „Reden", und wir lachten.

Um Punkt eins setzte sich der Zug in Bewegung, und als hätte man die Uhr danach gestellt, begann es zu regnen. Lydia setzte sich wieder in den Rollstuhl, und wir spannten einen regenbogenfarbenen Schirm für sie auf. Dann beobachteten wir die Wagen, die an uns vorbeizogen.

„Was für hübsche Frauen da mitlaufen", bemerkte Mutter Lydia erstaunt. „Edvard, sind die ...? Ich meine, stehen die auf ...?"

„Frauen?"

Sie nickte.

Ich wußte nicht, welche sie meinte. Am Hofgarten hatte sich ein Grüppchen von Lipstick-Lesben zusammengefunden, weiter links auf dem Mittelstreifen standen *diesel dykes* in Lederkluft, aber es sprang alles Mögliche herum, was durchaus auch der Abteilung *fag hag* hätte zugeordnet werden können.

„Welche meinen Sie?" fragte ich.

Sie deutete auf ein paar Transen, die ganz in unserer Nähe standen, und die ich nicht beachtet hatte, eben weil Oma von Frauen gesprochen hatte und ich davon ausging, daß sie „Bio-Frauen" meinte. „Oh, das sind Transen", erklärte ich, „also eigentlich Männer, jedenfalls biologisch gesehen. Die könnten auf Männer stehen oder auf Frauen, was sie in letzterem Fall dann zu Lesben machen würde; selbstverständlich nur, wenn es ‚Operierte' sind, versteht sich, also Transsexuelle. Wenn es Transvestiten sind, also einfach nur Männer in Frauenkleidern, dann kann es sein, daß sie immer noch auf Frauen stehen."

Oma drehte sich um und schaute mich entgeistert an. „Das ist mir zu kompliziert. Das erklären Sie mir bitte bei Gelegenheit noch mal."

Dabei dachte ich, daß ich mich sehr präzise ausgedrückt hatte.

Zwei Jungs ließen sich von einer zur Diva aufgefummelten Transe an die Leine nehmen. Aus den Halsbändern ragten lange, spitze Spikes heraus. Viele liefen trotz des miesen Wetters mit nackten Oberkörpern herum und trugen ihre Tätowierungen und Piercings zur Schau. „Tun die sich da nicht weh, wenn sie sich umarmen?" fragte Bernhards Mutter.

„Das ist ja der Sinn", rutschte es mir heraus.

„Oh."

Von den Wagen flatterte allerlei Werbematerial auf uns herab. Der schwule Chor Münchens, die *Philhomoniker*, warben in orangeschwarzen Uniformen für ihre Auftritte, Kneipen verteilten Flyer und Gutscheine. Es waren Internetprovider vertreten, Klamottenläden und vieles mehr. Oma schneite eine Einladungen für das Stöckelschuhrennen in den Schoß. „Stöckelschuhrennen?" fragte sie.

„Mir ist kalt", jammerte Kim; sie hatte sich tatsächlich sehr sommerlich gekleidet, was in Deutschland im Sommer ja grundsätzlich ein Fehler war.

„Wir gehen auch", sagte ich. „Oder wollen Sie noch bleiben?"

„Nein, nein. Es ist wirklich sehr frisch für Mitte Juli."

„Willst du mit Oma und mir zu Berni nach Hause, kleine Prinzessin?" fragte ich Hannah. „Oder gehst du mit deiner Mama."

Hannah drückte sich an Kim heran.

„Das wäre ja dann wohl entschieden." Ich küßte die beiden, Kim schüttelte Frau Moll die Hand. Nur Malvyn wollte natürlich noch nicht nach Hause.

„Findest du dich zurecht?" fragte ich, und er antwortete, daß er mit „Jay Pee" und Barbarella auf den Marienplatz gehen wollte, um ein bißchen zu feiern. Ich ahnte, daß er die nächste U-Bahn zu Max nehmen würde. Er hatte am Abend noch heimlich in seinem Zimmer telefoniert, ich sah es an dem grünen Lämpchen, das an der Feststation geleuchtet hatte.

„Viel Spaß", wollte ich ihm wünschen, sagte aber: „Viel Glück", woraufhin er mir dieses großzahnige, sonnige Lachen entgegenbrachte.

„Und wenn du Lust hast, melde dich!" schickte ich hinterher. „Vielleicht treffen wir uns heut abend auf ein Bier oder so was." Wenn sich da tatsächlich etwas zwischen Max und ihm anbahnte, wollte ich es zuerst wissen. Außerdem würde es Malvyn bestimmt leichter fallen, irgendwo draußen mit mir darüber zu sprechen als zu Hause, wo er Gefahr laufen mußte, daß Berni davon Wind bekam.

„Okay, Bruder. Ich ruf an."

„Und iß was! Nicht nur Caipirinhas trinken. Versprochen?"

„Ja, Papi."

Ich bahnte mir mit Omas Rollstuhl einen Weg hinüber zum Taxistand, den hatten wir mehr oder minder umsonst mitgeschleppt. Ursprünglich wollten wir ja den ganzen Zug mitmachen. Während sie einstieg, klappte ich den Rollstuhl zusammen und ließ den Fahrer das Ding im Kofferraum verstauen.

„Ein netter junger Mann, Ihr Neffe", sagte sie, sobald wir im Fond Platz genommen hatten. „So aufgeschlossen und ehrlich."

„Stimmt. Noch unverdorben."

„Noch? Was meinen Sie damit?"

Ich lehnte mich zurück und dachte einen Moment nach. „Noch" war mir einfach so herausgerutscht, aber bestimmt hatte mein Unterbewußtsein einen Grund, mich so etwas sagen zu lassen. „Als Malvyn zu uns kam, da war er noch offener und netter gewesen. Er grüßte jeden, dem er begegnete. Damals erzählte er jedem offenherzig alles, was er wissen wollte. Heute verschanzt er sich selbst gern hinter Fragen. Dabei ist das erst zwei Monate her."

Ich schaute Oma an. „Meinen Sie, Deutschland hat ihn verdorben, oder geht uns das allen so? Werden wir härter und bitterer, je älter wir werden?"

„Viele tun das", antwortete sie. „Aber es liegt an jedem einzelnen."

Malvyn ❋ Ich war mit gemischten Gefühlen auf den CSD gegangen. Natürlich war ich neugierig darauf, und natürlich fand ich allein die Idee, daß Schwule und Lesben für mehr und bessere Rechte demonstrierten, sehr, sehr aufregend. Aber von meiner Heimat war ich gewohnt, daß Ereignisse wie dieses nicht gut endeten. Wären wir deswegen in Simbabwe auf die Straße gegangen, Buhrufe, Drohungen, Prügeleien, wahrscheinlich sogar eine Schießerei wären die Folgen gewesen. Aus einem Fest der Freude – wie es mir hier vorkam – wäre schnell ein weiteres Denkmal der Unterdrückung geworden.

Edvards Freunde begrüßten mich, sie umarmten und küßten mich, freudiger als bei den anderen Begegnungen davor. Wir waren eine Gruppe, ein Team, wir gehörten zusammen, zogen an einem Strang. Auch die anderen Menschen, die sich hier versammelt hatten, ganz gleich, ob Mann oder Frau, jung oder alt, sie alle trugen ein Lächeln auf den Lippen, grüßten mich, sprachen mit mir – sehr ungewöhnlich für Deutsche und noch ungewöhnlicher für Schwule, die sich in der Szene ansonsten cool gaben.

„Wow, sind hier viele Menschen", sagte ich zu Lipstick. „Ich wußte gar nicht, daß es so viele Schwule gibt."

„Ach, das ist noch gar nichts, Schätzchen", antwortete er. „Nächstes Jahr nehmen wir dich mit nach Berlin oder nach Köln; da siehst du erst, wie viele wir wirklich sind. In München traut sich doch kaum einer raus."

Der Nieselregen machte mir nichts aus. Im Gegenteil: Er lieferte uns einen weiteren Grund, näher zusammenzurücken und mit Menschen ins Gespräch zu kommen. Nicht mal der graue Himmel störte, nicht bei all der Farbenpracht, die mir geboten wurde.

Zusammen mit Ed, Kim, Hannah, Nani und all unseren Freunden verfolgte ich die Parade. Verschiedene Bars und Discotheken hatten Wagen, auch Vereine waren vertreten. Jeder Wagen war dekoriert, und von jedem knallte andere Musik; ich war erstaunt über die Vielzahl und freute mich. B sagte später, daß er genau das problematisch fand: Anstatt Gemeinschaft zu zeigen, kochte jeder in der Szene sein eigenes Süppchen. Ich konnte das nicht beurteilen, aber mir war schon aufgefallen, daß sich Lesben und Schwule nicht gerne mischten; die Vereine schienen streng auf Geschlechtertrennung zu achten, außer – und das fand ich besonders traurig –, bei der Aids-Hilfe. Warum mußten Homosexuelle erst krank werden, bevor sie lernten, zusammenzuhalten?

Der letzte Wagen war kaum an uns vorübergezogen, da verabschiedeten sich Ed und Nani. Kim, die in der Nacht zuvor „anstrengenden" Besuch gehabt hatte – sie betonte das, und ihre Augen leuchteten dabei –, wollte mit Hannah ein Mittagsschläfchen halten; Lipstick, Barbarella und die anderen folgten dem Umzug zum Marienplatz, um dort zu feiern.

„Wenn du Lust hast, melde dich!" sagte Edvard, bevor er Nani zu einem Taxi hinüberschob. Seinem Schmunzeln war zu entnehmen, daß er ahnte, was ich vorhatte. „Vielleicht treffen wir uns heut abend auf ein Bier oder so was."

„Okay, Bruder", antwortete ich. „Ich ruf an", aber ich dachte nicht im Traum daran. Zwar war die CSD-Parade vorüber, aber in mir ging die Demonstration für mehr Selbstverständlichkeit im Umgang mit Schwulsein weiter. Ich war mit Mäxx verabredet, diese Stunden wollte ich mit niemandem sonst teilen.

Mäxx erschien mir sehr deutsch, fast noch deutscher als B. Alles, was er tat – alles, was „man" tat –, mußte nach bestimmten Ritualen vollzogen werden. Das begann mit dem Fußabstreifen an der Haustür, über welches Handtuch ich benutzen sollte, und reichte bis zu dem, worüber wir sprachen. Seine Art konnte Menschen verscheuchen, ja, ich glaube, daß er es sogar darauf angelegt hatte: Je näher ich ihm kam, desto mehr merkte ich, daß das alles nur ein Test war, um herauszufinden, ob er dem anderen trauen konnte – fast alle fielen durch.

Mäxx war ein verrückter Vogel, und mehr noch: Er war ausgesprochen schwierig. Man konnte ihn nicht einfach mal so umarmen oder an der Hand nehmen, wie ich es mit Ed und B öfter tat. Gerade wenn es um Gefühle ging, war Mäxx ein einziges Minenfeld; jeder Tritt konnte unvorhersehbare Konsequenzen nach sich ziehen.

Nehmen wir nur mal den Kuß, den ich ihm ein paar Wochen zuvor gegeben hatte. Davor hatte er die körperliche Nähe zu mir gesucht: z.B. seine Hände auf meinem Po in der Disco, eine Umarmung zum Abschied. An diesem Nachmittag nach der Parade schüttelte er mir zur Begrüßung nicht mal die Hand, ja, er tat sich schwer, mir in die Augen zu schauen. Er wirkte so distanziert, daß ich mich fragte, ob ich damals zu weit gegangen war? Aber warum hatte er sich dann so gefreut, als ich ihn am Abend nach meiner Rückkehr aus London angerufen hatte? Warum hatte er sich auf ein Treffen eingelassen? Und warum fand er im Laufe des Nachmittags immer wieder einen Grund, damit ich noch ein wenig länger blieb?

In diesen letzten beiden Juliwochen war die Stimmung zu Hause gespannt. Das hatte vornehmlich zwei Gründe: Zum einen war B – nach Angaben von Ed – in den letzten Tagen vor den Ferien einfach „ausgelutscht"; es ging ihm wohl jedes Jahr so. Zum anderen verschlechterte sich Adrians Zustand von Woche zu Woche, was nicht nur Bs Laune versauerte, sondern auch Nani oftmals sehr schweigsam herumsitzen ließ. Das war so deutlich zu spüren, daß es sogar Eds Gemütslage irgendwann verhagelte; nicht lange, aber lange genug, um mich aus der Wohnung zu treiben.

München hatte schöne Freibäder, nicht so schöne wie Harare, aber schön genug, um sich die Stunden zu vertreiben – solange es das miese Wetter überhaupt zuließ. Ich war auch viel mit Mäxx zusammen; er war schwierig, und trotzdem mochte ich ihn, außerdem hatte er Zeit, was ihn zu einer Ausnahme unter den Deutschen machte. Wir gingen spazieren, er führte mich durch Museen, trank mit mir und erzählte dabei Geschichten; letzteres konnte er am besten.

Ich war gern mit ihm zusammen, und dabei war es völlig unwichtig, was wir taten. In meinem Bauch prickelte es, als hätte ich zuviel Brause gegessen, und ich war immer ein bißchen überdreht. Fühlte sich Liebe so an?

„Wie unterscheidet man Liebe von Lust auf Sex?" fragte ich B, der sich seit meiner Rückkehr leider sehr von mir fernhielt.

Die Frage schreckte ihn auf; er musterte mich lange, bevor er antwortete. „Schwierig. Ich bin da kein Fachmann dafür, weil Edvard der erste Mann ist, den ich wirklich liebe."

„Du hast dich nie in andere Männer verknallt?"

„Na ja. Ich fand immer mal jemanden attraktiv, aber ich bin ja mit Edvard zusammen." Er betonte das immer wieder.

„Und wie bist dann damit umgegangen?" fragte ich. „Ich meine, hast du es dir verboten, oder was machst du mit diesem Prickeln in deinem Bauch?"

B schaute mich mit durchdringendem Blick an. „Hast du dich verliebt, Malvyn?"

Es war dieser autoritäre Lehrerblick, der einem einerseits die absolute Wahrheit abverlangte, anderseits geradezu zum Lügen animierte: „Nein, ich frag ja bloß."

Meine Antwort schien ihn zu erleichtern; er war sichtlich entspannter. Dann dachte er eine Weile nach; B gab sich immer große Mühe, wenn er mir etwas zu erklären versuchte. „Einmal, das war auf einer unserer Partys, da ich fand ich jemanden sehr attraktiv, ein alter Freund von Edvard. Es kam überhaupt nicht in Frage, mit ihm zu flirten, aber er hat mich irgendwie angemacht. Partys sind nicht mein Ding, mußt du wissen. Ich steh da meistens nur in einer Ecke und frag mich, was ich da soll. Aber es war ja unsere Party; ich konnte also nicht weg. Ich stand rum, und dieser Typ lief immer wieder an mir vorbei. So hab ich ihn beobachtet, den ersten Impuls, mit ihm zu flirten, zur Seite gestellt, gewartet und beobachtet. Ich habe ihn nicht durch die Augen meiner Erregung angeschaut, sondern fast analysiert, verstehst du? So sind mir bald Dinge an ihm aufgefallen, die ich nervig fand, und dann hatte ich kein Interesse mehr."

„Das ging so einfach, weil du in einer Beziehung steckst, weil du jemanden hast, den du liebst. Für mich ist das nicht so einfach."

„Es wird noch einfach, das versprech ich dir. Ich hatte das schon in der Zeit vor Edvard gelernt. Damals, als ich noch Sex mit Männern hatte, von denen ich nicht mal den Namen wußte, wurde ich so oft frustriert – das ist der Grund, warum sie danach immer gleich abhauen und sich nicht mal voneinander verabschieden. Wenn du das oft genug erlebt hast, bist du nicht mehr so scharf drauf, jede Gelegenheit mitzunehmen."

„Aber ich hab es noch fast gar nicht erlebt, B. Das vergißt du immer."

Wieder dieser durchdringende Blick, als versuchte er in meinen Augen genau die Antwort zu lesen, die mir helfen würde. „Jeder baut eine imposante Fassade auf, aber hast du dir die Typen schon mal von hinten angesehen?"

Ich lachte.

„Nein, im Ernst, Malvyn. Vorne zeigen sie dir den finsteren, harten, starken Macho. Hinten siehst du die gekrümmte Haltung, den eingezogenen Hals. Hinter der Fassade hockt einer, der immer ausgelacht oder runtergemacht wurde. Überleg dir, ob du so jemanden ein paar Jahre lang ertragen willst?"

„Meinst du das wirklich im Ernst?" fragte ich.

Er streckte zwei Finger in die Höhe: „Indianerehrenwort."

„Aber es sind doch manchmal gerade die Unzulänglichkeiten, die den anderen so liebenswert machen, das Schrullige, das Andere, das ist es oft, was ihn attraktiv macht." Das hatte Edvard über B gesagt, und ich mußte es glauben. Ed hätte so viele haben können und liebte ausgerechnet diesen trockenen, humorlosen Lehrer.

„Stimmt. Als ich Edvard kennenlernte, faszinierte mich seine Perfektion. Er wacht am Morgen auf, und seine Haare liegen perfekt, während ich meine so oft waschen und kämmen kann, wie ich will, sie sehen immer aus, als wäre ich gerade aufgestanden. Es erregte mich, zu hören, wie er sich mit Freunden über die fremde Welt von Prada und Gucci unterhielt, und ich war stolz, wenn er große Partys schmiß, weil er so viele Freunde hatte. Für all das liebte ich ihn, als ich ihn kennenlernte." B schaute mich an. „Ich rate dir, wenn du jemand kennenlernst und ihn wegen seiner Schrulligkeiten liebst, dann schreib sie dir auf."

„Wofür?"

„Eines Tages werden dir genau jene Schrulligkeiten auf den Nerv gehen. Sie werden die Gründe liefern, weswegen du dich von ihm trennen willst. Und dann ist es gut, wenn dich etwas daran erinnert, daß du genau deswegen mit ihm zusammen bist."

An einem trüben grauen Tag Ende Juli schlug Mäxx vor, an der Isar entlangzulaufen, hinaus aus der Stadt, so weit uns die Füße trugen, und irgendwo einzukehren und einen Wein zu trinken. Die Spannung zwischen uns hatte nicht nachgelassen. Obwohl wir seit dem CSD jeden Tag miteinander verbracht hatten, kam es mir immer noch so vor, als wäre die Luft zwischen uns elektrisch geladen. Ich wünschte mir sehr, Mäxx würde seine Hand nach mir ausstrecken – ob Menschen Händchen halten, um diese Spannung auszugleichen? –, aber er tat es nicht.

Bevor wir an die Isar kamen, mußten wir wegen einer Baustelle auf der Brücke hintereinander herlaufen. Ich nutzte die Gelegenheit, ihn mir genau anzugucken. Von vorne war Mäxx ein zynisches Rauhbein, das sich in Schwarz kleidete, um anderen Angst einzuflößen, jemand der mit seinen spitzen Kommentaren Distanz schaffte und sich hinter harten Vorurteilen verbarrikadierte. Von hinten sah er aus wie einer, der eine große Sehnsucht in sich trug, dessen Leben von Enttäuschung und Entbehrung geprägt war. Würde ich mit so jemandem leben können?

„Ed hat erzählt, daß du einen Frauenroman geschrieben hast. Wieso schreibst du keine schwulen Geschichten mehr?" fragte ich ihn. Ich war immer derjenige, der den Gesprächsstoff vorgeben mußte, sonst hätten wir Stunden miteinander verbracht, ohne ein Wort zu wechseln.

„Ich habe keine Lust, von sogenannten Journalisten kritisiert zu werden, die nicht einmal der deutschen Grammatik fähig sind, geschweige denn der Orthografie. Sie machen dein Buch klein und meinen dadurch, selbst groß rauszukommen. Das ist so lächerlich."

„Das hört sich sehr verbittert an."

Er schaute mir in die Augen – zum ersten Mal seit langem –, und sah erstaunt aus. „Findest du?" Dann konzentrierte er sich wieder auf das feuchte Gras, das kleine Pinselstriche auf das schwarze Leder seiner Schuhe zeichnete. „Die schwule Welt ist eine große Enttäuschung. Viel Fassade, wenig Gefühl. Sie ist gut und wichtig für junge Menschen, die sich in ihrem neuen Leben zurecht finden müssen, aber sie ist nur eine Krücke, mit der man laufen lernt. Früher oder später muß man ohne sie auskommen, sonst bleibt man sein Leben lang behindert."

„Was ist denn eine schwule Welt?"

„Die Shops, die Kneipen, die Klamotten, die Zeitschriften, die Selbsthilfegruppen, die ..."

„Männer?"

„Solange sie nur Sex bedeuten, ja."

„Aber du möchtest doch auch eine Beziehung. Oder?"

„Eine bestimmte Beziehung schon, aber nicht irgendeine."

„So eine wie Ed und B?"

„Ich glaube, daß zwischen den beiden einiges im Argen ist", sagte Mäxx. „Sie tun immer so, als wäre alles tierisch harmonisch, das nehme ich ihnen aber nicht ab. Aber so etwas in der Art könnte ich mir schon vorstellen: einen Menschen, mit dem man den Alltag teilt, mit dem man sich auch mal streiten kann, für den man etwas aufgibt, auf den man abends wartet, und über den man sich auch am Morgen nach der gemeinsamen Nacht noch freut."

„Und warum hast du das nicht?"

„Das habe ich dir schon mal erklärt. Es ist wie ein Fluch. Sobald ich jemanden interessant finde, vergleiche ich ihn mit Christian. Ich nehme ihn mit nach Hause und habe all diese Fantasien von Kleider-vom-Leib reißen, knutschen, bis die Lippen wund sind, und tagelang in den Armen liegen, aber sobald die Tür hinter uns zuschlägt, ist alles vorbei. Ich rede ein bißchen mit ihm, und am Ende schicke ich ihn nach Hause, ohne ihn auch nur geküßt zu haben."

Ein Fluch? Zu meiner Großmutter kamen oft Menschen, die von einem Fluch befreit werden wollten. Dann veranstaltete sie eine Zeremonie, und die Verzauberten fühlten sich frei. Ob das bei Mäxx auch klappen würde?

Eine Eisenbahn donnerte über die Brücke hoch über unseren Köpfen, der Lärm war ohrenbetäubend. „Da, wo ich herkomme, entscheidet ein Dämon über Liebe und Verlust", sagte ich und bemühte mich, meiner Stimme eine drohende Färbung zu geben. „Man nennt ihn den großen Iwazu."

Ich sagte es eigentlich nur so als Scherz. Ich hatte noch nie von einem Iwazu gehört, aber es klang einfach gut. „Wenn du möchtest, werde ich versuchen, ihn für dich günstig zu stimmen."

Mäxx lachte schallend. „Du willst mich wohl auf den Arm nehmen."

Nein, das wollte ich nicht. Ich wollte ihm wirklich helfen, aber was hätte ich schon tun können? „Gut, wenn du weiter ohne Freund bleiben willst", sagte ich.

Er blieb stehen. „Natürlich nicht", antwortete er und schüttelte den Kopf. „Aber ich kann mir nicht vorstellen, wie mir ein paar Hühnerkrallen unterm Kopfkissen oder ein Bad in Schweineblut helfen sollten, den Richtigen zu finden."

„Wer weiß?" sagte ich und schaute ihm tief in die Augen. Es war wie ein Spiel zwischen uns, jedenfalls kam es mir so vor. Im Grunde wollten wir was anderes, aber es so direkt ansprechen, das konnten wir nicht.

Jetzt war er verunsichert. Er versuchte meinem Blick standzuhalten, aber er schaffte es nicht. Es war, als brächte ich in seinem Kopf alles durcheinander. Er schaute weg, dann schaute er mich wieder an. Er schaute weg, schüttelte den Kopf, schaute mich wieder an. Da lagen Zweifel in seinem Blick. Dann huschte ein Lächeln über sein Gesicht, das er schnell unterdrückte. „Okay, wenn du meinst." Er warf die Arme in die Luft. „Ich hab nichts Besseres zu tun. Gehen wir Hühnerkrallen kaufen."

Meine Großmutter war Schamanin, aber keiner von uns durfte dabei sein, wenn sie praktizierte. Bei den paarmal, an denen sie mich von Dämonen befreite, weil ich schlechte Schulnoten nach Hause gebracht hatte, verband sie mir die Augen, deshalb konnte ich mich nur auf offizielle Rituale beziehen. Das einzige, was mir auf die Schnelle einfiel, war das Kurova Guva-Fest: Man feiert es genau ein Jahr, nachdem ein Familienmitglied verstorben ist, um es in die Familie zurückzuholen, weil es sonst aus Zorn Unheil anrichten könnte.

Ich schaute in den Himmel: Über unsere Köpfe zogen dicke, graue Wolken hinweg – das perfekte Wetter, um ein bißchen Magie zu betreiben. „Kein Schweineblut", sagte ich, „und keine Hühnerkrallen. Ich mache kein Voodoo. Wir brauchen einen Strauß gelber Rosen." Mäxx hatte erzählt, daß Christian gelbe

Rosen geliebt hatte. „Und eine Flasche Schnaps. Dann gehen wir an sein Grab."

Mäxx fuhr zusammen, als hätte ihn der Blitz getroffen, dann starrte er mich an: „Ich habe noch niemanden an sein Grab geführt."

„Du kannst es auch bleiben lassen", sagte ich, „und dein Leben lang allein bleiben."

Wir kauften die Blumen und eine Halbliterflasche Schnaps und fuhren dann mit dem Taxi zum Friedhof. Der Kies knirschte unter unseren Sohlen, und mit jedem Schritt, mit dem wir uns Christians Grab näherten, wurde Mäxx weicher, offener, ehrlicher, ein bißchen mehr Mensch.

Das Grab war gut gepflegt. Nicht der übliche Schnickschnack mit Buchsbäumchen und Thuja, sondern viel tiefbraune Erde, aus der eine saubere Reihe bunter Blumen herausragte.

„Lange Zeit hat sich niemand darum gekümmert", sagte Mäxx. „Vor einem Jahr habe ich dann einen Gärtner beauftragt. Er kommt alle vierzehn Tage."

Ich schielte nach links und rechts; wir waren allein. „Setz dich hin!" befahl ich ihm im forschen Ton. „Leg die Rosen auf das Grab und stell die Schnapsflasche in greifbare Nähe!"

Jetzt schaute sich Mäxx um. „Was?"

Ich erwiderte seinen Blick nicht, sondern deutete auf den Boden und machte ein ernstes Gesicht. Mäxx gehorchte, unwillig zwar, aber er tat es. Ich stellte mich hinter ihn, so daß er mich spüren konnte.

„Und jetzt trink die halbe Flasche leer!"

„Willst du mich vergiften?"

„Trink!" befahl ich noch einmal und drückte ihm meine Knie in den Rücken. Mäxx setzte an und schluckte.

„Hast du ihm je gesagt, daß du ihn liebst?" fragte ich, nachdem er die Flasche abgesetzt hatte. Er schaute erschrocken zu mir auf. „Schau nicht mich an. Schau auf das Grab."

„Habe ich dir das nicht erzählt?"

„Nein."

Er zögerte. „Nein, ich habe es ihm nie gesagt."

„Dann tu es jetzt."

„Hier? Gleich?"

Ich wollte ihn nicht in Verlegenheit bringen, deshalb sagte ich: „Du kannst es auch leise sagen, es reicht, wenn du es in Gedanken tust. Aber du mußt es mit deiner ganzen Seele tun. Hörst du? Tu es jetzt!"

Er senkte den Kopf, stützte das Kinn in die Hände, und ich begann mit meiner Zeremonie. Ich bewegte mich ein bißchen, tanzte *Vogue* von Madonna und sprach dabei folgende Worte: „Unodziva kutawura chirungu? Munobva kupi? Mugwagwa unoenda kuMwari uri kupi?" Ich wiederholte diese Sätze mehrmals hintereinander und bemühte mich, sie beschwörerisch klingen zu lassen. Die Worte bedeuteten nicht mehr als: „Sprechen Sie Englisch? Wo sind Sie geboren? Wie komme ich zum großen Mwari, dem Größten aller Götter?"

Nachdem ich es fünfmal gesungen hatte, sagte ich Mäxx, daß er jetzt noch ein Opfer bringen müsse, um die Zeremonie abzuschließen.

„Ein Opfer?"

„Ja. Stich dir mit dem Dorn einer Rose in den Finger!"

Mäxx tat es.

Wären noch die Wolken aufgerissen und hätte die Sonne einen Strahl auf den Grabstein geworfen, wäre die Hollywoodszene perfekt gewesen. Ich grinste ein bißchen, weil ich mir ziemlich toll vorkam, deshalb merkte ich erst, als er schon seine Arme um mich gelegt hatte, daß Mäxx aufgestanden war.

„Christian hat mich gerade an einen Satz erinnert, den er mir damals gesagt hat: ‚Liebe läßt dich Dinge tun, bei denen andere die Hände über dem Kopf zusammenschlagen. Liebe läßt dich manchmal ziemlich dumm aussehen, aber sie macht dich unglaublich schön.'"

Ich fragte mich noch, wieso ihm das gerade jetzt einfiel. Von welcher Liebe sprach er überhaupt? Der zu Christian? Dann spürte ich seine Lippen auf meinen und sank in seine Arme.

Edvard ❃ Ich war auf dem Weg zum Balkon, um Blumen zu gießen – die Sonne schien schon ein paar Tage am Stück –, die Blumen hatten es bitter nötig. Malvyn lag vor der Stereoanlage und ließ mal wieder die Musik donnern; glücklicherweise war Bernhard nicht zu Hause.

„Na. Was liegt an, Bruder?" fragte ich Malvyn.

„Ich hatte Sex mit Mäxx", antwortete er, als wäre es vollkommen nebensächlich.

„Du hast was?" fragte ich und blieb so ruckartig stehen, daß das Wasser aus der Gießkanne schwappte.

Er drehte sich auf den Rücken und wiederholte: „Ich hatte Sex mit Mäxx."

Ich schaltete die Musik aus und setzte mich zu ihm auf den Boden. „Erzähl keinen Scheiß, Mann."

„Doch. Es stimmt." Er legte seinen Kopf in die Ellenbeuge und starrte an die Decke. Ich versuchte die Gefühle aus Malvyns Gesicht zu lesen, aber das war nicht einfach, denn er zeigte keine.

„Mach endlich den Mund auf!" sagte ich aufgeregt.

Dann erzählte Malvyn mir von Max' Reaktion auf den ersten Kuß, seiner distanzierten Art seitdem, den Verabredungen, die er trotzdem machte, den Spaziergängen voller Spannung, ohne Augenkontakt, und schließlich dem Ritual. Malvyn ließ sich jedes Wort aus der Nase ziehen.

„Auf dem Friedhof!" Ich schüttelte den Kopf. „Und? Was ist dann passiert?"

„Ich kam mir vor wie vom Blitz getroffen." Malvyn starrte immer noch an die Decke. „Wir standen uns eine Weile gegenüber und schauten uns in die Augen. Dieser Kuß – er hat mich ehrlich gesagt nicht nur überrascht, sondern richtig umgehauen. Ich spürte sein Begehren, aber es war nicht bloß Sex. Er meinte mich, jedenfalls war das viel intensiver als mit David. Mein Herz klopfte mir im Hals, und ich habe mir gewünscht, daß er mich in die Arme nimmt. Aber wir standen ja auf dem Friedhof, wir standen an Christians Grab. Das war wirklich nicht der geeignete Ort."

„Und?"

„Mäxx hat mich bei der Hand genommen und ist mit mir raus in ein Taxi."

„Ja, hat er denn nichts gesagt? Ich meine …" Ich wußte ja auch nicht was, aber ich hätte es zumindest vermutet.

„Nein, nicht wirklich." Jetzt schaute mich Malvyn an, drehte sich um und stützte seinen Ellenbogen auf. Mit dem Zeigefinger seiner freien Hand fuhr er die Linien auf dem Parkett nach. „Ich meine, nichts Bestimmtes. Da war wieder diese eigenartige Spannung."

„Und du?"

„Ich habe mich auch nichts sagen trauen. Ich hätt ja gar nicht gewußt was. Er hat mich immer mal angeschaut und gelächelt, aber in seinem Kopf hat es richtig gearbeitet, ich habe es rattern hören. Jedenfalls sind wir zu ihm gefahren, und als wir dann die Treppe zu seiner Wohnung raufgingen, wurden seine Schritte immer langsamer. Auf dem Absatz zur zweiten Etage blieb er dann stehen und drehte sich nach mir um. Er schaute mich an, das Lächeln aus seinem Gesicht war verschwunden, dann ging er weiter, noch langsamer, als ob er sich plötzlich nicht mehr sicher war, in welchem Stockwerk er wohnt."

Malvyn schaute mich an, als hätte ich eine Antwort parat. Ich konnte es mir denken: Max war sich bewußt geworden, was da auf ihn zukommen würde, und hatte wahrscheinlich die Hosen vollgehabt.

„Vor seiner Wohnungstür hat er mir in die Augen geschaut und gesagt: ‚He, Malv. Ich kann nicht. Sorry, aber …'"

„Aber was?" fragte ich. Ich hätte Max erschießen können. Noch eine Enttäuschung für Malvyn.

„Nichts. Er sagte nichts mehr. Er faßte mich an den Schultern und drückte mich kurz, dann kramte er nach seinem Schlüssel und schloß die Tür auf."

„O Scheiße, Malv." Ich fühlte mich schlecht. Wie oft hatte Berni mich davor gewarnt, andere zu verkuppeln? Wenn er davon erfuhr, würde er mich lynchen. „Es tut mir so leid."

„Mäxx sperrt also die Tür auf, geht rein und will sie wieder zumachen, da wurde ich echt stinkig. Ich schob meinen Fuß in den Spalt und stemmte mich gegen die Tür."

„Und?"

„Mäxx war so verdattert, daß er zurücktrat. ‚So nicht', hab ich gesagt und bin ihm an den Kragen. ‚Du bist feige.' ‚Das bin ich nicht', antwortete er. Dann hab ich ihn gefragt: ‚Warum verabredest du dich dauernd mit mir? Was ist das für eine Spannung zwischen uns? Warum hast du mich auf dem Friedhof geküßt und an der Hand nach Hause geführt?'"

„Und?"

„Er ist immer weiter zurückgetreten, seine Augen waren weit vor Angst. Ich kam mir vor wie 'n Monster. ‚Wovor hast du Angst?' hab ich ihn gefragt. ‚Was kann dir schon passieren?'"

„Und was hat er darauf geantwortet?"

Malvyn legte sich wieder auf den Rücken und starrte an die Decke. Ich konnte mir nicht helfen, aber es kam mir so vor, als würde er es genießen, mir diese Story zu erzählen.

„‚Ich werde dich verletzen, Malv', hat Mäxx gesagt. ‚Wir werden Sex haben, und dann werde ich dich wegschicken. Ich werde dir weh tun.' ‚So ein Quatsch!', hab ich gesagt. ‚Das ist doch nur eine Ausrede. Wir verletzen uns alle. Wenn du das vermeiden willst, dann mußt du dich erschießen.' Aber die Angst in seinen Augen wurde kein bißchen kleiner. ‚Nein, du hast keine Angst, mich zu verletzen', hab ich gesagt und ihm einfach einen Kuß gegeben. Ich hab ihn gepackt und festgehalten, so daß er nicht wegkonnte, und hab ihm meine Zunge in den Mund geschoben."

„Du spinnst."

Malvyn wendete sich wieder mir zu. „Meinst du? Meinst du, ich hätte das nicht tun sollen?"

Ich schüttelte den Kopf. Keine Ahnung. Was war schon richtig und was falsch? „Erzähl schon weiter. Du spannst mich hier auf die Folter."

Malvyn schaute mir eine Weile in die Augen. „Er sperrte sich gegen meine Zunge, er tat so, als würde er sich wehren, aber nur kurz, nicht wirklich, weißt du. Es war so zaghaft, mehr wie eine Höflichkeitsgeste von Raimondo, wenn man ihn fragt, ob er noch ein Stück Kuchen möchte. Er sagt: ‚Nein, danke', hält einem aber gleichzeitig den Teller hin. Es war fast ein Kampf, ihn zu küssen", erzählte Malvyn weiter, „aber ich mußte es tun; ich konnte nicht aufhören. Je mehr er mit sich gekämpft hat, desto wilder bin ich geworden. Im einen Moment erwiderte er meinen Kuß, im nächsten biß er die Zähne zusammen, dann hat er mich festgehalten, ja sogar geklammert, nur um mich gleich mit aller Gewalt von sich zu schieben. So ging das eine ganze Weile; im Grunde war es nichts anderes, als was er schon seit Tagen mit mir praktiziert hatte. Je länger wir auf dem Boden herumrollten und diesen Pseudokampf austrugen, desto inniger wurde das Ganze. Ich hatte ja schon seit dem Kuß auf dem Friedhof einen Steifen, aber dann merkte ich, daß auch er einen hatte. Also knöpfte ich ihm die Hose auf und ..."

„Moment, Moment", unterbrach ich ihn; Malvyn war im Laufe der Erzählung immer mehr aufgetaut und wieder zu dem quirligen Bengel geworden, den ich kennengelernt hatte. „So genau möchte ich es nicht wissen. Sag mir nur, wie es ausging."

„Na, wie ich schon sagte: Wir hatten Sex. Es war ganz anders als mit David oder mit Terry. Es war viel intensiver und aufregender, wir schwitzten und ..."

„Malvyn! Bleib bei der Sache. Keine Details, ja! Also, wie ist es ausgegangen?"

Mein Neffe schaute mir wieder in die Augen. „Du meinst nach dem Sex?"

Ich nickte.

„Wir sind eine Weile so liegengeblieben. Mäxx hat sich in meine Achsel verkrochen und mich festgehalten. Aber irgendwann wurde es mir zu unbequem, also bin ich aufgestanden. Ich war ja noch mit Lipstick verabredet."

„Und Max?"

„Er hat mich nur angestarrt und nichts gesagt. Dann, ich war schon fast aus der Tür, hat er gefragt, ob ich mal über Nacht bleiben würde."

„Und?"

Malvyn starrte aufs Parkett und zog wieder die Linien der Maserung nach. „Denkst du, daß das eine gute Idee ist?"

„Ich weiß nicht, Malvyn. Du bist hier der weise Mann. Geht dein Herz auf, wenn du an ihn denkst?"

Er nickte. „Ja, schon."

„Tut es dir gut, mit ihm zusammen zu sein?"

Malvyn nickte wieder. „Mmh."

„Dann mußt du es wohl tun. Du mußt ihn ja nicht gleich heiraten?"

„Und was machen wir mit B?" Er schaute mich fragend an.

„Den überläßt du mir."

Malvyn sprang auf und fiel mir um den Hals: „Meinst du, daß ich ihn liebe?"

„Keine Ahnung, Malv. Das weißt nur du selbst."

„Darf ich heute schon bei ihm übernachten?" fragte er.

In dem Moment traten mir Schweißperlen auf die Stirn. Ob ich Angelika fragen sollte? Aber was hätte sie dazu sagen können? Sie mußte gewußt haben, daß ihr Sohn Männer kennenlernen würde. Und dann war es doch besser, er tobte sich – wenigstens am Anfang – mit meinem besten Freund aus, oder nicht? Durfte ich mich einmischen? Hätte ich damals auf einen anderen gehört, wenn er mir verboten hätte, mich mit jemandem zu treffen? Wohl kaum.

„Geh ruhig", sagte ich. „Aber versprich mir, daß du sofort nach Hause kommst, wenn dein Herz zugeht. Okay?"

„Versprochen!" Malvyn gab mir einen Kuß, sprang auf und rannte aus der Tür. Sie fiel mit einem schweren Schlag ins Schloß, dann hörte ich ihn noch die Treppe hinunterpoltern – er mußte vier Stufen auf einmal genommen haben –, dann war es still.

Ich lehnte mich an die Stereoanlage und schaute mich um: Die beiden großen Ledersofas, der Kirschbaumschrank, die Bilder, die Gießkanne, der Parkettboden mit der kleinen Pfütze darauf, die Tür zum Balkon, die Sonne, die hereinscheinte und Schatten der Fensterkreuze auf den Boden warf. Meine Wohnung, ich lebte hier schon seit Jahren. Hannah, Max, Raimondo, Kim, Lipstick, Barbarella und all die anderen, mein Geschäft und Bernhard. Das alles machte mein Leben aus.

Malvyn stand noch am Anfang. Alles lag vor ihm. Was hatte ich? Routine, ein festgefahrenes Leben, Sicherheit, Vertrauen.

Ja, es war stabil, und das war gut so. Aber diese Aufregung, die Malvyn gerade erlebte, die würde ich wahrscheinlich nie mehr erleben.

Ich rappelte mich auf, holte den Putzlappen aus der Küche und wischte den Boden auf, dann ging ich hinaus, um die Blumen zu gießen. Die Kirchenglocken läuteten zwölfmal. Es war Freitag, in einer Stunde würde Kim Hannah vorbeibringen, um Viertel nach zwei kam Berni aus der Schule. Oma guckte im Moment Mittagsfernsehen, bald würde sie ein Nickerchen halten. Zum Kaffee wären wir dann alle zusammen. Alle, nur Malvyn nicht. Er würde sich mit Max herumrollen oder Eis essen oder Händchen haltend durch die Stadt laufen oder Max' Freunde kennenlernen. Vielleicht würden sie sogar schon Urlaubspläne schmieden.

Ich nahm das Telefon und setzte mich neben meine ungegossenen Pflanzen auf den Balkon. „He, Max. Wie geht's?"

„Gut. Und selbst?"

„Irgendwelche Neuigkeiten?"

„Nein, nichts Besonderes", antwortete er. „Und bei euch?"

„Alles okay. Ich dachte nur, ich ruf mal an. Hör mal, wie's dir so geht."

„Gut. Und selbst?"

Das war Max, noch undurchdringlicher als Bernhard. Er würde von sich aus nie den Mund aufmachen. Ich kam mir vor wie ein Idiot, so zu bohren. „Ich ... rufe an, wegen ... Malvyn."

„Ach ja?"

Pause.

„Max, er hat mir gerade von eurem gestrigen Abenteuer erzählt. Ich ... weißt du, er ist mein Neffe, und ..."

„Was, Edvard?"

„Liebst du ihn?" fragte ich.

„Malvyn ist jung, er ist unerfahren. Ich glaube, auf der ganzen Liste von Kriterien für meinen potentiellen Lebenspartner gibt es keinen Punkt, den er erfüllt. Aber er fasziniert mich. Und ja, ich habe ihn gern."

Ich hätte viel dazu sagen können, zum Beispiel, daß Malvyn ja vielleicht schon allein deswegen gut für Max war, eben weil er all die Kriterien nicht erfüllte. Aber ich hatte mir vorgenommen, mich nicht einzumischen.

„Er ist auf dem Weg zu dir. Versprich mir nur eins: Sei lieb zu ihm. Tu ihm nicht weh, sonst kriegst du es mit mir zu tun."

„Grrr!" Max knurrte ins Telefon.

„Ja, is gut", sagte ich. „Ich weiß, daß es mich eigentlich nichts angeht ... Viel Vergnügen noch."

„Wünsch ich dir auch", sagte Max.

In Anbetracht seines Vergnügens kam ich mir in diesem Moment ziemlich verarscht vor.

Bernhard ❊ Ein gemeinsamer Freund von Raimondo und mir rief am Montag vor den großen Ferien in der Schule an, um mir ausrichten zu lassen, daß Adrian in der Nacht verstorben war; Raimondo sei in einem desolaten Zustand. Das war um Viertel nach zehn. Als mir die Sekretärin um kurz nach halb elf die Nachricht überbrachte, ließ ich ihren Blick unkommentiert. Statt dessen gönnte ich meinen Rabauken eine Pause und lief ins Lehrerzimmer, um Raimondo anzurufen. Er ging nicht ans Telefon.

Die folgende halbe Stunde war ein Alptraum: Meine Schüler merkten mir meine Anspannung und Unfähigkeit mich zu konzentrieren an und nutzten es schamlos aus. Papierschnipsel flogen durch das Klassenzimmer, Briefchen wurden getauscht und in einer Tour gequatscht. Ich verhaspelte mich, weil ich den Blick nicht von der Uhr nehmen konnte, die über der Tür gemächlich vor sich hintickte, als hätte sie Ferien. Um Viertel nach elf hielt ich es nicht mehr aus und schickte die Bande nach Hause.

„Wir nehmen hitzefrei", sagte ich, wischte mir den Schweiß von der Stirn und schaute durch die regennassen Fenster in den grauen Himmel. „Aber leise, Leute. Leise. Ich will keinen Ärger. Und keine Silbe davon zu irgend jemand. Okay?"

„Okay", flüsterten sie und strahlten. Ich wußte, daß ich deswegen am nächsten Morgen zum Direktor zitiert werden würde, aber das war mir in dem Moment egal.

Ich war als erster aus der Tür. Ich nahm mit jedem Schritt vier Stufen auf einmal und ließ mich von einem Taxi zu Raimondo fahren.

„Raimondo, mach auf! Raimondo, ich bin's, Bernhard." Ich klingelte und klopfte. „Raimondo. Komm schon! Mach endlich die Tür auf!" Nach einer Weile hörte ich etwas knarren, dann ein schlurfendes Geräusch, das sich näherte. Die Tür ging auf, und ich sah das ganze Elend. Raimondo wirkte apathisch, ich war mir nicht mal sicher, ob er mich wirklich erkannte.

Ich schob ihn in die Wohnung, schloß die Tür und umarmte ihn, drückte ihn so fest als hätte ich Angst, er könnte auseinanderfallen; er zitterte. „Raimondo. Es tut mir so leid. Ich kann mir vorstellen, wie du dich fühlst. Aber du darfst dich jetzt nicht hängenlassen. Adrian würde das nicht gefallen." Er erwiderte meine Umarmung nicht.

Ich hakte mich bei ihm unter und zog ihn ins Wohnzimmer. Er machte nur kleine Schritte und starrte vor sich hin. Ich setzte Raimondo in den Sessel, dann ging ich an die Bar und nahm das erste scharf riechende Zeug, füllte ein Glas damit und flößte es ihm ein; er ließ alles mit sich geschehen. Dann zog ich ihn an mich heran, streichelte über seine Glatze, seinen Nacken, seinen Rücken: „Das Leben geht weiter, Raimondo. Du darfst dich nicht hängenlassen. Das ist das Schlimmste, was du jetzt tun kannst."

Er reagierte nicht. Es machte mich traurig, meinen besten Freund in diesem Zustand zu sehen. Er trug ein altes Hemd, der Reißverschluß seiner Hose war offen, er hatte nur einen Strumpf an, und das Erschreckende: Ich konnte riechen, daß er sich nicht gewaschen hatte.

„Okay, wenn du nicht mehr dazu fähig bist, dann werde *ich* eben dafür sorgen, daß dein Leben weitergeht. Als erstes wirst du gebadet, dann zieh ich dich an und dann gehen wir spazieren. Schau, die Wolken reißen auf, womöglich scheint gleich noch die Sonne." Wieder keine Reaktion.

Es kostete mich einiges an Kraft, ihn aufzusetzen, dann drückte ich ihm einen Kuß auf die Wange und zerrte ihn ins Bad. Dort ließ ich die Wanne einlaufen, drehte die Fußbodenheizung an, und legte ein Badetuch bereit.

Es dauerte eine Weile, bis ich ihn ausgezogen hatte, und es blieb mir nichts anderes übrig, als mit ihm in die Wanne zu steigen, denn er war einfach zu schwer und unhandlich. Und da saßen wir dann mit einem Berg von Schaum zwischen uns. Ich wusch ihm die Haare, das Gesicht, und als ich bei seiner Brust angekommen war, hatte ich ein Déjà vu: Viele Male war ich mit Adrian so gesessen und hatte ihn gewaschen; Raimondo wurde zu Adrian, abwesend wie er, hilflos wie er, verloren wie er.

Ich lehnte mich vor und nahm ihn in den Arm. „Komm zu mir zurück, Raimondo! Komm zurück!"

Auch am späten Nachmittag hatte sich sein Zustand nicht gebessert. In meiner Hilflosigkeit rief ich unseren Freund Andreas an, einen Arzt, der sich die Symptome beschreiben ließ. Seiner Meinung nach bräuchte Raimondo nur Zeit und Betreuung, dann würde sich alles einrenken. Er bot mir an, ihn in eine Klinik aufnehmen zu lassen. Das kam jedoch nicht in Frage, nicht solange ich die Kraft und die Möglichkeiten hatte, ihn zu versorgen.

Ich zog Raimondo an, hängte ihm eine Jacke über die Schultern, setzte ihm seinen Strohhut auf und nahm ihn mit nach Hause. Hannah und meine Mutter waren da, später würde Kim kommen. Irgendwie würden wir ihn schon zurückholen.

Mutter erschrak, als ich Raimondo in die Wohnung schob: „Um Gottes willen, Herr Raimondo! Was ist denn mit Ihnen geschehen?"

„Adrian", sagte ich nur, und meine Stimme krächzte.

„O Gott", sagte sie, und Tränen schossen ihr in die Augen. „Armer Herr Raimondo. Es tut mir so leid. Ich finde keine Worte." Sie führte Raimondo ins Wohnzimmer, setzte sich mit ihm auf die Couch und hielt seine Hand.

Ihre Reaktion beeindruckte mich. Zwar hatte mir Edvard erzählt, daß Mutter ins Krankenhaus gefahren war, um die Schwestern zu überzeugen, Raimondo zu seinem Freund zu lassen, obwohl es die Eltern verboten hatten, aber es war etwas anderes, zu erleben, wie sehr sie ihm beistand. Die Souveränität, wie sie mit dieser Situation umging, überwältigte mich.

Malvyn ließ mal wieder die Musik im Arbeitszimmer donnern. Edvard störte das ja nicht, aber mir ging es auf die Nerven; und in diesem Moment war es unerträglich. Ich ging hinein und stellte sie ab.

„Das war ja abzusehen", flüsterte mir Edvard ins Ohr, sobald ich in die Küche kam. Er legte seine Hand zwischen meine Schulterblätter, dann umarmte er mich und gab mir einen Kuß. „Wie geht's denn dir?" fragte er und pellte dann weiter Kartoffeln. In der Pfanne brutzelte etwas, und aus einem kupfernen Tiegel stieg Dampf auf.

„Gut", log ich. Ganz gleich, was ich sagte, Edvard würde sowieso mitbekommen, wie's mir wirklich ging. „Wir müssen uns ein bißchen um ihn kümmern, dann wird's schon wieder."

„Essen ist jedenfalls kein Problem. Ich hab genug für eine Kompanie." Er reckte mir seine gespitzten Lippen entgegen. Ich küßte ihn. „Was hast du mit ihm vor?"

„Ich weiß es nicht. Momentan kümmert sich meine Mutter um ihn. Ich schau mal nach."

Ich ging ins Wohnzimmer. Mutter saß noch neben ihm, hielt seine Hand und flüsterte. War es ein Gebet oder Zuspruch? Dann sah ich, wie sie das Taschentuch aus dem Ärmel ihres Kleides zog, um es sich vor den Mund zu halten.

Auf der anderen Seite zerrte Hannah an Raimondo herum: „Mondo, Mondo." Sie wollte, daß er das kleine gemalte Meisterwerk würdigte, das sie ihm in den Schoß gelegt hatte. Mit grünen Strichen hatte sie eine Wiese angedeutet, braune Linien stellten einen Baum dar. Es hieß: „Der Bär ist weg." Sie hatte es schon jedem von uns gezeigt.

„Und wo ist der Bär?" hatten wir gefragt.

„Na, weg!" war ihre Antwort, untermalt von einem verständnislosen Kopfschütteln über unsere Dummheit.

Aber Raimondo konnte sie keine Reaktion entlocken, nicht mal ein Lächeln. Schmollend trabte sie an mir vorbei ins Arbeitszimmer und kam dann mit einem ihrer Bücher bewaffnet zurück. Gut, kleine Maus, dachte ich. Weiter so.

Sie erklomm seinen Schoß, lehnte sich mit dem Rücken gegen seinen Bauch und begann ihm „vorzulesen": Sie erzählte eine mir nicht nachvollziehbare Geschichte, die nur entfernt Ähnlichkeit mit der im Buch aufwies. Raimondo streichelte ihr Haar; das Eis war gebrochen.

„Mama und Hannah kümmern sich um ihn", sagte ich zu Edvard. Er nahm den Zwischenbericht zur Kenntnis, während er die gekochten Kartoffeln in eine Presse legte, um Kartoffelschnee zu machen. Auf der Arbeitsfläche lagen gehackte Kräuter; Edvard steckte den Finger in die Soße, leckte ihn ab, goß noch einen

Schuß Weißwein hinein und preßte dann wieder Kartoffeln. Wie er das nur alles auf die Reihe bekam? Ein Phänomen.

Wenig später kam Kim. Ich hielt sie an der Tür fest, um zu verhindern, daß sie in ihrer üblichen überdrehten Art über Raimondo herfiel und ließ sie erst in die Wohnung, nachdem ich sie informiert hatte.

„Hallo, Oma", sagte sie zu meiner Mutter: „Na, Süße" begrüßte sie ihre Tochter und strich Hannah dabei über die Locken. Dann wendete sie sich ihrem Ziehvater zu. „Mist, Raimondo. Das tut mir aber leid. Du hast aber auch ein Pech mit deinen Männern."

Typisch Kim. Ich schaute ihr zu und schüttelte den Kopf.

Erst nach und nach merkte sie, daß mit ihm nicht zu reden war. „Würdest du bitte ein Lebenszeichen von dir geben? Ich bin's, Raimondo, Kim. Hallo? Hier draußen!"

Er hob den Kopf und schaute sie an.

Hannah klappte die Kinnlade herunter. „Mama, guck mal. Mondo hat sich bewegt."

„Und was sollen wir jetzt mit dir anstellen?" fragte Kim.

„Laßt mich einfach ein wenig hier sitzen."

„Okay." Kim nahm ihre Tochter auf den Arm. „Guten Abend, mein Engelchen. Waren die Jungs lieb zu dir?"

„Ja, Mama", antwortete Hannah. „Komm mal mit ins Schlafzimmer. Ich muß dir was zeigen."

„Raimondo. Raimondo!" rief Kim.

Er schaute auf. „Wenn du was brauchst, ruf uns. Alles klar?" Dann ließ sie ihn mit meiner Mutter allein. Kim war so herrlich selbstzentriert, daß sie mit manchen Situationen erfrischend pragmatisch umging.

Ich half Edvard, das Essen aufzutragen – so hilfreich sich Malvyn in den ersten Wochen gezeigt hatte, inzwischen verhielt er sich wie jeder andere Junge in seinem Alter –, dann rief ich alle zu Tisch. Raimondo wollte natürlich nicht, aber ich zwang ihn, sich wenigstens zu uns zu setzen. Er hatte angeblich keinen Appetit; es mußte wirklich schlimm um ihn stehen.

„Wann wird Adrian denn beerdigt?" fragte Kim. „Steht das schon fest?" Raimondo hob es fast aus dem Stuhl. Kim war einfühlsam wie eine Dampfwalze auf dem Friedhof. Edvard, meine Mutter und ich schickten böse Blicke über den Tisch, sie schaufelte geruhsam Schneekartoffeln auf die Teller. „Bitte? Ich hör nichts. Hier ist 'ne verdammt schlechte Verbindung."

„Kim!" sagte ich.

„Was denn? Wenn mir keiner antwortet."

„Übermorgen auf dem Friedhof am Perlacher Forst", sagte meine Mutter, die vor dem Essen ungefähr mit der Hälfte des Krankenhauspersonals telefoniert hatte, um herauszufinden, welches Bestattungsinstitut von Adrians Eltern beauftragt wurde, sowie Ort und Termin der Beisetzung.

Friedhof am Perlacher Forst. Wie romantisch sich das anhörte. Wer wußte schon, daß er zwischen zwei Autobahnen lag und direkt an die Strafanstalt Stadelheim angrenzte. Es war eine Gemeinheit, Adrian dort zu beerdigen.

Raimondo zuckte, als er das hörte. Er hätte für seinen Geliebten bestimmt einen schönen Ort ausgesucht, auf dem Nordfriedhof zum Beispiel oder gar auf dem Neuen Südlichen Friedhof, der an das Bermudadreieck angrenzte. Aber er hatte kein Recht, er durfte gar nichts entscheiden. Wenn er seinen Adrian besuchen wollte, würde er an den hohen Mauern und der Stacheldrahtumzäunung des Gefängnisses vorbeilaufen und seine Gebete gegen den Motorenlärm der Autos anstimmen müssen.

„Ich geh nicht hin", murmelte Raimondo.

„Bitte?" fragte Kim.

„Er will nicht hingehen", sagte Malvyn, der neben ihm saß.

„Gehört haben wir Sie, aber verstanden nicht", sagte meine Mutter und setzte sich auf. „Wieso wollen Sie nicht auf Adrians Beerdigung?"

Raimondo schaute in die Runde. „Seine Eltern würden eine Szene machen. Ich will die Beerdigung nicht stören."

„Nicht stören?" Mutter echauffierte sich. „Eine Beerdigung ist doch keine Privatveranstaltung. Sie müssen hingehen, das steht außer Frage."

Edvard und ich schauten uns erstaunt an, Raimondo senkte den Blick.

„Gut, ich sehe schon. Es muß jemand mit", sagte meine Mutter resolut – ich konnte nur staunen.

„Oh, ich kann nicht", wehrte Kim ab. „Ich habe einen wichtigen Termin." Mit ihr hatte auch keiner ernsthaft gerechnet.

Als nächster entschuldigte sich Edvard. Ein Mitarbeiter hätte eine Wurzelbehandlung, und der andere sei in Urlaub. Er könne seinen Laden nicht schließen. Es wäre auch eigenartig gewesen, Raimondo war mein Freund, nicht Edvards. Es war also an mir. „Aber ich habe nicht mal einen schwarzen Anzug", sagte ich, eine ziemlich fadenscheinige Entschuldigung, aber ich haßte Beerdigungen. Der Tod war das Schrecklichste am Leben.

„Keine gute Ausrede", sagte Mutter. „Du kommst in das Alter, wo sich ein schwarzer Anzug rentiert." Ja, das sagte sie, ich erinnere mich genau. Als ich sie verdutzt anschaute, setzte sie sogar noch hinzu: „Wer weiß, wie lange ich es noch mache."

„Okay. Um wieviel Uhr findet das statt?" fragte ich, und Raimondos Gesicht hellte sich auf.

„Um elf", antwortete meine Mutter.

„Da hab ich Schule, Mama. Es ist der letzte Schultag. Um die Zeit verteile ich gerade die Abschlußzeugnisse. Ich krieg unmöglich wegen der Beerdigung des Liebhabers meines Freundes frei."

Dieses Argument leuchtete jedem ein, Raimondo sackte daraufhin wieder in sich zusammen.

„Gut. Dann gehe eben ich", sagte meine Mutter. „Sie werden es nicht wagen, sich mit einer alten Frau an Herrn Raimondos Seite anzulegen." Sie streichelte über Raimondos Arm und stach dann energisch in den Kartoffelschnee; Edvard und mir klappten noch einmal die Kinnladen herunter, Malvyn schaute uns fragend an. Meine Mutter!

Bald machte Kim Anstalten, nach Hause zu gehen. Die Atmosphäre war bedrückend und Hannah müde. Wenn sie erst mal schlief, war es problematisch, mit ihr nach Hause zu kommen. Keiner versuchte, sie zurückzuhalten, der Tag war turbulent genug gewesen.

Sobald die beiden Gören aus der Tür waren, drückte ich Malvyn den Kellerschlüssel in die Hand: „Oben im rechten Regal findest du eine Luftmatratze. Raimondo übernachtet heute im Arbeitszimmer, du schläfst im Wohnzimmer."

Malvyn hob an, zu widersprechen, aber ich schaute ihn scharf an: „Keine Widerrede", sagte ich und gab ihm sanft eins hinter die Löffel.

„Immer auf die Kleinen", maulte er und folgte.

Es dauerte, bis alle durchs Bad geschleust und dann in ihren Zimmern und Betten verstaut waren. Unsere Wohnung war schön, aber es fehlte ein zweites Bad. Schon mit meiner Mutter und Malvyn im Haus war es eng geworden, jetzt, mit einem dritten Gast, wurde es langsam problematisch. Wenn wenigstens die Toilette vom Bad getrennt wäre. Vielleicht hatte Edvard recht, und es war wirklich an der Zeit, daß wir in ein Haus umzogen.

Als Edvard endlich ins Bett kam, machte ich gleich das Licht aus. Es war spät geworden, und ich mußte wie immer früh raus.

„Wie geht es dir?" fragte mich Edvard noch einmal.

„Beschissen", murmelte ich, „aber laß uns schlafen. Ich will jetzt nicht mehr darüber reden."

Kurz darauf begann Edvards Atem länger zu werden; ich konnte einfach nicht einschlafen. Raimondo ging mir nicht aus dem Kopf. Die Zeit marschierte im Gleichschritt voran, aber mein Schlaf blieb aus. Um ein Uhr morgens nahm ich den Wecker und krabbelte aus dem Bett. Die Dielen knarzten, aber ich wußte, wo ich hintreten mußte, um Edvard nicht zu wecken.

Auch Raimondo schlief nicht, das hörte ich an seinem Atem, aber er reagierte auch nicht, als ich zu ihm unter die Decke kroch. Ich drückte mich nah an ihn heran, er fühlte sich kalt und kraftlos an.

„Raimondo. Geh nicht weg", flüsterte ich ihm ins Ohr. „Ich brauche dich noch."

Ein Beben erfaßte seinen Körper, es breitete sich aus wie die Wellen, die man erzeugt, wenn man einen Stein in einen Teich wirft. Bald schaukelte das ganze Klappsofa, und dann spürte ich Tränen auf meinen Arm tropfen. Raimondo war wieder da.

Lydia ❋ Es hatten sich nur wenige Menschen versammelt, um Abschied von Adrian zu nehmen, ein paar Familienmitglieder – Herr Raimondo wußte nicht einmal zu sagen, ob es alle waren – und nur ganz wenige ihrer gemeinsamen Freunde. Die Eltern hätten ihren Sohn am Wochenende beerdigen lassen können, aber sie wollten es an einem Vormittag unter der Woche tun, damit kaum einer von seinen Freunden dabei sein konnte.

Als ich mit Herrn Raimondo in die Kapelle trat, stürmte ein junger Mann auf uns zu und drohte ihm Prügel an, wenn er der Zeremonie beiwohnen würde.

„Schämen Sie sich denn nicht, vor einer alten Dame so zu sprechen?" fragte ich ihn.

Er ballte die Faust und hielt sie Herrn Raimondo unter die Nase. Ich hatte nie so viel Haß in den Augen eines Menschen gesehen; mir fuhr ein Schrecken in den Unterleib.

Nach der Andacht gingen wir ans Grab. Immer wieder wurden wir geschubst und getreten, jemand stach Herrn Raimondo mit einem Regenschirm in die Seite.

Auch die Ansprache am Grab fiel sehr kurz aus. Die Eltern hatten offensichtlich kein Interesse an einer schönen Zeremonie. Der Pfarrer schaufelte gerade etwas Erde auf den Sarg, da kamen derselbe junge Mann und Adrians Vater auf uns zu. Ich zog Herrn Raimondo fest an mich heran; er sollte spüren, daß er nicht alleine war. Sie sagten genau das, was Edvard prophezeit und wovor er Herrn Raimondo gewarnt hatte: Sie würden dafür sorgen, Herrn Raimondo zu ruinieren. Ein Nachlaßverwalter sei schon beauftragt. Adrian und er hätten schließlich in einer Wohnung gewohnt, und da sie keine Gütertrennung vereinbart hatten, galt das als Zugewinngemeinschaft. Damit gehöre Adrian ganz selbstverständlich die Hälfte von allem und nach seinem Tod nun den Erben.

Es war so menschenverachtend, wie sie mit Herrn Raimondo sprachen. Ich schaute zu ihm auf, weil ich erwartete, daß er etwas erwidern würde, aber er starrte nur auf das Grab. Es schien, als würde er nichts von alledem hören.

Ich war entsetzt. „Schämen Sie sich denn nicht?" fragte ich die beiden. „Ihr Sohn war drei Jahre lang schwer krank. Sie haben sich kein einziges Mal um ihn gekümmert. Und nun bedrohen Sie den Menschen, der das getan hat, was Ihre Pflicht gewesen wäre?" Als Antwort darauf beschimpften Vater und Sohn nun mich.

Einer von Adrians Freunden trat dazwischen und sagte ihnen auch die Meinung: „Spielen Sie doch nicht die Gerechten hier. Gegen Gottes Willen bezeichnen Sie die Liebe zwischen Männern? Wie wollen Sie denn das nennen, was Sie gerade veranstalten? Eine Lektion in Nächstenliebe vielleicht? Einen Sohn verstoßen, nur weil er nicht so lebt, wie Sie es von ihm erwarten. Tha! Zu so viel Liebe, wie sie Herr Bortalozzi für Ihren Sohn aufgebracht hat, sind Sie doch gar nicht fähig. Auf die Knie sollten Sie fallen und Ihren Sohn um Vergebung bitten, anstatt Schuld zuzuweisen."

Die Familie antwortete ihm mit Worten, die ich schnell wieder vergessen habe, so abscheulich waren sie. Daraufhin traten noch zwei weitere Freunde von Adrian hinzu, und binnen Sekunden entbrannte ein heftiger und sehr lauter Streit. Vorwürfe und Schuldzuweisungen wurden ausgesprochen, so schnell, daß ich ihnen nicht folgen konnte, und schließlich kam es zu Handgreiflichkeiten.

Herr Raimondo stand neben dem offenen Grab, während fünf Männer einander anbrüllten, an den Sakkos und Schlipsen zerrten und sich gegenseitig ohrfeigten. Herr Raimondo schaute sie entsetzt an und flehte, sie mögen nicht so sprechen, nicht hier am Grab seines Geliebten. Er bettelte, aber die Gemüter waren so erhitzt, sie hörten nicht auf ihn. Sie hörten nicht mal auf den Pfarrer, der einzuschreiten versuchte. Im Gegenteil, sie schaukelten sich nur weiter auf. Erst als Herr Raimondo zusammenbrach, als er zitternd auf dem Boden lag wie mein Theo bei seinem Herzinfarkt, erst dann schwiegen sie. Aber dann war es auch schon zu spät. Herr Raimondo hatte einen starren Blick, als sähe er ein Gespenst, er jaulte wie ein tödlich verwundetes Tier, und bald zitterte und bebte er nicht mehr, sondern strampelte und schlug wild um sich.

Ich konnte nur zurücktreten und warten, bis ihn die Sanitäter auf eine Trage geschnallt hatten und die Spritzen anfingen zu wirken. Erst dann konnte ich ihm meine Hand auf die Stirn legen. „Verzeih", sagte ich. „Bitte verzeih."

Raimondo ✻ „Er wacht auf. Er kommt zu sich."

Ich hörte Stimmen. Fern und dann wieder ganz nah. Es kam mir vor, als wäre mein Kopf in Watte gepackt. Meine Lider waren so schwer, daß ich glaubte, sie nicht heben zu können. Da war etwas an meinem Arm, ein Gewicht, nein, Wärme. Eine Hand? Ich versuchte, meinen Kopf zu bewegen, aber er fühlte sich an wie aus Beton.

„Raimondo. Ich bin's, Bernhard."

Bernhard? Bernhard! Ich öffnete die Augen mit aller Kraft. „Wo bin ich?"

„Ganz ruhig, Raimondo." Er strich mir über die Stirn. „Du bist in … einem Krankenhaus", sagte er.

Ein Schatten legte sich über mich, nein, es war das Gesicht einer Frau. Alt, Falten. „Herr Raimondo. Geht es Ihnen besser?"

„Was ist passiert?" fragte ich.

Da war ein lautes Geräusch, und zu meinen Füßen fühlte ich …

„Raimondo, Raimondo. Was machst du nur für Sachen?" hörte ich jemanden auf Italienisch sagen. „Wir haben uns solche Sorgen gemacht. Schau doch nur Maria an, sie weint. Sie weint um dich. Was soll ich nur mir ihr anfangen?"

„Giancarlo?"

„Ja natürlich, du Dummkopf. Wer denn sonst?" Ein dunkles Gesicht küßte mich links und rechts, dann zerrte jemand an meinem Arm.

Giancarlo, mein Bruder, mit seiner Frau Maria. Was taten sie in München? „Bin ich tot?" fragte ich. Ich kam nur sehr langsam zu mir, erwachte wie aus einem tiefen Schlaf.

„Bernardino, der gute Junge. Er hat uns angerufen und alles erzählt. Wir sind gekommen, um dich einzupacken und mitzunehmen. Du brauchst Ruhe, viel Ruhe, haben die Ärzte gesagt. Du mußt nach Hause, nach Italien."

„Aber wo ist Adrian?"

Giancarlo schüttelte den Kopf und wendete sich ab. Ein anderes Gesicht erschien vor meinen Augen. Ich glaubte, es zu kennen. Bernhard?

„Nicht aufregen, Raimondo. Es ist alles in Ordnung." Bernhard drehte sich weg. „Könnt ihr mich einen Moment mit ihm allein lassen?" hörte ich ihn fragen, dann Schritte und eine Tür.

Er lächelte mich an; er war so lieb, meine große Liebe. Ich wollte meine Hand nach ihm ausstrecken und ihn streicheln, aber ich schaffte es nicht. „Bernardo."

Er nahm meine Hand, legte sie mir auf die Brust und hielt sie liebevoll fest. „Dir ging es nicht besonders gut, nachdem Adrian gestorben ist."

„Adrian ist tot?" Ich wiederholte den Satz. Ich war mir sicher, daß er etwas für mich bedeuten sollte, aber ich spürte nichts. Die Worte waren belanglos und doch auch nicht.

Bernhard nickte. „Ich habe deinen Bruder angerufen. Maria und er nehmen dich jetzt mit nach Italien, damit du dich von der ganzen Sache erholen kannst."

Ganze Sache? Was meinte er damit? „Aber ..."

„Schsch! Glaub mir, es wird dir guttun. Wir werden dich sehr vermissen, aber wenn wir es schaffen, kommen wir dich besuchen. Okay?"

„Italien?"

„Am besten ist es, wenn du jetzt gar nicht denkst. Vertraue uns einfach, vertraue mir, vertraue meiner Mutter."

„Deine Mutter?"

„Signora Lydia", sagte er und versuchte, meine Aussprache nachzuahmen.

„Ist sie denn hier?"

Bernhard nickte.

„Darf ich sie sehen?"

„Klar", sagte er und strich mir über den Bauch. „Warte, ich hole sie."

Er verschwand aus meinem Blickfeld, aber inzwischen konnte ich meinen Kopf etwas bewegen, obwohl es mir immer noch unglaublich schwerfiel.

Signora Lydia kam ins Zimmer. Sie war so schön. Sie sah aus wie ein Engel. Und als sie an das Krankenbett herantrat, roch ich den unwiderstehlichen Duft von *Tosca*.

„Herr Raimondo. Ich bin ja so froh, daß es Ihnen besser geht. Ich habe mir solche Sorgen um Sie gemacht."

„Wirklich?"

„Ja, wirklich", sagte sie.

„Bernhard hat gesagt, ich soll mit meinem Bruder nach Italien fahren. Finden Sie das auch?"

Sie nickte, und ich sah, daß sich ihre Augen mit Tränen füllten.

„Werden Sie mich denn mal besuchen kommen?" fragte ich.

Jetzt liefen kleine, klare Perlen an ihren Wangen herunter. Mühevoll hob ich meine Hand und wischte sie weg. Sie umfaßte meine Finger mit ihren zierlichen Händen und hielt sie fest. Dann schloß sie die Augen und gab meiner Hand einen Kuß.

„Auf Wiedersehen", sagte sie und ging schnell weg, viel zu schnell.

„Ja, auf Wiedersehen", sagte ich, und es kam so langsam über meine Lippen, daß ich befürchtete, sie würde es nicht mehr hören. „Ich hoffe, daß wir uns sehr bald wiedersehen."

„Bestimmt, Herr Raimondo. Bestimmt", hörte ich sie sagen, und es klang wie das Echo aus einer anderen Welt.

Edvard ❃ Na super! Die großen Ferien begannen, eine jener kurzen Phasen des Jahres, in denen sich Bernhard nach meinem Lebensrhythmus richtete, und wir waren ausschließlich mit den Problemen anderer Leute beschäftigt.

Es war klar, daß Raimondo nach seinem Ausklinker Beistand brauchte, und es war selbstverständlich, daß wir uns dafür Zeit nahmen. Obwohl ihn die Ärzte schon nach zwei Tagen entlassen hätten, blieb er auf eigenen Wunsch eine ganze Woche lang auf Station – für einen Privatpatienten kein Problem. Als er dann einem Therapeuten gestand, daß er panische Angst davor hatte, in seine Wohnung zurückzukehren, da ihn dort alles an Adrian erinnerte, überwiesen sie ihn in die Lauterbachklinik an den Osterseen.

„Nach Italien will ich jetzt noch nicht", sagte er, und wir konnten nur vermuten, daß Raimondo nun nicht auch noch Bernhard verlieren wollte. Also reisten Giancarlo und Maria zwei Tage später wieder ab, weil ihr Sohn, der in Portofino ein angesehenes Restaurant führte, in der Haupturlaubszeit auf sie angewiesen war; schließlich war in ein paar Tagen Ferragosto, der fünfzehnte August, ein großer Feiertag der Italiener.

Natürlich mußte jemand Raimondo Wäsche und Waschzeug bringen, den Bademantel und Pyjamas. Aber schon bald war das Kopfkissen zu hart, er bekam davon Kopfschmerzen, sagte er. Auch die Decke sei zu dünn, die Unterlage zu fest. Bernhard hatte die falschen Hausschuhe gebracht und den Schal vergessen, den er plötzlich dringend brauchte. Und als an den Grundbedürfnissen nichts mehr zu wünschen übrigblieb, bat er um Bücher und seine Lesebrille. Selbstverständlich mußte die *Süddeutsche Zei-*

tung abbestellt werden, und jeden Tag nach der Post gesehen werden; es hätten ja Rechnungen dabei sein können, die dringend bezahlt werden müssen. Die Nachbarn, die sich während Raimondos ausgedehnter Reisen immer um alles gekümmert hatten, kamen plötzlich nicht mehr für diese Erledigungen in Frage. Alles mußte Bernhard tun.

Raimondo hatte jeden Tag andere Aufträge für ihn, aber was immer es war, Bernhard tat es. Kaum etwas war wirklich wichtig, und ich hätte mir gewünscht, daß er sich nach dem Schulstreß ein bißchen Zeit für sich genommen hätte, aber nein: Wenn Raimondo etwas brauchte, bekam er es – und ich hielt meine Klappe, obwohl es meiner Ansicht nach völlig offensichtlich war, daß es dem Angeschlagenen nicht um die Dinge an sich ging, sondern darum, daß sich jemand mit ihm beschäftigte.

Oma folgte ihrem Sohn wie ein Schatten. In der ersten Woche gingen sie zusammen in die Klinik, dann in Raimondos Wohnung, um die Post aus dem Briefkasten zu nehmen und entweder die Blumen zu gießen oder der Putzfrau das Geld hinzulegen. Dann nahmen sie ein Mittagsschläfchen hier zu Hause, bis es am Nachmittag zum Kaffee wieder in die Klinik ging.

Sobald Raimondo in die Lauterbachklinik kam, sah der Tagesablauf wie folgt aus: Morgens fuhren sie in die Klinik – da die Osterseen südlich des Starnberger Sees liegen und nur mit dem Auto zu erreichen sind, mieteten wir für diese Zeit eins –, um ihren ersten Besuch abzustatten. Dann fuhr Berni wieder in die Stadt – Fahrzeit fünfundvierzig Minuten –, um Raimondos Aufträge zu erledigen. Dann fuhr er wieder hinaus, um Lydia abzuholen. Die Abende verbrachte er dann in Raimondos Wohnung, weil er, wie er sagte, alles, was an Adrians Krankheit erinnerte, außer Sichtweite schaffen wollte: Er zog die Betten ab, ließ den Bettbügel, den Nachtstuhl und den Rollstuhl abholen, den sich Raimondo von der Caritas geliehen hatte, gab Windeln, Latexhandschuhe, Schnabeltasse und all den anderen Kram, den er zum Pflegen von Adrian gebraucht hatte, zum Weiterverwerten an die Aids-Hilfe.

Natürlich kam irgendwann in diesen Tagen tatsächlich ein Brief vom Rechtsanwalt der Familie des Verstorbenen, der Raimondo aufforderte, eine Aufstellung über den gesamten Nachlaß zu erbringen, weil ihm sonst rechtliche Schritte drohten. Die

Frist war knapp bemessen. Bernhard erzählte Raimondo nichts davon, sondern ließ sich von der Aids-Hilfe einen Rechtsanwalt empfehlen, der in diesen Angelegenheiten spezialisiert war – ist es nicht erschreckend, daß es jemand gab, der mit so was auch nur Erfahrung hatte? Die Dinge standen tatsächlich nicht so rosig für Raimondo. Wie das ausgehen würde war schwer vorherzusehen. Was wenigstens momentan für ihn sprach: Er war nicht vernehmungsfähig und würde es auch noch einige Wochen bleiben. Man konnte die Sache also zumindest hinauszögern. Danach allerdings würde er sich sein Recht tatsächlich erstreiten müssen. Die Sache dauert immer noch an; ich könnte ihn später fragen, obwohl, heute ist sicher nicht der geeignete Moment darüber zu sprechen.

Die ganze traurige Angelegenheit hatte etwas Positives zur Folge: Bernhard und seine Mutter verbrachten viel Zeit miteinander. Ich bekam mit – bei den schnellen Frühstücken und kurzen Abendessen –, daß Raimondos Zusammenbruch Mutter Lydia sehr an den Tod ihres Mannes erinnerte. Da sie ohnehin nahe am Wasser gebaut hatte, reichten jetzt Kleinigkeiten aus, um sie zum Weinen zu bringen. Zudem hatte sie seit der Beerdigung das ständige Bedürfnis, sich mitzuteilen.

Die Kehrseite der Medaille: Ich kaufte ein, kochte, räumte jedem alles hinterher. Zugegeben, das war nicht wirklich neu, denn mein Mann hatte sich noch nie sehr am Haushalt beteiligt. Aber wieso konnte er das alles plötzlich für Raimondo: Betten beziehen, aufräumen, umräumen, putzen, einkaufen?

Ich fand es nicht besonders nett, daß Bernhard mir nie die Gelegenheit gab, Raimondo zu besuchen. Nicht, daß er auch mein Busenfreund gewesen wäre, aber binnen einer Woche hatte ich das Gefühl, an der Sache überhaupt nicht beteiligt zu sein, mehr noch: bewußt ausgeschlossen zu werden.

Nein, Eifersucht würde ich das nicht nennen. Ich gönnte Berni diese Freundschaft, und ich fand es großartig, daß er sich so sehr um seinen Freund kümmerte. Aber das konnte nicht das einzige sein. Er übersah ja sogar Hannah, die vielleicht sogar deswegen an einer Sommergrippe erkrankte, den ganzen Tag versorgt werden mußte, weil sie nicht stillhalten wollte – Kim hatte natürlich keine Zeit für sie, und ich mußte sie in Schutz nehmen, denn sie hatte schon Monate vorher angekündigt, daß im August Hauptproduktionsphase für die Frühjahrsmode sein würde. Wir mußten Hannah sogar ganz zu uns nehmen, weil das tägliche Hin und Her zwischen Kim und uns in diesem Zustand für sie unmöglich gewesen wäre.

Nicht ein Mal fragte Bernhard, wie es mir denn ging. Ich finde es zwar richtig, zurückzustecken, wenn der Partner eine schwere Phase durchmacht oder unter dem Verlust eines Freundes leidet – und Berni litt unter Adrians Tod, auch wenn er nicht darüber sprach –, aber zwischendurch hätte ich einfach gern seine Unterstützung gehabt, zum Beispiel, als mir das Schreiben vom Vermieter ins Haus schneite, in dem er mir mitteilte, daß er zum Jahresende die Ladenmiete um hundert Prozent erhöhen wollte – der Zehnjahresvertrag lief aus, und ja, ich hatte bisher eine günstige Miete gehabt. Schließlich würde das eine Auswirkung auch auf sein Leben haben. Aber nein, kein Wort.

Das war alles traurig genug, aber eins verletzte mich wirklich. Der September nahte, bald waren wir ein Jahr verheiratet. Im Frühjahr hatte er mir versprochen, diesen wichtigen Moment in unserem Leben mit einer großen Party zu begehen, aber ganz gleich, wann ich Berni in diesen Tagen darauf ansprach, er hatte nie „einen Kopf dafür". Raimondo ging vor.

Inzwischen war es Mitte August. Das Restaurant war zwar längst reserviert – wir hatten den Ballsaal gebucht, weil wir mit etwa sechzig Gästen rechneten –, aber es gab weder eine Gästeliste, noch waren Einladungskarten gedruckt oder ein Menü zusammengestellt. Die Deko war nicht in Auftrag gegeben, und über die Blumenarrangements hatten wir auch noch nicht nachgedacht.

Samstagabend um zehn kam Berni aus Raimondos Wohnung zurück; er schleppte zwei große Koffer herein.

„Guten Abend, mein Schatz", sagte ich, während ich das Backblech trockenrieb.

„Abend", murrte er und schaute mich nicht mal an. Er sah sehr knochig aus zu dieser Zeit, blasser als sonst, um die Augen zeichneten sich Ringe ab. Er stellte die Koffer neben die Tür, schlüpfte aus den Schuhen und ging direkt ins Bad, um sich die Zähne zu putzen.

Ich setzte Tee auf, weil ich dachte, wir könnten uns noch ein bißchen ins Wohnzimmer setzen und reden. Hannah, die den zweiten Tag krank im Bett lag, war endlich eingeschlafen, und ich hatte Malvyn, der sich um die Kleine ganz rührig kümmerte, entlassen, um zu seinem Max zu eilen. Oma war schon im Bett; wir hätten mal wieder „andocken" können, Berni und ich. Am nächsten Tag wollte ich alles für die Einladungen vorbereiten, damit ich sie in Auftrag geben konnte; unter der Woche hätte ich doch sowieso wieder keine Zeit dafür.

Das Wasser fing gerade an zu kochen, da kam Berni nackt aus dem Bad und steuerte zielstrebig aufs Schlafzimmer zu.

„He, Schatz", rief ich, „noch Lust auf 'ne Tasse Tee?"

Er drehte sich um. „Nein, danke." Seine Schultern hingen, seine Brust war eingefallen, es schien ihn eine ungeheure Anstrengung zu kosten, sich aufrechtzuhalten. „Ich bin todmüde, und ich muß früh raus. Der Zug geht um halb zwölf. Bis ich Raimondo abgeholt habe ..."

„Welcher Zug?" fragte ich, stellte den Wasserkocher ab und ging auf ihn zu.

„Nach Italien. Ich habe dir doch gesagt, daß ich Raimondo morgen zu seinem Bruder bringe. Seine Sachen habe ich schon gepackt." Er deutete auf die beiden Koffer.

Mein Mann hatte Raimondos Koffer gepackt. Wenn wir verreisten, war das Packen immer das größte Gezeter: Er schmiß nur ein paar Hemden aufs Bett und überließ den Rest mir. Aber für Raimondo ging das plötzlich.

„Nein, davon hast du mir nichts erzählt. Das ist das erste Mal, daß ich davon höre."

„Edvard. Mach nicht gleich wieder ein Theater. Ich bin echt am Ende."

„Ein Theater? Ich mache ein Theater?" Ich war kurz davor zu explodieren, aber ich hielt mich zurück, wegen Lydia. Ich konzentrierte mich auf meinen Atem, verband meinen Ärger mit ihm und ließ ihn gehen.

„Wann kommst du wieder?" fragte ich statt dessen.

„Ich bin in zwei Tagen zurück."

In zwei Tagen war dann schon der zweiundzwanzigste, nur noch zweieinhalb Wochen bis zur Party am neunten. „Gut, dann kümmere ich mich allein um die Party", sagte ich.

„Party?" fragte er, als hörte er dieses Wort zum ersten Mal in seinem Leben.

Er schleppte sich an den Eßtisch und ließ sich in einen Stuhl fallen. „Muß das sein, Edvard? Wenn Raimondo weg ist, freue ich mich einfach auf Ruhe. Kannst du das verstehen? Außerdem ist Mama noch hier. Du weißt: Ich will nicht, daß sie davon erfährt."

Ich setzte mich ihm gegenüber: „Ich habe dich nicht gebeten, daß du dich um Raimondo kümmerst. Diese Party ist lange ausgemacht, unsere Freunde rechnen damit, und ich freue mich darauf. Wir feiern damit unsere Beziehung, Berni. Und das ist mir verdammt wichtig." Ich mußte mich zwingen, nicht laut zu werden.

Er schaute mich fassungslos an, ein Blick, der mir Schuldgefühle einimpfen sollte. Aber darauf stieg ich nicht ein. Bevor ich doch noch aus der Fassung geriet, sagte ich: „Mir ist sie wichtig, und ich werde sie feiern. Notfalls auch ohne dich." Dann stand ich auf und ging in die Küche.

Ich goß das Wasser aus dem Kocher, damit sich der Kalk nicht so ablagerte, und wischte das Spülbecken nach. Da hörte ich die Schlafzimmertür ins Schloß fallen. Ich ging raus ins Große, nahm ein Schnapsglas aus dem Schrank und goß mir einen eisgekühlten Heidelbeergrappa ein. Dann nahm ich Papier aus dem Arbeitszimmer, holte mein Adreßbuch und machte mich an die Arbeit.

Lydia ❋ Als ich endlich aus dem Bett kam, hatte ich eine furchtbare Nacht hinter mir. Es war der Streit zwischen meinem Jungen und seinem Freund, der mich nicht hatte schlafen lassen. Ich verstand zwar kein Wort, aber der Tonfall von Edvard verriet es mir, und dann das Knallen der Schlafzimmertür; Streit zwischen den beiden, das hatte ich noch nicht erlebt.

Streit war etwas Schreckliches, und für mich nur schwer zu ertragen. Es fiel mir schon schwer, wenn meine Kinder Auseinandersetzungen hatten, damals, als sie noch Kinder waren. Heute erinnerte mich jeder Streit nur an die Spannungen zwischen meinem Theo und mir, wühlte all die Erinnerungen wieder auf, die ich über die Jahre gelernt hatte zu vergessen. Es waren der Streit unseres Lebens, all die unausgesprochenen Worte, die mich während unserer gesamten Ehe so bedrückt hatten, und die damit verbundene Spannung, als ob ich auf einem Drahtseil wanderte, die mich letzte Nacht noch länger wach liegen ließen, als ich es ohnehin schon jede Nacht tat.

Aber nun war es Zeit, ich mußte raus. Bernhard hatte gesagt, daß wir spätestens um halb acht losfahren müßten, wenn wir alles schaffen wollten: Raimondo abholen, zum Bahnhof fahren, Auto zurückgeben. Eigentlich viel zu früh für mich, aber es blieb mir nichts anderes übrig, wenn ich mich von Herrn Raimondo verabschieden wollte. In unserem Alter konnte man nicht sicher sein, daß man sich je wieder sah.

Mein Junge war schon angezogen, als ich nach draußen kam; er stellte gerade die Teekanne auf den Tisch. Die Tür zum Schlafzimmer war geschlossen, von Edvard keine Spur; ein Morgen ohne ihn, der erste Morgen ohne Edvard. Ich hatte mich so an sein Strahlen gewöhnt – daran, daß *er* den Tisch deckte, der viel appetitlicher aussah, als das, was mein Sohn fabriziert hatte –, daß ich mir vorkam, als wäre ich in einer fremden Wohnung aufgewacht. Bernhards Stille war wie ein Sog, sie legte sich über das Frühstück wie ein Mantel aus Blei.

Ich sagte kaum etwas, schon weil ich vermeiden wollte, auf ihren Streit zu sprechen zu kommen. Wir aßen Toast, tranken Tee und machten uns dann auf in den Tag.

Bernhard stellte das Gepäck in den kleinen Aufzug und lief dann die Treppen zu Fuß hinunter. Ich wartete, bis er unten ausgeladen hatte und holte den Aufzug dann nach oben, um damit runterzufahren. Bernhard verstaute gerade das Gepäck im Kofferraum, als ich auf die Straße trat, hinaus in einen sonnigen Tag.

Ich stieg gleich ein, kurz danach Bernhard. „Hast du alles?" fragte ich ihn, „Brille, Stock, Schirm, Gebiß?"

Er nickte und ließ den Motor an.

„Ach herrje", sagte ich. „Jetzt hab ich das Geschenk für Herrn Raimondo vergessen."

„Mama!"

„Bitte, mein Junge."

Er stellte den Motor wieder ab. „Also gut. Wo ist es?"

„Auf dem Boden neben der Kommode stehen zwei Plastiktüten aus dem Reformhaus. Darin sind einige Geschenke, leider schon alle verpackt, deswegen mußt du suchen. Es ist nicht ganz einfach ... In der einen müßten ... warte. Nein, es ist leichter, ... also eine von den beiden größeren Packungen, wenn du die schüttelst. Die mit der dünneren Flüssigkeit ist für Herrn Raimondo, die andere für Birgit."

Er schaute mich fragend an.

„Ich gehe wohl besser selbst."

„Ja, Mama." Er verzog das Gesicht. „Und ich komme mit." Bevor ich etwas erwidern konnte, war er schon aus der Tür. Es war mir sehr unangenehm; mein Junge war ungeduldig, und nun vergeudete ich auch noch seine Zeit.

Edvard saß nur mit einem Bademantel bekleidet am Tisch. Um ihn herum Briefkuverts, bunt bedrucktes Papier, Listen.

„Guten Morgen", sagte ich.

Er strahlte mich an, aber es lag ein Schmerz in seinem Lächeln.

„Wir saßen schon im Wagen, da fiel mir ein, daß ich das Geschenk für Herrn Raimondo vergessen habe", erklärte ich.

„Na, da haben Sie ja richtig Glück gehabt", sagte er und schnürte den Mantel enger.

Ich schaute ihn fragend an.

„Na, daß es ihnen jetzt eingefallen ist und nicht später."

„Ach ja. Freilich."

„Ich hoffe, ich habe Sie nicht gestört", sagte ich und deutete auf die Unterlagen. „Das täte mir leid."

„Nein. Nein, kein Problem. Ich mache nur gerade ... eine Einladung fertig. Wir haben doch bald ... Schlußverkauf und da schreibe ich ... die Kunden an. Sie wissen ja, wenn man sie nicht persönlich anspricht ..."

Ich nickte, ging in mein Zimmer und bückte mich zu den Tüten hinunter. Ich hatte einige Geschenke gekauft: Molat für Kim; das Mädchen arbeitete so viel, die tägliche Stärkung würde ihr guttun. Tannenblut für Birgit; sie litt seit zwei Wochen unter einem Reizhusten. Lipstick habe ich Ginseng gekauft, als Dank für die Nagelpflege, die er mir wöchentlich zukommen ließ. Kleinigkeiten nur, aber wie heißt es so schön: „Kleine Geschenke erhalten die Freundschaft."

Für Herrn Raimondo hatte ich eine Flasche *Doppelherz* erstanden; ich dachte, es könnte ihm nicht schaden, etwas für sein strapaziertes Herz zu tun. Da mir die Dame im Reformhaus alles so hübsch verpackt hatte, tat ich mich schwer herausfinden, in welcher Verpackung sich welches Geschenk befand. Aber nach ein bißchen Schütteln und abtasten war ich mir dann sicher.

Ich ging mit dem Geschenk ins Große und kriegte mit, daß sich die beiden wieder anzischten – der Streit war wohl immer noch nicht beigelegt –, deshalb blieb ich an der Tür stehen. Edvard schaute auf, lächelte, mein Sohn sah mich und ging ohne ein weiteres Wort zur Tür.

„Komm endlich, Mama!" sagte er zu mir. „Wir sind spät dran."

„Bis später dann", sagte Edvard. „Hoffentlich haben Sie jetzt alles dabei. Nicht, daß Sie nicht hier sein könnten; Sie sind mir herzlich willkommen. Ich meine nur, Sie sollten sich den Weg ..."

„Ciao, Edvard", unterbrach ihn mein Sohn und zog die Tür hinter uns zu.

„Bis später, Oma Moll", hörte ich ihn drinnen rufen und ich antwortete: „Tschüs, Edvard, mein Junge."

Im Aufzug sagte ich: „Das tut mir jetzt aber leid. Wir haben ihn wohl gestört."

„Nein, Mama. Es ist nichts." Sein Ton war scharf, er schaute mir nicht in die Augen.

Wir gingen schweigend zum Wagen, stiegen ein und fuhren los. Die Straßen waren leer an diesem Sonntag Morgen, im Nu waren wir aus der Stadt und auf der Autobahn.

Bernhard war still; seine Stimmung erinnerte mich so sehr an meinen Mann, daß sie mir die Qualen meiner Ehe in Erinnerung rief; Theo hatte auch nie ausgesprochen, was ihn bewegte, und ich war daneben gestanden und wußte nicht, was tun; ich hätte ihm ja gern geholfen.

„Was ist denn nur los, mein Junge?" fragte ich ihn dann, als wir an dem Schild mit der Geschwindigkeitsbegrenzung vorbeifuhren und er gleich darauf auf die schwindelerregende Geschwindigkeit von einhundertvierzig Stundenkilometern beschleunigte.

„Nichts. Was soll schon sein?" antwortete er und starrte auf die Fahrbahn. „Es ist alles ein bißchen viel. Wir sind gereizt." Er machte eine Pause; ich sah, daß er überlegte. „Edvard möchte, daß ich Zeit für ihn habe."

„Ich könnte ja nach Hause fahren", sagte ich schnell; es belastete mich zu fühlen, daß ich im Weg war. „Ich weiß sowieso nicht, wie gut sich Frau Eder um den Garten kümmert."

„Nein, Mama. Du sollst nicht allein sein." Wieder eine Pause. „Aber vielleicht magst du ja mal ein paar Tage mit einer deiner Töchter verbringen. Sie könnten dich abholen und mit dir in die Berge fahren, dann hätten sie auch was davon."

Gudrun, Sieglindchen, ich hatte sie schon vermißt. Wie dick Barbaras Bauch inzwischen wohl sein mochte? Sie mußte bald in den achten Monat kommen. „Das ist eine gute Idee", sagte ich. „Ich werde sie heute nachmittag anrufen, da erreiche ich sie am besten. Vielleicht klappt es schon nächstes Wochenende."

„Nein, warte lieber noch ein bißchen. Das zweite Septemberwochenende wäre ganz gut."

Und da erinnerte ich mich: die Party. Ich hatte sie völlig vergessen. Herr Raimondo hatte mir erzählt, daß die Jungs vorhatten, Anfang September groß zu feiern. Mein Sohn wollte mich also nicht dabeihaben. Ein Fest mit all ihren Freunden, aber ohne mich. „Ja, das ist bestimmt ein gutes Wochenende", sagte ich und in meinem Herz tat es einen Stich.

Malvyn ✻ Es schien, als würde Raimondos Zusammenbruch auf uns übergreifen wie ein Virus, an dem wir alle langsam, aber sicher erkrankten. Oder war es ein Dämon?

An der Oberfläche schien alles beim Alten: Ed war freundlich und zuvorkommend, B geistig abwesend, aber hilfsbereit, wenn man ihn um etwas bat. Ed kümmerte sich um alles, was den Haushalt betraf, um Hannah, Nani, mich. B mimte den Starken, an dem sich jeder anlehnen konnte und der sich der „größeren" Probleme unseres Alltags annahm – akut um unseren italienischen Freund.

B tat wirklich alles für Raimondo, selbst wenn es einfachere Möglichkeiten gab, wie zum Beispiel, daß sich die Nachbarn um Post und Blumen kümmern. Aber B wollte alles selber machen – dabei hätte er es dringend nötig gehabt, in den Arm genommen zu werden –, und übersah dabei die Tatsache, daß es ihm an die Substanz ging. Seit Adrians Tod hatte er kein einziges Mal geweint.

Ed, den Bs Verhalten oft irritierte, der aber immer irgendeine Art von Verständnis dafür aufbrachte – meistens eine astrologische Erklärung –, geriet langsam, aber sicher aus der Spur. Anstatt rechtzeitig mit B darüber zu reden, kümmerte er sich noch mehr, kochte und räumte auf, zerteilte sich zwischen Geschäft und Familie, machte jedermanns Bedürfnisse zu seinen eigenen und wurde darüber immer unwirklicher. Mitte August, kurz vor dem Eklat, kam er mir vor wie eine zweidimensionale Pappfigur: falsches Lächeln, übersensibel, ständig in Gefahr, vom nächsten Windstoß davongeblasen zu werden.

B und Nani besuchten Raimondo auf dem Land, Ed kochte am Abend ein dreigängiges Verwöhnmenü, wie er es nannte. Als sie nach Hause kamen, stellte sich heraus, daß die beiden schon gegessen hatten – und das, nachdem wir mehr als zwei Stunden auf sie gewartet hatten. B weigerte sich immer noch, sich ein Handy anzuschaffen. Ein paar Tage später kam Ed mit einem dunkelblauen Hemd für B nach Hause, ein ziemlich edles Teil. Er zeigte es mir und behauptet, daß es ihm „zufällig" in die Hände gefallen sei, aber Ed kaufte nichts zufällig; er hatte lange danach gesucht. Bs Dank darauf: „Schön, daß du Zeit zum Einkaufen findest."

In solchen Momenten hätte Ed B am liebsten geohrfeigt – was beiden vielleicht sogar ganz gut getan hätte –, statt dessen schluckte er. Er schluckte und schluckte und schluckte, bis er dann endlich explodierte.

Ich war an dem Abend mal wieder bei Mäxx, mit dem ich in diesen Tagen viel Zeit verbrachte – schon weil die Stimmung zu Hause so angespannt war –, und bekam deshalb nur das Echo davon mit: Ed ohne strahlendes Gesicht, B verbissen schweigsam, so schweigsam, daß man den Eindruck hatte, er würde die Schallwellen in sich aufsaugen. Wenn wir zu viert am Tisch saßen, wagte keiner zu sprechen.

Nani erzählte mir dann ganz aufgebracht, daß sich „ihre Söhne" – wie sie die beiden inzwischen hinter vorgehaltener Hand nannte – gestritten hätten und sie nicht wüßte, was sie tun konnte.

„Meine Güte", sagte ich, „die werden sich schon wieder einkriegen, Nani. Mach dir keine Sorgen."

„Meinst du?" fragte sie.

„Aber klar", sagte ich, „es ist ja nicht so, als ob einer von beiden einen Liebhaber hätte."

Daraufhin schaute sie mich erschrocken an, ein Blick, der sagte: „Wie kannst du so etwas nur denken?"

Auch an Nani ging die Sache mit Raimondo nicht spurlos vorüber. Ich hatte ja von Anfang an den Eindruck, daß sie den dicken Italiener ins Herz geschlossen hatte. War das vielleicht nur „Nächstenliebe", wenn sie ihm auf der Beerdigung seines Geliebten zur Seite stand, wenn sie nach seinem Nervenzusammenbruch jeden Tag in die Klinik rannte? Taten das die Deutschen für jeden, den sie gerade erst kennengelernt hatten? Aus meinen Erfahrungen konnte ich das nur bezweifeln.

Sie litt mit Raimondo. Und wenn die beiden zusammensaßen, war es noch deutlicher zu sehen: Sie himmelte ihn regelrecht an. Und er? Ja, welche Gefühle hegte er wohl für sie? Raimondo war nun mal sehr charmant und zuvorkommend, ein alter Kavalier und Ehrenmann, der ständig Komplimente verteilte, egal ob für B oder mich oder ... na ja, Ed mal ausgenommen.

Ihr gegenüber war er schon besonders freundlich, blühte im Gespräch regelrecht auf, vergaß darüber alles andere, sogar B und Hannah und mich – wenn ich denn mal mit in die Klinik aufs Land fuhr. Aber war Raimondo in Nani verliebt? Vielleicht brauchte er ja nach Adrians Tod nur jemanden, der die Lücke füllte.

Das klingt abschätzig, aber das soll es nicht. Ich hätte mich sehr gefreut, wenn aus ihnen ein Paar geworden wäre. Zusammen waren die beiden ziemlich rührig. Beim Spazierengehen hakte sich Nani bei ihm unter, was von hinten sehr lustig aussah, denn das Verhältnis ihrer Massen stand etwa vier zu eins. Sie, dieses zerbrechliche Ding, das den wackeligen Kopf schräg nach oben reckte, um über die fleischigen Wangen hinweg in die verträumten Augen jenes Mannes zu sehen, der mit ihrem Sohn einmal ein Verhältnis gehabt hatte – Edvard ließ mich schwören, ihr das nie zu erzählen, und ich hielt Wort. Und er, das gutmütige, tolpatschige Walroß, das seinen Kopf wohlwollend zu ihr herabneigte. Eingebettet in die voralpenländische Seenlandschaft hätten sie die Vorlage für eine Titelillustration für einen Roman von Rosamunde Pilcher abgeben können.

Sie hätten auch gut zusammengepaßt, ich hätte dem einen den anderen vergönnt – B bekam schier einen Herzinfarkt, als ich das laut äußerte. Dann, vom einen zum nächsten Besuch, hatte sich etwas Befremdliches in die Romantik des „jungen Paares" geschlichen. Zwischen den Worten versteckte sich der Schatten des Schweigens, ihre Berührungen waren zaghafter, die Umarmung manierlicher. Ich sah nicht wirklich einen Unterschied, ich spürte nur eine Art Schmerz, wenn ich die beiden beobachtete.

Als ich B danach fragte, was geschehen sei, sagte er, daß Raimondo Nani gefragt habe, ob sie ihn nach Italien begleiten wolle, aber daß das nicht in Frage käme. Ich fand leider nie heraus, ob er es seiner Mutter verboten hatte – was ihm durchaus zuzutrauen wäre – oder ob sie es sich selbst verboten hatte, weil sie ihrem Theo nicht untreu werden wollte – auch ihr war so ein Gedanke durchaus zuzutrauen.

Jedenfalls fuhr sie nicht mit ihm nach Italien, sie erwähnte nicht mal die Möglichkeit. Aber daß dieser Vorschlag – vielleicht war es sogar eine Bitte – so eine Auswirkung auf sie hatte, war für mich einmal mehr der Beweis, wie intensiv ihre Gefühle für ihn waren. Und was mich in diesem Moment besonders traurig stimmt: Trotz aller Versprechen, daß Nani ihn bald besuchen kommen würde, sahen sie einander nach seiner Abreise nie wieder.

Ich erzähle dies, als wäre mir das damals schon so klar gewesen, aber dem war nicht so. Erst jetzt, nachdem alles so unabänderlich besiegelt ist, sehe ich, von wieviel Liebe ich umgeben war, ohne sie wahrzunehmen – ich war einfach zu sehr damit beschäftigt, sie verstehen zu wollen.

Nach meinem Erlebnis in England war ich versucht, wieder nach Hause zu fliegen. Was sollte ich in einer Welt, in der mir zwar weder Folter noch Gefängnis drohten, dafür aber Verletzung und Einsamkeit? Ich durfte schwul sein, wurde aber mißbraucht. Und was mir noch bitterer auf der Zunge lag: Edvard hatte mir prophezeit, daß auch ich eines Tages andere so behandeln würde.

Deutschland hatte auf mich abgefärbt. Ich traf „Verabredungen", ärgerte mich, wenn die Straßenbahn Verspätung hatte, nur weil ich plötzlich den Druck verspürte, „pünktlich" sein zu müssen, ja, ich streckte sogar einem Jungen die Zunge heraus, nur weil er nicht aufhörte, mich anzustarren.

Ich blieb trotzdem hier, ich schwebte nämlich auf Wolken.

Jahrelang hatte ich die Sehnsucht in mir getragen, einem Mann nahe zu kommen, aber keine Möglichkeit gehabt, dies zu leben. Gleichzeitig verfolgten mich sexuelle Fantasien. Ich kannte Erregung, ich hatte dieses Beben schon gespürt, es aber nie vom Ziel meiner Begierde gestillt bekommen. Als beides dann zum ersten Mal zusammenkam, der Mensch und die Sehnsucht, die Lust und die Erfüllung, tat es einen Schlag und setzte so viel Energie frei, daß ich in die neue Welt hineinlaufen wollte und schreien: „Ich hab's getan. Ich bin schwul. Ich bin frei, yeepeeh!"

Ich verbrachte viel Zeit mit Mäxx, so viel, wie er nur erlaubte – die gedrückte Stimmung zu Hause trieb mich ohnehin immer wieder hinaus. Sobald ich zu ihm durchgedrungen war, zeigte er sich sanftmütiger, als ich es erwartet hätte: Manchmal hielt er mich einfach nur und streichelte meinen Körper, von meinen Ohren über meine Nase bis hinunter, so weit seine Arme reichten. Mir war das fast unerträglich, denn innerlich vibrierte ich dermaßen, daß ich aufspringen wollte, mich auf ihn stürzen und Sex haben. Aber er bat mich immer wieder, stillzuhalten, zu verharren und zu warten. Und je mehr ich ihn gewähren ließ, je länger ich stillhielt und ihn liebkosen ließ, desto mehr verstand ich auch, warum er diesen Teil von sich so schützen mußte: Er war genauso unerfahren wie ich, genauso empfindlich und verletzlich – das war wohl auch der Grund, warum wir, wenigstens vorübergehend so gut zueinanderpaßten.

Mäxx hatte das zwar behauptet, aber ich hatte es ihm nicht geglaubt. Jemand wie er mußte doch Erfahrung haben: Autor von gefühlvollen Romanen, der sich auch Pornogeschichten ausdenken konnte, die vor emotionaler Spannung nur so knisterten.

Wären meine Augen offen gewesen, sie hätten Raimondo und Nani beobachtet, und sie hätten gesehen, daß die Liebe immer jung blieb, immer unerfahren, immer zerbrechlich und jedem Einfluß ausgeliefert wie eine Knospe im Frühjahr dem Frost.

Diese ersten beiden Wochen im August waren also turbulent für uns alle. Kein Wunder, daß Hannah darauf mit Krankheit reagierte. Das begann damit, daß sich keiner so richtig Zeit nahm, ihr zu erklären, was mit ihrem geliebten Onkel Adrian geschehen war. „Onkel" durfte man im Haus Bornheimer-Moll ohnehin nicht verwenden, aber wie hätte man ihn sonst nennen sollen? Kim war zu sehr damit beschäftigt, rothaarige Models, die sich an südafrikanischen Stränden einen Fingernagel eingerissen hatten, übers Telefon zu trösten oder eine ganz bestimmte Sorte Zwieback dorthin einfliegen zu lassen, weil sie sonst verhungert wären. Ed und B fanden keine Worte über den Tod, und das katholische Zeug von Himmel und Hölle, was Nani daherstammelte, war eher dazu geeignet, der kleinen Hannah Angst einzuflößen.

Dann verschwand auch noch Mondo von der Bildfläche, und wenn man in Betracht zog, welche Rolle er in Hannahs Leben bis dato eingenommen hatte, dann fehlte plötzlich eine Menge. B weigerte sich, Goldlöckchen in die Klinik mitzunehmen, was dazu führte, daß sie ihn erst nach zehn Tagen in der Lauterbachklinik besuchen durfte, während der jedoch ihr ganzes Umfeld sich über die „Krankheit" ihres Quasi-Opas unterhielt. Vermutlich malte sie sich in ihrer Fantasie Schauerliches aus.

Tja, und dann natürlich noch die Atmosphäre in der Wohnung, die sich zu einem heftigen Sommergewitter zusammenbraute. Jeder – einschließlich mir – war so mit sich beschäftigt, daß für die kleine Maus nur noch wenig Aufmerksamkeit übrigblieb. Was hätte sie denn sonst für eine Wahl gehabt, außer krank zu werden?

Innerhalb einer Stunde entwickelte sie einundvierzig Grad Fieber und einen hochroten Kopf; man hätte sie mit einem Streichholz verwechseln können. Sie legte sich jedoch nicht etwa still ins Bett und brütete ihre Krankheit aus, sondern hopste und tanzte wie wild geworden durch die Wohnung.

Doch ein Dämon, dachte ich. Er war von Raimondo auf Ed und B übergesprungen und hatte jetzt Hannah erwischt.

Der Arzt, den Ed gleich daraufhin anrief, verordnete Eis am Stiel, weil er das als das probateste Mittel ansah, Hannahs Fieber schnell zu senken. Als er zwei Stunden später kam, mußte er ihr ein Beruhigungsmittel geben, weil sie sonst nicht zu bändigen gewesen wäre. Dann stellte mich Edvard ab, an ihrem Bett sitzen zu bleiben und sie zu beobachten. Ausgerechnet mich, ausgerechnet zu diesem Zeitpunkt.

Da saß ich nun, kämmte, wusch und wickelte die Lieblingspuppe Gretl, weil sich meine kleine Schwester zu schwach dazu fühlte, und las aus einem Kinderbuch vor, das von einer jungen Katze erzählte, die die Sicherheit des Stalls verließ, um den Bauernhof zu erkunden.

Zwei Tage später kam B aus Italien zurück. Die Wogen glätteten sich schlagartig, sobald er verlautbarte, daß Raimondo gut untergebracht sei und es, wenn man die Empfehlung der Ärzte ernst nähme, besser sei, es würde ihn vorerst niemand besuchen, ja nicht einmal anrufen. Strengste Ruhe sei verordnet und so wenig Kontakt wie möglich zu seinem Leben hier, damit er vergessen könnte.

Man konnte förmlich sehen, wie Ed sich mit diesen Worten entspannte. B, der es auch merkte, streckte seine Hand nach ihm aus, so wie er es früher getan hatte, und sprach weiter, erzählte von der Sonne, dem Meer und dem Duft von Olivenöl. Er hielt Eds Hand und erzählte, und Ed lauschte, atmete, bis sich ein Lächeln des Vergebens auf seine Lippen legte.

Am Abend zogen sie sich dann, wie vorher, früh zurück, legten sich ins Bett und unterhielten sich. Das Gemurmel, das durch die Flügeltüren aus dem Schlafzimmer zu mir herüberdrang, klang friedlich und sanft. Ich hätte es am liebsten aufgenommen und in meinem Herzen abgespielt. So sollten Mäxx und ich auch klingen, wenn wir uns später – ich schlich gegen elf aus dem Haus, damit B nichts davon mitbekam, um zu Mäxx zu laufen und die Nacht bei ihm zu verbringen, so wie all die Nächte davor – in den Armen liegen und von der Zukunft träumen würden.

Die Wogen glätteten sich schnell wieder, oder wenigstens kam es allen so vor, selbst Hannah wurde schnell wieder gesund. B, Ed, Lydia und ich, wir alle vertrauten auf die Kraft der Liebe, die Kraft der Vergebung und die Stärke einer Beziehung. Was wir unterschätzten war die Macht der Dämonen.

Max ❇ Es gibt ein paar Dinge, die ich wohl ein Leben lang nicht vergessen werde: meine Mutter, ein paar Episoden aus der Kindheit, wenige meiner nächtlichen Ausflüge – nein, den Sex hatte ich schon vergessen, aber nicht die Augenblicke, in denen ich einem anderen wirklich nah war –, Christian und die ganze intensive Phase mit ihm, das Gefängnis meiner Einsamkeit, das er mich durch seine Liebe zu sehen lehrte, und Malvyn.

Daß dieser Junge ein außergewöhnliches Bürschchen war, das hatte ich gleich am Anfang bemerkt. Er sah nicht nur gut aus – er verfügte über einen Traum von Körper –, er war zudem intelligent und aufgeweckt. Seine unkomplizierte, direkte Art machte es schwer, ihm etwas entgegenzustellen. Würde ein Kerl, den ich mal kennengelernt hatte, einfach an meiner Wohnungstür läuten, ich würde nicht öffnen. Hätte mich abends in der Kneipe jemand gefragt, ob er mich küssen dürfte, ich hätte ihm nicht mal geantwortet. Und verspräche mir jemand, daß er mir mit einem Voodoo-Spektakel die große Liebe bescheren könnte, ich würde ihn für verrückt erklären.

Malvyn kam mir vor wie ein Aikido-Kämpfer. Er nahm alle meine Widerstände zur Kenntnis und nutzte sie, um direkt in mein Herz vorzustoßen. Malvyn hatte keine Hintergedanken, da war nichts Boshaftes oder Durchtriebenes an ihm. Egal, wie außergewöhnlich seine Vorschläge und Bitten lauteten, ich konnte beim besten Willen nicht an ihnen zweifeln. Mit einfachen, direkten Fragen klopfte er mich weich: „Warum hast du keinen Freund?" „Fühlst du dich nicht einsam?"

Ich habe einmal behauptet: „Man baut keine Mauern, hält sie für Jahrzehnte lang aufrecht, um sie dann für ein freundliches Lächeln einstürzen zu lassen." Damit habe ich mich gründlich geirrt. Ein freundliches Lächeln konnte viel bewirken, vor allem, wenn es so dauerhaft und intensiv, so natürlich und ohne Vorbehalt gelächelt wurde wie von Malvyn.

Malvyns Interesse an mir war aufrichtig und echt, seine Gefühle unfiltriert. Er zitterte, als er sich in meine Wohnung drängte, um mich einen Feigling zu schimpfen, weil ich mich nicht dem hingab, was da zwischen uns passieren wollte. Er bebte vor Erregung, vor Angst. Es waren nicht seine Worte, die mich beeindruckten, es war der Mut, den er aufgebracht hatte, sein Mut, trotz seiner Angst mir entgegenzutreten und für seine Gefühle einzustehen.

Mit diesem Mut entwaffnete er mich, so daß er über mich herfallen konnte und mich küssen, mich auf den Boden werfen und entkleiden. Er entwaffnete mich so sehr, daß ich im Spiegel seiner Aufrichtigkeit erkannte, mit welch steinzeitlichen Mitteln ich in den barbarischen Kampf gegen die Liebe eingetreten war: zuerst mit Sex, Zynismus und Arroganz, seit Christians Tod mit einer Idealvorstellung, ja einer Illusion von Mann. Malvyn, dieser ahnungslose, unschuldige, dumme Junge, der so unerfahren war, er befreite mich.

Unsere Affäre explodierte geradezu. Mein Verstand spielte verrückt, suchte nach Gründen, Malvyn sofort komplett aus meinem Leben zu verbannen, aber jedesmal, wenn ich das Endgültige aussprechen wollte, faßten meine Hände nach ihm, zogen sie ihn an mich heran und hielten ihn fest.

Zu Beginn verbrachten wir nie mehr als ein oder maximal zwei Stunden miteinander; mehr hätten wir nicht ertragen. Diese Anziehung war so intensiv, daß sie uns beide ängstigte. Aber schon bald gingen wir hitziger aufeinander zu, unbedachter, vorbehaltloser. Dann, im August, verbrachte er fast jede Nacht bei mir. Er kam kurz vor Mitternacht und blieb bis zum Morgengrauen. Unser Leben wurde wie das von Vampiren, wir verschliefen den Tag, um in der Nacht wachsein zu können, mehr noch: um in der Nacht aufzuleben.

Unser Zusammensein war keineswegs nur erfüllt von wildem Sex. Das meiste waren zärtliche Berührungen, Liebkosungen, Streicheleien. So ungezügelt es erschien, es war ein sanftes, vorsichtiges Annähern an das Gefühl, wie es mit einem anderen sein könnte, wie es sich anfühlen könnte, das Leben zu teilen.

Meine Gefühle für Malvyn wurden zeitweise so laut, daß ich die Schuldgefühle überhörte, die mir einreden wollten, ich sei Christian untreu geworden. Anfangs nur kurz, dann für immer längere Phasen, bis ich sie schließlich gar nicht mehr hörte.

Es war in einer Nacht im späten August, Malvyn lag schlafend in meinem Arm, da schaute ich durch das Fenster hinüber zu der Wohnung, in der Christian gelebt hatte, und mir wurde klar, daß meine Liebe zu ihm durch nichts gemindert werden konnte, kein Mann, kein Ding würde sie je ersetzen; sie existierte in einer anderen Zeit, in einer anderen Welt. Ich erkannte, daß ich sie nicht mehr festhalten mußte, ja, daß sie auflebte, wenn ich sie gehen ließ, daß sie in meiner Zuneigung für Malvyn sogar neue Blüte erfuhr. Ich konnte lieben, ohne Christian zu verraten, ja ich konnte es wirklich.

Malvyn und ich, das waren zwei Kometen, die im Affenzahn durchs Weltall rasten, jeder in seiner Geschwindigkeit, jeder mit einer anderen Laufbahn. In den Jahrmillionen, die wir existierten, kreuzten sich unsere Wege; für ein paar Tage nur kamen wir uns näher und drifteten dann wieder auseinander, rasten weiter, ohne zu wissen, welche Kräfte uns führten und wohin sie uns trieben.

Es war nicht unsere Aufgabe, zu verschmelzen, um ein neues Planetensystem zu formen. Alles, was wir tun sollten, war uns gegenseitig ein wenig aus der Bahn zu lenken und dem Rest des Weltalls einen gehörigen Schrecken einzujagen.

Edvard ✻ Am Freitagnachmittag vor der Party wartete ich mit Oma auf Bernhards Schwester Gudrun, die sie abholen wollte, um mit ihr ein Wochenende in den Bergen zu verbringen, nur damit Berni unseren Jahrestag ohne sie begehen wollte. Ich kam mir vor wie der letzte Arsch.

Ständig verwickelte sie mich in Gespräche, wie wichtig doch der Zusammenhalt in der Familie sei, daß sie ohne ihre Kinder längst keinen Grund mehr hätte zu leben und wie lieb wir zu ihr seien. Was hätte ich darauf erwidern sollen?

„Haben Sie was von Raimondo gehört?" fragte ich sie, um abzulenken.

Frau Moll senkte den Kopf und schüttelte ihn.

„Sie sollten ihn mal anrufen!" sagte ich.

„Sie wissen doch, daß die Ärzte ihm Ruhe verordnet haben."

Bis vor drei Wochen waren es vor allem die Stunden mit Lydia gewesen, die Adrians Verfall für ihn erträglich machten. Und wenn ihm tatsächlich etwas an Bernhards Mutter lag ... „Ach, was", sagte ich. „Ich glaube eher, daß Raimondo vor Sehnsucht nach uns vergeht."

„Aber, Bernhard würde sicher ..."

„Sie dürfen Berni nicht so ernst nehmen", sagte ich. „Raimondo ist nicht einer seiner Schüler. Und Sie sind es auch nicht. Wenn Sie ihn anrufen wollen, dann tun Sie es einfach."

Just in dem Moment kam mein Mann nach Hause. „Tag, Oma. Tag, Edvard." Er gab mir einen Kuß zur Begrüßung, drückte die Schulter seiner Mutter, ging beschwingt um den Tisch herum und setzte sich. „Gudrun steht schon vor der Tür."

„Ach herrje. Kommt sie denn nicht rauf?"

„Doch, doch. Sie sucht nur noch einen Parkplatz", antwortete er ihr. „Und? Hast du alles gepackt?"

Ich beobachtete ihn mit einem gewissen Maß an Verwunderung. Inzwischen hatte seine Mutter fast drei Monate bei uns gelebt, sie hatte uns Händchen halten und küssen sehen, sie hatte sich nicht von unserem Doppelbett stören lassen. Sie hatte es geflissentlich übersehen, wenn schwule Gegenstände nach und nach den Weg aus Kammern und Schränken zurück auf die Regale und an unsere Wände fanden. Sie hatte unsere „homosexuellen" Windräder akzeptiert und sogar lachen gelernt, wenn Hannah beim Anblick von Regenbogenfarben von der „Schwul-sein-Fahne" sprach, ganz gleich, ob es sich dabei um ein Farbengeschäft handelte oder das Filmfachgeschäft, das im Schaufenster für Konica warb.

Es fühlte sich einfach falsch an, sie zu hintergehen und unsere Beziehung ohne sie zu feiern. Sie gehörte zu uns, nicht anders als Kim oder Hannah oder Malvyn. Aber Berni wollte das ignorieren, er hielt fest an dem Glauben, daß sie in Ohnmacht fiele, würde sie erfahren, daß wir uns hatten trauen lassen.

„Och, Junge, ich brauche doch kaum was. Ich bin übermorgen schon wieder hier, hast du das vergessen?"

„Sollen wir denn noch einen Tee trinken?" fragte ich.

„Nein, mein Lieber", sagte sie zu mir. „Es ist schon so spät. Wenn ich jetzt noch Tee trinke, dann kann ich die ganze Nacht nicht schlafen."

Von den Plänen einer großen Party war sowieso nicht mehr viel geblieben. Von über sechzig geladenen Gästen hatten gerade mal acht zugesagt, alle anderen schoben fadenscheinige Ausreden vor – die Einladungen waren eben zu spät rausgegangen, das war einzig Bernis Schuld. Es hätte also schon längst keinen Grund mehr gegeben, Oma abzuschieben. Andererseits hätte es jetzt natürlich sehr eigenartig ausgesehen, wenn wir gesagt hätten, sie sollte hier bleiben und mit uns zu einem Essen gehen, das offensichtlich schon lange vorbereitet war.

Es läutete, und Bernhard öffnete seiner Schwester. Gudrun war eine kleine, zierliche Frau, sehr hübsch, wie ein japanisches Kunstwerk, das auf das Wesentliche reduziert blieb. Man sah sofort die Ähnlichkeit mit ihrer Mutter. Sie trug nur wenig Make-up, ein schwarzes, hautenges Kleid, das von Spaghettiträgern gehalten wurde, und schwarze, matt schimmernde Pumps. So manch einer unserer Freunde hätte sie darum beneidet.

Sie küßte ihre Mutter zart auf die Wangen. Ihre Bewegungen waren langsam, bedacht, „luftig": die gleiche Zerbrechlichkeit, das gleiche zurückhaltende Wesen. Mir schüttelte sie die Hand, trat dabei aber nahe an mich heran – fast hätte ich sie umarmt.

„Kann ich dir einen Kaffee oder einen Tee anbieten?"

Sie schaute die anderen an. „Trinkt ihr denn auch was?"

Frau Moll schüttelte den Kopf.

„Also ich trinke auf jeden Fall eine Tasse Kaffee", sagte ich. „Und, Gudrun, ich finde, du solltest auch eine trinken, damit du für die Fahrt wachbleibst. Nach Garmisch seid ihr um die Uhrzeit schon noch anderthalb Stunden unterwegs."

Gudrun warf schnell einen Blick zu ihrer Mutter, die senkte den Kopf.

„Gut, dann nehm ich eine Tasse", sagte sie.

„Milch und Zucker?"

Sie nickte.

„Bernhard?" fragte ich.

Er nickte ebenfalls, holte dann drei Tassen aus dem Schrank und brachte sie mir in die Küche.

„Hast du den Blick zwischen deiner Mutter und Gudrun eben gesehen?" flüsterte ich.

Bernhard zuckte mit den Schultern. „Nö. Was denn?" Er gab mir einen Kuß, flüsterte: „Bald sind wir allein. Malvyn schicken wir in die Szene, und dann gehört der Abend uns." Er umarmte mich von hinten, leckte mir das Ohr und tastete sich dann über meine Brust und meinen Bauch zu meinem Schritt hinunter vor, während ich eine Tasse nach der anderen mit Kaffee füllte. Bevor er zu seiner Mutter und Schwester hinausging, zwinkerte er mir noch zu.

„Schöne Wohnung", sagte Gudrun, als ich ihr den Kaffeepot hinstellte. „So eine warme Atmosphäre. Ich kenne nur Bernhards Studentenbude. War ja ein richtiges Loch gegen das hier." Sie sagte das mit einem verständnisvollen Lächeln, und trank dann einen Schluck. Bernhard erwiderte nichts; er machte kein Hehl daraus, daß er ihr nicht einfach so vergeben wollte, für das, was damals geschehen war.

„Entschuldige! Wir hätten dir die Wohnung natürlich zeigen sollen."

„Nein, nein", wehrte sie ab. „Wenn wir tatsächlich schon so spät dran sind, sollten wir uns so schnell wie möglich auf den Weg machen. Ich kenne die Strecke nicht und möchte mich ungern verfahren." Sie leerte die Tasse mit einem Zug.

„Vielleicht kommt ihr ja am Sonntag früh genug zurück, damit uns ein bißchen Zeit zum Plaudern bleibt, dann könnten wir ..."

„Mal sehen." Gudrun würgte mich ab und stand auf. „Komm, Mama! Alles gepackt?"

„Schon längst. Ich nehme ja fast nichts mit."

„Gut, dann ..." Gudrun fächelte durch die Luft, als könnte sie damit ihre Mutter aus der Wohnung wehen.

Frau Moll stand auf: „Würdet ihr Malvyn bitte von mir grüßen. Er wollte hier sein, bevor ich abfahre."

„Du weißt doch, wie er ist, Mama. Das deutsche Zeitmaß muß er erst noch lernen."

„Oder nicht", warf ich ein.

„Oder nicht", stimmte mir Bernhards Mutter zu. „Ein bißchen mehr Gelassenheit würde dir auch guttun, mein Junge."

„Tschüs, Mama." Bernhard drängte sie geradezu aus der Tür.

„Bekomme ich denn keinen Abschiedskuß?"

Er küßte sie schnell und schob sie dann weiter.

Während sie mich umarmte, sagte sie zu ihm: „Ich hoffe nur, du bereust das nicht. Man weiß nie, ob man sich wiedersieht."

„Ach, Mama. Immer deine Schwarzseherei", sagte Gudrun und warf Bernhard einen Luftkuß zu. Ich umarmte sie zum Abschied, vorsichtig, kurz.

„Tschüs, Oma!" rief ich ihr hinterher.

„Tschüs, Edvard, mein Junge. Ich wünsche euch ein schönes Wochenende. Genießt die sturmfreie Bude. Morgen bin ich wieder da."

„Sonntag, Mama. Sonntag."

Sie legte betreten die Hand vor den Mund. „Natürlich." Dann lächelte sie verschüchtert. „Du weißt ja, die Wochentage. Ich bringe inzwischen alles durcheinander."

„Ciao."

„Ja, ciao."

„Schluß, Mama. Komm jetzt." Das war Gudrun. Sie zupfte ihre Mutter am Ärmel und trat mit der Reisetasche in den Aufzug. Bernhard schloß die Wohnungstür.

Ich schaute ihn an. Er ließ sich in den Stuhl fallen, als hätte er gerade eine anstrengende Tätigkeit vollbracht.

„Irgendwie kam mir das komisch vor."

„Was meinst du?"

„Deine Schwester. Sie war so kurz angebunden, die Blicke zwischen ihr und deiner Mutter."

„Ich sag dir doch, die sind homophob. Wahrscheinlich wäre es ihr am liebsten gewesen, sie hätte Mutter unten auf der Straße einsammeln können. Du hast doch auch mitgekriegt, wie sie deine Einladung für Sonntag abgewürgt hat."

Die angebliche Homophobie seiner Geschwister war ein leidiges Thema, inzwischen kam es mir so vor, als bräuchte Berni es, wie ein Frontkämpfer seine Abzeichen, die ihm immerzu bestätigten, was für eine schwere Zeit er hinter sich gebracht hatte. „Quatsch! Zur Begrüßung hätte sie mich fast umarmt", sagte ich und setzte mich zu ihm. Wir saßen oft lange am Tisch, anstatt uns auf einem der viel bequemeren Sofas breitzumachen.

„War das wirklich okay? Ich meine, Gudrun aus Frankfurt herzuholen, nur damit wir deine Mutter loswerden?"

„Erstens haben wir sie nicht hergeholt, ich habe Mutter gebeten, das Wochenende mit einer ihrer Töchter zu verbringen. Es war Gudrun, die nach München kommen wollte. Und zweitens darfst du mir glauben: Würde meine Mutter die Alternative kennen, sie würde zu Fuß in die Berge laufen, damit sie nicht hören muß, daß wir die heilige Ehe in Verruf gebracht haben – und dann auch noch mit einer erschummelten Kirche, die jetzt wohl als entweiht gilt."

Ich mußte lachen. Das stimmt, das war ein ganz schön dreistes Ding. Raimondo hatte einfach als Dorfpfarrer der „italienischen Braut" beim zuständigen Priester nachgefragt, ob er die Trauung in dieser Kapelle vollziehen durfte. Mein Mitarbeiter Flori hatte sogar ein *Celebret*, einen Dienstausweis, gefälscht, damit Raimondo es im Notfall hätte vorlegen können, aber es war nicht nötig gewesen, so überzeugend hatte er gewirkt. Sie wußten bis heute nicht, daß sich unter dem Schleier der italienischen Braut ein Antiquitätenhändler aus der Maximilianstraße verborgen hatte.

„Ach, Berni. Du bist unverbesserlich."

„Warum?" fragte er, und ich erwog, es ihm zu erklären. Ich wollte gerade anheben, da beschloß ich, einen Tag vor unserer Jubiläumsfeier jeden Streit zu vermeiden.

Ich streckte meine Hand nach ihm aus, und er legte seine hinein. „Ist dir eigentlich klar, daß wir morgen tatsächlich ein Jahr verheiratet sind?"

Berni warf mir einen Blick zu, der soviel hieß wie: „Ja, Herzchen, nun krieg deswegen nicht gleich einen Eisprung." Er war so herrlich unromantisch; das machte ihn in diesen Situationen so unbeholfen und unsicher, daß ich ihn am liebsten sofort wieder vor den Altar gezerrt hätte.

Ich legte einen Kuß auf seine Lippen. „Auf immer und ewig, Berni."

Und zu meinem Erstaunen sagte er: „Auf immer und ewig, mein Edvard." Dann fühlte ich, wie mir Tränen in die Augen stiegen.

Max ❊ Es war meine Aufgabe, den beiden Jubilaren beizubringen, daß die Party ein wenig anders verlaufen würde, als sie es erwarteten. Sie hatten den Ballsaal im ersten Stock storniert und statt dessen einen großen Tisch unten im Restaurant reserviert. Wir hatten wiederum den Tisch abgesagt und statt dessen den Ballsaal angemietet.

Da die Jubilare ihre Gäste für zwanzig Uhr geladen hatten, gingen wir davon aus, daß zumindest Eddi eine Viertelstunde eher eintrudeln würde, um mit Koch und Kellner den Menüablauf abzusprechen sowie an den Blumengestecken herumzuzupfen, die ihm nie ordentlich genug waren. Also bestellten wir „unsere" Gäste für halb acht.

Tatsächlich kamen die beiden wie erwartet. Gott sei Dank hatte ich mich zeitig auf die Straße gestellt.

„Max. Du hier? Ich dachte, du wärst in ..."

„Das ist nicht die einzige Überraschung heute abend", unterbrach ich Edvard, dessen Gesicht die volle Palette von Emotionen durchging: Staunen, Mißtrauen, Vorahnung. Dann schob ich sie die Treppe hinauf, denn im Restaurant warteten die anderen.

„Was hast du vor?" fragte Bernhard.

„Geduld."

Oben angekommen, fiel ihr Blick auf die Deko, die so unverkennbar nach Karin Kolor aussah.

„Moment mal. Das ist doch ..." Edvard stieg ein Leuchten in die Augen: „Sag bloß, du hast das alles so eingefädelt, du Schuft. Bernhard, die haben uns die ganze Zeit verarscht. All die Absagen. Ich wußte doch, daß da was nicht stimmt!" Er stürmte in den Saal, sah die gedeckten Tische und Karin, die gerade noch die letzten Papierherzen an einer Leine befestigte.

„Karin, du Mistvieh. Komm sofort von der Leiter und laß dich übers Knie legen."

Karin kicherte und mußte sich festhalten, um nicht herunterzufallen. „Ganz schön reingelegt, was?" sagte sie und bog sich vor Lachen.

„Bernhard, komm!" Er stürmte zurück: „Ich könnt euch umbringen, ihr, ihr ..." Er knuffte mir in die Rippen und fiel mir anschließend um den Hals. Bernhard zeigte nicht den Hauch einer Emotion; er schien eher genervt, aber das war er meistens, wenn er mich sah.

„Wir haben uns gedacht, es wäre an der Zeit, daß wir uns mal revanchieren für all die Partys, die ihr schon veranstaltet habt", erklärte ich.

„Professorchen, hast du gesehen?" fragte Edvard aufgeregt. „O Gott. Ich bin gar nicht darauf eingestellt. Wahrscheinlich bin ich *totally underdressed*."

„Edvard, krieg dich ein", sagte Bernhard und legte seinem Freund die Hand auf die Schulter. „Du siehst toll aus."

Eddi entwand sich flugs der Umarmung und stellte sich vor die gläserne Zwischentür, um sich im Spiegel zu betrachten.

„Karin, bist du fertig?" rief ich in den Saal hinein.

„Ja, *darling*. Soweit man jemals von fertig sprechen kann. Eigentlich hätten wir die Fenster noch bekleben können. Du weißt, so mit ..."

„Ja, ja. Nun ist aber Schluß. Kannst du bitte mal Bescheid sagen?"

„Wird gemacht, *darling*." Sie rückte sich die obligatorische Baseballmütze zurecht und tippelte dann in ihren Mickey Mouse-Schuhen kichernd die Treppen hinunter.

„Mein Gott, was habt ihr vor?" Edvard zupfte an seinen Haaren, strich mit dem Finger seine Brauen glatt.

„O Mann, Max, was tust du ihm da nur an? Du weißt doch, daß Edvard sich vor Neugier fast in die Hosen macht."

„Ach, Bernhard", sagte Edvard. „Max, nun sag schon. Was passiert? Was müssen wir tun?"

„Hier." Ich stellte die beiden an den Kopf der Treppe. „Und jetzt bleibt hier stehen, sonst versäumt ihr was!"

Edvard zitterte regelrecht, so aufgeregt war er. Dann ging unten die Tür auf, und Hannah spazierte heraus, im weißen Kleid mit einem Paar Flügeln auf dem Rücken. Sie hielt einen Zauberstab in der Hand, an dessen Ende goldenes Lametta befestigt war. In ihrem Gefolge befanden sich Kim, Lipstick und Jean-Paul; der lange Zug von Gratulanten begann.

„O, mein Gott. Sie sind alle gekommen." Edvard machte einen sprichwörtlichen Luftsprung, und sogar Bernhard schien sich einen Moment lang zu freuen. Nacheinander küßten und begrüßten sie alle Gäste, Rudolf und Armin, zum Beispiel. Sie lebten am Ende einer Einbahnstraße inmitten eines kleinen Dorfes. Eines Abends fuhren sie in den Wald und veranstalteten „Freiluftspiele": Aufhängen, Auspeitschen, was für sie eben alles dazugehörte. Es war schon dunkel, als sie fertig waren, daher glaubten sie, es wäre nicht nötig, angezogen nach Hause zu fahren. Kurz vor ihrem Haus sahen sie dann, daß es grell angestrahlt wurde. Die Feuerwehr probte einen Einsatz, und die Jungs steckten nackt in ihrem Auto fest – wohlgemerkt in einer Einbahnstraße.

Ah, und das waren die Sedlmayers. Tatsächlich, mit Glatze, dickem Bauch, gefärbtem Haar und Schnauzer sahen sie dem bayrischen Volksschauspieler ähnlich wie eine Spucke der anderen. Aber man nannte sie wohl auch deswegen so, weil sie eine ähnliche Vorliebe zum Verhauenwerden hegten wie er.

Und das waren also Kai und Markus. Ziemlich arrogante Rechtsanwälte. Sie dachten, sie wären der Mittelpunkt der Szene, und verhielten sich, als hätte man dankbar zu sein, ihre Bekanntschaft zu machen. Auf Partys standen sie rum wie Stehlampen, leuchteten und sagten kein Wort. Wo befanden sich nur die Ausschalter?

Und Karli, die Adlige. Ach, was für ein armes Ding, das sah man ihr schon von weitem an. Angeblich versuchte er, mit jedem ins Gespräch zu kommen, aber keiner wollte so recht was mit ihm zu tun haben, weil er in einer Tour darauf bedacht war, einem zu beweisen, wie dumm alle anderen seien. Dabei hatte er wohl selbst nicht allzuviel im Kasten – dafür um so mehr auf dem Konto.

Sogar den Professor konnte Kim zu dieser Überraschung überreden, angeblich ein sehr interessanter Mann. Er unterrichtete

Atomphysik, ich glaube an der Uni in Köln und lud gern seine Studenten ein, mit ihm in seiner Sauna zu schwitzen – gute Noten inklusive, verstand sich.

Übrigens: Ich hatte zwar den einen oder anderen schon mal gesehen, aber ich kannte kaum einen dieser Gäste persönlich. Alles, was ich über sie wußte, hatte Edvard über die Jahre unserer Freundschaft preisgegeben. Jetzt konnte ich den Geschichten endlich mal Gesichter zuordnen.

Nach einer Weile wurde es mir dort langweilig, auch ich wollte mich unterhalten, nur mit wem? Ich folgte dem Ober und schnappte mir ein Glas von seinem Tablett, dann stand ich auch schon mitten in der Party.

Malvyn wurde von ein paar Herren belagert und schien es zu genießen, ihn wollte ich nicht stören. Kim unterhielt sich mit zwei Frauen, die beide ein Kind trugen; das eine mußte gerade erst geboren worden sein, denn sein Gesicht sah noch ganz verknittert aus, das andere mochte vielleicht ein Jahr alt sein und schlief auf der Schulter.

Jean-Paul schwänzelte an mir vorbei. Monatelang war er mir aus dem Weg gegangen, nur weil ich ihn damals nicht mit nach Hause genommen hatte; als wäre ich aufgrund seiner Schönheit dazu verpflichtet gewesen, Sex mit ihm zu haben. Seit vier Wochen ist er nun mit diesem Schuhverkäufer liiert und verpaßt keine Gelegenheit, vor meiner Nase mit ihm zu knutschen.

Ich wich ihm aus, ging ein paar Schritte Richtung Buffet, da erspähte ich einen reizvollen jungen Mann, Mitte Dreißig, rotblond und unbehaart; weiße Haut fand ich sehr attraktiv. Ich drängelte mich durch die Menge, um ihn anzusprechen.

„Na. Du kennst hier wohl auch niemanden?" fragte ich den Rothaarigen und machte eine ausladende Geste.

„Keine Menschenseele."

„Mein Name ist Maximilian. Und wie heißt du?" Ich hielt ihm mein Glas hin, und wir stießen an. Mich bezauberte die Art, wie er die Lippen spitzte, seine Stimme war angenehm, und es schien, als hätte er Manieren.

Wir plauderten eine Weile, wie wir zu Eddi und Bernhard standen und so weiter, dann sagte er plötzlich: „Weißt du, ich bin Buddhist."

„Ach wirklich? Wie aufregend." Seine Chancen nahmen rapide ab.

„Na ja, es geht weniger um Aufregung als um Abregung, wenn du verstehst, was ich meine." Eine Redewendung, die automatisch implizierte, daß er es mir nicht zutraute. Und dann verfiel er in einen Monolog über diese „Religion", wie er es nannte. Da war es eigentlich schon vorbei. Arroganter Pinsel. Es grenzte an Beleidigung, daß sich einer wie er Buddhist schimpfte.

Ich fingerte ein Häppchen vom Tablett, das von einem jungen Latino hereingetragen wurde.

„Weißt du, das beeindruckt mich an Patrick Lindner." Jetzt mißbrauchte er auch noch diesen Schlagersänger. „Er stellt sich einfach hin, outet sich und adoptiert ein Kind. So natürlich!" Er schaute mich an. „Ich habe mich ein bißchen mit ihm beschäftigt, weißt du. Du kennst ihn wohl nicht, oder?" Er sagte dies mit einer Verve, so wie alle Fans, die der Überzeugung sind, niemand außer ihnen wisse etwas über *ihren* Star.

„O doch", antwortete ich. „Mit Patrick Lindner habe ich mal eine Affäre gehabt." Dann ließ ich ihn stehen.

„Maximilian Roth, nicht wahr?" Ein mickriger Kerl quatschte mich von der Seite an. „Ich warte schon lange auf die Gelegenheit, dir mal meine Meinung zu sagen. Ich finde es unverantwortlich, daß du über Sex ohne Kondome schreibst. Das ist nicht *politically correct.* Stell dir mal all die jungen Schwulen vor, die das lesen. Hast du nicht mitgekriegt, daß sich in San Francisco im letzten Jahr doppelt so viele Menschen infiziert haben wie im Jahr davor?"

„Moment mal. Es ist doch eine Realität, daß Schwule immer noch Sex ohne Kondome haben, auch wenn sie den Immunstatus des anderen nicht kennen."

„Ja, aber das darf man doch nicht schreiben!"

„Es ist verlogen, es nicht zu tun. Unterhalte dich mal mit jemand von der Aidsberatung. Der steckt Tag für Tag in diesem Dilemma."

„Trotzdem. Du darfst das überhaupt nicht denken, geschweige denn ..."

„Entschuldige. Wie heißt du eigentlich?"

„Was tut das zur Sache?"

„Ich möchte gern ein Arschloch mit Namen ansprechen können."

Ich drängelte mich zum Vorspeisenbuffett durch und angelte mir ein Lachshäppchen. Ein Ehepaar warf mir vorwurfsvolle Blicke zu. Ich guckte in die andere Richtung, legte es mir auf die Zunge und verschluckte es mit Genuß. Dabei lauschte ich folgender Unterhaltung zwischen zwei Damen: „Rollenverteilung haben Homosexuelle doch gar nicht nötig."

„Wer hat dir denn das erzählt? Guck dir die beiden doch an. Wenn du als Frau Rat suchen würdest, an welchen von beiden würdest du dich wenden?"

„An Edvard."

„Na, also."

Ich suchte den Angesprochenen in der Menge; er hatte seinen Posten an der Treppe verlassen und sich unters Volk gemischt. Seine Hände flirrten in der rauchschweren Luft. Bestimmt gab er der wulstigen Dame im quergestreiften Kleid gerade Tips, wie sie ihre Pfunde besser verbergen konnte.

Bernhard stand hinter mir und unterhielt sich mit einem aufgedrehten Ding, das auf den ersten Blick wie ein junges Mädchen aussah, sich bei näherer Betrachtung aber als Bübchen herausstellte. „Ich würde mich nicht als homosexuell bezeichnen", sagte Bernhard. „Das Wort allein jagt mir kalte Schauer über den Rücken."

„Was bist du dann?" fragte er.

„Ich bin ein Mensch, und ich habe mich in Edvard verliebt. Ich würde ihn auch lieben, wenn er eine Frau wäre."

„Sag bloß, Frauen erregen dich?" fragte der andere, und es hörte sich so an, als ekelte ihn die Vorstellung.

„Was hat denn das mit Liebe zu tun? Ich schaue Hannah an und komme um vor Liebe."

„Weißt du was, Schätzchen?" sagte sein Gesprächspartner. „Ich glaube, du wehrst dich einfach nur, schwul zu sein. Das ist alles."

Bernhard, Bernhard. Edvard schwärmte davon, wie sehr sich sein Mann in den letzten Jahren verändert hatte. Nach diesem Dialog bekam ich eher den Eindruck, daß er überhaupt nichts dazugelernt hatte.

Malvyn war immer noch von einer Gruppe alternder Herren umringt. Inzwischen hatten sie ihn regelrecht in eine Ecke gedrängt. „Malvyn, komm mal her!" sagte ich und zog ihn aus dem Pulk heraus. „Willst du überhaupt mit denen reden?" flüsterte ich ihm ins Ohr.

„Nein, Bruder", flüsterte er zurück. „Die reden gar nicht *mit* mir. Die erzählen sich nur gegenseitig, was sie für große Schwänze haben."

„Um dich zu beeindrucken."

Malvyn nickte wissend.

„Und? Beeindruckt es dich?"

„Kein Stück. Ich habe ihnen in die Augen geschaut. Da war soviel Einsamkeit. Sie brauchen keinen Sex, sie brauchen Liebe."

Ich packte ihn an der Schulter und drückte ihn an mich heran. Er war einfach ein erstaunlicher Bursche – manchmal naiv wie ein Kind und dann wieder weise wie ein Greis. „Übrigens, bisher habe ich noch keinen gefunden, der mich interessiert. Du?" fragte ich. Seit wir festgestellt hatten, daß wir nicht auf Dauer füreinander bestimmt waren, hatten wir die Vereinbarung getroffen, uns gegenseitig die Typen zuzuschanzen, die für uns selbst nicht in Frage kamen.

Er strahlte mich an. „He, Bruder. Was erwartest du? Die Party ist noch jung. Wer weiß, wer sich dir noch alles offenbart."

„Ich weiß, ich weiß. War auch nur ein Scherz. Und du?"

„Nee. Nichts dabei. Die sind alle so ... Ich weiß nicht." Er schnitt eine ulkige Grimasse, und ich mußte lachen.

„Stimmt." Ich gab ihm einen Klaps auf den Hintern. Er lachte sein großes Weiße-Zähne-Lachen und kniff mir in den Bauch. „Übrigens: Vorsicht vor diesem rothaarigen Dummkopf da vorne. Der ist hohl wie Flasche leer."

„Gut zu wissen. Und du hältst dich besser von diesen Typen hier fern", warnte er mich und nickte in Richtung der Herren, mit denen er gerade das zweifelhafte Vergnügen gehabt hatte. „Keine Ahnung, was die für 'n Problem haben, aber es ist ein echt großes." Dann mischte er sich wieder unter die Menge.

„Max!" Kim kam auf mich zu. „Endlich erwisch ich dich mal allein." Sie hielt mir ihr Glas hin, und ich stieß mit ihr an.

„Auf unseren Erfolg!" sagte ich.

„Auf deinen, mein Lieber."

„Ach, deine Auftritte haben schon sehr dazu beigetragen. Und schließlich hast du ja auch deine Verbindungen zur Presse benutzt, um das Buch populär zu machen. Gehen sie dir denn schon ab?" fragte ich, und meinte damit die Lesungen.

„Ich hatte zuviel Arbeit, um sie zu vermissen. Aber Spaß gemacht haben sie mir schon. Wann willst du die Bombe hochgehen lassen?"

„Du meinst, das Pseudonym lüften? Ich weiß nicht. Der Verlag meint, es verkauft sich noch zu gut. Die Hochglanzzeitschriften haben ihr Programm bis Weihnachten schon dicht. Vielleicht warten wir noch ein halbes Jahr."

„Bis dahin ist doch dein nächster Roman schon fertig, oder?"

„Mal sehen."

Wir stießen nochmal an.

„Ganz schön voll, was?" stellte ich fest.

„Ja, Eddi hat einfach superviel Freunde. Von Bernhard sind außer mir nur noch ein paar Kolleginnen da."

„Armer Bernhard", sagte ich, weil ich es in diesem Punkt mit Edvard auch schwer hätte.

„Der kann froh sein", sagte Kim. „Ohne Eddi wäre Bernhard inzwischen in die Bibliothek umgezogen und mit einem Karteikasten verheiratet." Sie sagte das so trocken und ernst, daß ich lachen mußte. Daraufhin schaute sie mich erschrocken an. „Hab ich nicht recht?" Kim war schon eine schrille Nudel.

„He, Meister", hörte ich jemanden sagen. Ich schaute mich um, es war der Zwerg von vorhin. „Was hat dir Christian eigentlich ins Ohr geflüstert, bevor er gestorben ist?"

Ich kniff die Augen zusammen und beugte mich zu ihm hinunter: „Fick jeden in den Arsch, der danach fragt!"

Edvard schlug einen Löffel gegen sein Sektglas. Er stand auf dem Stuhl. „Wenn ihr jetzt eine Rede von mir erwartet, dann muß ich euch enttäuschen. Es ist eure Party. Alles, was wir dazu zu sagen haben, ist: ‚Vielen Dank.' Wie ich höre, kommen die Reden später. Jetzt erst mal: Guten Appetit! Das Vorspeisen-Buffet ist eröffnet."

Ach je, schoß es mir durch den Kopf, und ich dachte an das Lachshäppchen von vorhin.

Kim ✻ Ping, Ping, Ping.

„Bevor das hier ausufert …", sagte ich. „Max, nimm bitte deine Hand aus der Hose von dem jungen Mann dort. Der hat doch schon einen roten Kopf."

„Ich bin unschuldig!" Max streckte beide Hände in die Höhe und drehte sie zum Beweis; der halbe Saal lachte.

„Also, bevor das hier ausufert und sich am Ende wieder keiner mehr an das erinnert, was passiert ist, soll ich ein paar Worte im Namen der Organisatoren an die Jubilanten richten. Natürlich gibt es Menschen, die vor allem dich, lieber Edvard, sehr viel länger kennen als ich, aber da euch beide keiner so gut kennt wie meine Hannah wurde ich dazu auserkoren, diese Rede zu halten. Zuerst einmal, lieber Edvard, lieber Bernhard, sollt ihr wissen, wer euch das hicr eingebrockt hat."

„Wir sind schon ganz neugierig", rief Edvard.

„Die Idee dazu kam von keinem geringeren als unserem begnadeten Max."

„Mistkerl!" rief Edvard.

„Er schlug vor, daß wir euch eine Absage erteilen, um euch dann mit dieser Party zu überraschen. Ich habe eure Adreßbücher gefilzt und alle Adressen zu den Namen herausgeschrieben, die uns geläufig waren, und mit Hilfe von Lipstick und einigen anderen die potentiellen Gäste informiert. Es sind etwas mehr als siebzig geworden; ich hoffe, wir haben niemanden vergessen."

Edvard warf mir einen Luftkuß zu, Bernhard schüttelte den Kopf.

„Die Deko, es ist offensichtlich, haben wir der legendären Karin Kolor zu verdanken, die es wieder einmal geschafft hat, uns mit ihrer

Kreativität zu überwältigen. Diese … angenehme Beleuchtung", ich deutete auf die von innen beleuchteten Dildos mit „Echthaut-Feeling", die auf den Tischen standen, „ist wirklich einmalig."

Diesmal brauste ein großer Applaus auf, ein paar begannen „Ka-rin. Ka-rin" zu skandieren, bis sie aufstand und sich bejubeln ließ. Mit hochrotem Kopf verneigte sie sich und setzte sich dann schnell wieder.

„Das Menü haben wir … Raimondo zu verdanken, der leider nicht bei uns sein kann. Er hat übrigens auch die gesamten Kosten übernommen." Ich hätte nicht gedacht, daß es mir schwerfallen würde, seinen Namen auszusprechen. Und obwohl ihn nur wenige Gäste kannten, legte sich eine betretene Stille über den Saal. Der Name war unweigerlich mit seinem Schicksal verknüpft: mit dem Tod seines Geliebten, seinem Zusammenbruch und Verfall, seiner Einsamkeit im fernen Italien.

Bernhard klatschte zögerlich, der Versuch, die Schwere zu vertreiben, andere fielen ein, bald applaudierte der ganze Saal.

„Nun zum eigentlichen Grund dieser Party", fuhr ich fort, um es hinter mich zu bringen. „Vor genau einem Jahr habt ihr geheiratet. Ein Außenstehender könnte sich jetzt fragen, warum ihr nach so kurzer Zeit bereits ein großes Fest geplant hattet."

Ich sah, wie sich Bernhard erschrocken zur Tür wendete. Seine Mutter stand dort mit zwei jüngeren Frauen; es mußten seine Schwestern sein.

„Ich sehe, da kommt verspäteter Besuch. Hallo Oma, hallo Schwestern! Wir haben schon auf euch gewartet."

Nun reckten alle die Köpfe, um die Neuankömmlinge zu sehen. Edvard sprang auf und ging zu ihnen hinüber, Bernhard folgte zögerlich. Oma nahm die beiden nacheinander in den Arm, drückte sie und küßte sie auf die Stirn, dann begrüßten Edvard und Bernhard auch die anderen beiden.

„Sind wir zu spät?" fragte Bernhards Mutter in den Saal. „Es tut uns leid, der Zug meiner Tochter hatte Verspätung, und dann haben wir das Restaurant nicht gleich gefunden. Aber bitte, lassen Sie sich nicht stören."

Edvard wendete sich an die Gäste: „Leute, das sind Bernhards Mutter und seine beiden Schwestern Sieglinde und Gudrun." Er strahlte, Bernhard stand steif daneben.

„Guten Abend", sagten die Schwestern unisono.

„Wo waren wir stehengeblieben?" fragte ich, während Edvard den Schwestern Plätze zuwies und die Mutter zu sich an den Tisch mitnahm. „Ach ja, bei eurer Trauung, die ihr vor einem Jahr vollzogen habt."

Bernhard wurde blaß.

„Was ist, Bernhard? Geht es dir nicht gut?" fragte ich.

„Nein, nein. Mach einfach weiter."

„Dem Außenstehenden mag es also übertrieben erscheinen, ein Jahr später bereits ein Fest dieser Größenordnung zu inszenieren. Aber wir sprechen hier von zwei Menschen, die sehr verschieden sind, und wenn man sich so unterscheidet wie sie, muß man, wie bei Katzen, in einer anderen Zeitrechnung denken. Was für andere ein Jahr ist, zählt bei euch für zehn."

Ein Lacher ging durch die Reihen, und Edvard griente; Bernhard erholte sich langsam.

„Die Unterschiede eurer Persönlichkeiten werden in der Aussage deutlich, warum ihr zusammen seid. Auf die Frage, warum er Bernhard heiraten wollte, antwortete Edvard ..."

„Na wegen dem Drama!" rief einer aus dem Saal, und alle lachten, selbst Edvard.

„Ja, das wäre sicher die Antwort von einigen gewesen, aber Edvard sagte natürlich etwas anderes. Er sagte: ‚Die Frage wird immer offen blieben, denn Liebe fängt dort an, wo man keine Erklärung mehr findet.' Bernhards Antwort war: ‚Warum nicht Edvard?'" Alle lachten. Ja, das war wirklich eine typische Bernhard-Antwort.

„Ich habe mir sagen lassen, daß einige etwas verwundert waren, als Edvard Bernhard in den Freundeskreis brachte. Bernhard ist ja nicht gerade das Ebenbild des typischen Schwulen. Prada und Gucci sind für ihn italienische Rockmusiker, Madonna eine Figur aus der Marienverehrung und SM die Abkürzung für Seine Majestät."

Wieder ein Lacher.

„Und so hat sich Edvard von seinen Freunden anfänglich einiges anhören müssen. Aber wie man sieht: so falsch war sein Riecher nicht, Bernhard hat einen ganzen Menschen aus ihm gemacht."

„Bernhard hat sich aber auch verändert", sagte Edvard, und er klang fast ein wenig beleidigt.

„Wenn du mich ausreden läßt, Edvard. Ich kenne ja Bernhard seit knapp fünf Jahren. Er hat sich in dieser Zeit sehr verändert, und wie ich mir sagen ließ: Inzwischen haben viele auch ihn lieben gelernt."

Edvard legte seinem Mann den Arm auf die Schulter, zog ihn zu sich heran und küßte ihn.

„Was schenkt man nun einem Paar, das schon alles hat? Wir alle kennen das Problem. Damit es etwas Sinnvolles werden konnte, haben wir zusammengelegt."

„Jetzt bin ich aber gespannt", sagte Edvard.

„Einen Biedermeierschrank!" rief einer der Gäste.

„O Gott", sagte Bernhard, „bloß nicht."

Ich sprang gleich auf die Frotzelei an und tat recht erschrocken. „Hättet ihr euch was anderes gewünscht?"

„Bernhard wünscht sich ein Tattoo", sagte Edvard. Man sah ihm an, daß er ein wenig stolz auf diesen Wunsch war. Bernhard schielte zu seiner Mutter hinüber. Sie lächelte.

„Au ja, und wir dürfen es aussuchen!" rief ein anderer.

„Das dürfte bei fünfundsiebzig Gästen ziemlich einfach werden, eins zu finden, das allen gefällt."

„Nein, jeder sucht ihm eins aus."

„Und wir nehmen einen Quelle-Katalog dazu her."

„Quelle-Kataloge guckt man doch nur wegen der Wäschefotos durch."

„Da hat Neckermann aber die hübscheren Kerle."

„Dafür gibt es bei Quelle die tollen Seiten zur ‚Familienhygiene'. Da hält sich eine Frau einen Vibrator ans Gesicht, angeblich, weil er Falten wegmacht."

„Ach, jetzt verstehe ich, wozu diese Dinger gedacht waren", sagte Bernhards Mutter, und ihr Sohn fiel fast vom Stuhl.

„Hallo. Hallo!" rief ich zur Ordnung. „Das ist zwar 'ne nette Unterhaltungsshow, aber der Hauptgang will aufgetragen werden und wir müssen uns ein wenig sputen. Bernhard und Edvard bekommen von uns eine Flitterwoche im *Ray's Inn* in Key West."

„Wer die Idee dazu hatte, kann ich mir gut vorstellen", rief Edvard und stand auf.

„Und ich weiß auch, was er sich dabei gedacht hat", fügte Bernhard hinzu und folgte Edvard zu Max hinüber.

Im *Ray's Inn* konnte man nachts die Tür seines Hotelzimmers offenlassen und so signalisieren, daß man Besuchern gegenüber aufgeschlossen war. Max und Edvard, die vor Jahren beide mal dort gewesen waren, hatten davon geschwärmt.

Edvard umarmte Max, Bernhard legte ihm zum Scherz die Hände um den Hals, als wolle er ihn würgen.

„Ich wollte euch doch nur eine Freude machen", sagte der Schriftsteller mit einem aufgesetzten Schmollmund.

„Wir werden es genießen, die Weihnachtsferien dort zu verbringen", sagte Edvard. „Vorher kommen wir wegen der Schule nicht weg."

„Aber die Tür bleibt zu!" sagte Bernhard mit erhobenem Zeigefinger zu Edvard, der ihm daraufhin die Zunge herausstreckte. Dann kamen die beiden zu mir herüber und küßten mich. Von mir gingen sie zu Karin, Lipstick und all den anderen.

„Eigentlich müßten, nein möchten wir hier jeden umarmen", sagte Edvard laut, um die Gespräche zu übertönen, die aufgekommen waren, „aber ich sehe hungrige Gesichter und einen ungeduldigen Koch. Und wenn ich ehrlich bin, auch mir kracht der Magen. Deshalb sagen wir jetzt erst mal vielen, vielen Dank. Wir werden uns revanchieren."

„Auf eure Liebe!" rief einer der Gäste und stand auf, andere taten es ihm nach. Sie hoben die Gläser, aber da stellte sich Bernhard auf einen Stuhl und sagte:

„Wir sollten den ersten Schluck lieber auf den Gönner dieses Abends trinken: Auf Raimondo!"

Bernhard ❃ Die Kellner räumten die Teller ab und ich zog Edvard zur Seite: „Hast du gewußt, daß sie Mutter einladen?"

„*Nein!*" Edvard verteidigte sich empört, das machte es mir um so suspekter. „Berni, sei nicht immer so mißtrauisch! Du wolltest es nicht, also habe ich es nicht getan. Was traust du mir eigentlich noch alles zu?" Er sah mich an, und ich konnte wirklich nicht beurteilen, ob er die Wahrheit sagte. „Komm, jetzt ist es raus. Sie hat gehört, daß wir geheiratet haben. Und wie hat sie reagiert? Ist sie rausgelaufen oder in Tränen ausgebrochen? Nichts ist passiert. Statt dessen sitzt sie dahinten am Tisch und wartet darauf, daß du dich zu ihr setzt. Wann kapierst du endlich, daß deine Ängste übertrieben sind?"

Ich murrte. Edvard hakte sich bei mir unter und zog mich in die Party hinein. Das Essen war vorüber, jemand hatte ein paar Tische zur Seite geschoben, um Platz für eine Tanzfläche zu schaffen, es lief Musik. Malvyn wühlte sich durch eine Kiste von CDs. Man hatte ihn wohl gebeten, sich als DJ zu betätigen, oder vielleicht hatte er es auch selbst beschlossen, das wußte man bei ihm nie so genau. Etwa die Hälfte der Gäste stand in Grüppchen zusammen; der Rest saß noch an den Tischen.

Hannah war die Attraktion des Abends. Schon während des Essens war sie auf Gäste zugegangen, die sie nicht kannte, und hatte sich ihnen vorgestellt und nach ihren Namen gefragt. Jetzt saß sie in ihrem Engelskostüm auf einem Tisch und erzählte den aufmerksamen Zuhörern von ihrem großen Bruder Malvyn: Daß er aus einem Land kam, in dem es ganz große Tiere gab und wo man stundenlang mit dem Auto fahren konnte, ohne jemandem zu begegnen. Und daß er die Gesänge der Vögel imitieren konnte. Und daß er immer mit einem Walkman durch die Wohnung lief und bei allem, was er tat, laut mitsang. Und daß er viele Geister kannte, die für ihn zaubern würden, wenn er sie darum bat. Alles, was sie sagte, unterstrich sie mit den entsprechenden Gesten. Ihr kleiner Schnabel stand den ganzen Abend nicht still.

Ich gebe zu: Immer wieder, wenn ich sie so erlebte, wurde ich ein bißchen stolz. Sie war ein wunderbares, kleines Menschchen. Und ein bißchen was davon hatte sie von uns. Unser Zusammenleben, unsere Gespräche, die Spiele, die wir mit ihr spielten, die Ausflüge, die wir zusammen unternahmen, all das trug zu dem bei, wie sie war.

„Findest du nicht, daß es ein bißchen spät für sie ist?" fragte ich Edvard, der Hannah mit derselben verliebten Bewunderung beobachtete.

„Kim hat mir hoch und heilig versprochen, daß sie am Nachmittag sehr, sehr lange mit ihr ‚vorgeschlafen' hat."

Edvard hatte dasselbe gedacht wie ich, er war mir nur – wie so oft – einen Schritt voraus. Ich näherte mich seinen Lippen und küßte sie, fischte mit meiner Zunge nach seiner. Er hätte bestimmt nie erwartet, daß ich das tun würde, nicht hier, nicht vor meiner Mutter und meinen Schwestern.

„*Happy anniversary!*" flüsterte mir Edvard ins Ohr und zog mich fest an sich heran.

„*Happy anniversary!*" erwiderte ich. Er hielt mich, so daß mir fast die Luft wegblieb, schloß seine Augen und legte sein Gesicht an meine Brust. Dann gab er mir noch einen Kuß und tauchte in die Menge ein, die er so dringend brauchte; ich schaute ihm hinterher.

Manchmal, wenn er von mir wegging, spürte ich diesen Schmerz, ein Ziehen in meinem Bauch, so wie in diesem Moment, und dann wurde mir klar, wie unglaublich groß meine Angst war, ihn zu verlieren. Mein Mann küßte diesen, umarmte jenen. Was hielt ihn davon ab, mit einem anderen durchzubrennen? Dieser Gedanke kam mir nicht oft, aber immer wieder. Ich stöberte in einem Buchladen, und plötzlich drängte er sich mir ins Bewußtsein: „Wenn du nach Hause kommst, ist Edvard nicht mehr da."

Dann ließ ich alles liegen und lief los, schaute nach, ob er noch da war. Und wenn ich Edvard dann sah, atmete ich auf. Aber erst dann.

Es passierte mir auch schon in der Schule. Es war die zweite Stunde, und ich hatte noch vier weitere vor mir; ich hätte es fast nicht ertragen.

Aber Edvard war da, er war immer da, auch jetzt. Wir waren verheiratet, wir feierten unser erstes Jahr, jeder hier wußte, daß wir zusammengehörten. Und nichts konnte das erschüttern.

„Na?" sagte ich und setzte mich neben meine Mutter.

Sie strich die Tischdecke glatt, pickte einen Brotkrümel auf und spielte damit. Sie sagte nichts; sie lächelte, rollte den Krümel zwischen den Fingern und lächelte.

„He", sagte ich noch mal, weil ich annehmen mußte, das sie mich nicht bemerkt hatte. Da wendete sie mir ihr Gesicht zu.

„Hallo, mein Junge", sagte sie leise, es klang fast brüchig. Ich sah, daß Tränen in ihren Augen standen.

Sie war enttäuscht, dachte ich.

„Ihr habt so viele nette Freunde. Schau. Ein ganzer Saal voll Menschen, die mit euch feiern. Sie sind euretwegen gekommen, um mit euch eure Beziehung zu feiern. Es ist ein Ausdruck von der Kraft, die eure Verbindung hat. Diese Party spiegelt eure Liebe füreinander wider."

Sie strich mir über die Stirn und legte ihre Hände auf meine Wange. Ich war dankbar, sonst wäre ich vielleicht umgekippt. Ich versuchte mich an die Worte, die sie gerade gesagt hatte, zu erinnern, weil sie an mir vorbeigegangen waren, aber mich trotzdem irgendwie getroffen hatten.

„Wie seid ihr nur darauf gekommen?" fragte ich, obwohl mir der Kloß im Hals das Sprechen schwer machte.

„Deine Freunde haben von nichts anderem geredet, Bernhard. Herr Raimondo wollte sichergehen, daß es eine wunderschöne Party wird. Lipstick, Barbarella, Kim, selbst Max, sie haben mich von Anfang an mit einbezogen." Sie schaute auf meine Hand und streichelte sie. Sie hatte es gewußt und trotzdem meiner Bitte zugestimmt, wegzufahren. Ich kam mir unglaublich schlecht vor.

„Ihr seid ihnen wichtig, verstehst du? Sie wollten, daß es was ganz Besonderes wird." Dann schaute sie mir wieder in die

Augen. „Du hast wirklich sehr feine Menschen um dich herum geschart, das muß ich dir lassen."

„Und du hast damit kein Problem, Mama?"

Sie lächelte mich an, legte noch einmal ihre alte, faltige Hand an meine Wange und sagte: „Ich freue mich für dich. Ich bin froh, daß du glücklich bist. Wie wichtig so eine Beziehung ist, wirst du erst merken, wenn du sie nicht mehr hast."

Ich bin ja kein besonders emotionaler Mensch, aber in diesem Moment, als sie vom Tod meines Mannes sprach, da schnürte es mir die Kehle zu.

Ihr stiegen Tränen in die Augen. Sie legte die zweite Hand an mein Gesicht und zog mich zu sich, drückte meinen Kopf an ihre Brust. „Solange du nur glücklich mit ihm bist." Dann schob sie mich von sich: „Und jetzt lauf, sonst ist die Party vorbei, und du hast nichts davon gehabt."

Es fiel mir schwer, aufzustehen. „Möchtest du noch was trinken?"

„Nein, mein Junge; ich bin sehr müde. Es ist schon bald Mitternacht. Ich werde mich noch ein wenig mit Frau Birgit unterhalten, dann werden mich die Mädchen nach Hause fahren."

„Wo übernachtet ihr überhaupt? Ihr könnt selbstverständlich bei uns ..." sagte ich.

„Gudrun und ich haben uns gestern nacht ein Hotelzimmer geteilt, heute schlafe ich bei euch und Sieglinde nimmt mein Bett im Hotel."

„Meinst du wirklich? Es wäre wirklich kein Problem."

„Das Hotel ist schon bezahlt. Der Aufwand wäre viel zu groß."

„Aber wir frühstücken doch gemeinsam, oder?"

„Selbstverständlich. Und jetzt geh. Guck, da wartet schon der junge Herr Jay Pee auf dich." Sie hatte diese Abkürzung von Malvyn übernommen, weil sie leichter auszusprechen war, als das französische Jean-Paul.

Ich drehte mich um. Tatsächlich, da stand der Mann mit den wunderschönen Lippen. Daß er seinen neuen Geliebten an der Hand hielt, bemerkte ich erst einen Moment später.

„Erklär bitte Jörn, warum du Eddi geheiratet hast. Ich frage nicht nach deiner Liebe, sondern wirklich nur nach diesem Ehekram."

Ich schaute mir Jörn an, der sich fest an seine Neuerrungenschaft drückte: Ein kleines, aufgestyltes Bübchen, sehr schlank und zurückhaltend; er konnte noch keine fünfundzwanzig sein. Jean-Paul wurde jetzt von ihm geküßt. Es erleichterte mich fast, denn diese Lippen hatten mich immerzu verführt.

„Das war kein Ehekram", antwortete ich. „Daß die Institution Ehe überholt ist, das hat Engels schon vor weit mehr als hundert Jahren schlüssig begründet. Aber ich glaube an die Beziehung und daran, daß man dann auch manchmal Dinge tun muß oder Dinge nicht mehr tun darf. Rumknutschen zum Beispiel ..." Ich merkte, daß meine Stimme leiser wurde, ganz automatisch, als wäre sie nicht so überzeugt von dem, was ich sie zwang zu sagen. „Sex bleibt dann in der Beziehung."

„Das ist doch selbstverständlich", sagte dieser Jörn mit piepsiger Stimme.

„Für manche ja, aber nicht für alle", sagte ich und schaute mich um.

„Und diese Trauung?" fragte Jean-Paul. „Warum hast du so einen traditionellen Hokuspokus mitgemacht?" Er war ein eingefleischter Homo-Ehe-Gegner, das war bekannt.

„Ich habe die Zeremonie mitgemacht, weil ich wußte, wie wichtig sie Edvard ist. Er wollte einmal im Leben ein Brautkleid tragen, er wollte mit Reis beworfen und von vielen Freunden beglückwünscht werden. Es war ihm wichtig, unsere Beziehung regelrecht hinauszuposaunen. Du kennst ihn doch: Er läßt kein Drama aus."

„Du bereust es also nicht?

„Nein, ganz im Gegenteil. Daß wir uns das Versprechen gegeben haben, hat unsere Beziehung auf eine andere Ebene gehoben."

„Aha." Jean-Paul schaute mich mit großen Augen an, als hätte ich gerade die Geschichte umgeschrieben.

Jörn strahlte. „Siehst du, davon rede ich die ganze Zeit", sagte er, knutschte Jean-Paul so fest ab, daß sie fast auf die Tanzfläche fielen.

„Was hast du denn mit denen angestellt?" fragte Max und deutete auf die beiden.

„Nichts", antwortete ich.

„Leider? Oder: Gott sei Dank?"

„Bitte?"

„Deine Augen verraten mehr, als es dir lieb ist, Bernhard", sagte er, klopfte mir auf die Schulter und ging.

„Hast du nicht Lust zu tanzen?" fragte mich Edvard, einen Sektkelch schwenkend. „Hier ist eine Riesenstimmung, und du stehst rum und führst philosophische Gespräche."

Ich schaute mich um. Auf der Tanzfläche hampelten vielleicht zehn Leute herum, darunter Malvyn, der sich bewegte wie ein junger Gott.

„Scherzbold. Du weißt, daß ich nicht tanze." Ich schaute in seine Augen und sah, daß er schon angetrunken war. Kein Wunder, zu dieser Stunde, der Sekt war auch mir bereits zu Kopf gestiegen.

„Es hat sich so viel getan in unserem Leben", sagte er. „Wir hatten sogar einen flotten Dreier. Hätt ja sein können, daß du inzwischen auch Spaß am Tanzen gefunden hast." Er drehte sich auf der Hacke ein Mal um die eigene Achse.

Ich fing ihn ein, hielt ihn fest und gab ihm einen Kuß. „Ja, ja. Paß du mal lieber auf, daß du nicht umfällst."

Er nahm einen Schluck aus seinem Glas und schwänzelte dann im Rhythmus der Musik davon. Ich wanderte zwischen den Grüppchen umher, hörte ihnen zu, um mich zu entscheiden, welchem ich mich hinzugesellen wollte.

Lipstick blitzte mir direkt in die Augen; er lief schon den ganzen Abend herum und fotografierte. Den Job hatte er freiwillig angenommen, um all die schönen Jungs ablichten zu können. „*Darling*, diese Party, sie ist der Hit. So viele süße Kerle. Wie du da widerstehen kannst?" Er zupfte an meinem Hemdkragen, kam dann nah an mein Ohr heran. „Oder kannst du etwa nicht?" Er funkelte mich kurz an, dann machte er auf dem Absatz kehrt und verschwand.

„Wenn ihr wieder so 'ne Party macht, will ich eingeladen werden", rief mir ein junges Blondchen zu; er lallte schon ein wenig. Bevor ich etwas erwidern konnte, machte ihn sein Begleiter mit einem Zungenkuß mundtot.

Max trat von der Seite an den tanzenden und völlig in sich versunkenen Malvyn heran, legte ihm die Hände auf Brust und

Rücken. Sie glaubten, ich wüßte nicht, was zwischen den beiden abging, dabei hatte ich das sehr wohl mitbekommen. Natürlich hätte ich versucht, es zu verhindern, aber nachdem der Funke bereits übergesprungen war, hielt ich mich raus. Als Lehrer hatte ich gelernt, daß immer die Ausreißer die hübschesten Mädchen abkriegten. Die Chancen standen zehn zu eins gegen die intelligenten Jungs. Es war ein Gesetz, sozusagen ein „Untergesetz" der Anziehungskraft, das längst in den Lehrplan hätte aufgenommen werden sollen: Dadurch würde man die Scheidungsrate bedeutend senken können.

„Super Party", sagte Ruth und fiel mir um den Hals. Sie stand mit meiner Schwester Gudrun zusammen. „Weißt du, daß wir uns schon fünfzehn Jahre nicht mehr gesehen haben, Gudrun und ich?"

„Ich wußte gar nicht, daß ihr euch kennt", antwortete ich und legte Ruth meinen Arm um die Hüften.

„Ach, Brüderchen", sagte meine Schwester und strich mir durchs Haar. „An dir geht so viel vorbei."

„Das stimmt", bestätigte Ruth. „Das sagen unsere Kollegen auch immer."

„Wer?" fragte ich und bekam nur ein Kichern zur Antwort. Auch sie hatte schon einiges intus.

„Übrigens, wir werden bald gehen. Sieglinde fallen schon die Augen zu, und zum Hotel ist es noch ziemlich weit."

Ich suchte in der Menge nach meiner anderen Schwester. Sie hatte sich zu meiner Mutter gesetzt. Was für ein Unterschied. Während die anderen Frauen in meiner Familie so zierlich daherkamen, hatte sich Sieglinde in den letzten Jahren zu einer regelrechten Tonne entwickelt. Die Scheidung von Eberhard mußte sie sehr belastet haben. Sie konnte einem leid tun.

„Kommt ihr denn morgen zum Frühstück?" fragte ich, weil so eine Party nie der richtige Ort für ernsthafte Gespräche ist. Dann fiel mir ein: „Aber ich warne euch gleich; Edvard wird bestimmt ein paar Freunde einladen."

„Macht nichts, wir kommen trotzdem. Ist doch klar. Wenn wir schon mal die Gelegenheit haben, dich zu sehen."

„Also ich komme nicht", sagte Ruth. „Den Sonntag brauch ich, um mich auf den Horror vorzubereiten."

„Welchen Horror?"

„Berni!" Sie klopfte mir an die Stirn. „Hast du vergessen, daß am Dienstag die Schule wieder anfängt?" Natürlich hatte ich das nicht.

„Sag mal, was ich noch fragen wollte", sagte Gudrun. „Waren denn homosexuelle Partnerschaften im letzten Jahr schon legal?"

„Legal?" Als ob es illegale Partnerschaften gäbe? „Du meinst, ob sie eine rechtlichen Grundlage hatten. Nein, das haben sie auch jetzt nicht, und vermutlich werden wir das auch so schnell nicht bekommen."

„Aha." Gudrun schaute mich fragend an.

„Und sprich bitte nicht von *homosexuellen* Partnerschaften. Ich finde, das hört sich an, als ob es dabei nur um Sex ginge."

„Aber ..." Sie hob ihren Sektkelch und trank einen Schluck. „Ihr seid doch homosexuell."

„Natürlich. Aber ich sage doch auch nicht, daß meine Schwester in einer heterosexuellen Ehe lebt. Diese Hervorhebung der Sexualität verzerrt einfach unsere Beziehungen. In den Köpfen der Leute drehen sie sich dann nur noch um Sex."

„Reagierst du da nicht ein bißchen empfindlich?" fragte sie.

„Stell dir nur mal vor, jemand würde dir folgende Fragen stellen."

„Ich höre", sagte Gudrun und stellte sich vor mir auf wie eine Schülerin, die abgefragt wird.

„Was meinst du, was deine Heterosexualität verursacht hat, Gudrun?"

Sie prustete so, daß sie sich den Mund abwischen mußte.

„Gute Frage", antwortete Ruth. „Muß ich drüber nachdenken."

„Oder: Meinst du, deine Heterosexualität ist nur eine Phase, und du könntest dich doch noch für eine Frau entscheiden?"

Sie kicherte wieder.

„Oder wie wär's mit: Könnte dein Hang zur Heterosexualität vielleicht von einer neurotischen Angst vor Menschen des gleichen Geschlechts herrühren?" Gudrun und Ruth gackerten, stützten sich gegenseitig, weil sie die Fragen so amüsierten. „Die Mehrheit der Kinderschänder ist heterosexuell, Gudrun. Fühlst du dich wohl dabei, einem Heterosexuellen dein Kind anzuvertrauen?"

Gudruns Gesicht wurde ernst. „Ist das wahr?" fragte sie.

„Ja, fünfundneunzig Prozent aller Kinderschänder sind hetero."

„Oh. Da habe ich noch nie darüber nachgedacht."

„Na ja, das ist jetzt auch nicht der Zeitpunkt. Mir ging es nur darum, dir mal zu zeigen, was für ein Quatsch andauernd über Homosexuelle geredet und geschrieben wird. Nimm mal die ganzen Klischeefragen und münze sie auf deine heterosexuelle Orientierung um, dann wirst du sehen, wie diskriminierend sie sind. ‚Wenn du noch nie mit einer Frau geschlafen hast, woher willst du dann wissen, daß es dir nicht gefällt?' ‚Warum bestehst du darauf, deine Heterosexualität so öffentlich zu machen? Kannst du es nicht einfach sein und den Mund halten?' ‚Warum sind Heterosexuelle so promisk?' Dann wunderst du dich vielleicht nicht mehr so darüber, warum ich empfindlich reagiere."

Edvard platzte dazwischen. „Professorchen, ich habe *die* Idee."

„Was?"

„Was hältst du davon, wenn wir ein Hotel in Florida aufmachen würden?"

„Wie kommst du jetzt darauf?" Edvard war völlig überdreht und angeduselt. Er hatte siebzig Freunde um sich herum und ging völlig darin auf. All die Gespräche über Parfüms und Mode, dazu der Sekt, die Musik. Vor einer Stunde hatte er meine Mutter gebeten, sie möge ihn von jetzt ab duzen, und er würde gern Mutter Lydia zu ihr sagen. Natürlich hatte sie es ihm erlaubt. Was blieb ihr auch anderes übrig?

„Es ist toll dort. Ich hab die Nase voll von meinem Laden, und du schimpfst immer über die nervigen Schüler. Ein Hotel, das wär doch was! Immer Sonne. Junge Menschen, Natur. Ein entspanntes Leben, so wie Malvyn uns das vorlebt. Den nehmen wir natürlich mit."

„Du sagst das doch nur, weil Kim seit zwei Monaten wieder über nichts anderes mehr spricht, als in Miami ein zweites Büro aufzumachen, und du Angst hast, deine geliebte Hannah zu verlieren."

Er umfaßte meine Hüften und stellte sich so vor mich hin, das ich den Puls seiner Bauchschlagader in meinem Becken spüren konnte. Dann schaute er mir tief in die Augen, bevor er sagte: „Und? Ist das nicht Grund genug?"

Es war fast drei in der Früh. Mutter, Siegi und Gudrun lagen schon längst in ihren Betten, auch Birgit und Ruth; es waren vielleicht noch die Hälfte der Gäste da. Der Alkohol hatte mir auf den Magen geschlagen und weil das Druckgefühl zunahm, ging ich auf die Toilette. Als ich den langen Gang hinunterging, merkte ich erst, wie angetrunken ich war. Ich mußte mich mehrmals an der Wand abstützen, so irritiert war mein Gleichgewichtssinn.

Es stand ein junger Mann am Waschbecken; ich glaubte in ihm den Liebhaber von einem von Edvards Mitarbeitern wiederzuerkennen. Er grüßte mich und lächelte mich an. Ich lächelte zurück, steuerte auf die Kabine zu, aber sie war besetzt. Also verließ ich die Toilette und wartete im Gang. Ein bißchen würde ich es schon noch aushalten.

Die Tür ging auf, der junge Mann kam heraus; er gratulierte mir, dann ging er zurück in den Saal. Mein Bauch zwickte, lange würde das nicht mehr gutgehen. Wer immer da drin war, er hatte ein sehr großes Geschäft zu erledigen. Da kam mir der Gedanke, daß die Kabine womöglich aufgrund einer Verstopfung geschlossen sein könnte. Ich machte die Tür auf und lauschte, ja, ich hörte Geräusche in der Kabine, es war also jemand drin. Ich ging wieder hinaus.

Ob ich die Toilette im Erdgeschoß benutzen sollte? Ich bezweifelte, es noch zu schaffen. In meinem Bauch rumorte es inzwischen so sehr, daß ich mir überlegte, ob ich aufs Damenklo gehen sollte – es war schließlich ein Notfall –, da hörte ich, wie die Klotür aufging. Ein junges, dunkelhaariges Bürschchen kam freudestrahlend heraus, sah mich, schaute zu Boden, murmelte „Hallo" und eilte den Gang entlang, um hinter der nächsten Ecke zu verschwinden. Ich riß die Tür auf und stürmte hinein, da sah ich Edvard am Waschbecken stehen; er spritzte sich gerade Wasser ins Gesicht.

„Hi, Berni", sagte er, drehte den Hahn zu und riß Papier aus dem Halter, um sich damit abzutrocknen. „Klasse Party, was?" Er hatte ein süffisantes Lächeln auf den Lippen.

Mit einem Schlag war mein Bauchschmerz verschwunden. Hatte ich so viel getrunken, daß ich bereits halluzinierte? Es gab nur eine Kabine in dieser Toilette. Ein Bürschchen war herausgekommen, und nun war Edvard hier drin.

„Was hast du mit dem Kerl getrieben?" fragte ich ihn.

Edvards Gesicht wurde starr, er tupfte sich die Stirn ab und richtete dann seinen Blick auf mich. „He, Berni. Das war nichts. Nur ein bißchen, du weißt schon. Keine große Sache."

„Keine große Sache? Du hattest Sex mit irgendeinem dahergelaufenen Früchtchen, und dann auch noch an unserem Jahrestag. Und das nennst du keine große Sache? Wie kannst du so was tun?"

Edvard zuckte mit den Schultern: „Ich weiß auch nicht. Wir standen hier und pinkelten. Dann fing er an zu stöhnen, du weißt, wie schnell mich das erregt. Bevor ich wußte, was passiert, hatte er seine Hand in meiner Hose und ..."

„Stop, Stop, Stop." Ich hielt mir die Ohren zu. „Erspar mir die Details. Ich will es nicht wissen. Mir geht nicht in den Kopf, wie du so was tun konntest?"

„Aber Berni. Jetzt mach nicht so einen Aufstand. Es is 'ne aufregende Party. Und ich hab wirklich nichts Schlimmes gemacht. Du weißt, daß du mir vertrauen kannst."

„Vertrauen? Wie kannst du in diesem Moment dieses Wort mißbrauchen?"

Ich hatte die Frage kaum gestellt, da ging die Tür auf, und Max kam herein: „Na, ihr zwei Turteltäubchen", sagte er. „Ist das nicht eine Riesenparty?"

Er hatte mir grade noch gefehlt. Ich stürmte an ihm vorbei mit einem einzigen Gedanken: Nur weg hier.

III

Edvard

✻ Als ich am Morgen nach der Party erwachte, war mein Kopf so schwer, daß ich befürchtete, mich übergeben zu müssen, wenn ich mich bewegte.

„Berni! Professorchen!" sagte ich leise, denn allein bei den Vibrationen, die diese Worte in meinem Kopf auslösten, drehte sich mein Magen.

Ich streckte meinen Arm nach ihm aus, faßte aber ins Leere. Er würde doch nicht ohne mich aufstehen? Ich versuchte, mich anhand von Bruchstücken zu erinnern, was geschehen war. Einzelne Bilder tauchten auf, kurze Filme, die schnell rissen. Am Ende stand ich Bernhard gegenüber, sein Blick voller Verletzung.

„O Gott! Sag, daß das nur ein schlimmer Traum ist", winselte ich in das Dunkel des Zimmers hinein. Ich rollte mich vorsichtig aus dem Bett, schlüpfte in meinen Bademantel und wankte langsam hinaus ins Große. Mein Blick war noch reichlich verschwommen, das Knarzen der Dielen hörte sich an wie ein Hagel von Baseballschlägern auf meinem Kopf.

„Guten Morgen, Edvard", begrüßte mich Mutter Lydia, und sie wirkte bedrückt. „Du siehst aber auch nicht wie einer aus, dem 's gut geht."

Auch nicht? Ich stützte mich ab. „Morgen", flüsterte ich und versuchte, sie zu fokussieren; sie steckte in einem ihrer Blümchenkleider. „Nein. Mir geht es auch nicht besonders."

„Bernhard ist voll mies drauf", sagte Malvyn, der mit einem großen Teller Schinken aus der Küche kam. „Was habt ihr nur getrunken? Steroide? Er kommandiert mich rum, wie ich das sonst nur von dir gewohnt bin." Mein Neffe erschien mir sehr unwillig.

„Haha", antwortete ich. Mir war schon klar, warum Bernhard sich so aufführte. Und wenn er in der Küche Regie führte, mußte er wirklich ganz schlecht drauf sein.

Gudrun trug Schalen auf. „Morgen. Gut geschlafen?" fragte sie, als sie an mir vorbeischwänzelte. Die Schalen waren mit irgendwelchen mayonnaisigen Salaten gefüllt. Beim bloßen Anblick wurde mir schlecht.

Ich stürzte ins Bad und übergab mich. Mutter Lydia fragte: „Brauchst du Hilfe, Edvard, mein Junge?"

Mein Magen zog sich schon wieder zusammen. „Berni!" rief ich, bevor es mich wieder hob. Aber er kam nicht.

„He, Mann. Was ist los, Bruder?" fragte Malvyn und klopfte mir auf den Rücken. „Bernhard ist voll stinksauer auf dich. Du mußt ja richtigen Scheiß gebaut haben."

Ich schaute in sein breites Grinsen und beneidete ihn darum, wie locker er die Dinge sehen konnte; das Leben war in seinem Alter noch so viel einfacher.

„Gib mir bitte zwei Vomex aus dem Schrank, ein Aspirin und ein Glas Wasser."

„O Mann, du bist voll fertig." Er zog mich vom Boden hoch und setzte mich auf den Rand der Badewanne, dann reichte er mir die Pillen und das Wasser.

„Du mußt erst mal baden, Bruder. So kommst du mir nicht unter die Leute. Du stinkst."

„Vielen Dank für deine Offenheit", sagte ich und hielt mir den Kopf.

Er ließ die Wanne einlaufen. Ich freute mich auf das warme Bad, denn langsam begann ich zu frieren.

Malvyn ließ das blaue Badesalz hineinrieseln, das sich im Wasser grün verfärbte. „Nicht so viel", sagte ich, weil es mir vom Geruch schon wieder den Magen zusammenschnürte. Dann half er mir in die Wanne. Durch die Wärme stellten sich die Haare auf meinen Armen auf, und für einen Moment fror ich noch mehr. Aber dann begann ich mich zu entspannen.

„Nun sag schon, Bruder. Warum war B plötzlich weg, ohne sich zu verabschieden? Warum hast du dich danach dermaßen vollaufen lassen? Und warum ist er heute so stinkig?"

Ich schaute Malvyn an, der auf dem Boden kniete und sein Kinn auf dem Rand der Wanne abgelegt hatte. Es fiel mir schwer, ihn scharf zu sehen, immer wieder saßen da zwei. Sollte ich ihm die Wahrheit sagen? Würde es ihn enttäuschen? Oder nur auf das vorbereiten, was ihn erwartete, was jeden in einer Beziehung erwartete?

„Du weißt doch. Berni ist öfter mal nicht so gut drauf", sagte ich schließlich. Es ihm zu erklären hätte eine große Anstrengung bedeutet, und am Ende – zumindest wenn es um diesen Aspekt von Beziehungen geht – kann man so viel erklären, wie man will: Gefühle haben ihr Eigenleben. „Der kriegt sich schon ein." Obwohl, ich war mir nicht sicher; Berni konnte verdammt nachtragend sein.

„Das sollte er auch, denn wenn die anderen erst mal da sind ..."

„Welche anderen?"

„Du hast gestern abend noch jeden zum Brunch eingeladen, der dir über den Weg gelaufen ist."

„O Gott. Wann kommen sie?"

„Keine Ahnung."

„Wie spät ist es jetzt?"

„Kurz vor elf."

„Tu mir einen Gefallen, Malvyn. Bring mir noch ein Glas Wasser, dann geh zu Berni und sag ihm, daß ich mit ihm reden möchte. Okay?"

„Okay, Bruder."

Er füllte das Glas auf, und weil ich es in einem Zug leertrank, füllte er es gleich noch einmal, dann ging er hinaus.

Die Pillen begannen zu wirken, die Übelkeit verschwand und das warme Gefühl der Entspannung kehrte in meinen Bauch ein. Ich nahm noch einen Schluck Wasser, der mir kühl im Mund zerging, verfolgte die Wahrnehmung und nickte darüber ein.

Ich weiß nicht, wie lange ich schlief – Berni war jedenfalls nicht gekommen. Das Wasser war deutlich kühler, und der Geschmack von Badesalz lag mir im Mund. Ich spuckte aus, setzte mich auf und begann mich zu waschen, daß es nur so schäumte. Am liebsten wäre ich mit der Wurzelbürste vorgegangen, aber so etwas besaßen wir nicht. Dann zog ich den Stöpsel aus dem Abfluß, stemmte mich vorsichtig hoch – bei ruckartigen Bewegungen wurde mir schwindelig –, brauste mich lange ab und rubbelte meine Haut trocken.

Nachdem ich mich mit reichlich Parfüm begossen hatte, in Socken und Unterhose geschlüpft war, ging ich im Morgenmantel ins Schlafzimmer hinüber. Bernhard stand an der offenen Wohnungstür und begrüßte unsere dänischen Freunde Villiam und Harry. Ich hatte sie vor fünfzehn Jahren im Urlaub in Mombassa kennengelernt. Seit damals waren wir in Kontakt geblieben.

„Hallo, Hallo", riefen sie und fielen mir nacheinander um den Hals. „Guten Morgen, mein Schatz", sagte Harry, „Mmmh, du riechst so gut", sagte Villiam und tätschelte mir die Wange. Über seine Schulter schaute ich direkt in Bernhards Gesicht. Er kehrte sich ab und verschwand in der Küche.

„Ich zieh mir nur eben was an. Ihr könnt euch ja schon mal setzen."

Erst als ich die Schlafzimmertür hinter mir geschlossen hatte, merkte ich, daß ich schon wieder ganz angespannt war. Ich setzte mich aufs Bett, schloß die Augen, atmete gleichmäßig und ruhig, versuchte dabei, mich auf den Beckenboden zu konzentrieren, dann visualisierte ich ein heilendes, hellgelbes Licht, das Bernhard und mich wie eine Glaskugel umschloß. Nach mehreren Atemzügen ging ich zum Fenster, um die Rolläden hochzuziehen und durchzulüften, da erst kriegte ich mit, daß Bernis Bettzeug auf der Luftmatratze auf dem Boden lag.

Meine Knie wurden weich. Ich sank auf das Bett zurück und stützte mich ab. „Das kann doch nicht wahr sein. Das träumst du doch nur", sagte ich laut zu mir.

Visualisieren: hellgelbes Licht überall! „Es ist alles in Ordnung", sagte ich mir. „Es ist alles in Ordnung. Es ist alles in Ordnung."

Ich nahm sein Bettzeug, schüttelte es auf und legte es zurück, wo es hingehörte, dann ließ ich die Luft aus der Matratze, faltete sie zusammen und schob sie unters Bett. Erst dann zog ich mich an. Obwohl mir eher nach Verkriechen zumute war, ging ich hinaus. Fünf Jahre, Mensch. Fünf Jahre. Bernhard wird doch nicht wegen Sex alles aufs Spiel setzen, oder?

Ich trat hinaus und wurde begrüßt. Der Tisch war gut besetzt, ich zwängte mich zwischen Sieglinde und Mutter Lydia. „Tut mir leid, Leute. Ich hab ein bißchen zu viel getrunken. Amüsiert euch, ich brauche erst einen Kaffee, bevor ich ansprechbar bin."

Gudrun sprang auf und brachte mir eine Tasse.

„Es ist wirklich schön, daß wir Sie endlich mal kennengelernt haben, Frau Moll", sagte Gernot, der mit seinem Freund Jan aus Kiel angereist war, auch ein Paar, das ich schon ewige Zeiten kannte.

„Ja, wir haben oft gerätselt, was da wohl für eine Familie hinter Bernhard steckt." Das war Ernst, von Ernst und Michael. Aber Michael war jetzt mit Andreas zusammen, mit dem ich vor Jahren mal was gehabt hatte. Michael hatte ich auf der Party gar nicht gesehen.

Ich schaute zu Bernhard hinüber, der seine Arme verschränkt hatte und finster auf seinen Teller starrte. Ob ich zu ihm gehen sollte und ihn küssen? So wie er dreinschaute, hätte das in einem Desaster enden können. Es war vielleicht besser, die Sache erst mal auf sich beruhen zu lassen. Ich schloß die Augen und dehnte die Kugel aus hellgelbem Licht über den ganzen Tisch aus. „Es ist alles in bester Ordnung", sagte ich mir vor.

„Es hat mich auch sehr gefreut, Sie kennenzulernen", antwortete Mutter Lydia höflich. „Ich bin froh, daß meine Söhne so viele Freunde haben. Bis vor ein paar Wochen wußte ich sehr wenig über Männer wie Sie. Ich muß zugeben, daß ich nicht einmal ahnte, wie viele in so schönen Beziehungen leben." Lydia warf jedem Paar ein Lächeln zu. Es stimmte mich glücklich, zu sehen, daß sie sich unter so vielen Schwulen wohl fühlte.

Bernhard lehnte sich in seinem Stuhl zurück; er wirkte blaß, seine Augen waren schwarz umringt. Dann legte er die Hände in den Schoß und falteten sie so fest, daß die Knöchel weiß anliefen.

„Wirklich feine Menschen, das muß ich schon sagen. Jeder von ihnen", sagte Mutter Lydia.

„Ja", preßte Berni verbissenen hervor. „So fein, daß Edvard mit jedem schon mal Sex hatte." Dann sprang er auf und lief aus der Tür. Ich wäre am liebsten im Boden versunken.

Eine betretene Stille legte sich über den Frühstückstisch. Viele steckten den Kopf zwischen die Schultern, nur einige taten plötzlich so, als hätten sie noch Hunger und suchten zwischen den Marmeladegläsern verzweifelt nach etwas, mit dem sie diesen Zwischenfall hätten ungeschehen machen können.

Mutter Lydia fand als erste die Worte wieder. „Noch jemand Hunger? Sie haben alle noch einen weiten Weg vor sich. Sie sollten essen."

„Nein danke. Ich hab wirklich genug", sagte Friedrich, der Pastor aus Hamburg, und zupfte seinen angetrauten Helmut am Hemd. „In jeder Hinsicht", sagte dieser, der immer eine spitze Bemerkung parat hatte. Dann erhoben sie sich von ihren Stühlen.

„Also, ich werde dann mal die Hühner satteln, Ed." Ich schaute auf; es war mein Schulfreund Stefan, der mir seine Hand auf die Schulter gelegt hatte und sich jetzt räkelte. Dann beugte er sich zu mir herunter und küßte mich. „He, halt die Ohren steif. Okay?" Dann flüsterte er mir noch ins Ohr: „Und wenn du reden willst, ruf an."

Ich stand auf und umarmte ihn. Am liebsten hätte ich geheult, aber *eine* Szene an diesem Tag war genug. Nacheinander umarmte und küßte ich meine Freunde; sie verabschiedeten sich, und zurück blieben Malv, Gudrun, Sieglinde und Mutter Lydia.

„Meinst du, es hat Sinn, auf Bernhard zu warten?" fragte Sieglinde, die eine sehr pragmatische Ader hatte, wie sich später noch herausstellen sollte.

„Weiß nicht. Kann ich nicht sagen", antwortete ich.

„Was hat er denn jetzt schon wieder?" fragte Gudrun. „Er war gestern abend schon so gereizt."

„Keine Ahnung", sagte ich. „Partys waren noch nie sein Ding."

Die Schwestern beschlossen, einen Spaziergang zu unternehmen und noch einmal vorbeizuschauen, bevor sie die Heimreise antraten. Sobald sie aus der Tür waren, räumte ich den Tisch ab.

Malvyn half nur widerwillig mit. Er hatte am Abend einen jungen Meeresbiologiestudenten kennengelernt, mit dem er für heute verabredet war. Ich hatte ihn kurz gesehen – wenn ich mich nicht irre, hatte Kim ihn mitgebracht –; ein schmales Jüngelchen mit einem recht dürftigen Technobärtchen, langem Haar und Wollmütze, zarten schlanken Fingern, die er tief in die Taschen seiner Snowboarderhose vergrub, sobald er mich sah.

„Ich hab Junior versprochen, pünktlich zu sein."

„Wenn ihm was an dir liegt, wird er schon warten", fauchte ich ihn an.

„He, Bruder. Was ist denn in dich gefahren?"

„Sorry, Malvyn. Tut mir leid. Is 'n Scheißtag. Geh! Ich mach das schon."

Er kam zu mir herüber und legte seinen Arm um meine Schulter. „Laß dich nicht hängen, Bruder. Das renkt sich schon wieder ein."

Ja, das hatte ich vorher in der Wanne auch noch gedacht, aber nach dieser Szene von meinem Angetrauten schien mir das plötzlich sehr fraglich.

„Komm, hau ab! Du kommst zu spät. Und heute abend erzählst du mir, warum du nicht mit Max unterwegs bist."

„Okay." Er gab mir einen Kuß und lief dann los.

Ich stützte mich einen Moment lang am Tisch ab, dann stellte ich die Teller zusammen und wollte sie gerade in die Küche bringen, da kam Mutter Lydia aus der Toilette: „Edvard, mein Junge. Es tut mir so leid", sagte sie. Ihr tat es leid, wie sich Bernhard verhalten hatte? „Du darfst jetzt nicht verletzt sein!"

Verletzt? Wir hatten schon öfters Auseinandersetzungen; seine Reaktion war immer dieselbe: Eiseskälte, Rückzug, Schweigen. Ich kannte das, wir hatten das schon diverse Male durchexerziert, und trotzdem verletzte es mich jedesmal aufs neue. „Nein, nein, ich bin nicht verletzt", sagte ich und versuchte zu lächeln.

Sie legte mir eine Hand an die Wange, ihre alte, weise Hand; mir stiegen sofort Tränen in die Augen. „Weißt du", sagte sie, „Bernhards Vater hat nie gelernt, sich auszudrücken. Ich habe die besten Jahre meines Leben damit zugebracht, mir Vorwürfe zu machen und mich schuldig zu fühlen, wenn er eine seiner ... Launen hatte." Sie schaute zur Seite, als würde sie überlegen. „Manchmal glaube ich, daß auch Männer ‚ihre Tage' haben." Sie schmunzelte, und ich mußte es auch.

Stimmt, Berni war oft einfach nur mies drauf, keine Ahnung, warum.

„Was ich sagen will: Ich habe mich schlecht gefühlt, obwohl ich nichts hätte ändern können. Bernhard ist genau wie sein Vater." Sie hatte offensichtlich keine Ahnung, was auf der Party passiert war.

„Mmm", raunte ich und beugte mich wieder zu den Tellern hinunter, um sie aufzuheben und in die Küche zu tragen.

Aber Lydia ließ meinen Arm nicht los. „Komm! Laß uns darüber sprechen!"

„Worüber?" Ich blieb stehen, aber ich konnte ihr nicht in die Augen schauen.

„Es hat etwas mit Sex zu tun, nicht wahr?"

Mir lief ein Schauer über den Rücken. Sie nahm mir die Teller aus der Hand und stellte sie ab, dann zog sie mich ins Wohnzimmer.

„Das braucht dich nicht zu erschrecken. Ihr jungen Leute glaubt immer, wir Alten wissen nicht, was Sex ist. Wie meinst du, habe ich sechs Kinder bekommen?"

„Sechs?" Bernhard hatte immer nur von vier Geschwistern gesprochen.

„Bevor ich meinen Mann kennenlernte, hatte ich bereits ein Kind." Sie sagte das einfach so. „Und ich bin mit Bernhards Vater nicht mitgegangen, weil ich mir seine Briefmarkensammlung ansehen wollte, das darfst du mir glauben. Ich weiß sehr wohl um die Attraktion, die Sex hat."

„Noch ein Kind?" war alles, was mir dazu einfiel.

„Das ist jetzt nicht wichtig, und wenn du es vermeiden kannst, dann erzähle Bernhard nichts davon. Es würde ihn nur verunsichern. Laß dir gesagt sein, Sex ist es nicht wert, eine Beziehung dafür aufs Spiel zu setzen."

„Das solltest du mal deinem Sohn sagen."

„Das werde ich auch noch."

Ich konnte mir seine Reaktion darauf leibhaftig vorstellen. Er würde wahrscheinlich in Ohnmacht fallen, würde er seine Mutter so sprechen hören, seine Mutter, die jeden Sonntag in die Kirche ging, die jeden Abend und jeden Morgen betete, die ein Kreuz um den Hals trug und zu jeder Gelegenheit den Willen des Himmels oder Maria Mutter Gottes zitierte.

„Aber vorher, Edvard, sag mir eins: Liebst du Bernhard denn?"

„Ja, natürlich."

„Gut. Dann hab keine Angst. Ganz gleich was in den nächsten Tagen passiert, Bernhard wird wieder zu dir zurückkommen. Du mußt nur vertrauen." Sie sprach geheimnisvoll, wie Birgit, wenn sie mir aus den Karten las.

Die Stunden vergingen. Die meiste Zeit verbrachte ich am Eßtisch, immer in Erwartung auf das vertraute Klappern der Schlüssel, auf das Knarzen der Tür und den Menschen, den ich von Minute zu Minute mehr vermißte. Gudrun und Sieglinde waren gekommen und gegangen, Mutter Lydia hatte ihr Mittagsschläfchen eingelegt, Malvyn rauchte vermutlich gerade mit seinem Jüngling einen Joint oder schluckte Ecstasy-Pillen, und ich saß da und wartete auf Bernhard.

Um fünf hielt ich es nicht mehr aus und ging runter auf die Straße. Es war ein grauer Tag, die Luft schwer von Feuchtigkeit. Auf dem Land mußte es neblig sein; hier fühlte es sich an wie feinster Nieselregen. Ich ging vor dem Haus auf und ab, dann an die Ecke, schaute in die Querstraßen hinein, behielt dabei aber unseren Hauseingang immer im Blickfeld.

Bernhard kam erst, als es schon dämmerte. Eine große dunkle Gestalt näherte sich. Er hatte den Kopf zwischen die Schultern gezogen, seine Hände tief in die Taschen vergraben. Aus etwa zweihundert Meter Entfernung muß er mich dann erkannt haben, denn sein Schritt wurde deutlich langsamer. Ich lief ihm entgegen.

„Ich denke, wir sollten uns unterhalten", sagte ich, Bernhard antwortete nicht. Ich packte ihn am Arm und schüttelte ihn. „Das ist doch Scheiße! Wie lange muß ich jetzt wieder deine miese Laune ertragen?"

„Die habe ja wohl nicht ich verursacht", sagte er spitz.

„Hast du sie noch alle? So eine Szene vor allen Leuten zu veranstalten!"

„Stimmt es etwa nicht?" Er drehte sich um und ging weg. Ich folgte ihm.

„Nein, es stimmt nicht. Ich habe nicht mit jedem geschlafen. Und das war alles vor deiner Zeit. Du hast kein Recht, mir das vorzuwerfen und schon gleich nicht, es zu benutzen, um mich schlecht zu machen."

„Wie kannst du auf unserer Jubiläumsparty einen anderen lieben?" sagte er verächtlich.

„Lieben? Lieben? Wenn ich das schon höre!"

„Ja, dieses Wort scheint dir fremd zu sein, sonst hättest du mich nicht betrogen", konterte er.

„Betrogen? Pah! Mach doch keinen Staatsakt daraus." Ich blieb stehen und packte ihn am Arm, zog ihn an mich heran, um ihn zu küssen. Er wehrte sich, drehte sich weg und ging weiter.

„Wenn du rumvögeln willst, dann bin ich der Falsche." Er schaute mich nicht einmal an, als er das sagte. Allein daß er dieses Wort „Rumvögeln" benutzte, zeigte mir, daß es ihm nur darum ging, mich zu verletzen.

Ich blieb stehen, packte ihn am Kinn und drehte sein Gesicht, so daß er mich anschauen mußte. „Da ist doch überhaupt nicht die Rede davon."

„Dann versprich mir, daß du es nie wieder tust!"

Ich ließ ihn los. „Das kann ich dir nicht versprechen, das kann dir niemand versprechen. Es wäre eine Lüge. Du schaffst es doch selber nicht."

„Ach ja? Was meinst du denn damit?"

„Meinst du, ich kriege nicht mit, wie du Jean-Paul angaffst? Oder all die anderen? Und warst du etwa nicht hinter Malvyn her?"

„Ich wußte, du würdest das gegen mich verwenden", antwortete er, stampfte auf und ging wieder los, schneller diesmal, als wollte er davonlaufen. „Wir haben gemeinsam Sex mit ihm gehabt", rief er mir über die Schulter zu. „Gemeinsam! Hörst du den Unterschied? Und es war eine Ausnahme."

„Ach, und wer bestimmt, wann eine Ausnahme gemacht wird? Du, natürlich. Richtig? Und als du zu Raimondo ins Bett gekrochen bist, das war dann wahrscheinlich auch eine Ausnahme, ja?" fragte ich, sobald ich ihn eingeholt hatte. „Im übrigen kann ich mich nicht erinnern, daß daran etwas Gemeinsames war."

Er blieb abrupt stehen und schaute mich giftig an. Ich hatte ein Tabu gebrochen. Über den heiligen Raimondo durfte man nichts kommen lassen. „Das war was ganz anderes. Schließlich hatte ich keinen Sex mit ihm."

„Das macht es um so schlimmer, Bernhard. Hättest du einen Quickie mit irgendeinem belanglosen Würstchen gehabt, so wie ich dort auf dem Klo, hätte es mich bei weitem nicht so verletzt wie dein Verhalten, nachdem Adrian gestorben ist. Raimondo hier, Raimondo dort. Und ich durfte zu Hause die ganze Drecksarbeit machen. Nicht ein Mal hast du mich gefragt, ob ich Raimondo vielleicht auch mal besuchen möchte. Oder wie es mir dabei geht."

„Ach, du bist also eifersüchtig auf Raimondo, ja? Komm, du machst dich doch lächerlich."

„Ich bin nicht eifersüchtig", sagte ich. „Das war ich auch nicht, weil ich mir immer sicher war, daß wir zusammengehören. Und dieses Wissen hat mir die Kraft gegeben, über einiges hinwegzusehen, selbst über deine mehr als enge ‚Freundschaft' zu Raimondo."

„Ja?" Er lachte mir höhnisch ins Gesicht. „Dein esoterischer Hokuspokus vom Zusammengehören reicht nicht, Edvard." Er sagte das mit einem sehr zynischen Unterton. „Du mußt dich auch danach verhalten. Sex ...", er spuckte das Wort aus, als hätte er Gift im Mund, „mit irgendwelchen Bübchen in stinkenden Toiletten gehört da sicher nicht dazu."

Stinkende Toiletten? Ich kam mir vor wie ein Schwerverbrecher. Christliche Moralvorstellungen sind das härteste und unbarmherzigste Gesetz, das uns treffen kann. Es lauert in uns und ist auf Knopfdruck stets abrufbar.

„O, Mann, Bernhard. Ich kann nicht glauben, daß du deswegen so einen Wirbel veranstaltest. Können wir das nicht einfach vergessen?"

„Nicht, solange du nicht versprichst, daß es nie wieder passiert." Er durchbohrte mich mit seinem Blick.

„Droh mir nicht, Berni. Das steht dir nicht zu." Ich sagte es sanft. Ich wollte diese Schlacht aus Vorwürfen beilegen und hellgelbes Licht um uns herum visualisieren, auf daß es uns heilen möge. Aber ich spürte nur, daß wir zu Gegnern geworden waren.

Jetzt wurde es ernst, es stand viel auf dem Spiel, vielleicht sogar alles. Bernhard hatte diese unglaubliche Fähigkeit, seine Gefühle abzuschalten. Während ich überlegte, wie ich uns aus diesem Schlammassel herausmanövrieren konnte, sah ich, wie seine Mauer dicker wurde. Schnelles Handeln war angesagt. Ich ging auf ihn zu, packte ihn bei den Schultern und drückte ihm einen Kuß auf die Lippen. Ein Kuß, sagte ich mir, ein warmer, weicher, liebevoller Kuß sagte mehr als tausend Worte. Ein Kuß, und alles würde gut werden, alles.

Ich trat zurück und schaute ihn an. Eine kurze Pause entstand, eine kurze, ewige Pause, in der ich sein Hirn arbeiten hörte. Dann hob Bernhard langsam die Hand und wischte sich meinen Kuß von den Lippen. Er wischte ihn einfach weg. Fünf Jahre, fünf Jahre Liebe wischte er mit einer Bewegung fort.

„Ha. Das geht doch gar nicht", sagte ich zu mir. „Das meint er nicht wirklich so." Ich sah es, ich verstand es, und trotzdem war mir, als bohrte er ein Messer direkt in meine Brust. Ich spürte, daß mir Tränen an den Wangen hinunterliefen. Ich konnte sie nicht halten. Sie ließen das Bild seines verbitterten Gesichts verschwimmen – vielleicht war das sogar ihr Zweck.

Bernhard drehte sich um und ging. Ich blieb stehen, mehr aus Lähmung, denn aus bewußt gefällter Entscheidung. Da spürte ich, wie mich sein Weggehen erleichterte. Mit zunehmender Entfernung klang der Schmerz ab. Und noch etwas passierte: Mit jedem Schritt, den er tat, verdrängte ich ihn ein bißchen mehr aus meinem Herzen.

Ich schaute ihm hinterher, wie er die Straße hinunterging, ich beobachtete uns wie jemand, dem man das als Geschichte erzählte: mit Unverständnis, Kopfschütteln, einem Ziehen unter der Haut, aber ohne wirklichen Schmerz, denn es betraf mich ja nicht mehr.

Bernhard bog um die Ecke und verschwand aus meinem Blickfeld; er hatte sich nicht mal nach mir umgedreht. Dann ließ auch das Ziehen nach, und ich glaubte, daß dies der richtige Zeitpunkt war, sich von ihm zu trennen.

„Weg!" sagte ich, „weg! Nichts wie fort aus meinem Leben." Dann drehte ich mich um und rannte los.

Malvyn ❋ Ich hatte ja bereits befürchtet, daß sich ein Dämon in unser Leben eingeschlichen hatte, jetzt war ich mir sicher. Nur welcher? Ein *vadzimu*, der Geist eines Verstorbenen, der auf die Familie einwirken wollte?

Als wir Sonntag, am Morgen nach der Party, den Lachs aus dem Kühlschrank nahmen, stank er nach Kloake, dabei hatten wir ihn Samstag früh frisch eingekauft. Der Salat war welk, die Avocados braun und matschig; Fruchtfliegen surrten um sie herum, wie Geier um einen Kadaver. Bs Stimmung war auf dem Nullpunkt. Er war kaum ansprechbar, und wenn er etwas sagte, kam es einem vor, als würde er, wie ein Krokodil, mit langem Maul und spitzen Zähnen nach einem schnappen. Dann, als Ed, der sonst immer als erster aufstand, endlich aus dem Bett gekrochen kam, mußte er sich mehrmals übergeben. Dämonen taten so etwas; es war bekannt, daß sie so etwas taten.

Ich beobachtete den Dämon bei seiner Arbeit: Er zerbrach Geschirr, er verstopfte den Abfluß des Spülbeckens, so daß braune Brühe aufstieg, sobald man den Geschirrspüler einschaltete. Er ließ die Sicherungen durchbrennen und verbreitete einen Geruch von Verwesung in der Wohnung. Oben, in der Ecke neben der Tür zur Terrasse spann eine fleischige Spinne ihr Netz.

Der Streit zwischen Ed und B nahm erschreckende Formen an. In den nächsten Tagen gingen sie nicht mehr zur gleichen Zeit ins Bett, um sich, der eine im Schoß des anderen, über die Probleme des Alltags zu unterhalten. Statt dessen hörte ich Bernhard abends die Luftmatratze aufpumpen und sich in der Nacht unruhig darauf herumwälzen. Am Morgen stand er alleine auf und produzierte eine immense Geräuschkulisse: Die Dusche rauschte, als wäre sie die Viktoriafälle. Wenn er die Zahnbürste ins Waschbecken schmiß, hörte es sich an wie ein Hammerschlag. Die Kaffeemaschine röhrte bohrmaschinenartig, und dann machte er sich mit einem lauten Türenknallen auf den Weg zur Schule.

Weil sich keiner aufstehen traute, solange Bernhard durch die Wohnung polterte, wir aber alle davon wach wurden, ganz gleich, wann wir zu Bett gegangen waren, begegneten wir uns zeitgleich: Nani in ihrem rosafarbenen Morgenrock, ich in meiner Calvin-Klein-Unterhose, Edvard fix und fertig angezogen, als ob er sich gar nicht ausgezogen hätte. Ja, er sah nicht mal aus, als hätte er überhaupt geschlafen. Er strahlte sogar wie früher, aber es war nicht echt.

Unsere Wege kreuzten sich im Großen. Ed ging in die Küche, um das Frühstück für uns vorzubereiten, bevor er sich in sein Geschäft aufmachte, Nani ging ins Bad, ich deckte den Tisch. Dann ging Bs Mutter zurück in ihr Zimmer, um sich anzuziehen, und ich unter die Dusche. Als ich rauskam, war das Frühstück fertig.

Wir tranken Kaffee, knabberten an trockenen Toastscheiben herum und sprachen kaum. Wenn sich unsere Blicke begegneten, lächelten wir und schauten gleich wieder weg. Der Dämon machte uns stumm, das war seine Taktik, so konnte er besser wüten.

Nach dem Frühstück ging Ed ins Bad und machte sich fertig, Nani räumte den Tisch ab und kümmerte sich um die Küche. Ich zog mich an.

Bs Mutter, die unter dieser Spannung sehr zu leiden schien, klammerte sich an mich. Plötzlich mußte mein Deutsch besser werden, schreiben und so, damit ich beim Studium keine Probleme bekommen würde – dabei hatte ich mich noch nicht mal entschieden, ob ich überhaupt in Deutschland bleiben wollte. Ich mußte *Scrabble* mit mir spielen und Kreuzworträtsel lösen.

Auf den Spaziergängen, die sie mit einem Mal unternehmen wollte – Spazierengehen bedeutete: Malvyn schiebt den Rollstuhl, in dem Nani sitzt –, erzählte sie mir dann Geschichten, die mir klar machten, wie einsam sie in Wirklichkeit war. Von einer Frau Schipper, zum Beispiel, einer ehemaligen Nachbarin, mit der sie früher viel Zeit verbrachte. Im Sommer hatten sich die Familien gegenseitig im Garten geholfen, Bs Bruder Ludwig war hinter der ältesten Tochter der Schippers her gewesen und hatte sie an den blonden Zöpfen gezogen. Inzwischen hieß Frau Schipper Hofmann und lebte im Saarland – sie zog weg, als B fünfzehn war. Neulich dann stand sie sehr zu Nanis Überraschung plötzlich vor der Tür; sie hatte sie sofort erkannt und ins Haus geholt und erzählt und erzählt und erzählt. Zum Abschied hatte ihr Frau Hofmann ihre Adresse dagelassen: „Aber ich werde sie nicht anrufen. Nach so vielen Jahren hat man sich einfach nichts mehr zu sagen."

Ob Nani vor Ed und B so offen über ihre Einsamkeit gesprochen hatte?

Sie erzählte mir, daß die Besuche bei den Nachbarn, die sich nach dem Tod ihres Mannes um sie gekümmert hatten, ihr nur zeigten, wie sehr sie ihren Theo vermißte. Und auch ihre Freundin Thea wollte sie lieber nicht mehr sehen, denn nachdem ihr Mann den Unfall hatte, erzählten sie sich immer nur, wie einsam sie ohne ihre Männer waren. „Das mag ich nicht, Malvyn. Lieber bleibe ich allein."

Einsamkeit, das gab es bei uns nicht. Familien blieben zusammen, und wenn einer zum Studieren oder zum Arbeiten wegging, dann suchte er sich eine neue Familie. In Simbabwe war keiner allein.

Am Dienstagnachmittag kam ich nach Hause und sah, daß B das Arbeitszimmer belagerte, in dem ich bisher meine Zelte aufgeschlagen hatte. Ohne ein Wort der Erklärung hatte er meine Sachen herausgenommen und sie mitsamt meinem Bettzeug ins Schlafzimmer geschafft.

Als Ed aus dem Geschäft kam und das sah, stürmte er wütend ins Arbeitszimmer und schrie B an: „Laß deine Scheiß-Anspielungen, Bernhard! Du mußt mir jetzt nicht auch noch ein Verhältnis mit Malvyn unterstellen."

Da B daraufhin nicht mal antwortete, kam Ed wieder herausgeschossen, schrie mich an, daß ich meinen Kram gefälligst ins Wohnzimmer packen sollte, zerrte die Luftmatratze unter dem Bett heraus und schmiß sie mir vor die Füße, dann lief er aus der Wohnung und knallte die Haustür hinter sich so zu, daß die Versaceteller im Regal bedenklich schwankten.

Das erschreckte mich nicht wirklich; in diesen Tagen rechnete ich mit allem. Und ich war fast froh, daß sich Edvard von da ab fernhielt, denn ich hatte Angst, daß der Dämon auch mich anfallen könnte. Nach Raimondo hatte er zuerst B und dann Ed infiziert; es blieb nur noch Nani – Nani und ich.

Edvards Telefon läutete in einer Tour. Jedesmal, wenn ich nach Hause kam, hatte sich die Zahl, die auf dem Anrufbeantworter blinkte, erhöht. Ein paarmal nahm ich ab: Mittwoch war Lipstick dran, der versucht hatte, Ed im Laden zu erreichen, um zu erfahren, ob sich schon wieder alles eingerenkt hatte. Die Verkäufer hatten ihm aber gesagt, der Chef sei krank.

„Wahrscheinlich ist das nicht mal gelogen", sagte ich. „Aber wenn du mit ‚krank' Fieber, im Bett liegen und husten meinst, dann ist es gelogen."

Am nächsten Morgen rief Kim von der Agentur aus an: „He, Malv. Ich wollte dir nur sagen, daß Eddi sich bei mir verschanzt hat. Könnt ja sein, daß Berni auf die Idee kommt, mit ihm sprechen zu wollen." Dann verstanden Nani und ich auch, warum Hannah, die sich mittwochs bei uns aufhielt, nicht gekommen war.

Und am Mittwochvormittag rief eine Lady an, Divja, oder so ähnlich.

„Nee, es is keiner von beiden da", antwortete ich auf die Frage, ob sie mit Ed oder B sprechen könne.

„Ist denn Lydia da?"

„Klar. Moment mal."

Nani unterhielt sich eine Weile mit ihr; ich erfuhr erst später, daß die beiden in Heidelberg zusammenwohnten.

„Divja ist wieder da. Ich kann nach Hause", sagte Nani, sobald sie aufgelegt hatte.

„Wie die Dinge hier stehen, bist du wahrscheinlich froh, wegzukommen", sagte ich. Ich hoffte sogar, sie würde ihre Koffer packen und am besten gleich abreisen, denn dann wäre sie vor dem Dämon sicher gewesen. Dann hätte auch ich mein Säckchen geschnürt und wäre zu Junior gezogen. Junior war cool, dieser Tage zeigte er mir die Clubs, in denen richtig was abging. Seine Freunde sagten immer, wir gäben ein geiles Paar ab, Junior und ich, aber bisher hatten wir noch nicht mal Sex gehabt.

„Ich geh hier erst weg, wenn die beiden wieder miteinander reden", sagte Nani, und der Ton in ihrer Stimme ließ keinen Zweifel zu.

Also mußte auch ich bleiben, denn Nani mit dem Dämon allein zu lassen, das kam überhaupt nicht in Frage; er wäre sofort über sie hergefallen. Aber so konnten die Dinge nicht bleiben, ich mußte etwas unternehmen.

Ich wußte nicht viel über Dämonen. Wie ich schon sagte, mein Vater hatte sich von der Tradition abgekehrt, und meine Großmutter schwieg über ihr schamanisches Wissen, um diejenigen, die nicht reif waren, vor der Macht der Erkenntnisse zu schützen. Aber ich wußte, daß Dämonen üblicherweise ein Opfer verlangten, bevor sie bereit waren, abzulassen. Nur welches würde genügen?

„Ganz gleich, was er fordert, Malvyn, wir werden es ihm geben. Nur dieser Zustand, den halte ich nicht mehr lange aus."

Nani hatte noch nicht viel mit Dämonen zu tun gehabt. Sie konnte nicht wissen, was das bedeutete. Er wirkte mit einer großen Macht, so viel war sicher: Er hatte Adrian von Raimondo getrennt, Raimondo von Lydia, Edvard von Bernhard. Mächtige Dämonen forderten große Opfer, manchmal sehr große.

Zuerst rief ich meine Schwester Heather an, erklärte ihr alles und bat sie, zur Großmutter aufs Land zu fahren – anrufen konnte ich nicht, denn sie hatte kein Telefon. Sie mußte aus der Ferne etwas tun. Ich operierte vor Ort.

Auf meine Fragen antwortete er nicht, so forderte ich ihn heraus, in dem ich Eier und Fleisch aus der Wohnung nahm, um ihn auszuhungern. Fleisch auf dem Fenstersims könnte ihn hinauslocken, dachte ich mir und deponierte daher etwas vor dem Küchenfenster. Aber das schlechte Klima innerhalb der Wohnung hielt an, meine Versuche hatten noch nicht ausgereicht.

Sobald B aus dem Haus war, malte ich ein großes Pentagramm auf Packpapier und legte es in das Zentrum der Wohnung – auf den Eßtisch –, dann kramte ich ein Büschel getrockneten Salbei aus Eds Kinderkommode, deren Schubladen gefüllt waren mit Lotusblütensamen, exotischen Duftölen, keltischen Runen und ich weiß nicht, was noch alles. Nani half mir, die Fenster zu verschließen, dann verschmorten wir das Kraut auf einer heißen

Kohle und trugen es von Zimmer zu Zimmer – ihre Freundin Divja, die wohl sehr esoterisch angehaucht war, hatte auch schon Räucherungen vorgenommen, sagte sie mir.

Es verbreitete dicken, schweren, süßlich duftenden Rauch, der sich träge ausbreitete und in jede Ecke der Wohnung kroch; Nani und ich schauten dabei zu. Erst als der letzte graue Faden aufgestiegen war und wir sicher sein konnten, daß der Nebel den Dämon orientierungslos gemacht hatte, öffneten wir schnell alle Fenster und Türen auf einmal und scheuchten den Rauch hinaus, in der Hoffnung, damit auch den Dämon loszuwerden.

Gleich danach glaubte ich die ersten Zeichen der Besserung zu erkennen: Als B um zwei aus der Schule kam, wortlos eine *Heiße Tasse* aufbrühte und sich, wie schon die Tage zuvor, in seinem Zimmer verschanzen wollte, folgte Nani ihm, um ihn sich vorzuknöpfen. Und die Dinge nahmen ihren Lauf.

Lydia ❉ „Mutter, misch dich nicht ein!" sagte Bernhard bedrohlich.

Mein Sohn hatte den Computer eingeschaltet; auf dem Schirm tauchten in schneller Abfolge Bilder auf, bis ein blauer Hintergrund erschien, auf dem viele bunte Vignetten standen.

„Doch, das werde ich", entgegnete ich mit fester Stimme und setzte mich aufs Sofa; ich sank ein und mußte zu ihm aufschauen.

Bernhard, der an seiner Suppe geschlürft hatte, stellte die Tasse ab, schlug die Beine übereinander und verschränkte die Arme vor der Brust.

„Wie soll das weitergehen?" fragte ich ihn.

„Gar nicht", antwortete er, und das mit einer Kühle und Abgeklärtheit, die mich erschreckte.

„Heißt das, du willst alles hinschmeißen?"

„Nicht ich, Mama. Edvard hat alles hingeschmissen."

„Den Eindruck habe ich nicht. Er liebt dich, Bernhard, das hat er dir deutlich zu verstehen gegeben."

„Liebe? Edvard hat es bisher nicht mal für nötig erachtet, sich für sein Verhalten zu entschuldigen. Aber das scheint ja heute niemand mehr zu tun." Während er das sagte, senkte er den Blick, und machte mich damit überhaupt erst auf dieses Thema aufmerksam.

„Spielst du auf die Sache mit deinem Vater an?"

Ich sah, daß er unsicher wurde.

„Jetzt verstehe ich endlich, worum es dir die ganze Zeit gegangen ist. Du hast jahrelang keinen Kontakt zu uns gehabt, weil wir uns nicht entschuldigt haben? Verstehe ich das richtig?" Mit einem Mal war es mir so klar. Warum hatte ich es nicht früher gesehen? Diese plötzliche Erkenntnis machte mich bitter.

„Also dann", sagte ich. „Entschuldige, lieber Bernhard. Entschuldige, daß wir dir Unrecht getan haben. Meinem herzkranken Mann ist es an jenem Abend, als wir durch unglückliche Umstände erfuhren, daß du Männer liebst, nicht gut gegangen. Ich weiß nicht, warum, aber ich hatte in dem Moment den Eindruck, es sei wichtiger, mich um ihn zu kümmern, anstatt mich bei dir dafür zu entschuldigen, daß du eine unangenehme Situation ertragen mußtest. Dann ist mein Mann gestorben, der Mensch, mit dem ich sechsundvierzig Jahre meines Lebens verbracht habe. Plötzlich war ich auf mich alleine gestellt und war mir nicht mal sicher, wie lange ich noch leben würde. Ich hatte Krebs, Bernhard, ich war schwach, ich wußte nicht, wer für mich einkaufen würde, putzen, kochen. Ich wußte nicht mal, wo ich weiterleben sollte. Es tut mir leid, daß ich so egoistisch war, in diesem Moment an mich zu denken und nicht daran, wie unbequem es für dich war, daß du dir dieses Leben ausgesucht hast und dich offensichtlich darin nicht zurecht finden kannst. Ich ..."

Ich hörte, wie die Verbitterung mich hatte ironisch werden lassen. Bernhards Selbstherrlichkeit erinnerte mich einmal mehr daran, wie oft sich Theo in sein Schweigen zurückgezogen hatte, bis ich klein vor seinen Mauern stand und bettelte, wieder eingelassen zu werden, in das heilige Reich der Gemeinschaft, aus dem er mich, meist wegen einer Nichtigkeit, verbannt hatte. Aber Ironie hatte noch nie Probleme gelöst oder Verständnis geschaffen, deshalb nahm ich mich zusammen und sprach in sanfterem Ton weiter.

„Es sind die Gesten, Bernhard. Sie sind viel wichtiger als Worte. Was bedeutet ein ‚Es tut mir leid', wenn dem keine Taten folgen? Was hätte es den Kranken in Indien genützt, wenn Mutter Theresa gesagt hätte: ‚Es tut mir leid'? Nichts, Bernhard. Und ich bin mir sicher, daß sie nicht jedem Kranken, den sie in ihren Armen hielt, gesagt hat, wie leid es ihr tut, daß er krank ist. Ich dachte, ich hätte dir durch meine wiederholten Einladungen zu verstehen gegeben, daß ich dir nichts vorhielt. Ich habe dich gefragt, ich habe dich gebeten, mir von deinem Leben zu erzählen und damit deinen Edvard gemeint. Es war wohl nicht deutlich genug. Und das tut mir wirklich leid."

Er schaute mir in die Augen, als versuchte er, festzustellen, wie ernst es mir war. Ich spürte, daß mir Tränen kamen. „Und schau dir an, wieviel Zeit wir dadurch versäumt haben. Fast fünf Jahre sind vergangen seit jenem Abendessen. Fünf Jahre, Bernhard! Du kannst es vielleicht noch nicht verstehen, aber wenn du mir jemals etwas glauben möchtest, dann glaube mir das: Das Leben ist sehr, sehr kurz. Ich kann mich noch genau an den Tag erinnern, an dem ich in Theos Geschäft trat und ihn um Arbeit bat. Ich weiß noch genau, wie penetrant es auf der Dampferfahrt nach Fisch und Abgasen roch, die wir zwei Jahre später, kurz nach unserer Hochzeit unternommen haben. Und jetzt ist Theo tot. So schnell vergeht die Zeit. Ich kann mir vorstellen, wie sehr dich das enttäuscht, was Edvard getan hat. Du weißt, daß ich die Letzte bin, die so etwas gutheißen würde. Aber schau auf die Gesten, Bernhard. Schau, wie ernst es Edvard mit dir meint, anstatt auf das Wort ‚Entschuldigung' zu warten."

Ich sah in seinen Augen, daß ich zu ihm durchgedrungen war, daß meine Worte eine Stelle erreichten, die wußte, daß ich recht hatte. Und eine ganze Weile kämpfte er damit. Ich saß ihm gegenüber, schwieg und wartete, bis hinter der harten Fassade der sanfte Bernhard hervorlugte, der sich in Edvards Armen fallenließ. Aber schon Sekunden später tauchte der Lehrer Bernhard auf, der sich seinen Beruf gewählt hatte, weil es das beste Versteck war; ein strenger Lehrer, der sein Leben auf eine Rechenaufgabe reduziert hatte, in der es keine Unbekannten geben durfte. Und dieser Lehrer sprang jetzt auf, stopfte die Hände in die Hosentaschen, ging zur Tür und sagte: „So, ich muß jetzt dringend noch Unterricht vorbereiten." Dann legte er die Hand auf die Klinke. Theo war auch immer einem Thema so lange ausgewichen, bis ich aufgab. Sechsundvierzig Jahre hatte ich das mitgemacht, sechsundvierzig Jahre. Das war genug.

„Sollte das eine Geste sein, mit der du mich hinauskomplimentieren willst, dann tut es mir leid, Bernhard", sagte ich und lehnte mich demonstrativ zurück. Jetzt war ich diejenige, die die Arme verschränkte. „Ich bin noch nicht fertig mit dir."

Er zögerte einen Moment, aber die Deutlichkeit meiner Aussage zeigte ihm wohl, wie unwiderruflich sie gemeint war. Bernhard kam zurück und baute sich vor mir auf. „Es liegt nicht an mir, Mama. Solange Edvard sich nicht entschuldigt, gibt es kein Zurück."

Ich erhob mich und drückte ihn in seinen Stuhl, damit ich nicht länger zu ihm aufschauen mußte. „So, jetzt will ich dir mal was sagen. Seit drei Monaten schaue ich mir das an. Du kommst aus der Schule, läßt dich bekochen und versorgen, setzt dich in ein gemachtes Nest. Deine Beteiligung am Haushalt ist gleich Null. Alles, was du kennst, sind deine Bücher. Bei deinem Verhalten kannst du froh sein, daß dich Edvard nicht rausschmeißt."

„Also ..."

„Laß mich ausreden!" sagte ich scharf, und er gehorchte. „Genau wie dein Vater hast du nie kapiert, daß ein Partner Zuspruch verdient, daß er sich nicht selber immer alles geben kann, was er braucht. So wie du Edvard darben läßt, mußt du dich nicht wundern, wenn er sich von anderen holt, was du ihm nicht gibst. Jeder will geachtet und geliebt werden, nicht nur du, und nicht nur in Worten, sondern auch in Taten. Edvard hat es, weiß Gott, verdient."

Bernhard schoß hoch und brüllte mich an: „Jetzt reicht's aber! Verlasse sofort mein ..."

„Was? Zimmer? Haus? Nein, das wagst du nicht, Bernhard. Du wirst deiner Mutter nicht die Tür weisen. Aus deinem Zimmer gehe ich freiwillig. Dein Haus verlasse ich nicht, solange du dich mit Edvard nicht wieder verstehst." Ich war selbst überrascht, mit welcher Überzeugung ich es hervorbrachte. Dann öffnete ich die Tür und sagte es noch einmal mit Nachdruck: „Ganz gleich, was es kostet: Ich bringe euch beide wieder zusammen."

Manchmal ahnt man nicht, wie hoch der Einsatz ist, wenn man mit dem Schicksal spielt.

Kim ❃ Ich war ziemlich fertig, als ich an diesem Freitagabend nach Hause ging. Dieser Job war unheimlich anstrengend, nicht die Arbeit an sich, aber die ganze Koordination und die Mißverständnisse drum herum. Es war an der Zeit, ein Büro in Miami aufzumachen, das würde vieles erleichtern. Dort zu leben würde mir einen ruhigeren Job bereiten und mehr Geld einbringen, was beides meiner Tochter guttun würde, und es würde mir mehr Zeit lassen, mich selbst um sie zu kümmern. Den Umzug nach Miami würde ich schon jetzt zu meinem Neujahrsvorsatz machen.

Ich hätte den Abend gerne für mich gehabt, aber Edvard saß mir seit drei Tagen auf der Pelle und machte keinerlei Anstalten, meine Wohnung zu verlassen. Malvyn rief jeden Tag bei mir im Büro an und fragte nach, wie sich die Dinge entwickelten. „Schlecht", war meine Antwort, denn Edvard ließ sich völlig gehen; so hatte ich ihn noch nie erlebt. Von Berni war man das ja gewöhnt; er hatte alle paar Monate mal einen Aussetzer, aber von Eddi?

Bisher hatte er die beneidenswerte Fähigkeit besessen, alles Unangenehme zu verdrängen oder mit esoterischen Dingen zu verbrämen und sie dann als bloße Illusion und damit für nichtig zu verklären. Vielleicht war ihm diese Auseinandersetzung endlich mal eine Lehre, die ihn auf den Boden der Realität zurückholte. Wenn sie nur endlich vorüber wäre, sagte ich mir, als ich die Tür zu meiner Wohnung aufschloß.

Hannah kam mir sofort entgegengelaufen: „Mama", quäkte sie. Ihr Gemüt war auch nicht mehr so sonnig.

„Hallo, mein Schatz. Hast du dir mit Edat einen schönen Tag gemacht?"

„Nein, Mama", maulte sie. „Edat hatte keine Lust, rauszugehen. Wir sind den ganzen Tag hier drin gesessen. Und Mafin ist auch nicht gekommen."

„Habt ihr ihn denn angerufen?" fragte ich sie, woraufhin Hannah mit den Schultern zuckte.

Ich nahm sie auf den Arm und ging mit ihr ins Wohnzimmer, wo sich Edvard auf dem Sofa eingenistet hatte und seit Tagen durch alle Kanäle des Kabelfernsehens zappte, ohne Ton natürlich, denn der hätte das Radio gestört. Edvard hatte nämlich einen Sender gefunden, der den ganzen lieben langen Tag die Top 100 spielte. Er kam mir vor wie jemand, der für *Stiftung Warentest* Geräte testete.

Ich begrüßte ihn.

„Hi", antwortete er und zappte weiter.

„Hast du heut was anderes gemacht, außer Fernsehen geguckt?" fragte ich.

„Nö." Zapp. Er schaute mich nicht mal an. Auf dem Wohnzimmertisch standen kleine Päckchen mit chinesischem Essen, drei Dosen Cola, eine leergefressene Tüte Kartoffelchips und einige Hüllen von Schokoriegeln. Zapp.

„Weißt du eigentlich, daß man von Kartoffelchips und Schokolade Pickel kriegt?"

Ein kurzer Schrecken, ich hatte es geschafft, daß er mich anschaut. Zapp.

„Hmm." Seine Pickel waren mir ja egal, aber ich wollte nicht, daß er mein Kind mit so was vollstopfte.

„Mami. Gehst du mit mir auf den Spielplatz?" fragte Hannah. Ihr Tonfall war sehr weinerlich, und es zeigte mir einmal mehr, daß das so nicht weitergehen konnte.

„Okay, Baby, ich sag dir mal was. Zum Rausgehen ist es heute schon zu spät. Schau, es ist schon nach sieben." Ich zeigte es ihr auf der Uhr, die sie zwar noch nicht lesen konnte, aber ich hatte beschlossen, daß dies der einfachste Weg sei, es ihr beizubringen: Immer wieder zeigen, bis sie es kapiert. „Aber ich werde gleich mal mit Edat besprechen, was wir morgen mit dir unternehmen. Und während ich das mache, setzt du dich bitte in die Badewanne, das hast du nämlich dringend nötig. Und wenn du dir schön die Ohren wäschst, dann gehe ich danach gleich mit dir ins

Bett und lese dir eine Geschichte vor. Okay?" Dazu müßte ich mich nicht mal überwinden, denn ich war so müde, daß ich sowieso ins Bett gegangen wäre.

Hannah rieb sich die Augen und fing an zu heulen. Ich warf einen Blick zu Eddi; er schien das überhaupt nicht mitzukriegen. Zapp.

Ich nahm Hannah auf den Arm und ging mit ihr ins Bad. Dort stellte ich sie auf den Rand der Wanne und zog sie aus, während ich das Wasser einlaufen ließ. „Na, worauf hast du heute Lust? Orange? Erdbeere?" Ich deutete auf die Badesalze, deren bunte Farben und süße Düfte Kinder locken sollten. Bei Hannah wirkte das nur bedingt.

„Ich will aber nicht." Sie rieb sich wieder die Augen – ein deutliches Zeichen, daß sie bettreif war.

„Komm her, mein Schatz!" sagte ich und nahm sie auf den Schoß. „Du siehst, daß es Edat überhaupt nicht gutgeht. Und wenn es ihm nicht gutgeht, dann geht er mit dir nicht auf den Spielplatz. Und wenn er nichts mit dir unternimmt, dann ist dir langweilig. Und wenn dir langweilig ist, bist du nicht gut drauf. Also, was muß passieren?" fragte ich sie und schaute ihr tief in die Kulleraugen. „Wir müssen dafür sorgen, daß es Edat wieder besser geht. Verstanden?"

Sie erwiderte meinen Blick ungerührt.

„Sei ein Engelchen und bade jetzt ein bißchen, nur ein bißchen. Ich laß die Tür offen, damit ich dich höre, wenn du mich rufst. Ich brauch nicht lange. Bitte?"

Sie schaute mich mit diesem Blick an, der soviel bedeutete wie: „Na gut, dieses eine Mal lasse ich dir das noch durchgehen", dann kletterte sie von meinem Schoß herunter und reckte sich nach dem Glas mit dem roten Salz.

„Also, Erdbeere. Na gut. Du bist ein Goldschatz", sagte ich, half ihr, das Glas aufzuschrauben und etwas davon ins Wasser zu streuen. Kleine rote Kügelchen quollen zu erdbeerförmigen Gebilden auf. Dann setzte ich sie hinein, gab ihr Duffy, die gelbe Quietschente, den Roadrunner Edat, und Berni, den Frosch – ich schwöre, diese Namen hatte sie den Tieren selbst gegeben.

Sobald Hannah verstaut war, ging ich ins Wohnzimmer hinüber, schaltete Radio und Fernseher ab und setzte mich zu Eddi auf die Couch. Er drückte noch ein-, zweimal auf die Fernbedienung, bevor er registrierte, daß sich nichts mehr tun würde, und schrie auf.

Ich ging überhaupt nicht darauf ein, sondern sagte nur: „Wie soll das weitergehen, Eddi?"

„Was?"

Er setzte sich auf und griff nach einer Tüte Chips, um sie aufzureißen. Ich nahm sie ihm aus der Hand. „He, ich hab dir eine Frage gestellt."

„Mann, laß mich in Ruhe!"

„Eddi. So geht das nicht weiter. Du mußt doch wenigstens mal mit Berni reden."

„Er kann ja anrufen."

„Toll. Du weißt, daß er das nicht kann."

„Ach, und jetzt soll ich wieder den ersten Schritt machen, ja?"

„Sag mal, Edvard. Ich weiß, daß Berni wegen so was einen riesen Wirbel veranstalten kann, aber du? Was ist denn plötzlich aus all dem Karma, aus Tarot und Knoblauch geworden?"

Edvard lachte. Na, bitte.

„Blöde Kuh. Von euch nimmt mich keiner ernst." Er ließ sich zurückfallen und legte einen Arm auf die Rückenlehne. „Es geht doch offensichtlich nicht um diesen Quickie. Wenn er so heftig reagiert, dann muß da doch mehr im Busch sein. Oder spinn ich?"

„Ed. Du gehst von normal funktionierenden Menschen aus. Wir reden hier von Bernhard. Vergessen? Du weißt, wenn dem ein Pups quersteckt, dann tickt der nicht mehr richtig. Und ich erinnere dich in diesem Zusammenhang daran, daß du das mal ganz charmant fandest."

Er schaute mir in die Augen, und ich sah, daß sie feucht geworden waren. „Mach ihn doch nicht so schlecht."

„Ich mache Berni nicht schlecht, Ed. Ich glaube nur, daß du seinem Verhalten zuviel Bedeutung beimißt. Er hat sich deinen Kuß abgewischt, ja. Das ist ganz schön mies. Aber es war Bernhard, da mußt du einen anderen Maßstab anlegen, *capisci?* Deswegen darfst du doch nicht die ganze Beziehung hinschmeißen."

Er legte seine Stirn in Falten und warf mir einen zweifelnden Blick zu.

„Ja, ich weiß. Das klingt sehr unglaubwürdig aus dem Mund einer Frau, die mit Ingo gerade eben die ...", ich mußte nachzählen, „zweiunddreißigste Beziehung in den Arsch getreten hat."

„Welcher Ingo?" fragte er.

„Ach, vergiß ihn." Ich wollte seinen Namen nicht mehr hören. Wenn ich nur einmal einen Kerl fände, auf den ich mich verlassen könnte. Aber ich hatte ein Händchen für Taugenichtse und Tunichtgute. Edvard konnte sich mit seinem Berni glücklich schätzen und umgekehrt. „Was ich sagen will, Ed: Bernhard braucht dich. Der kann sich doch nicht mal einen Tee kochen ohne dich."

„Klasse Argument. Das ist eigentlich genau der Grund, warum ich es gar nicht so schlecht finde, daß wir uns trennen. Oder sagen wir mal besser, einer der vielen Gründe. Ich hab mich in den letzten Jahren für ihn echt abgerackert. Weißt du noch, wie er damals plötzlich diese Angstzustände gekriegt hat?"

„Ja, in der Zeit hab ich ihn doch kennengelernt."

„Genau. Mann, was hab ich da alles mitgemacht. Und heute, bald fünf Jahre später, steh ich doch noch viel mehr zu ihm als damals. Das müßte er doch sehen, oder? Aber nein, ein bißchen Sex, und er dreht durch. Als ob es in Beziehungen nur darum ginge."

„Berni ist einfach nur blind vor Verletzung, Eddi. Du weißt genau, wie schwer er sich mit Gefühlen tut. Wenn die dann so massiv kommen, kann er eben nicht damit umgehen."

Edvard liefen die Tränen herunter; ich hatte ihn soweit. Ich legte ihm meine Hand auf den Rücken und streichelte ihn.

„Sag mir einen Grund", bat er, „warum ich mit Berni zusammen bleiben sollte."

Ich dachte nach. „Weißt du noch, was du geantwortet hast, als ich dich fragte, warum du ihn geheiratet hast? Du hast gesagt: Liebe fängt dort an, wo man keine Erklärung mehr findet. Erinnerst du dich?"

„Mama!" kreischte Hannah.

Edvard schaute mich erschrocken an und sprang auf. Hoppla, er funktionierte wieder. Trotzdem hielt ich ihn fest: „Sie hat nach *mir* gerufen, Ed. Setz dich." Dann ging ich ins Bad.

Hannahs Gesicht war breiter als hoch; das war es immer, wenn sie weinte. Dicke Tränen rollten über ihre verzerrten Wangen. „Komm her, meine Süße", sagte ich. „Alles wird wieder gut."

Ich kniete mich vor die Wanne und beugte mich zu ihr hinein. „Was ist denn los, mein Schatz?"

„Ich kann Berni nicht mehr finden", stotterte sie, ihre Kinnlade zitterte, und nach jedem zweiten Wort mußte sie Luft holen, „und dann ist er runtergefallen, und jetzt kann ich ihn nicht mehr finden."

Dieser Streit belastete sie offensichtlich immens. Er mußte jetzt ein Ende finden, das Kind war komplett aus der Rille.

„Ach, du süße Maus." Ich streichelte sie, wischte ihr die Tränen aus dem Gesicht und fischte dann unter dem Berg von Erdbeerschaum nach dem Frosch. Ich tastete den ganzen Boden nach ihm ab. Dann sah ich ihn: „Guck mal, Mäuschen", sagte ich. „Da hinten, am Rand der Wanne hat er sich versteckt, hinter einem Berg von Schaum."

Im Nu waren die Tränen verschwunden. Sie krabbelte auf allen Vieren zu ihm hin, befreite ihn aus dem Schaum und hielt ihm dann eine Standpauke: „Du, du, du! Das macht man nicht, einfach so abhauen", sagte sie. Dann schaute sie auf, über mich hinweg, und sagte: „Schau, Eddi. Berni ist wieder da."

Raimondo ❉ Ich saß auf der Terrasse und ließ mich von der matten Sonne bescheinen; ihre Kraft hatte nachgelassen. Die Wärme legte sich wie eine Hand auf meinen kahlen Schädel. Dunst lag über der Bucht und verlieh ihr einen unwirklichen Anschein, als trennte mich ein hauchdünner Store von der Welt.

„Raimondo, Raimondo!" rief Maria aufgeregt. „Ein Anruf aus Deutschland." Ich legte die Hand auf mein Herz.

„Maria. *Madonna mia!* Mach nicht immer gleich so einen Wirbel!" Ich stand auf und eilte meiner Schwägerin entgegen. „Ihr Sizilianer macht mich noch ganz krank."

Sie schaute mich schuldbewußt an, trat zur Seite und ließ mich ins Haus.

„Hallo?"

„Mondo. Entschuldige, wenn ich dich störe", hörte ich eine Stimme sagen, und es dauerte einen Moment, bevor ich sie Edvards Neffen zuordnen konnte.

„Malvino!" Das Herz rutschte mir in die Hosen. „Um Gottes willen, was ist passiert?" Mir traten Schweißperlen auf die Stirn; ich ließ mich auf den Stuhl neben dem Telefon fallen. Maria schaute mich besorgt an.

„Ähm, es gibt da ein kleines Problem. Ed und B reden nicht mehr miteinander."

Ich hatte befürchtet, es wäre jemandem etwas zugestoßen, und atmete daher erleichtert auf. Durch die Tür zur Terrasse sah ich die Spitze eines der Felsen auf der anderen Seite der Bucht und darüber den Himmel. Ich lehnte mich zurück, tupfte mir mit dem Taschentuch die Stirn ab. Dann scheuchte ich Maria in die Küche. „Ist das alles?"

„Na ja, Ed ist vor drei Tagen zu Kim gezogen", erklärte Malvyn. „Und Bernhard läßt sich auch nicht mehr blicken. Wenn man ihn anspricht, ist es, als ob man mit der Wand redet."

Ja, das war der Bernhard, den ich kannte. Ich lernte ihn an Sylvester vor fünf Jahren kennen. Meine Kimmi-Maus hatte ihn mir vorgestellt: halblange dunkle Locken, die ohne jegliche Form auf seinem Kopf lagen, das Durcheinander seiner Kleidung und diese Aura der Bedrücktheit. Er kam mir damals fast ein wenig verwahrlost vor. Mein erster Gedanke war: So einer unterrichtete unsere Kinder? Mein zweiter: Was war das für eine Stille, die ihn umgab? Dieses Undurchdringliche nahm ich sofort wahr. Wir hatten gerade mal ein paar Sätze gewechselt, da rutschte mir eine versteckte Liebeserklärung heraus, und um Mitternacht küßte ich ihn dann zum ersten Mal. Ich, alter Trottel: Was hatte ich mir nur für Hoffnungen gemacht?

„Entschuldige, ich wurde gerade abgelenkt. Was hast du gesagt?" fragte ich.

„Gestern hat Bernhard gesagt, daß er sich von Ed trennen will", wiederholte Malvyn.

„Wirklich?" Mein Herz machte einen Sprung; ich war immer noch der alte Trottel. Immer noch und immer wieder. Mit jeder Krise zwischen den beiden flammte meine Hoffnung auf, Bernhard doch noch zu bekommen. Aber Bernhard wollte nicht mich. Er wollte diesen albernen Tropf Eduardo, den ich in diesem Moment am liebsten geohrfeigt hätte, ganz gleich, was geschehen war – vorsichtshalber, denn er hatte meinem Prinzen weh getan.

„Es ist die Mauer, Malvino. Die Mauer."

„Kommt mir eher vor wie ein Bunker, Raimondo, oder wie die Kommandozentrale des amerikanischen Verteidigungsministeriums."

„Was ist denn überhaupt passiert?"

Malvyn erzählte mir alles, was er wußte. Es war nicht viel, denn weder Edvard noch Bernhard hatten mit ihm darüber gesprochen; dieser eigenartige Max hatte es ihm erzählt. „Ich versteh echt nicht, warum die da so einen Wirbel drum veranstalten?" schloß er.

„Weil du noch grün hinter den Ohren bist", antwortete ich; es war mit mir durchgegangen. Wenn es um Bernhard ging, wurde ich zur Glucke. „Entschuldige, Malvyn. Ich wollte sagen, daß man das als Außenstehender nie wirklich beurteilen kann. Für Bernardo bedeutet diese Beziehung alles. Und Edvard war immer schon ein Windhund. Es war abzusehen, daß es einmal so kommen würde."

Aus Malvyns Reaktion hörte ich, daß ihn meine Worte nicht überzeugten. Aber das machte nichts; eines Tages würde er verstehen. Bis dahin würde er noch viel erleben müssen.

„Was soll ich denn tun?" fragte er.

Ich überlegte lange. Sicher hätte es Möglichkeiten gegeben, aber wollte ich die beiden überhaupt wieder zusammenbringen? Hätte mein Bernardino nicht ohne Edvard ein besseres Leben?

Ich erinnerte mich an die furchtbare Behausung, in der Bernhard gewohnt hatte, bevor er zu Edvard zog. Ich dachte daran, wie schlampig er war, als ich ihn kennenlernte, ich erinnerte mich an sein finsteres Gemüt, als er alleine lebte. Nein, Edvard hatte ihn zum Leben erweckt. Edvard hatte aus meinem geliebten Bernhard einen Menschen gemacht. Ohne ihn wäre Bernhard verloren.

„Nani ist völlig außer sich."

„Signora Lydia?" Mir fuhr ein Schrecken in die Glieder. An sie hatte ich überhaupt nicht gedacht. „Ist sie noch bei euch?"

„Ja. Divja ist zwar wieder zurück, aber sie hat gesagt, daß sie erst nach Hause geht, wenn die beiden sich wieder vertragen."

„Kann ich sie sprechen?" fragte ich.

„Sie hat sich gerade hingelegt. Ich bin froh, daß sie mal schläft. Die halbe Nacht höre ich sie in ihrem Zimmer beten, und jedesmal wenn sie Bernhard sieht, laufen ihr die Tränen runter. Sie erzählt mir in einer Tour von Edvard. Es ist wirklich kaum auszuhalten."

„Ich werde Bernhard anrufen. Ich werde mit ihm reden. Mach dir keine Sorgen."

„Danke, Mondo, das wollte ich hören. Geht es dir gut?"

„Ja, danke. Es geht, Malvyn. Bis bald", sagte ich und legte auf.

Die warme Brise vom Meer strömte herein und trocknete die Schweißperlen auf meiner Stirn. Ich atmete ein, meine Lungen füllte sich, und ich schmeckte Feuchtigkeit, das Salz, den feinen Dunst aus Heimat, Oliven, Tomaten und Wein.

„Etwas Schlimmes?" fragte Maria, als sie aus der Küche trat. Sie hatte wohl die ganze Zeit hinter der Tür gestanden und gehorcht.

„Nein, Maria", sagte ich und streckte meine Hand nach ihr aus. Sie reichte mir ihre, und ich zog sie nah an mich heran, so nah, daß ich meinen Kopf an ihren Bauch lehnen konnte. Zaghaft legte sie mir ihre Hände auf die Schultern. „Sondern das Schönste, was es im Leben gibt."

Was war ich nur für ein alter, hoffnungsloser Trottel!

Malvyn ❋ „Ich soll dich von Mondo grüßen", sagte ich, als Nani am Nachmittag aus ihrem Zimmer kam. Freude huschte über ihr von Schlaf und Sorge verknittertes Gesicht.

„Du hast mit ihm gesprochen?" fragte sie, als hätte ich mit dem Papst gefrühstückt. „Wie geht es ihm?"

„Er sagt, daß es ihm ganz gut geht, aber es hat mich nicht wirklich überzeugt. Warum rufst du ihn nicht an?"

„Oh, nach Italien telefonieren? Nein, diese langen Nummern machen mir angst. Das kann ich nicht."

„Nani, die Nummer ist noch gespeichert. Du mußt nur auf diese Taste drücken." Ich zeigte es ihr, aber sie schüttelte den Kopf und drehte sich weg.

„Das wäre sicher keine gute Idee", sagte sie und ging ins Wohnzimmer. Mir lag es auf der Zunge zu fragen warum nicht, aber ich ließ es bleiben, denn ich hatte nicht den Eindruck, daß sie darüber sprechen wollte.

Aber ich folgte ihr, denn schließlich gab es noch ein Problem im Haus. „Sag mal, was hältst du eigentlich davon, wenn wir heute abend ein paar Freunde einladen? Vorhin haben Armin und Gerald angerufen, Freunde von Edvard aus Hamburg, die für das Oktoberfest nach München gekommen sind und Ed und B sehen wollten. Wir könnten sie einladen und Lipstick, Mäxx und noch ein paar andere."

Nani, die gerade die Tür zur Terrasse entriegelte, schaute mich fragend an.

„Das würde Edvard einen Grund geben, nach Hause zu kommen. Er würde niemals zulassen, daß hier eine Party ohne ihn stattfindet. Du kennst ihn doch."

Nani trat hinaus, stellte sich unter den bedeckten Himmel und atmete tief durch.

„Und wenn er erst mal hier ist, wird Berni auch mit ihm reden. Glaubst du nicht? Außerdem ..." Ich schaute mich nach verdächtigen Zeichen um und flüsterte dann: „Einen Dämon kann man nicht besser verscheuchen als mit Lebensfreude, viel Lachen und gutem Essen – ohne Fleisch und Eier, versteht sich."

„Vielleicht hast du recht", sagte sie. „Mach das, mein Junge. Das ist vielleicht sogar eine sehr gute Idee." Ein entspanntes Lächeln legte sich in ihr Gesicht. Ich ging hinein und hängte mich an die Strippe.

Ed kam um sechs und wirbelte binnen einer Stunde ein Potpourri von Snacks zusammen, so schnell konnten Nani und ich gar nicht schauen. Still – und ein bißchen erleichtert – folgten wir seinen Befehlen. Nani wurde an den Küchentisch gesetzt, um Karotten, Stangensellerie und Gurken in fingerlange Stücke zu schneiden – das konnte sie nämlich auch im Sitzen –, ich mußte Wein aus dem Keller hochtragen und einen Kasten Bier vom Getränkemarkt an der Ecke holen.

Berni blieb während der ganzen Zeit in seinem Zimmer hocken und ließ sich nicht blicken, schon so lange, daß ich mich fragte, wie seine Blase das aushielt. Ob Raimondo schon mit ihm telefoniert hatte?

Gegen acht waren dann alle da: Mäxx, Barbarella, Lipstick, Jay Pee mit seinem Jörn, die beiden Hamburger, die ganz in schwarzes Leder gekleidet in die Wohnung schneiten und mit ihren Uniformen Nani erschreckten, und natürlich Kim und Hannah. Nani war überzeugt, daß die Kleine zwischen Ed und B vermitteln würde.

Nach der üblichen Küßchenrunde setzten wir uns um den großen Tisch herum, knabberte am Gemüse, den griechischen und italienischen Vorspeisen, tranken und unterhielten uns über nichts.

„Wir werden unseren USA-Trip wohl verschieben müssen. Der Dollar ist mit zweidreißig einfach zu teuer", sagte Armin, der als Krankenpfleger nicht gerade Unsummen verdiente.

„Und er soll noch weiter steigen", sagte Barbarella.

„Glück für Gerhard", sagte Lipstick.

„Wieso?"

„Der hat doch wegen Jeff jede Menge Kohle in die USA geschaufelt."

„Dem General?"

„Schsch. Er will nicht, daß darüber geredet wird." Lipstick flüsterte verschwörerisch. „Das kann seine Flamme den Kopf kosten. *Code Red*, verstehst du?" Und dann wieder mit normaler Stimme: „Ich glaub, der hat noch 'ne Mark neunzig bezahlt. Jetzt hat er flugs mal eben zwanzig Prozent zugelegt."

„Hilft ihm nichts. Wenn er rübergehen will, dann bleibt der Dollar 'n Dollar. Er hat nur was davon, wenn er die Kohle wieder tauscht", sagte Barbarella. „Oder seh ich das falsch?"

„He. Habt ihr gelesen, daß die deutschen LKW-Fahrer wegen der hohen Ökosteuer jetzt auch streiken wollen, so wie die Franzosen?"

„Ja, aber die Deutschen kriegen ihren Arsch nicht hoch", sagte Edvard. „Das siehst doch mit unserem Gesetz für die eingetragenen Partnerschaften. Stell dir vor, alle Homosexuellen würden bundesweit die Arbeit niederlegen, bis das Gesetz durch ist. Da wär was los."

„Macht doch keiner mit", sagte Gerald.

„Eben", sagte Edvard.

„Hat eigentlich jemand mal wieder was über den Gesetzesentwurf gehört?"

„Nee. Seit der Sommerpause ist Funkstille."

„Typisch."

„Ob das noch mal was wird?"

„Irgendwas bestimmt", sagte Edvard. „Aber es wird sicher ein Beschiß, davon kannst du ausgehen. Vielleicht lassen sie zu, daß wir für unsere Partner sorgen dürfen, wenn sie arbeitslos werden oder berufsunfähig, aber du glaubst doch nicht im Ernst, daß sie uns auch nur eine Mark Steuervergünstigung gönnen werden."

„Wahrscheinlich haben die das von vornherein so angelegt", sagte Lipstick.

„Davon kannst du ausgehen", sagte Ed. „Sie verabschieden ein schlechtes Gesetz, das fast ausnahmslos Nachteile bietet, weil sie so sicher sein können, daß sich kaum ein Paar eintragen lassen wird. Und dann haben sie das beste Argument dagegen: ,Die Zahlen beweisen, daß die Schwulen an einer Partnerschaft gar nicht interessiert sind.' Und damit ist das Thema vom Tisch."

Das Telefon läutete, und Edvard griff nach dem Hörer, der neben ihm auf dem Boden lag.

„Ich, ich, ich!" rief Hannah und hüpfte solange um Ed herum, bis er ihr das Telefon gab.

„Hallo, hallo", rief sie hinein und zog das „o" so lang wie Kaugummi unter den Schuhen an einem heißen Sommertag. „Hier ist die Hannah. Und wer bist du?"

Sie lauschte einen Moment angestrengt. „Mondo! Mondo!" rief sie dann und trampelte auf dem Fleck, als versuchte sie, durch den Hörer in seine Arme zu springen.

Nanis Gesicht, die sich bisher am Gespräch kaum beteiligt hatte, leuchtete auf, die Traurigkeit, die es während der letzten Tage dürr gemacht hatte, wich.

Als Ed das sah, sprang er auf und drückte auf den Lautsprecherknopf an der Feststation: „... mein Engelchen", hörten wir gerade noch.

„Ich bin heute Karussell gefahren, ganz schnell, Mondo. Ich bin geflogen da drin. Es war so schnell wie ein Bus, nur viel schneller. Weißt du?"

„Oh, mein Engel. Das freut mich für dich. Und hast du auch ein Eis für mich gegessen?"

„Nein, Mondo. Kein Eis. Wann kommst du wieder? Wann gehst du mit mir in den Zoo?"

„Bald, mein Engelchen. Bis dahin laß dir von deiner Mama ein großes Stück Marzipantorte kaufen und iß sie für mich, die bekomme ich nämlich hier, wo ich jetzt bin, nicht."

„Marzipantorte", flüsterte mir Kim ins Ohr, „die hat Adrian gebacken, als sie sich kennenlernten." Ich schaute sie an, sie machte ein betretenes Gesicht.

„Engelchen, gib den Hörer mal Onkel Bernhard."

Edvard zuckte, konnte er es doch nicht leiden, wenn jemand ihn oder B als etwas minderes als leibhaftige Väter von Hannah bezeichnete. Aber anstatt ihr den Hörer aus der Hand zu nehmen und Raimondo zurechtzuweisen, schaltete er den Lautsprecher aus und setzte sich wieder an den Tisch, als hätte er den letzten Satz nicht gehört: „Wo waren wir stehen geblieben?"

Ich hätte nicht gedacht, daß auch Ed ein Arschloch sein konnte.

„Okay", sagte Hannah in den Hörer. Das hatte sie von mir aufgeschnappt, und darauf war ich fast ein bißchen stolz. „Mondo!" rief sie, dann knutschte sie die Muschel des Hörers; es war so ein lautes Schmatzen, daß es Raimondo das Trommelfell zerrissen haben mußte, aber er lachte nur laut – ich konnte förmlich sehen, wie sein Bauch bebte.

Hannah ging daraufhin an die Tür zum Arbeitszimmer und klopfte an. „Berni, Berni! Mondo ist am Telefon."

B öffnete die Tür, einen Spalt nur, lugte heraus, nahm das Telefon und schloß sie wieder. Ed tat, als hätte er nichts davon mitbekommen.

„Apropos, habt ihr von dieser neuen Aids-Theorie gehört?" fragte Gerald, der wohl die eigenartige Spannung überbrücken wollte, die plötzlich im Raum stand. „In den siebziger Jahren hat ein Forscher angeblich Nieren von Affen benutzt, um den Impfstoff gegen Kinderlähmung zu gewinnen. Und der ist dann an Afrikanern getestet worden. Und weil die Affen Aids hatten, haben es dann die Schwarzen gekriegt."

„Bitte?" Ich hatte die ganze Zeit kaum zugehört, aber das ließ mich aufhorchen.

„Ja, ein amerikanischer Journalist hat ein Buch darüber geschrieben und einzelne Forscher ziemlich belastet", fuhr er fort. „Die leugnen das natürlich. Aber stell dir mal vor, was das heißt." Gerald erklärte das im Detail; er hatte sich wohl sehr damit beschäftigt. Es hätte mich interessiert, aber ich konnte mich nicht konzentrieren. Was würde Raimondo zu Bernhard sagen?

Das Gespräch dauerte ziemlich lange. Ich dachte schon, B hätte vielleicht aufgelegt, aber das grüne Lämpchen der Feststation leuchtete noch.

Es mögen vielleicht zwanzig Minuten vergangen sein, da kam B aus seinem Zimmer. „Hi", sagte er und ging zaghaft auf den Tisch zu. „Ich … äh. Hier Edvard. Raimondo. Für dich." Dann legte er das Telefon vor ihm auf den Tisch.

Ed schaute B nicht an, nur das Telefon, als müßte er erst feststellen, ob sich vielleicht eine Bombe darin verbarg. Dann blickte er einmal in der Runde herum und stand auf. „Ihr entschuldigt." Er nahm das Telefon und ging damit ins Schlafzimmer.

B blieb stehen, mit den Händen in den Hosentaschen. Es war ein bißchen so, als hätte sich der Dämon plötzlich manifestiert. Alle starrten ihn an.

„Na, habt ihr genug zu trinken?" fragte er.

„Hast du nicht Hunger, mein Junge?" fragte Nani, stand auf und drückte ihn in den Stuhl. Dann schob sie ihm einen leeren Teller hin, das Fladenbrot und eine Schale Oliven. Essen war ihr Rezept gegen alles – oder war es vielleicht das Rezept aller Mütter?

Hannah kletterte auf Bs Schoß.

„Berni. Was ist das? Es macht ‚Quak, quak' und sitzt in meiner Badewanne."

Nani stiegen Tränen in die Augen; sie ging schnell in die Küche.

„Ein Frosch?" rätselte B.

„Nein, das ist Berni." Hannah kicherte. Niemand verstand, was sie damit meinte, aber es schien sie köstlich zu amüsieren. Wenigstens hellte es Bs Gesicht ein wenig auf. Er kitzelte sie, die sich auf seinem Schoß ohnehin schon wand wie eine indische Tänzerin.

„Sagt mal, wann geht das morgen eigentlich los?" fragte Gerald. „Muß man da früh in der *Bräurosl* sein?"

„Habt ihr Karten für die Empore?" fragte Barbarella.

„Ja", antwortete Armin.

„Dann könnt ihr hingehen, wann ihr wollt. Ohne Karten hätte ich gesagt, daß ihr spätestens um zwölf im Zelt sein solltet, weil ..."

Und sie redeten und redeten über das Oktoberfest. Auch dieses Thema wäre sicherlich interessant gewesen, denn auch ich wollte morgen hin – Mäxx hatte mir erzählt, wie lustig es früher gewesen war, als er noch ging; ich hatte versucht, ihn zu überreden, Junior und mich zu begleiten, aber er sagte, daß er schon eine andere Verabredung hätte –, aber auch darauf konnte ich mich nicht konzentrieren. Worüber Raimondo wohl mit Edvard sprach?

B rückte übrigens nie damit raus, was Mondo zu ihm gesagt hatte. Dagegen war es ein leichtes zu erfahren, was er zu Ed sagte, aber das erfuhr ich natürlich erst viel später, erst als sich der ganze Rummel um Nani gelegt hatte, und das dauerte.

Raimondo erzählte Ed davon, wie wichtig das Thema „Verzeihen" für B war. „Ich soll mich entschuldigen?" hatte Ed gefragt. „So, wie Bernhard sich aufgeführt hat?"

„Eduardo. Henne oder Ei", hatte Mondo geantwortet. „In einer Beziehung weiß man nie, wer mit etwas angefangen hat. Aber beide haben in jedem Moment die Möglichkeit, mit Streit und Unmut aufzuhören. Sich zu entschuldigen schadet nie, Eduardo. Es kostet dich nur ein bißchen ... Demut. Und wenn du ihn wirklich liebst, wird es dir leicht fallen."

Das hatte er gesagt, und deswegen kam Ed, der davor wie ein aufgeplusterter Pfau herumgehüpft war und B ignoriert hatte, dann sehr still aus dem Schlafzimmer, stellte sich hinter B, gab Nani das Telefon und sagte: „Oma. Raimondo möchte dich sprechen." Dann legte er seinem Mann die Hände auf die Schultern: langsam, vorsichtig, jederzeit bereit, sich zurückzuziehen.

Es war offensichtlich, daß B sich anfänglich ein wenig unwohl fühlte, dann, als niemand darauf einging – und niemand wagte es –, entspannte er sich wieder.

„Herr Raimondo?" Nanis Stimme klang sehr weich. „Ja! Ja? Ach, wie lieb von Ihnen." Er redete offenbar wie ein Wasserfall, denn lange Zeit hörte sie nur zu. Sie hielt den Hörer mit beiden Händen fest an ihr Ohr, und ihre Augen wanderten an der Zimmerdecke umher.

„Ja?" Ihre Stimme wurde leiser. „Ja." Sie senkte den Blick, dann sah ich, wie Tränen auf ihr Kleid tropften und dunkle Flecken hinterließen. Was sagte er ihr, das sie so traurig machte?

Ich tippte B, der mit sich und Ed beschäftigt war, unter dem Tisch an, woraufhin Ed Nani an den Schultern ins Schlafzimmer führte und die Tür hinter ihr schloß.

Die Gäste setzten das Gespräch fort und redeten nun auch über jene Ereignisse auf der „Gay Wies'n", die sie vorher, so lange Lydia am Tisch saß, nicht angesprochen hatten: die kleinen erotischen Einlagen, die Spiele auf der Toilette undsoweiter. Und wieder wäre es sehr interessant gewesen, dem zu lauschen, aber auch jetzt konnte ich mich nicht konzentrieren. Das Gespräch zwischen Nani und Mondo dauerte und dauerte und dauerte. Und selbst als das kleine grüne Lämpchen der Feststation schon längst erloschen war, kam sie nicht aus ihrem Schlafzimmer.

Ich fragte mich, ob ich zu ihr gehen sollte – Ed stand immer noch hinter B und behielt seine Hände fest auf seinen Schultern –, aber sie war nicht meine Mutter, es kam mir unangemessen vor. Zu Hause ja, da wäre ich gleich reingegangen und hätte mit ihr gesprochen. Aber zu Hause würde sich eine Mutter mit vielen Kindern auch nie einsam fühlen.

„Und wie gefällt es dir hier in Deutschland?" fragte Armin.

Ich hatte nicht aufgepaßt. „Ich? Es ist ... schön", antwortete ich.

„Du kommst aus Harare, nicht wahr? Was, würdest du sagen, ist der größte Unterschied in der Mentalität der Menschen?"

„Hm. So anders sind wir nicht."

„Du wirkst so gelassen. Ist das typisch für jemand aus deinem Teil der Welt?"

„Gelassen?" fragte ich. „Nein. Bin ich gar nicht." Ich hätte ihm erzählen können, daß die Deutschen zweckorientiert waren, alles, womit sie sich beschäftigten, mußte zu einem Ziel führen. Ich hätte ihm sagen können, daß ich bestimmte Gefühle und Empfindungen erst hier kennengelernt hatte: Streß, Enttäuschung und Sehnsucht, ja, Sehnsucht. Ich sehnte mich nach meinen Schwestern, nach meiner Mutter und meinem Vater. Ich sehnte mich danach, einfach mal nur abzuhängen, albern zu sein, einen Tag ohne Regeln zu verbringen. Aber ich wollte nicht darüber sprechen. Ich wollte nicht als anders gelten, als Außenseiter, als „Afrikaner." Ich war ein Mensch, und das sollte genügen.

Armin ließ jedoch nicht locker. Er wollte unbedingt einen Unterschied in der Mentalität festmachen; er schien einfach nicht zu merken, wie Fragen dieser Art diskriminierten.

Gott sei Dank kam Nani endlich aus dem Zimmer und unterbrach das Gespräch. Ihre Augen waren rot von den vielen Tränen, aber ihr Gesicht strahlte rosig. Noch etwas, was ich hier lernte: Es schien, als sei jene Liebe am glücklichsten und dauerhaftesten, die man nicht haben konnte.

„Er läßt euch alle ganz lieb grüßen", sagte sie, dann faltete sie ihre Hände vor ihrem Schoß. „Was für ein feiner Mann!"

„Wie geht es ihm?" fragte einer.

„Gut. Er erholt sich wohl nur langsam, aber er ist glücklich, zu Hause zu sein. Seine Schwägerin kocht ihm seine Lieblingsgerichte ..." Sie verstummte.

„Die Jungs wollen gehen", sagte B. „Sie haben nur gewartet, damit sie sich von dir verabschieden können." Es war schon nach elf.

„Ja. Ich weiß nicht, ob wir uns noch mal sehen", sagte Lipstick. „Eddi sagte, Sie würden bald nach Hause fahren."

Nani griff nach seiner Hand.

„Es war wirklich nett, daß wir Sie kennengelernt haben, Frau Moll."

„Aber …" Sie schaute auf den Tisch und dann von einem zum anderen. „Sie haben doch noch gar keinen Nachtisch gegessen."

„Vielen Dank, Frau Moll. Es ist jetzt wirklich genug."

„Nein, nein. Sie dürfen nicht gehen, ich bin noch nicht fertig", sagte sie, was ich nicht verstand, und lief in die Küche. Edvard blickte einmal in der Runde umher, bis sich der Einspruch gelegt hatte, da hörten wir plötzlich einen dumpfen Schlag. Es hätte sonst was sein können, aber alle schauten erschrocken auf.

Ed, der ohnehin stand, stürzte hinein. „Oma", hörte wir ihn rufen. „*Oma!*" Sein Schrei ging durch Mark und Bein.

Ich lief zu ihm. Nani lag am Boden, die Beine von sich gestreckt. Sie sah irgendwie tot aus, aber sie atmete. Ihre Augen waren starr, die Pupillen unterschiedlich groß und ihr Gesicht verzerrt.

„Mama!" rief Bernhard und schob unsere Freunde beiseite. Er rüttelte an ihrer Schulter, aber sie antwortete nicht. Der Dämon. Wir hatten sie allein gelassen. Durch die kleine Party hatten wir ihn aus dem Großen verdrängt. Während sie im Schlafzimmer telefonierte, mußte er sich über sie hergemacht haben.

„Laß sie liegen. Du kannst ihr nicht helfen", rief ich.

Ed hatte schon die Rettung in der Leitung; er war schnell in solchen Dingen. „Bewußtlos", hörte ich ihn sagen und noch einiges andere. Dann scheuchte er unsere Freunde aus der Wohnung.

Nani bewegte sich nicht, sie lag einfach nur still da.

„Was macht ihr da?" fragte Ed, als er zurückkam und uns sah. Er legte Nanis Beine nebeneinander, holte ein flaches Kissen, um es unter ihren Kopf zu legen, und deckte sie zu.

So saßen wir dann neben ihr: Bernhard am Kopf, Edvard zu ihren Füßen und ich dazwischen. Wir warteten. Noch nie war die Zeit so lang. Nanis starre Augen waren auf die Decke gerichtet, als würde sie dort ein Gespenst sehen, aber als ich ihr mit der Hand vor dem Gesicht herumfuchtelte, reagierte sie nicht. Der Dämon entzog ihr allmählich das Leben.

B legte seine Hand auf ihr Bein und streichelte sie. „Mama", flüsterte er, als würde er versuchen, sie vorsichtig zu wecken. Da fing Ed an zu weinen. Ich legte ihm meine Hand auf die Schulter und griff mit der anderen nach B. Wir drei hielten uns an den Händen.

Das war auch, was die Rettungsassistenten von uns zu sehen bekamen. Sie schoben uns zur Seite, leuchteten Nani mit einer Lampe in die Augen. Einer tastete nach ihrem Puls, während der andere eine Blutdruckmanschette um ihren Arm legte.

„Frau Moll! Hören Sie mich?" Aber sie reagierte nicht.

In Null Komma nichts schnitt der eine ihr Kleid und den BH auf, um kleine Saugknöpfe auf ihrer Brust zu befestigen. Als er die Narben sah, stieß er seinen Kollegen mit dem Ellenbogen an.

In dem Moment kam der Arzt.

„Und?"

„Schwacher Puls von fünfzig, EKG läuft, Pupillen unterschiedlich groß, und ...", er zog das Kleid auseinander und deutete auf Nanis Brust.

Der Arzt kniff Nani in den Arm, aber sie reagierte nicht. Dann stach er eine Nadel unter die Haut und hängte eine Flasche mit klarer Flüssigkeit daran.

Bevor wir begriffen, was passiert war, packten die Sanitäter Nani auf eine Trage und transportierten sie im Laufschritt aus der Wohnung. Es ging alles so schnell. Erst später wurde klar, daß der Dämon nun sein Opfer bekommen hatte.

Lydia ✻ Ich war völlig entspannt, mein Körper leicht, und selbst der furchtbare Tumult, der um mich herum entstand, brachte mich nicht aus der Ruhe. Noch nie zuvor hatte ich mich so wohl gefühlt. Es war, als flöße die Schwerkraft aus mir heraus und mit ihr alle Fehler der Vergangenheit.

Wie aus dem Nebel schärfte sich ein Bild: eine Küche, eine Frau auf dem Boden, drei junge Männer um sie herum. Es war so still, so angenehm. Mein Junge. Er flüsterte mir etwas zu, aber ich konnte ihn nicht hören. Da war Trauer. Mit einem Schlag überkam mich ein unbändiger Schmerz, und dennoch fühlte ich mich gut dabei. Ich habe mich ihm so nah gefühlt, ihm und den anderen.

Dann kamen zwei Männer in roten Uniformen. Sie werkten rauh an dem fast leblosen Körper herum. Sie riefen Dinge, ein Arzt steckte eine Nadel in den Arm und machte ein ernstes Gesicht. Alles ging sehr schnell, viel zu schnell.

„Langsam", rief ich, aber sie hörten mich nicht. „Macht euch keine Sorgen. Es kommt alles in Ordnung."

Ich fühlte mich leicht wie ich eine Wolke. Ich stieg auf, weiter und weiter. Dann zog es mich mit einem Ruck nach unten; das Bild verschwand, und ich nahm nichts mehr wahr.

Edvard ✽ „Sind Sie der Sohn?" fragte mich der Arzt in der Patientenaufnahme.

„Nein, das bin ich", sagte Berni. „Aber Edvard gehört mit zur Familie." Er sagte das wirklich, und ich bildete mir ein, ein Lächeln auf Lydias Gesicht zu sehen. Ich griff nach ihrer Hand, nach ihrer schlaffen, viel zu kühlen Hand, die immer so warm gewesen war, wenn sie sie mir an die Wange gelegt hatte.

Die Rettungsassistenten öffneten die Befestigungsgurte der Trage und hoben sie zusammen mit der Decke auf ein Bett. Ein Pfleger stöpselte das tragbare EKG ab und verband die Kabel mit einem Monitor. Als sie ihr die Decke wegzogen, entblößten sie die Narben auf ihrer Brust. Der Pfleger machten den Arzt darauf aufmerksam.

Der Arzt schaute auf sie hinunter, nickte und wendete sich gleich wieder uns zu: „Leidet Ihre Mutter an Diabetes? Hat sie Anfallsleiden? Einen Herzschrittmacher?" Berni schüttelte den Kopf. „Wissen Sie, ob sie an Bewußtseinsstörungen litt?"

„Na ja, sie eckte schon manchmal an Tischkanten an", sagte ich, weil Bernhard wenig davon mitbekommen hatte, „und sie hat auch schon mal Dinge übersehen, die im Weg standen, einen Stuhl oder Spielzeug von unserer Tochter." Der Arzt schaute von mir zu meinem Mann, dann wieder mir in die Augen. Vermutlich wunderte er sich gerade über den Ausdruck „unsere Tochter". „Ein paarmal hat sie auch gesagt, daß ihr schwindelig ist", vervollständigte ich.

„Hat sie etwas Schweres gehoben, bevor sie zusammengebrochen ist?"

„Sie wollte eine Nachspeise aus dem Kühlschrank nehmen", sagte Bernhard, „aber sie ist, glaube ich, schon vorher zusammengebrochen. Weißt du noch?" fragte er mich. „Hat die Schale auf dem Boden gelegen?"

Aber auch ich konnte mich nicht mehr daran erinnern.

„Können Sie mir etwas über ihren Zustand sagen?" fragte ich vorsichtig.

Der Arzt schaute Berni an, dann erklärte er: „Sie sehen, ihre rechte Gesichtshälfte ist schlaff. Sie empfindet keine Schmerzen auf der rechten Seite." Er kniff sie in den Arm, um es mir zu demonstrieren. „Die Pupillen sind unterschiedlich groß, die Reflexe seitendifferent: Dem äußeren Anschein nach hat sie einen Hirnschlag erlitten, aber wir müssen andere Möglichkeiten ausschließen. Und wenn es ein Apoplex war, müssen wir die Ursache feststellen, um entsprechend zu behandeln."

„Ursache?"

„Ja, ein Hirnschlag kann verschiedene Ursachen haben: eine verstopfte Arterie, das wäre dann wie bei einem Herzinfarkt eine lokale Unterversorgung. Er könnte aber auch von einer inneren Blutung herrühren."

Seine Erklärungen gingen zum einen Ohr rein und zum anderen wieder raus. Mich interessierte die Ursache wenig; Hauptsache, sie würde wieder gesund.

„Was wissen Sie denn über ihre Vorgeschichte?" fragte der Arzt. „Stoffwechselstörungen, Infektionskrankheiten, Krebs ..."

„Ja, Brustkrebs", sagte Bernhard. Das war ja auch nicht zu übersehen. „Ich glaube, sie hat danach drei Zyklen Chemotherapie durchgemacht."

„In welchem Krankenhaus wurde sie operiert? Ich frage, damit wir die Unterlagen anfordern können."

„Das war in Heidelberg. Ich muß meine Schwestern anrufen; sie wissen da mehr."

„Dann fragen Sie doch bitte auch gleich nach dem Hausarzt. Er hat sie sicher danach betreut."

Was konnte ein Hirnschlag schon mit Brustkrebs zu tun haben? fragte ich mich.

Der Arzt riß den Papierstreifen vom EKG ab, schaute darauf und notierte etwas.

„Was sehen Sie da?" fragte Berni.

„Ihre Mutter hat einen sehr niedrigen Puls."

„Und was bedeutet das?"

„Im Moment will ich das nicht weiter bewerten", sagte er und schaute uns abwechselnd in die Augen. „Das Blutbild ist in einer halben Stunde da, und in einer guten Stunde haben wir hoffentlich die Bilder von der Computertomographie. Trinken Sie erst mal einen Kaffee, ich informiere Sie umgehend."

Er schaute mich an, kurz nur, mit einem Blick, wie ihn nur Ärzte hatten: etwas von einem geprügelten Hund. Ob die das auf der Uni lernten? Er brauchte nichts weiter zu sagen, dieser Blick machte mir klar, was er dachte: Es stand nicht gut um unsere Mutter.

Mein Gesicht wurde heiß, und in meiner Kehle saß ein Kloß. Wir gingen hinaus und suchten die Cafeteria; um die Zeit war sie natürlich schon geschlossen.

„Willst du nicht deine Geschwister anrufen?" fragte ich, brachte die Worte kaum heraus – wäre ich alleine gewesen, hätte ich sofort losgeflennt. Ich reichte Bernhard mein Handy. „Wir müssen aber rausgehen, um zu telefonieren. Hier drin dürfen wir nicht."

„Nein. Du weißt, ich kann die Dinger nicht leiden."

Er zog eine Telefonkarte aus dem Geldbeutel, stellte sich am Haupteingang an einen öffentlichen Fernsprecher und rief seine Geschwister an. Ich beobachtete ihn. Er war ruhig, er war betroffen, aber gelassen. Er sagte Gudrun nur das Notwendigste und bat sie auf seinen nächsten Anruf zu warten, bevor sie sich ins Auto setzte. Ich bewunderte ihn um diese Klarheit. Diese Art, mit schwierigen Situationen umzugehen, war eine Stärke, die mir fehlte.

Ich bedeutete ihm, daß ich nach draußen gehen würde. Ich wollte das Handy wieder anschalten und Malvyn informieren, der zu Hause geblieben war und auf Instruktionen wartete. Es regnete und war kalt, still und kalt. Die Tropfen zerplatzten auf meinem Gesicht, aber ich spürte sie kaum.

Ich gab den PIN-Code ein, und sobald die Verbindung zum Netz hergestellt war, rasselten SMS ein: „Ed. Was ist los? Ruf an. Lipstick." „Was ist passiert? Wir machen uns Sorgen. Kim." „Können wir was für euch tun? J-P+J." Auf der Mailbox war ein Anruf von Max und von Malvyn. Mit jedem Wort, das ich las oder hörte, wurde meine Kehle ein wenig enger.

„Was ist los?" fragte Malvyn, als ich ihn dann in der Leitung hatte.

„Sieht nicht gut aus", antwortete ich, und der Kloß in meiner Kehle schwoll.

„Was heißt das? Nun red schon, Ed!"

Ich versuchte, die Tränen hinunterzudrücken, aber es gelang mir nicht; es platzte einfach aus mir heraus: „Sie wird sterben", heulte ich los und war überrascht über das, was ich sagte. Aber es war plötzlich so klar. „Sie wird sterben, sie wird sterben, sie wird sterben."

„He, Ed. Bleib cool, Mann! Reg dich ab!" sagte er, aber da war es längst zu spät. Ich konnte nur noch heulen. Und weil es mich erleichterte, versuchte ich auch nicht mehr, es zurückzuhalten.

Ich war schon völlig durchweicht, als ich eine Viertelstunde später die Arme spürte: Arme, die mich einhüllten und hielten, die Brust, an die ich mich anlehnen konnte, und die Lippen, die meinen Nacken küßten. Bernhard hatte mich gefunden. Zusammen saßen wir auf der kühlen Erde im Regen, der die Tränen von meinen Wangen wusch.

Ich weiß nicht, wieviel Zeit verging, bis ich mich beruhigt hatte und wieder aufstehen konnte. Wir gingen auf den Haupteingang zu, aber bevor wir eintraten, wischte Berni mein Gesicht ab und gab mir einen Kuß. „Wir schaffen auch das noch", sagte er, dann nahm er mich bei der Hand und führte mich hinein.

Wir fanden Omas Bett vor dem Untersuchungszimmer der Computertomographie. Es war leer und trieb mir gleich wieder Tränen in die Augen. Wir setzten uns daneben und warteten. Ich lehnte mich zurück, suchte Bernis Wärme, seine Schulter, den Kontakt. Er wich mir nicht aus. Dann legte ich meine Hand auf seinen Schoß.

Etwas tropfte auf meinen Handrücken. Bernhard weinte. „Sie wird sterben, nicht wahr?" flüsterte er. „Zuerst verläßt du mich und jetzt sie. Ihr laßt mich alle allein."

Ich legte meinen Arm um seine Schulter und streichelte sein Gesicht. „Ich laß dich doch nicht allein, du Dummkopf." Dann schossen auch mir Tränen in die Augen. Diese Angst, mich zu verlieren, ich kannte sie. „Wir gehören zusammen", sagte ich und klopfte mit meiner Faust sanft gegen seine Stirn. Ich hätte es am liebsten in ihn hineingeprügelt.

Bald kam eine junge Schwester den leeren Gang herunter und schaute an uns vorbei. Sie ging in das Untersuchungszimmer, einen kurzen Moment später schoben sie Bernhards Mutter auf einer Trage heraus und legten sie in ihr Bett zurück.

Bernhard nahm ihre Hand. „Mama. Kannst du mich hören?" Sie bewegte sich nicht.

„Die Bilder schicken wir rüber, sobald der Doc draufgeschaut hat." Der Röntgenassistent, oder was immer er war, übersah uns geflissentlich. „Kann aber noch 'ne Weile dauern."

Die Schwester nickte ihm zu und löste die Bremse. „Gehören Sie zu Frau Moll?" fragte sie. Wir nickten. Dann schob sie das Bett den Gang hinunter, und wir folgten ihr. Bernhard griff nach meiner Hand und hielt sie fest; mir stiegen Tränen in die Augen.

Sie brachte Lydia auf eine Intensivstation. Wieder warten. Nach einer Weile, die Zeit verging so zäh, stand Bernhard auf und klopfte an die Metallschiebetür, steckte seinen Kopf hinein. Von drinnen war ungleichmäßiges Piepen zu hören und hektisch gesprochene Worte, Rufe, ein Schrei. Bernhards Rücken spannte sich an, seine Stimme wurde lauter, dann Entspannung. Es dauerte eine Weile, dann schob jemand von innen die Tür zu.

„Komme gleich", sagte Bernhard zu mir und rannte weg.

Als er wiederkam, war sein Gang zielgerichtet, steifer als zuvor. Er hatte einen großen Papierumschlag unter dem Arm. Er gab die Bilder ab und setzte sich dann neben mich, vorsichtig, langsam. Sie mußten ihm etwas gesagt haben, dachte ich, aber ich fragte nicht nach. Er würde schon sprechen, wenn es an der Zeit war.

Um zwei rief uns eine Krankenschwester hinein. „Fünf Minuten", sagte sie, führte uns an Lydias Bett und zog den Vorhang hinter uns zu.

Um ihre Nase hing ein Sauerstoffschlauch, über den Zeigefinger war eine Kappe gestülpt und am Arm hing eine Infusion. Hinter ihrem Kopf zeigte ein Monitor die Herzströme. Ich hatte keine Ahnung von Medizin, aber ein Puls von sechsundvierzig erschien mir sehr niedrig.

Um uns herum piepte und röchelte es. Wir sahen nichts, aber die Hektik und Panik drang durch den Vorhang zu uns. Ich kam mir vor, als wäre Büroschluß und wir stünden in einem U-Bahnhof.

Bernhard blieb am Fußende stehen, ich mußte näher an sie heran. Alles schien so unwirklich; selbst meine Trauer kam mir vor wie durch Drogen induziert. Ich legte meine Hand auf ihre Schulter. Es war fast so, als würde ich nicht glauben, daß sie da vor mir lag. „Oma", flüsterte ich. „Wir sind hier." Aber sie reagierte nicht.

„Sie kann dich nicht hören, Edvard", sagte Bernhard; seine Stimme klang fast hölzern. Ich schaute ihn erschrocken an. „Sie liegt im Koma."

Der Vorhang wurde aufgerissen. „Herr Moll?" fragte ein Pfleger. Wir wendeten uns beide ihm zu. „Der Neurochirurg ist da." Er drehte sich um und ging. Er ging schnell, rannte fast in den Glaskasten in der Mitte der Station. Bernhard folgte ihm.

Ich schaute auf Lydia hinunter, ihr Atem war langsam und schwer. Wenn ich jetzt ging, würde ich sie noch einmal sehen? fragte ich mich und tastete nach ihrer Hand. Sie war kalt, so erschreckend kalt. Und dann liefen schon wieder Tränen an meinen Wangen herunter.

„Komm!" flüsterte mir Bernhard von hinten zu, legte seine Hand auf meine Brust und zog mich sanft von ihr weg. „Der Arzt hat nicht viel Zeit."

„Herr Moll?" Der Arzt schüttelte Bernhard die Hand, ein einschätzender Blick auf mich. „Wollen Sie sich vielleicht setzen?" fragte er. Das bedeutete nichts Gutes.

„Danke, nein."

„Ich fürchte, es steht nicht gut um Ihre werte Frau Mama."

„Am besten, Sie sagen mir einfach, was los ist", sagte Bernhard trocken und fixierte die Bilder der Computertomographie, die vor den Leuchtkästen an der Wand hingen.

Der Arzt faltete die Hände und zuckte dann mit den Schultern. Er machte ein Gesicht, als würde er sagen: „Wie Sie wollen." Dann ging er zu den Bildern hinüber: „Das gesunde Gehirn wird weiß abgebildet. Diese dunklen Stellen, die Sie hier sehen, sind Blut, das ausgetreten ist, verursacht durch eine Ruptur, einen Riß eines Blutgefäßes."

„Wie kann so was passieren?" fragte ich.

Wieder der abschätzige Blick. Der Arzt schaute Bernhard an, aber der reagierte nicht.

„Sehen Sie hier diese wölkchenartigen Gebilde?"

Wir traten beide näher heran.

„Es sind ... Metastasen." Bernhard schlug die Augen nieder, stützte seinen Kopf in die Hand. „Vermutlich von dem Brustkrebs, den Ihre Mutter vor einigen Jahren hatte. Sie ... haben eingeblutet ... und so zu dem Apoplex geführt."

Berni schaute wieder auf. „Was werden Sie dagegen tun?"

„Sehen Sie hier diese Linie?" fragte er anstatt zu antworten. „Das ist die Mittellinie zwischen den beiden Hirnhälften. Wie Sie sehen, befindet sie sich nicht mehr in der Mitte, das heißt, das Gehirn wird einseitig verdrängt."

„Was kann man dagegen tun?" wiederholte Berni seine Frage.

Der Arzt schaute ihn kurz an und sprach dann weiter: „Diese Metastasen ...", der Arzt deutete noch einmal auf die kleinen grauen Wölkchen, die in mehreren der Aufnahmen, die die unterschiedlichen Ebenen von Lydias Gehirn darstellten, zu sehen waren. „Sie befinden sich im ... vierten Ventrikel und ... Wollen Sie sich nicht doch setzen?"

„Was werden Sie dagegen tun?" wiederholte Bernhard gefaßt.

Der Arzt holte Luft: „Ihre Mutter liegt im Koma, weil sich ein Ödem gebildet hat, das den Hirnstamm einklemmt. Es ist nur eine Frage der Zeit, bis weitere ... Vitalfunktionen ausfallen, wie zum Beispiel ... die Atmung."

„Und was werden Sie dagegen tun?" Bernhard preßte die Worte hervor. Sein Hals war angespannt, und die Knöchel seiner Finger waren weiß.

„Herr Moll. Ich wurde hinzugezogen, weil man erwogen hat, den Hirndruck operativ zu verringern. Aber wenn ich ehrlich sein soll ..."

Bernhards Gesicht lief rot an, dann zischte er: „Sie sollen nicht ehrlich sein, sondern etwas tun."

Ich legte ihm meine Hand auf den Rücken, aber er schüttelte sie ab.

„Wir tun selbstverständlich alles für Ihre Mutter, was sinnvoll ist. Momentan bekommt sie eine hyperosmolare Lösung, die dem Gewebe Wasser entzieht, um die Schwellung des Ödems zu reduzieren. Und selbstverständlich werden wir sie beatmen, sobald dies notwendig wird. Aber eine Operation ist nicht mehr sinnvoll."

„Nicht mehr sinnvoll." Wie sich das anhörte. Wie ein neuer Auspuff für ein altes Auto: Die Investition lohnt sich nicht. Es erboste mich, aber langsam sanken die Worte bei mir ein.

Bernhard starrte auf den Boden, und ich sah, daß er zitterte. Er atmete tief durch, dann drehte er sich um und griff nach einem Stuhl, sank auf ihn hinunter und legte die Finger beider Hände an seine Lippen.

„Nicht mehr sinnvoll", wiederholte er leise.

Der Arzt schaute mich an, ich starrte zurück. Zu mehr war ich nicht fähig. „Mitfließen!" das war die einzige Rettung, „geschehen lassen, sich nicht gegen den Strom stellen", sagte ich mir und verband meine Trauer und meine Angst mit meinem Atem. Ein und aus, ein und aus.

„Nicht mehr sinnvoll", flüsterte Bernhard noch einmal.

Sobald wir wieder auf dem Gang standen, bat mich Bernhard, seine Geschwister anzurufen. „Ich bleibe hier. Vielleicht werde ich gebraucht."

Ich zögerte, aber ich glaubte auch, daß dies sinnvoll war. Ich programmierte die Nummern auf dem Handy. „Brauchst du was aus dem Automaten?" fragte ich ihn. „Wasser, Bier, Kaffee?"

Er rieb sich das Gesicht. „Schon okay", murmelte er.

Halb drei am Morgen. Es dauerte, bis Gudrun ans Telefon kam. Sie sagte, sie wäre schon am Wagen gewesen, um loszufahren, weil sie das Warten nicht ertragen konnte. „Dann fahr los", sagte ich und spürte schon den nächsten Schwall von Trauer in mir aufsteigen.

„Sag in einem Satz, wie es ihr geht", bat sie mich, aber statt zu reden, konnte ich nur heulen. „Ich fahr so schnell ich kann", sagte sie leise und hängte ein.

Sieglinde nahm mit dem ersten Klingeln ab – sie mußte neben dem Telefon gesessen haben. Ich erklärte ihr alles, mußte aber zwischendrin immer wieder Pausen einlegen, weil es mir den Hals zuschnürte.

„Hört sich an, als würde jede Sekunde zählen", sagte sie, „ich beeil mich", und legte auf. Dabei hatte ich gehofft, sie würde die anderen Geschwister anrufen.

Bei Ludwig nahm keiner ab. Ich ließ es lange läuten. Nicht mal ein Anrufbeantworter war dran. So blieb nur noch Barbara.

„Wer?" fragte sie verschlafen.

„Edvard, der Freund von Bernhard."

„Ach."

„Ich rufe an, um dich über den Zustand deiner Mutter zu informieren."

„Warum ruft Bernhard nicht selber an?" Jetzt wußte ich, warum Berni kein Interesse am Kontakt mit ihr hatte. „Wissen Sie eigentlich, wie spät es ist?" fragte sie spitz.

„Ihre Mutter wird das nicht überleben", sagte ich; es war brutal, aber ich hatte keine Nerven, mich zu streiten.

Es entstand eine lange Pause, dann sagte sie kleinlaut. „Wir wohnen hier auf dem Land. Der nächste Zug geht erst am Morgen. Ich kann erst gegen Mittag da sein."

Bernhard und ich blieben in der Klinik. Alle paar Stunden durften wir für ein paar Minuten zu ihr. Und jedesmal, wenn ich an ihrem Bett stand, visualisierte ich einen Kranz aus weißem Licht um Lydias Körper herum. Ich stellte mir vor, wie sie dieses Licht einatmete und ausatmete und dabei immer gesünder wurde.

Als wir um kurz vor sieben an ihr Bett herantraten, ragte ein ziehharmonikaförmiger Tubus aus ihrem Mund. Er hob und senkte sich in einem langsamen Rhythmus. Lydias Haut war grau und faltig, sie schien um zehn Jahre gealtert. Ich mußte daran denken, wie rosig sie noch aussah, als sie vor weniger als zwölf Stunden mit Raimondo telefoniert hatte. Raimondo? Sollten wir ihn anrufen?

Ich schaute zu Bernhard hinüber. Wie bei jedem Besuch legte er seine Hand kurz auf das Bein seiner Mutter und ging dann wieder hinaus. Es kam mir fast so vor, als würde er versuchen zu fühlen, wie lange es noch dauerte. Er sprach nicht. Weder mit mir, noch mit Lydia.

Ich hatte immer das Gefühl, ich müßte zu ihr sprechen, fast so, als könnte ich mit den richtigen Worten alles rückgängig machen. Aber mir fiel nichts ein. Gar nichts.

Bernhard ✻ „Bist du alleine gekommen?" fragte ich Gudrun, als sie um halb acht den Gang herunterkam. Sie fiel mir in die Arme und weinte, es war ein weiches Weinen, mutlos, dabei hatte sie Mutter noch nicht einmal gesehen.

„Karl kommt morgen nach. Wir wollten die Kinder nicht mitbringen. Er muß erst jemand finden, der auf sie aufpaßt."

„Willst du einen Kaffee?" fragte Edvard. Meine Schwester schüttelte den Kopf und wischte sich die Tränen aus dem Gesicht.

„Na? So schnell sieht man sich wieder", sagte sie und versuchte zu lächeln. Aber die Trauer siegte und ließ sie gleich wieder weinen. Ich hielt sie fest; auch Edvard liefen die Tränen herunter.

„Habt ihr wenigstens ein bißchen geschlafen?" fragte sie, als sie sich beruhigt hatte. Edvard verneinte.

Wir setzten uns, und ich überlegte, wie ich sie auf das vorbereiten konnte, was sie hinter dieser Stahltür erwartete: die kalten Hände unserer Mutter, die Starre, die weiße Creme in den Augen, um sie vor dem Austrocknen zu schützen. „Wenigstens scheint es so, als müßte sie nicht leiden", sagte ich, einfach nur um irgendwas zu sagen.

„Das weiß man nicht so genau", sagte meine Schwester und zupfte an einem Taschentuch. „Und vor allem weiß man nicht, wie viel sie von all dem mitkriegt, was um sie herum geschieht. Es soll ja Menschen geben, die sich an die kleinsten Details erinnern, nachdem sie aus dem Koma aufwachen."

Edvard nickte. „Auf jeden Fall sollten wir alle positiv denken und ihr Kraft schicken. Sie hat nichts davon, wenn wir heulen", sagte er, und schon liefen wieder Tränen an seinen Wangen herunter. Mein Mann und seine klugen Sprüche. Er war einfach ein Träumer.

Meine Schwester Sieglinde kam wenig später. Ihre Augen waren rot wie ihre Wangen, ihre Haltung so aufrecht, daß ihr die Anstrengung, den Kopf gerade zu halten, schon von weitem anzusehen war.

Sie hatte ihre Tochter im Auto gelassen; Manu war eingeschlafen und wollte partout nicht geweckt werden. Ich war Sieglinde nicht böse darum, denn Manu war ein richtiges Biest. Mit Neun hatte sie mich aus purem Trotz vor meinem Vater geoutet, und wie ich hörte, ist sie seither nur noch schlimmer geworden. Jetzt, mit Vierzehn, schwänzte sie in einer Tour die Schule und zog mit irgendwelchen Kerlen über Land, ließ sich angeblich auch nicht lange bitten, bevor sie ihren Rock lüpfte. Ausgerechnet Sieglinde mußte das passieren. Es tat mir leid für sie.

Sieglinde blieb kühl und distanziert, als ich ihr alles erklärte, die Sache von dem Hirnschlag und daß es Metastasen des Tumors waren, der ihn verursacht hatte. Sie mühte sich, sachlich zu bleiben, konnte aber nicht verbergen, wie sehr sie das mitnahm.

„Habt ihr Barbara erreicht?" fragte sie als nächstes.

„Sie kann erst heute morgen den Zug nehmen", antwortete Edvard. „Sie wollte gegen Mittag hier sein."

„Und Ludwig?"

„Bei ihm hat keiner abgenommen. Ich habe völlig vergessen, es noch mal zu probieren."

„Schon gut", sagte Gudrun und legte ihm die Hand aufs Knie.

„Wir werden wieder mal eine Nachricht in seiner Firma hinterlassen müssen", sagte Sieglinde und kramte in ihrer Handtasche nach ihrem Adreßbuch.

„Willst du mein Handy?" fragte Edvard.

„Später. Ich denke, zuerst sollten wir reingehen und es hinter uns bringen." Sie schaute nicht mal auf, als sie das sagte. Typisch Sieglinde.

Ich klopfte an die Tür und sagte dem Arzt, daß meine Schwestern eingetroffen waren und gerne unsere Mutter sehen würden. Es dauerte nicht lange, da ließ er sie hinein, nur die beiden; mehr als zwei auf einmal durften nicht zu ihr.

„Positiv denken", flüsterte Edvard, bevor sie hinter der Tür verschwanden. Er tat sein Bestes zu lächeln, aber ich nahm es ihm nicht ab. Gudrun zitterte, Sieglinde machte einen steifen Rücken; sie hatten nicht mal eine Ahnung, was sie erwartete.

Fünf Minuten später kamen sie heraus, wie in Trance oder als hätten sie einen Geist gesehen. Die Begegnung mit der Vergänglichkeit hatte sie um Jahre altern lassen. Edvard, der den Kopf aus seinen Händen hob, sobald er das tiefe Grollen der Stahltür vernahm, erfaßte erschrocken ihre bleichen Gesichter. Sofort liefen ihm Tränen aus den Augen, und das war auch das Startsignal für meine Schwestern.

„Diese Heulerei bringt doch nichts", wollte ich sagen. Ich wußte nicht, warum sie nicht einfach die Ruhe bewahren konnten. Tränen machten doch nichts besser, gar nichts. Aber ich schwieg.

Eigenartig. Dieses Koma, es überkam auch uns. Wir waren vielleicht nicht gefühllos wie meine Mutter. Wir hörten und sahen noch, aber nach und nach wurden wir taub. Wir wurden so taub und träge, daß ich mich zum Aufstehen regelrecht zwingen mußte, als ich auf die Toilette gehen wollte.

Zehn Uhr fünfzehn. Es war still auf dem Gang zur Intensivstation, nur selten kam hier jemand entlang. Ein junger Mann holte etwa alle halbe Stunde Blutproben ab und brachte rote und gelbe Zettel, wohl die Laborergebnisse. Ab und zu schob jemand eine Wäschetonne vor die Tür oder einen Müllsack, was dann von einem anderen kurz darauf abgeholt wurde. Die Schwestern und Pfleger der Intensivstation trugen Mundschutz, Haarnetze und grüne Uniformen. „Intensivschwestern" dachte ich bei ihrem Anblick und mußte lachen. Ich weiß nicht, was in mich gefahren war, aber „Intensivschwestern" klang einfach zu komisch.

Während ich da saß und wartete, kam ich auf die eigenartigsten Ideen, und jede Nichtigkeit wurde zum Zentrum meiner Aufmerksamkeit, um so mehr noch, wenn sie mich mit Erinnerungen verband.

Gegen elf fuhren zwei junge Männer einen fahrbaren Blechsarg vor; „Silberpfeil" nannten wir ihn während meiner Zivildienstzeit. Edvard, Gudrun, Sieglinde und ich schauten uns gegenseitig an. Ich sprang auf und lief zur Tür.

„Nein", versicherte die Schwester, die den Schrecken in meinen Augen sah. „Um Gottes willen, behalten Sie die Ruhe. Wir würden Sie selbstverständlich sofort informieren."

Ich drehte mich zu den anderen um, während der Blechsarg an mir vorbeigeschoben wurde, und warf ihnen einen Blick der Entwarnung zu.

„Gibt es was Neues?" fragte ich.

„Ihr Zustand ist stabil. Haben Sie schon mit Ihren Geschwistern gesprochen oder möchten Sie, daß der Arzt es tut?"

Ich schüttelte den Kopf. „Meine jüngste Schwester kommt gegen zwölf. Können wir noch so lange warten?"

„Sicher", sagte sie und legte mir die Hand auf den Arm. Sicher, das klang unsicher wie: Mal sehen, ob sie noch so lange lebt.

„Lassen Sie sich ruhig Zeit", sagte sie dann noch. „Ich muß aber jetzt die Tür schließen." Sie deutete mit einem Blick auf den Silberpfeil, und ich zog die Tür zu.

Ich ging zurück an meinen Platz. Gudrun, der schon seit einiger Zeit immer wieder die Augen zufielen, schaute mich fragend an.

„Was Neues?" fragte Sieglinde. Ich schüttelte den Kopf.

Der Arzt hatte mir heute morgen schon gesagt, daß Mutter ohne künstliche Beatmung nicht mehr überleben könnte. Was das Ödem im einzelnen geschädigt hatte, verstand ich nicht, aber es war auch unerheblich. Einzig entscheidend war die Gewißheit, daß unsere Mutter, selbst wenn sie das hier überlebte, nie mehr dieselbe sein würde wie vor dem Hirnschlag. Abgesehen von den Dauerschäden, die auch nach dem Abschwellen des Ödems bleiben würden, waren da die Metastasen.

„Glauben Sie mir", hatte der Arzt gesagt, „Ihre Mutter hatte Glück, daß es so gelaufen ist." Er hat es sicher gutgemeint.

Ich hätte meinen Schwestern davon erzählen können, aber die wenigen Worte, die zwischen uns gesprochen wurden, konzentrierten sich vor allem auf die letzten Tage. Sie hungerten nach Details: Ob sie denn zum Schluß noch etwas von sich gegeben hätte? Ob sich der Hirnschlag angekündigt hatte? Es kam mir vor wie ein Datensammeln, Momente, Ereignisse, aus denen wir versuchten, den Menschen, der sie gelebt hatte, wieder zusammenzufügen – vielleicht ein natürlicher Impuls, wenn man einen

Menschen verliert, der einem wichtig ist. Man versucht alles festzuhalten, was nicht vergänglich ist.

Vergangenheit, alles Vergangenheit. Zu keinem Moment wagten sie, von der Zukunft zu sprechen. Auch ich schwieg darüber; ich war der letzte, der sie ihnen verderben wollte.

Edvard sprang plötzlich auf: „Ich brauche frische Luft."

Das weckte Gudrun auf. „Willst du nicht mal nach Hause gehen?" fragte sie mich, aber ich schüttelte den Kopf.

„Ja, wirklich. Ihr solltet euch ein wenig hinlegen", sagte Sieglinde. „Ihr seht todmüde aus."

Edvard schaute mich fragend an, aber ich verneinte. Einer mußte ja hier bleiben, der einen klaren Kopf behielt.

„Bernhard und ich bleiben hier", sagte Edvard. „Aber vielleicht wollt ihr mal in die Wohnung, duschen oder schlafen. Ihr seid beide weite Strecken gefahren."

Meine Schwestern schüttelten den Kopf.

„Also, ich komm dann gleich wieder", sagte Edvard. „Ich muß nur einfach mal …"

„Geh schon!" sagte ich unwirsch, Gudrun und Sieglinde schauten mich erschrocken an. „Geh!" sagte ich sanfter jetzt und stützte meinen Kopf in die Hände.

Edvard lief weg, und wir fielen wieder ins Koma.

„Hast du mit Malvyn telefoniert?" fragte ich Edvard, als er von seinem Spaziergang zurückkam. Gudrun hatte die Augen geschlossen, Sieglinde streckte sich auf drei Stühlen aus.

Er nickte.

„Und?"

„Er wollte vorbeikommen, aber ich habe ihm gesagt, daß er noch zu Hause bleiben soll, bis Barbara hier eintrifft. Dann könnten wir uns ja abwechseln."

„Mal sehen", sagte ich.

„Die Mobilbox war voll, alle haben angerufen. Ich hab Malvyn gebeten, sie zurückzurufen und ihnen zu sagen, was los ist."

„Hast du ihm auch gesagt, daß keiner herkommen soll?" fragte ich. „Es nützt niemandem was, wenn hier fünfzehn Leute rumsitzen."

„Natürlich. Das ist ihnen sowieso klar." Er legte seine Hand auf meine Schulter, massierte meinen Nacken, der sich anfühlte wie Holz.

„Manu!" Sieglinde schreckte aus dem Schlaf. „Manu! Ich habe sie ganz vergessen." Sie schüttelte den Kopf, vermutlich um ihre Gedanken von den Träumen zu befreien. Dann lief sie hinaus.

Es ging auf zwölf zu. Die Zeit wollte nicht vergehen. Allein die Stunde, bevor Barbara endlich eintraf, fühlte sich länger an als mein ganzes Leben bis zu diesem Zeitpunkt. Barbarella schickte Blumen, einen wunderschönen Strauß von orangefarbenen irgendwas – mit Blumen kenne ich mich nicht aus, das ist Edvards Job. Und Max hatte einen Korb mit Fressalien zusammengestellt; aber Appetit hatte ich keinen.

Sieglinde brachte ein paar Becher Kaffee mit und ein paar Flaschen Wasser. Manu war natürlich nicht mehr im Auto gewesen und hatte damit ihrer Mutter einen ordentlichen Schreck eingejagt. Aber das Gör besaß – Gott sei Dank, muß man in diesem Fall sagen – ein Handy, und so war es ein leichtes, sie in der Cafeteria zu finden. Sie mußte dort geraucht haben, jedenfalls roch es nach Aschenbecher, sobald sie bei uns saß, und alle Stunde verschwand sie „aufs Klo", wo sie dann zehn Minuten brauchte.

Manu war dick geworden. Sie sah ihrer Mutter immer ähnlicher, nur daß ihr Haar lang und braun und glatt war und nicht kurz und schwarz und kraus.

Sie spielte *Gameboy*, was mich nervte, aber dadurch hielt sie wenigstens die Klappe, und wir mußten uns keine schnoddrigen Antworten anhören. An Edvard hatte sie vorbeigeschaut; ich hatte praktisch darauf gewartet, daß sie ihm auftrug, ihr etwas zu essen zu bringen. Aber das wagte sie dann doch nicht.

Kurz nach eins kamen dann Barbara und ihr Mann.

„Lange nicht gesehen", sagte Thaddäus, den meine jüngste Schwester immer nur Mausi nannte, und schüttelte mir die Hand. Er hatte sich kaum verändert, sah immer noch aus wie das Bübchen, das ich vor Jahren kennengelernt hatte, nur ein bißchen älter. Den grätigen Schnauzer, der damals wirkte, als wollte er nicht so recht wachsen, hatte er inzwischen abrasiert, sein dunkelblondes Haar trug er kürzer, was ihn noch lange nicht schöner machte. Einen Topfschnitt nannte man das damals in den Siebzigern, und ich fragte mich, ob meine Schwester ihm den verpaßt hatte. Unverändert seine Art, hinter Barbara zu stehen, hinter ihr herzuzockeln und nur zu sprechen, wenn sie ihn dazu aufforderte. „Ich glaube, das letzte Mal haben wir uns ..."

„Es ist lange her", unterbrach ich ihn. Der Anlaß war Vaters Beerdigung, aber das wollte ich in diesem Zusammenhang nicht erwähnt wissen. Es fröstelte mich bei der Vorstellung, daß wir uns nur zu Beerdigungen trafen, aber es war auch irgendwie typisch für meine Familie.

Barbaras Bauch wölbte sich weit vor; sie mußte hochschwanger sein. Mutter erzählte davon, aber da es mir meine jüngste Schwester nie mitgeteilt hatte, beschäftige es mich nicht.

„Du siehst gut aus", sagte Gudrun zu unserer kleinen Schwester. „So rosig ..."

Ich mußte gestehen, daß sie tatsächlich gut aussah; die Schwangerschaft stand ihr. Ihre Wangen waren ausgefüllt, ihre Augen runder und nicht so spitz, ihre Lippen voller. Sie hatte Farbe im Gesicht, und die Dauerwelle, die sie nun trug, umrahmte ihr Gesicht, gab ihm Halt. Insgesamt wirkte sie reifer und erwachsener. Es ließ mich für das kleine Ding, das da in ihrem Bauch wuchs, hoffen, denn bevor ich diese Veränderung an ihr gesehen hatte, ging ich davon aus, daß sie ein ähnliches Biest gebären würde wie Sieglindes Manu.

„Nicht wahr?" bestätigte Mausi. „Das Baby kommt ja schon in vierzehn Tagen", sagte er dazu, als würde das alles erklären, und da flennte Barbara auch schon los: „Ich wollte doch, daß Mama noch ein Enkelkind bekommt."

Gudrun liefen die Tränen, und Sieglinde kämpfte schwer damit. Natürlich konnte sich Edvard auch nicht zusammenreißen. Wie sehr wünschte ich, daß mein Bruder Ludwig hier wäre. Er hätte die Sache mit ähnlich klarem Verstand betrachtet wie ich.

Ich klopfte an der Stahltür, um Barbara anzukündigen, und bat die Schwester noch mal, daß der Arzt ihr nichts sagen sollte. Er ließ sie gleich rein, womit ich das erste Heuldrama unterbrechen konnte.

„Hast du Ludwig erreichen können?" fragte ich Sieglinde.

Sie schüttelte den Kopf. „Er ist auf einer Baustelle in Genf. Sie haben mir eine Nummer gegeben, aber da ist erst am Abend wieder jemand zu erreichen."

Genf. Es würde mindestens einen Tag dauern, bis er hier wäre. So lange konnte ich nicht warten. So lange durfte ich nicht warten. Ich mußte ihnen jetzt sagen, daß Mutter nur noch von Maschinen am Leben gehalten wurde, und ich mußte sie darauf vorbereiten, daß wir bald eine Entscheidung treffen müßten, die wir bis ans Ende unseres Lebens nicht vergessen würden.

Lydia

✻ Das Sterben war einfach. Es ist wie das Gefühl kurz vor dem Einschlafen: Man wird ganz leicht; es kommt einem vor, als wäre man der Wind und die Sonnenstrahlen zugleich, warm und dünn, überall und nirgends, mit allem verbunden und doch nicht greifbar. Man ist hellwach, viel wacher als im Leben, und doch kommt es einem vor wie ein Traum. Die Wirklichkeit ist so ganz anders, als man es sein Leben lang denkt.

Das Sterben war einfach, aber das Gehen fiel mir schwer, weil ich sah, wie sehr es meine Kinder traurig machte. Es war ein vernichtender Schmerz, nein, schlimmer noch: Als würde man Bleigewichte an einen bunten Ballon hängen, der sich nichts sehnlicher wünscht, als aufzusteigen und davonzufliegen, sich in das Paradies tragen zu lassen, von dem man weiß, daß es einen erwartet.

Nachdem Bernhard seinen Schwestern erzählt hatte, daß ich nicht mehr gesund werden würde, konnte er sie davon überzeugen, daß es für mich am besten wäre, wenn der Beatmungsapparat abgeschaltet würde. Oh, war das eine Befreiung für mich. Beatmet zu werden ist wirklich schrecklich. Du willst hinübergleiten in das selige Land der Entspannung, aber etwas, eine Maschine hält dich mit aller Kraft zurück.

Dann brachten sie mich und meine Kinder in ein leeres Zimmer, damit wir ungestört sein konnten. Ich freute mich so. Ich wollte sie gerne noch einmal alle um mich haben, damit ich in Frieden gehen konnte, aber so kam es nicht. Ludwig, mein ältester Sohn, war lange Zeit unauffindbar. Er hatte sich abgemeldet, um zu reisen, und niemand konnte ihn erreichen.

Und meine Töchter weinten immer nur. Der dichte Schleier der Trauer machte sie blind und taub; ich konnte nicht zu ihnen durchdringen. Bald legte er sich auch über mich, band mich, hielt mich fest. Er machte mich schwer und träge.

Zehn Tage lang versuchte ich, ihnen beizubringen, daß es so am besten war. Ich hatte meine Aufgabe erledigt, und ich war so müde von der Anstrengung des Lebens. Ich versuchte, es ihnen zu sagen, ich versuchte, sie es spüren zu lassen, aber sie hörten mich nicht. Ihre Betrübtheit war so laut, daß die zarte Stimme der Befreiung in ihren Seelen verhallte.

Am vierundzwanzigsten September wurde die kleine Hannah vier Jahre alt. Edvard und Bernhard schenkten ihr eine Katze. Es war ein Geschenk an Hannah, ein Versprechen, das sie eingelöst hatten, aber es war ein Trost auch für sie: neues Leben, junges, frisches Leben in ihrer Wohnung, die ihnen plötzlich so leer vorkam. Hannah taufte das kleine Ding Lucy, Lucy wie die Leuchtende. Sie half auch ihr über die Trauer hinweg.

Meine Kinder wechselten sich ab. Bernhard mußte ja vormittags zur Schule, auch Edvard ging den halben Tag ins Geschäft, aber es war immer jemand da, rund um die Uhr.

Malvyn war der einzige, der verstand. Er setzte sich zu mir und erzählte mir lustige Geschichten von Hannah und von dem, was draußen in der Welt passierte. Für ihn war der Tod nur eine weitere Station in meinem Leben. Er versuchte, es den anderen beizubringen, aber sie hörten nicht auf ihn. Er sei zu jung, um sie zu verstehen.

Rund um die Uhr saßen sie an meinem Bett. Kein Arzt konnte sagen, wie lange ich überleben würde, ohne die Maschinen. Ich hätte es ihnen sagen können, aber sie hörten nicht zu. „Bis ihr in Frieden seid", hätte ich gesagt, „bis ihr mich gehen lassen könnt. Ich werde atmen, bis ihr versteht, daß ihr mich nicht wirklich verliert." Aber sie nahmen nur ihrer Trauer wahr.

Zehn Tage lang versuchte ich, zu ihnen vorzudringen. Vergeblich. Und so ging ich am siebenundzwanzigsten September, morgens um drei Minuten vor vier. Edvard war am Fußende meines Bettes eingeschlafen, Bernhard hinausgegangen, um sich die Füße zu vertreten. Die anderen schliefen in der Wohnung von den Buben.

Um drei Minuten vor vier bin ich gegangen, ohne es anzukündigen. Ich habe mich davongeschlichen, weil sie mich sonst gehalten hätten. Es war an der Zeit. Ich war überfällig. Ich mußte es so tun. Für meine Kinder war es so das Beste.

Und jetzt stehen sie dort an meinem Grab und erinnern sich. Die letzten Wochen und Monate mit mir gehen ihnen durch den Kopf, unsere Gespräche, unsere Unternehmungen, unsere Spiele. Jeder denkt an seinen Teil unserer gemeinsamen Geschichte, an das bißchen Zeit, das wir während unseres kurzen Aufenthalts auf der Erde gemeinsam verbringen durften; indessen legt die Sonne mit ihrem goldenen Herbstlicht einen geschmeidigen Schimmer über die Welt.

Sie tragen schwarz. Alle tragen schwarz. Wie traurig. Von hier aus betrachtet scheint es so unangemessen für ein Ereignis wie dieses. Wenn ich ihnen nur zu verstehen geben könnte, wie erleichtert ich bin. Aber ich weiß: Beerdigungen sind die einzigen Momente, an denen es erlaubt ist, die Trauer öffentlich zu zeigen, die wir als Menschen ein Leben lang mit uns herumtragen.

Und wie viele gekommen sind! Es ist mir unangenehm. All die Nachbarn, fast die ganze Kirchengemeinde, sogar ein paar von Bernhards Freunden sind nach Heidelberg gekommen: Lipstick, Kim und Herr Max. Seit Tagen trifft er sich zwar mit einem jungen Mann – Gernot heißt er und ist Vertreter für pharmazeutische Produkte –, aber für mich hat Max sich Zeit genommen. Er ist ein lieber Kerl, er hat immer Angst vor den Menschen gehabt, doch jetzt sieht er erleichtert aus.

Auch der junge Malvyn ist gekommen. Meinetwegen hat er seinen Rückflug verschoben; das ist doch nicht nötig gewesen. Malvyn ist nicht glücklich in Deutschland. Er wird gehen, obwohl ihm Junior gesagt hat, wie gern er ihn hat. Junior hat ihn sogar gebeten zu bleiben, aber Malvyn wird trotzdem gehen, weil er Sehnsucht nach seinem Zuhause hat. Aber sobald er im Flugzeug sitzt, werden ihm Tränen in die Augen schießen, weil er alles vermißt, was er hier zurücklassen wird: Edvard, Bernhard, Max, Hannah. Jeden Tag wird er mit Junior telefonieren, jeden Tag, und ihm Briefe schreiben. Er wird wiederkommen wollen und doch auch nicht. So ist die Liebe. Sie tut weh. Das ist Beziehung: ein ewiges Zerren zwischen Nähe und Distanz. Niemand kann sich davor schützen.

Bernhard, mein Kleiner. Jetzt hat er einen schwarzen Anzug gekauft. Ich hab ihm doch gesagt, daß es an der Zeit ist, sich einen zuzulegen. Bald wird er ihn noch öfter brauchen. Edvard steht an seiner Seite, zwischen den Familien meiner Töchter. Es ist gut so. Dort gehört er hin. Jetzt kann ich es sehen. Sie halten Hannah an den Händen, das kleine Goldkind, sie ist ganz zappelig. Sie will zu Herrn Raimondo auf den Arm. Aber er kann sie nicht nehmen. Er weint, Papa. Er weint um mich. Aber du mußt nicht traurig sein: Die Liebe ist unendlich; sie reicht für mehr als einen Menschen.

Meine kleine Barbara. Wie tapfer sie sich hält. Auch sie wird ihren Weg finden. Sie weiß es noch nicht, aber in zwei Tagen wird sie Mutter sein, und dann wird auch sie lernen, was es heißt, Verantwortung zu übernehmen. Und das Mädchen wird sie schon erziehen. Es ist an der Zeit.

Wo ist mein Großer? Ludwig, mein Ludwig. Er steht weit ab, inmitten der Gemeinde. Er mag sich nicht zur Familie stellen; er mag sich nicht zeigen. Ich kann ihn verstehen.

Und Divja? Meine liebe Divja hat sich als einzige in Farben gehüllt. Sie trägt einen Strauß Rosen; es sind die Rosen aus unserem Garten, Papa. Siehst du? Du hast sie gepflanzt, weißt du noch? Es sind meine Lieblingsrosen. Immer wenn ich Sehnsucht nach dir hatte, habe ich an ihnen gerochen und mich an das Gesicht erinnert, das du gemacht hast, als die ersten Knospen sprießten.

Der Pfarrer tritt zurück. Siehst du, Theo? Und Frau Zippel von der Kirchengemeinde hält eine Rede: „Wir trauern um Frau Moll. Aber wir trauern auch, weil wir ein wertvolles Mitglied unserer Gemeinde verloren haben ..."

Es ist eine schöne Rede. Hörst du? Sie reden über mich. Sie bedanken sich für alles, was ich getan habe. O danke, ihr seid so lieb.

Guck, jetzt geht Bernhard nach vorne.

„Als meine Mutter Ende letzten Jahres ihren Besuch ankündigte, fragte ich mich, ob das gut gehen könnte. Meine Mutter in unserem Haus ..."

Was denkt er sich nur? Unser Junge. Kannst du hören, was er sagt, Theo?

„Sie war eine weise Frau. Nicht weil sie durch intelligente Sprüche brilliert hätte, nein, es war ihre Einfachheit, mit der sie unsere Herzen berührte. Sie half uns, unsere grauen Haare besser zu ertragen und ..."

Wer hätte das gedacht? Ich werde einfach nicht schlau aus ihm. Da lebt man Monate mit ihm zusammen, und er bleibt stumm wie ein Stockfisch. Dann sagt er solche Sachen.

„Es sind die Gesten, nicht die Worte. Das ist vielleicht die wichtigste Lektion, die ich von ihr gelernt habe. Und dadurch werde ich immer mit ihr verbunden bleiben."

Er wirft eine Rose auf meinen Sarg. Er hat kein einziges Mal gesagt, daß er mich liebt, Papa, aber er hat mir eine Rose geschenkt. Ach, was bin ich stolz auf ihn.

Guck, sie gehen. Jetzt dürfen sie Kaffee trinken. Einen Moment noch, Theo. Ich brauche nur noch ein bißchen, dann hast du mich wieder ganz für dich. Wir liegen jetzt nebeneinander. Hörst du? Du und ich. So soll es sein. Jetzt sind wir wieder zusammen. Darauf freue ich mich schon seit Jahren.

Bernhard ❃ „Nein, nur Ersatzkaffee", sagt Barbara mit ihrer aufdringlichen, spitzen Stimme, so laut, daß es der halbe Saal hören kann. „Aber ohne Zichorie", fügt sie hinzu. „Und ohne Datteln. Datteln darf er auch keine essen, sonst kriegt Mausi nur wieder Blähungen." Es ist mir so peinlich mit ihr, ich schäme mich in Grund und Boden für meine Schwester.

„Wie wird Mausi nur damit fertig?" flüstert Edvard hinter vorgehaltener Hand. „Hast du ihn schon mal gefragt?"

„Du machst wohl Scherze. Ich hab noch nie ein Wort mit ihm ohne Barbara gesprochen. Sie nimmt ihn ja sogar mit aufs Klo."

„Salz ist ganz schlecht für den Blutdruck", fährt sie fort, als hätte sie jemand aufgefordert, einen Vortrag über Gesundheit zu halten. „Also, Salz verwenden wir praktisch überhaupt nicht mehr." Ich habe keine Ahnung, wer diese alte Dame ist, mit der sie sich so ausgiebig unterhält.

„Wenn ich es nicht besser wüßte, würde ich vermuten, Mausi ist schwanger und nicht sie", flüstert Edvard. Ich schaue ihn aus dem Augenwinkel heraus an, und wir müssen beide das Lachen unterdrücken.

Beerdigungen sind pervers, aber der Leichenschmaus ist noch viel perverser. Da hat man einen Menschen verloren, der einem wichtig war, und dann soll man sich mit einer Horde wildfremder Menschen unterhalten.

„Schöne Rede, Bernhard." Ein älterer Mann schlägt mir kumpelhaft seine Pranke auf die Schulter. „Aus dir ist ja ein richtiger Kerl geworden."

Was soll das heißen, frage ich mich und sehe aus dem Augenwinkel, daß Edvard hämisch grinst. Ich stehe auf und schaue auf den Fremden, der einen Kopf kleiner ist als ich, hinunter.

„Oder muß ich dich jetzt siezen? Kannst dich nicht erinnern, was? Ich hab mit deinem Vater, Gott hab ihn selig" – er bekreuzigt sich, als er das sagt –, „sonntags immer Karten gespielt. Ich kenn dich, seitdem du so klein bist." Er hält die Hand in Höhe meiner Hüften.

Ich habe keine Ahnung, wer das ist. Und es interessiert mich auch nicht im geringsten. Weil mir nichts einfällt, strecke ich ihm meine Hand hin. Ich nicke, ich lächle, dieses Ritual vollziehe ich schon seit Stunden, nicken, lächeln oder traurig schauen, je nachdem, was gefordert ist.

„War eine tolle Frau, deine Mutter. Und dein Vater. Feiner Mann. Ganz feiner Mann. Traurig, traurig. Bestimmt ein schwerer Schlag für dich", sagt er und schüttelt den Kopf. Als er wieder aufschaut, sehe ich, daß er rote Augen hat. Ich lächle noch mal, ein bißchen gequälter jetzt, weil es mir angemessener erscheint.

„Und Sie sind ein Arbeitskollege?" fragt er und hält Edvard die Hand hin.

Edvard antwortet nicht; er überläßt es mir. Ich könnte lügen und seine Frage einfach bejahen, oder ich könnte es ihm unter die Nase reiben, daß Edvard mich geheiratet hat. Aber wozu? Wer immer dieser Mensch ist, er wird es nicht verstehen.

„Das ist mein Freund, Edvard", sage ich und lasse den Fremden hineininterpretieren was er möchte. „Meine Mutter hat ihn sehr geliebt", setze ich hinzu, einfach, weil es stimmt. „Wenn ich richtig darüber nachdenke, war er auch ihr Sohn."

„Ja, sie hatte ein großes Herz", sagt der Fremde, dann klopft er mir sehr heterosexuell auf die Schulter, bevor er geht.

Edvards Augen sind feucht – nicht wegen Lydia, sondern wegen dem, was ich eben gesagt habe. Er ist immer überrascht, so etwas von mir zu hören, ich weiß gar nicht, warum.

„Ich will mal an die frische Luft", sage ich. „Kommst du mit?"

Hannah, die etwas weiter hinten auf Kims Schoß sitzt, sieht uns stehen und schreckt hoch. Im Nu windet sie sich aus den Armen ihrer Mutter und rennt mit erhobenen Armen hinter uns her.

„He, kleine Lady. Immer mit der Ruhe." Ich gehe in die Hocke und erwarte sie. „Ohne dich gehen wir nirgendwohin." Dann greife ich ihr unter die Achseln, wirble sie herum und trage sie auf dem Arm hinaus.

Divja kommt uns entgegen. „Jetzt habt ihr es bald überstanden", sagt sie, und ich nicke. „Wir sehen uns noch, ja?"

„Ach, Divja", sage ich und bleibe stehen. „Damals, als wir Mutter abgeholt haben, da hat sie von einem Brief gesprochen, den Sie diesem Guru bringen sollten. Was hat sie ihm geschrieben?"

Divja lächelt mich an, ein bescheidenes, sanftes Lächeln. „Das weiß ich nicht, Bernhard", antwortet sie mir. „Ich weiß nur, daß sie wollte, daß ihr glücklich seid. Ach ja. Ich habe dir was mitgebracht."

Sie gibt mir eine Karte, auf der ein Mann in einem orangefarbenen Kleid abgebildet ist, sein Haar erinnert an Jimi Hendrix. Ich lese: *I have come to light the lamp of love in your heart, to see that it shines day by day with added luster.*

Edvard nimmt sie mir aus der Hand und ich überlege, ob ich nachfragen soll. Divja weiß bestimmt mehr; sie muß mehr wissen. Aber vielleicht ist es auch nicht wichtig.

Divja senkt den Kopf, dreht sich langsam um und geht; Hannah zeigt mit dem Finger auf sie. „Pink", sagt sie, ihre Lieblingsfarbe.

„Ja, pink", sagt Edvard, zusammen gehen wir aus der Tür.

Raimondo lehnt draußen an der Wand, er hat ein Bein hochgestemmt, die Hände hinter dem Rücken verschränkt wie ein junger Gigolo. Er streckt seinen Kopf mit geschlossenen Augen der Abendsonne entgegen. Seine Haut ist gebräunt, und doch wirkt sie grau. Die Hose wirft Falten im Bund; das Jackett hängt wie ein Sack von seinen Schultern. Er hat abgenommen, viel abgenommen.

Ich lege meinen freien Arm um seinen Nacken, da reißt er die Augen auf; sie sind gerötet.

„Hab ich dich erschreckt?"

„Nein", sagt er, und seine Stimme klingt brüchig. „Nein."

Hannah zupft das gepunktete Einstecktuch aus seiner Brusttasche und legt es sich um den Kopf.

„Ich habe … nur ein wenig geträumt." Er versucht zu lächeln. Es tut mir weh, weil ich weiß, daß er an meine Mutter denkt. Kurz vor dem Schlaganfall hat er noch mit ihr telefoniert. Sie weinte. Worüber sie wohl gesprochen haben?

Die Frage liegt mir auf der Zunge, aber ich sehe seine Trauer und schweige. Jede Beziehung hat ihr Geheimnis, ja, braucht es sogar.

Ich ziehe ihn an mich heran und gebe ihm einen Kuß auf die Wange. Erst Adrian, dann meine Mutter. Liebe reißt tiefe Wunden. Raimondo räuspert sich und schaut sich beschämt um. Edvard ist zu unserem Mietwagen hinübergegangen, sonst ist weit und breit niemand zu sehen.

„Wir wollen ein paar Schritte laufen. Kommst du mit?"

Er nickt und räuspert sich noch einmal, dann trottet er in einigem Abstand hinterdrein.

„Berni?" sagt Hannah, zieht ihre Stimme dabei hoch. Sie hat das Einstecktuch unter ihrem Kinn zusammengebunden; der Zipfel an ihrem Hinterkopf wippt im Rhythmus meiner Schritte. „Ähm. Warum hat Mondo so rote Augen?"

Ich spüre den Druck in meiner Kehle und stecke meine Nase in ihre Locken, weil ich nicht will, daß sie mich weinen sieht. Sie duftet nach Unschuld, nach einer Ahnungslosigkeit, über die man nur als Kind verfügt. Je älter wir werden, desto mehr verlieren wir von dieser Unbeschwertheit. Und dann laufen mir doch die Tränen.

Hannah legt ihre dürren Ärmchen um meinen Hals und setzt mir einen dicken Schmatzer auf die Stirn. So hat sie das vorher noch nie getan. Wieder was gelernt. Woher sie das nur hat?

Hannah. Sie ist gerade vier geworden. Ich darf erleben, wie sie wächst und lernt. Eines Tages werde ich Züge an ihr finden, die mich an Edvard erinnern, an Edvard und mich, an unsere Beziehung, an all das, was uns miteinander verbindet.

„He, ihr Kindesentführer!" Ich drehe mich um, es ist Kim. „Nehmt ihr mich mit, obwohl ich – o Schande – heterosexuell bin?"

Raimondo, Edvard und ich wechseln Blicke, schmunzeln. „Ich weiß nicht", sage ich.

„Ich schwöre, ich will das gleiche wie ihr", sagt sie und läuft flehend auf uns zu.

„Ja: Kerle", sagt Edvard, und seine Augen leuchten auf.

Ich schaue ihn an. Er senkt schuldbewußt den Blick, und da muß ich lachen.

Stimmt. Eigentlich wollen wir doch alle dasselbe. Oder nicht?

Kim klatscht in die Hände, Dankbarkeit bezeugend, daß wir sie mitnehmen, dann breitet sie die Arme aus, um Hannah zu nehmen.

„Nein!" wehrt sie sich, schreit „Edaaat!" und streckt ihre Ärmchen nach ihm aus.

„Hast schon recht", sagt Kim. „Alles, nur nicht zu deiner mörderischen Rabenmutter. Sie hat dich ja nur neun Monate im Unterleib herumgeschaukelt und sich dabei den Rücken gebrochen. Sie hat es nicht besser verdient." Kim stützt die Hände in die Hüften und schaut ihre Tochter gespielt vorwurfsvoll an. Hannah vergräbt ihr Gesicht in meinem Kragen.

Edvard nimmt sie mir ab und setzt sie sich auf die Schultern. Dann hüpft er, bis Hannah vor Freude kiekst. Kim hakt sich bei Raimondo unter; gemeinsam spazieren wir in die Abendsonne hinein, die sich gerade auf die Weinberge setzt.

Ich bleibe stehen und schaue ihnen hinterher. Die Farben verschwinden und machen aus meinen Freunden, aus meinem Mann, aus meiner Familie Silhouetten, schwarze Scherenschnitte, unförmige Löcher im Abendhimmel.

„Wo gehen wir eigentlich hin?" fragt Kim.

Keine Ahnung, dachte ich. Ich weiß nicht, wohin wir gehen. Aber das ist auch nicht wichtig. Wir gehen, und wir sind zusammen. Das ist doch die Hauptsache.

Dank Ich hätte das Buch ohne Freunde und Familie nicht schreiben können. Inspiriert haben mich Beziehungen, vor allem die von Andreas und Jens, Reinhard und Kai, Lars und Pekka (in deren Garten die ersten Kapitel zu diesem Buch entstanden sind).

Malvyn zum Leben erweckt haben: Alexandra und Morris, Babra und Olivier, Helmut.

Ich danke auch meinen medizinischen Beratern, Andreas (Neurologie), Tobias (Psychiatrie) und Rudolf (Aids), meinem „Lexikon für Kirchenfragen" Pater Stefan, der großartigen Künstlerin Karin Kolor für ihren Namen, Lucky für die kleinen Anekdoten, meinem Erstleser Hans und meiner Mutter, die in ihrer Akzeptanz für mich Lydia in nichts nachsteht.

Mirjam Müntefering

Flug ins Apricot

Roman. 239 Seiten. Serie Piper

Als die Neue in die Klasse kommt, ist Franziska sofort hin und weg: Alex heißt die supercoole Schöne aus der Großstadt. Daß Franzi Herzflattern bekommt, sobald sie mit Alex zusammen ist, ist ja wirklich verrückt genug. Aber Alex' tiefe Blicke … Ob sie bedeuten, daß es ihr genauso geht? Ein realistischer, facettenreicher Einblick in das Leben zweier starker sechzehnjähriger Frauen, die sich endgültig von ihrer Kindheit verabschieden. Und eine wunderbare Liebesgeschichte, romantisch und aufregend, kompliziert und federleicht zugleich.

»Stell dir vor, wir hätten Flügel und könnten direkt hineinfliegen ins Blau des Himmels.«
Ich sehe hinauf. Es ist verdammt hoch.
»Ich würde lieber ins Apricot fliegen«, sage ich.

05/1492/01/L

Karen-Susan Fessel

Bilder von ihr

Roman. 354 Seiten. Serie Piper

Thea ist Anfang Zwanzig, als sie Suzannah, die Fotografin, kennenlernt, und sie ist weit davon entfernt, sich auf eine Beziehung, also auf Nähe und Vertrauen, einlassen zu wollen. Früh hatte sie den Vater, als Jugendliche die Mutter verloren, sie war aus der Provinz nach Berlin gekommen, jobbte sich durch die Szenenkneipen, fühlte sich frei und ungebunden, genoß die Anonymität der Großstadt. Die Begegnung mit Suzannah trifft sie wie ein Blitz. Sie weiß, wie man es nur einmal im Leben wissen kann, daß sie die Frau ihres Lebens gefunden hat. Aber noch kann sie Nähe nicht wagen, sperrt sich, flüchtet. Es dauert Jahre, bis Thea sich auf Suzannah einlassen, bis sie vertrauen kann. Und dann der Schock: Suzannah kommt bei einem Verkehrsunfall ums Leben. Thea geht nach Paris, an Suzannahs Ort, sie trauert, indem sie sich erinnert, indem sie die Geschichte dieser Liebe aufschreibt, indem sie sich der »Bilder von ihr« inne wird.

05/1124/01/R

SERIE PIPER

Rupert Thomson

Im weißen Zimmer

Roman. Aus dem Englischen von Karen Lauer. 299 Seiten. Serie Piper

Er ist attraktiv, erfolgreicher Tänzer, hat eine charmante Freundin und fühlt sich wohl in Amsterdam. Bis er eines Abends für Brigitte noch ein paar Zigaretten holen soll. Plötzlich wird er von drei maskierten Frauen überfallen. Er erwacht angekettet in einem weißen Raum, ausgeliefert dem Begehren der drei Frauen. Für eine endlose Zeit, wie es ihm scheint. Als er wieder freikommt, macht er sich auf die Spur seiner Peinigerinnen.

»Der einzige Grund, dieses Buch aus der Hand zu legen, wäre, das Ende der Lektüre hinauszögern zu wollen … So subtil, so brillant, daß man unwillkürlich in Applaus ausbrechen möchte.«
The Independent

05/1408/01/L

Marcelo Birmajer

Geschichten von verheirateten Männern

Aus dem argentinischen Spanisch von Stefanie Gerhold. 279 Seiten. Serie Piper

An heißen Stränden, auf ausgelassenen Partys, in Hotels, Flugzeugen, Taxis und an Bars und Geldautomaten spielen Birmajers Erzählungen über Frauen, Männer und die Frage, warum es so schwierig ist, die Liebe zu finden, und so leicht, sie wieder zu verlieren. Mit scharfer Feder, einem Hang zum Absurden und großer Beobachtungsgabe führt uns Birmajer den ganz normalen Alltag vor Augen, und hebt ihn, ehe wir uns versehen, aus den Angeln.

»Es ist die Kombination zwischen Reflexion, Phantasie und Humor, die diese Erzählungen so unwiderstehlich macht.«
Rolling Stone

05/1473/01/R

Mehr vom

„Meister der Gefühle"

im Querverlag ...

Stephan Niederwieser

Denn ich wache über deinen Schlaf

ISBN 3-89656-094-8

An einem Mittwoch im September

ISBN 3-89656-029-8

Das einzige, was zählt

ISBN 3-89656-039-5

„Mit beeindruckender Sprachintensität zeichnet Stephan Niederwieser ein komplexes Beziehungsgeflecht zwischen seinen Hauptfiguren."

Westfälischer Anzeiger

WWW.QUERVERLAG.DE